ns
São Paulo, 2021

HOUSE OF NIGHT

SPIN-OFFS

P. C. CAST + KRISTIN CAST

House of Night: Spin-offs

Copyright © 2011-2014 by P. C. Cast and Kristin Cast

Copyright © 2021 by Novo Século Editora Ltda.

EDITOR: Luiz Vasconcelos
TRADUÇÃO: Cesar Augusto Faustino Jr.; Alessandra Kormann
PREPARAÇÃO DE TEXTO: Equipe Novo Século; Laura Pohl
DIAGRAMAÇÃO E CAPA: Vitor Donofrio
REVISÃO: Mateus Duque Erthal; Fernanda Guerriero Antunes; Daniela Georgeto
ILUSTRAÇÕES: Kim Doner; Aura Dalian

Texto de acordo com as normas do Novo Acordo Ortográfico
da Língua Portuguesa (1990), em vigor desde 1o de janeiro de 2009

Dados Internacionais de Catalogação na Publicação (CIP)

Cast, P. C.
House of Night: Spin-offs
P. C. Cast e Kristin Cast
Tradução de Cesar Augusto Faustino Jr.; Alessandra Kormann
Barueri, SP: Novo Século Editora, 2021.

Conteúdo: O juramento de Dragon; O voto de Lenobia; A maldição de Neferet; A queda de Kalona

1. Ficção norte-americana 2. Vampiros I. Título II. Cast, Kristin III. Faustino Junior, Cesar Augusto IV. Kormann, Alessandra

20-3632   CDD-813

Índice para catálogo sistemático:
1. Ficção: Literatura norte-americana 813

ns
uma marca do
grupo novo século

Alameda Araguaia, 2190 – Bloco A – 11o andar – Conjunto 1111
CEP 06455-000 – Alphaville Industrial, Barueri – SP – Brasil
Tel.: (11) 3699-7107 | Fax: (11) 3699-7323
www.gruponovoseculo.com.br | atendimento@gruponovoseculo.com.br

SUMÁRIO

O JURAMENTO DE DRAGON
5

O VOTO DE LENOBIA
115

A MALDIÇÃO DE NEFERET
231

A QUEDA DE KALONA
383

O JURAMENTO DE DRAGON

No início do século XIX, Dragon Lankford é um adolescente humano problemático, embora talentoso. Ao ser Marcado a bordo de um navio rumo à América, ele é salvo da morte certeira por um Filho de Erebus que enxerga nele grande potencial. Na Morada da Noite, Dragon dá início a sua própria jornada para se tornar um mestre espadachim – mas quando uma ameaça sorrateira emerge, a ajuda de Dragon é requisitada. Suas misteriosas habilidades de luta fazem dele um calouro poderoso, mas isso será suficiente para repelir a nova Escuridão que se aproxima?

Para todos os nossos leitores guerreiros.
Nós amamos vocês.

AGRADECIMENTOS

Como sempre, gostaríamos de agradecer a nossa agente e amiga Meredith Bernstein, sem a qual a House of Night não existiria.

Agradeço a toda nossa família maravilhosa na St. Martin's Press!

E um obrigado especial para nossa amiga Kim Doner, que criou as ilustrações mágicas para este romance. Foi um verdadeiro prazer ver esta história tomar forma por meio de seu talentoso lápis!

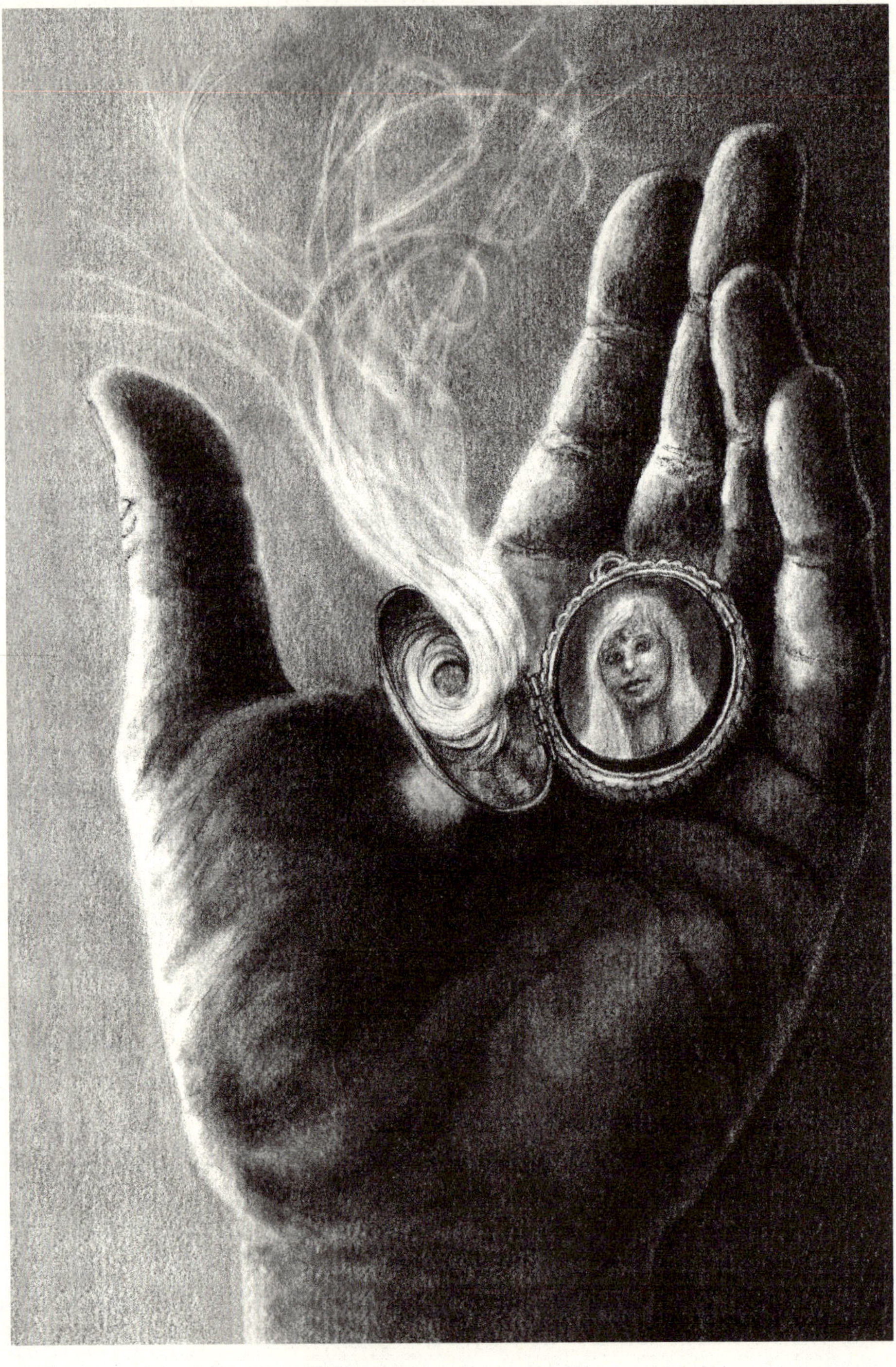

1.

OKLAHOMA, DIAS ATUAIS

Raiva e confusão se remexiam em Dragon Lankford. Estaria Neferet realmente os deixando, logo após a morte do menino e da visita cataclísmica de sua Deusa?

– Neferet, e o corpo do novato? Devemos continuar a vigília?

Com certo esforço, Dragon Lankford mantinha sua voz calma e seu tom seguro, enquanto se dirigia à Suprema Sacerdotisa. Neferet fixou seus lindos olhos de esmeralda nele. Ela sorriu suavemente.

– Você está certo em me lembrar, Mestre Espadachim. Aqueles de vocês que honraram Jack com velas púrpuras de espírito, atirem-nas à pira quando saírem. Os guerreiros Filhos de Erebus farão vigília junto ao corpo do pobre novato pelo resto da noite.

– Como desejar, Sacerdotisa.

Dragon curvou-se vigorosamente para ela, perguntando-se por que sua pele coçava tanto, como se estivesse coberto em sujeira e lodo. Ele sentiu um desejo súbito e inexplicável de se banhar em uma água muito, muito quente. *É a Neferet*, sua consciência lhe disse suavemente. *Ela não está normal desde que Kalona se libertou da terra. Costumava-se sentir...* Dragon balançou a cabeça e cerrou os dentes. Eventos secundários não importavam. Sentimentos não eram mais importantes. O dever era arrebatador, a vingança urgia. *Foco! Devo manter minha mente no serviço!* – ordenou a si mesmo e, então, fez sinal com a cabeça rapidamente para alguns guerreiros específicos.

– Dispersem a multidão!

Neferet parou para falar com Lenobia antes de deixar o centro do *campus* e se dirigir aos aposentos dos professores. Dragon quase nem olhou para ela. Em vez disso, sua atenção foi atraída para a pira flamejante e para o corpo em chamas do menino.

— A multidão está se dispersando, Mestre Espadachim. Quantos de nós devem permanecer ao lado da pira com você? — perguntou Christophe, um dos guardas superiores.

Dragon hesitou antes de responder, levando algum tempo para colocar a cabeça no lugar, bem como para absorver o fato de que os novatos e professores que andavam a esmo, de forma incerta, em volta da pira brilhante que queimava, estavam obviamente agitados e completamente aborrecidos. Dever. Quando todo o resto falha, volte-se ao dever!

— Faça que dois dos guardas escoltem os professores de volta aos seus quartos. O restante de vocês deve ir com os novatos. Tenham certeza de que todos retornem aos seus aposentos. Então, fiquem perto dos dormitórios pelo restante desta terrível noite.

A voz de Dragon estava rouca de emoção.

— Os alunos devem sentir a presença protetora dos guerreiros Filhos de Erebus para que possam, ao menos, ter certeza de sua segurança, ainda que pareça não acreditarem.

— Mas a pira do menino...

— Eu ficarei com Jack — Dragon falou em um tom que não permitia interrupção. — Não deixarei o garoto até que o brilho avermelhado de suas cinzas torne-se pó enferrujado. Faça seu dever, Christophe. A Morada da Noite precisa de você. Eu ficarei com a tristeza que resta aqui.

Christophe curvou-se e começou a dar comandos, seguindo as ordens do Mestre Espadachim com fria eficiência.

Pareciam ter se passado apenas segundos quando Dragon percebeu que estava sozinho. Havia o som da pira queimando, o crepitar e estalar enganosamente calmos do fogo. Além disso, havia apenas a noite e o vasto vazio no coração de Dragon. O Mestre Espadachim olhava fixamente para as chamas, como se pudesse descobrir nelas o bálsamo que aliviaria sua dor.

O fogo flamejava em âmbar e dourado, ferrugem e vermelho, parecendo a Dragon uma delicada joia. A cor do sangue fresco única, ímpar, ligada a um fio de veludo...

Como se por intenção própria, sua mão moveu-se para seu bolso. Seus dedos se fecharam em torno do disco oval que encontrou ali. Era fino e suave. Mal se notava a desgastada marca do pássaro que havia sido gravada tão bela e claramente em sua face. A peça dourada descansava confortavelmente em sua mão. Ele a apertou, protegeu-a, segurou-a, antes de lentamente tirar a mão do bolso, o medalhão abrigado nela. Dragon passava o objeto aveludado por seus dedos, esfregando-o com seu dedão em movimentos familiares, inconscientes, que revelavam mais hábito que pensamento. Exalando a respiração profundamente, parecendo mais um soluço que um suspiro, ele abriu sua mão e olhou para baixo. A luz da pira de Jack refletia contra a superfície dourada do medalhão e bateu no desenho do pássaro azul.

— É o pássaro do estado de Missouri — Dragon disse em voz alta. Sua voz era privada de emoção, ainda que a mão que segurava o medalhão tremesse. — Me pergunto se você ainda pode ser encontrado na natureza, equilibrando-se nos girassóis que acompanham o rio. Ou terão sua beleza e a das flores morrido também, junto a tudo mais que é amável e mágico neste mundo? — Sua mão se fechou em torno do medalhão, apertando-o tão firmemente que seus punhos ficaram brancos.

E então, tão rapidamente quanto havia fechado o punho, Dragon soltou o medalhão, abrindo sua mão e girando o objeto dourado de novo e de novo, reverentemente.

— Tolo! — Sua voz estava rouca. — Você podia tê-lo quebrado!

Dedos trêmulos se atrapalharam com o fecho, mas quando ele finalmente o destravou, o objeto dourado abriu com facilidade, ileso, para mostrar a pequena gravura que, ainda que apagada pelo tempo, ainda mostrava o rosto sorridente da pequena vampira cujo olhar parecia capturar e prender o seu.

— Como é possível você ter-se ido? — Dragon murmurou. Um dedo deslizava pelo antigo retrato no lado direito do medalhão, e então se moveu para a metade esquerda da joia para tocar a mecha dourada que se aninhava ali no espaço vazio em que sua jovem fotografia já havia estado. Seu olhar se moveu do medalhão para o céu da noite e ele repetiu a pergunta mais alto, do fundo de sua alma, implorando por uma resposta.

– Como é possível você ter-se ido?

Como se em resposta, Dragon ouviu ecoando no ar da noite o grito distinto de um corvo. Raiva percorreu o corpo de Dragon, tão forte e quente que suas mãos mais uma vez tremeram. Mas dessa vez não era dor, nem perda; ela tremia pela vontade contida de atacar, de mutilar, de vingar.

– Eu a vingarei.

A voz de Dragon era como a morte. Ele olhou para baixo, novamente para o medalhão, e disse à cintilante mecha dourada que ele continha:

– Seu dragão a vingará. Eu tornarei certo o que permiti dar errado. Eu não cometerei o mesmo erro novamente, meu amor, minha querida. A criatura não passará impune. Baseado nisso, faço a você meu juramento.

Uma golfada de vento quente da pira soprou repentinamente forte. Levantou a mecha de cabelo e, enquanto Dragon se atrapalhava sem sucesso para impedi-la, a mecha flutuava para além de seu alcance, para cima, para o alto da brisa aquecida, quase como uma pena. Ela pairou por ali e, então, com um som muito parecido com o suspiro surpreso de uma mulher, o vento quente mudou, inalando, puxando a mecha para a pira flamejante, onde se tornou fumaça e memória.

– Não! – Dragon gritou, caindo de joelhos e soluçando. – Agora perdi a última parte sua. É minha culpa... – ele disse de coração partido. – Minha culpa... Assim como sua morte foi minha culpa.

Nas lágrimas que enchiam seus olhos, Dragon via a fumaça da mecha de cabelo de sua amada girar e dançar à sua frente, e então começar a brilhar magicamente, transformando-se de fumaça em uma combinação de faíscas verdes, amarelas e marrons que continuavam a girar e girar até que começaram a se separar e formar partes distintas de uma imagem: as faíscas verdes se tornaram um caule longo e grosso, as amarelas, delicadas pétalas de uma flor, as marrons formando um círculo por dentro para delimitar seu centro.

Dragon limpou as lágrimas de seus olhos, quase não acreditando no que via.

– Um girassol?

Seus lábios estavam tão dormentes quanto seu cérebro com o choque. *Era a flor dela!* – sua mente gritou. *Deve ser um sinal dela!*

– Anastasia! – Dragon gritou, enquanto a dormência dava lugar a uma terrível e maravilhosa onda de esperança. – Você está aqui, minha querida?

A imagem do girassol brilhante começou a ondular e se transformar. O amarelo fluiu numa cascata que se tornou douradamente loura. O marrom ficou mais claro, da cor da pele banhada pelo sol, e o verde derreteu dentro da pele, dançando e se transformando em esferas brilhantes que se tornaram olhos cor de turquesa, familiares e queridos.

– Oh, minha Deusa, Anastasia! É você!

A voz de Dragon se interrompeu ao correr na direção dela. Mas a imagem se levantou, uma tentação dourada pouco além da ponta de seus dedos. Ele gritou de frustração e então parou com o som de sua miséria quando a voz de sua companheira começou a girar em torno dele como uma onda musical sobre pedrinhas desgastadas pela água. Dragon segurou sua respiração e ouviu a mensagem fantasmagórica.

– Eu enfeiticei este medalhão para você, meu querido, meu companheiro. Chegará o dia em que a morte forçará nossa separação. Você deve saber que eu esperarei, para sempre, por você. Então, até que nos encontremos de novo, guardarei seu amor com segurança no meu coração. Lembre-se: seu juramento foi o de equilibrar a força com a piedade. Não importa por quanto tempo fiquemos separados, prendo-o a esse juramento eternamente... eternamente...

A imagem sorriu a ele antes de perder sua forma e voltar a ser fumaça e, então, nada.

– Meu juramento! – Dragon gritou, levantando-se. – Primeiro Nyx e agora você me lembrando disso. Você não entende que é por causa desse maldito juramento que você está morta? Se eu tivesse feito outra escolha há muitos anos, talvez pudesse ter impedido que isso tudo acontecesse. Força ponderada pela piedade é um erro. Você não lembra, minha querida? Você não se lembra? Eu, sim. Nunca esquecerei...

Enquanto Dragon Lankford, Mestre Espadachim da Morada da Noite, fazia vigília ao lado do corpo de um novato morto, ele fitou a pira flamejante e deixou as chamas o levarem a outros tempos para que pudesse reviver a dor e o prazer, a tragédia e o triunfo, de um passado que moldara tal futuro avassalador.

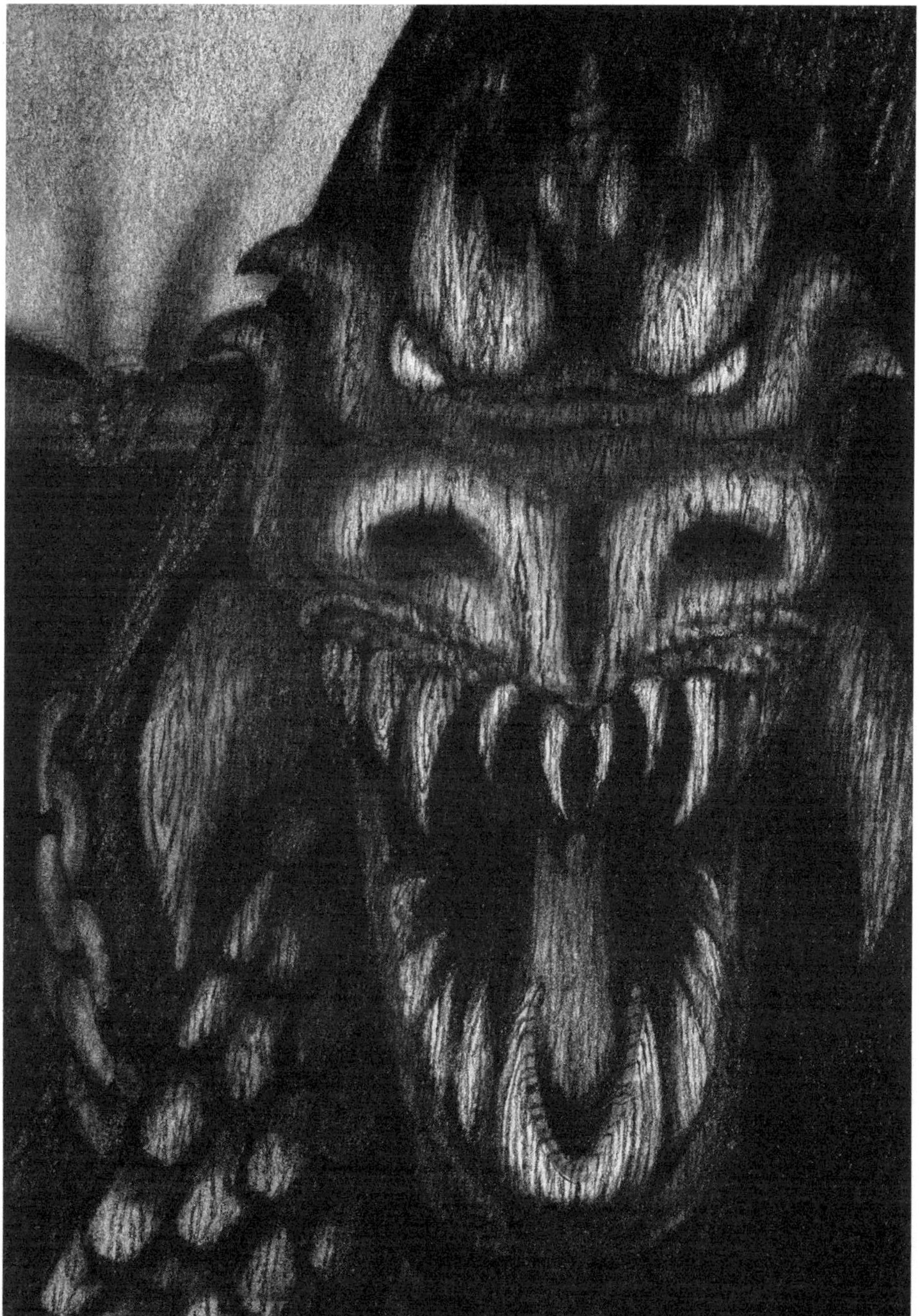

2.

INGLATERRA, 1830

– Pai, você não pode me renegar e me exilar nas Américas! Sou seu filho! – Bryan Lankford, terceiro filho do Conde de Lankford, balançou a cabeça negativamente e fixou o olhar incrédulo em seu pai.

– Você é meu terceiro filho. Tenho outros quatro, dois mais velhos e dois mais novos. Nenhum deles é tão problemático. A existência deles e seu comportamento fazem que seja muito simples para mim fazer isso com você.

Bryan ignorou o choque e o pânico que as palavras de seu pai ameaçavam despertar em seu interior. Ele se forçou a relaxar, a se recostar despreocupadamente contra a porta de madeira da baia mais próxima a ele, enquanto disparava o seu sorriso para o Conde, aquele lindo e desarmador sorriso que as mulheres achavam irresistível e as fazia querer seduzi-lo, e que os homens achavam charmoso e os fazia querer ser como ele.

A expressão do Conde, obscura e imutável, entregava que ele conhecia bem esse sorriso. E que não era de forma alguma afetado por ele.

– Minha decisão é definitiva, garoto. Não se desgrace mais implorando indevidamente.

– Implorando?! – Bryan sentiu o ódio familiar se remexer. Por que seu pai tinha sempre que o diminuir? Ele nunca havia implorado por nada em sua vida. Certamente não começaria agora, quaisquer que fossem as consequências. – Eu não estou implorando a você, pai. Estou simplesmente tentando chegar a um acordo.

– Acordo? Mais uma vez você me causa vergonha por causa do seu temperamento e sua espada, e você me pede para fazer um acordo com você?

– Pai, foi apenas uma pequena discussão, e com um escocês! Eu nem o matei. Na verdade, machuquei mais sua vaidade que seu corpo.

Bryan tentou dar uma risada desdenhosa, mas o som foi interrompido pela volta da tosse que o havia afligido o dia todo, mas desta vez acompanhada de uma onda de fraqueza. Ele estava tão distraído com a traição de seu corpo que não ofereceu nenhuma resistência quando seu pai subitamente diminuiu a distância que os separava e com uma mão agarrou a gravata na garganta de Bryan, empurrando-o contra a parede do estábulo com tal força que o pouco fôlego restante em seu corpo o deixou. Com sua outra mão, o Conde derrubou a espada ainda ensanguentada da mão fraquejante de Bryan.

– Seu fanfarrão barulhento! Aquele escocês é um senhor de terras vizinho. As terras dele são adjacentes às minhas, o que você já sabe, já que é do seu conhecimento que a filha dele e sua cama estão a menos de um dia de nossa propriedade!

O rosto do Conde, vermelho de raiva, estava tão próximo de seu filho que cuspia em Bryan.

– E agora suas ações precipitadas deram a esse senhor toda a prova de que precisava para ir a nosso estúpido e tagarela novo rei e exigir reparação pela perda da virgindade de sua filha.

– Virgindade?! – Bryan conseguiu falar engasgadamente. – A virgindade de Aileene foi perdida muito antes de eu a conhecer.

– Isso não importa! – o Conde fechou mais o punho com que segurava seu filho. – O que importa é que você foi o pateta pego entre os joelhos dela, e agora aquele rei fracote tem toda a desculpa de que precisa para fazer vista grossa quando ladrões do norte varrerem o sul procurando gado gordo para roubar. De quem você acha que será o gado que eles vão querer roubar, meu filho?

Bryan conseguia apenas tentar respirar e balançar a cabeça. Com um olhar de desprezo, o Conde de Lankford soltou seu filho, deixando-o cair, tossindo violentamente, no chão sujo do estábulo. Então o nobre dirigiu-se aos membros de roupa vermelha de sua guarda particular, que haviam assistido passivamente à desgraça de seu filho, em especial o membro mais velho, com uma cicatriz.

— Jeremy, conforme já ordenei, amarre-o como o miserável que é. Escolha outros dois homens para irem com você. Leve-o para o porto. Coloque-o no próximo navio às Américas. Nunca mais quero vê-lo novamente. Ele não é mais meu filho.

Então se dirigiu ao empregado do estábulo:

— Traga meu cavalo. Já gastei demais meu precioso tempo com essa bobagem.

— Pai! Espere, eu... — Bryan começou a falar, mas outro acesso de tosse interrompeu suas palavras.

O Conde parou apenas o tempo necessário para olhar seu filho do alto de seu longo nariz.

— Como já expliquei, você é dispensável e agora não é mais problema meu. Leve-o embora!

— Você não pode me mandar embora assim! — gritou sofridamente. — Como vou viver?

Seu pai virou a cabeça para a espada de Bryan, caída na lama não muito distante dele. Ela havia sido um presente do Conde quando seu precoce filho fez treze anos, e, mesmo na obscura e empoeirada luz do estábulo, as joias incrustadas no punho brilhavam.

— Talvez isso seja de maior utilidade a você em sua nova vida do que foi para mim em sua antiga vida. Deixem-no levar a espada — ele disse aos guardas —, e nada mais! Tragam-me o nome do navio e a marca de seu capitão como prova de que ele deixou a Inglaterra. Façam que ele tenha partido antes do nascer do sol de amanhã e haverá uma bolsa de moedas de prata aguardando para ser dividida entre vocês — disse o homem mais velho, e então caminhou até seu cavalo, que o aguardava.

Bryan Lankford tentou gritar algo para seu pai, para dizer-lhe o quanto ele se arrependeria depois, quando se lembrasse de que apesar de seu terceiro filho ser, de fato, o mais problemático, era também o mais talentoso, inteligente e interessante, mas outro acesso de tosse apoderou-se do menino de dezessete anos tão completamente que ele conseguia apenas engasgar em vão e assistir ao cavalo de seu pai galopar distanciando-se. Ele não conseguiu nem lutar da forma que gostaria quando os guardas do Conde o amarraram e então o arrastaram pela lama do estábulo.

– Já era hora de um frangote barulhento como você ser trazido abaixo. Vamos ver se você gosta de ser comum.

Rindo sarcasticamente, Jeremy, o mais velho e mais pomposo dos guardas do pai de Bryan, jogou-o em uma carroça, antes de curvar-se para pegar a espada de Bryan e, com um olhar avaliador para seu punho brilhante, guardá-la em sua própria cintura.

Quando Bryan chegou ao porto, já estava escuro, tanto no mundo ao seu redor quando dentro de seu coração. Não só seu pai o havia renegado e expulsado da família e da Inglaterra, como também ficava cada vez mais claro que Bryan estava nas mãos de alguma praga terrível. Quando ela o mataria? Antes de ele se livrar dessa doca fedorenta ou depois de ser arrastado para um dos navios mercadores que flutuavam na água negra da baía?

– Eu não vou levar um pivete tossindo assim a bordo – o capitão do navio levantou sua tocha, examinando o menino curvado e tossindo. Franziu as sobrancelhas e balançou a cabeça. – Não, ele não vai atravessar as águas comigo.

– Este é o filho do Conde de Lankford. Você o levará ou explicará ao senhor por que não – resmungou o guarda mais velho do conde.

– Não estou vendo nenhum conde aqui. Estou vendo um menino manchado de merda que pegou malária. – O homem do mar cuspiu na areia. – E eu não vou explicar nada para ninguém, especialmente para um conde inexistente, se eu tiver morrido da doença desse pirralho.

Bryan tentou abafar sua tosse, não para tranquilizar o capitão, mas para dar um tempo à queimação no seu peito. Ele segurava sua respiração quando o homem veio das sombras, alto, magro e vestido todo em preto, sua pele pálida em contraste gritante com a escuridão que parecia envolvê-lo. Bryan piscou os olhos, imaginando se seu surto de febre o enganava: era mesmo uma lua crescente tatuada no meio de sua testa, envolvida por mais tatuagens? Sua visão estava embaçada, mas Bryan tinha quase certeza de que as tatuagens pareciam floretes cruzados. Então a razão alcançou a visão e Bryan sentiu uma faísca de reconhecimento. Uma lua crescente e as tatuagens a envolvendo só poderiam significar uma coisa: o homem não era homem coisa nenhuma. Ele era um vampiro!

Foi então que a criatura levantou sua mão, apontando a palma para fora na direção de Bryan. O menino olhou fixamente em espanto para a espiral que decorava aquela palma, e o vampiro proferiu palavras que mudariam sua vida para sempre.

– Bryan Lankford! A Noite o escolheu. Sua morte será seu nascimento. A Noite o chama. Ouça sua doce voz. Seu destino o aguarda na Morada da Noite!

O longo dedo da criatura apontou para Bryan e sua testa explodiu de dor enquanto sentia o contorno tatuado de uma lua crescente queimar como uma marcação em sua pele. Os homens de seu pai reagiram instantaneamente: deixaram Bryan cair e se afastaram dele, olhando com pavor para lá e para cá, entre o menino e o vampiro. Bryan percebeu que o capitão do navio deixara sua tocha cair e se apagar na areia e desaparecera na escuridão do píer.

Bryan não viu nem ouviu a aproximação do vampiro. Ele apenas viu os guardas se moverem nervosamente, agrupando-se atrás de Jeremy, espadas meio desembainhadas, a indecisão estampada em seus rostos e em suas ações. Guerreiros vampiros tinham uma reputação que inspirava temor. Seus serviços mercenários eram muito procurados, mas, com exceção da beleza e força de suas mulheres, e do fato de que eles cultuavam uma Deusa obscura, pouco sobre sua sociedade e relações internas era conhecido pela maioria dos humanos. Bryan observou Jeremy tentar se decidir se essa criatura, que era obviamente o que eles chamavam de *Rastreador*, era também um perigoso guerreiro vampiro. Então ele sentiu uma pegada impossivelmente forte em seu braço, e Bryan foi levantado de pé para encarar a criatura.

– Voltem para de onde vieram. Este menino agora é um novato marcado, e como tal, não é mais responsabilidade sua.

O vampiro falou com um sotaque estranho, proferindo suas palavras quase languidamente, o que só corroborava com o mistério e ar de perigo que ele emanava. Os homens hesitaram, todos olhando para o guarda superior, que falou rapidamente, conseguindo soar arrogante e agressivo ao mesmo tempo.

– Precisamos de provas de que ele deixou a Inglaterra para entregar a seu pai.

– Isso não me interessa – o vampiro disse solenemente. – Diga ao pai do garoto que ele embarcou em um navio esta noite, ainda que um navio muito mais escuro do que o que vocês, humanos, haviam planejado. Não tenho nem tempo nem paciência para fornecer provas além da minha palavra. – Então olhou para Bryan. – Venha comigo. Seu futuro o espera. – E, ajeitando sua capa, o vampiro deu as costas e começou a caminhar pela doca, afastando-se.

Jeremy aguardou até que a criatura fosse engolida pela escuridão. Então, levantou um dos ombros e olhou para Bryan com nojo, antes de dizer:

– Nossa missão está terminada. O senhor disse para colocar o pirralho do filho dele num navio, e é para lá que ele vai. Deixemos este lugar cheirando a peixe e voltemos para nossas camas mornas na mansão Lankford.

Os homens iam se virando quando Bryan se levantou e se arrumou. Ele levou apenas um momento para inspirar profundamente e apreciar o alívio que sentiu quando a tosse sufocante e incapacitante não veio. Então ele deu um passo à frente e falou com uma voz que estava, novamente, forte e firme.

— Você deve deixar-me minha espada.

Jeremy parou e o encarou. Lentamente, puxou a espada de onde a havia pendurado em sua cintura. Por instantes, ignorou Bryan e estudou o precioso punho encrustado de pedras. Seu sorriso era calculista e seus olhos estavam frios quando ele finalmente se virou para Bryan.

— Você tem alguma ideia de quantas vezes seu pai me chamou da minha cama quente para pegar você em alguma briga em que você se meteu?

— Não, não tenho — Bryan disse laconicamente.

— É claro que não. Tudo com o que vocês, nobres, se preocupam é seu próprio prazer. Então, agora que você foi renegado e não é mais da nobreza, eu ficarei com esta espada, e com o dinheiro que sua venda me dará. Pense nisso como um pagamento pelo pesadelo que você foi para mim por todos esses anos.

Bryan sentiu um ímpeto de raiva, e com ele veio uma onda de calor por todo o seu corpo. Agindo por instinto, o menino diminuiu a distância entre ele e o guarda arrogante. Em alguma parte de seu cérebro, Bryan sabia que seus movimentos estavam extraordinariamente rápidos, mas continuou focado no pensamento que era a força motora dentro dele: *A espada é minha. Ele não tem direito a ela.*

Com um rápido movimento, Bryan derrubou a espada da mão de Jeremy e, com o mesmo movimento, a agarrou. Enquanto os outros dois guardas iam para frente, Bryan lançou-se para baixo e enfiou a ponta da espada bem no meio dos ossos do pé do homem mais próximo, fazendo com que o guarda se dobrasse e caísse no chão em agonia. Bryan automaticamente revidou e, mudando de direção, bateu com a lateral da espada na têmpora do segundo guarda, deixando-o paralisado. Movendo-se com uma graça fatal, Bryan continuou o movimento de sua espada, girando e terminando com a borda afiada da lâmina pressionada tão firmemente contra o pescoço de Jeremy que sua pele ficou gotejada de sangue.

— Esta espada é minha. Você não tem direito a ela.

Bryan ouviu sua voz dizer seus pensamentos, e se surpreendeu com quão normal ele soava, nem ao menos respirava ofegantemente. Não havia como Jeremy ou qualquer um dos dois outros guardas caídos saberem que tudo dentro dele queimava com raiva, fúria e necessidade de vingança.

– Agora, diga-me por que não devo cortar sua garganta.

– Vá em frente. Atinja-me. Seu pai é uma víbora, e mesmo renegado você é o filho serpente dele.

Bryan iria matá-lo. Ele queria: sua raiva e orgulho exigiam isso. E por que não deveria matá-lo? O guarda era apenas um plebeu, e um plebeu que o havia insultado, o filho de um Conde! Mas antes que Bryan pudesse cortar o pescoço do guarda, as palavras do vampiro cortaram o ar entre eles.

– Não tenho o desejo de ser perseguido e quem sabe até questionado pela Marinha britânica. Deixe-o viver. O destino dele, o de voltar a servir aqueles que despreza, é uma punição bem maior do que uma morte rápida.

Ainda segurando a ponta da espada no pescoço do guarda, Bryan deu uma olhada para trás, para o vampiro. A criatura havia falado com uma voz tão calma que parecia quase entediada, mas todo seu foco estava na garganta do guarda e nas pequenas gotas escarlate que a lâmina de Bryan havia libertado. O desejo óbvio do vampiro tanto intrigou quanto apavorou o menino. É isso o que eu devo me tornar? Bryan empurrou o guarda.

– Ele está certo. Sua vida é uma punição melhor do que minha espada. Volte a ela e à amargura com que você a vive.

Sem mais olhar para o homem, Bryan deu as costas e andou para o lado do vampiro, que inclinou sua cabeça em um pequeno sinal de reconhecimento.

– Você fez a escolha correta.

– Ele me insultou. Deveria tê-lo matado.

O vampiro entortou a cabeça para o lado, como se pensando em uma solução para um problema.

– O fato de ele ter chamado você de cobra o insultou?

– Bem... sim. Chamar-me de mimado e tentar roubar o que é meu também foram um insulto.

O vampiro riu suavemente.

– Não é insulto ser chamado de cobra. Elas são criaturas aliadas à nossa Deusa, ainda que eu não acredite que ele tenha sido justo em chamá-lo assim. Assisti a você vencer aqueles três homens. Você ataca mais como um dragão do que como uma cobra.

Enquanto Bryan piscava os olhos, surpreso, ele continuou:

– E dragões estão acima de tais insultos mesquinhos que meros mortais possam dirigir a eles.

– Existem dragões na América? – Bryan deixou escapar o primeiro dos pensamentos confusos que enchiam sua mente.

O vampiro gargalhou novamente.

– Você não ficou sabendo? A América está cheia de maravilhas.

Então ele fez um gesto com a mão, apontando para o píer.

– Venha, vamos, para que você possa descobri-los. Já gastei tempo o bastante nessas praias arcaicas. Minhas memórias da Inglaterra não eram boas, e nada que encontrei durante minha espera por você serviu para melhorá-las.

O vampiro começou a andar pela doca, com Bryan quase correndo para acompanhar seus passos largos.

– Você disse que esteve esperando por mim?

– Sim, e esperei – ele disse, ainda se movendo intencionalmente pelo píer.

– Você sabia sobre mim?

O vampiro afirmou com a cabeça, fazendo com que os cabelos castanhos escurecessem seu rosto.

– Eu sabia que havia um novato aqui que deveria esperar para marcar. – Ele olhou para Bryan e seus lábios se entortaram em um leve sorriso. – Você, jovem dragão, é o último novato que marcarei na vida.

Bryan curvou as sobrancelhas.

– Seu último novato? O que está acontecendo com você? – Bryan tentou não soar preocupado. Afinal, ele mal conhecia esse vampiro. E a criatura era um vampiro: misterioso, perigoso e estranhamente convincente.

O leve sorriso do vampiro se abriu.

– Eu terminei meu trabalho como um dos Rastreadores de Nyx, e agora posso voltar à minha posição como um guerreiro Filho de Erebus a serviço da Morada da Noite de Tower Grove.

— Tower Grove? Isso fica na América? — Bryan sentiu um frio na barriga. Ele havia quase esquecido que seu mundo havia virado de ponta-cabeça em um intervalo de menos de um dia.

— Fica, de fato, na América. St. Louis, Missouri, para ser exato.

O vampiro havia chegado ao fim do longo píer. O lado mais escuro, Bryan notou, já que podia ouvir os rangidos de um grande navio e o barulho da água ao seu redor, mas, por mais que tentasse, não podia ver mais que uma pesada sombra flutuando na água. Ele percebeu que o vampiro tinha parado ao lado dele e o estudava cuidadosamente. Bryan encarou seu olhar diretamente, apesar de seu corpo se sentir como uma mola fortemente comprimida prestes a se soltar a qualquer momento.

— Meu nome é Shaw — o vampiro finalmente disse, e estendeu sua mão para Bryan.

— Eu sou Bryan Lankford — Bryan parou por um momento e então fez um sorriso que era apenas meio sarcástico. — Sou o ex-filho do Conde de Lankford, mas isso você já sabe.

Quando Shaw segurou a mão que Bryan oferecia, ele o fez na forma tradicional de cumprimento dos vampiros, segurando seu antebraço e não apenas sua mão. Bryan imitou suas ações.

— Muito prazer, Bryan Lankford — Shaw disse. Então soltou o braço do garoto e fez um gesto apontando para a escuridão e para o navio que descansava escondido nela.

— Este é o Navio da Noite, que me levará, e talvez a você também, para a América e minha querida Morada da Noite de Tower Grove.

— Talvez a mim também? Mas achei que... — Shaw levantou a mão, silenciando Bryan.

— Você deve, de fato, se unir a uma Morada da Noite, e rapidamente. Essa marca — Shaw apontou para o contorno da lua crescente de safira que ainda doía no meio da testa de Bryan — significa que você deve estar na companhia de vampiros adultos até que faça a transformação por completo em um vampiro, ou... — Shaw hesitou.

— Ou que eu morra — Bryan disse no silêncio.

Shaw confirmou solenemente.

– Então você sabe alguma coisa do mundo em que você está prestes a entrar. Sim, jovem dragão, você concluirá a transformação em algum momento durante os próximos quatro anos, ou você morrerá. Esta noite você começou um caminho de vida do qual não há retorno. Eu disse aos guardas de seu pai que você me acompanharia na travessia para o Novo Mundo porque vi que eles planejavam que você partisse da Inglaterra, mas a verdade é que o seu destino mudou quando foi marcado.

– Para melhor ou para pior? – Bryan perguntou.

– Para exatamente o que você mesmo fizer dele, Nyx vai querer – ele disse enigmaticamente, e então continuou. – Você não pode controlar se conseguirá completar a transformação com sucesso, mas você pode decidir onde passará os próximos anos. Se você desejar permanecer na Inglaterra eu posso fazer com que você seja levado à Morada da Noite de Londres – o Rastreador descansou sua mão brevemente no ombro de Bryan. – Você não precisa mais da permissão de sua família para ir atrás do futuro que você mais deseja.

– Ou posso escolher ir com você? – Bryan perguntou.

– Sim, mas antes que você faça sua escolha, acredito que há algo que você deva ver.

Shaw virou-se de frente para o navio, que era visível a Bryan apenas como uma gigantesca e escura sombra, descansando sinistramente sobre a água, amarrado por cordas incrivelmente grossas. Como se ele não tivesse nenhuma dificuldade em olhar através do grosso cobertor da noite, Shaw deu dois passos à frente, para a ponta do píer, e então fez algo que maravilhou Bryan por completo. Ele se virou de forma a encarar a direção sul, levantou suas mãos e disse quatro palavras, suavemente:

– Venha a mim, fogo.

Instantaneamente, Bryan ouviu um barulho crepitante e sentiu uma onda morna no ar ao seu redor. Então, ele engasgou quando viu uma bola de fogo dançar entre as palmas estendidas de Shaw. O vampiro arremessou a bola no que, Bryan agora podia ver, era uma grande tocha parada, cujo topo embebido em óleo imediatamente ficou em chamas.

– Caramba! – Bryan não pôde conter seu espanto. – Como você fez isso?

Shaw sorriu:

– Nossa Deusa presenteou-me com mais do que as habilidades de um guerreiro, mas não é isso que eu queria que você visse.

Shaw levantou a tocha e a segurou na frente deles, de forma que a orgulhosa proa do gigante navio, feito de madeira tão escura que Bryan achou que parecia ser feito da própria noite, repentinamente tornou-se visível. E então o menino piscou surpreso, percebendo exatamente o que via.

– É um dragão! – ele disse, olhando para a escultura do mastro.

Era verdadeiramente espetacular: um dragão negro, as garras estendidas, dentes à mostra, ferozmente pronto para dominar o mundo.

– Pareceu-me, depois dos eventos da noite, ser um bom presságio – Shaw disse.

Bryan olhou fixamente para o dragão e foi preenchido pelo fluxo de sentimentos mais forte que já havia experimentado. Levou algum tempo para perceber o que sentia, e então ele soube: emoção, antecipação e expectativa, tudo isso se misturava dentro dele para criar um único propósito. Seu olhar encontrou o do vampiro.

– Escolho adentrar o dragão.

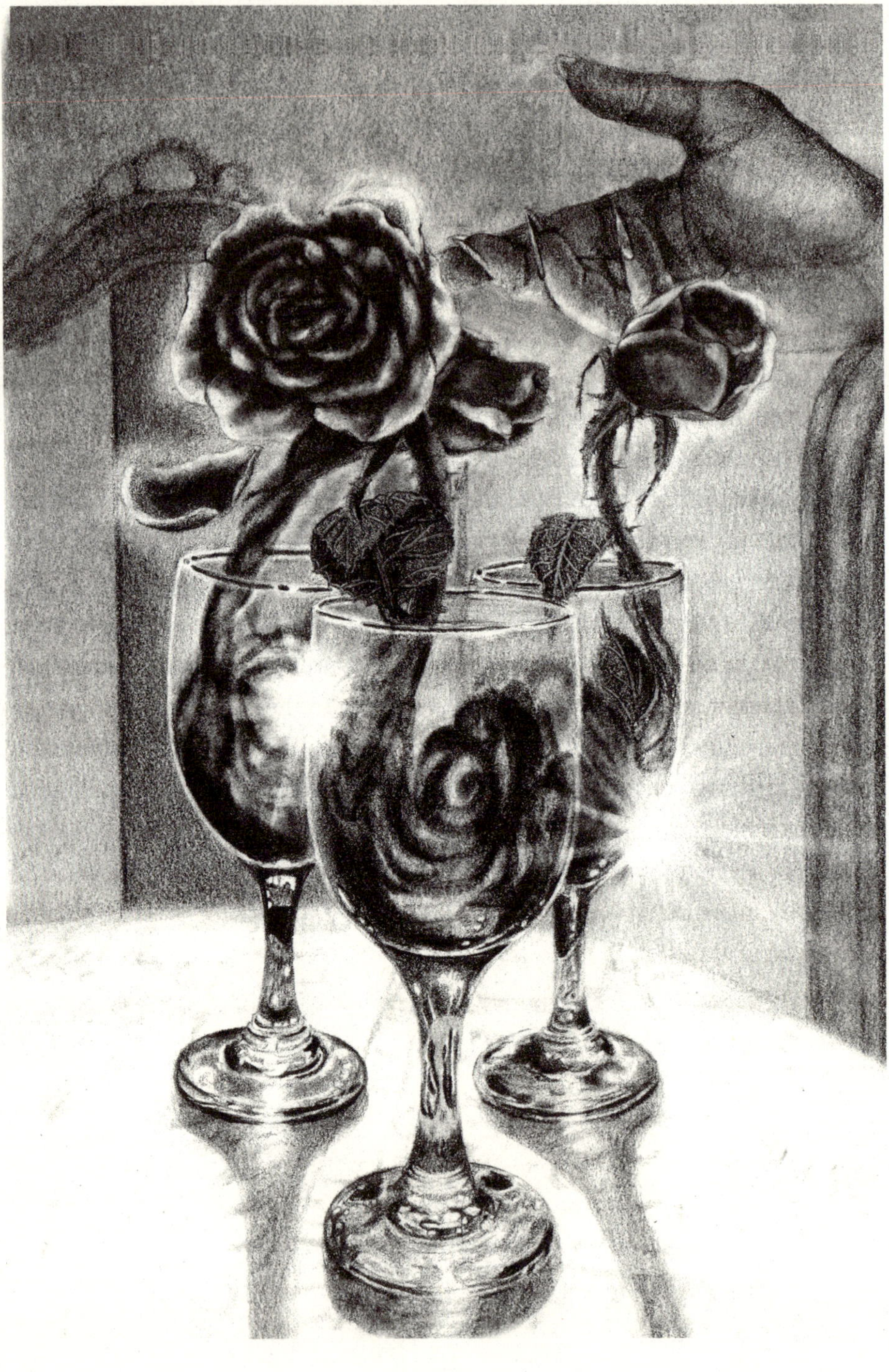

3.

MORADA DA NOITE DE TOWER GROVE, ST. LOUIS, 1833

— Bom vê-la, Anastasia! Por favor, entre. É uma coincidência feliz você estar aqui. Diana e eu estávamos agora mesmo discutindo sobre como estamos contentes por uma sacerdotisa de encantamentos e rituais tão jovem participar da escola como professora titular, e ia chamar você para dizer como estou satisfeita por quão bem você está se adaptando aqui em Tower Grove.

— Bom vê-las, Pandeia, Diana — Anastasia disse, fechando o punho direito sobre o coração e curvando a cabeça respeitosamente, primeiro para sua Alta Sacerdotisa, Pandeia, e depois para Diana, antes de adentrar o grande e lindamente enfeitado salão.

— Ah, vamos lá, você não precisa ser tão formal conosco quando não estamos na companhia de novatos — Diana, professora de sociologia vampírica e companheira da Alta Sacerdotisa falou mornamente para Anastasia, enquanto alisava uma gata manchada de três cores muito gorda que havia se esparramado em seu colo, ronronando alto.

— Obrigada — Anastasia disse em uma voz quieta que soava mais velha que seus vinte e dois anos.

Diana sorriu.

— Então, diga-nos, apesar de você estar aqui há apenas quinze dias, você está se acostumando? Já parece um lar para você?

O lar, Anastasia pensou automaticamente, nunca havia estado cheio de tanta beleza e liberdade. Ela rapidamente se desvencilhou dos pensamentos e disse educada e honestamente:

– Ainda não exatamente como um lar, mas posso sentir que será. Eu amo a campina e os jardins exuberantes.

Seu olhar foi para a gata gorda e então para a gata cinza, listada como tigre, que havia começado a se enrolar em torno das pernas da Alta Sacerdotisa. Então, ela piscou em surpresa quando viu que ambas as gatas tinham seis dedos em cada pata dianteira.

– Seis dedos? Nunca tinha visto algo assim.

Diana puxou a pata da gata manchada alegremente.

– Alguns dizem que polidáctilos são aberrações da natureza. Eu digo que eles são apenas um pouco mais evoluídos que gatos "normais". Mais ou menos como os vampiros são mais evoluídos que humanos normais.

– Minha nossa! As patinhas parecem luvinhas de neve! Agora que encontrei a minha Morada da Noite, quero tanto que uma gata me escolha também! Seria maravilhoso se ela tivesse seis dedos!

Então Anastasia percebeu que falava em voz alta seus pensamentos bobos e completou, apressadamente:

– E, é claro, estou gostando muito dos meus alunos e da minha nova turma.

– Fico muito feliz em ouvi-la dizer isso – Pandeia disse, sorrindo suavemente. – E não há nada errado em desejar um gato, de seis dedos ou o que quer que seja. Jovem Anastasia, Diana e eu estávamos prestes a tomar nosso vinho gelado na varanda. Por favor, junte-se a nós.

– Estou agradecida pelo convite – Anastasia disse humildemente. Lembrando-se de não dizer nada bobo, ela seguiu as mulheres e suas gatas enquanto abriam as portas avarandadas e saíam para uma amável varanda banhada pela luz da lua, em que repousavam cadeiras brancas de palha e uma mesa combinando, enfeitada por um vaso de cristal gravado com uma lua crescente perfeita e cheio de rosas vermelhas perfumadas, junto a um balde prateado repleto de gelo e uma garrafa de vinho da cor de cerejas maduras. Taças gravadas com luas crescentes que combinavam com o maravilhoso vaso cintilavam à luz prateada da lua cheia.

Rosas, gelo, vinho e cristal. Estou habituada à simplicidade e regras, ainda que ambas tenham sido equilibradas com amor. Será que me acostumarei a tais luxos? Anastasia ponderou, sentindo-se completamente desconfortável enquanto sentava em uma das cadeiras e tentava não ajeitar para trás seu longo cabelo louro ou esticar obsessivamente seu vestido. E então ela olhou para seus pés:

– Eu... eu devo servi-la, Sacerdotisa – ela disse sorrindo nervosamente em direção à alta, estatuesca e adulta Alta Sacerdotisa.

Pandeia gargalhou e gentilmente afastou a mão dela da garrafa.

– Anastasia, filha, por favor, sente-se e componha-se. Sou uma Alta Sacerdotisa, o que significa que eu sou mais que capaz de servir vinho para mim e para meus convidados.

Diana beijou sua companheira suavemente no rosto antes de sentar-se.

– Você, minha querida, é mais que capaz de muitas, muitas coisas.

Anastasia viu as bochechas de Pandeia corarem um pouco enquanto o casal dividia um olhar íntimo. As próprias bochechas de Anastasia ficaram mornas enquanto testemunhava a troca, e ela olhou rapidamente para longe. Apesar de ter passado os últimos seis anos imersa na sociedade da Morada da Noite, primeiro como uma novata, depois como sacerdotisa em treinamento e agora como professora, ela ainda achava a sexualidade aberta delas surpreendente.

Frequentemente ela pensava no que sua mãe pensaria dessa sociedade movida pelo poder feminino. Ela aceitaria da forma quieta e reservada com que aceitara a Marcação e Transformação de sua filha? Ou seria chocante demais para ela, a ponto de condená-la, como o resto de sua comunidade faria?

– Estamos deixando você sem jeito? – Diana perguntou, com um sorriso em sua voz.

Anastasia guiou o olhar de volta à Alta Sacerdotisa e sua companheira.

– Imagine! O que é isso! – ela deixou escapar, e então sentiu seu rosto enrubescer e ficar completamente quente, e sabia que deveria estar flamejantemente vermelho. Ela havia soado exatamente como sua mãe, e saber disso a fazia querer rastejar para baixo da mesa e desaparecer.

Você não é mais uma tímida menina Quaker, Anastasia lembrou a si mesma firmemente. *Você é uma vampira completamente transformada, professora e sacerdotisa.* Ela levantou seu queixo e tentou parecer confiante e madura.

Pandeia sorriu gentilmente e levantou uma das três taças de cristal que acabara de encher.

– Gostaria de propor um brinde. A seu sucesso, Anastasia, e à realização de sua primeira quinzena de aulas como nossa professora de encantamentos e rituais. Que você venha a amar a Morada da Noite de Tower Grove tanto quanto nós a amamos.

A Alta Sacerdotisa levantou a mão que não estava segurando a taça de vinho. Ela fechou os olhos e Anastasia viu seus lábios se moverem silenciosamente, e então ela fez um movimento de concha sobre o buquê de rosas, como se estivesse colhendo seu aroma, antes de passar rapidamente os dedos em cada uma das três taças. Anastasia assistiu maravilhada ao vinho em seu copo dançar e então, por apenas um instante, em meio ao líquido que girava apareceu a forma de um botão de rosa perfeito.

– Oh, Deusa! O espírito da rosa! Você o fez aparecer em nosso vinho! – Anastasia deixou escapar.

– Pandeia não *fez* o espírito da rosa aparecer. A afinidade dela é com o espírito. Nossa Sacerdotisa fez um pedido amoroso em comemoração a você, jovem Anastasia, e a rosa aceitou com prazer – explicou Diana.

Anastasia exalou um longo suspiro.

– Tudo isso – fez uma pausa e seu olhar se deparou com a mesa, as duas vampiras, suas gatas contentes, e a propriedade requintada que as rodeava – me enche com tal sentimento que é como se meu coração estivesse prestes a explodir no meu peito!

Então ela encolheu-se de constrangimento.

– Perdoem-me. Pareço uma criança. Eu só quero dizer que estou agradecida por estar aqui, agradecida por vocês terem me escolhido para participar desta Morada da Noite como sua professora.

– Eu vou lhe contar um segredo, Anastasia. A afinidade com o espírito da Pandeia já fez muitos vampiros que são muito mais velhos e mais experientes do que você sentirem-se como se seu coração pudesse explodir – disse Diana. – Só que eles estavam muito cansados para admitir isso. Eu gosto da sua honestidade. Não a perca com a idade.

– Tentarei não perdê-la – disse Anastasia, e tomou um gole rápido de seu vinho enquanto tentava ordenar seus pensamentos para decidir exatamente como revelaria a Pandeia e Diana o verdadeiro motivo para tê-las visitado esta noite.

Então ela se arrependeu de ter engolido o vinho. Ele era, é claro, misturado com sangue, e o poder dele chiava por todo seu corpo, aumentando seu nervosismo junto ao resto de seus sentidos.

– Eu também gosto da sua honestidade – a Alta Sacerdotisa disse para Anastasia entre um gole e outro de seu próprio vinho, que parecia não afetá-la em absoluto. – Ela foi um dos motivos para escolhermos você para a vaga de professora, mesmo você tendo apenas dois anos de treinamento formal em encantamentos e rituais. Você deve saber que foi muito bem recomendada pela Morada da Noite de Pensilvânia.

– Minha mentora foi gentil, Sacerdotisa – Anastasia disse, colocando sua taça de volta à mesa.

– Também me lembro de ela me dizer que você é fortemente aliada ao elemento terra – Pandeia disse –, o que é outro motivo pelo qual senti que você seria uma boa adição na nossa Morada da Noite. Esse é realmente o portal para o oeste. Aqui o mistério e a majestade da maravilhosa e indomada terra se espalham em ansioso convite para nós, algo que pensei que você apreciaria e acharia motivador.

– Eu acho, mas não afirmo ter uma afinidade verdadeira com a terra – Anastasia explicou. – Eu digo que sinto uma forte conexão com a terra e, às vezes, quando estou especialmente com sorte, a terra me empresta um pouco de seu poder.

Pandeia confirmou com a cabeça e continuou a tomar pequenos goles do seu vinho.

– Você sabe que muitas sacerdotisas não descobrem que têm uma verdadeira afinidade com um dos elementos até que tenham servido à Deusa por muitas décadas. Você talvez ainda descubra que a terra foi, de fato, dada a você com uma completa afinidade. Você ainda é muito nova, Anastasia.

– Por favor, não se ofenda com minha pergunta, mas qual é exatamente sua verdadeira idade? Você mal parece velha o suficiente para ter sido marcada, quanto mais ter passado pela Transformação – Diana disse, equilibrando sua pergunta bastante dura com um sorriso.

– Diana! – a voz de Pandeia era gentil, mas seu olhar estava marcado com desaprovação, e ela franzia para sua absurdamente linda companheira. – Não convidei Anastasia aqui para interrogá-la.

– Não, não me importo com a pergunta, Sacerdotisa. Na verdade, estou me acostumando a ela – Anastasia disse para Pandeia. Então, voltou seu olhar para Diana. Anastasia levantou apenas um pouco o queixo. – Tenho vinte e dois anos. Minha sacerdotisa mentora em Pensilvânia me disse acreditar que eu fosse a vampira mais jovem da América a se tornar professora titular. É uma honra e tentarei estar à altura sendo séria e aplicada em minha aula e a meus alunos.

– Filha, não tenho dúvidas de que você seja séria e aplicada, mas eu gostaria é que você fosse é terrena também – Pandeia disse.

– Terrena? Perdoe-me, Sacerdotisa, eu não conheço essa palavra.

– Ser terrena é absorver as características da terra. Ser vibrante como um cacho de flores silvestres, fértil como um campo de trigo, sensual como um pomar de pêssegos maduros. Não se sinta simplesmente conectada a terra. Deixe-a infundi-la com suas maravilhas.

– E lembre-se de que você é uma sacerdotisa vampira e professora. Não há necessidade de você se vestir como uma mestra oprimida de uma escola rural humana – Diana adicionou.

– Eu... eu não quero parecer frívola – Anastasia admitiu hesitantemente, olhando para baixo em direção ao corpete de gola alta, sem adornos, e para a saia longa e reta que ela vinha usando (e odiando) desde que havia entrado para a Morada da Noite de Tower Grove e começado a lecionar, duas semanas antes. – Estou tão próxima em idade dos meus alunos que às vezes é difícil para eles se lembrarem de que sou uma professora.

Pandeia afirmou com a cabeça em compreensão.

– Mas a simples verdade é que você tem a idade próxima da de muitos de nossos novatos. Meu conselho é fazer disso um ponto forte, em vez de algo contra o qual você lute.

– Concordo – Diana disse. – Use sua juventude como uma habilidade em vez de tentar escondê-la atrás de roupas que nenhum de seus anciãos com um gosto decente pensariam em usar. Ela parou e fez um gesto primeiro em direção à túnica em estilo grego que ela vestia e então para a vestimenta de cintura alta, estilo espanhol, e para o decote da blusa de renda branca que sua companheira usava.

– Anastasia, o que Diana está tentando lhe dizer é que não há nada de errado em ser jovem – Pandeia pegou o fio da conversa. – Tenho certeza de que as novatas meninas se sentem confortáveis em ir a você com preocupações que não teriam coragem de mencionar para o restante de nós.

Anastasia suspirou aliviada, tendo recebido a perfeita oportunidade de falar sobre o que estava mais latente em sua cabeça.

– Sim, isso já se provou verdadeiro. É esse, na verdade, o motivo por que a procurei esta noite.

Pandeia franziu o cenho:

– Há algum problema entre os alunos que eu deva conhecer?

– Você quer dizer além de Jesse Biddle? – Diana disse o nome como se apenas pronunciá-lo deixasse um gosto amargo em sua boca.

– Biddle é um problema para todos nós, vampiros e alunos, especialmente desde que os equivocados humanos de St. Louis o fizeram seu xerife – Pandeia disse. Então seu olhar se apertou enquanto estudava Anastasia. – Ele tem assediado nossos novatos?

– Não, não que eu saiba. – Anastasia parou e engoliu a secura em sua garganta, tentando ordenar seus pensamentos de forma que a Alta Sacerdotisa encontrasse valor em suas palavras. – Os novatos não gostam do Xerife Biddle, mas ele não é o foco de suas conversas. Outra pessoa é e, em minha opinião, ele está criando um grande problema na Morada da Noite como um todo.

— Quem deixa você tão preocupada?

— O novato que chamam de Dragon Lankford — Anastasia disse.

Ambas as vampiras ficaram em silêncio durante batidas demais do coração de Anastasia. Então Diana pareceu tentar esconder um sorriso tomando um longo gole de seu vinho enquanto Pandeia curvava uma sobrancelha para Anastasia e dizia:

— Dragon Lankford? Mas ele esteve fora de Tower Grove competindo nos Jogos Vampíricos pelas últimas duas semanas. Você e ele ainda nem se conheceram, mas você diz que ele está de alguma forma criando um problema para você?

— Não, não para mim. Bem, sim, creio que o problema tem mesmo algo a ver comigo, apesar de não ser tecnicamente meu — Anastasia esfregou sua testa. — Calma, vou começar de novo. Você perguntou se havia um problema entre os alunos que eu conheça, por ser próxima suficiente em idade dos novatos para que eles se sintam confortáveis em conversar comigo. Minha resposta é: sim, eu sei de um problema, e ele foi criado pelo que eu posso chamar de obsessão com esse menino do quinto ano que os estudantes chamam de Dragon.

Diana não tentou mais esconder seu sorriso:

— Ele é dinâmico e muito popular, especialmente com as novatas.

Pandeia balançou a cabeça em acordo:

— A questão é: ele venceu todos os seus oponentes, tanto novatos quanto vampiros, para ganhar o cobiçado título de Mestre Espadachim nos Jogos Vampíricos. É quase inédito em nossa história um novato ter ganhado esse título.

— Sim, eu sei da vitória dele. É só disso que as meninas falavam hoje — Anastasia comentou ironicamente.

— E você vê isso como um problema? As habilidades de espada de Dragon já são impressionantes e ele ainda nem completou a Transformação — disse Diana.

— Se bem que não me surpreenderia se as tatuagens adultas dele aparecessem bem em breve — Pandeia adicionou. — Eu concordo com Diana.

– Não há nada de incomum em as meninas se distraírem com Dragon – a Alta Sacerdotisa sorriu. – Quando o conhecer, talvez você também entenda a distração delas.

– Não é a simples distração que me preocupa – Anastasia explicou rapidamente. – É o fato de que ao fim da aula dessa noite um total de quinze novatos, treze meninas e dois meninos, vieram a mim, um por vez, implorando-me por encantamentos de amor para fisgar Dragon Lankford.

Anastasia se sentiu aliviada por, dessa vez, o silêncio das duas mulheres ter se preenchido com expressões de choque e surpresa em vez de divertimento. Finalmente, Pandeia falou.

– Essa notícia é desapontadora, mas não tragicamente desapontadora. Os novatos têm conhecimento da minha política sobre encantamentos amorosos: eles são tolos e podem ser perigosos. O amor não pode ser enfeitiçado ou coagido – disse a Alta Sacerdotisa, e balançou a cabeça, claramente incomodada com os novatos. – Diana, eu gostaria que você desse uma aula na semana que vem sobre o que acontece quando obsessão é confundida com amor.

Diana fez que sim com a cabeça:

– Talvez eu deva começar com a história de Hércules e sua obsessão com a vampira Alta Sacerdotisa Hipólita e o trágico fim que acabou com tudo para ambos. É um conto de cautela que eles deveriam conhecer, mas de que obviamente se esqueceram.

– Uma ótima ideia! – Pandeia olhou para Anastasia com seus grandes olhos castanhos. – Assumo que sua resposta a esses pedidos inadequados foi de lembrar a esses novatos enganados que sob nenhuma circunstância você realizará nenhum tipo de encantamento de amor para eles.

Anastasia inspirou profundamente.

– Não, Sacerdotisa. Essa não foi minha resposta.

– Não foi sua resposta?! Por que você... – Diana começou a falar, mas sua companheira levantou a mão e a interrompeu.

– Explique – foi tudo o que a Alta Sacerdotisa disse.

Anastasia encontrou o olhar da vampira sem vacilar:

— Eu também não vejo utilidade em encantamentos amorosos. Logo que fui marcada e comecei a mostrar talento em encantamentos, meu instinto me disse que encantamentos amorosos eram desonestos. Sou inexperiente, mas não sou inocente. Eu sei que o amor não pode existir com desonestidade.

— Perspicaz, mas não é uma explicação – Pandeia disse.

A jovem professora esticou a espinha e voltou o olhar para Diana.

— Você chamou Lankford de dinâmico e popular, não chamou?

— Chamei.

— Você também diria que ele é arrogante?

Diana levantou um ombro:

— Acredito que sim. Mas isso não é incomum. Muitos dos nossos mais talentosos guerreiros têm um ar de arrogância em torno deles.

— Um ar de arrogância, sim. Mas não é balanceado com a experiência e o controle de um vampiro adulto?

— Sim, é – ela concordou.

Anastasia afirmou com a cabeça e então seu olhar voltou à Alta Sacerdotisa:

— Existem muitas conversas sobre esse Dragon. Eu tenho ouvido cuidadosamente. Você está certa quando diz que eu não o conheço, mas o que eu ouvi dele é que Dragon Lankford é um novato que conta mais com sua espada e seu sorriso do que com sua sabedoria e juízo. Meus instintos me dizem que se meus alunos apaixonados vissem esse novato como ele realmente é, eles logo perderiam o interesse.

— O que exatamente você disse aos novatos? – Pandeia perguntou.

— Eu disse a eles que não poderia quebrar as regras desta Morada da Noite e conjurar um encantamento amoroso, mas o que eu poderia fazer era criar um encantamento de atração para cada um deles.

— Existe uma linha tênue entre um encantamento de atração e um encantamento amoroso – Diana disse.

— Sim, e essa linha é criada pela claridade, honestidade e verdade – Anastasia respondeu.

– Mas eu tenho a sensação de que cada aluno que veio a você estava sendo claro, honesto e verdadeiro sobre querer o amor de Dragon Lankford – Pandeia disse, parecendo desapontada com sua jovem professora. – Portanto, conjurar um encantamento de atração em Dragon funcionaria como um encantamento amoroso. A semântica é a única coisa que diferencia os dois.

– Isso seria verdade se um encantamento fosse conjurado sobre Dragon. Meu encantamento de atração será conjurado sobre cada um dos alunos que vieram a mim no lugar dele.

O desapontamento de Pandeia se transformou em um sorriso de satisfação:

– Você pretende que o encantamento faça os novatos verem Dragon com mais clareza.

– Ele atrairá para cada um deles uma visão do novato Lankford que é honesta e verdadeira, e não manchada pela paixão infantil com um ego inflado e um lindo sorriso.

– Pode funcionar – Diana disse. – Mas o encantamento exigirá delicadeza e habilidade.

– Meu instinto me diz que nossa jovem professora tem ambos de sobra – disse Pandeia.

– Obrigada por sua confiança em mim, Sacerdotisa – Anastasia quase gritou em alívio. Então ela se levantou:

– Com sua permissão, gostaria de realizar o encantamento hoje à noite, durante a lua cheia.

Pandeia balançou a cabeça afirmativamente em concordância.

– Essa é a hora perfeita para finalizações. Você tem minha permissão, filha.

– É minha intenção finalizar qualquer paixão não saudável esta noite – Anastasia disse, fechando o punho sobre o coração e curvando-se para sua Alta Sacerdotisa e sua companheira.

– Talvez você não acabe com todas as paixões por Dragon esta noite. Alguém pode ainda ser atraído por toda aquela arrogância e charme egoísta e sorridente. – disse Diana atrás dela.

– Então essa pessoa merecerá exatamente o que receber – Anastasia murmurou.

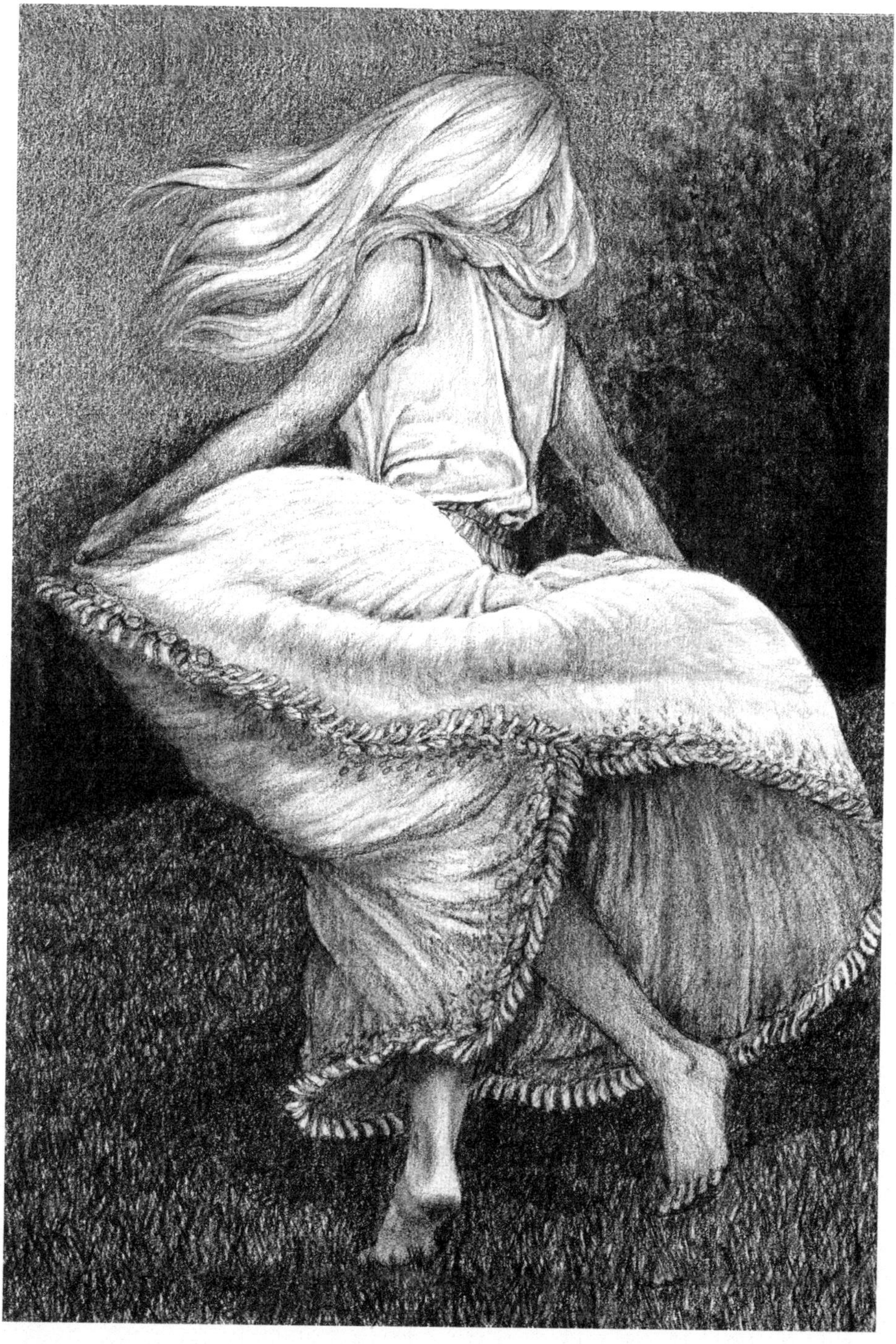

4.

O feitiço começou totalmente, completamente certo. Depois, tudo que Anastasia conseguia fazer era sacudir a cabeça e se perguntar como algo que começou tão bem poderia ter terminado de forma tão desastrosa.

Talvez tenha acontecido porque ela gastou algum tempo para trocar as roupas terrivelmente confinantes que erroneamente começara a usar desde que se tornara uma professora. Afinal, se ela não estivesse naquela parte do encantamento, especialmente naquele exato momento e exato local – se um daqueles elementos tivesse mudado só um pouquinho –, tudo teria mudado.

Bem, tudo havia mudado, de fato, só que não da forma que ela havia planejado.

A sensação do brilho da lua havia sido tão boa, tão certa em seus braços desnudos. Esse foi um dos motivos para ela ter se afastado mais, para mais perto do poderoso rio Mississippi do que havia planejado. A lua parecia estar chamando-a para frente, libertando-a das restrições tolas e autoimpostas que vinha colocando sobre si mesma, o que era, pensando agora, uma tentativa ridícula de ser alguém que ela não era.

Anastasia agora vestia a peça de roupa que ela mais amava: sua saia favorita, longa e macia, da cor do topázio azul. Apenas um mês antes de ter sido chamada para essa nova e maravilhosa Morada da Noite, um vestido indígena de solteiras da tribo Lenape havia inspirado Anastasia. Ela costurara contas de vidro, conchas e uma franja branca de couro por toda a cintura da saia e por toda a parte debaixo do decote da túnica macia e sem mangas. Anastasia girou em um pequeno passo de dança, que fez as conchas e a franja balançarem. *Eu nunca usarei aquelas terríveis e opressoras roupas novamente.*

Quando eu era uma humana, aquilo era tudo que me permitiam vestir. Eu não cometerei esse erro de novo, disse severamente a si mesma. E então levantou sua cabeça e falou para a lua, pendurada pesadamente no céu de tinta:

– Esta é quem eu sou! Sou uma professora vampira, uma especialista em encantamentos e rituais. E sou jovem e livre!

Ela iria aceitar o conselho de sua Alta Sacerdotisa. Anastasia ia ser terrena. Encontraria força em sua juventude.

– Também me vestirei como desejar, e não como se fosse uma arcaica mestra de escola rural...

Ou uma Quaker da Pensilvânia, como a família humana que deixei para trás há seis anos, quando fui marcada, ela completou em silêncio. Ela se lembraria de guardar a parte pacífica e amável de seu passado à parte de suas restrições e impedimentos.

– Eu sou terrena! – ela disse alegremente, praticamente dançando pelo mato alto que cobria boa parte da campina que rodeava a Morada da Noite de Tower Grove.

Não era apenas liberdade física o que a troca de roupas dava a Anastasia, era a sensação de liberdade que a confiança que Pandeia depositara nela que fazia toda a diferença. Some a isso o fato de que a noite estava morna e limpa, e Anastasia ia fazer algo que dava a ela uma alegria quase indescritível: ela lançaria um feitiço que iria beneficiar de verdade uma Morada da Noite. A sua Morada da Noite.

Mas ter parado no campo salpicado de girassóis silvestres havia sido um erro descuidado. Ela sabia que girassóis atraíam amor e desejo, mas Anastasia não estava pensando em amor.

Ela estava pensando sobre a beleza da noite e a fascinação da campina. E a verdade é que ela sempre amara girassóis!

A pradaria era exuberante, de tirar o fôlego. Era perto o suficiente do rio Mississippi para que Anastasia pudesse ver os salgueiros e os arbustos que contornavam a margem oeste, alta como um penhasco. Ela não podia ver o rio em si por causa das árvores e do penhasco, mas conseguia sentir seu cheiro, aquele aroma rico que sussurrava falando sobre a fertilidade da terra, sobre a força e o compromisso.

No meio da campina, perfeitamente localizada para capturar toda a luz prateada da lua cheia, ficava uma enorme e chata pedra de arenito, perfeita para o altar que ela precisaria para lançar o seu encantamento.

Anastasia colocou sua cesta de encantamentos no chão, ao lado da grande rocha, e começou a separar os ingredientes para o ritual. Primeiro ela tirou o cálice de prata que sua mentora havia dado a ela como um presente de despedida. Era simples, mas lindo, enfeitado apenas com o contorno gravado de Nyx, com os braços levantados envolvendo a lua crescente sobre ela. Então, Anastasia desenrolou o pano de altar verde e brilhante do pequeno jarro arrolhado, cheio de vinho temperado com sangue, e o abriu sacudindo, deixando-o descansar naturalmente no topo da rocha. Ela colocou o cálice no centro da pedra, e então retirou o grande pedaço de papel-manteiga da cesta, abrindo-o para expor o pão fresco, a rodela de queijo e as fatias grossas de um cheiroso bacon cozido que havia dentro. Sorrindo, ela colocou o papel e os alimentos ao lado do cálice, que demorou um pouco para encher.

Satisfeita com os aromas e a visão do banquete, que representava a oferenda da Deusa, ela então pegou cinco velas em forma de pilar da cesta. Anastasia achou a direção norte facilmente virando-se na direção do rio, e foi na parte mais ao norte da pedra que ela colocou o pilar verde, representando o elemento de que se sentia mais próxima, a terra. Enquanto ela colocava o restante das velas em suas direções correspondentes – amarelo do ar ao leste, vermelho do fogo ao sul, azul da água ao oeste, e a vela púrpura do espírito no centro –, Anastasia controlava sua respiração. Tomava ar profundamente, imaginando puxar o ar infundido com o poder da terra vindo do chão para dentro de seu corpo. Ela pensava em seus alunos e em como queria o melhor para eles, e como o melhor significava que eles deveriam ver uns aos outros claramente e ir adiante em seus caminhos com verdade e honestidade. Quando as velas estavam postas, Anastasia tirou o resto dos itens da cesta de encantamentos: uma longa trança de capim, uma lata que guardava palitos de fósforo com uma fita para acendê-los e três sacos de veludo pequenos. Um continha folhas secas de louro, outro estava preenchido de espinhos pontudos de cedro e o terceiro, pesado, possuía sal marinho.

Anastasia fechou seus olhos e enviou a mesma oração silenciosa e sincera que sempre enviava antes de cada encantamento ou ritual que ela já tentara. *Nyx, você tem meu juramento de que pretendo apenas o bem no encantamento em que trabalho esta noite.* Anastasia abriu seus olhos e virou primeiro para o leste, acendendo a vela amarela do ar e chamando o elemento para o seu círculo numa voz clara, usando palavras simples:

– Ar, por favor, una-se a meu círculo e fortaleça meu encantamento.

Movendo-se em sentido horário, ela acendeu todas as cinco velas, chamando um elemento por vez, completando o círculo do encantamento acendendo a vela púrpura do espírito no centro do altar.

Então ela olhou para o norte, tomou outro fôlego profundo e começou a falar com seu coração e alma.

– Começo com o capim, para purificar este espaço.

Ela fez uma pausa para segurar a ponta da trança sobre a chama da vela verde da terra. Quando acendeu, ela o moveu graciosamente em torno dela em um laço preguiçoso, enchendo o ar acima da rocha do altar com a fumaça espessa que se desenrolava em ondas.

– Qualquer energia negativa deve sair sem deixar vestígios.

Ela colocou de lado a trança ainda esfumaçada e levantou sua mão esquerda em forma de concha. Então ela pegou o primeiro dos sacos de veludo. Enquanto triturava as folhas secas na palma de sua mão, continuou o encantamento:

– Consciência e claridade vêm com essas folhas de louro. Pela terra chamo seu poder hoje.

Os espinhos de cedro vieram em seguida. Anastasia respirou seu aroma enquanto os misturava com as folhas trituradas na palma de sua mão, dizendo:

– Cedro, de você é a coragem, proteção e autocontrole que busco. Empreste-me sua força, para que meu encantamento não seja fraco.

Do último saco de veludo ela retirou pequenos cristais de sal marinho, mas, em vez de adicioná-los aos outros ingredientes, Anastasia levantou a palma da sua mão, que estava agora cheia da mistura de louro e cedro. Ela jogou a cabeça para trás, adorando a sensação de que um vento morno, beijado pelo fogo, que cheirava à água do rio, estivesse levantando uma mecha espessa de seu cabelo louro, evidenciando o fato de que os elementos haviam mesmo se unido a seu círculo e que estavam ali esperando para receber e realizar seu pedido. Conforme começou a falar as palavras do encantamento, a voz de Anastasia tomou um tom amável de canção, de forma que soava como se estivesse recitando um poema acompanhado de uma música que apenas sua alma podia ouvir.

— Um encantamento de atração é no que trabalho esta noite. Meu desejo é lançar claridade de visão. Com as folhas de louro revelarei a verdade importante. O amor não deve se basear em juventude arrogante. A força do cedro protege das más ações do garoto, empresta coragem e controle para atingir os objetivos.

O sal pareceu escorregadio contra os dedos de Anastasia enquanto ela adicionava o ingrediente final para seu encantamento.

— O sal é a chave que prende este encantamento a mim.

Ela se moveu para a vela verde, tomou mais um fôlego e pôs em ordem seus pensamentos. Era agora que ela precisava evocar o nome de Dragon Lankford e então falar o nome de cada um dos quinze alunos, polvilhando um pouco do que agora era uma mistura magicamente infundida na vela da terra, enquanto ela esperava e rezava para que cada encantamento funcionasse e cada aluno visse Dragon com claridade, verdade e honestidade.

— Nesta chama, a magia corta como uma espada, atraindo apenas a verdade de Bryan Lankford!

Quando ela disse seu nome, aconteceu. Anastasia deveria estar aspergindo o primeiro punhado da mistura na chama e falando o nome de Doreen Ronney, completamente obcecada por Lankford, mas no lugar disso a noite explodiu ao seu redor em caos e testosterona, quando um jovem novato surgiu do nada de trás do espinheiro branco mais próximo, com a espada em punho.

— Mova-se! Você corre perigo! – ele gritou para Anastasia, dando-lhe um forte empurrão.

Desequilibrada, seus braços se agitaram no ar, de forma que a mistura foi jogada para cima, cada vez mais para cima, enquanto ela foi para baixo, cada vez mais para baixo, caindo desajeitadamente de bunda no chão. E no chão ela se sentou, assistindo a tudo horrorizada e boquiaberta, enquanto o vento morno que estivera presente desde que ela abrira seu círculo de encantamentos atingiu a mistura mágica e soprou, jogando toda a mistura diretamente no rosto do novato.

O tempo pareceu suspenso. Era como se a realidade, por um instante, tivesse se deslocado e dividido. Por um segundo, Anastasia estava olhando para cima, para o novato, congelado naquele momento, espada em punho como a estátua de um jovem deus guerreiro. Então o ar entre ela e o novato, estático, começou a brilhar com uma luz que lembrava a luz de uma vela. A luz ondulou e se agitou, brilhando tanto que Anastasia teve de levantar uma mão para proteger seus olhos. Enquanto ela apertava os olhos contra o reflexo, o brilho se dividiu ao meio, como se envolvesse o corpo do novato em luz tangível, e do centro, justaposto em frente ao garoto, Anastasia viu outra figura. A princípio, era indistinguível. Então ela deu um passo à frente, na direção da figura, de forma que a luz a iluminou e bloqueou totalmente sua visão do novato.

Ele tinha mais ou menos a mesma altura e tamanho do garoto. Ele também empunhava uma espada. Anastasia olhou para seu rosto. Seu primeiro pensamento, seguido rapidamente de choque e surpresa, foi: Ele tem um rosto bondoso. Bonito, na verdade. Então ela engasgou, percebendo o que via.

— Você é ele! O novato atrás de você. É você!

Mas não era bem o garoto. Isso era claro. Essa nova pessoa era um homem adulto, um vampiro com tatuagens incrivelmente exóticas de dois dragões que encaravam a forma crescente no centro da testa dele, corpos, asas e caudas descendo por seu rosto para formar um maxilar firme e lábios carnudos, lábios que se inclinavam em um charmoso e desarmador sorriso.

– Não, você não é o novato – ela disse, olhando dos seus lábios até seus olhos castanhos, que eram uma reflexão brilhante de seu sorriso.

– Você me atraiu, Anastasia. Você deveria saber quem sou eu – sua voz era profunda e agradável para ela.

– Eu o atraí? Mas eu... – Sua voz se perdeu.

O que ela havia dito imediatamente antes de o novato aparecer e se meter no seu encantamento? Ah, ela se lembrou!

– Eu havia acabado de dizer: "Nesta chama, a magia corta como uma espada, atraindo apenas a verdade de Bryan Lankford!".

Anastasia interrompeu suas próprias palavras, olhando fixamente para as tatuagens do vampiro... tatuagens de dragões.

– Como isso é possível? Você não pode ser Bryan Lankford! E como você sabe meu nome?

Seu sorriso se abriu.

– Você é tão jovem. Havia me esquecido. – Segurando o olhar dela com o seu, ele fez um cumprimento cortês. – Anastasia, minha querida, minha sacerdotisa, Bryan Lankford é exatamente quem você atraiu. Eu sou ele – riu brevemente. – E ninguém me chama de Bryan além de você há muito, muito tempo.

– Eu não quis literalmente atrair você! E você é velho! – ela deixou escapar, e então sentiu seu rosto enrubescendo. – Não, não quero dizer velho, velho. Quero dizer que você é mais velho que um novato. Você é um vampiro transformado. Apesar de não ser um vampiro velho.

Anastasia desejou desesperadamente poder desaparecer sob a pedra do altar.

A gargalhada de Bryan era morna, sincera e muito convincente.

– Você pediu pela minha verdade, e é isso que você conjurou. Minha querida, este é quem eu me tornarei no futuro, por isso eu sou, como você diz, velho e um vampiro completamente transformado. Aquele novato ali, atrás de mim, é quem eu sou hoje. Mais jovem, sim, mas também imprudente e cheio de si.

– Por que você me conhece? E por que me chama de "minha querida"?

E por que você faz meu coração parecer um pássaro animado prestes a voar? – ela completou silenciosamente para si mesma, sem conseguir falar essas palavras em voz alta.

Ele se aproximou e agachou ao lado dela. Lentamente, reverentemente, ele tocou seu rosto. Ela não conseguia de fato sentir sua mão, mas por seu hálito podia sentir sua proximidade.

– Eu conheço você porque você é minha, assim como eu sou seu. Anastasia, olhe em meus olhos. Diga-me com honestidade o que você vê.

Ela teve de fazer o que ele pediu. Não tinha escolha. O olhar dele a hipnotizava, como tudo mais sobre esse vampiro. Ela olhou em seus olhos e se perdeu no que viu: a bondade e a força, integridade e humor, sabedoria e amor, total e completo amor. Nos olhos dele, Anastasia reconheceu tudo o que ela sempre imaginou que um homem seria.

– Vejo um vampiro que eu poderia amar – ela disse sem hesitar.

E então completou rapidamente:

– Mas você é um guerreiro, isso é óbvio, e eu não posso...

– Você vê o vampiro que você ama – ele disse. Interrompendo-a, ele se inclinou para frente, segurou o rosto dela em sua mão e pressionou seus lábios contra os dela.

Anastasia não deveria ter sido capaz de sentir nada. Mais tarde, repassou a cena diversas vezes em sua mente, tentando entender como um fantasma conjurado de um homem poderia tê-la feito sentir tanto sem ser, de fato, capaz de tocá-la. Mas ali tudo o que ela podia fazer era tremer e segurar seu fôlego conforme o desejo por ele, real ou imaginado, pulsava por seu corpo.

– Ahhh – ela soltou a exclamação em um suspiro enquanto ele se movia lentamente, pesarosamente para longe dela.

– Meu amor, minha querida, sou um vampiro e um guerreiro. Sei que parece impossível no momento, mas eu acredito que a verdade é que me tornarei a pessoa que você vê: o homem de bondade e força, integridade e humor, sabedoria e amor. Eu preciso de você. Sem você, sem nós, sou apenas um invólucro do que devo ser. Só você pode fazer o homem mais forte que o dragão. Lembre-se disso quando a versão jovem, impaciente e arrogante de mim tentar deixá-la maluca – ele continuou a se afastar dela.

– Não vá embora!

Seu sorriso preencheu o coração de Anastasia.

– Não estou indo embora. Eu nunca a deixarei por minha vontade, minha querida. Estarei bem aqui, crescendo e aprendendo.

Ele olhou para trás, para a estátua paralisada de um novato, e gargalhou, encontrando o olhar dela novamente.

– Ainda que seja difícil para você acreditar em alguns momentos, nos dê uma chance, Anastasia. Seja paciente comigo. Nós valemos a pena. Ah! E não me deixe matar o urso. Ele não iria machucar você. Ele, assim como eu, foi atraído até você apenas porque um encantamento saiu levemente, magicamente, errado. Nem ele, nem eu – ele interrompeu e sua voz profunda ficou mais leve –, nem meu "eu" jovem e arrogante têm nada de mau em mente esta noite. E minha querida, meu amor, eu nunca deixarei nada machucá-la.

Ao falar essas últimas palavras, Anastasia sentiu um arrepio gelado passar por seu corpo como se algum deus ou deusa tivesse despejado água gelada em suas veias. Enquanto ela tremia com uma estranha mistura de pressentimento e desejo, o espectro adulto de Bryan Lankford, com seu olhar ainda preso ao dela, foi para trás. Um raio de luz se fez quando ele foi absorvido pela versão mais nova dele mesmo, que instantaneamente voltou a se mover.

Sentindo-se como se tivesse sido atingida por uma locomotiva de um daqueles enormes trens que atravessavam a América, Anastasia assistiu à versão mais nova do vampiro, cujo toque etéreo ainda ecoava em seu corpo. Ele estava esfregando seus olhos lacrimejantes com uma mão, enquanto com a outra ele empunhava a espada em direção ao enorme urso marrom que havia aparecido tão repentinamente na frente dele apenas nas patas traseiras. Era tão grande que Anastasia pensou por um instante se tratar, como a versão mais velha de Bryan Lankford, de uma conjuração de seu encantamento, e que devia ser na verdade névoa e magia, fumaça e sombras.

Então o urso urrou, fazendo o próprio ar em torno dela vibrar, e Anastasia soube que não era uma ilusão.

Os olhos de Lankford melhoravam rapidamente, e ele se movia com intenção mortal em direção à criatura.

– Não o machuque! – Anastasia gritou. – O urso foi acidentalmente trazido aqui por meu encantamento, ele não tem intenções ruins.

Bryan deu um passo para trás, para longe do alcance imediato das garras da criatura. Anastasia assistiu a ele olhar o urso de cima a baixo.

– Você sabe disso por sua magia? – ele perguntou sem tirar seus olhos do animal.

– Sim! Dou minha palavra – ela disse.

Bryan olhou rapidamente para ela e Anastasia sentiu uma estranha fagulha de reconhecimento naquele olhar. Então o novato piscou os olhos e disse:

– É melhor que você esteja certa.

Anastasia teve de apertar os lábios para não gritar para ele: *Sua versão crescida não teria dito isso!*

Ela duvidava de que ele tivesse ouvido seu grito. Ele já tinha voltado sua atenção completamente para o urso.

A grande criatura se aproximava como uma torre sobre o menino, mas Bryan simplesmente se abaixou, pegou a vela mais perto dele de cima do altar e a segurou à sua frente. A chama da vela vermelha queimava como uma tocha.

– Ah! Vá embora! – ele gritou com uma voz que carregava mais imperatividade do que ela poderia esperar de alguém que não era nem um vampiro... ainda. – Saia daqui! Vamos! Isso tudo foi um acidente. A sacerdotisa não tinha intenção de atrair você.

O urso deu um passo para trás com o brilho da vela, bufando e rosnando. Bryan deu um passo à frente:

– Eu disse: vá!

Com uma grande sensação de alívio, Anastasia viu a besta cair com as quatro patas no chão e, com uma última bufada para o novato, foi embora cambaleando em direção ao rio.

Agindo puramente por instinto, ela ficou de pé e correu na direção de Bryan.

— Certo, você está bem. Você está segura agora. Tudo está sob controle... – ele ainda estava falando quando ela o ignorou e tomou a vela vermelha ainda flamejante de sua mão.

— Não quebre o círculo. Este encantamento tem muito poder para ser desperdiçado – ela disse severamente.

Anastasia não olhou para ele, ela não queria se distrair. Em vez disso, cobriu a chama, protegendo-a com a mão, e cuidadosamente a colocou de volta em seu lugar, na parte leste do altar, antes de se virar para encarar Bryan Lankford.

Seu cabelo era loiro, longo e volumoso, e amarrado para trás, o que a fez se lembrar do cabelo do Bryan mais velho, que também tinha a mesma cor clara, longo e volumoso, mas que estivera solto em seus ombros, emoldurando seu rosto bondoso. Teria sido um pouco de cinza perto das têmporas? De alguma forma, ela não conseguia se lembrar, ainda que pudesse lembrar a cor exata de seus lindos olhos castanhos.

— O que foi? Eu não quebrei seu círculo. A vela nem apagou. Veja, ela está de volta ao lugar em que estava.

Anastasia percebeu que estivera olhando para ele sem falar. *Ele deve achar que sou completamente louca.* Ela abriu a boca para dizer algo que explicaria um pouco da estranheza da noite, e então realmente olhou para ele, para o jovem Bryan Lankford à sua frente. Ele tinha sal espalhado por todo o seu rosto, alguns cristais haviam ficado presos em suas sobrancelhas, e seu cabelo estava coberto com pedaços de folhas de louro e espinhos de cedro. O riso súbito de Anastasia surpreendeu os dois.

As sobrancelhas dele se levantaram.

— Eu arrisco minha vida para salvar você de uma criatura selvagem e você ri de mim? – Ele tentava parecer sério e ofendido, mas Anastasia podia ver a centelha de humor naqueles olhos castanhos.

— Você está vestindo os ingredientes do meu encantamento e, sim, isso faz você parecer engraçado.

E também o fazia parecer jovial e muito bonito, mas ela guardou essa parte para si mesma. Ou ao menos ela pensou que havia guardado essa parte para si mesma. Enquanto os dois estavam parados ali, olhando um para o outro, a centelha nos olhos de Bryan pareceu se tornar consciente. Quando os lábios dele começaram a se inclinar, o estômago de Anastasia deu uma estranha e leve revirada, e ela completou rapidamente:

– Ainda que eu não deva rir, não importa o quão engraçado você pareça. Os ingredientes do meu encantamento espalhados sobre seu corpo significam que eu terei de refazer toda a mistura.

– Então você não deveria tê-la jogado em mim – ele disse com uma virada arrogante de cabeça.

O divertimento de Anastasia começou a sumir.

– Eu não joguei em você. O vento a soprou no seu rosto quando eu caí porque você me empurrou.

– É mesmo? – ele levantou um dedo, como se descobrindo a direção da brisa. – Que vento?

A careta de Anastasia piorou.

– Ele deve ter soprado e ido embora, ou então se acalmou por causa da interrupção do meu encantamento.

– E eu não empurrei você – ele continuou, como se ela não tivesse falado. – Eu a movi para trás de mim para que pudesse protegê-la.

– Eu não preciso que você me proteja. O urso foi um acidente. Ele estava confuso e não era perigoso. Eu estava conjurando um encantamento de atração e de alguma forma o urso foi pego por ele – ela explicou.

– Então era um encantamento de atração – A irritação que começara a aparecer em sua voz desapareceu, para ser substituída por uma risada arrogante e outro olhar consciente. – É por isso que você chamou meu nome. Você me quer.

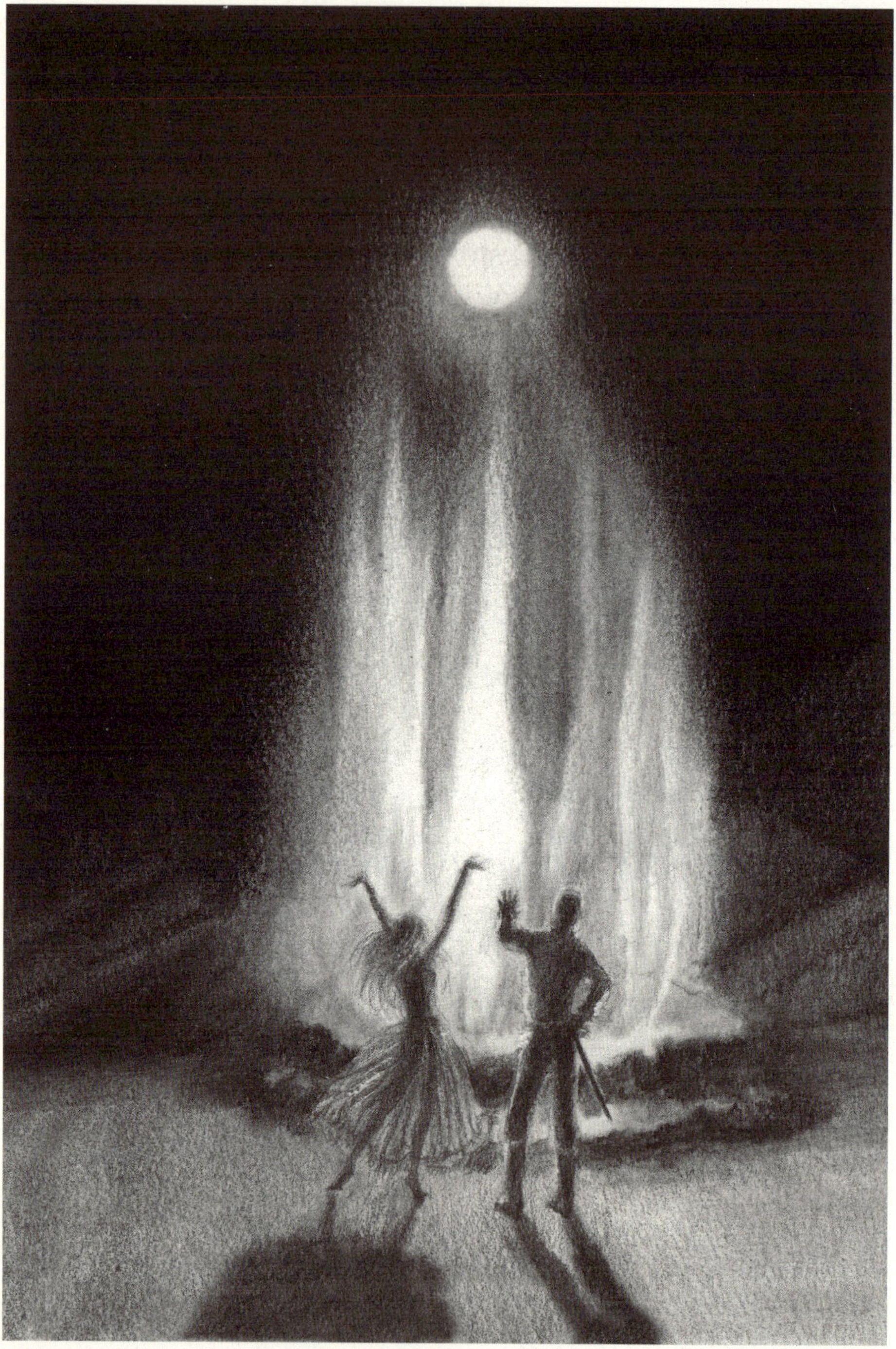

5.

Dragon sorriu enquanto via o rosto da jovem sacerdotisa corar em um amável tom de rosa.
– Você entendeu mal minha intenção – ela disse.
– Você mesma disse. Você estava lançando um encantamento de atração. Eu ouvi você falar meu nome. Obviamente você estava me atraindo. – Ele parou, pensando que agora tudo fazia sentido. – Não surpreende que deixei Shaw e o resto dos guerreiros e fui das docas para casa sozinho. Eu pensei que fosse por causa do Biddle. Ele já tinha me visto antes de sair para os Jogos Vampíricos, então eu já sabia que ele não gostava de mim. Mas esta noite o olhar dele era tão duro, tão estranho, que imaginei que isso tinha feito eu me sentir esquisito, quase como se não pudesse respirar, e eu precisava sair para cá, onde há ar, espaço e... – Bryan interrompeu, rindo um pouco e dando a ela indícios de seu famoso sorriso. – Mas não importa. A verdade é que estou aqui porque você me deseja – ele esfregou seu queixo, pensando. – Não nos conhecemos. Eu me lembraria de tamanha beleza. Foi minha reputação de proeza com a espada que chamou sua atenção, ou foi mais um tipo particular de proeza que...
– Bryan, eu não desejo você!
– Me chame de Dragon – ele disse automaticamente, e então continuou. – É claro que deseja. Você acabou de admitir um encantamento de atração. Você não precisa ficar envergonhada. Eu estou lisonjeado. Mesmo.
– Dragon – ela disse de um jeito que ele pensou ser sarcástico –, eu estou envergonhada, mas não por causa de você. Estou envergonhada por você.

– Você está dizendo coisas sem sentido nenhum – ele disse e pensou consigo mesmo, rapidamente, se ela teria batido a cabeça quando caiu.

A sacerdotisa inspirou profundamente e exalou em um suspiro de impaciência. Então ofereceu a mão e o braço para ele, dizendo:

– Prazer em conhecê-lo, Bryan Lankford. Eu sou a professora Anastasia, a nova sacerdotisa de encantamentos e rituais na Morada da Noite de Tower Grove.

– Prazer em conhecê-la, Anastasia – ele disse, segurando seu braço desnudo, que era macio e morno ao seu toque.

– Professora Anastasia – ela o corrigiu. Imediatamente ela soltou o braço dele e disse: – Você não deveria saber sobre este encantamento.

– Porque você não quer que ninguém saiba que você me quer? – *Incluindo eu mesmo*, ele completou em silêncio para si.

– Não. O encantamento não tem nada a ver com querer você. É o oposto, na verdade – ela disse.

E então, em uma voz que soava como se estivesse dando uma aula para novatos, ela continuou.

– Isso vai soar deselegante, mas a verdade é que estou aqui para lançar o que se pode chamar de encantamento anti-Dragon Lankford. – Suas palavras o tomaram de surpresa.

– Eu fiz algo para ofender você? Você nem me conhece. Como pode não gostar de mim?

– Não é que eu não goste de você! – ela disse rapidamente, quase como se estivesse tentando esconder algo. – Esta é a verdade dos fatos: nessa quinzena em que estive dando aulas na Morada da Noite de Tower Grove, quinze novatos vieram a mim para pedir encantamentos de amor para enfeitiçar você.

Os olhos de Dragon cresceram:

– Quinze? Mesmo? – Ele parou por um momento e fez uma rápida conta mental. – Só consigo pensar em dez garotas que poderiam querer me enfeitiçar.

A professora não pareceu nem um pouco surpresa:

– Eu diria que você se subestima, mas não creio que isso seja possível. Então vou assumir que você é melhor com a espada do que com somas. Seja como for, eu vim para fora esta noite com a intenção de lançar um encantamento que atraísse a cada um dos seus admiradores obcecados a verdade sobre você, para que pudessem ver claramente e honestamente que você não é o cara certo para eles, o que acabaria com suas tolas paixões – ela terminou apressadamente.

Ele não podia se lembrar da última vez em que estivera tão surpreso. Não, isso não era verdade. A última vez que ele havia sentido esse tipo de surpresa profunda na alma foi quando a noite havia se iluminado para mostrar o mastro de um navio e uma nova vida. Ele balançou a cabeça e disse a primeira coisa que veio à mente:

– Isso é difícil de acreditar. Você realmente me detesta. Mulheres geralmente gostam de mim. Bastante, na verdade.

– Obviamente. É por isso que treze delas me pediram para enfeitiçar você.

Ele franziu a testa.

– Achei que você tivesse dito quinze antes.

– Treze meninas. Dois meninos – ela disse secamente. – Aparentemente os meninos gostam bastante de você também.

Inesperadamente, Dragon riu.

– Aí está! Todos gostam de mim, exceto você.

– O que e não gosto é de pensar que tantos jovens novatos impressionantes estejam apaixonados por você. Simplesmente não é saudável.

– Não é saudável para quem? Eu me sinto muito bem – ele disse, e sorriu para ela, utilizando cada pedacinho do seu charme.

Dragon pensou ter visto seu olhar severo relaxar um pouco e aqueles grandes olhos turquesa se acalmarem, mas as próximas palavras de Anastasia jogaram um balde de água fria nele.

– Se você fosse mais maduro, ligaria para os sentimentos das pessoas.

Ele desdenhou:

– Mesmo? Eu tenho quase vinte anos – Dragon parou por um momento e a examinou de cima a baixo. – Quantos anos você tem?

– Vinte e dois – ela disse, levantando a cabeça.

– Vinte e dois! Isso é jovem demais para ser uma professora e jovem demais para estar me dando sermão sobre ser mais maduro.

– E ainda assim sou sua professora de encantamentos e rituais, e alguém deveria lhe dar um sermão sobre o que você seria se agisse de forma mais madura. Quem sabe, com um pouco de aconselhamento, você poderia crescer e ser um guerreiro com integridade e honra.

– Eu acabei de voltar dos jogos onde ganhei o título de Mestre Espadachim. Eu já tenho integridade e honra, mesmo sem ser um vampiro totalmente transformado.

– Não se ganha integridade e honra em jogos. Você só pode ganhá-las vivendo uma vida dedicada a esses ideais. – Os olhos dela prenderam os dele e ele percebeu que ela não falava a ele com condescendência. Ela soava estranhamente triste, quase derrotada. E Dragon não tinha ideia de por que aquilo o fez subitamente querer dizer algo, fazer algo, qualquer coisa que fizesse a pequena tensão de preocupação na outrora tranquila sobrancelha dela desaparecer.

– Eu sei disso, Anastasia. Professora Anastasia – ele se corrigiu dessa vez. – Eu já estou me dedicando ao meu treinamento dos Filhos de Erebus. Eu serei um guerreiro um dia, e farei jus a seus padrões de honestidade, lealdade e valor.

Ele se sentiu satisfeito por vê-la sorrir, ainda que pouco.

– Espero que sim. Acredito que você possa ser um guerreiro extraordinário algum dia.

– Eu já sou extraordinário – Dragon disse, com seu sorriso de volta.

E então ela o surpreendeu novamente, olhando-o seriamente nos olhos, quase como se ela mesma fosse uma guerreira, e disse:

– Se você é tão extraordinário, prove.

Dragon brandiu sua espada e se curvou para ela, sua mão fechada em torno do cabo, pressionando-a contra seu peito como se ele fosse completamente um guerreiro Filho de Erebus, e ela, sua sacerdotisa.

– Envie-me numa missão! Indique-me o urso que devo degolar para provar meu valor.

Desta vez o sorriso dela foi completo e Dragon pensou que isso iluminava seu já lindo rosto com uma felicidade que parecia brilhar ao redor dela. Sua boca, com seus lábios carnudos curvados para cima, o distraíam tanto que ele teve de piscar os olhos confusos e dizer:

– O quê? Eu? – disse, quando percebeu que ela apontava diretamente para ele. – Até uma vampira que é jovem demais para ser professora deveria ver que eu não sou um urso.

– Eu assumi que você falava metaforicamente quando me pediu para enviá-lo em uma missão para provar seu valor.

– Missão? – Ele piscou os olhos. Ele estava apenas brincando. O que ela estava pensando?

– Bem, imagino que não se qualifique como uma missão, mas é uma forma de você provar para mim que é extraordinário.

Ele deu um passo teatral em direção a ela. *Agora sim!*

– Estou pronto para realizar sua ordem, minha dama – ele disse com sua voz mais charmosa.

– Excelente. Então venha para cá, para o meu altar. Você vai me ajudar a lançar esse encantamento.

Sua teatralidade acabou.

– Você quer que eu a ajude com um encantamento que fará as meninas não gostarem de mim?

– Não esqueça os dois meninos. E o encantamento não os fará não gostar de você. Ele os fará vê-lo mais claramente, e isso os livrará da paixão cega por você.

– Devo admitir para você que isso soa bem suspeito para mim. Parece muito como se eu devesse cortar meu braço fora para provar que sou um espadachim extraordinário.

– Você não tem que me ajudar – ela se virou de volta para o altar, mexendo nas velas dos elementos e depois nos três pequenos sacos de veludo que repousavam ao lado do cálice e dos alimentos.

Dragon deu com os ombros e começou a ir embora. Não importava para ele que essa jovem sacerdotisa esquisita estivesse disposta a fazer de sua vida amorosa algo difícil. E daí se treze novatas não se interessassem mais por ele (ele não contou os meninos). Uma coisa que ele havia aprendido desde que descobrira os prazeres das mulheres é que sempre havia mulheres que o queriam. Ele tinha até começado a rir consigo mesmo quando as palavras dela chegaram até ele pela distância:

— Na verdade, não preste atenção ao meu pedido. Você deve voltar para a Morada da Noite. O crepúsculo se aproxima. A maioria dos novatos já está em suas camas.

Ele parou e se virou, querendo cuspir fogo nela. Ela havia falado como se ele fosse uma criança! Mas ela não percebeu como suas palavras o haviam afetado. Anastasia estava ainda arrumando as coisas no altar, de costas para ele, como se já tivesse apagado completamente Dragon Lankford de sua mente.

Ela estava errada sobre ele. Ele não era uma criança e a ele não faltavam honestidade, lealdade ou valor. Ele já tinha mostrado isso para ela com... com... E então ele ouviu a si mesmo dizer:

— Eu ficarei e a ajudarei com o encantamento.

Ela olhou por cima do ombro, para ele, e ele viu surpresa e algo mais, algo que podia ter sido prazer e calor naqueles grandes olhos azuis. Mas a voz dela era indiferente.

— Bom. Venha até aqui e sente-se ali, na beirada da rocha – ela apontou. – Cuidado para não mover o pano do altar ou derrubar uma vela.

— Sim, minha dama. O que quer que você diga, minha dama – ele murmurou.

Quando ele se juntou a ela novamente, Anastasia levantou uma sobrancelha, mas não disse nada e voltou a posicionar a vela e organizar o altar.

Dragon observava enquanto Anastasia trabalhava. Sua primeira impressão sobre a professora se mantinha: ela era uma beleza. Pequena, com cabelo longo, da cor do trigo, que descia reto e com volume até sua cintura. Mas, ainda que fosse pequena, possuía curvas generosas, que ele podia ver facilmente

O JURAMENTO DE DRAGON

através da parte de cima da roupa de puro linho e da macia saia azul. Ele não costumava prestar muita atenção ao que as mulheres usavam – ele preferia suas mulheres nuas – mas as roupas de Anastasia eram decoradas com conchas, contas e franja, fazendo-a parecer estranha e de outro mundo, um efeito que era intensificado por suas tatuagens, que eram de graciosas vinhas e flores, tão impressionantes nos detalhes que pareciam reais.

– Certo. Estou pronta para começar novamente. E você? – ela perguntou.

Ele piscou e voltou sua atenção para o altar, não gostando do fato de Anastasia tê-lo visto olhando para ela.

– Estou pronto. Na verdade estou ansioso para ouvir os nomes dos novatos que pediram encantamentos amorosos – ele levou o olhar do altar para o dela, certificando-se de que colocou um tom de desafio em sua voz. O olhar de Anastasia continuou imperturbado.

– Por você estar me ajudando com o encantamento, eu não precisarei chamar pelos nomes dos novatos. Sua presença e cooperação adicionam força suficiente para minha conjuração, que afetará qualquer um distraído por você. – Dragon soltou o ar com um rosnado.

– Parece que é uma coisa boa eu não ter uma namorada no momento. O que estamos prestes a fazer certamente estragaria isso.

– Não, não estragaria. Não se essa pessoa fosse verdadeiramente interessada por você e não por alguma imagem exagerada de você.

– Você me faz parecer um idiota arrogante – ele disse.

– E você é?

– Não! Eu sou apenas eu.

– Então este encantamento não afetará ninguém que queira apenas você.

– Certo, certo. Eu entendo. Vamos acabar logo com isso. O que você quer que eu faça?

Ela respondeu com outra pergunta:

– Você teve três anos de aulas de encantamentos e rituais, não teve?

Ele afirmou, balançando a cabeça:

– Tive.

— Bom. Então vou misturar as ervas na sua mão. Faça uma concha com ela – Anastasia demonstrou com sua própria mão –, assim. Se as ervas tocarem você, isso ajudará a emprestar força para o encantamento. Você acha que consegue completar ao menos algumas das partes do processo do encantamento se eu o guiar?

Ele engoliu sua irritação. Ela não soou mandona. Ela soou como se realmente não tivesse considerado a possibilidade de que ele poderia gostar das aulas, de que podia ser bom em qualquer outra coisa além de espada. A professora Anastasia ia se surpreender.

— Se você precisa perguntar, não deve ter lido meu histórico das aulas do professor anterior de encantamentos e rituais – ele disse maliciosamente, esperando que seu tom a fizesse acreditar que teria encontrado uma nota ruim atrás da outra. A jovem professora suspirou profundamente.

— Não, eu não li.

— Então tudo o que você realmente sabe sobre mim é o quanto alguns dos outros novatos estão apaixonados por mim.

Os olhos dela encontraram os dele e, novamente, ele viu uma emoção que não podia identificar em sua profundeza de centáureas-azuis.

— Eu sei que um dia você será um guerreiro, mas isso não significa que você possa lançar um encantamento.

— Tudo o que posso fazer é dar minha palavra de que farei o meu melhor esta noite – Bryan disse, perguntando-se por que se importava com o que ela pensava.

Anastasia parou, como se estivesse escolhendo a resposta cuidadosamente. Quando ela finalmente falou, foi apenas para dizer um simples:

— Obrigado, Bryan – e ela curvou sua cabeça de modo suave e respeitoso para ele.

— Me chame de Dragon – ele disse, tentando não mostrar o quanto aquele pequeno gesto de respeito o havia afetado.

— Dragon – ela repetiu –, desculpe-me. Eu sempre esqueço. É que "Bryan" parece combinar com você.

– Você saberia que "Dragon", dragão, combina comigo se estivesse do outro lado da minha espada – ele disse.

E então, percebendo o quão arrogante isso devia ter soado, ele completou apressadamente:

– Não que eu pudesse atacar uma sacerdotisa. Eu apenas quis dizer que se você me visse durante uma luta de espadas, entenderia meu apelido. Quando eu luto, me torno o dragão.

– Isso provavelmente não acontecerá tão cedo – ela disse.

– Você realmente não gosta de mim.

– Não é isso! Não tem nada a ver com você. Eu não gosto de violência. Eu fui criada... – Anastasia interrompeu a fala, chacoalhando a cabeça. – Isso não tem nada a ver com o encantamento de atração, e precisamos manter o foco. Vamos começar. Respire três vezes comigo, profundamente, e limpe sua mente, por favor.

Dragon não queria. Ele queria perguntar a Anastasia sobre como ela havia sido criada, sobre o que havia acontecido com ela que a fez detestar tanto a violência. Mas os três anos de treinos em encantamentos e rituais o fizeram automaticamente seguir seu comando e respirar junto com ela.

– O círculo já está conjurado. Não precisaremos refazer isso – ela disse, pegando a trança grossa de capim meio queimada do altar. Anastasia olhou para ele:

– Você sabe o que é isso?

– Capim – ele disse.

– Bom. Você sabe para que isso é usado neste encantamento?

Ele hesitou, como se tivesse que forçar a memória para lembrar a resposta.

– Para purificar a energia negativa? – Bryan intencionalmente fez da resposta uma pergunta.

– Sim, está certo. Muito bom! – Anastasia falou com ele como se fosse um novato do primeiro ano.

Bryan escondeu um sorriso da professora enquanto ela segurava o capim trançado sobre a vela verde da terra. Ele reacendeu com facilidade.

Então, passando-o em sentido horário em torno deles, ela se virou para ele e disse:

— Começo com o capim para purificar este espaço do altar... — Ela parou, fazendo para ele um olhar de expectativa.

— Qualquer energia negativa deve deixar este lugar — sem hesitação, ele disse o resto do verso de abertura do encantamento que completava a purificação do capim.

Ela enviou seu contentamento em um doce sorriso, o que fez a respiração de Dragon prender na garganta, e ele ficou repentinamente muito, muito agradecido por ter sido sempre muito bom em encantamentos e rituais.

Anastasia colocou a trança fumegante de volta ao altar e então pegou um punhado das ervas do primeiro saco de veludo. Ela andou até Bryan, que levantou a mão para ela, em forma de concha, como ela havia lhe mostrado. Anastasia salpicou os pedaços de folhas secas, cujo aroma era familiar a ele não apenas porque os ingredientes tinham acabado de ser jogados em sua cara, mas também porque ele tinha de fato passado os últimos três anos prestando atenção às aulas.

A sacerdotisa disse: — Consciência e claridade, venham com estas folhas de louro.

Então ela parou e olhou para ele, que fácil e automaticamente completou com: — Pela terra chamamos seus poderes hoje.

Ela o recompensou com outro sorriso doce antes de ir para o segundo saco de veludo. Voltou para salpicar os espinhos secos sobre as folhas de louro.

— Cedro, de você são a coragem, proteção e autocontrole que são almejados.

— Empreste-nos sua força para que este encantamento não seja fraco — ele recitou rapidamente, sem esperar que ela parasse.

Dessa vez o sorriso de Anastasia parecia pensativo, o que fez Dragon se sentir satisfeito consigo mesmo. Mais que um convencido, ele estava sentado ali, sorrindo, sabendo que o último ingrediente do encantamento seria o sal, para fazer a ligação, quando a sacerdotisa o surpreendeu completamente indo para frente e repousando suavemente sua mão na cabeça dele.

Ele sentiu uma faísca ao toque dela e seu olhar encontrou o dela. Os olhos de Anastasia aumentaram e sua voz soou definitivamente sem fôlego ao dizer:

– Uma parte deste encantamento deve vir de você. – Ela parou, e dessa vez tudo o que ele pode fazer foi ficar lá sentado, em silêncio, com seu pulso martelando conforme a mão dela deslizou para sua bochecha –, para que seja lançado corretamente, sendo forte e verdadeiro.

Os dedos finos e brancos de Anastasia se fecharam em torno de vários fios do cabelo que tinham escapado do pedaço de couro que segurava o resto para trás, fora do seu alcance. Então ela puxou. Forte. E arrancou vários fios da cabeça dele, que ela depositou na palma da mão dele, que aguardava. Dragon resistiu ao impulso de gritar e esfregar seu couro cabeludo. Só então ela se virou para a terceira bolsa de veludo e voltou com os cristais de sal, mas não os salpicou sobre a mistura na mão dele. Em vez disso, pegou sua outra mão e começou a guiá-lo de onde ele estava na pedra do altar. Lentamente, ainda segurando a mão dele na dela, os dois começaram a andar em sentido horário em torno das velas brilhantes. A voz de Anastasia mudou quando chegou ao coração do encantamento. Dragon não pôde completar os versos para ela porque nunca ouvira esta conjuração em especial, mas, enquanto ela falava e eles se moviam pela pedra, ele pôde sentir o poder do encantamento envolvê-los completamente. Ele ficou preso pelas palavras da sacerdotisa, atraído por elas como se tivessem textura e toque.

– Um encantamento de atração é no que trabalhamos esta noite. Nosso desejo é lançar claridade de visão. Com as folhas do cedro nós revelaremos a verdade importante. O amor não deve se basear em juventude arrogante. A força do cedro protege das más ações do garoto, empresta coragem e controle para atingir os objetivos.

Dragon estava tão fascinado com o tom da voz de Anastasia que levou um momento para processar o que ela dizia de fato. Na hora em que ele entendeu que ela estava provavelmente o chamando de canalha arrogante, eles pararam em frente à vela vermelha do fogo e ela se virou para ele. Embalando a mão de Dragon que segurava as ervas, Anastasia adicionou o sal à mistura, entoando:

— Sal é a chave que prende este encantamento a mim.

Então ela guiou as mãos unidas para cima da vela vermelha e, enquanto deixava cair a mistura na chama, disse:

— Nesta chama a mágica corta como uma espada atraindo apenas a verdade de Bryan Dragon Lankford.

Com um *shhhh* a chama consumiu a mistura, queimando tão alto que Dragon teve que puxar sua mão para evitar uma queimadura.

Na Morada da Noite de Tower Grove, quinze jovens novatos interromperam o que faziam subitamente. Era próximo o suficiente do crepúsculo para sete deles já estarem dormindo, e em seus sonhos pairou uma sugestão, com cheiro de louro e cedro.

Isto então é verdade e não mudará: o futuro de Dragon Lankford não os tocará...

***

Sally McKenzie estava dando risadinhas com sua colega de quarto, Isis, e falando de quão bonito Dragon era quando subitamente inclinou a cabeça e disse:

— Eu... eu acho que devemos mudar de ideia. *Ele é corajoso, ele é forte. Mas para nós não é bom consorte.*

Isis (suas risadas haviam parado) deu com os ombros e acenou com a cabeça para confirmar. As duas meninas desligaram as luminárias e foram dormir, sentindo-se mais que levemente inquietas.

***

Na mente dos dois meninos apaixonados surgiu claramente o pensamento: *Você nunca conhecerá de Dragon o toque. Seus desejos não são dessa ordem.* Um dos novatos chorou quieto em seu travesseiro. O outro ficou olhando para a lua cheia e se perguntando se um dia seria amado.

***

Quatro das seis novatas que terminavam sua vez de trabalhar na cozinha hesitaram na tarefa. Camélia olhou para Ana, Anya e Beatriz e disse:
– *Sou esperta demais. Acreditar que Dragon me daria seu coração, jamais.*
Ana engasgou e deixou cair a xícara de porcelana que segurava. Ela se quebrou em meio ao silêncio penetrante.
– *Eu iria acreditar que encontrei amor em sua cama, mas ele me usaria e descartaria sem drama.*
Então Anya falou, inclinando-se para ajudar Ana a limpar a xícara quebrada:
– *A vida dele é sua espada, eu não me importo com tal empreitada.*
Em seguida, o rosto de Beatriz perdeu toda a cor e ela sussurrou:
– *Um amor humano é meu destino. Nunca acharei meu verdadeiro companheiro em um vampiro.*

***

Nos suntuosos dormitórios da Alta Sacerdotisa da Morada da Noite, Pandeia estava acolhendo sua companheira em sua cama quando o lindo rosto de Diana expressou surpresa e ela disse:
– *O destino do novato Lankford acabará sendo muito além do que eu ou você possivelmente estamos prevendo.*
– Diana? Você está bem? – Pandeia tocou a bochecha de sua companheira e olhou profundamente em seus olhos.
Diana sacudiu a cabeça como um gato se livrando da água.
– Eu estou. Eu... Isso foi estranho. Aquelas palavras não foram minhas.

— No que você estava pensando antes de falar?

Ela encolheu os ombros:

— Acho que estava me perguntando se todos os guerreiros já voltaram dos jogos, e pensando que Dragon deixou nossa Morada orgulhosa.

A Alta Sacerdotisa confirmou com a cabeça, entendendo subitamente.

— É o encantamento de Anastasia. Ele trouxe a verdade sobre Dragon para quem estava pensando nele quando foi lançado.

Diana bufou:

— Eu não sou uma novata obcecada.

Pandeia sorriu:

— Claro que não, meu amor. Isso demonstra a força do feitiço da jovem Anastasia. Podemos ficar tranquilas de que não haverá novatos obcecados correndo atrás dele amanhã.

— Eu quase sinto pena pelo menino.

— Não sinta. Se algum dos novatos estivesse destinado a amá-lo, um banho de realidade não levará o verdadeiro amor embora. E, de qualquer forma, o que foi revelado a você mostra que Dragon tem, de fato, um futuro brilhante.

Diana correspondeu ao abraço de sua companheira dizendo:

— Ou, ao menos, que ele terá um futuro interessante.

***

Na Morada da Noite de Chicago, onde os Jogos Vampíricos haviam terminado recentemente, Aurora, uma linda jovem vampira, parou no meio de uma palavra na carta que estava escrevendo para o novato que esquentara sua cama e seu coração depois de derrotar todos os oponentes que vieram contra ele. Dragon havia ganhado o título de Mestre Espadachim junto com a afeição de Aurora. Mesmo assim, agora ela se pegou colocando a pena de lado e levantando a folha fina de papel para tocar a chama da vela mais próxima, enquanto percebia a verdade nas palavras que passavam por sua

O JURAMENTO DE DRAGON

mente, sussurrando: *Não foi nada além de uma tentativa no ar. Outro vampiro fará verdadeiramente meu coração cantar.*

O que ela estivera pensando? Dragon havia sido uma adorável diversão, e nada mais.

***

E, finalmente, dentro do prédio opressor de tijolos que servia como prisão para a cidade de St. Louis, em Missouri, os sussurros no vento flutuaram para baixo, cada vez mais para baixo... para as entranhas do lugar e para a sala secreta em que o xerife Jesse Biddle andava de um lado para o outro em frente à criatura que ele mantinha presa em uma gaiola de prata. Ele na verdade não falava com ela, mas na presença dela.

– Preciso aprender a usar mais o seu poder. Preciso ser capaz de enfrentar os vampiros. Eles são muito arrogantes. Como se achassem que são normais, que têm o direito de estar aqui! – ele gritou. – Eu os odeio. Eu os odeio! Especialmente aquele novato pirralho melequento. Você tinha de vê-lo descer do barco essa noite. Todo de peito estufado com a vitória. Você sabe do que ele se chama? Dragon Lankford! Ele não é nenhum dragão. Ele é o mesmo desgraçado que tem andado por aqui pelos últimos três anos com aquela espada lustrosa e brilhante, agindo como se fosse melhor do que todos... todos os humanos. Que arrogante filho da...

O lamento da criatura foi misterioso. Fez a pele de Biddle formigar.

– Cale a boca ou eu jogarei mais daquela água salgada em você. Isso vai queimá-lo direitinho como a galinha que você é.

Olhos que pareciam perturbadoramente humanos no rosto do enorme corvo fitaram os dele. Apesar de a criatura parecer apenas parcialmente material, seus olhos brilhavam em vermelho firme e forte.

– *Attravésss da sua obsessssão com Dragon Lankford eu vejo ssseu futuro. Ele mudará a hisstória, eu juro.*

Biddle olhou para a coisa com nojo.

– E o que isso me importa?

– *A chave é o ssseu amor para derrotar todo aquele que como você e eu for.*

– Do que você está falando, sua besta imunda?

– *Ssse a Dragon for permitido brilhar, a luz negra ele extinguirá.*

Isso fez Biddle parar. Ele prendera essa besta humana enquanto ela absorvia os últimos suspiros da força de um índio xamã que morria. O velho pele-vermelha havia conseguido jogar essa gaiola estranha de prata sobre a criatura, mas o xamã já estava muito fraco, muito perto da morte, para se recuperar do ataque da criatura quando Biddle passou por acaso pela cabana do homem. As últimas palavras do velho foram:

– Queime capim para repeli-lo. Encha a gaiola com pedras de turquesa. Jogue-o em um barril de água salgada para que ele nunca mais possa roubar o poder de outro...

Biddle decidiu, então, que de forma alguma ele gastaria seu tempo seguindo as ordens de um índio velho e morto. Ele começou a ir embora deixando o corpo e a coisa na gaiola para o próximo transeunte limpar. Então a criatura virou os olhos vermelhos para ele. Olhos humanos.

Com quase com tanto nojo quanto fascinação, Biddle se aproximou o bastante para tentar descobrir exatamente o que a coisa era. Foi então que Biddle viu: a escuridão que se movia dentro da sombra que rodeava a coisa. Ele chegou mais perto. Foi então que Biddle sentiu: o poder que saía da criatura, pela gaiola e pelo chão, até o homem morto, e lá ele parou e pairou e então desceu para o sangue que havia empoçado no chão, perto da boca do homem. Algo naquela escuridão sombria, que se contorcia, persuadia Biddle a se mover, a tocá-la. Agindo por um impulso originado na parte mais instintiva de sua mente, Biddle deu um passo entre a gaiola e o homem morto, avançando para as correntes de escuridão.

Ao lembrar, o xerife Biddle fechava seus olhos em êxtase. A dor havia sido gelada, aguda e imediata, mas assim também tinham sido o poder e o prazer que correram através dele quando parte da escuridão foi absorvida por sua pele, indo para sua alma. Biddle não destruiu a criatura, mas a manteve presa e alimentou-a com sangue, apenas ocasionalmente. Porque vai que com a alimentação a coisa ficasse mais forte, exatamente como Biddle ficou? E se ela conseguisse sair da gaiola de prata?

E agora Biddle olhava para a criatura malformada de sombra e tentava convencer a si mesmo de que ele não era um prisioneiro como sua presa. Então, a coisa, movendo-se incansavelmente, falou estranhamente em música com mais animação do que tinha mostrado nos quinze dias em que estivera ali, repetindo:

– *A verdade esta noite você ouvirá,*
Se a Dragon for permitido brilhar,
a luz negra ele extinguirá.

Biddle moveu-se para perto da gaiola:

– A luz negra. Você quer dizer a coisa de que você é feito, a coisa que o rodeia.

A coisa que às vezes eu sugo de você, ele pensou, mas não disse.

– *Sssim, para manter força por você desejada, você deve matar a vampira Anastasia, sua amada.*

Dragon ainda estava piscando por causa das marcas brilhantes da chama em sua visão quando sorriu para Anastasia e disse:

– Seu encantamento parece ter funcionado.

– Nosso encantamento – ela disse suavemente, e o agraciou com outro sorriso. – Nosso encantamento foi forte.

Anastasia parou e então perguntou:

– Você gostaria de fechar o círculo comigo?

Uma comichão inesperada de prazer o fez não confiar em sua voz, então fez que sim com a cabeça.

– Que bom, fico agradecida. E o mais correto é que o fechemos juntos.

Anastasia inclinou sua cabeça para trás e disse:

– Obrigada, espírito, por participar de nosso círculo esta noite.

Então ela se curvou para frente e soprou a vela púrpura. Dragon foi para a vela verde, limpou a garganta e disse:

– Obrigado, terra, por participar de nosso círculo esta noite.

Ele apagou a chama.

Um por vez, juntos, eles agradeceram água, fogo e ar. Então a jovem professora o encarou, segurou suas mãos com as dela e disse:

– Obrigada, Bryan Dragon Lankford, por participar do meu círculo esta noite.

Foi nesse momento que Bryan Dragon Lankford percebeu que Anastasia não era apenas uma linda vampira e uma sacerdotisa talentosa. Ela era a vampira mais bonita e a sacerdotisa mais fantástica que já tinha visto. E, sem pensar, curvou-se e beijou os lábios de Anastasia, que sorriam.

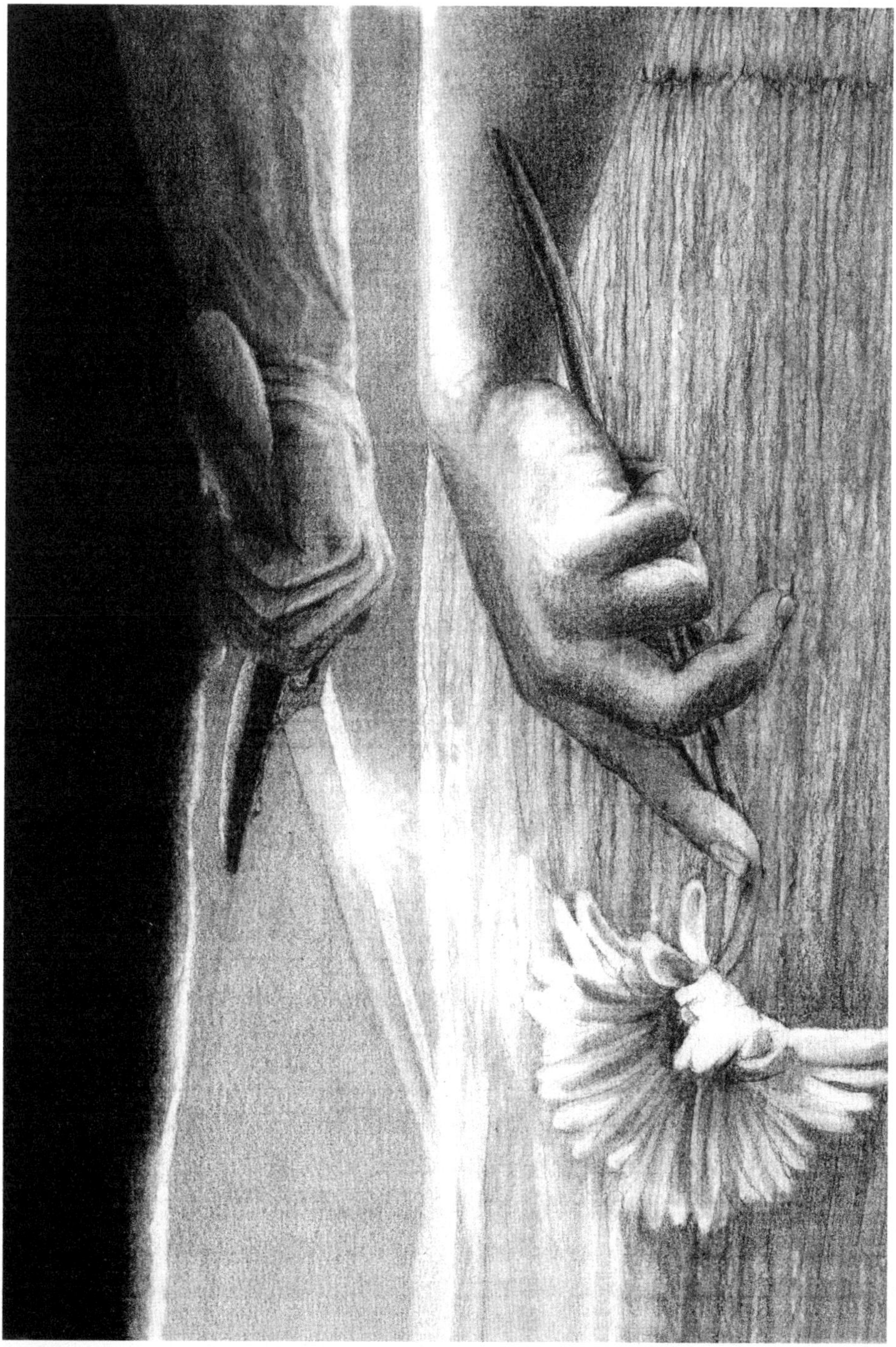

6.

Seu beijo foi tão inesperado que Anastasia ficou completamente estática com a surpresa. Ela apenas ficou ali, segurando as mãos dele, enquanto Dragon pressionava seus lábios contra os dela.

Se tivesse percebido que ele iria beijá-la, teria se afastado. Mas ela não percebeu, então não se afastou. E foi aí que a coisa mais estranha aconteceu. O toque dele não era nada como ela imaginara. Ele deveria ter sido muito forte, muito desajeitado ou muito exigente. Mas ele não foi. Ele foi doce, forte e hesitante o suficiente para ela saber que ele, também, havia sido pego de surpresa pelo beijo. Ainda assim, Anastasia ia se afastar. Ela deveria ter se afastado. E teria, se não tivesse se lembrado do vampiro completamente transformado, de olhos bondosos que inspiravam confiança, do sorriso charmoso e jovial e de um beijo que era muito, muito parecido, só que o atual ela podia sentir de verdade. *Minha querida...* Ele a havia chamado de minha querida, e o coração dela havia respondido antes que sua mente pudesse pensar em fazê-lo, que era exatamente o que acontecia naquele momento. Seu corpo estava respondendo ao toque de Bryan antes que sua mente pudesse pensar em pará-lo. Então ela se inclinou sobre ele e correspondeu ao beijo completa e gentilmente.

Enquanto sua mente não pensava e seu corpo estava ocupado sentindo o toque, algo amargamente frio tocou a parte de trás da saia de Anastasia e levantou seu cabelo, fazendo com que a vida real interferisse no beijo deles. Confusa sobre as estranhas sensações vindas por trás dela, Anastasia estava começando a se separar de Bryan quando o som de asas explodiu atrás dos dois.

O som a apavorou. Puro medo pulsou por ela. Anastasia olhou desesperadamente para Bryan:

– Algo terrível está vindo! – ela disse ofegantemente.

A mudança que se fez nele foi instantânea. Ele foi de um gentil novato de olhos sonhadores para um guerreiro, espada em punho e corpo tenso.

– Fique aqui, perto da pedra e atrás de mim.

Desta vez ele não a empurrou. Em vez disso, ele a levou rapidamente para uma posição de defesa e então se virou para encarar o que quer que estivesse se espreitando na quase alvorada. De coração martelando, Anastasia se agachou ao lado dele, espiando pela aurora acinzentada. Repleta de pressentimento, ela esperou pela coisa atacar.

Nada se moveu.

Nenhuma criatura de pesadelos os atacou. Nenhuma gangue de saqueadores os cercou. Nada de ruim aconteceu. Em torno deles havia apenas a campina e o aroma distante do rio. Ela viu seus ombros largos começarem a relaxar e se preparou para o seu comentário de descaso. Quando ele se virou para ela, Anastasia viu apenas uma preocupação alerta em sua expressão.

– Você sabe o que era? – ele perguntou.

– Não. – Ela passou uma mão trêmula pelo cabelo. – Mas dou minha palavra que não estava fingindo.

– Eu sei – ele disse. – Um Mestre Espadachim não é bom somente com uma lâmina. Ele é bom em ler linguagem corporal e julgar reações. Você estava com medo.

Ele estendeu a mão, pegou a mão dela, e a ajudou a se levantar. Suas mãos ficaram juntas por um momento. Bryan apertou a dela antes de soltá-la e então a estendeu para o cálice que repousava cheio e pronto no meio do altar.

– Beba isto e coma um pouco da comida. Isso ajudará. E mais, você deveria se resguardar depois de um encantamento tão poderoso.

Enquanto ela tomava goles do vinho fortificante e mordiscava o pão e o queijo, Bryan desmontava o altar rapidamente, enquanto se mantinha alerta aos entornos.

– Você sentiu? O frio? – ela perguntou.

– Não.

– Você ouviu as asas?

– Não – ele encontrou seu olhar –, mas eu acredito que você tenha sentido e ouvido.

– Algumas tribos indígenas acreditam que pássaros carregam maus presságios. Especialmente pássaros negros – ela disse.

– Eu gosto de acreditar que Nyx quer que nós façamos nossos próprios presságios – ele disse. Então sorriu e apontou para uma moita de flores silvestres, não muito longe, e para o pássaro azul brilhante com um toque de laranja no peito que voava por lá. – Aquilo definitivamente não é um mau presságio.

Anastasia encontrou seu sorriso novamente.

– Não, é um lindo pássaro.

– E está sobre aquelas flores amarelas enormes. Isso deve ser bom também.

– São girassóis. Minhas flores favoritas, na verdade – ela disse, dando a elas um olhar amável que por algum motivo fez Dragon desdenhar.

– Elas não são como ervas daninhas?

Ela sacudiu a cabeça em claro desdém por sua ignorância sobre flores.

– Não são ervas daninhas. Elas são associadas com amor e paixão. São fortes, brilhantes e fecundas. Suas sementes alimentam de tudo, desde pássaros até pessoas.

– Então, você diria que são um bom presságio também?

– Diria – ela respondeu.

– E depois desse segundo bom presságio, vamos embora. Estamos muito expostos aqui e já é quase manhã.

Ela confirmou com a cabeça e, ainda bebericando o vinho, os dois deixaram a campina. Bryan carregava a cesta da jovem professora em uma mão e segurava sua espada com a outra.

– Obrigada por acreditar em mim – ela disse depois de andarem em silêncio juntos por um tempo.

– De nada.

Ela olhou para ele.

– Você não é o que eu esperava.

Ele correspondeu ao olhar dela e sorriu.

– Sou mais baixo, certo?

Anastasia sorriu de volta.

– Sim. Você é definitivamente mais baixo.

Depois de alguns momentos, Bryan perguntou:

– Você gosta de mais baixos?

Ela simplesmente continuou sorrindo.

– Acho que você não me detesta – ele disse.

Ela levantou uma sobrancelha para ele.

– Eu já disse isso para você.

– Sim, mas o encantamento foi a prova.

– E como foi que ele provou isso?

– Ele deveria revelar a verdade sobre mim e sobre todas as minhas... – Ele parou, pensando, e então continuou: – E sobre todas as minhas ações más e arrogantes. – Ela sentiu seu rosto esquentar e olhou para longe dele. – Então, se eu fosse mesmo assim, todo arrogante e cheio de mim mesmo, e não me preocupasse com os outros, você veria a verdade sobre isso e não gostaria de mim.

Ela o olhou então.

– Não, você está errado. Só porque a verdade sobre você é revelada, não significa que a pessoa que a veja irá automaticamente não gostar de você. Mesmo se você for arrogante e cheio de si.

Ele riu.

– Eu acho que o que você acabou de dizer foi legal, mesmo que não tenha soado assim.

– E eu acho que você é melhor em encantamentos e rituais do que você quer deixar transparecer – ela rebateu.

– Eu acho que você vai ter que olhar meu histórico para ver.

– Farei isso.

– Você pode se surpreender com o que encontrar.

Ela encontrou seu olhar:

– Sim, posso.

O sol estava começando a se levantar pelos penhascos ao leste quando eles chegaram à porta que levava para os aposentos dos professores na casa principal. Bryan deu a cesta a ela.

– Obrigada – ela disse. – Eu... bem... acho que o vejo na aula.

– Não neste semestre. Mas você me verá.

Anastasia respirou profundamente e então disse:

– Dragon, sobre o beijo...

Ele levantou uma mão para interromper suas palavras.

– Não – ele disse rapidamente. – Não me diga que foi um erro.

– Você é um novato. Eu sou uma professora.

– É isso? Esse é o único problema que você tem comigo?

– É o suficiente – ela disse firmemente.

Em vez de dissuadido, ela viu um longo, lento e triunfante sorriso curvar seus lábios.

– Isso é bom, porque esse é apenas um problema temporário.

Ele segurou a mão dela, levantou-a e beijou sua palma. Então, ainda sorrindo, fechou sua mão em punho sobre seu coração e com perfeito respeito curvou-se para ela e disse:

– Bom vê-la, bom partir, e bom vê-la de novo, Professora Anastasia.

Antes que ela pudesse responder, ele estalou sua bochecha com um rápido beijo, virou-se e foi embora andando, assobiando alegremente.

Dragon estivera certo. Ela se surpreendeu quando viu seu histórico. *Ele é praticamente um aluno perfeito*, ela murmurou para si enquanto folheava os arquivos. Ela também se surpreendeu pela forma como os novatos o trataram, especialmente aqueles que a procuraram pedindo encantamentos amorosos. Eles não o detestavam.

Estava certo que nenhum deles se pendurava nele, ou o bajulava ou flertava abertamente com ele. Bem, nenhum dos novatos que a procuraram pedindo encantamentos amorosos flertava abertamente com ele. Outros... sim.

Anastasia tentou não notar ou ligar. Ela não pôde deixar de notar, entretanto, que em geral os novatos olhavam para ele. Ele era popular com todos, e isso incluía seus professores. E Dragon, por sua vez, era charmoso e arrogante, esperto e arteiro. E bondoso. Ele era bondoso. Anastasia não podia nem tentar ignorar esse fato.

Quando quer que seus caminhos se cruzassem durante os vários próximos dias, o que acontecia com frequência, seus olhos encontravam os dela. Seu olhar se demorava nela. O olhar dela se demorava nele. E toda manhã ela encontrava um girassol novo em um vaso de cristal em sua mesa. Anastasia tinha certeza de que toda a Morada da Noite estaria comentando os olhares que se passavam entre seu novo Mestre Espadachim e sua professora mais jovem. Mas acabou que eles estavam completamente distraídos por um humano horrível chamado Jesse Biddle.

– É como se ele nos provocasse – Diana dizia enquanto a Reunião do Conselho de Tower Hill se iniciava na sala de reuniões, que se localizava nos aposentos dos professores.

Anastasia, ainda se sentindo nervosa por participar de uma Reunião do Conselho, rapidamente se sentou e tentou não parecer surpresa quando Shaw, líder dos Guerreiros Filhos de Erebus da escola, entrou na sala acompanhado de dois dos seus vampiros mais velhos e também de Dragon Lankford.

Seus olhos encontraram os dela por uma fração de segundo e ele acenou com a cabeça rapidamente, antes de se curvar e saudar a Alta Sacerdotisa.

– Bom, todos estão aqui – Pandeia disse.

– A Reunião do Conselho pode agora começar oficialmente.

Ela voltou sua atenção para Shaw.

– Explique exatamente o que aconteceu esta noite.

— Era logo depois da meia-noite. As Filhas da Escuridão tinham ido à Ilha Sangrenta para realizar o ritual Fautor per Fortuna para os alunos do sexto ano. Enquanto pediam a Nyx para abençoá-los e ajudá-los a serem favorecidos pelo destino com a Transformação, Biddle saiu das sombras, derrubando as velas do ritual e quebrando o círculo — Shaw disse, sacudindo a cabeça em desgosto. — O humano as fez sair da ilha. A Alta Sacerdotisa em treinamento viu seu olhar se demorar quente e pesado sobre cada uma das meninas, tanto que elas se sentiram manchadas por ele mesmo depois de voltarem para seus quartos.

— Ela me disse que acredita que o humano seja muito insano — Diana observou.

Pandeia falou firmemente:

— Eu as visitei hoje e posso lhe dizer que senti os ecos de medo e algo escuro e pesado pairando sobre elas — a Alta Sacerdotisa se dirigiu a Anastasia. — Você as purificou?

— Sim, e quase imediatamente cada uma delas relatou se sentir melhor. "Mais leve" foi a expressão que elas usaram — Anastasia disse.

O olhar de Diana apunhalou Shaw:

— E por que não havia nenhum guerreiro presente para proteger nossas jovens novatas?

— As Filhas da Escuridão decidiram que a bênção seria seu presente para os alunos novatos homens do sexto ano, então não havia nenhum homem, novato ou vampiro, presente. Você sabe que frequentemente as Filhas da Escuridão realizam rituais separadamente dos Filhos da Escuridão — Shaw disse, e Anastasia pôde ver que ele tentava controlar sua frustração. — É por isso que incluí Dragon Lankford nesta Reunião do Conselho. Proponho que de agora em diante, mesmo que os rituais especifiquem que apenas mulheres estejam envolvidas, novatos homens estejam presentes, ainda que fora do círculo.

— Essa proteção é suficiente? — perguntou Lavínia, a professora de literatura. — Nossos guerreiros vampiros não deveriam proteger nossos novatos? Talvez eles devam acompanhá-los sempre que deixarem o campus.

Diana rosnou em desgosto.

– Sim, se nós queremos que eles vivam como prisioneiros. Nossos novatos, especialmente nossas novatas mulheres, precisam ter liberdade de ir e vir como quiserem sem uma guarda armada.

Pandeia suspirou:

– Talvez as Filhas da Escuridão devam ser instruídas a não realizar rituais na Ilha Sangrenta até que esse conflito com o xerife acabe.

– A ilha é nossa! – Diana disse, batendo com a mão na mesa. – Ela ganhou esse nome por causa de nossos rituais. Nós não devemos permitir que um humano autoritário e arrogante infrinja os direitos de nossos novatos.

– St. Louis não é mais um local bárbaro – a resposta de Pandeia foi veloz. – A população humana mais do que dobrou nos últimos anos. Transformou-se de um local de mercadores empoeirado às margens do rio para uma cidade próspera.

– E Tower Grove já era algo belo e sereno quando St. Louis era um imundo e incivilizado assentamento em formação – Diana completou.

– É claro que era. Vampiros sempre criaram beleza onde quer que tenhamos morado. Mas, com a mudança dos tempos, não podemos nos dar ao luxo de alienar aqueles que nos cercam, e se isso significa que nossas Filhas da Escuridão realizarão seus rituais aqui no vasto terreno de Tower Grove e na campina que chamamos lar, e não em uma ilha cheia de areia dentro do campo de visão das docas da cidade, então que seja. Odeio dizer isso, mas posso prever o tempo em que teremos de esconder nossas identidades da população humana. É algo horrível de se imaginar, mas é um preço pequeno a se pagar para que nossos jovens sejam deixados em paz.

– Os humanos nunca nos deixarão em paz. Eles nos odeiam! – Diana interrompeu.

– Não todos eles – Pandeia rebateu. – Muitos nos invejam e nos temem, de fato, mas alguns deles nos respeitam. Você sabe que não há falta de humanos para compartilhar voluntariamente seu sangue conosco. Existem até muitos vampiros aqui nesta Reunião do Conselho que têm companheiros humanos, ainda que a tendência atual seja que os humanos finjam desinteresse em se misturar a nós.

— Temo, Alta Sacerdotisa, que a tendência seja mais do que um simples desinteresse. Com o encorajamento do xerife Biddle, os humanos podem pensar que conseguem agir contra nós – Shaw disse.

— Eles nada podem contra nossos guerreiros – Pandeia disse, claramente aborrecida com a direção que a conversa havia tomado.

— Então nos deixe enviar nossos guerreiros para a cidade para ensinar a Biddle que ele não pode assediar nossos novatos! – Diana disse.

Anastasia não pôde mais ficar em silêncio.

— Mas o Alto Conselho não proibiu expressamente que os guerreiros ajam contra os humanos, exceto em defesa?

Diana rosnou:

— Essa é uma regra criada por um conselho que vive em Veneza, um lugar em que é considerado elegante ser um humano desejado por um vampiro. Eles não conseguem entender o que está acontecendo aqui na América não civilizada.

— Basta! – a voz de Pandeia havia mudado completamente, e o poder de sua ordem fez os finos pelos se arrepiarem nos braços de Anastasia. – Diana, suas palavras são inapropriadas. Minha Morada da Noite não se rebelará contra o Alto Conselho. E um humano equivocado não fará uma cidade inteira se voltar contra nós. Devemos nos lembrar de que todos fomos humanos um dia.

Diana curvou sua cabeça:

— Perdoe-me. Não quis desrespeitá-la. É que é impensável que nossos novatos tenham que ter medo de sair do campus a não ser que estejam disfarçados ou na companhia de guerreiros.

— É por isso que concordo com Shaw em ter incluído nosso novo Mestre Espadachim nesta Reunião do Conselho – Pandeia disse. – Dragon, gostaria que você e os alunos do sexto ano homens que mostraram aptidão de guerreiro se certifiquem de que nossas mulheres não deixem o campus sem ao menos um de vocês presente em cada grupo.

— É claro, Alta Sacerdotisa — Dragon disse, fechando sua mão em forma de punho e curvando sua cabeça para Pandeia.

— Sei que não é uma solução ideal para este problema, mas garantirá que nossas meninas não sejam intimidadas com tanta facilidade por Biddle, que, como a maioria dos valentões, provavelmente perderá interesse no assédio quando confrontado com mais do que jovens meninas armadas com velas e ervas. Então elas estarão protegidas e ainda terão a liberdade de ir e vir sem estar sob a guarda de adultos — Pandeia olhou para os outros membros do conselho.

— Eu enviarei uma carta para Veneza. O Alto Conselho deve saber o que tem acontecido por aqui — então ela surpreendeu Anastasia dizendo:

— Professora Anastasia, eu me impressionei com a força do seu trabalho de encantamento. Gostaria de pedir que você lance um encantamento para a Morada da Noite, algo protetor.

Anastasia hesitou e quase não ia falar, a não ser para agradecer placidamente, mas a voz firme de sua mentora falou através de sua consciência: *Siga seu instinto. Confie em si mesma.* Então ela endireitou os ombros e disse o que achou que devia:

— Alta Sacerdotisa, gostaria respeitosamente de recomendar outro tipo de encantamento.

— Um que não seja de proteção? Por quê?

Anastasia tomou fôlego e seguiu o que seus instintos diziam a ela:

— Um encantamento de proteção é, no fundo, focado na violência. Afinal, se não houvesse a necessidade de proteger contra um ato agressivo, o encantamento não precisaria ser lançado.

— E há algo errado nisso? — Pandeia perguntou.

— Geralmente, não haveria — Anastasia explicou. — Mas nesse caso eu me pergunto se o próprio ato da conjuração não pode ser como cutucar ou provocar esse tal de Biddle.

— Acho que cutucá-lo e provocá-lo parece ser uma excelente ideia — Diana observou, e vários membros do conselho confirmaram com a cabeça.

— Não se o objetivo for o de que ele nos deixe em paz — discordou Anastasia. — Isso pode, na verdade, nos manter em sua mente, quando de outra forma, com a presença de Dragon e dos outros guerreiros em treinamento, Biddle iria, como disse nossa Alta Sacerdotisa, perder o interesse em nós.

— Esse é um bom argumento — Pandeia ponderou. — O que você sugere?

— Um encantamento de paz. E eu não o lançaria aqui em nossa terra. Mesmo que atos recentes tenham despertado nossa fúria, temos intenção pacífica. É o humano que precisa de um encantamento. Ele funcionaria melhor se estivesse perto de onde Biddle considera um santuário.

— A cadeia próxima à área verde da cidade. Lá é definitivamente o santuário dele — Shaw disse.

— Então eu devo lançar o encantamento de paz perto da cadeia. Como um benefício colateral, ele teria um efeito geral calmante sobre a cidade, o que ajudaria a acalmar os ânimos de qualquer humano que Biddle tenha começado a influenciar.

— Devo concordar com Anastasia. Lance seu encantamento, professora. Só tenha certeza de que é escoltada por um guerreiro Filho de Erebus.

— Será uma honra, professora — Shaw disse, curvando-se para ela.

— Não quero insultá-lo, mas não posso lançar um encantamento de paz enquanto sou guardada por um guerreiro. Simplesmente vai contra o próprio cerne do encantamento.

— Mas não é seguro você ir ao refúgio de Biddle sozinha — Pandeia argumentou.

— Apenas a presença de um guerreiro vampiro estragaria o encantamento? — Diana perguntou.

— Sim.

Diana sorriu.

— Bem, então enviaremos o melhor possível para proteger você: Dragon Lankford. Ele ainda não se transformou, então você não será protegida por um guerreiro, ainda que seja assistida por um Mestre Espadachim.

— Isso não resolveria o problema da sua proteção? — Pandeia perguntou.

Anastasia limpou a garganta antes de falar:

– Sim, resolveria.

A Alta Sacerdotisa se direcionou ao jovem Mestre Espadachim:

– O que você diz, Dragon?

Ele sorriu, fechou a mão em forma de punho sobre o coração e se curvou para Anastasia:

– Digo que estou às ordens da Professora Anastasia.

– Excelente! Lance o encantamento esta noite, Anastasia. St. Louis precisa de toda a paz que conseguir e o mais breve possível – ordenou Pandeia.

– E esta Reunião do Conselho está suspensa. Sejam abençoados vocês todos.

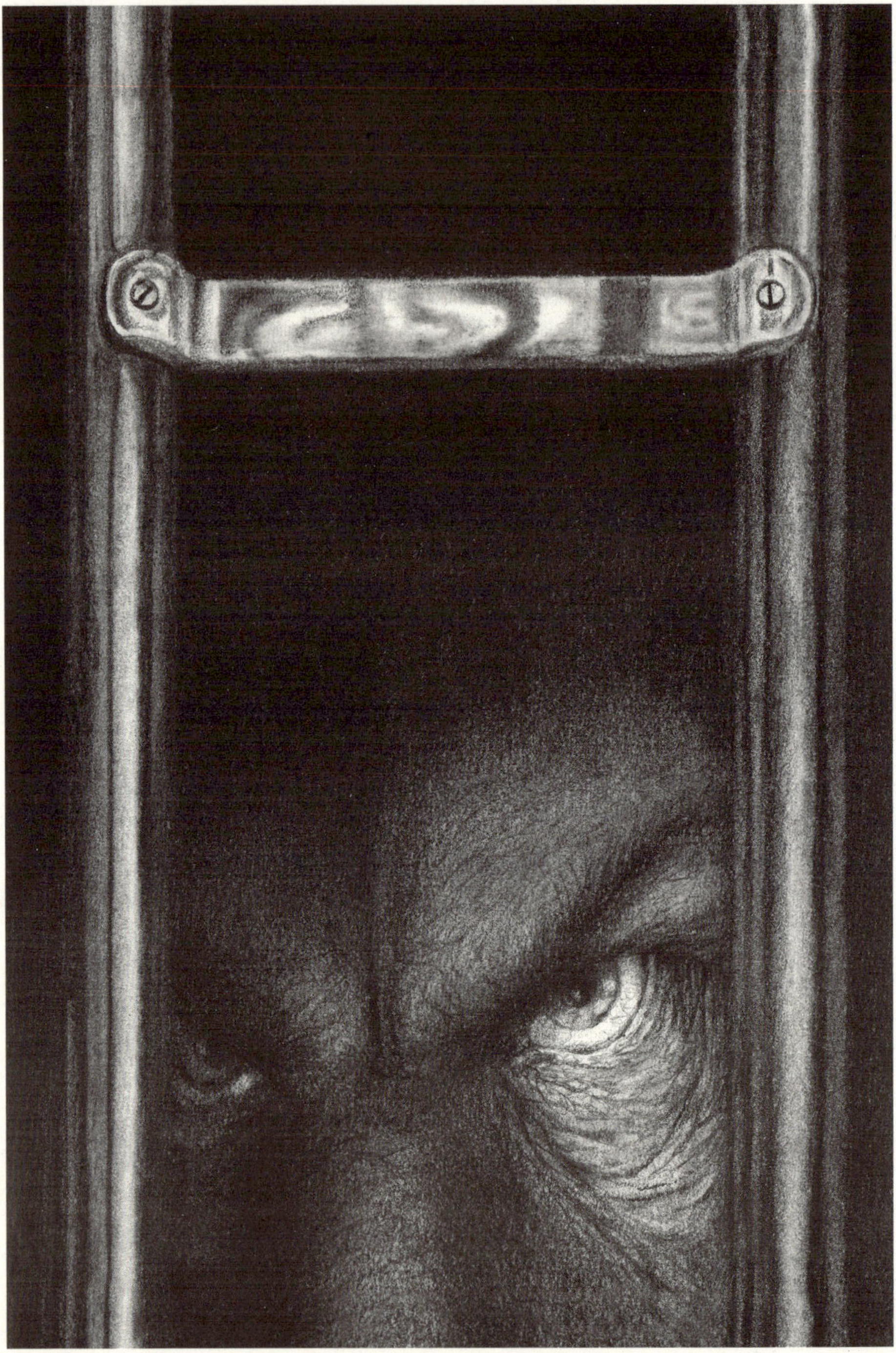

7.

– Você está fazendo uma careta desde que saímos da Morada da Noite... – Bryan disse, e então fez sinal para o par de cavalos cinza que puxavam a charrete. – Eia, calma! – ele os amansou, olhando de lado para Anastasia. – Viu, até os cavalos podem sentir sua careta.

– Não estou fazendo careta. Estou me concentrando – ela disse, fazendo careta. – Mas você está certo sobre os cavalos estarem agindo nervosamente.

Ele sorriu para ela:

– Eu estou certo sobre mais coisas além do comportamento dos cavalos.

Anastasia se virou de forma que pudesse olhar diretamente para ele.

– Alguém alguma vez explicou para você a diferença entre confiança e arrogância?

– Se eu disser que não você vai me passar um sermão?

Ela hesitou antes de falar e então disse:

– Não, creio que não.

Eles andaram em silêncio e depois de algum tempo Dragon suspirou:

– Certo, me passe um sermão. Eu gosto. Sério.

Anastasia abriu a boca para dizer a Dragon que estava pouco se lixando para o que ele gostava ou não, mas antes ele completou:

– A verdade seja dita: eu ouviria você dizer qualquer coisa. Sua voz é bonita – seus olhos encontraram os dela brevemente –, quase tão bonita quanto você.

Ele soou jovem e bobo, mas quando ela olhou em seus olhos viu uma profundidade de bondade que fez seu rosto esquentar.

– Ah, puxa, obrigada. E obrigado pelos girassóis também. Estou assumindo que é você que os tem deixado para mim – ela disse, olhando rapidamente para longe.

– Sou eu, e de nada. Você gostou deles? Mesmo?

– Sim. Mesmo – ela disse, ainda olhando para longe dele.

Surpresa com sua própria reação, ela tentou descobrir se era a esse Dragon que ela respondia ou para a versão mais velha que ainda assombrava seus pensamentos.

Houve outro longo e silencioso momento entre eles e então ele soltou:

– Eles não me odeiam.

Anastasia levantou as sobrancelhas.

– Eles?

– As treze meninas e os dois meninos.

– Ah, eles. E como você sabe disso? Eu não lhe contei quem eles eram.

Ele sorriu.

– Não importa. Ninguém tem me odiado. Sabe o que isso significa?

– Que meu encantamento não funcionou? – ela perguntou, acrescentando um sorriso para que ele soubesse que ela estava brincando.

Dragon riu.

– Você sabe que nosso feitiço funcionou perfeitamente. Significa que eu não sou tão mau.

– Eu nunca disse que você era.

– Não, você disse que eu era um mau-agidor arrogante.

– Não creio que "mau-agidor" seja uma palavra.

– Eu acabei de inventar – ele disse. – Sou bom com palavras.

Ela virou os olhos e murmurou:

– Está se gabando. De novo.

Ele riu novamente.

– Você pesquisou meu histórico, não pesquisou?

– Talvez.

– Pesquisou. E descobriu que sou quase tão talentoso nas matérias da escola quanto com a espada.

– Arrogante... – Ela soltou um longo suspiro e olhou para longe dele, para que ele não pudesse vê-la sorrir.

– Como sou arrogante se é a verdade?

– É arrogante se você se gabar, seja verdade ou não.

– Às vezes um vampiro precisa se gabar um pouco para que uma sacerdotisa o note.

Ainda sem olhar para ele, Anastasia deu uma pequena bufada.

– Você não é um vampiro.

– Não, ainda não sou.

– E há muitas mulheres que o notam.

– Eu não quero muitas mulheres – ele disse, toda a provocação sumida de sua voz. – Eu quero você.

Dessa vez ela olhou para ele. Seus olhos castanhos eram honestos e firmes. Esta noite o cabelo dele não estava amarrado para trás, e emoldurava seu rosto, fazendo sua mandíbula firme parecer mais pronunciada. Ele estava vestido com uma camiseta e calças simples e pretas, sem enfeites. Ela sabia que a cor deveria se misturar à escuridão ao redor deles, mas para ela a cor preta o fazia parecer mais velho, mais forte e tão misterioso quanto a noite sem limites.

– Gostaria que você dissesse algo – ele disse.

O olhar dela foi do seu peito largo rapidamente para seus olhos.

– Eu... eu não sei ao certo o que dizer.

– Você poderia me dizer que eu tenho uma chance com você.

– Eu sou apenas uma conquista? Algo para você ganhar, como o título de Mestre Espadachim?

Ele parou a carroça e se virou para Anastasia.

– Isso é um monte de besteira! Por que disse isso?

– Você é competitivo – ela respondeu –, você tem habilidades de um predador. Você caça. Você pega. Você conquista. Eu sou, provavelmente, a única mulher em muito tempo que não caiu aos seus pés para venerá-lo. Então você me quer porque sou um desafio.

– Eu a quero porque você é linda e inteligente, linda e talentosa e linda e bondosa. Ou ao menos eu pensei que você fosse bondosa. – Ele soltou um longo e frustrado suspiro. – Anastasia, o encantamento que lançamos deveria atrair a verdade sobre mim. Então, eu admito ser arrogante. – Ele encolheu os ombros. – Penso que, com minhas habilidades, um pouco de arrogância é inevitável. Mas eu quero que você entenda que eu querer você não tem nada a ver com conquista ou habilidades predatórias.

Seus olhos castanhos capturaram os dela e ela viu mágoa, não raiva, em suas profundezas. Lentamente ela se aproximou dele e tocou seu braço.

– Você está certo. Você não merece isso de mim. Desculpe-me, Bryan.

Ela suspirou e sacudiu a cabeça, corrigindo-se:

– Eu quis dizer Dragon. Eu estou um pouco confusa sobre o que eu sinto por você.

Ele cobriu a mão dela com a sua.

– Você pode me chamar de Bryan. Eu gosto quando você diz meu nome.

– Bryan – ela disse suavemente, e o sentiu tremer sob sua mão. – Eu não esperava alguém como você em minha vida.

– É porque eu sou um Mestre Espadachim e serei um guerreiro, não é?

Ela fez que sim com a cabeça silenciosamente.

– Por que isso incomoda você?

– Você vai achar que é bobagem.

Ele pegou a mão dela de cima do seu braço e entrelaçou seus dedos aos dela.

– Não, não vou. Eu prometo para você. Diga-me.

– Eu fui criada como uma Quaker. Você sabe o que isso significa?

– Não. Eu já ouvi falar deles. Não são uns fanáticos religiosos?

– Alguns são. Minha família não era tanto quanto o resto da nossa comunidade. Eles... eles me amavam – ela disse hesitantemente, lembrando-se. – Ainda que a comunidade tenha feito eles se afastarem de mim após ser marcada e depois transformada. Mas eu ainda recebo cartas da minha mãe, que as envia em segredo. Ela ainda me ama. Eu sei que sempre a amarei.

– Isso não parece bobagem. Parece leal, fiel e bondoso.

Ela sorriu.

— Essa não é a parte da bobagem. A bobagem é que ainda há muitas partes de mim que são muito Quaker. Eu não acho que isso mudará um dia.

— Você quer dizer que você não adora a Nyx?

— Não, Nyx é minha Deusa. Desde minhas mais antigas lembranças, sinto-me conectada à terra de forma especial, uma forma diferente da minha família. Eu acho que é assim que encontrei meu caminho para a Deusa, por meio do meu amor pela terra — Anastasia tirou o cabelo do rosto e continuou. — O que estou tentando dizer para você é que quando eu era humana eu era uma pacifista. Ainda sou uma pacifista. Acredito que sempre serei.

Ela o viu piscar em surpresa, mas ele não soltou a sua mão.

— Eu não posso mudar o fato de que sou um Mestre Espadachim. E eu não mudaria se pudesse.

— Eu sei! Eu não quis dizer...

— Espere, quero terminar. Eu não acho que eu ser um Mestre Espadachim e você uma pacifista seja algo ruim.

— Mesmo quando eu digo a você que acho que a piedade é mais forte que sua espada?

— Assim como o amor. Assim como o ódio. Há muitas coisas que são mais fortes que a minha espada.

— Eu não gosto de violência, Bryan.

— Você acha que eu gosto? — Ele sacudiu a cabeça e respondeu a si mesmo antes que ela o fizesse. — Eu não gosto! O motivo para eu ter usado uma espada em primeiro lugar foi porque eu odeio violência. — Seus ombros se abaixaram e ele continuou com uma honestidade tão crua que era quase dolorida de ouvir. — Eu sou baixo. Eu costumava ser muito baixo. Pequeno, na verdade. Tão pequeno que zombavam de mim. Eu era o motivo das piadas. Eu era "o filho do meio do conde que era bobão, fraco e loiro como uma menininha" — ele disse, engolindo a seco. — Eu não gostava de lutar. Eu não queria lutar. Mas isso não importava. A violência vinha a mim, eu querendo ou não. Se eu tivesse desistido ou me entregado a eles, teria sido magoado, machucado e abusado. Veja, meu pai não era bem visto, e seu filho menor era considerado seu elo mais fraco. – Bryan parou e Anastasia pôde ver que era difícil para ele falar sobre essa parte do seu passado. Era difícil para ele voltar para lá. – Em vez de me magoar, eu fiquei forte. Eu aprendi a usar a espada para impedir a violência feita contra mim. Sim, eu era bom nisso. Sim, fiquei arrogante e provavelmente usei minha espada quando não era necessário, especialmente antes de ser marcado. Mas a verdade é que eu prefiro interromper a violência a iniciá-la. – A palma de sua mão, enrijecida pela espada, era calejada e dura contra a mão suave de Anastasia, e ela sentiu aquele toque áspero por todo o seu corpo. – Um guerreiro é um protetor, não um predador.

– Você vive pela violência – ela disse, mas mesmo para seus próprios ouvidos suas palavras soaram fracas. – Você se transforma em outra coisa quando luta. Você disse isso. Outras pessoas disseram isso. Você até recebeu um apelido por isso.

– Eu sou um dragão apenas quando devo ser, eu sempre protegerei minha querida – ele disse. – Tente acreditar nisso. Tente acreditar em mim. Dê-nos uma chance, Anastasia.

Ela sentiu um frio na barriga ao reconhecer as suas palavras. A versão mais velha dele, aquele guerreiro vampiro que ela soubera que poderia amar, havia lhe dito exatamente a mesma coisa. E a havia chamado de "minha querida".

– Eu nos darei uma chance – ela disse lentamente – se você prometer lembrar que a piedade é mais forte que sua espada.

– Eu prometo.

E então Anastasia surpreendeu a si mesma inclinando-se para a frente e beijando-o nos lábios. Quando ela e Bryan se separaram, eles olharam um nos olhos do outro por muito tempo, até que ele disse:

– Depois de você lançar o encantamento esta noite, você andaria comigo ao lado do rio, de volta à campina?

– Se você me proteger – ela disse suavemente.

– Eu sempre protegerei minha querida – ele repetiu.

Sorrindo, Bryan prendeu o braço dela junto ao seu e então fez sinal com a boca para os cavalos se levantarem e andarem.

O braço dela ainda estava preso ao dele enquanto passavam pelo dique revestido de paralelepípedos. Anastasia geralmente ficaria olhando os barcos a vapor, que estavam alinhados, um após o outro, estendendo-se para um lado e para o outro nessa parte do rio. Assim como alguns dos luxos encontrados na Morada da Noite, ela se perguntava se se acostumaria um dia à majestade dos barcos movidos a vapor. Eles formavam um contraste muito forte com a cidade, que era escura e quieta a essa hora da noite. Os barcos a vapor eram de fato palácios flutuantes, ainda sussurrando com atividade, seus alegres lustres brilhando, sons de dançarinas e jogadores flutuando pela água como uma música mágica. Geralmente a atenção dela estaria ocupada com espiar dentro das janelas gradeadas. Mas esta noite Anastasia quase nem olhou para elas. Esta noite ela estava completamente distraída, e não era o encantamento que seria feito em breve o que a distraía. O encantamento de paz era, na verdade, um dos mais simples de realizar. Havia apenas dois ingredientes, lavanda para acalmar, que seria moída em um copo para queimar, usando a pedra favorita de Anastasia, uma ajoite, a pedra que tinha uma nuance turquesa dentro de suas profundezas cristalinas e que era sempre um condutor de paz e energia pura e amorosa. O encantamento era elementar: ela moeria a lavanda com a ajoite e então a queimaria com uma vela da terra enquanto falava as eternas palavras de paz. Era fácil, rápido e eficaz. Então por que ela se sentia tão inquieta?

À distância, sobre os sons dos barcos a vapor, ela ouviu o distinto grasnar de um corvo. Anastasia estremeceu.

— Você está com frio? — Bryan a puxou para mais perto. — Tem certeza de que não quer que eu carregue sua cesta de encantamentos? Eu já fiz isso antes — ele disse, sorrindo para ela.

— Eu estou bem. E tenho de carregar a cesta de encantamentos até depois de ter lançado o feitiço. Eu preciso infundi-la com minha energia — ela sorriu para ele. — Você pode carregá-la de volta à carroça.

— Com prazer.

Eles continuaram andando e Anastasia subitamente parou, puxando-o até parar ao lado dela.

— Não. Isso não é inteiramente verdade. Eu não estou bem, e já que você é meu protetor, eu devo ser honesta com você. Algo está errado. Eu me sinto inquieta, com medo.

Ele cobriu a mão dela com a sua.

— Você não precisa ter medo. Eu prometo que sou mais que suficiente para lutar com qualquer xerife humano valentão — Bryan a olhou nos olhos. — Valentões não me ameaçam há muito tempo.

— É sua confiança ou sua arrogância falando?

— Ambas — ele sorriu. — Venha, vamos terminar isso para que possamos ir fazer coisas melhores esta noite.

Ele apontou para uma área parecida com um pequeno parque bem à frente deles e à esquerda.

— A cadeia é o prédio quadrado de pedra do outro lado da área verde da cidade.

— Bom. Sim, vamos fazer logo isso.

Anastasia correu para a frente com Bryan, ignorando o sentimento obscuro que a estava rondando desde a Reunião do Conselho. *É o nervoso, só isso*, ela disse a si mesma. *Minha Morada da Noite está contando comigo e eu estou sendo cortejada por um charmoso novato. Só preciso me concentrar, colocar os pés no chão e fazer o que devo.*

— O que você precisa que eu faça? — Bryan perguntou enquanto andavam pelo pequeno parque e se aproximavam do prédio sério de pedra.

— Na verdade, quanto menos você fizer, melhor.

Ele olhou para Anastasia intrigado e ela explicou:

– Bryan, eu sei que você está aqui como meu protetor. Mas isso não muda o fato de você ser um espadachim. Você representa o oposto de um encantamento de paz.

– Mas eu... – ele começou, mas ela o interrompeu.

– Ah, eu sei que sua intenção é boa, até pacífica, mas isso não muda sua essência, sua aura. É a aura de um guerreiro.

Ele sorriu. Ela franziu a testa.

– Eu não falei isso como elogio – afirmou, ignorando o sorriso.

Então Anastasia analisou o prédio de pedra enquanto pensava sobre os passos do encantamento em voz alta.

– Vou colocar as velas e conjurar o círculo em torno da própria cadeia. A frente dá para o rio, o que significa que dá para o leste. Isso é bom. Eu geralmente queimaria a lavanda sobre a vela da terra porque me sinto mais proximamente aliada da terra, mas quero que esse encantamento seja carregado por toda a cidade, então eu já tinha decidido usar a vela do ar desta vez como catalisadora para o encantamento. Gosto do fato de as entradas darem para o leste. É um bom presságio – ela comentou animadamente, tentando ignorar o incômodo sentimento de inquietação que simplesmente não a deixava.

– Isso soa bom e lógico – disse ele, afirmando com a cabeça. – Então eu ando junto a você, mas fico fora do círculo?

– Não – ela respondeu, já fuçando em sua cesta, certificando-se de que as velas de cores vivas estavam em ordem. – Apenas espere aqui no parque.

– Mas eu não vou poder ver você quando estiver nas partes de trás e dos lados do prédio.

– Não, mas você poderá me ouvir – ela disse distraidamente, já começando a se concentrar no encantamento.

– Anastasia, eu não gosto do fato de que você vai sair da minha vista.

Ela olhou para ele:

– Bryan, esse é um encantamento de paz. A partir do momento que começar a moer a lavanda, paz e calma emanarão de mim. Eu sei que você está aqui para lidar com problemas, e estou agradecida por você estar aqui, mas a verdade é que é muito raro, quase desconhecido, uma sacerdotisa ser atacada durante a conjuração de um encantamento como esse.

Anastasia sabia que as palavras que dizia eram verdade, mas elas pareceram erradas, como se alguma presença exterior as estivesse avaliando e as achando vazias. Ela sacudiu sua cabeça, mais para si mesma do que para Bryan.

– Não, você não pode me seguir durante o encantamento.

– Está bem. Eu entendo. Eu não gosto disso, mas ficarei aqui – ele apontou para uma área sombria no canto do parque, bem longe da iluminação escassa a gás da frente da cadeia. – Você sabe que tem muita pouca luz em volta do prédio.

Anastasia levantou as sobrancelhas para ele.

– Bryan, sou uma vampira. Eu preciso de pouquíssima luz, e é bom que esteja tão escuro aqui. Vai esconder meu encantamento dos olhos humanos, lembra?

– Eu não quis dizer... Eu só estou dizendo que... – ele começou a falar duas vezes e então suspirou, andou para a área que havia apontado e disse firmemente:

– Eu estarei aqui. Esperando por você.

– Bom – disse ela. – Isso não deve demorar, mas eu tenho tendência a me envolver com meus encantamentos.

Anastasia passou ao lado do Mestre Espadachim de propósito, dando um toquinho perdido no braço dele.

– Eu sei – ele murmurou, e então disse a ela: – Você não notaria nem um urso enfurecido.

– Ele não estava enfurecido – ela falou de volta, rindo.

Ele havia deixado o humor dela um pouco mais leve, o que a fez sussurrar o nome de Nyx com um sorriso nos lábios e, sentindo-se mais confiante e serena, Anastasia colocou a primeira vela, amarela, ao leste para o ar e chamou o elemento para o círculo dela.

Concentrando-se completamente no encantamento por vir, ela enfiou a mão no saco de veludo que continha o sal de ligação, e enquanto se movia em sentido horário em torno da cadeia, chamando os elementos para criar um círculo, ela salpicava os cristais em linha sobre o chão bem marcado por uma trilha, sussurrando:

– O sal eu uso para este encantamento ligar, para selar a intenção, e a paz em minha mente reinar.

Com o pressentimento deixado de lado, Anastasia se moveu em torno da cadeia, conjurando seu círculo e tendo pensamentos calmos, serenos e felizes. E, apesar de ter decidido realizar o encantamento com a vela do ar, enquanto trabalhava ela automaticamente visualizava em sua mente se abaixando profundamente no solo abaixo e trazendo a rica magia da terra para ajudar a dar chão ao encantamento e reforçar sua intenção.

Como tinha acontecido desde que tentou seu primeiro encantamento de novata, o elemento respondeu a Anastasia, e a magia forte e constante da terra acordou por baixo da cadeia e começou a fluir.

A criatura de escuridão e espírito que estava agachada no porão sentiu a terra se mover em resposta ao pedido gentil da jovem sacerdotisa, e ela sabia que a hora de fazer o desejo de seu mestre havia chegado. Começou a sussurrar de um jeito bem peculiar.

O humano, que andava para frente e para trás, repetidamente, em frente à gaiola de prata, por toda a noite, parou e ouviu.

– *Para o gélido fogo sobreviver, a vampira Anastasia não deve viver.*

– Sim! Sim, eu sei – Biddle grunhiu as palavras para a criatura. Compulsivamente, sua cabeça se contorcia e ele continuava dando puxões em sua camisa, como se para se livrar de insetos imaginários que rastejavam sobre sua pele. – Mas eu não consigo chegar perto dela no meio daquele ninho de vampiro.

– *Esta noite ela está por perto. Mate-a lá em cima e traga-a, seja esperto.*

– Você quer dizer que ela está lá fora? Sozinha?

Biddle não pareceu perceber que a voz da criatura havia mudado de um sussurro de serpentina que quase nem era humano para um profundo e melódico cântico que era sedutor demais para ser humano.

– *Dragon Lankford é seu protetor, mas o gélido fogo pode conquistar sua espada sem temor.*

De dentro da jaula a sombria criatura abriu seu papo bem aberto e, com um som terrível de vômito, pedaços grudentos de escuridão voaram de dentro dele, deslizando até Biddle, que veio para a frente avidamente para encontrá-los. Como se saudasse uma amante, ele gemeu de prazer enquanto a escuridão se enrolava em torno de suas pernas e se infiltrava por sua pele, preenchendo-o com um poder que era tão viciante quanto destrutivo.

Inflado com a força emprestada, Biddle puxou a longa faca que passou a carregar desde que capturou a criatura. Desde que começou a alimentá-la com sangue.

– *Depois que o sssangue da vampira me alimentar, mais poder para vocccê haverá.*

– Sim! Com mais poder eu posso me livrar daqueles malditos vampiros para sempre! Eu os matarei um a um se for necessário. E começarei esta noite com aquela arrogantezinha desgraçada.

Biddle começou a subir pelas escadas dentro de um poço. Atrás dele a criatura ainda falava:

– *Não se distraia com o menino! Com Anastasia morta ele não é nada além de um brinquedo do destino.*

Biddle puxou sua camisa, riu para si mesmo e ignorou as palavras da criatura.

– Paz profunda da brisa gentil para você... – o encantamento de Anastasia flutuou pela noite até Dragon.

Ele podia ver a silhueta em frente à cadeia, um pouco distante da borda da iluminação a gás que emoldurava a passagem de pedra. Ela falava na mesma cadência cantada que usara para seu encantamento de atração.

– Paz profunda do fogo mais morno para você...

Dragon pensou que a voz dela era provavelmente o som mais amável que já ouvira em toda a vida. Ela o acalmava e fazia tudo parecer certo em seu mundo.

– Paz profunda dos mares cristalinos para você...

Ele havia se preocupado por Anastasia não gostar do fato de que ele se tornaria um guerreiro, mas, enquanto ela lançava seu encantamento, falava as palavras e alimentava a lavanda moída pela ajoite ao fogo, Bryan percebeu que ele não tinha nada com que se preocupar.

Seria fácil convencer Anastasia de que ele não era realmente violento. Ele não era como costumava ser. Ele estava mais velho e mais sábio. Ele apenas usava sua espada quando era necessário. Ou, na maioria dos casos, era assim. Ela veria.

– Paz profunda da lua que brilha para você.

Ela entenderia. Dragon soltou um lento e baixo sussurro e se recostou mais confortavelmente contra o grande carvalho. Ele estava olhando para o céu e pensando que havia sido muito esperto em deixar aqueles girassóis para Anastasia todos os dias, quando aconteceu: em um momento ele estava parado ali, em paz, cheio de verdadeiro contentamento, e no próximo instante Biddle estava na frente dele.

Dragon fitou o homem, paralisado pela surpresa. Em apenas alguns dias desde que Dragon o tinha visto pela última vez, Biddle havia passado por uma terrível transformação. Seu rosto estava sombrio. Suas bochechas, vazias. A pele sob seus olhos estava inchada e negra. Ele se contorcia espasmodicamente. Foi isso que havia interrompido o ritual das Filhas da Escuridão e que as fez sair de sua ilha? Dragon pensou que podia derrubar o humano magérrimo com uma mão. Ele não era obviamente nada além de um patético invólucro de um homem.

Dragon tentou esconder o nojo de sua voz quando disse:
— Xerife Biddle, há algo que possa fazer por você?
Biddle sorriu:
— Sim. Você pode morrer.

Pela primeira vez em sua vida, Bryan Dragon Lankford viu o rosto do verdadeiro mal. O instinto fez Dragon estender a mão para desembainhar sua espada, mas era tarde demais. Biddle atacou com uma rapidez e força que eram desumanas. Ele agarrou Dragon pela garganta e o atirou contra o tronco duro do carvalho, fazendo o ar sair de seu corpo com um *shhhh*. Com sua outra mão, o xerife derrubou a espada do punho fraquejante de Dragon.

Biddle zombou na cara de Dragon, dizendo:
— Seu pirralho barulhento!
— Não! — Dragon disse engasgado, tentando lutar por ar. A estranha familiaridade das palavras e ações do xerife o chocou até a alma, e subitamente ele estava de volta àquele estábulo de quatro anos antes, perdendo seu lar, sua família e seu direito de nascença, tudo de novo.

— E tem mais — Biddle disse, colando sua boca ao ouvido de Bryan —, eu não vou matá-la aqui e levá-la lá para baixo. Eu vou fazer o que quiser. Vou levá-la para lá e matá-la depois. Mas antes vou me divertir um pouco com aquela linda xaninha de vampira.

A garganta de Dragon pegava fogo e, enquanto tudo escurecia para ele, ouviu Anastasia, perto demais, gritar seu nome.

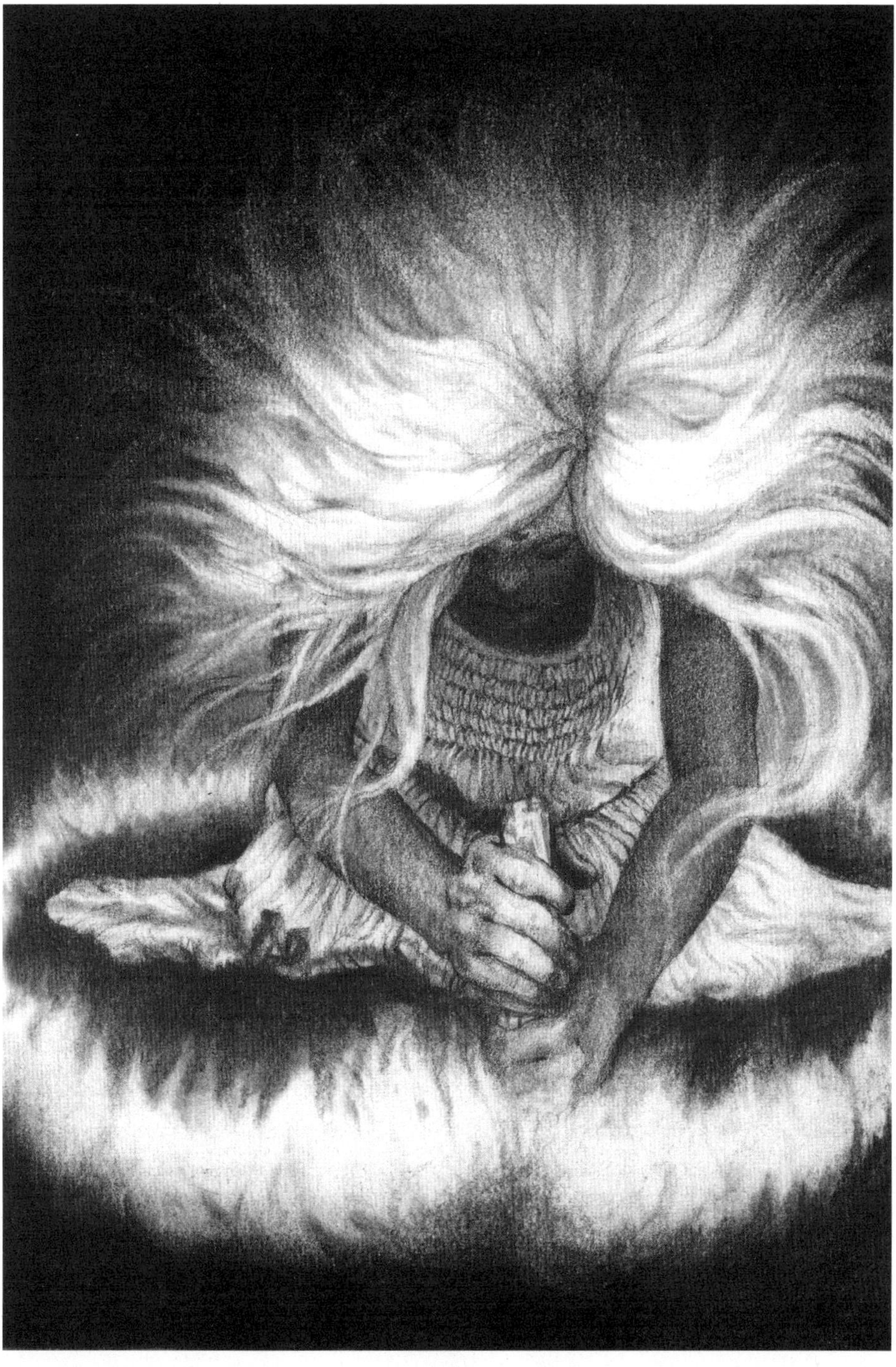

8.

Anastasia sabia que algo estava errado. Ela podia senti-lo, como a mudança que acontece no ar antes de uma tempestade acontecer. Ela estava pedindo a paz profunda de cada um dos cinco elementos quanto o erro se espalhou pela noite, quebrando sua concentração e interrompendo a conjuração do encantamento.

Automaticamente, seu olhar se voltou para Bryan, para ver se ele sabia o que era isso, se sabia o que eles deveriam fazer. Horrorizada, ela olhou bem na hora em que o humano se moveu tão rapidamente que o cérebro dela tentou negar o que seus olhos viam. Ele agarrou Bryan Lankford, Dragon Lankford, Mestre Espadachim dos vampiros, pela garganta e o segurou contra uma árvore, e então começou a sufocá-lo até a morte. Ela não hesitou. Anastasia correu direto até o homem que estava matando Bryan. Gritando seu nome, ela se arremessou contra o homem, tentando fazê-lo soltar Bryan. Ele soltou Bryan, de fato, para poder derrubá-la no chão. Com a cabeça girando, lutando para limpar os pontinhos de luz de seus olhos, Anastasia se arrastou até Bryan, estendendo a sua mão para a dele.

– Bryan! Oh, Deusa, não!

Ele estava tão quieto, e seu pescoço parecia torto, como se estivesse quebrado. Ele não estava respirando. Ela podia ver que ele não estava respirando.

– Deixe-o aí – o humano resmungou.

Ele tentou agarrá-la, mas Anastasia deu uma volta na árvore, evitando seu alcance de louva-a-deus.

– Você quer brincar um pouquinho de esconde-esconde, quer? – o humano gargalhou. – Bem, não há nada de errado com um pouco de preliminares. Biddle está indo pegar você... – E ele começou a persegui-la em torno da árvore.

Anastasia olhou nos olhos do homem e viu que a Alta Sacerdotisa em treinamento estava certa. Biddle estava completamente louco. Ela sabia que tinha apenas segundos, então, em vez de tentar evitar a criatura chamada Biddle, agachou-se e colocou uma mão no tronco grosso da árvore. A outra mão ela colocou gentilmente no pescoço de Bryan. Anastasia fechou seus olhos e pensou sobre a terra embaixo da árvore. A força eterna, rica de vida que ela acreditava com toda a alma estar ali. Ela a imaginou como uma fonte verde espirrando para cima, pelo chão, para as raízes da árvore, para dentro da própria árvore e, dali, fluindo para ela, por meio dela e para Bryan.

– Venha a mim, terra forte e maravilhosa. Um desígnio de cura é a mágica que faço agora!

Instantaneamente, calor surgiu do tronco da árvore, passou para a mão dela, pelo corpo dela e para o pescoço de Bryan.

– Já chega de preliminares. Vamos logo para a parte boa. Vamos lá. Eu nunca peguei uma vampira – e, dizendo isso, Jesse Biddle estendeu a mão para baixo e pegou seu tornozelo com uma força igual à de uma prensa metálica de ferreiro.

Como se ela não pesasse mais que uma boneca de criança, ele a arrastou para longe de Bryan em direção à escura entrada dos fundos da cadeia. Anastasia ficou olhando para ver se Bryan se mexia nem que fosse um pouquinho, até o menor indício da respiração movimentando seu peito novamente. Ela não viu nada além de sua forma encolhida e parada, antes de Biddle arremessá-la para dentro do prédio e bater a porta atrás deles.

– Ela não esssstá morta!

Anastasia fitou a coisa na gaiola. Não era um pássaro. Não era humano. Nem parecia real. Exceto pelo brilho dos seus olhos escarlates, parecia surreal, fantasmagórico, algo feito de pesadelos e sombras.

– Não, ainda não está – Biddle disse. – Vou me divertir um pouco antes de matá-la.

– *Usá-la não esssstava nos planos* – a criatura chiou.

– Não há plano nenhum! Sou só eu que vou alimentar você com o sangue dela para que você me dê mais do que eu quero. O que acontecer antes com ela não importa.

Anastasia olhou da criatura na gaiola para o xerife.

– O que é aquela coisa?

– Não sei ao certo – Biddle disse, enquanto sua mão deslizava do tornozelo dela para sua batata da perna. – Apenas a ignore. Não é de verdade, mesmo.

De onde ele a havia jogado, no chão de terra, Anastasia deu um chute, tentando se livrar dele, mas seu corpo magérrimo enganava. A força das mãos ossudas dele era incrível, e com uma só puxada em sua perna ele a trouxe de volta para perto.

– Não! Deixe-me em paz! Não me toque! – ela gritou, lutando contra ele.

– Ah! Vamos lá. Todo mundo sabe de vocês, mulheres vampiras. Vocês todas têm vários homens. Então não aja como se fosse algum tipo de virgem.

Medo gélido preencheu Anastasia, paralisando-a. Ela fitou o humano que pairava sobre ela como se fosse um esqueleto animado.

Ele sorriu:

– Isso mesmo. Fique paradinha que será mais fácil para você.

Com uma mão apertando o tornozelo dela, Biddle começou a soltar o cinto que segurava suas calças com a outra. Foi então que Anastasia entendeu a verdade: esse humano iria estuprá-la e matá-la.

Oh, Nyx! Por favor, me ajude! Não quero morrer assim – ela rezou desesperadamente.

Então, diante do choque e do gelo em seu sangue, Anastasia sentiu o calor do cristal de ajoite que ela havia enfiado em seu bolso quando seu encantamento foi interrompido, e ao lado dela estava o peso de um saco de veludo cheio de cristais de sal.

Enquanto Biddle enfiava a mão por dentro das calças, Anastasia estendeu a mão para dentro do bolso de sua saia. Ela conseguiu pegar um punhado de sal de dentro do saco de veludo e atirou na cara do humano. Biddle gritou e tropeçou para trás, piscando muito e limpando seus olhos lacrimejantes.

– Sua vagabunda! – ele gritou.

Ele havia dado todo o tempo de que ela precisava. Anastasia se arrastou para trás enquanto levantava o saco de sal e a ajoite do tamanho de um punho, um cristal infundido com a magia fantasma das profundezas da terra. Desde tempos antigos, sacerdotisas o usaram para trazer a paz pela clareza do espírito, e agora Anastasia, uma sacerdotisa dedicada à paz e à terra, procurou fundo dentro de seu próprio espírito e se conectou com o elemento sobre o qual se encontrava agachada. Com um só movimento, ela jogou o conteúdo do saco de sal em torno dela, de forma a ficar rodeada de um círculo de cristal, enquanto dizia:

– De você eu peço, sal da ligação, que me ligue à terra como sua missão.

Então, segurando a ajoite como um punhal, ela a enfiou no chão, gritando:

– A terra sob meus pés, cheia de poder, nesta noite escura irá me proteger!

Ela sentiu uma corrente de poder vir de baixo, como se uma barragem tivesse se quebrado. Como uma tempestade em uma campina, luz verde surgiu e passou a dançar em todo seu entorno.

Pressionando as palmas da mão contra o elemento que acabara de presenteá-la com uma afinidade, Anastasia estava chorando de felicidade e agradecendo quando Biddle tentou atravessar o círculo de sal. Ele recuou com um berro de dor ao mesmo tempo em que a criatura na gaiola gritou:

– *Não! A luz verde! Esssstá me queimando!*

– Você cale a boca! – Biddle chutou a gaiola da criatura e a coisa feita de espírito se silenciou em um gemido lamentoso. Então ele começou a circular o escudo brilhante.

– O que é isso? O que você fez, sua bruxa maldita?

– Eu convoquei meu elemento para me proteger. Você não pode me machucar agora – ela levantou a cabeça e o olhou nos olhos. – Não sou uma bruxa. Sou uma sacerdotisa vampira com uma afinidade pela terra, e você não pode me machucar agora! – ela repetiu.

– Não vai durar muito! Não vai durar muito! – Biddle disse, puxando sua camisa nervosamente. – Quando essa luz morrer, você também morrerá.

Anastasia sacudiu a cabeça.

– Você não está entendendo. A terra está me protegendo. A luz não vai morrer, enfraquecer nem falhar. E eu vou ficar sentada bem aqui esperando até minha Alta Sacerdotisa me encontrar. Eu garanto a você, ela vai me achar. A Morada da Noite sabe que eu estou aqui. Eles vão achar a mim e a Bryan – a voz dela começou a falhar, mas ela absorveu mais força da terra embaixo dela e continuou –, e então você pagará pelo que fez esta noite. – O olhar dela foi dele para a coisa que gemia pateticamente na gaiola. – E você terá de pagar pelo que quer que você tenha feito para aquela pobre criatura também.

– Ninguém liga para vampiros ou coisas de fantasmas.

– Isso não é verdade – Anastasia disse, e enquanto falava sentia a verdade de suas palavras. – Existem pessoas boas em St. Louis. Elas fazem negócios conosco. Até se tornam nossos companheiros. Elas não vão gostar do que você fez, da coisa em que você se transformou ou do que você tem aprisionado aqui embaixo.

Ele parou e Anastasia viu o brilho de algo que poderia ter sido uma centelha de sanidade em seus olhos.

– Você sabe que estou certa – ela afirmou. – Apenas vá embora daqui. Vá, antes que outra pessoa se machuque.

Anastasia viu compreensão ou até mesmo arrependimento nos olhos dele, então se ouviu o barulho úmido e violento de uma espada sendo enfiada através de um corpo. Os olhos de Biddle se arregalaram enquanto olhava para baixo, para a lâmina que havia atravessado subitamente por suas costas e saído no meio do seu peito. Com uma graça surpreendente, o xerife caiu de joelhos e então despencou para o lado em uma crescente poça de sangue, quando Bryan arrancou sua espada dele. O novato ficou ao lado de Biddle, respirando com dificuldade, sua garganta não mais amassada, mas ainda cruelmente machucada e ralada. Seus lábios estavam puxados para trás, expondo seus dentes em um rosnado feroz, e Anastasia viu que ele era completamente o dragão naquele momento. O doce novato havia ido embora, bem como o bondoso e bonito guerreiro. Ao vê-lo respirar o cheiro carregado de sangue que subia ao redor deles, ela soube, quando ele se agachou ao lado de Biddle, que ele iria cortar a garganta do humano e sugá-lo enquanto morria. O pressentimento que havia estado pairando sobre Anastasia por toda a noite a inundou, e ela soube, então, que sua intuição não estivera a avisando apenas sobre os planos de Biddle. Havia mais, muito mais do que isso. Procurando profundamente para absorver mais magia da terra para ela, a sacerdotisa sussurrou:

– Com o poder da terra, corte como uma espada. Revele a verdade de Bryan Dragon Lankford.

Com um lampejo verde de luz uma imagem apareceu em frente à Anastasia. Era Bryan, um vampiro completamente transformado. Ele estava em um campo de batalha e, novamente, era completamente o dragão. Ela engasgou quando viu quem ele estava matando: irmãos vampiros.

O que você vê, é o que será verdade, se a força dele não for equilibrada com a piedade.

As palavras passaram em sua mente, mas elas não eram dela e, apesar de nunca ter ouvido essa voz antes, Anastasia sabia que era a Deusa Nyx que falava com ela.

Anastasia também sabia o que ela tinha de fazer. Bryan havia sugado o sangue de Biddle até o xerife ficar seco e, inflado de poder, vitória e violência, estava indo em direção à criatura feita de espírito na gaiola com sua espada levantada.

– Bryan, pare! – Anastasia gritou ao se levantar e sair do círculo protetor para se colocar entre ele e a coisa na gaiola.

– Saia da frente, Anastasia. Eu não sei o que é essa coisa, mas era aliada de Biddle. Ela deve morrer.

Ela ficou onde estava e disse:

– Bryan, ele está em uma gaiola. Biddle o estava mantendo cativo.

– Eu não me importo! – Bryan praticamente grunhiu para ela, seu hálito cheirando a sangue e ódio. – Ele deve ser morto!

Anastasia conteve o arrepio de medo que sentiu ao ver o ser primitivo e violento que ele se tornara. *É ele. Ainda é o Bryan*, ela lembrou a si mesma.

Movendo-se com vagar, ela cobriu a mão com que ele empunhava a espada sangrenta com a sua.

– Você não se importa com aquela criatura, mas você se importa comigo? – ela perguntou suavemente.

Ele hesitou. Em sua mão, ela sentiu a tensão dele se dissipar só um pouco.

– Sim – ele disse. – Eu me importo com você.

– Então me escute. Já houve morte suficiente esta noite. Estou pedindo que você deixe a piedade vencer. Seja mais forte que sua espada. Seja o guerreiro que sei que está dentro de você.

Os olhos deles se encontraram, fitaram-se, e quando ele finalmente deu um suspiro e abaixou sua espada, Anastasia viu seu futuro, seu Bryan, dentro deles.

– Sim – ele concordou, tocando seu rosto gentilmente. – Eu escolho me tornar o guerreiro que você acredita estar dentro de mim.

Anastasia estava indo ao encontro de seus braços abertos quando seu rosto se contorceu de dor e, com um grito terrível, Bryan caiu no chão aos seus pés. Desesperadamente, ela caiu de joelhos ao lado dele.

– Bryan! O que... – e então ela parou de falar quando ele levantou seu rosto marcado de lágrimas para ela.

– Oh! – ela tomou um longe e espantado fôlego. – Elas são tão lindas!

Com uma mão tremendo, ela a estendeu e fez o contorno das tatuagens do vampiro completamente recém-transformado ao lado dela.

– O que elas são? Com que se parecem? – ele perguntou.

– Com dragões. Elas se parecem exatamente com dragões.

– Dragões! – Bryan sorriu. E então quase que imediatamente ele ficou sóbrio e tomou ambas as mãos dela nas suas. Limpou sua garganta e, de joelhos ao lado dela, disse:

– Anastasia, desejo ser seu guerreiro. Minha dama, você aceita a oferta do meu coração, corpo e alma para ser seu protetor?

– Apenas se você adicionar uma oferta a mais a isso. Bryan Dragon Lankford, se você se oferecer a me servir, você deve me fazer um juramento de que, a partir desse momento, você equilibrará sua força com piedade.

Sem hesitar, ele respondeu:
– Eu ofereço meu juramento a você.

Bryan fechou a mão em punho sobre seu coração e curvou a cabeça para sua sacerdotisa. Ele a ajudou a se levantar e o olhar de Anastasia foi dele para a criatura imaterial de espírito e escuridão que estava agachada assistindo a eles de dentro das barras de prata da gaiola de Biddle.

– Por favor, tenha piedade dela – a sacerdotisa disse de forma simplória.

– Então, que meu primeiro ato como seu guerreiro seja um ato de piedade.

Ele andou até a gaiola.

– Criatura, eu não sei o que você é, mas eu lhe aviso, se você tiver intenção de nos machucar, eu protegerei minha querida.

– *Liberdade...* – a coisa disse com sua estranha e sussurrante voz.

Segurando sua espada prontamente, parado entre a coisa fantasmagórica e sua sacerdotisa, Bryan se abaixou e abriu a gaiola. Ouviu-se um som de asas batendo e então a criatura desapareceu completamente, sussurrando:

– *Esssstá acabado...*

– Obrigado, Bryan – Anastasia disse.

Seu guerreiro a pegou nos braços, dizendo:

– Venha comigo, minha dama, minha querida.

E Anastasia, alegre e inocentemente, foi em direção ao que ela acreditava de verdade que seria o "felizes para sempre" deles.

Ao mesmo tempo, nas entranhas da terra, um prisioneiro alado se mexia e, através dos olhos escarlates da criatura que Dragon Lankford acabara de libertar, Kalona começou a procurar por outra peça do quebra-cabeça que alinharia os destinos e traria à realidade seus desejos para o futuro.

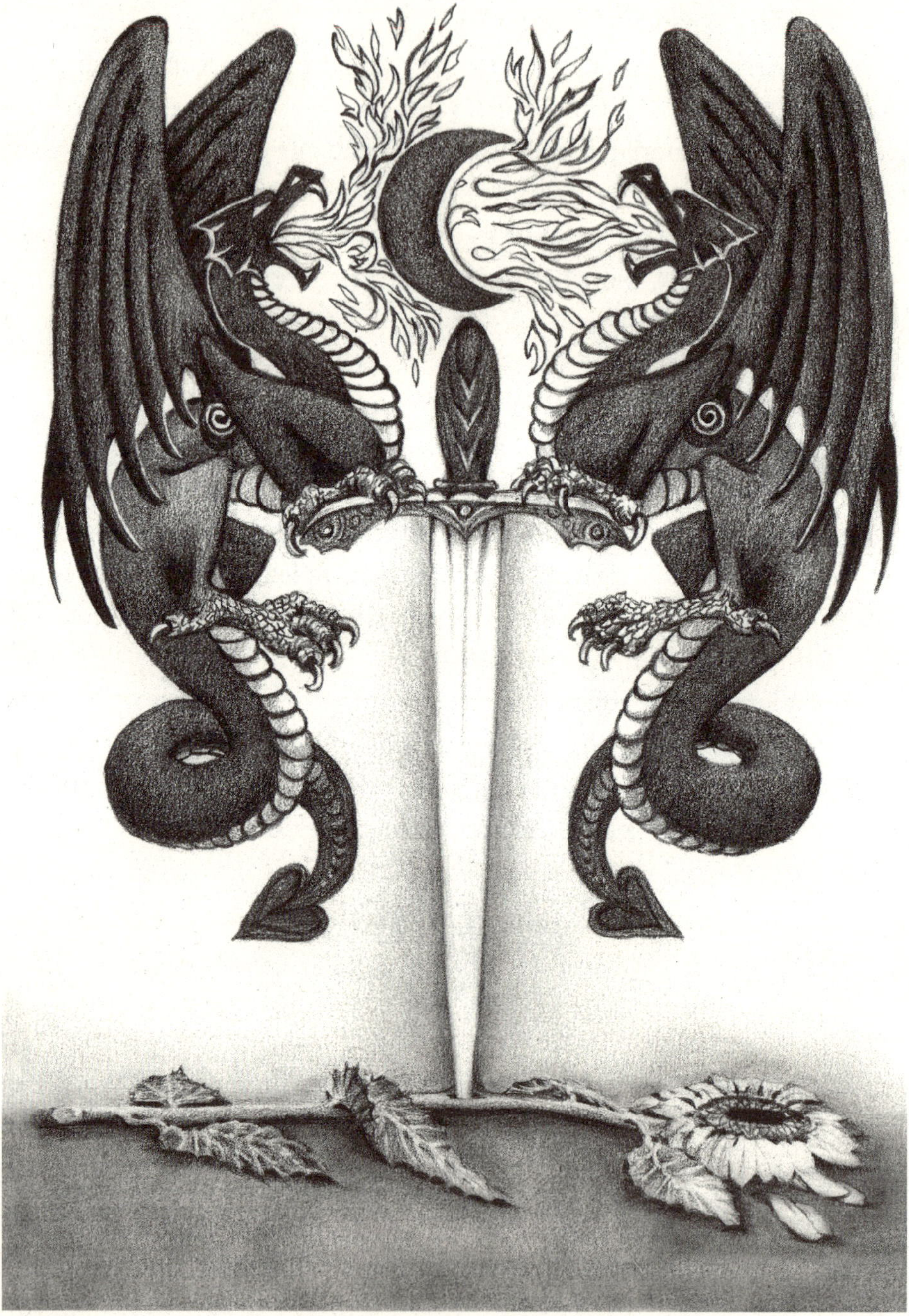

Epílogo

OKLAHOMA, DIAS ATUAIS

— Não! — Apesar de lágrimas escorrerem por seu rosto, a voz de Dragon Lankford era dura como pedra enquanto fitava a pira do funeral de Jack. — Eu nunca poderei esquecer ou perdoar. Aquela coisa que permiti escapar era o espírito de um corvo traiçoeiro, a criatura que, tendo recebido um corpo, assassinou você. Se eu a tivesse destruído anos atrás, minha querida, meu amor, nós poderíamos ter evitado esse destino, esse futuro.

Ele sacudiu sua cabeça e repetiu:

— Não. Jamais poderei esquecer.

Então, com movimentos frios e perfeitamente controlados, Dragon apertou a mão em torno do medalhão de Anastasia e o pressionou contra seu coração, inclinando a cabeça e dizendo:

— Eu não tenho mais uma sacerdotisa. Eu não estou mais preso ao meu juramento. Sem você, Anastasia, sou apenas o dragão, e um dragão não equilibra força com piedade.

Ele abriu seu punho e segurou o medalhão à sua frente, beijou-o, e então o atirou à pira flamejante.

Chamas verdes irromperam da pira e a realidade se dividiu e se abriu, como uma cortina, para revelar uma visão fantasmagórica de Anastasia. Ela estava chorando e sua voz, ecoando sinistramente, chegou a ele:

— Você partiu meu coração com sua espada, Bryan Dragon Lankford.

Ele caiu de joelhos em desespero, estendeu sua mão em direção às chamas, como se pudesse puxar o espírito dela para ele, e gritou:

– Sua morte partiu meu coração. Tudo que me restou é ser o dragão.

A aparição estava desaparecendo, mas a voz dela pairava sobre o crepitar do fogo:

– Se você não for meu companheiro, bom e verdadeiro, como poderei encontrar você de novo, meu guerreiro?

Enquanto seus olhos famintos a fitavam, Anastasia, ainda chorando, deu as costas para a fenda de realidade e se lançou nos braços de Nyx. A Deusa pressionou a mão em sua testa e luz inundou a alma da sacerdotisa.

– Nyx! – Dragon gritou. – Deixe-a ficar comigo!

O olhar da Deusa estava infinitamente triste.

– Corajoso você deve ser para encontrar a paz que tanto deseja ter.

A cortina para o outro mundo tremeu e se fechou, interrompendo a visão de Dragon de sua companheira e da Deusa.

– Corajoso! – ele gritou. – Essa é sua única resposta para mim antes de você roubar minha companheira? Como você pode ser tão cruel? Eu a renego, Nyx! Eu achei Anastasia uma vez sozinho. Eu a acharei novamente, mas só depois de ter me vingado por sua morte inoportuna. Isso eu juro pela minha espada. É meu juramento como Dragon Lankford!

Dragon afastou-se na escuridão, e doentios flancos brancos de um touro enorme receberam o reflexo da lua enquanto a besta, satisfeita, afastou-se em busca de outros prazeres.

Do outro mundo, Nyx olhou para o guerreiro perdido de Anastasia e chorou.

O VOTO DE LENOBIA

Evreux, França, 1788: Antes de se tornar a professora favorita de Zoey, Lenobia era apenas uma garota normal de dezesseis anos... mas com problemas suficientes para uma vida inteira. Filha ilegítima de um poderoso barão, ela tem de cuidar de sua mimada meia-irmã, Cecile. E, como se isso não bastasse, sua marcante beleza atrai indesejada atenção aonde quer que ela vá. Mas o destino intervém, e Lenobia de repente se encontra cercada por outras garotas em um navio rumo a Nova Orleans, onde deverão se casar com os rapazes mais ricos da cidade. E elas não estão sozinhas. Um maligno bispo, perito em magia negra, faz a mesma jornada. Durante a viagem, um generoso rapaz e seu belo cavalo logo capturam a atenção da jovem Lenobia, despertando em seu coração o desejo de um amor proibido.

Para a minha cunhada,
Danielle Cast, também conhecida como
a minha especialista em francês.

AGRADECIMENTOS

Obrigada, Kim Doner, por sua arte incrível e pela sua amizade. Abraços e beijos.

Um obrigada bem grande para a minha cunhada por me salvar do meu patético francês. Quaisquer erros que apareçam neste texto são meus e apenas meus (desculpem-me, meus leitores franceses!).

Christine, eu adoro você completamente.

Como sempre, quero agradecer à minha família da editora St. Martin por ser uma Equipe dos Sonhos, e à minha amiga e agente Meredith Bernstein, sem a qual a série House of Night não existiria.

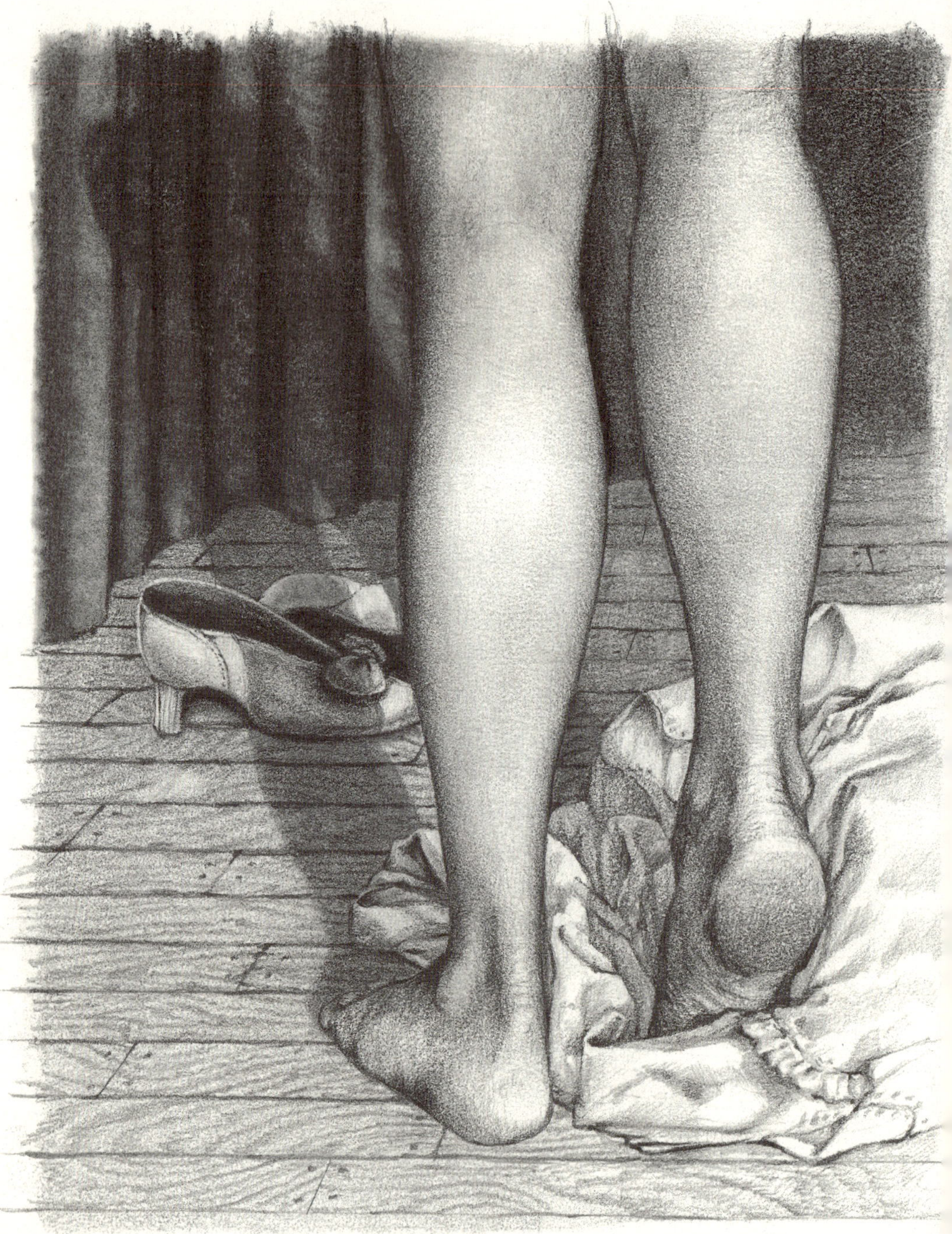

O VOTO DE LENOBIA

1.

FEVEREIRO DE 1788, FRANÇA

– *Elle est morte!*

O mundo de Lenobia explodiu ao som de um grito e apenas três palavras.

– Ela está morta? – Jeanne, a assistente de cozinha que trabalhava ao lado dela, parou de sovar a massa fofa e cheirosa de pão.

– *Oui*,[1] que Nossa Senhora tenha piedade da alma de Cecile.

Lenobia levantou os olhos e viu a sua mãe parada na porta de entrada arqueada da cozinha. O seu belo rosto tinha uma palidez incomum e ela estava segurando o velho rosário que sempre ficava em volta do seu pescoço.

Lenobia balançou a cabeça incrédula.

– Mas há apenas alguns dias ela estava rindo e cantando. Eu a escutei. Eu a vi!

– Ela era bonita, mas nunca foi forte, pobre garota – Jeanne disse, sacudindo a cabeça com tristeza. – Sempre tão pálida. Metade do *château* pegou a mesma febre, inclusive a minha irmã e o meu irmão. Eles se recuperaram facilmente.

– A morte ataca rápido e terrivelmente – a mãe de Lenobia afirmou. – Senhores ou servos, uma hora ela chega para cada um de nós.

Depois daquele dia, o aroma de fermentação de pão fresco sempre iria fazer Lenobia se lembrar de morte e embrulhar o seu estômago.

---

1   Sim, em francês. (N.T.)

Jeanne estremeceu e fez o sinal da cruz com a mão branca de farinha, deixando uma marca em forma de lua crescente no meio de sua testa.

– Que a Nossa Mãe Santíssima nos proteja.

Automaticamente, Lenobia se ajoelhou e se levantou, sem deixar de olhar para o rosto de sua mãe.

– Venha comigo, Lenobia. Eu preciso mais da sua ajuda do que Jeanne.

Lenobia nunca iria esquecer o sentimento de pavor que a engolfou ao ouvir as palavras de sua mãe.

– Mas vão chegar os convidados... pessoas de luto... nós precisamos ter pão – Lenobia gaguejou.

Os olhos cinzentos de sua mãe, tão parecidos com os seus, transformaram-se em nuvens de tempestade.

– Isso não foi um pedido – ela disse, passando a falar inglês em vez de francês.

– Quando a sua *mère*[2] fala nesse inglês rude, você sabe que ela deve ser obedecida – Jeanne encolheu seus ombros corpulentos e voltou a sovar a massa de pão.

Lenobia limpou as mãos em uma toalha de linho e se forçou a caminhar rapidamente até a sua mãe. Elizabeth Whitehall assentiu para a sua filha e então se virou, gesticulando para que Lenobia a seguisse.

Elas caminharam apressadamente através dos amplos e elegantes corredores do *Château* de Navarre. Havia nobres que tinham mais dinheiro do que o Barão de Bouillon – ele não era um dos confidentes ou cortesãos do Rei Luís, mas vinha de uma família cujas origens remontavam a centenas de anos e tinha uma propriedade no campo que era a inveja de muitos senhores mais ricos, porém não tão bem-nascidos.

Naquele dia, os corredores do *château* estavam quietos e as janelas arqueadas com pinázios, que normalmente deixavam a luz do sol se derramar em profusão sobre o piso de mármore imaculado, já estavam sendo cobertas

---

2 Mãe, em francês. (N.T.)

com pesadas cortinas de veludo negro por uma legião de servas caladas. Lenobia pensou que a própria casa parecia amortecida de tristeza e choque.

Então, Lenobia percebeu que elas estavam se afastando rapidamente da parte central da casa senhorial e indo em direção a uma das saídas dos fundos, que desembocava perto dos estábulos.

– *Maman, où allons-nous?*

– Em inglês! Você sabe que eu detesto o som do francês – sua mãe a repreendeu.

Lenobia conteve um suspiro de irritação e falou na língua natal de sua mãe:

– Aonde você está indo?

A sua mãe olhou em volta, segurou a mão de sua filha e então disse, com uma voz baixa e tensa:

– Você precisa confiar em mim e fazer exatamente o que eu disser.

– É-é claro que eu confio em você, mãe – Lenobia respondeu, assustada com a aparência perturbada dos olhos de sua mãe.

A expressão de Elizabeth se suavizou e ela tocou a bochecha de sua filha.

– Você é uma boa garota. Você sempre foi. A sua situação é culpa minha, é um pecado só meu.

Lenobia começou a sacudir a cabeça.

– Não, não foi um pecado seu! O Barão toma quem ele quer como amante. Você era bonita demais para não chamar a atenção dele. Não foi culpa sua.

Elizabeth sorriu, o que trouxe à tona um pouco do seu encanto passado.

– Ah, mas eu não era bonita o bastante para manter a sua atenção, e como eu era apenas a filha de um agricultor inglês, o Barão me deixou de lado, apesar de eu supor que eu deva ser eternamente grata por ele ter encontrado um lugar para mim e para você nos afazeres domésticos de sua casa.

Lenobia sentiu a velha amargura arder dentro dela.

– Ele tirou você da Inglaterra... roubou você da sua família. E eu sou filha dele. Ele deveria encontrar um lugar para mim e para a minha mãe.

— Você é a filha bastarda dele – Elizabeth a corrigiu. – E apenas uma entre muitas, apesar de ser de longe a mais bonita. Inclusive tão bonita quanto a sua filha legítima, a pobre Cecile, que agora está morta.

Lenobia desviou os olhos de sua mãe. Era uma verdade desconfortável o fato de ela e a sua meia-irmã realmente se parecerem muito, o bastante para despertar rumores e sussurros quando as duas garotas começaram a desabrochar em jovens mulheres. Nos últimos dois anos, Lenobia havia aprendido que era melhor evitar a sua irmã e o resto da família do Barão, pois todos pareciam detestar apenas botar os olhos nela. A garota achava mais fácil escapar para os estábulos, um lugar aonde Cecile, a Baronesa e os seus três irmãos raramente iam. Pela sua mente, passou o pensamento de que a sua vida seria muito mais fácil agora que a irmã, que se parecia tanto com ela – mas que não a reconhecia –, estava morta. Ou os olhares sombrios e as palavras ferinas da Baronesa e dos seus garotos iriam ficar ainda piores.

— Eu sinto muito que Cecile morreu – Lenobia falou em voz alta, tentando raciocinar em meio à desordem dos seus pensamentos.

— Eu não desejava nenhum mal para a garota, mas, se ela estava destinada a morrer, fico grata que isso tenha acontecido agora, neste momento – Elizabeth pegou o queixo de sua filha e a forçou a encontrar o seu olhar. – A morte de Cecile vai significar vida para você.

— Vida? Para mim? Mas eu já tenho uma vida.

— Sim, a vida de uma serva bastarda em uma família que despreza o fato de que o seu senhor costuma espalhar a sua semente por aí e depois gosta de ostentar os frutos das suas transgressões, como se isso provasse a sua masculinidade repetidamente. Essa não é a vida que eu desejo para a minha única filha.

— Mas eu não enten...

— Venha e você vai entender – a sua mãe a interrompeu, pegando a sua mão de novo e puxando-a pelo corredor, até que elas chegaram a um pequeno aposento perto de uma das portas dos fundos do *château*. Elizabeth abriu a porta e guiou Lenobia para dentro do quarto mal iluminado. Ela caminhou decididamente até uma grande cesta, como aquelas usadas para carregar a roupa de cama para lavar. De fato, havia um lençol dobrado em cima da cesta. A sua mãe o puxou de lado, deixando à mostra um vestido que refletiu tons de azul, marfim e cinza, mesmo com a luz fraca do ambiente.

Lenobia ficou observando enquanto a sua mãe tirava da cesta o vestido e as caras roupas de baixo, sacudia-os, alisava os seus vincos, esfregava os delicados sapatos de veludo. Ela olhou para a sua filha.

– Você precisa se apressar. Se quisermos ter sucesso, nós temos muito pouco tempo.

– Mãe? Eu...

– Você vai vestir estas roupas e, com elas, também assumirá outra identidade. Hoje você se tornará Cecile Marson de La Tour d'Auvergne, a filha legítima do Barão de Bouillon.

Lenobia se perguntou se a sua mãe tinha ficado completamente louca.

– Mãe, todo mundo sabe que Cecile está morta.

– Não, minha filha. Todo mundo no *Château* de Navarre sabe que ela está morta. Ninguém na carruagem que estará aqui em uma hora para transportar Cecile até o porto de Le Havre, nem no navio que a espera lá, sabe que ela está morta. Nem vão saber, porque Cecile vai entrar na carruagem e pegar o navio em direção ao Novo Mundo, ao novo marido e à nova vida que a aguarda em Nova Orleans, como a filha legítima de um Barão francês.

– Eu não posso!

A sua mãe soltou o vestido e agarrou as duas mãos da filha, apertando-as com tanta força que Lenobia teria se retraído se ela não estivesse tão chocada.

– Você tem que fazer isso! Sabe o que a espera aqui? Você já tem quase dezesseis anos; virou mulher há dois verões. Você se esconde nos estábulos, na cozinha, mas não pode se esconder para sempre. Eu vi o modo como o Marquês olhou para você no mês passado e depois de novo na semana passada – a sua mãe balançou a cabeça, e Lenobia ficou abalada ao perceber que ela estava lutando para segurar as lágrimas enquanto continuava a falar.

– Nós duas não falamos sobre isso, mas você deve saber que a verdadeira razão de não termos comparecido à missa de Évreux nas últimas semanas não foi o fato de as minhas obrigações terem me deixado esgotada.

— Eu imaginei... mas não queria saber! — Lenobia mordeu os lábios trêmulos, com medo do que mais ela poderia dizer.

— Você tem que encarar a verdade.

Lenobia respirou fundo, mas, mesmo assim, um arrepio de medo percorreu o seu corpo.

— O Bispo de Évreux... eu quase posso sentir o calor dos seus olhos quando ele me encara.

— Eu já ouvi falar que ele faz muito mais além de encarar jovens garotas — a sua mãe disse. — Há algo de profano com aquele homem... algo mais do que o pecado dos seus desejos físicos. Lenobia, filha, eu não posso protegê-la dele nem de outro homem, porque o Barão não vai protegê-la. Tornar-se outra pessoa e escapar da pena perpétua que significa ser uma bastarda é a sua única saída.

Lenobia agarrou as mãos de sua mãe como se elas fossem um salva-vidas e encarou aqueles olhos que pareciam tanto com os seus. *Minha mãe está certa. Eu sei que ela está certa.*

— Eu tenho que ser corajosa o bastante para fazer isso — Lenobia pensou em voz alta.

— Você é corajosa o bastante para fazer isso. Você tem o sangue dos bravos ingleses pulsando dentro de suas veias. Lembre-se disso, e isso vai fortalecê-la.

— Eu vou me lembrar.

— Então muito bem — a sua mãe prosseguiu resolutamente. — Tire esses trapos de serva e nós vamos vesti-la de outra maneira — ela apertou as mãos de sua filha antes de soltá-las e de se virar para a pilha de tecido reluzente.

Como as mãos de Lenobia estavam muito trêmulas, as mãos de sua mãe assumiram o comando, prontamente a despindo de suas roupas simples, mas familiares. Elizabeth não deixou em Lenobia nem a roupa de baixo rústica feita em casa, e por um momento vertiginoso parecia que estava trocando a sua antiga pele por outra. Ela não parou até que a sua filha estivesse totalmente nua. Então, em um completo silêncio, Elizabeth vestiu Lenobia cuidadosamente, camada sobre camada: roupa de baixo, bolsos, anquinhas, anágua de baixo, anágua de cima, espartilho, corpete e o adorável vestido de seda à *la polonaise*. Apenas depois de ajudá-la a colocar os sapatos, ajeitar nervosamente o seu cabelo e então atirar em seus ombros um manto com capuz forrado de pele foi que ela finalmente deu um passo para trás, fez uma reverência profunda e disse:

– *Bonjour, mademoiselle Cecile, votre carrosse attende.*[3]

– *Maman*, não! Esse plano... eu entendo por que você precisa me mandar para longe, mas como consegue suportar isso? – Lenobia colocou a mão em cima da boca, tentando silenciar o choro soluçante que estava se formando.

Elizabeth Whitehall simplesmente se levantou, segurou os ombros de sua filha e disse:

– Eu posso suportar isso por causa do grande amor que tenho por você – devagar, ela fez Lenobia se virar para que pudesse ver o seu reflexo no grande espelho rachado que estava apoiado no chão atrás delas, esperando para ser substituído. – Veja, minha filha.

Lenobia arfou e estendeu a mão na direção do espelho, chocada demais para fazer qualquer coisa além de encarar o seu próprio reflexo.

– Exceto pelos seus olhos e pela luminosidade do seu cabelo, você é a imagem dela. Saiba disso. Acredite nisso. Torne-se ela.

Lenobia desviou os olhos do espelho e voltou-se para a sua mãe.

– Não! Eu não posso ser ela. Que Deus acolha a sua alma, mas Cecile não era uma boa garota. Mãe, você sabe que ela me amaldiçoava a cada vez que me via, apesar de nós termos o mesmo sangue. Por favor, *maman*, não me obrigue a fazer isso. Não faça com que eu me torne ela.

Elizabeth tocou o rosto de sua filha.

– Minha querida e forte garota. Você nunca poderia se tornar Cecile, e eu nunca pediria isso a você. Apenas assuma o nome dela. Lá dentro, bem aqui – a mão dela deixou o rosto de Lenobia e parou no seu peito, embaixo do

---

[3] "Bom dia, senhorita Cecile, a sua carruagem a espera", em francês. (N.T.)

qual o seu coração batia nervosamente. – Aqui você sempre vai ser Lenobia Whitehall. Saiba disso. Acredite nisso. E ao fazer isso, vai se tornar mais do que ela.

Lenobia engoliu a secura na sua garganta e a terrível pulsação do seu coração.

– Eu entendi. Acredito em você. Vou assumir o nome dela, mas não vou me tornar ela.

– Ótimo. Então está feito – a sua mãe virou-se para pegar uma pequena mala em forma de caixa atrás da cesta de roupas. – Pegue isto. O resto das malas dela foi enviado ao porto há alguns dias.

– *La cassette de Cecile* – Lenobia a segurou com hesitação.

– Não use esse francês vulgar,[4] não soa bem. É uma mala de viagem. Só isso. Significa o começo de uma nova vida, não o fim de uma.

– As joias de Cecile estão aí dentro. Eu escutei Nicole e Anne falando – Lenobia disse. As outras servas haviam fofocado incessantemente sobre como o Barão ignorara Cecile por dezesseis anos, mas, agora que ela seria enviada para longe, ele havia esbanjado em joias e atenção para ela, enquanto a Baronesa chorava por perder a sua única filha. – Por que o Barão concordou em mandar Cecile para o Novo Mundo?

A sua mãe bufou de desprezo.

– A última amante dele, a cantora de ópera, quase o levou à falência. O Rei está pagando generosamente para filhas virtuosas de nobres que queiram se casar com a nobreza de Nova Orleans.

– O Barão vendeu a sua filha?

– Sim. Os excessos dele compraram uma nova vida para você. Agora vamos, para que você possa obtê-la – a sua mãe abriu uma fresta na porta e espiou o corredor. Então ela se voltou para Lenobia: – Não há ninguém por perto. Coloque o capuz sobre o seu cabelo. Siga-me. Rápido.

---

4   No original, a personagem afirma que a palavra em francês se parece com *casket*, que em inglês significa caixão, além de porta-joias. (N.T.)

— Mas a carruagem vai ser parada pelos cocheiros de libré. Os condutores serão informados sobre Cecile.

— Sim, se a carruagem for autorizada a entrar na propriedade, eles serão informados. É por isso que nós temos que encontrá-la do lado de fora dos portões principais. Você vai embarcar lá.

Não havia tempo para discutir com a sua mãe. Já estava quase na metade da manhã, e normalmente deveria haver servos, comerciantes e visitantes chegando e partindo da propriedade movimentada. Mas naquele dia parecia que havia uma mortalha sobre tudo. Até o sol estava encoberto pela neblina e por nuvens baixas e sombrias que rodopiavam sobre o *château*.

Lenobia tinha certeza de que elas seriam paradas e descobertas, mas, antes do que parecia possível, o enorme portão de ferro surgiu em meio à névoa. A sua mãe abriu a pequena saída para pedestres e elas se apressaram na direção da estrada.

— Você vai dizer para o condutor da carruagem que há uma febre no *château*, então o Barão enviou você para fora para que ninguém fosse contaminado. Lembre-se, você é uma filha da nobreza. Espere ser obedecida.

— Sim, Mãe.

— Ótimo. Sempre pareceu ser mais velha do que a sua idade, e agora eu entendo por quê. Você não pode mais ser uma criança, minha bela e corajosa filha. Precisa se tornar uma mulher.

— Mas, *maman*, eu... — Lenobia começou a falar, porém as palavras de sua mãe a silenciaram.

— Escute-me e saiba que eu estou dizendo a verdade. Eu acredito em você. Eu acredito na sua força, Lenobia. Eu também acredito na sua bondade — a sua mãe fez uma pausa e então pegou devagar o velho rosário que estava em volta de seu pescoço, tirou-o e o passou por sobre a cabeça de sua filha, enfiando-o por baixo do corpete de renda, de modo que ele ficou pressionado contra a pele dela, invisível a qualquer um. — Leve-o. Lembre-se de que eu acredito em você, e saiba que, apesar de nós termos que nos separar, sempre vou ser parte de você.

Foi só então que o completo entendimento da situação atingiu Lenobia. Ela nunca mais iria ver a sua mãe.

– Não. – A sua voz soou estranha, alta e rápida demais, e ela estava tendo dificuldade para recuperar o fôlego. – *Maman!* Você tem que vir comigo!

Elizabeth Whitehall tomou a filha em seus braços.

– Eu não posso. As *filles du roi*[5] não têm permissão para levar servos. Há pouco espaço no navio – ela abraçou forte Lenobia, falando rapidamente, enquanto ao longe o som de uma carruagem ecoou através da neblina. – Eu sei que tenho sido dura com você, mas isso apenas porque você tinha que crescer forte e corajosa. Eu sempre a amei, Lenobia; é a melhor coisa da minha vida, a mais preciosa. Eu vou pensar em você e sentir a sua falta todos os dias enquanto viver.

– Não, *maman* – Lenobia chorou. – Eu não posso dizer adeus para você. Eu não consigo fazer isso.

– Você vai fazer isso por mim. Vai viver a vida que eu não pude dar a você. Seja corajosa, minha filha linda. Lembre-se de quem você é.

– Como vou me lembrar de quem eu sou se vou ter que fingir que sou outra pessoa? – Lenobia exclamou.

Elizabeth deu um passo para trás e enxugou com delicadeza a umidade das bochechas de sua filha.

– Vai se lembrar aqui. – Mais uma vez, a sua mãe pressionou a palma da mão contra o peito de Lenobia, em cima do seu coração. – Você deve permanecer fiel a mim e a si mesma aqui. No seu coração, sempre vai saber, sempre vai se lembrar. Assim como no meu coração eu sempre vou saber, sempre vou me lembrar de você.

Então a carruagem irrompeu na estrada ao lado delas, fazendo com que mãe e filha cambaleassem para trás, abrindo caminho.

---

5   Filhas do rei, em francês; o termo se refere a jovens mulheres francesas que imigraram para a América do Norte a fim de ajudar a colonizá-la. (N.T.)

– Oooa! – o condutor da carruagem fez os cavalos pararem e gritou para Lenobia e sua mãe. – O que vocês estão fazendo aí, mulheres? Querem morrer?

– Você não vai falar nesse tom com *mademoiselle* Cecile Marson de La Tour d'Auvergne! – a sua mãe berrou para o cocheiro.

O olhar dele voltou-se rapidamente para Lenobia, que enxugou as lágrimas em seu rosto com as costas da mão, levantou o queixo e encarou o condutor.

– *Mademoiselle* D'Auvergne? Mas por que a senhorita está aqui fora?

– Há uma enfermidade no *château*. Meu pai, o Barão, manteve-me isolada para que eu não sofresse o contágio e não transmitisse a doença – Lenobia tocou o peito, pressionando o tecido rendado de modo que o rosário de sua mãe roçasse a sua pele, acalmando-a, dando-lhe força. Mas, mesmo assim, ela não conseguiu deixar de estender o braço e apertar a mão de sua mãe em busca de segurança.

– Você está louco, homem? Não vê que a *mademoiselle* já o esperou aqui por tempo demais? Ajude-a a entrar na carruagem e a sair desta umidade horrível antes que ela realmente caia doente – a sua mãe falou rispidamente para o servo.

O cocheiro desceu imediatamente, abrindo a porta da carruagem e oferecendo a sua mão.

Lenobia sentiu como se todo o ar tivesse sido expulso para fora do seu corpo. Ela olhou desesperada para a mãe.

Lágrimas estavam escorrendo pelo rosto de sua mãe, mas ela simplesmente fez uma reverência profunda e disse:

– *Bon voyage* para você, garota.

Lenobia ignorou o cocheiro aparvalhado e fez com que a sua mãe se levantasse, abraçando-a com tanta força que o rosário afundou dolorosamente na sua pele.

– Diga à minha mãe que eu a amo e que eu vou me lembrar dela e sentir a sua falta todos os dias da minha vida – ela falou com voz trêmula.

— E eu rogo à Nossa Santa Mãe que ela deixe esse pecado ser atribuído a mim. Que o castigo caia sobre a minha cabeça, não sobre a sua — Elizabeth sussurrou contra o rosto de sua filha.

Então ela se soltou do abraço de Lenobia, fez uma reverência novamente e virou-se, caminhando sem hesitação pelo caminho por onde elas tinham vindo.

— *Mademoiselle* D'Auvergne? — o cocheiro chamou Lenobia, e ela olhou para ele. — Posso pegar a sua *cassette*?

— Não — ela respondeu sem jeito, surpresa por a sua voz ainda funcionar. — Vou manter a minha *cassette* comigo.

Ele a olhou de um jeito estranho, mas estendeu a mão para ela. A garota viu a própria mão sendo colocada na dele, e as suas pernas a fizeram subir o degrau e entrar na carruagem. Ele se curvou rapidamente e então voltou para a sua posição de condutor. Quando a carruagem começou a balançar e a se mover para frente, Lenobia virou-se para olhar os portões do *Château de Navarre* e viu a sua mãe desabar no chão, chorando com as mãos sobre a boca para conter o seu pranto sofrido.

Com a mão contra o vidro caro da janela da carruagem, Lenobia chorou, observando a sua mãe e o seu mundo desaparecerem na neblina e se transformarem em lembranças.

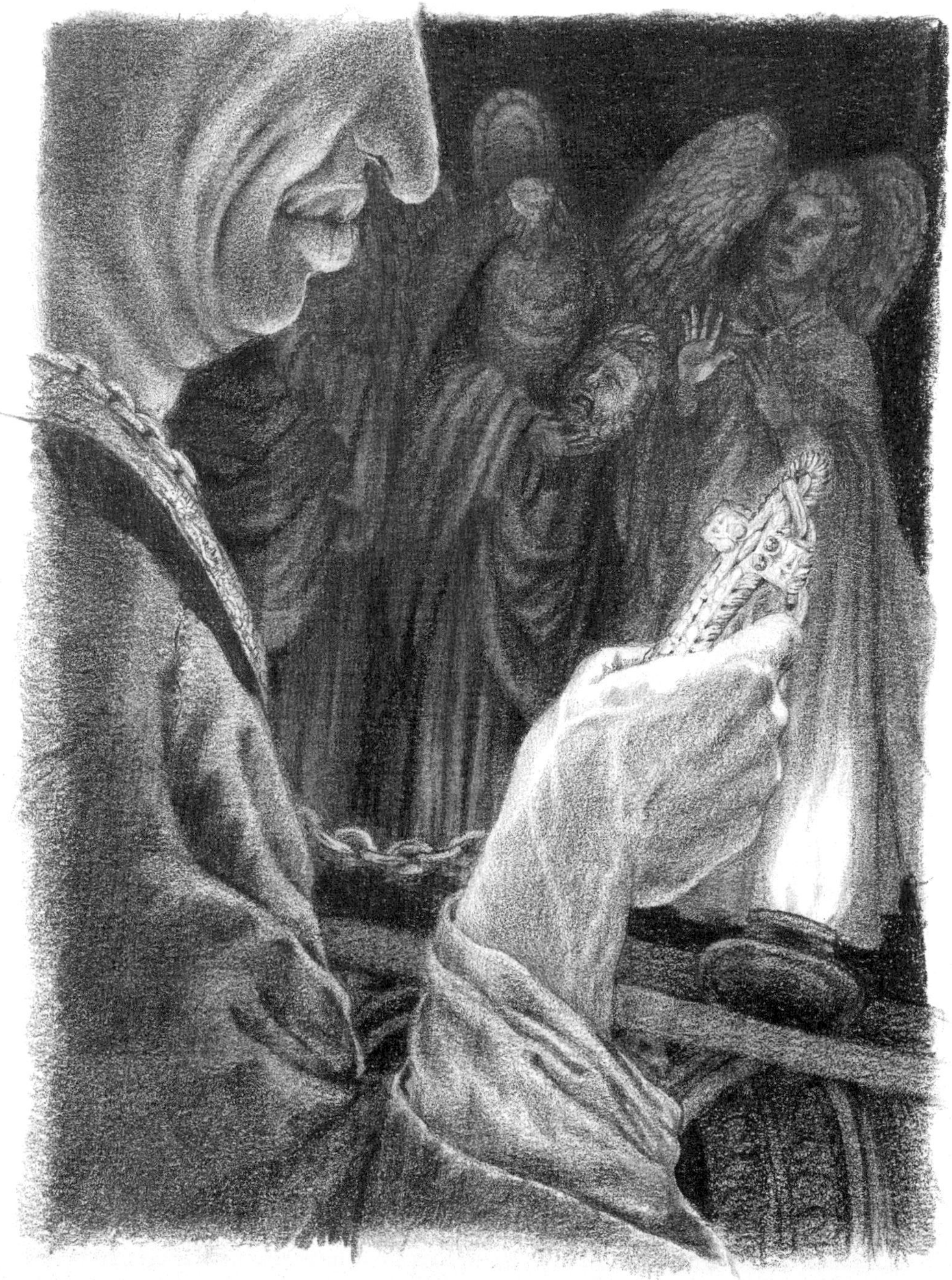

2.

Rodando a saia e rindo baixo, Laetitia desapareceu por trás de uma parede de mármore esculpida com imagens de santos, deixando em seu rastro apenas o aroma de seu perfume e vestígios de desejo não satisfeito.

Charles praguejou, ajeitando o seu manto de veludo:

– *Ah, ventrebleu!*[6]

– Padre? – o coroinha repetiu, chamando pelo corredor interno que passava atrás da capela principal da catedral. – O senhor me ouviu? É o Arcebispo! Ele está aqui e está procurando pelo senhor.

– Eu já ouvi! – o Padre Charles fuzilou o garoto com os olhos. Quando o sacerdote se aproximou dele, levantou a mão e fez um movimento enxotando-o. Charles reparou que o garoto se retraiu como um potro assustado, o que o fez sorrir.

O sorriso de Charles não era algo agradável de ver, e o garoto retrocedeu rapidamente descendo a escada que levava até a capela principal, abrindo mais espaço entre ambos.

– Onde está De Juigne? – Charles perguntou.

– Não muito longe, logo ali na entrada principal da catedral, Padre.

– Espero que ele não esteja aguardando há muito tempo.

– Não há muito tempo, Padre. Mas o senhor estava, ahn... – o garoto perdeu a fala e o seu rosto se encheu de medo.

---

6   Modo comum de exprimir raiva ou surpresa em francês. Para evitar blasfêmia se diz *ventrebleu*, em vez de *ventre de Dieu* (ventre de Deus). (N.T.)

O VOTO DE LENOBIA

– Eu estava concentrado em profunda oração, e você não queria me perturbar – Charles concluiu por ele, encarando o garoto com firmeza.

– S-sim, Padre.

O garoto não conseguia desviar os olhos do Padre. Ele começou a suar e o seu rosto estava ficando com um alarmante tom de rosa. Charles não sabia dizer se o garoto ia chorar ou explodir – qualquer opção iria divertir o Padre.

– Ah, mas nós não temos tempo para diversão – ele refletiu em voz alta, deixando de olhar o garoto e passando rapidamente por ele. – Nós temos um convidado inesperado – apreciando o fato de o garoto ter se encostado tanto na parede que o seu manto sacerdotal mal roçou a pele dele, Charles sentiu o seu humor melhorar. Ele não iria permitir que coisas pequenas o estressassem; simplesmente chamaria Laetitia assim que ele conseguisse se livrar do Arcebispo, e ambos iriam retomar do ponto onde tinham parado, o que iria colocá-la desejosa e inclinada diante dele.

Charles estava pensando nas nádegas nuas e bem-feitas de Laetitia quando cumprimentou o velho sacerdote.

– É um grande prazer revê-lo, Padre Antoine. Sinto-me honrado em recebê-lo na Catedral Notre Dame D'Évreux – Charles de Beaumont, Bispo de Évreux, mentiu tranquilamente.

– *Merci beaucoup*,[7] Padre Charles – o Arcebispo de Paris, Antoine le Clerc de Juigne, beijou-o naturalmente em um lado do rosto e depois no outro.

Charles pensou que os lábios do velho tolo pareciam secos e mortos.

– A que eu e a minha catedral devemos o prazer da sua visita?

– A sua catedral, Padre? Certamente seria mais correto dizer que esta é a casa de Deus.

A raiva de Charles começou a aumentar. Automaticamente, ele começou a tamborilar os seus dedos longos sobre a enorme cruz de rubi que ficava sempre pendurada em uma corrente grossa ao redor do seu pescoço. As chamas das velas votivas acesas aos pés da imagem de São Denis decapitado tremularam convulsivamente.

---

7 Muito obrigado, em francês. (N.T.)

— Dizer que esta é a minha catedral é simplesmente um termo de apreço, e não de posse – Charles afirmou. – Podemos nos dirigir até o meu escritório para compartilhar vinho e pão?

— Com certeza, a minha viagem foi longa e, apesar de eu dever ser grato por em fevereiro estar caindo chuva, e não neve desse céu cinzento, o tempo úmido é muito extenuante.

— Faça com que uma refeição decente e vinho sejam levados imediatamente ao meu escritório – Charles fez um gesto impaciente para um dos coroinhas próximos, que deu um salto nervoso antes de sair apressado para cumprir a ordem. Quando o olhar de Charles voltou para o velho sacerdote, ele viu que De Juigne estava observando o coroinha em retirada com uma expressão que foi o seu primeiro alarme de que havia algo errado com essa visita inesperada. – Venha, Antoine, você realmente parece cansado. O meu escritório é quente e acolhedor. Você vai se sentir mais confortável lá – Charles guiou o velho sacerdote para fora da nave, atravessando a catedral e passando por um agradável e pequeno jardim, até chegar ao seu opulento escritório que ficava ao lado dos seus espaçosos aposentos privados. Durante todo o percurso, o Arcebispo ficou olhando ao redor, silencioso e contemplativo.

Foi só depois que eles finalmente se acomodaram na frente da lareira de mármore de Charles, com uma taça de um excelente vinho tinto em sua mão e uma suntuosa refeição servida diante de si, que De Juigne se dignou a falar.

— O clima do mundo está mudando, Padre Charles.

Charles ergueu as sobrancelhas e pensou se aquele velho era tão tonto quanto parecia. Ela tinha feito toda aquela viagem de Paris até ali para falar sobre o tempo?

— De fato, parece que este inverno está mais quente e mais úmido do que qualquer outro de que eu me lembre – Charles respondeu, desejando que a conversa inútil acabasse logo.

Antoine de Clerc de Juigne aguçou seus olhos azuis, que, havia apenas alguns segundos, pareciam lacrimejantes e desfocados. O seu olhar penetrante atravessou Charles.

– Idiota! Por que eu iria falar sobre o tempo? É o clima do povo que me preocupa.

– Ah, é claro – por um momento, Charles ficou tão surpreso com a rispidez na voz do velho que nem conseguiu sentir raiva. – O povo.

– Fala-se em uma revolução.

– Sempre se fala em revolução – Charles replicou, escolhendo um suculento pedaço de carne de porco para colocar junto ao queijo de cabra suave que ele tinha cortado para pôr em seu pão.

– É mais do que um simples rumor – disse o velho sacerdote.

– Talvez – Charles falou com a boca cheia.

– O mundo à nossa volta está mudando. Um novo século se aproxima, embora eu saiba que vou estar junto à Graça de Deus antes de ele começar e que homens mais jovens, homens como você, vão ficar para liderar a igreja em meio a esse tumulto que está chegando.

Charles desejava fervorosamente que o velho padre já tivesse passado desta para melhor antes de fazer aquela visita, mas ele escondeu seus sentimentos, mastigou e concordou prudentemente, dizendo apenas:

– Vou rezar para que eu seja digno de tamanha responsabilidade.

– Fico satisfeito que você esteja de acordo com a necessidade de assumir a responsabilidade sobre os seus atos – De Juigne afirmou.

Charles franziu os olhos.

– Meus atos? Nós estamos falando do povo e das mudanças que estão ocorrendo.

– Sim, e é por isso que as suas ações chamaram a atenção da Sua Santidade, o Papa.

De repente, a boca de Charles ficou seca e ele precisou tomar um gole de vinho para conseguir engolir. Tentou falar, mas De Juigne continuou, sem dar a palavra a ele.

— Em tempos de revolta, principalmente quando a maré popular pende na direção de crenças burguesas, é cada vez mais importante que a igreja não se afunde na esteira dessas mudanças — o sacerdote fez uma pausa para degustar seu vinho delicadamente.

— Perdoe-me, Padre. Eu não estou conseguindo entendê-lo.

— Ah, eu duvido muito. Você não pode acreditar que o seu comportamento seria ignorado para sempre. Você enfraquece a igreja, e isso não pode ser ignorado.

— O meu comportamento? Enfraquece a igreja? — Charles estava perplexo demais para ficar realmente com raiva. Ele fez um gesto ao redor deles com a sua mão de unhas bem-feitas. — A minha igreja parece enfraquecida para você? Eu sou amado pelos meus paroquianos. Eles demonstram a sua devoção pagando o dízimo generoso que abastece esta mesa.

— Você é temido pelos seus paroquianos. Eles abastecem a sua mesa e os seus cofres, porque têm mais medo do fogo da sua ira do que da queimação dos seus estômagos vazios.

Charles sentiu um vazio no próprio estômago. *Como esse velho bastardo pode saber disso? E se ele sabe, isso significa que o Papa também sabe?* Charles se forçou a permanecer calmo. Ele até conseguiu dar uma risadinha seca.

— Que absurdo! Se é o fogo que eles temem, é aquele provocado pelo peso dos seus próprios pecados e pela possibilidade da eterna danação. Então, doam generosamente a mim para aliviar esses medos, e eu prontamente os absolvo.

O Arcebispo prosseguiu como se Charles não tivesse falado nada.

— Você deveria ter se restringido às prostitutas. Ninguém repara o que acontece com elas. Isabelle Varlot era filha de um Marquês.

Charles continuou a sentir uma agitação no estômago.

— Aquela garota foi vítima de um terrível acidente. Ela passou perto demais de uma tocha. Uma fagulha fez o seu vestido se incendiar. O fogo a consumiu antes que qualquer um pudesse salvá-la.

— O fogo a consumiu depois de ela rejeitar as suas investidas.

— Isso é ridículo! Eu não...

– Você também deveria ter controlado a sua crueldade – o Arcebispo o interrompeu. – Muitos dos noviços vêm de famílias nobres. Há rumores.

– Rumores! – Charles salivou.

– Sim, rumores baseados nas cicatrizes de queimaduras. Jean du Bellay voltou para as terras do Barão, seu pai, sem a batina e carregando cicatrizes que vão deixá-lo desfigurado para o resto da vida.

– É uma pena que a sua fé não seja tão grande quanto a sua falta de jeito. Ele quase destruiu os meus estábulos pelo fogo. Não tem nada a ver comigo o fato de, após um ferimento que ele mesmo provocou, ele ter renunciado ao sacerdócio e voltado para casa, para a riqueza de sua família.

– Jean conta uma história muito diferente. Ele diz que o enfrentou em relação ao tratamento cruel que você dispensava aos seus companheiros noviços e que a sua raiva foi tão grande que você tocou fogo nele e nos estábulos à sua volta.

Charles sentiu o ódio começar a queimar dentro dele e, enquanto ele falava, as chamas das velas dos candelabros de prata ornamentados que estavam nas duas pontas da mesa de jantar tremularam freneticamente, ficando cada vez mais brilhantes a cada palavra dele.

– Você não vai entrar na minha igreja para fazer acusações contra mim.

O velho sacerdote arregalou os olhos ao observar as chamas crescentes.

– O que andam dizendo sobre você é verdade. Eu não acreditava nisso até agora – mas em vez de se retirar ou reagir com medo, como Charles esperava, De Juigne colocou a mão dentro do seu manto sacerdotal e pegou um pergaminho enrolado, segurando-o diante de si como o escudo de um guerreiro.

Charles tocou a cruz de rubi que estava quente e pesada em seu peito. Ele já tinha começado a mover a sua outra mão – agitando os dedos na direção da chama da vela mais próxima, a qual tremulou cada vez mais brilhante, como se respondendo ao seu toque –, mas a visão do espesso lacre de chumbo no pergaminho fez o sangue em suas veias congelar.

– Uma bula papal! – Charles sentiu o seu fôlego deixar o seu corpo junto com as suas palavras, como se o lacre fosse, de fato, um escudo atirado contra o seu corpo.

– Sim, a Sua Santidade me enviou. A Sua Santidade sabe que eu estou aqui e, como você mesmo pode ler, se eu ou qualquer um que me acompanha sofrer um terrível e infeliz acidente, a misericórdia dele vai se transformar em desforra e a vingança dele contra você vai ser imediata. Se não estivesse tão ocupado em profanar o santuário, teria notado que a minha escolta não é composta por padres. O Papa enviou a sua própria guarda pessoal junto comigo.

Com mãos trêmulas, Charles pegou a bula e quebrou o lacre. Enquanto ele lia, a voz do Arcebispo tomou conta do aposento, como se estivesse narrando a sentença do padre mais jovem.

– Você foi observado de perto por quase um ano. Informes foram passados para a Sua Santidade, que chegou à decisão de que a sua preferência pelo fogo pode não ser a manifestação da influência demoníaca, como muitos acreditam. A Sua Santidade quer dar a você uma oportunidade de usar essa sua afinidade incomum a serviço da igreja, protegendo aqueles que são mais vulneráveis. E não há lugar em que a igreja esteja mais vulnerável do que na Nova França.

Charles chegou ao fim da bula e levantou os olhos para o Arcebispo.

– O Papa está me enviando para Nova Orleans.

– Sim, ele está.

– Eu não vou. Não vou deixar a minha catedral.

– A decisão é sua, Padre Charles. Mas saiba que, se decidir não obedecer, a Sua Santidade ordenou que você seja preso pelos seus guardas, excomungado e considerado culpado de feitiçaria. E então todos nós vamos ver se o seu amor pelo fogo é tão grande quando estiver em chamas amarrado a uma estaca.

– Então eu não tenho escolha.

O Arcebispo encolheu os ombros e então se levantou.

– Se fosse por mim, você não teria escolha alguma.

– Quando eu parto?

– Você deve partir imediatamente. São dois dias de viagem de carruagem até Le Havre. Em três dias o *Minerva* zarpa. A Sua Santidade determina que a sua proteção da Igreja Católica comece no momento em que você pisar no solo do Novo Mundo, onde vai assumir a posição de Bispo da Catedral de Saint Louis – Antoine sorriu com desprezo. – Você não vai achar Nova Orleans tão generosa quanto Évreux, mas pode descobrir que os paroquianos do Novo Mundo são mais capazes de perdoar as suas, digamos, excentricidades – o Arcebispo começou a arrastar os pés em direção à porta, mas fez uma pausa e voltou o olhar para Charles. – O que você é? Conte-me a verdade e eu não digo nada a Sua Santidade.

– Eu sou um humilde servo da igreja. Todo o resto foi exagerado por causa da inveja e da superstição dos outros.

O Arcebispo balançou a cabeça e não disse mais nada antes de sair do aposento. Quando a porta se fechou, Charles fechou as mãos em punho e deu um soco na mesa, fazendo com que os talheres e os pratos tremessem e as chamas das velas se contorcessem e derramassem cera pelas suas laterais, como se elas estivessem chorando de dor.

Nos dois dias de viagem do *Château* de Navarre ao porto de Le Havre, névoa e chuva envolveram a carruagem de Lenobia em um véu cinza tão espesso e impenetrável que, para Lenobia, parecia que ela havia sido tirada de um mundo que ela conhecia e da mãe que ela amava e levada para um purgatório interminável. Ela não falou com ninguém durante o dia. A carruagem parou brevemente apenas para atender às suas funções corporais mais básicas, e então eles continuaram até a noite. Nas duas noites, o condutor parou em aconchegantes hospedarias de beira de estrada, onde as madames dos estabelecimentos tomaram conta de Cecile Marson de La Tour d'Auvergne, tagarelando sobre como ela era tão jovem e desacompanhada. E, quase sem que

Lenobia pudesse escutar, elas fofocaram com as servas sobre como devia ser tão *atroce* e *effrayant*[8] estar a caminho de se casar com um estrangeiro desconhecido em outro mundo.

– Horrível... assustador – Lenobia repetia. Então ela segurava o rosário de sua mãe e rezava sem parar, assim como a sua mãe sempre fizera, até que o som dos sussurros das servas fosse sufocado pela lembrança da voz de sua mãe. – Ave Maria, cheia de graça, o Senhor é convosco, bendita sois vós entre as mulheres...

Na terceira manhã, eles chegaram à cidade portuária de Le Havre e por um momento fugaz a chuva parou e a névoa se dissipou. O cheiro de peixe e de mar permeava tudo. Quando o cocheiro finalmente parou e Lenobia desceu da carruagem e pisou no embarcadouro, uma brisa forte e fria soprou o resto das nuvens e o sol raiou como se estivesse dando as boas-vindas a ela, iluminando uma fragata muito bem pintada e ancorada que balançava sem parar próxima à baía.

Lenobia encarou o navio com assombro. Em toda a parte de cima do casco havia uma tira azul na qual estavam pintadas intricadas filigranas douradas, que lembravam flores e hera. Ela viu outras partes do casco, além do convés, decoradas em laranja, preto e amarelo. E de frente para ela havia a figura de proa de uma deusa, com os braços estendidos e o vestido tremulando impetuosamente em um vento capturado e esculpido. Ela estava protegida por um capacete, como se fosse para a guerra. Lenobia não sabia por que, mas a visão da deusa a deixou sem fôlego e com o coração palpitando.

– *Mademoiselle* D'Auvergne? *Mademoiselle? Excusez-moi, êtes vous* Cecile Marson de La Tour d'Auvergne?[9]

O barulho do hábito marrom da freira se agitando no ar chamou a atenção de Lenobia antes que as palavras dela fossem totalmente compreensíveis. *Eu sou Cecile?* Com um choque, ela percebeu que a Irmã a estava chamando do outro lado do embarcadouro e, ao não obter nenhuma resposta, a

---

8   Horrível e assustador, em francês. (N.T.)
9   "Perdão, você é Cecile Marson de La Tour d'Auvergne?", em francês. (N.T.)

freira havia se separado de um grupo de jovens mulheres ricamente vestidas e se aproximado dela, com a preocupação estampada tanto na sua expressão quanto na sua voz.

– É-é lindo! – Lenobia falou, sem pensar, a primeira coisa que se formou na sua mente.

A freira sorriu.

– De fato, é sim. E se você é Cecile Marson de La Tour d'Auvergne, vai gostar de saber que é mais do que bonito. É o meio pelo qual você vai embarcar em uma vida totalmente nova.

Lenobia respirou fundo, pressionou a mão contra o peito para que ela pudesse sentir o rosário de sua mãe e disse:

– Sim, eu sou Cecile Marson de La Tour d'Auvergne.

– Ah, que prazer! Eu sou Irmã Marie Madeleine Hachard, e você é a última das *mademoiselles*. Agora que está aqui, nós podemos embarcar – os olhos castanhos da freira eram gentis. – Não é um bom presságio você ter trazido o sol com a sua chegada?

– Espero que sim, Irmã Marie Madeleine – Lenobia respondeu, e então teve que andar rapidamente para acompanhar a freira enquanto ela voltava apressada, com o hábito esvoaçante, para o grupo de garotas à espera, que as encarava.

– É a *mademoiselle* D'Auvergne, e agora todas chegaram – a freira gesticulou imperiosamente para vários estivadores que estavam parados sem fazer nada além de dar olhares furtivos e curiosos para o grupo de garotas. – *Allons-y!*[10] Levem-nos para o *Minerva*, e sejam cuidadosos e rápidos com isso. O Comodoro Cornwallis está ansioso para navegar com a maré – enquanto os homens estavam se agitando para obedecer às suas ordens, preparando um barco a remo para transportá-las até o navio, a freira se virou para as garotas. – *Mademoiselles*, vamos adentrar o futuro!

Lenobia juntou-se ao grupo, observando rapidamente os rostos das garotas, segurando o fôlego e esperando que nenhuma fosse familiar a ela. Ela

---

10   Vamos, em francês. (N.T.)

soltou um longo e trêmulo suspiro de alívio quando tudo que ela reconheceu foi a semelhança das suas expressões de medo. Mesmo assim, permaneceu na beirada do grupo de mulheres, concentrando o seu olhar e a sua atenção no navio e no barco a remo que iria levá-las até lá.

– *Bonjour*, Cecile – uma garota que não parecia ter mais do que treze anos falou com Lenobia com uma voz doce e tímida. – *Je m'appelle* Simonette La Vigne.[11]

– *Bonjour* – Lenobia respondeu, esforçando-se para sorrir.

A garota se aproximou mais dela.

– Você está com muito, muito medo?

Lenobia a examinou. Ela certamente era bonita, com cabelos longos e escuros ondulando sobre os seus ombros e um rosto agradável e sem malícia. Sua pele clara e uniforme estava maculada apenas pela cor rosada e brilhante de suas bochechas. Lenobia percebeu que ela estava apavorada.

Lenobia olhou para o resto das garotas do grupo, desta vez realmente as enxergando. Todas eram atraentes, bem-vestidas e tinham mais ou menos a sua idade. Todas também estavam trêmulas e de olhos arregalados. Algumas poucas choravam baixinho. Uma das loirinhas estava balançando a cabeça de um lado para o outro, agarrando um crucifixo cravejado de diamantes pendurado em uma grossa corrente de ouro em seu pescoço. *Todas estão com medo*, Lenobia pensou.

Ela sorriu para Simonette – desta vez conseguindo sorrir de fato.

– Não, eu não estou com medo – Lenobia se ouviu dizer com uma voz que soou muito mais forte do que ela se sentia. – Acho que o navio é lindo.

– Ma-mas eu não sei na-nadar! – a loirinha trêmula gaguejou.

Nadar? Eu estou com medo de ser descoberta como uma impostora, de nunca mais ver a minha mãe de novo e de encarar a vida em uma terra estranha e longínqua. Como ela pode estar preocupada por não saber nadar? A gargalhada que escapou de Lenobia atraiu a atenção de todas as garotas, inclusive da Irmã Marie Madeleine.

---

11 "Eu me chamo Simonette La Vigne", em francês. (N.T.)

— Você está rindo de mim, *mademoiselle*? — a garota perguntou.

Lenobia limpou a garganta e disse:

— Não, é claro que não. Eu só estava pensando em como seria engraçado ver todas nós tentando nadar até o Novo Mundo. Nós seríamos como flores flutuantes — ela riu de novo, desta vez menos histericamente. — Mas não é melhor o fato de termos este magnífico navio para nadar por nós até lá?

— Por que essa conversa sobre nadar? — a Irmã Marie Madeleine interviu. — Nenhuma de nós precisa saber nadar. *Mademoiselle* Cecile estava certa por rir de um pensamento desses — a freira caminhou até a beirada do cais, onde os marinheiros esperavam impacientemente que as garotas começassem a embarcar. — Agora venham comigo. Nós precisamos nos instalar nas nossas cabines para que o *Minerva* possa partir — sem nem olhar para trás, a Irmã Marie Madeleine segurou na mão do marujo mais próximo e entrou desajeitadamente, mas com entusiasmo, no balançante barco a remo. Ela já havia se sentado e estava arrumando o seu volumoso hábito marrom até que percebeu que nenhuma das garotas a seguira.

Lenobia notou que várias *mademoiselles* tinham dado alguns passos para trás, e lágrimas pareciam estar se espalhando como uma peste pelo grupo.

Isso não é tão assustador quanto deixar minha mãe, Lenobia disse a si mesma com firmeza. *Nem é tão apavorante quanto ser a filha bastarda de um Barão frio e insensível*. Sem hesitar mais, Lenobia caminhou resolutamente até a beira do cais. Ela estendeu a mão, como se estivesse acostumada à presença de servos automaticamente a postos para ajudá-la e, antes que tivesse tempo de pensar duas vezes na sua coragem, ela estava no pequeno barco ocupando um assento ao lado da Irmã Marie Madeleine. A freira pegou a sua mão e deu um aperto rápido e firme.

— Você fez muito bem — disse a Irmã.

Lenobia levantou o queixo e encontrou o olhar de Simonette.

— Venha, florzinha! Você não tem nada a temer.

— *Oui!* — Simonette segurou o vestido e correu para pegar a mão que o marujo oferecia. — Se você pode, eu também posso.

E isso quebrou a resistência. Logo, todas as garotas começaram a ser ajudadas a entrar no bote. Lágrimas se transformaram em sorrisos quando a confiança do grupo cresceu e o pânico delas se evaporou, deixando no lugar suspiros de alívio e até algumas risadas hesitantes.

Lenobia não tinha certeza de quando o seu próprio sorriso se transformou de algo falso e forçado em um prazer genuíno, mas quando a última garota subiu a bordo ela percebeu que o aperto em seu peito havia aliviado, como se a dor em seu coração pudesse realmente se tornar suportável.

Os marinheiros já haviam remado quase até a metade do caminho até o navio e Simonette estava tagarelando sobre como ela nunca tinha visto o mar antes, apesar de já ter quase dezesseis anos, e que talvez estivesse apenas um pouco nervosa, quando uma rica carruagem parou e um homem alto com uma batina roxa saiu de dentro dela. Ele caminhou até a beira do cais e encarou o grupo de garotas e o navio à espera. Tudo nele – da sua postura ao olhar sombrio do seu rosto – parecia irritado, agressivo e familiar. Repugnantemente familiar...

Lenobia estava observando-o com um crescente sentimento de incredulidade e temor. *Não, por favor, que não seja ele!*

– O rosto dele me dá medo – Simonette falou em voz baixa. Ela também estava fitando o homem no cais distante.

A Irmã Marie Madeleine acariciou a sua mão para acalmá-la e respondeu:

– Eu fui informada nesta manhã que a adorável Catedral de Saint Louis vai ganhar um novo Bispo. Deve ser ele – a freira sorriu gentilmente para Simonette. – Não há razão para você ter medo. É uma bênção ter um Bispo devoto viajando conosco para Nova Orleans.

– A senhora sabe de qual paróquia ele vem? – Lenobia perguntou, apesar de ela saber a resposta antes que a freira confirmasse o seu pavor.

– Bem, sim, Cecile. Ele é Charles de Beaumont, o Bispo de Évreux. Mas você não o reconheceu? Acho que Évreux é bem perto de sua casa, não é?

Sentindo-se como se ela fosse ficar terrivelmente doente, Lenobia afirmou:

– Sim, Irmã, é sim.

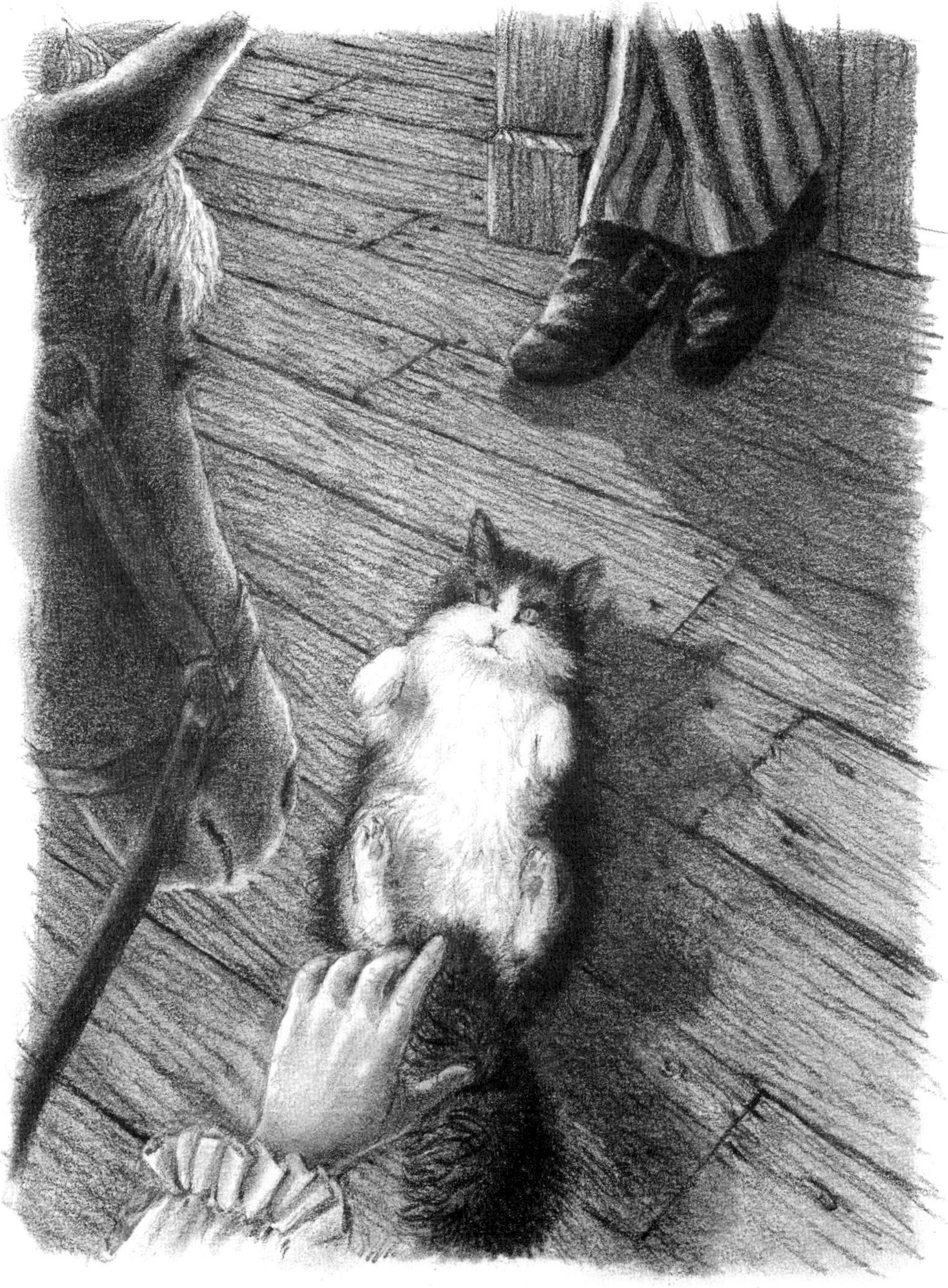

3.

Assim que Lenobia embarcou no *Minerva*, ela colocou o grosso capuz do seu manto forrado de pele sobre a cabeça. Forçando-se a ignorar o convés vivamente pintado e a energia alvoroçada de tudo à sua volta, com o carregamento de engradados de farinha, sacas de sal, pedaços de carne curada e até cavalos, Lenobia abaixou o queixo e tentou desaparecer. *Cavalos! Também há cavalos viajando conosco?* Ela queria olhar ao redor e prestar atenção em tudo, mas o barco a remo já havia começado a sua viagem de volta até o cais, onde ele iria buscar o companheiro de viagem delas, o Bispo de Évreux. *Preciso ficar abaixada. Eu não posso deixar o Bispo me ver. Acima de tudo, tenho que ser corajosa... ser corajosa... ser corajosa...*

– Cecile? Você está bem? – Simonette estava espiando o seu rosto encapuzado, soando tão preocupada que ela atraiu a atenção da Irmã Marie Madeleine.

– *Mademoiselle* Cecile, está...

– Eu estou me sentindo um pouco indisposta, Irmã – Lenobia a interrompeu, tentando falar baixo e não atrair a atenção de mais ninguém.

– *Aye!*[12] É assim mesmo. Algumas pessoas ficam enjoadas no momento em que colocam os pés no convés – o homem de voz estrondosa que caminhava decididamente na direção delas tinha um peito enorme e um rosto corado e carnudo que contrastava dramaticamente com o seu casaco azul escuro com dragonas douradas nos ombros. – Sinto muito, mas a sua reação

---

12   *Aye* é uma expressão escocesa, muito usada por marinheiros e piratas, que significa "sim" ou "sempre". (N.T.)

é um mau presságio de como você vai passar na viagem, *mademoiselle*. Digo que, apesar de eu já ter perdido passageiros no mar, nunca perdi nenhum por causa de enjoo.

– E-eu acho que vou melhorar se ficar abaixada – Lenobia falou rápido, plenamente consciente de que a cada momento o Bispo se aproximava mais e mais do navio.

– Oh, pobre Cecile – Irmã Marie Madeleine murmurou. Então ela acrescentou: – Garotas, este é o nosso capitão, o Comodoro William Cornwallis. Ele é um grande patriota e vai nos manter bem seguras durante a nossa longa jornada.

– É muita gentileza de sua parte, bondosa Irmã – o Comodoro gesticulou para um jovem mulato, vestido de modo simples, que estava parado ali perto. – Martin, mostre as cabines às damas.

– *Merci beaucoup*, Comodoro – a Irmã Marie Madeleine agradeceu.

– Espero ver todas vocês no jantar esta noite – o homem grandalhão piscou para Lenobia. – Pelo menos aquelas com estômago para comparecer! Com licença, senhoritas – ele saiu a passos largos, berrando com um grupo de membros da tripulação que estava lidando desajeitadamente com um engradado grande.

– *Mademoiselles*, madame, queiram me seguir – Martin disse.

Lenobia foi a primeira a entrar na fila atrás dos ombros largos de Martin. Ele as guiou com agilidade por uma porta detrás do convés e depois desceu uma escada estreita e um tanto traiçoeira que levava a um corredor quase tão estreito que, por sua vez, bifurcava-se à direita e à esquerda. Martin indicou o lado esquerdo com o queixo e Lenobia viu de relance o seu perfil jovem e forte.

– As cabines da tripulação ficam daquele lado – enquanto ele falava, houve um barulho alto e estrondoso e um guincho agudo de animal veio da direção para onde o queixo dele havia apontado.

– Tripulação? – Lenobia não conseguiu deixar de perguntar levantando a sobrancelha. O som familiar de um cavalo irritado fez com que ela se esquecesse momentaneamente de ficar muda e invisível.

Martin abaixou os olhos para ela. Ele sorriu com o canto da boca e os seus olhos, onde havia um brilho verde-oliva incomum, faiscaram. Lenobia não sabia dizer se a faísca era de humor, travessura ou sarcasmo. Ele disse:

– Abaixo das cabines da tripulação fica o compartimento de carga, e lá está o par de cinzentos que Vincent Rillieux encomendou para a sua carruagem.

– Cinzentos? – Simonette perguntou. Porém, ela não estava olhando para o longo corredor, e sim fitando Martin com uma franca curiosidade.

– Cavalos – Lenobia explicou.

– Percherões, uma parelha de capões – Martin a corrigiu. – Animais brutos gigantes. Não são para damas. O compartimento de carga é escuro e úmido. Não é um lugar próprio para damas e cavalheiros – ele afirmou, encontrando o olhar de Lenobia com uma sinceridade que a surpreendeu. Então, virou-se para a direita e continuou a falar enquanto caminhava: – Este é o caminho das suas cabines. Há quatro quartos para vocês se dividirem. O Comodoro e todos os passageiros homens vão ficar acima de vocês.

Simonette deu o braço para Lenobia e sussurrou rapidamente:

– Eu nunca tinha visto um mulato antes. Estou imaginando se todos são tão bonitos quanto ele!

– Sssh! – Lenobia a silenciou assim que Martin parou diante da porta da primeira cabine, que se abria à direita do estreito corredor.

– Isso é tudo. Obrigada, Martin – Irmã Marie Madeleine havia os alcançado e deu um olhar duro para Simonette enquanto dispensava o mulato.

– Sim, Irmã – ele disse enquanto se curvava para a freira, e então começou a voltar pelo corredor.

– *Excuse moi*, Martin. Onde e quando nós vamos jantar com o Comodoro? – Irmã Marie Madeleine perguntou.

Martin parou de andar para responder.

– A mesa do Comodoro é onde vocês jantarão, sempre às sete da noite. Em ponto, madame. O Comodoro faz questão de traje formal. As outras refeições serão trazidas a vocês – apesar do tom de voz de Martin ter se tornado seco, quando o seu olhar se voltou para Lenobia, ela achou que a sua expressão era mais de uma curiosidade tímida do que de um comportamento servil.

– Nós seremos as únicas convidadas para o jantar do Comodoro? – Lenobia quis saber.

– Com certeza ele também irá convidar o Bispo – Irmã Marie Madeleine disse rapidamente.

– Ah, *oui*, o Bispo vai comparecer. Ele também vai conduzir uma missa. O Comodoro é um bom católico, assim como a tripulação, madame – Martin afirmou antes de desaparecer de vista pelo corredor.

Desta vez, Lenobia não precisou fingir que estava se sentindo mal.

– Não, não, de verdade. Por favor, vão sem mim. Tudo de que eu preciso é um pouco de pão, queijo e vinho diluído em água – Lenobia garantiu à Irmã Marie Madeleine.

– *Mademoiselle* Cecile, será que a companhia do Comodoro e do Bispo não vai distrair a sua mente do incômodo no seu estômago? – a freira franziu a testa enquanto hesitava junto à porta com as outras garotas, todas arrumadas e ávidas pelo primeiro jantar na mesa do Comodoro.

– Não! – pensando no que iria acontecer se o Bispo a reconhecesse, Lenobia sabia que o seu rosto tinha ficado pálido. Ela teve uma ânsia de vômito e colocou a mão na frente da boca, como para segurar o enjoo. – Eu não posso nem pensar em comida. Se tentasse, certamente iria me envergonhar por causa da náusea.

A Irmã Marie Madeleine suspirou pesadamente.

– Muito bem. Descanse esta noite. Vou trazer um pouco de pão e queijo para você.

– Obrigada, Irmã.

– Tenho certeza de que amanhã você vai voltar a ser você mesma – Simonette falou antes de a Irmã Marie Madeleine fechar a porta suavemente.

Lenobia soltou um longo suspiro e atirou o capuz do seu manto para trás, junto com o seu cabelo loiro-platinado. Sem perder nem mais um minuto do seu precioso tempo, ela arrastou o grande baú, em que estava gravado a ouro cecile marson de la tour d'auvergne, até o fundo do quarto, perto do catre que havia escolhido para dormir. Lenobia colocou o baú embaixo de uma das janelas redondas e subiu em cima dele, puxando o gancho de metal que mantinha o vidro fechado, e então inspirou profundamente o ar fresco e úmido.

O grande baú a deixou alta o bastante para ver através da janela. Estupefata, Lenobia mirou a extensão interminável de água. A noite já estava quase começando, mas ainda havia luz suficiente no enorme céu para iluminar as ondas. Lenobia achava que ela nunca tinha visto nada tão fascinante quanto o oceano à noite. O seu corpo oscilava graciosamente com o movimento do navio. Enjoo? Não, absolutamente!

– Mas eu vou fingir que estou enjoada – ela sussurrou em voz alta para o oceano e a noite. – Nem que eu precise manter esse fingimento por todas as oito semanas da viagem.

Oito semanas! Pensar nisso era terrível. Ela havia arfado de choque quando Simonette, sempre tagarela, comentara como era difícil acreditar que elas iriam ficar neste navio por oito semanas inteiras. A Irmã Marie Madeleine tinha dado um olhar estranho para ela, e Lenobia rapidamente disfarçara dando um gemido e apertando o estômago.

– Tenho que ser mais cuidadosa – ela disse a si mesma. – É claro que a Cecile real saberia que a viagem vai durar oito semanas. Preciso ser mais esperta e mais corajosa. E acima de tudo, tenho que evitar o Bispo.

Ela fechou a pequena vigia com relutância, desceu do baú e o abriu. Quando começou a procurar um traje de dormir em meio às caras sedas e rendas, encontrou um pedaço de papel dobrado em cima do monte de tecidos brilhantes. O nome *Cecile* estava escrito com a letra característica da sua mãe. As mãos de Lenobia tremeram um pouco quando ela abriu a carta e leu:

Minha filha,

O seu casamento foi arranjado com o filho mais novo do Duque de Silegne, Thinton de Silegne. Ele é dono de uma grande plantação ao norte de Nova Orleans, a um dia de viagem. Não sei se ele é gentil nem bonito, só sei que é jovem, rico e vem de uma boa família. Eu vou rezar todo nascer do sol para que você seja feliz e que os seus filhos saibam como eles têm sorte de ter como mãe uma mulher tão corajosa.

Sua maman

Lenobia fechou os olhos, enxugou as lágrimas do seu rosto e abraçou a carta. Era um sinal de que tudo iria ficar bem! Ela iria se casar com um homem que morava a um dia de viagem de onde o Bispo estaria. Certamente, um lugar com uma grande e rica plantação deveria ter a sua própria capela. Se não tivesse, Lenobia faria com que fosse construída logo. Tudo o que ela tinha que fazer era evitar ser descoberta até sair de Nova Orleans.

Não vai ser tão difícil, ela disse a si mesma. *Tive que evitar os olhares de cobiça dos homens nos últimos dois anos. Em comparação, oito semanas a mais não é tanto tempo assim...*

Bem mais tarde, quando Lenobia se permitiu recordar aquela viagem fatídica, ela refletiu sobra a estranheza do tempo e sobre como oito semanas podiam transcorrer em velocidades tão diferentes.

Os primeiros dois dias pareceram intermináveis. A Irmã Marie Madeleine ficava sempre rondando, tentando fazê-la comer – o que era uma tortura, pois Lenobia estava totalmente esfomeada e tinha vontade de cravar os dentes nos biscoitinhos e na carne de porco fatiada que a bondosa freira ficava oferecendo para ela. Em vez disso, ela mordiscava um pouco de pão duro e bebia vinho diluído em água até sentir as bochechas quentes e a cabeça girando.

Logo após o amanhecer do terceiro dia, o mar, que estava tranquilo até então, mudou completamente e se transformou em uma entidade cinzenta e raivosa que atirava o *Minerva* de um lado para o outro, como se ele fosse um galho fino balançando ao sabor da correnteza. O Comodoro fez uma aparição cheia de pompa nas cabines das mulheres, garantindo a todas que a tempestade era relativamente branda e, na verdade, providencial – com ela, o navio estava sendo empurrado a uma velocidade muito maior na direção de Nova Orleans do que seria comum naquela época do ano.

Lenobia ficou feliz com isso, mas ela achou ainda mais providencial o fato de o mar agitado ter feito com que mais da metade dos seus companheiros de navio – incluindo o Bispo – ficassem seriamente indispostos e fechados em seus quartos. Lenobia se sentiu mal por estar aliviada com a doença dos outros, mas certamente aquilo tornou os dez dias seguintes muito mais fáceis para ela. E quando o mar se acalmou de novo, o comportamento padrão de Lenobia – de preferir ficar sempre a sós – já estava bem estabelecido. Exceto por ocasionais explosões de tagarelice irrefreável de Simonette, as outras garotas costumavam deixar a garota em paz.

No começo, ela pensou que iria se sentir sozinha. De fato, Lenobia sentia terrivelmente a falta de sua mãe, mas ficou surpresa ao descobrir como apreciava a solidão – aquele tempo só com os seus pensamentos. No entanto, essa foi apenas a primeira das suas surpresas. Na verdade, até o seu segredo ser descoberto, Lenobia havia encontrado a felicidade graças a três fatores: o nascer do sol, cavalos e... o jovem com quem ela havia esbarrado acidentalmente por causa das duas primeiras coisas.

Foi procurando o caminho menos frequentado pelas pessoas a bordo que ela descobriu que bem cedo, algumas horas antes do amanhecer e até o sol nascer, era o momento do dia mais calmo e privado. Assim, chegou também aos Percherões.

As outras garotas nunca saíam da cama antes de o sol estar bem alto no céu da manhã. Irmã Marie Madeleine era sempre a primeira das mulheres a despertar. Ela se levantava quando a luz do amanhecer passava do rosa para o amarelo. Então, ia imediatamente até o pequeno altar que havia criado para a Virgem Maria, onde acendia uma vela votiva e começava a rezar. A freira também se dirigia até o seu altar no meio da manhã, para as ladainhas marianas, e, antes de deitar, para recitar o Pequeno Ofício da Imaculada Conceição, orientando as garotas a rezar com ela. Na verdade, todas as manhãs a devota Irmã orava com tanto fervor – de olhos fechados, segurando as contas do rosário uma a uma –, que era bem fácil sair do quarto ou entrar, esgueirando-se sem perturbá-la.

Foi assim que Lenobia começou a acordar antes de todas as outras e a perambular em silêncio pelo navio, encontrando um espaço de solidão e beleza muito maior do que ela imaginava que existisse. Estava ficando louca, presa naquela cabine, escondendo-se do Bispo e fingindo estar doente. Em uma manhã bem cedo, quando todas as garotas e até a Irmã Marie Madeleine estavam dormindo profundamente, ela arriscou sair do quarto na ponta dos pés até o corredor. O mar estava agitado – a tempestade apenas começara –, mas Lenobia não teve problemas para ficar de pé. Gostava do balanço do *Minerva*. Ela também apreciava o fato de o mau tempo estar mantendo muitos tripulantes em suas cabines.

Esforçando-se para escutar o máximo que podia, Lenobia foi se movendo de sombra em sombra, avançando até um canto escuro no convés lá em cima. Lá ficou ela, perto da grade do parapeito, inspirando profundamente o ar fresco enquanto observava a água, o céu e a vasta extensão de vazio. Ela não estava pensando em nada, estava apenas sentindo a liberdade.

Então algo surpreendente aconteceu.

O céu, que estava escuro e acinzentado, começou a ficar vermelho, da cor de pêssego, de açafrão e da flor primavera. As águas cristalinas ampliavam todas essas cores, e Lenobia sentiu-se fascinada pela majestade da cena. Sim, é claro que várias vezes ele havia despertado ao amanhecer no *château*, mas lá ela estava sempre ocupada. Ele nunca havia tido tempo de sentar e assistir ao céu clareando e ao sol se levantando magicamente no horizonte longínquo.

Daquela manhã em diante, isso se tornou parte de seu próprio ritual religioso. Lenobia se tornou, à sua maneira, tão devota quanto a Irmã Marie Madeleine. Todo dia ao amanhecer ela subia furtivamente até o convés, encontrava um ponto de sombra e solidão e assistia ao céu dando as boas-vindas ao sol.

E ao fazer isso, Lenobia agradecia pela beleza que ela tinha a oportunidade de testemunhar. Segurando o rosário de sua mãe, rezava fervorosamente, pedindo para poder ver outro amanhecer em segurança, sem ter o seu segredo descoberto. Ficava no convés enquanto tinha coragem, até que os barulhos da tripulação acordando a levavam para baixo, onde ela entrava despercebida em seu quarto compartilhado e voltava ao fingimento de ser uma solitária frágil e doente.

Foi só depois de ter assistido ao terceiro amanhecer, quando ela voltava para o quarto pelo caminho que já lhe era familiar, que Lenobia encontrou os cavalos e depois ele. Quando estava entrando no corredor da escada, escutou os homens subindo e teve quase certeza de que uma das vozes – a mais rude de todas – pertencia ao Bispo. A reação dela foi imediata. Lenobia segurou as saias do seu vestido e correu na direção oposta, o mais rápido e silenciosamente que podia. Foi se movendo de sombra em sombra, sempre se afastando das vozes. Ela não parou quando encontrou uma pequena porta arqueada que dava para uma escada íngreme e estreita, que descia abruptamente. Ela simplesmente foi pisando degrau por degrau até chegar embaixo.

Lenobia sentiu o cheiro deles antes de vê-los. O aroma de cavalos, feno e esterco eram tão familiares quanto reconfortantes. Ela deveria ter feito uma pausa ali apenas por um momento – tinha certeza de que nenhuma das outras garotas iria prestar atenção nos cavalos por mais do que um instante. Mas Lenobia não era como as outras garotas. Ela sempre amara animais de todos os tipos, mas principalmente cavalos.

Os sons e os cheiros deles atraíam-na, assim como a lua atrai a maré. Havia uma surpreendente quantidade de luz entrando por grandes aberturas retangulares no deque superior, e foi fácil para Lenobia avançar por entre engradados, sacas, contêineres e barris até parar diante de um estábulo provisório. Duas enormes cabeças cinzentas estavam inclinadas por cima da meia parede, com os ouvidos eriçados e atentos na direção dela.

– Ooooh! Vejam só vocês dois! Vocês são incríveis! – Lenobia foi andando cuidadosamente até eles, sem fazer nenhum movimento abrupto e estúpido que pudesse assustá-los. Mas ela não precisava ter se preocupado. Os dois Percherões pareciam tão curiosos a respeito dela quanto ela estava em relação a eles. Ela estendeu os braços na direção deles e ambos começaram a resfolegar contra as palmas de sua mão. Ela acariciou as suas testas amplas e beijou os seus focinhos macios, rindo como uma garotinha quando eles lamberam o seu cabelo.

Aquela risada foi o que fez Lenobia perceber a verdade: ela estava, de fato, sentindo-se em uma bolha de alegria. E isso era algo que acreditava que nunca mais sentiria de verdade. Ah, certamente iria sentir a satisfação e a segurança que o fato de viver como a filha legítima de um Barão lhe proporcionaria. Se não sentisse amor por Thinton de Silegne, o homem com quem ela estava destinada a casar no lugar de Cecile, ela esperava se contentar com ele. Mas alegria? Lenobia não esperava sentir mais alegria.

Ela sorriu quando um dos cavalos lambeu a renda na manga do seu vestido.

– Cavalos e alegria... as duas coisas andam juntas – ela disse para o capão.

Foi quando ela estava parada entre os dois Percherões, sentindo aquela inesperada bolha de alegria, que um enorme gato branco e preto saltou do alto do engradado mais próximo e aterrissou com um sonoro impacto surdo aos seus pés.

Lenobia e os Percherões se assustaram. Os cavalos arquearam os pescoços e olharam cautelosos para o gato.

– Eu sei – Lenobia disse a eles. – Eu também acho. Esse é o maior gato que eu já vi na vida.

Aproveitando a deixa, o gato deitou de costas, girou a cabeça e piscou inocentes olhos verdes para Lenobia, enquanto roncava um estranho e baixo *rrrrrow*.

Lenobia olhou para os capões. Eles olharam para ela. A garota deu de ombros e disse:

– *Oui*, parece que o gato quer que alguém coce a sua barriga – ela sorriu e se abaixou, estendendo a mão.

– Eu não faria isso.

Lenobia encolheu o braço e congelou. Com o coração disparado, ela achou que tinha sido apanhada e se sentiu culpada quando um homem saiu das sombras. Ao reconhecer Martin, o mulato que mostrara as cabines a elas havia apenas alguns dias, ela soltou um breve suspiro de alívio e tentou parecer menos culpada e agir como uma dama.

– Parece que ela quer que alguém coce a sua barriga – Lenobia disse.

– Ele – Martin a corrigiu. – Odysseus está usando o seu truque favorito com você, *mademoiselle* – ele puxou uma palha comprida de feno de um fardo de alfafa próximo e a esfregou na barriga gorducha do gato. Odysseus rapidamente capturou o feno, devorando-o completamente antes de desaparecer no compartimento de carga. – Esse é o jogo dele. Ele parece inofensivo para atrair você, e então ele ataca.

– Ele é mesmo malvado?

Martin encolheu seus ombros largos.

– Acho que não exatamente malvado, apenas travesso. Mas o que eu posso saber? Eu não sou um cavalheiro instruído nem uma grande dama.

Lenobia quase respondeu automaticamente: "Nem eu!". Felizmente, Martin continuou.

– *Mademoiselle*, aqui não é lugar para uma dama. Você vai sujar a sua roupa e desarranjar o seu penteado.

Ela achou que, apesar de Martin estar falando com ela de modo respeitoso e apropriado, havia algo no jeito e no tom de voz dele que demonstrava incômodo e condescendência. E isso a irritou. Não porque ela deveria estar acima da classe dele. Lenobia se importou porque não era uma daquelas *mademoiselles* ricas, mimadas e esnobes que destratavam os outros e não sabiam nada sobre trabalho duro. Ela não era Cecile Marson de La Tour d'Auvergne.

Lenobia franziu os olhos para ele.

— Eu gosto de cavalos – para enfatizar o que afirmava, colocou-se entre os dois animais cinzentos e acariciou os seus pescoços grossos. – Eu também gosto de gatos, até dos travessos. E eu não me importo de sujar a minha roupa ou de bagunçar o meu cabelo.

Lenobia viu a surpresa nos olhos verdes e expressivos dele, mas, antes que ele pudesse responder, o som das vozes dos homens lá em cima chegou até eles.

— Eu tenho que voltar. Não posso ser pega – Lenobia se conteve antes de deixar escapar "pelo Bispo" e, em vez disso, concluiu apressadamente: – vagando pelo navio. Eu deveria estar na minha cabine. E-eu não ando me sentindo bem.

— Eu me lembro – Martin disse. – Pareceu indisposta assim que subiu a bordo. Você não parece tão mal agora, apesar de o mar estar agitado hoje.

— Andar um pouco faz com que eu me sinta melhor, mas a Irmã Marie Madeleine acha que isso não é adequado – na verdade, a bondosa Irmã não havia afirmado aquilo. Ela não precisara. Todas as garotas pareciam satisfeitas em ficar sentadas, bordando, fofocando ou tocando uma das duas espinetas[13] que estavam sendo transportadas junto com elas. Nenhuma delas havia demonstrado o menor interesse em explorar o grande navio.

— A Irmã... ela é uma mulher forte. Acho que até o Comodoro tem um pouco de medo dela – ele falou.

— Eu sei, eu sei, mas, bem, eu só... eu gosto de ver o resto do navio – Lenobia se esforçou para encontrar as palavras certas, que não iriam revelar demais.

Martin assentiu.

— As outras *mademoiselles* raramente saem de suas cabines. Alguns de nós acham que elas podem ser chamadas de *fille à la cassette*, garota porta-joias – ele disse a frase primeiro em francês e depois em inglês, estranhamente ecoando o comentário de sua mãe no dia em que ela havia partido do *château*. Ele inclinou a cabeça e a observou, esfregando o queixo de

---

13   Antigo instrumento de teclado e cordas, semelhante ao cravo. (N.T.)

modo exageradamente concentrado. – Você não parece muito uma garota porta-joias.

– *Exactement!* É isso que eu estou tentando dizer. Eu não sou como as outras garotas – ela afirmou. Quando as vozes começaram a se aproximar cada vez mais, Lenobia acariciou os dois cavalos para se despedir e então engoliu o seu medo e se virou para encarar o jovem. – Por favor, Martin, você me mostraria como voltar sem passar por lá – ela apontou para a escada íngreme por onde havia descido – e sem ter que atravessar o deque inteiro?

– *Oui* – ele respondeu apenas com uma leve hesitação.

– E você promete que não vai contar a ninguém que eu estive aqui? Por favor?

– *Oui* – ele repetiu. – *Allons-y.*

Martin a guiou rapidamente por um caminho tortuoso através dos montes de carga na parte inferior do navio, até que eles chegaram a uma entrada maior e mais acessível. – Suba por aqui – Martin explicou. – O caminho vai dar no corredor das suas cabines.

– Vou ter que passar pelas cabines da tripulação também, não?

– Sim. Se você encontrar homens, empine o queixo assim – Martin levantou o queixo. – E então olhe para eles do modo como me olhou quando disse que gostava de cavalos e gatos travessos. Eles não vão perturbá-la.

– Obrigada, Martin! Muito obrigada! – Lenobia agradeceu.

– Sabe por que te ajudei?

A pergunta de Martin fez com que ela se virasse para olhar para ele com ar de interrogação.

– Imagino que seja porque você deve ser um homem de bom coração.

Martin balançou a cabeça.

– Não, foi porque você foi corajosa o bastante para me pedir.

A risadinha que escapou de Lenobia foi quase histérica.

– Corajosa? Não, eu tenho medo de tudo!

Ele sorriu.

– Menos de cavalos e de gatos.

Ela retribuiu o sorriso dele, sentindo um calor nas bochechas e um friozinho na barriga, pois ele ficava ainda mais bonito sorrindo.

– Sim – Lenobia tentou fingir que não estava nervosa. – Menos de cavalos e de gatos. Obrigada de novo, Martin.

Ela já tinha quase passado pela porta quando ele acrescentou:

– Eu alimento os cavalos. Todas as manhãs, logo após o amanhecer.

Com as bochechas ainda quentes, Lenobia virou-se para ele.

– Talvez a gente se encontre de novo.

Os olhos verdes dele faiscaram e ele tocou um chapéu imaginário para saudá-la.

– Talvez, *chérie*,[14] talvez.

---

14 Querida, em francês. (N.T.)

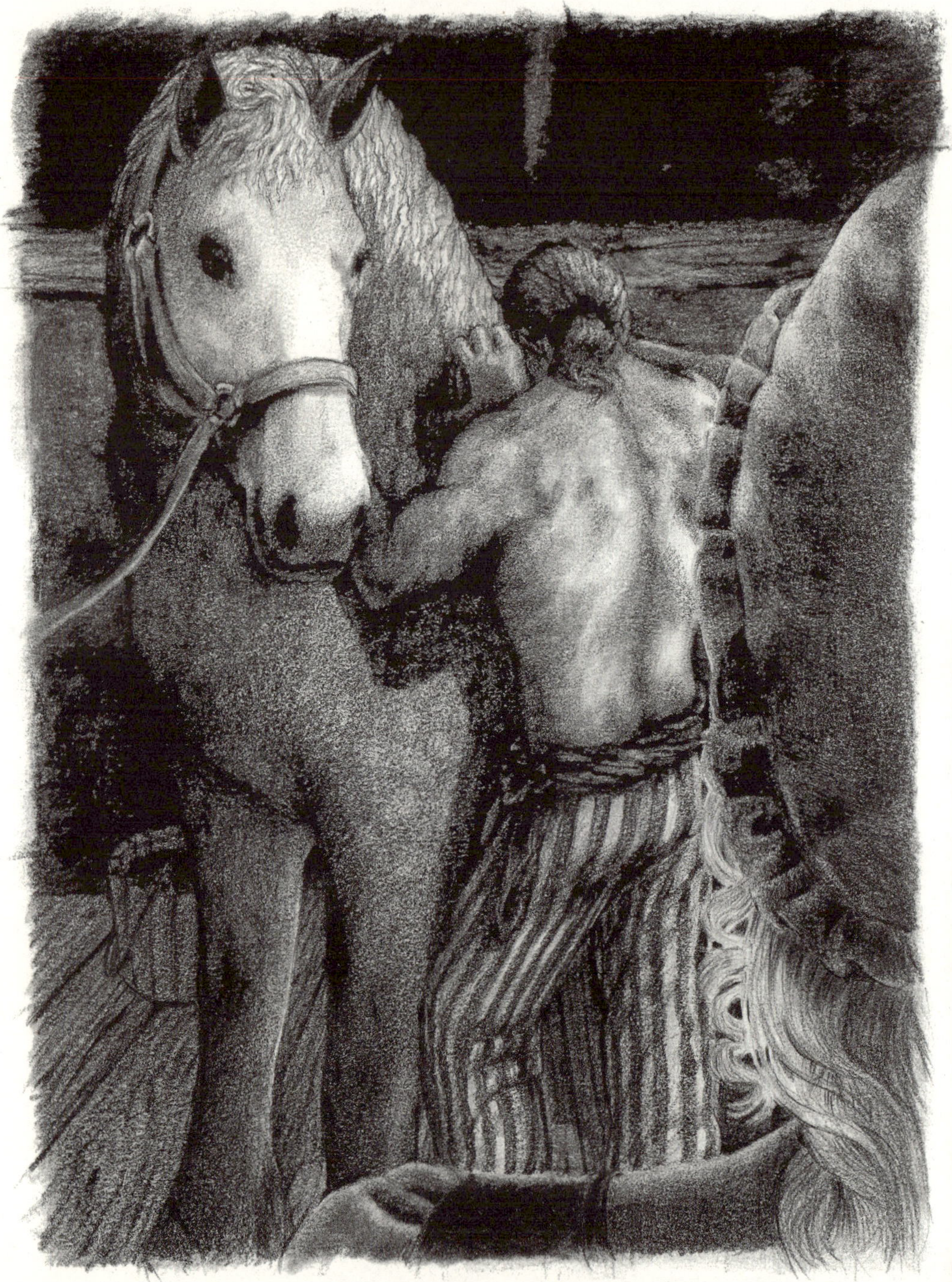

4.

Nas quatro semanas seguintes, Lenobia viveu em um estado estranho, no meio do caminho entre paz e ansiedade, entre alegria e desespero. O tempo brincava com ela. As horas em que ficava sentada em sua cabine esperando pelo crepúsculo, depois pela noite e então pela alvorada pareciam demorar uma eternidade para passar. Mas quando todos estavam dormindo e ela podia escapar do confinamento da sua prisão autoimposta, as horas transcorriam rapidamente, deixando-a ansiosa por mais.

Vagava pelo navio, mergulhando em liberdade com o ar salgado, assistindo ao sol explodir glorioso no horizonte, e depois se dirigia cuidadosamente para a parte inferior do navio, para a alegria que a aguardava abaixo do convés.

Por algum tempo ela se convenceu de que eram apenas os cavalos que a faziam tão feliz, tão ávida para ir até o compartimento de carga e tão triste quando o tempo passava rápido demais. Quando o navio começava a despertar, tinha que voltar para a sua cabine.

Não podia ter nada a ver com os ombros largos de Martin, nem com o seu sorriso, nem com a faísca nos seus olhos cor de azeitona, nem com o modo como ele a provocava e a fazia rir.

– Esses cinzentos não vão comer esse pão que você trouxe. Ninguém deve comer essa coisa – ele disse rindo na primeira manhã em que ela voltou.

Ela franziu a testa.

– Eles vão comer justamente porque é salgado demais. Cavalos gostam de coisas salgadas – com um pedaço em cada mão, ela ofereceu o pão para os Percherões. Eles farejaram suas mãos e então, com uma delicadeza surpreendente para animais tão grandes, morderam e mastigaram o pão, balançando a cabeça e fazendo expressões de surpresa que fizeram Lenobia e Martin dar boas risadas juntos.

– Você tinha razão, *chérie*! – Martin falou. – Como sabe o que cavalos gostam de comer, uma dama como você?

– Meu pai tem muitos cavalos. Eu disse que gosto deles. Eu passava bastante tempo nos estábulos – ela respondeu com evasivas.

– E o seu *père*,[15] ele não se importava que a sua filha ficasse nos estábulos?

– Meu pai nunca prestou atenção onde eu estava – ela afirmou, pensando que pelo menos isso era verdade. – E você? Onde aprendeu a lidar com cavalos? – Lenobia desviou o foco da conversa.

– Na plantação dos Rillieux, próxima a Nova Orleans.

– Sim, esse é o nome do homem que você disse que havia encomendado os cavalos. Então o *Monsieur* Rillieux deve confiar bastante em você, já que ele mandou você viajar até a França e voltar a Nova Orleans com os seus cavalos.

– Ele deve confiar. *Monsieur* Rillieux é o meu pai.

– O seu pai? Mas eu pensei... – a voz de Lenobia foi sumindo e ela sentiu as suas bochechas esquentando.

– Você pensou que, como a minha pele é marrom, o meu *père* não poderia ser branco?

Lenobia achou que ele parecia mais ter achado graça do que se ofendido, então ela arriscou dizer o que passava pela sua cabeça.

– Não, eu sei que um dos seus pais tinha que ser branco. O Comodoro chamou você de mulato, e a sua pele não é realmente marrom. É mais clara. Parece mais com creme com apenas um pouco de chocolate misturado – apenas para si mesma, Lenobia pensou: *A pele dele é mais bonita do que qualquer pele totalmente branca poderia ser.* Então ela sentiu de novo as suas bochechas esquentando.

– Quadrarão, *chérie* – Martin sorriu para os olhos dela.

---

15   Pai, em francês. (N.T.)

– Quadrarão?

– *Oui*, sou eu. A minha *maman* foi a primeira *placée* de Rillieux. Ela era mulata.

– *Placée?* Não entendo.

– Homens brancos ricos se unem a mulheres de cor em *marriages de la main gauche*.

– Casamentos da mão esquerda?

– Significa casamentos que não são válidos pela lei, mas que são reais em Nova Orleans. Era o caso da minha *maman*, só que ela morreu logo depois do meu nascimento. Rillieux ficou comigo e eu fui criado pelos seus escravos.

– Você é um escravo?

– Não. Eu sou um crioulo. Um homem de cor livre. Eu trabalho para Rillieux – ele contou. Como Lenobia só ficou olhando para ele, tentando absorver tudo que ela havia aprendido, ele sorriu e disse: – Já que você está aqui, quer me ajudar a tratar dos cavalos ou vai sair correndo de volta para o seu quarto, como uma dama respeitável?

Lenobia empinou o queixo.

– Já que estou aqui... eu fico. E vou ajudá-lo.

A hora seguinte passou rapidamente. Os Percherões davam bastante trabalho, e Lenobia ficou ocupada trabalhando com Martin e conversando sobre nada pessoal, apenas discutindo sobre cavalos e os prós e contras do corte de caudas, apesar de ela não parar de pensar o tempo todo em *placées* e *marriages de la main gauche*.

Só quando Lenobia se preparava para ir embora, teve coragem de perguntar a Martin algo que não saía de sua mente.

– As *placées*... As mulheres podem escolher ou elas têm que ficar com qualquer um que as queira?

– Há vários tipos de pessoas, *chérie*, e muitos tipos de arranjos, mas, pelo que tenho visto, tem mais a ver com escolha e amor.

– Ótimo – Lenobia disse. – Fico feliz por elas.

— Você não teve escolha, não é, *chérie*? — Martin perguntou, encontrando o olhar dela.

— Eu fiz o que a minha mãe disse que eu devia fazer — ela respondeu sem mentir e então foi embora do compartimento de carga, junto com o aroma dos cavalos e a lembrança de olhos cor de azeitona que ficaram com ela durante o resto daquele dia longo e tedioso.

Aquilo que começou por acaso transformou-se em hábito, e algo que ela racionalmente pensava que era apenas por causa dos cavalos acabou virando a sua alegria — da qual ela precisava para atravessar aquela viagem interminável. Lenobia não podia esperar pela hora de ver Martin, de ouvir o que tinha a dizer, de conversar com ele sobre os seus sonhos e até os seus medos. Ela não tinha a intenção de confiar nele, de gostar dele, de se importar com ele, mas ela não podia evitar. Como poderia ser diferente? Martin era divertido, inteligente e bonito — muito bonito.

— Você está emagrecendo — ele disse no quinto dia.

— Do que você está falando? Eu sempre fui miúda — Lenobia parou por um momento de escovar a crina embaraçada de um dos capões e espiou Martin por trás do pescoço arqueado do animal. — Eu não estou muito magra — ela falou com firmeza.

— Está magra sim, *chérie* — ele passou por baixo do pescoço do capão e de repente estava ali, ao lado dela, perto, afetuoso e real. Ele pegou o pulso dela delicadamente, segurando-o de modo que o polegar e o indicador se encontraram facilmente. — Viu só? Você está pele e osso.

O toque dele a deixou em choque. Ele era alto e musculoso, mas gentil. Os seus movimentos eram lentos, estáveis, quase hipnóticos. Era como se cada pequeno gesto dele fosse deliberado para não assustá-la. Inesperadamente, ele a fez lembrar um Percherão. Com o polegar, acariciou a parte interna do seu pulso.

— Eu tenho que fingir que não quero comer — ela se ouviu confessando.

– Por que, *chérie*?

– É melhor para mim se eu ficar afastada de todos, e o fato de eu estar enjoada me dá um motivo para ficar sozinha.

– De todos? Por que você não se afasta de mim? – ele perguntou corajosamente.

Apesar de sentir o seu coração quase saindo pela boca, ela soltou o próprio pulso do aperto suave dele e deu um olhar duro para Martin.

– Eu venho pelos cavalos, e não por você.

– Ah, *les chevaux*.[16] Claro – ele afagou o pescoço do capão, mas não sorriu como ela esperava nem brincou de novo. Em vez disso, ele apenas a olhou, como se pudesse ver a suavidade do seu coração através da sua dura fachada. Ele não disse mais nada e apenas entregou para ela uma das escovas grossas que estavam em um balde próximo. – Ele gosta mais desta.

– Obrigada – ela agradeceu, pegou a escova e foi para o outro lado do corpo grande do capão.

Houve apenas um silêncio rápido e desconfortável, até que Lenobia ouviu a voz de Martin do outro lado do cavalo do qual ela estava cuidando.

– Então, *chérie*, qual história você prefere que eu conte hoje? Uma sobre como nada que se planta na terra escura da Nova França cresce mais alto do que estes *petite chevaux*, ou uma sobre as pérolas nos *tignons*[17] das belas *placées* e como as mulheres andam com eles pelas praças?

– Conte-me a história das mulheres... das *placées* – Lenobia pediu e então ficou escutando atentamente, enquanto as palavras de Martin desenhavam na sua imaginação as figuras de lindas mulheres que eram livres o bastante para escolherem quem iriam amar, apesar de não serem livres o bastante para fazerem as suas uniões serem válidas perante a lei.

Na manhã seguinte, quando entrou apressada no compartimento de carga, ela já o encontrou tratando dos cavalos. Um naco grande de queijo

---

16   Os cavalos, em francês. (N.T.)
17   Espécie de turbante que as mulheres negras da Louisiana eram obrigadas a usar. (N.T.)

e um pedaço de carne de porco quente e cheirosa no meio de duas fatias grossas de pão fresco estavam em cima de um tecido limpo perto dos barris de aveia. Sem olhar para ela, Martin disse:

— Coma, *chérie*. Você não precisa fingir perto de mim.

Talvez tenha sido naquela manhã que as coisas mudaram para Lenobia, e ela começou a pensar em ver Martin ao amanhecer em vez de visitar os cavalos ao amanhecer. Ou, mais precisamente, foi naquele dia que ela começou a admitir a mudança para si mesma.

E uma vez que tudo mudou, Lenobia começou a procurar por sinais de Martin que indicassem que ela era mais do que apenas sua amiga – mais do que *ma chérie*, a garota para quem ele trazia comida e que o importunava querendo ouvir histórias da Nova França. Mas tudo o que ela encontrou no seu olhar foi a familiar gentileza. Tudo o que escutou na sua voz foi paciência e humor. Uma ou duas vezes, achou ter percebido um vislumbre de algo mais, especialmente quando eles riam juntos e o verde-oliva dos seus olhos parecia faiscar com partículas castanhas e douradas, mas ele sempre desviava o olhar se ela o encarava por tempo demais, e ele sempre tinha uma história divertida para contar se os silêncios entre eles ficavam muito longos.

Apenas um pouco antes de a pequena paz e felicidade que ela encontrou se estilhaçarem e o mundo dela explodir, Lenobia finalmente encontrou coragem para fazer a pergunta que não a deixava dormir. Foi quando ela estava passando a mão em suas saias para limpá-las e sussurrando para o cavalo mais próximo um afetuoso *à bientôt*[18] que ela respirou fundo e disse:

— Martin, eu preciso te fazer uma pergunta.

— O que é, *chérie*? – ele respondeu distraído enquanto recolhia as escovas e os retalhos de linho que eles haviam usado para esfregas os cavalos.

— Você costuma me contar histórias sobre as mulheres como a sua *maman*... mulheres de cor que se tornaram *placées* e vivem com homens brancos como esposas. Mas e homens de cor vivendo com mulheres brancas? Existem homens *placées*?

---

18 Até logo, em francês. (N.T.)

Do lado de fora da baia, o olhar dele encontrou o dela, e Lenobia viu que ele ficou surpreso e depois que achou graça, e ela sabia que ele iria caçoar dela. Então, olhou sinceramente nos olhos dela, e a sua reação tornou-se sombria. Balançou a cabeça devagar de um lado para o outro. A voz dele soou aborrecida e os seus ombros largos pareceram desabar.

– Não, *chérie*. Não existem homens *placées*. O único jeito de um homem de cor viver com uma mulher branca é ele sair da Nova França e se passar por branco.

– Passar-se por branco? – Lenobia ficou sem fôlego com a própria coragem. – Você quer dizer fingir que você é branco?

– *Oui*, mas eu não, *chérie* – Martin estendeu o braço. Era longo, musculoso e, na luz do amanhecer que entrava pelo deque acima, parecia mais bronzeado do que marrom. – Esta pele é marrom demais para se passar por branca, e acho que não quero ser nada mais nem menos do que eu sou. Não, *chérie*. Eu estou feliz na minha própria pele – os olhares deles se encontraram e Lenobia tentou dizer a ele com os olhos tudo o que ela estava começando a desejar... tudo o que estava começando a querer. – Eu vejo uma tempestade nesses seus olhos cinzentos, *chérie*. Deixe essa tempestade de lado. Você é forte. Mas não é forte o bastante para mudar o modo como o mundo pensa... e mudar as coisas em que o mundo acredita.

Lenobia não respondeu até abrir a portinhola e sair da baia dos Percherões. Ela andou até Martin, alisou a sua saia e então levantou o rosto e olhou nos olhos dele.

– Nem no Novo Mundo? – a voz dela era quase um sussurro.

– *Chérie*, nós não falamos sobre isso, mas eu sei que você é uma *fille à la cassette*. Você está prometida para um grande homem. Não é verdade, *chérie*?

– É verdade. O nome dele é Thinton de Silegne – ela disse. – Ele é um nome sem rosto... sem corpo... sem coração.

– Mas ele é um nome com uma terra, *chérie*. Eu conheço o seu nome e a sua terra. A fazenda dele, Houmas, é como o paraíso.

– Não é o paraíso que eu quero, Martin. É só vo...

— Não! – ele a conteve, colocando um dedo sobre os lábios dela. – Você não pode falar isso. O meu coração é forte, mas não o bastante para lutar com as suas palavras.

Lenobia pegou a mão dele que estava em seus lábios e a segurou. Ela parecia quente e bruta, como se não houvesse nada que ele não pudesse derrotar ou defender com aquelas mãos.

— Eu só peço que o seu coração escute.

— Ah, *chérie*. O meu coração já escutou as suas palavras. O seu coração falou comigo. Mas isso é o mais longe que eles podem ir... só este silêncio entre nós fala.

— Mas... eu quero mais – ela afirmou.

— *Oui, mon petite chou*,[19] eu também quero mais. Mas isso não pode acontecer. Cecile, não pode haver "nós".

Essa foi a primeira vez em que ele a chamou por aquele nome desde que ela começara a encontrá-lo ao amanhecer, e ao ouvir isso ela se assustou. Tanto que soltou a mão dele e deu um passo para trás, afastando-se dele.

Ele pensa que eu sou Cecile, a filha legítima de um Barão. Devo contar a ele? Será que isso importa?

— E-eu tenho que ir – ela se atrapalhou com as palavras, completamente abalada pelas camadas diferentes e conflitantes da sua vida. Lenobia começou a caminhar em direção à saída grande do porão de carga. Atrás dela, Martin falou.

— Você não vai voltar aqui de novo, *chérie*.

Lenobia olhou para ele por sobre o seu ombro.

— Você está dizendo que não quer que eu volte?

— Eu não poderia dizer essa mentira – ele respondeu.

Lenobia soltou um suspiro longo e trêmulo de alívio.

---

19 Literalmente, "chou" em francês significa couve ou repolho. Já *chou à la creme* é um doce como o profiterole. *Mon petite chou* é uma expressão carinhosa comum em francês, algo como "meu docinho" ou "minha querida". (N.T.)

– Então, se você está perguntando se eu virei, a minha resposta é sim. Vou voltar aqui de novo. Amanhã. Ao amanhecer. Nada mudou.

Ela continuou andando em direção à saída e escutou o eco da voz dele a seguindo.

– Tudo mudou, *ma chérie*...

Os pensamentos de Lenobia estavam desordenados. Será que tudo havia mudado entre eles?

Sim. Martin disse que o coração dele ouviu as minhas palavras. Mas o que isso quer dizer? Ela subiu pela escada estreita e entrou no corredor que saía do compartimento de carga, passava pelas cabines da tripulação e pelo acesso ao convés e terminava nas cabines das passageiras mulheres. Ela passou rápido pela porta das cabines da tripulação. Era um pouco mais tarde do que o horário em que ela normalmente voltava, e ouviu alguns sons da tripulação do lado de dentro se preparando para o dia. Nessa hora, deveria ter percebido que precisava tomar mais cuidado. Devia ter parado e escutado, mas tudo o que Lenobia podia ouvir era o som dos seus pensamentos respondendo à sua própria pergunta: *O que Martin quis dizer quando falou que o seu coração escutou as minhas palavras? Significa que ele sabe que eu o amo.*

Eu o amo. Eu amo Martin.

Foi quando ela admitiu isso a si mesma que o Bispo, com sua batina roxa ondulando ao redor dele, entrou no corredor a apenas dois passos diante dela.

– *Bonjour, mademoiselle* – ele disse.

Se Lenobia estivesse menos distraída, ela imediatamente teria abaixado a cabeça, feito uma reverência e escapado rapidamente para a segurança da sua cabine. Em vez disso, cometeu um erro terrível. Lenobia levantou o rosto e olhou para ele.

Os olhares deles se encontraram.

– Ah, é a jovem *mademoiselle* que tem passado tão mal durante toda a viagem – ele fez uma pausa e ela viu a confusão em seus olhos escuros. Ele inclinou a cabeça e franziu a testa enquanto a observava. – Mas eu pensei que você fosse a filha do Barão d'Auvergne... – Ele perdeu a fala e arregalou os olhos ao reconhecê-la e compreender tudo.

– *Bonjour*, Padre – ela falou rapidamente, abaixou a cabeça, fez uma reverência e tentou se retirar, mas era tarde demais. O Bispo estendeu a mão como uma cobra e agarrou o seu braço.

– Eu conheço esse lindo rosto, que não é o de Cecile Marson de La Tour d'Auvergne, filha do Barão d'Auvergne.

– Não, por favor. Deixe-me ir, Padre – Lenobia tentou puxar o braço e se afastar dele, mas ele a estava segurando com uma força de ferro.

– Eu conheço o seu rosto lindo, lindo – ele repetiu. A surpresa dele transformou-se em um sorriso cruel. – Você é filha do Barão, mas é uma *fille de bas*.[20] Todo mundo perto do *Château* de Navarre sabe da frutinha suculenta que caiu do lado errado da árvore do Barão.

Filha bastarda... frutinha suculenta... lado errado... Aquelas palavras a abateram, enchendo-a de pavor. Lenobia começou a balançar a cabeça de um lado para o outro sem parar.

– Não, eu preciso voltar para a minha cabine. A Irmã Marie Madeleine deve estar sentindo a minha falta.

– De fato, eu tenho sentido.

O Bispo e Lenobia se assustaram com a voz imponente da Irmã Maria Madeleine – ele se surpreendeu o bastante para que Lenobia conseguisse se soltar dele e saísse cambaleando pelo corredor em direção à freira.

– O que está acontecendo, Padre? – a Irmã Marie Madeleine perguntou. Mas antes que o Bispo respondesse, a freira tocou o queixo de Lenobia e disse: – Cecile, por que está tremendo tanto? Você passou mal de novo?

– Você a chama de Cecile? Também está envolvida nessa trapaça profana? – O Bispo parecia preencher todo o corredor enquanto o seu vulto crescia sobre as duas mulheres.

Claramente sem se intimidar, a Irmã Marie Madeleine deu um passo à frente, colocando-se entre Lenobia e o sacerdote.

....
20   Bastarda, em francês. (N.T.)

– Eu não tenho ideia do que você está falando, Padre, mas você está amedrontando esta criança.

– Essa criança é uma impostora bastarda! – o Bispo bradou.

– Padre! Você ficou louco? – a freira disse, afastando-se para trás, como se ele fosse atingi-la.

– Você sabe de tudo? É por isso que a vem mantendo escondida durante toda a viagem? – o Bispo continuou a berrar. Lenobia podia ouvir o barulho das portas se abrindo atrás dela, e sabia que as outras garotas estavam vindo para o corredor. Ela não podia olhar para elas... não ia olhar para elas. – Ela é uma imitação barata! Eu vou excomungar vocês duas. O Santo Padre em pessoa vai saber disso!

Lenobia podia ver os olhares curiosos da tripulação enquanto o discurso do Bispo atraía cada vez mais atenção. E então, no final do corredor atrás do Bispo, Lenobia avistou o rosto assustado de Martin e viu que ele estava vindo em sua direção.

Já era terrível o fato de a Irmã Marie Madeleine estar ali, protegendo-a e acreditando nela. Ela não iria suportar se de algum modo Martin também entrasse na confusão que ela tinha feito da sua vida.

– Não! – Lenobia gritou, saindo de trás da Irmã Marie Madeleine. – Eu fiz isso sozinha. Ninguém sabia, ninguém! Principalmente a bondosa Irmã.

– O que a garota fez? – o Comodoro perguntou quando entrou no corredor, franzindo a testa para o Bispo e para Lenobia.

O Bispo abriu a boca para contar o pecado dela aos gritos, mas, antes que ele falasse, Lenobia confessou:

– Eu não sou Cecile Marson de La Tour d'Auvergne. Cecile morreu na manhã em que a carruagem foi buscá-la para levá-la até Le Havre. Eu sou outra filha do Barão d'Auvergne, sua filha bastarda. Assumi o lugar de Cecile sem ninguém no *château* saber por que eu queria uma vida melhor para mim – Lenobia sustentou firmemente o olhar da freira. – Eu sinto muito por ter mentido para a senhora, Irmã. Por favor, perdoe-me.

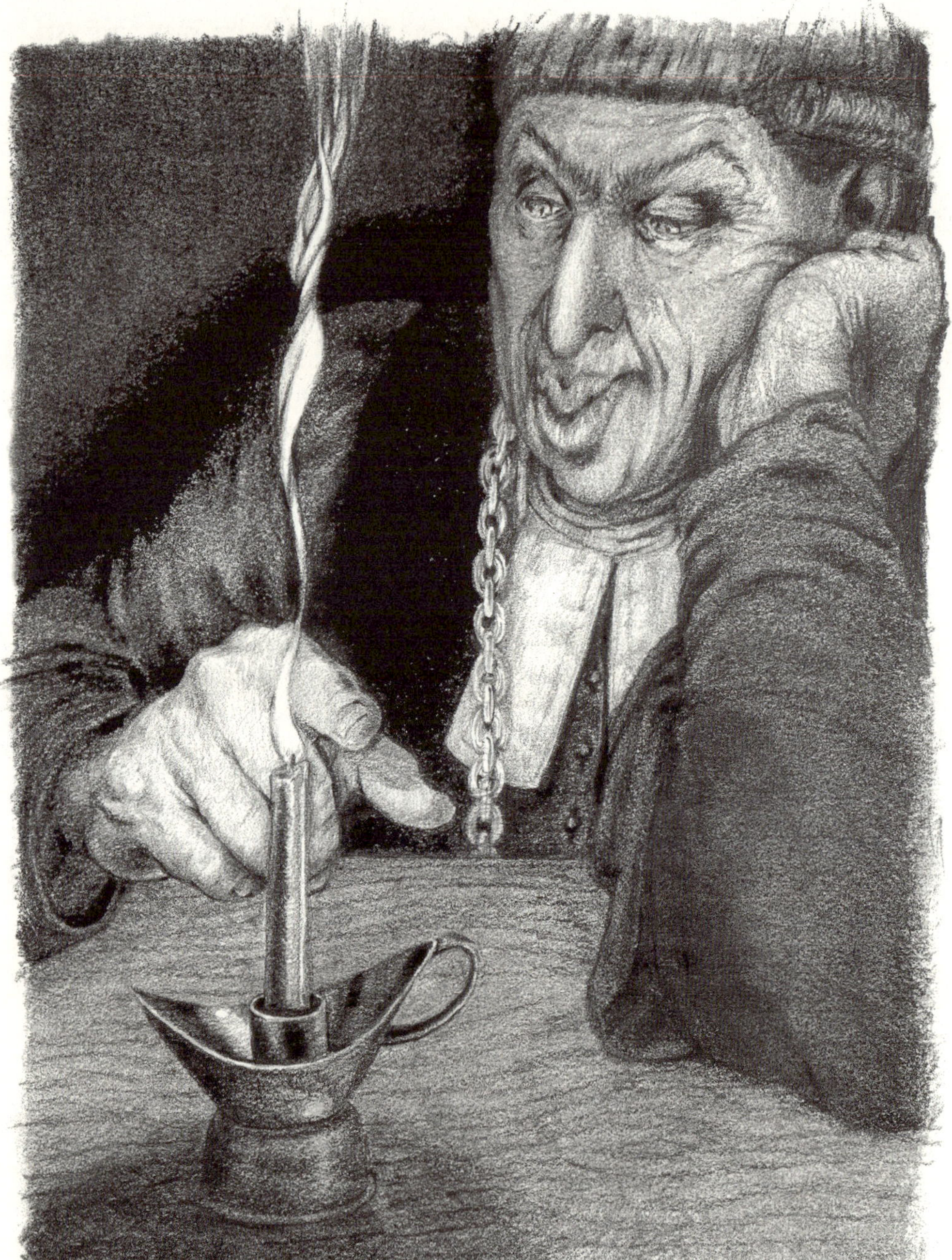

5.

– Não, senhores, eu insisto que vocês deixem a garota comigo. Ela é uma *fille à la cassette* e, portanto, está sob a proteção das freiras Ursulinas. – A Irmã Marie Madeleine se posicionou na entrada do quarto delas, segurando a porta metade fechada diante dela.

Ela havia dito para Lenobia ir imediatamente para sua cama e então tinha se preparado para enfrentar o Bispo e o Comodoro, que continuavam no corredor. O Bispo ainda estava gritando, com o rosto vermelho. O Comodoro parecia não saber como agir; aparentemente, hesitava entre a raiva e o humor. Quando a freira falou, ele encolheu os ombros e disse:

– Sim, bem, ela está sob sua responsabilidade, Irmã.

– Ela é uma bastarda e uma impostora! – o Bispo vociferou.

– Bastarda ela é; impostora, não mais – a freira respondeu com firmeza. – Ela admitiu o seu pecado e pediu perdão. Agora não é a nossa função, como bons católicos, perdoar e ajudar essa criança a encontrar o seu verdadeiro caminho na vida?

– Não é possível que você ache que eu vou permitir que essa bastarda se case com um nobre! – o Bispo afirmou.

– E não é possível que você acredite que eu iria me envolver em uma farsa e quebrar o meu voto de honestidade – a freira contra-atacou.

Lenobia pensou que ela podia sentir o calor da raiva do Bispo emanando do lado de fora do quarto.

– Então, o que você vai fazer com ela? – ele perguntou.

— Eu vou concluir o meu dever e cuidar para que ela chegue casta e segura em Nova Orleans. Dali em diante, o futuro dela vai depender do Conselho das Ursulinas e, é claro, da própria garota.

— Isso parece razoável — o Comodoro disse. — Venha, Charles, vamos deixar essas questões de mulheres para as mulheres resolverem. Eu tenho uma caixa de um vinho do Porto excelente que ainda não abrimos. Vamos prová-lo para verificar se ele aguentou a viagem até aqui — depois de dar um aceno com a cabeça para a freira, ele deu tapinhas no ombro do Bispo e foi embora.

O homem de batina roxa não seguiu o Comodoro imediatamente. Em vez disso, ele olhou por sobre a Irmã Marie Madeleine, na direção onde Lenobia estava sentada em seu catre, com os braços em volta de si mesma, e falou:

— O fogo sagrado de Deus destrói os mentirosos.

— Mas eu acho que o fogo sagrado de Deus não destrói crianças. Bom dia, Padre — a Irmã Marie Madeleine afirmou e então fechou a porta na cara do sacerdote.

O quarto estava tão silencioso que Lenobia podia ouvir a respiração ofegante de Simonette.

Lenobia encontrou o olhar da Irmã Marie Madeleine.

— Eu sinto muito — ela disse.

A freira levantou a mão.

— Em primeiro lugar, vamos começar com o seu nome. O seu nome verdadeiro.

— Lenobia Whitehall — por um momento, o alívio que sentiu por recuperar o seu nome obscureceu o medo e a vergonha, e ela conseguiu respirar fundo para se fortalecer. — Esse é o meu nome verdadeiro.

— Como você pôde fazer isso? Fingir que era uma pobre garota morta? — Simonette perguntou. Estava encarando Lenobia com olhos arregalados, como se ela fosse uma espécie de animal estranho e assustador recém-descoberto.

Lenobia se virou para a freira. A Irmã assentiu, dizendo:

— Todas vão querer saber. Responda agora e acabe logo com isso.

– Eu não fingi exatamente ser Cecile, mas simplesmente fiquei quieta – Lenobia olhou para Simonette, com seu vestido de seda enfeitado com pele, com pérolas e granadas cintilando ao redor do seu pescoço branco e delgado. – Você não sabe como é não ter nada... nenhuma proteção... nenhum futuro. Eu não queria ser Cecile. Eu só queria ficar segura e feliz.

– Mas você é uma bastarda – disse Aveline de Lafayette, a bela loira que era a filha mais nova do Marquês de Lafayette. – Você não merece a vida de uma filha legítima.

– Como você pode acreditar nesse absurdo? – Lenobia a questionou. – Por que um nascimento por acaso deve determinar o valor de uma pessoa?

– Deus determina o nosso valor – afirmou a Irmã Marie Madeleine.

– E que eu saiba, você não é Deus, *mademoiselle* – Lenobia disse para a jovem Lafayette.

Aveline arfou.

– Essa filha de uma prostituta não vai falar assim comigo!

– A minha mãe não é uma prostituta! Ela é uma mulher que era bela e ingênua demais!

– É claro que você ia dizer isso, mas nós já sabemos que você é uma mentirosa – Aveline de Lafayette segurou as suas saias. Passou rápido por Lenobia, dizendo: – Irmã, eu não vou dividir o quarto com uma *fille de bas.*

– Chega! – a voz ríspida da freira fez até a arrogante Lafayette parar. – Aveline, no convento das Ursulinas, nós educamos mulheres. Não fazemos distinção de classe ou de raça. O que importa é que tratemos todos com honestidade e respeito. Lenobia acabou de ser honesta conosco. Nós vamos retribuir isso com respeito – a freira voltou-se para Lenobia. – Eu posso ouvir a confissão do seu pecado, mas não posso absolvê-la. Para isso você precisa de um padre.

Lenobia encolheu os ombros.

– Eu não vou me confessar ao Bispo.

A expressão de Marie Madeleine se suavizou.

– Comece confessando-se a Deus, minha filha. Depois, o nosso bondoso Padre Pierre vai ouvir a sua confissão no convento quando chegarmos – ela desviou o olhar de Lenobia e mirou cada uma das outras garotas no quarto. – O Padre Pierre pode ouvir as confissões de todas, pois somos todos seres imperfeitos que precisam de absolvição – ela voltou-se de novo para Lenobia. – Minha filha, você pode vir comigo até o convés, por favor?

Lenobia assentiu em silêncio e seguiu a Irmã até lá em cima. Elas percorreram o curto caminho até a popa do navio e pararam ao lado do parapeito negro e das imagens ornamentadas de querubins esculpidos que decoravam a parte de trás do *Minerva*. Ficaram ali em silêncio por alguns momentos, cada mulher observando o mar e guardando os seus próprios pensamentos. Lenobia sabia que o fato de ter sido descoberta como uma impostora iria mudar a sua vida, provavelmente para pior, mas ela não podia deixar de sentir uma ligeira sensação de alívio – de que estava livre da mentira que a estava assombrando.

– Eu odiava a mentira – ela se ouviu dizendo o seu pensamento em voz alta.

– Fico feliz de escutar isso. Você não parece uma garota falsa para mim – Marie Madeleine voltou o seu olhar para Lenobia. – Conte-me a verdade, ninguém mais sabia do seu ardil?

Lenobia não estava esperando aquela pergunta. Ela desviou os olhos, sem conseguir dizer a verdade e sem querer contar outra mentira.

– Ah, entendo. A sua *maman*, ela sabia – Marie Madeleine afirmou, sem ser rude. – Não importa, o que está feito não pode ser desfeito. Não vou perguntar sobre isso novamente.

– Obrigada, Irmã – Lenobia falou em voz baixa.

A freira fez uma pausa, e então continuou com um tom de voz mais severo.

– Você deveria ter me procurado quando viu o Bispo pela primeira vez, em vez de fingir que estava se sentindo mal.

– Eu não sabia o que a senhora iria fazer – Lenobia respondeu com sinceridade.

– Eu não sei ao certo como reagiria, mas com certeza teria feito tudo o que estava ao meu alcance para impedir um confronto feio com o Bispo, como o que tivemos hoje – o olhar da freira era aguçado e claro. – O que há entre vocês dois?

– Nada da minha parte! – Lenobia disse rapidamente. Então suspirou e acrescentou: – Algum tempo atrás, a minha *maman*, que é bastante religiosa, disse que nós não iríamos mais à missa. Ela decidiu me manter em casa. Isso não evitou que o Bispo fosse ao *château*... não impediu que os olhos dele ficassem me procurando.

– O Bispo tirou a sua virgindade?

– Não! Ele não me tocou. Ainda sou virgem.

Marie Madeleine fez o sinal da cruz.

– Graças à Nossa Mãe Santíssima – a freira soltou um longo suspiro. – O Bispo é uma preocupação para mim. Ele não é o tipo de homem que eu gostaria de ver na Catedral de Saint Louis. Mas às vezes os caminhos de Deus são insondáveis, difíceis de compreender. A viagem vai terminar daqui a algumas semanas, e quando nós estivermos em Nova Orleans o Bispo vai ter muitos deveres que vão mantê-lo ocupado, sem pensar em você. Então, nós precisamos mantê-la afastada dos olhares dele apenas por algumas semanas.

– Nós?

Marie Madeleine ergueu as sobrancelhas.

– As freiras Ursulinas são servas da Nossa Mãe Santíssima, e Ela não iria querer que eu ficasse à toa enquanto uma das Suas filhas é abusada, nem mesmo por um Bispo – ela se esquivou dos agradecimentos de Lenobia. – Você vai ser esperada para o jantar agora que foi descoberta. Isso não pode ser evitado, sem despertar mais zombaria e desdém.

– Zombaria e desdém são menos ofensivos do que os olhares do Bispo – Lenobia afirmou.

– Não. Isso a torna mais vulnerável a ele. Você vai jantar conosco. Apenas não chame atenção. Mesmo sendo quem é, ele não pode fazer nada na frente de todos nós. Exceto nessas ocasiões, apesar de eu ter quase certeza de que está cansada de fingir indisposição e de ficar em seu quarto, você deve ficar longe da vista de todos.

Lenobia limpou a garganta, empinou o queixo e se arriscou:

– Irmã, há várias semanas eu tenho saído do nosso quarto antes do amanhecer e voltado antes de a maioria do navio acordar.

A freira sorriu.

– Sim, minha filha. Eu sei.

– Oh. Eu pensei que a senhora estivesse rezando.

– Lenobia, acho que você vai descobrir que eu e muitas das minhas boas Irmãs somos capazes de pensar e rezar ao mesmo tempo. Eu realmente aprecio a sua honestidade. Para onde você costuma ir?

– Até aqui em cima. Bem, na verdade, até lá – Lenobia apontou para uma parte escura do convés, onde ficavam os barcos salva-vidas. – Eu assisto ao nascer do sol e ando um pouco por ali. E depois eu vou até o porão de carga.

Marie Madeleine piscou surpresa.

– Até o porão de carga? Para quê?

– Cavalos – Lenobia disse. *Eu estou dizendo a verdade*, ela racionalizou. *Os cavalos me atraíram para lá.* – Uma parelha de Percherões. Eu gosto muito de cavalos, e sou boa com eles. Posso continuar a visitá-los?

– Você alguma vez viu o Bispo nas suas saídas ao amanhecer?

– Nunca, hoje foi a primeira vez, e isso só aconteceu porque eu fiquei lá muito tempo depois do amanhecer.

A freira encolheu os ombros.

– Desde que você tome cuidado, não vejo motivo para prendê-la na cabine mais do que o absolutamente necessário. Mas tome muito cuidado, minha filha.

– Vou tomar. *Merci beaucoup*, Irmã – impulsivamente, Lenobia atirou seus braços em volta da freira e a abraçou. Após um breve momento, braços fortes e maternais retribuíram o abraço, e a freira acariciou o seu ombro.

– Não se preocupe, minha filha – a Irmã Marie Madeleine murmurou, consolando-a. – Boas garotas católicas estão em falta em Nova Orleans. Nós vamos encontrar um marido para você, não tenha medo.

Tentando não pensar em Martin, Lenobia sussurrou:

– Eu preferia que vocês encontrassem um modo de eu ganhar a vida.

A freira ainda estava rindo quando elas começaram a voltar para a cabine das mulheres.

Na sala privativa do Comodoro, bem abaixo do local onde Lenobia e Marie Madeleine haviam conversado, o Bispo Charles de Beaumont estava parado junto à janela aberta em um silêncio tumular, imóvel feito uma estátua. Quando o Comodoro voltou da cozinha com duas garrafas empoeiradas de vinho do Porto embaixo dos seus braços carnudos, Charles mostrou interesse em saber o ano e a vinícola. Ele fingiu apreciar aquele vinho rico, mas, em vez disso, bebeu rapidamente sem saboreá-lo, pois precisava apagar a chama de ódio que queimava tão intensamente dentro dele, enquanto pedaços da conversa que ele havia escutado por acaso ferviam na sua mente: *O que há entre vocês dois? O Bispo tirou a sua virgindade? Zombaria e desdém são menos ofensivos do que os olhares do Bispo. Mas tome muito cuidado, minha filha.*

O Comodoro ficou se vangloriando a respeito de marés, estratégias de batalha e outros assuntos banais, e a raiva de Charles, amortecida pelo vinho, começou a cozinhar lentamente num caldo de ódio, luxúria e fogo... sempre o fogo.

O jantar teria sido um desastre se não fosse pela Irmã Marie Madeleine. Simonette era a única garota que conversava com Lenobia. Mas a garota de quinze anos começava a falar e em seguida parava – tão sem jeito que parecia se esquecer toda hora de que não deveria mais gostar de Lenobia.

Lenobia se concentrou na sua comida. Ela imaginara que iria ser um paraíso conseguir comer uma refeição completa, mas o olhar quente do Bispo a fez se sentir tão mal e com tanto medo que acabou empurrando para o lado do prato a maior parte do delicioso robalo e das batatas na manteiga.

Mas a Irmã Marie Madeleine fez tudo dar certo. Ela manteve o Comodoro entretido em uma discussão sobre a ética da guerra que incluía o Bispo e as suas opiniões eclesiásticas. Ele não podia ignorar a freira – não quando ela estava mostrando tanto interesse na opinião do Bispo. E em muito menos tempo do que Lenobia esperava, a Irmã estava pedindo licença para se retirar.

– Tão cedo, madame? – o Comodoro piscou para ela com olhos turvos e o rosto corado pelo vinho do Porto. – Eu estava gostando tanto da nossa conversa!

– Perdoe-me, caro Comodoro, mas eu gostaria de ir enquanto ainda há um pouco de luz no céu da noite. Eu e as *mademoiselles* precisamos muito dar umas voltas pelo convés.

As *mademoiselles*, obviamente chocadas com a proposta da freira, olharam para ela com diferentes graus de surpresa e horror.

– Andar? Pelo convés? E por que você quer fazer isso, Irmã? – o Bispo perguntou com uma voz áspera.

A freira sorriu calmamente para o Bispo.

– *Oui*, acho que nós estamos confinadas em nossos quartos há tempo demais – então ela voltou a sua atenção para o Comodoro. – Você não falou diversas vezes sobre os benefícios do ar marinho para a saúde? E olhe para você, *monsieur*, um homem tão grande e forte. Nós vamos fazer bem em imitar os seus hábitos.

– Ah, é verdade, é verdade – o peito enorme do Comodoro se inflou ainda mais.

– Excelente! Então, com a sua permissão, vou recomendar que as garotas e eu façamos caminhadas frequentes pelo navio, em diferentes horários do dia. Todas nós precisamos cuidar da saúde e, agora que os resquícios de enjoo do mar se dissiparam, não há nada para nos segurar em nossos quartos – Marie Madeleine disse a última frase com um olhar rápido e intencional para Lenobia e depois se voltou para o Comodoro, com uma expressão de pesar, como que incluindo-o no seu desconforto com o comportamento da garota. Lenobia achou que a Irmã Marie Madeleine foi simplesmente brilhante.

– Muito bem, madame. Ótima ideia, realmente boa. Você não acha, Charles?

– Acho que a bondosa Irmã é uma mulher muito sábia – foi a resposta astuta do Bispo.

– É gentileza da sua parte, Padre – Marie Madeleine falou. – E não se assuste conosco, já que, de agora em diante, você nunca vai saber onde cada uma de nós pode estar!

– Vou me lembrar disso. Vou me lembrar – de repente, a expressão severa do Bispo se alterou e ele piscou surpreso. – Irmã, acabei de ter uma ideia que, tenho certeza, foi inspirada no seu anúncio ambicioso de tomar conta do navio.

– Mas, Padre, eu não quis...

O Bispo gesticulou para refutar os protestos dela.

– Ah, eu sei que você não quer fazer nenhum mal, Irmã. Como eu estava dizendo, pensei que seria bastante agradável mudar o seu altar à Virgem Maria para o convés, talvez logo acima de nós, no espaço coberto da popa. Talvez a tripulação queira participar das suas devoções diárias. – Ele curvou-se para o Comodoro e acrescentou: – Se o tempo e as obrigações deles permitirem, é claro.

– É claro... é claro – repetiu o Comodoro.

– Bem, com certeza eu posso fazer isso. Desde que o tempo continue bom – Marie Madeleine disse.

– Obrigado, Irmã. Considere isso um favor pessoal para mim.

– Então muito bem. Sinto que nós realizamos bastante esta noite – a freira falou com entusiasmo. – *Au revoir, monsieurs. Allons-y, mademoiselles* – ela concluiu e então saiu com o seu grupo do aposento.

Lenobia sentiu o olhar do Bispo até a porta se fechar, bloqueando a visão que ele tinha dela.

– Bem, então, vamos andar um pouco? – sem esperar por uma resposta, Marie Madeleine caminhou decididamente até a pequena escada que levava ao convés, onde ela inspirou profundamente e encorajou as garotas, falando "andem por aí" e "estiquem as suas pernas jovens".

Quando Lenobia passou pela freira, ela perguntou em voz baixa:

– O que será que ele quer com a Virgem Maria?

– Não tenho a menor ideia – Marie Madeleine respondeu. – Mas certamente não vai fazer mal à Nossa Mãe Santíssima mudar para um deque acima. – Ela fez uma pausa, sorriu para Lenobia e acrescentou: – Assim como não vai fazer mal nenhum para nós.

– Pelo que a senhora fez hoje, Irmã, *merci beaucoup*.

– De nada, Lenobia.

O Bispo pediu licença ao Comodoro e o deixou com o seu vinho do Porto. Ele se retirou para o seu pequeno dormitório, sentou-se na escrivaninha e acendeu um castiçal fino e comprido. Enquanto os seus dedos acariciavam a chama, ele pensou na garota bastarda.

No começo, havia ficado enfurecido e chocado com a farsa dela. Mas depois, quando ele a observou melhor, o seu ódio e a sua surpresa misturaram-se para formar uma emoção muito mais profunda.

Charles havia se esquecido da beleza da garota, apesar de as muitas semanas de celibato forçado a bordo daquele maldito navio terem algo a ver com o efeito dela sobre ele.

– Não – ele falou para a chama. – É mais do que a falta de uma companheira de cama o que a torna desejável.

A garota estava ainda mais atraente do que ele se lembrava, apesar de ela ter perdido peso. Isso era uma pena, mas facilmente reparável. Ele a preferia mais macia, mais cheinha, mais suculenta, e iria se certificar de que ela comeria bem – quisesse ela ou não.

— Não – ele repetiu. – *Há* algo mais – eram aqueles olhos. Aquele cabelo. Os olhos dela ardiam em combustão lenta, fumegavam. O Bispo podia ver que eles o chamavam, mesmo que ela tentasse negar aquela atração.

O cabelo era platinado, feito metal testado pelo fogo, endurecido e então forjado para se transformar em algo mais do que era antes.

— E ela não é uma verdadeira *fille à la cassette*. Ela nunca vai ser a noiva de um cavalheiro francês. Na verdade, tem sorte de ter chamado a minha atenção. Ser a minha amante é mais, muito mais do que ela pode esperar para o seu futuro.

Zombaria e desdém são menos ofensivos do que os olhares do Bispo. Ele se lembrou das palavras dela, mas não se permitiu ficar com raiva.

— Ela vai ter que ser persuadida. Não importa. Eu prefiro quando elas têm um pouco de personalidade.

Ele passou os dedos várias vezes por entre as chamas, absorvendo calor, mas sem se queimar.

Seria bom fazer da garota a sua amante antes que eles chegassem a Nova Orleans. Assim aquelas Ursulinas pretensiosas não teriam motivo para reclamar. Com uma virgem, elas poderiam se importar – mas uma bastarda deflorada que se tornou amante de um Bispo estaria fora da sua proteção e do seu alcance.

Mas primeiro ele precisava fazer com que ela fosse sua, e para isso ele precisava silenciar aquela maldita freira.

A sua mão livre se fechou sobre a cruz de rubi pendurada sobre o meio do seu peito, e a chama tremulou freneticamente.

Era só a proteção da freira que estava impedindo a bastarda de ser o seu brinquedinho pelo resto da viagem e depois – só a freira poderia despertar a ira da igreja contra ele. As outras garotas eram irrelevantes. Elas não iriam nem pensar em se opor a ele, muito menos em depor contra ele para qualquer autoridade. O Comodoro não se importava com nada, exceto com uma viagem suave e com o seu vinho. Desde que Charles não a violentasse na frente do comandante, ele provavelmente iria demonstrar apenas um interesse indulgente pelo assunto, embora talvez ele próprio quisesse usar a garota.

A mão do Bispo que estava acariciando a chama se fechou em punho. Ele não compartilhava as suas posses.

– Sim, eu vou ter que me livrar da freira – Charles sorriu e relaxou a mão, começando a brincar com a chama novamente. – E eu já dei alguns passos para apressar o seu fim precoce. É uma pena que o hábito que ela veste seja tão volumoso e tão inflamável. Sinto que um terrível acidente pode acontecer com ela...

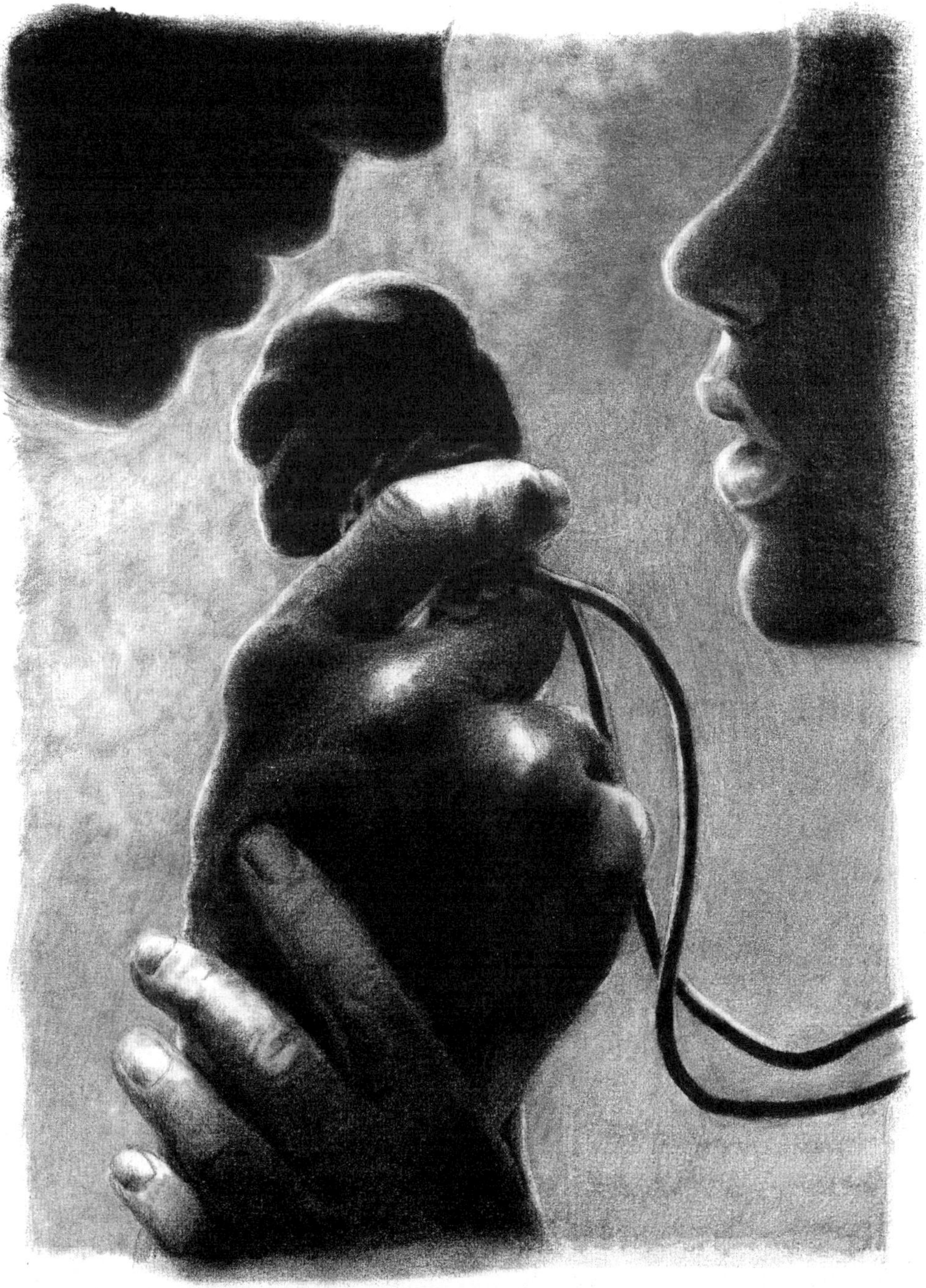

6.

Parecia que o amanhecer não chegava nunca para Lenobia. Finalmente, quando o céu através da sua janela começou a ficar vermelho, a garota decidiu que não podia mais esperar. Ela quase saiu correndo pela porta, parando apenas porque a voz de Marie Madeleine a advertiu:

– Tome cuidado, minha filha. Não fique tempo demais com os cavalos. Ficar longe da vista do Bispo significa se distanciar da mente dele também.

– Vou tomar cuidado, Irmã – Lenobia assegurou antes de desaparecer pelo corredor. Ela realmente assistiu ao nascer do sol, apesar de os seus pensamentos já estarem alguns deques abaixo. Antes de a esfera laranja ter saído completamente detrás da linha do horizonte, Lenobia já estava descendo apressada e silenciosamente as escadas.

Martin já estava lá, sentado em um fardo de feno, olhando na direção por onde ela normalmente entrava no porão de carga. Os cavalos cinzentos relincharam para Lenobia, o que a fez sorrir. Então ela olhou para Martin e o seu sorriso se desvaneceu.

A primeira coisa que Lenobia notou foi que ele não havia trazido para ela um sanduíche de bacon e queijo. Em seguida, ela reparou na ausência de expressão em seu rosto. Até os seus olhos pareciam mais escuros e sóbrios. De repente, ele era um estranho.

– Como eu chamo você? – a sua voz era tão sem emoção quanto o seu rosto.

Ela ignorou o jeito estranho dele e aquela sensação horrível na boca do estômago e falou com Martin como se ele estivesse perguntando qual escova deveria usar nos cavalos, como se não houvesse nada errado.

– O meu nome é Lenobia, mas eu gosto quando você me chama de *chérie*.

– Você mentiu para mim – o tom de voz de Martin acabou com o fingimento de Lenobia, e ela sentiu o primeiro arrepio de rejeição passar pelo seu corpo.

– Não de propósito. Eu não menti para você de propósito – os olhos dela imploraram para que ele entendesse.

– Uma mentira é sempre uma mentira – ele disse.

– Está bem. Você quer saber a verdade?

– Você consegue dizer a verdade?

Ela sentiu como se ele tivesse lhe dado um tapa na cara.

– Pensei que você me conhecesse.

– Eu também pensei. E achei que você confiava em mim. Talvez eu tenha errado duas vezes.

– Eu realmente confio em você. O motivo pelo qual eu não contei que estava fingindo ser Cecile é que, quando estava com você, eu era quem sou de verdade. Não houve fingimento entre nós. Só havia eu, você e os cavalos – ela piscou com força para segurar as lágrimas e deu alguns passos na direção dele. – Eu não mentiria para você, Martin. Ontem foi a primeira vez em que você me chamou pelo nome dela, Cecile. Você se lembra de como eu fui embora rápido? – Ele assentiu. – Isso porque eu não sabia o que fazer. Naquela hora, eu lembrei que deveria fingir que era outra pessoa, até para você.

Houve um longo silêncio, e então ele perguntou:

– Você teria me contado?

Lenobia não hesitou. Ela falou com o seu coração, direto para o coração dele:

– Sim. Eu teria te contado o meu segredo quando disse que te amava.

O rosto dele ganhou vida novamente e Martin deu alguns passos, acabando com a pequena distância que os separava.

– Não, *chérie*. Você não pode me amar.

– Não posso? Eu já amo.

— É impossível — Martin estendeu o braço, pegou a mão dela e a levantou com delicadeza. Então ele levantou o próprio braço, alinhando-o lado a lado com o braço dela, pele com pele. — Você vê a diferença, não vê?

— Não — ela disse baixinho, olhando para os braços encostados dos dois, para os corpos dos dois. — Tudo o que eu vejo é você.

— Veja com os seus olhos, e não com o seu coração. Veja o que os outros vão enxergar!

— Os outros? Por que você se preocupa com o que os outros vão enxergar?

— O mundo importa, talvez mais do que você possa compreender, *chérie*.

Ela encontrou o olhar dele.

— Então você se importa mais com o que os outros pensam do que com o que nós sentimos, você e eu?

— Você não entende.

— Eu entendo o suficiente! Eu entendo como me sinto quando estamos juntos. O que mais eu preciso entender?

— Muito, muito mais — ele soltou a mão dela e se virou, andando rapidamente até a baia para ficar ao lado de um dos cavalos cinzentos que observavam a cena.

Ela falou para as costas dele.

— Eu disse que não mentiria para você. A recíproca é verdadeira?

— Eu não vou mentir para você — ele respondeu sem se virar para olhá-la.

— Você me ama? Diga a verdade, Martin, por favor.

— A verdade? Que diferença faz a verdade em um mundo como este?

— Faz toda a diferença para mim — ela afirmou.

Ele se virou e ela viu que o rosto dele estava molhado de lágrimas silenciosas.

— Eu te amo, *chérie*. Sinto que isso vai me matar, mas eu te amo.

Parecia que o coração dela estava voando quando Lenobia foi até seu lado e entrelaçou seus dedos aos dele.

— Eu não estou mais prometida a Thinton de Silegne — ela levantou a mão para enxugar as lágrimas do rosto dele.

Ele tocou a mão dela e a pressionou contra o seu rosto.

– Mas eles vão encontrar um novo marido para você. Alguém que se importe mais com a sua beleza do que com o seu nome – enquanto falava, ele fez uma careta, como se as suas próprias palavras o ferissem.

– Você! Por que não pode ser você? Eu sou uma bastarda... Com certeza, uma bastarda pode se casar com um crioulo.

Martin deu uma risada sem humor.

– *Oui, chérie*. Uma bastarda pode se casar com um crioulo, desde que a bastarda seja negra. Se ela for branca, eles não podem se casar.

– Então eu não me importo em me casar! Eu só me importo em ficar com você.

– Você é tão jovem – ele disse carinhosamente.

– Você também; não deve ter nem vinte anos.

– Vou fazer vinte e um no mês que vem, *chérie*. Mas por dentro eu sou mais velho, e eu sei que nem o amor pode mudar o mundo. Pelo menos, não a tempo para nós dois.

– Tem que poder. Eu vou fazer isso acontecer.

– Sabe o que eles podem fazer com você, este mundo que você acha que pode ser mudado pelo amor? Se descobrirem que me ama, que se entregou a mim, eles vão enforcá-la. Ou pior: eles vão estuprá-la e depois enforcá-la.

– Eu vou lutar contra eles. Para ficar com você, eu vou me levantar contra o mundo.

– Eu não quero isso para você! *Chérie*, eu não vou ser a causa de nenhum mal a você!

Lenobia deu um passo para trás, saindo do alcance dele.

– Minha *maman* me disse que eu tinha que ser corajosa. Que eu tinha que me transformar em uma garota que estava morta, para que eu pudesse viver uma vida sem medo. Então fiz essa coisa terrível que eu não queria fazer... Eu menti e tentei assumir o nome e a vida de outra pessoa – enquanto ela falava, era como se uma mãe sábia estivesse sussurrando ao seu ouvido, guiando os seus pensamentos e as suas palavras. – Tive medo, tanto medo, Martin. Mas eu sabia que tinha que ser corajosa por ela, e então de algum modo isso mudou e me tornei corajosa por mim. E agora quero ser corajosa por você, por nós.

– Isso não é ser corajosa, *chérie* – ele falou com tristeza nos seus olhos verde-oliva, com os ombros caídos. – Isso é apenas ser juvenil. Você e eu... o nosso amor pertence a outra época, a outro lugar.

– Então você nos nega?

– O meu coração não pode fazer isso, mas a minha mente diz "mantenha-a em segurança, não deixe que o mundo a destrua" – ele deu um passo na direção dela, mas Lenobia colocou os braços em volta de si mesma e deu um passo para trás, afastando-se dele. Ele balançou a cabeça tristemente. – Você deve ter filhos, *chérie*. Filhos que não precisem fingir ser brancos. Acho que você sabe um pouco como é ter que fingir, não sabe?

– O que eu sei é que eu prefiro mil vezes ter que fingir a negar o meu amor por você. Sim, eu sou jovem, mas madura o bastante para saber que um amor unilateral não pode dar certo. – Como ele não disse nada, ela passou as costas da mão nervosamente sobre o rosto, enxugando suas lágrimas, e continuou: – Eu deveria ir embora, não voltar mais e passar o resto da viagem em qualquer lugar, menos aqui embaixo.

– *Oui, chérie*. Você deve.

– É isso o que você quer?

– Não, eu sou um idiota. Não é o que eu quero.

– Bem, então nós dois somos idiotas – ela passou por ele e pegou uma das escovas de cavalo. – Eu vou tratar desses cinzentos. Depois, vou alimentá-los. Daí eu vou voltar para a minha cabine e esperar até que o amanhecer de amanhã me liberte. Então eu vou fazer a mesma coisa, dia após dia – ela entrou na baia e começou a escovar o cavalo mais próximo.

Ainda do lado de fora da baia, ele a observou com aqueles olhos verde-oliva que ela achou que pareciam tristes e muito, muito velhos.

– Você é corajosa, Lenobia. E forte. E boa. Quando for uma mulher adulta, você vai se levantar contra a escuridão do mundo. Eu sei disso quando vejo os seus olhos de nuvens de tempestade. Mas, *ma belle*,[21] escolha batalhas que você possa vencer sem perder o seu coração e a sua alma.

– Martin, eu deixei de ser uma menina quando assumi o lugar de Cecile. Eu sou uma mulher adulta e gostaria que você entendesse isso.

Ele suspirou e concordou.

– Você está certa. Eu sei que é uma mulher, mas não sou o único que sabe disso. *Chérie*, hoje eu escutei conversas dos criados do Comodoro. Aquele Bispo não tirou os olhos de você durante todo o jantar.

– A Irmã Marie Madeleine e eu já falamos sobre isso. Vou ficar longe da vista dele o máximo possível – ela encontrou o olhar dele. – Você não precisa se preocupar comigo. Nos últimos dois anos, venho evitando o Bispo e homens como ele.

– Pelo que tenho visto, não há muitos homens como o Bispo. Sinto que alguma coisa ruim o acompanha. Acho que o *bakas* do Bispo se volta contra ele.

– *Bakas*? O que é isso? – Lenobia parou de escovar o cavalo cinzento e se recostou no seu dorso amplo enquanto Martin explicava.

– Pense em *bakas* como uma espécie de apanhador de almas, que pega dois tipos de almas: superiores e inferiores. O equilíbrio é o melhor para um *bakas*. Todos temos o bem e o mal dentro de nós, *chérie*. Mas se a pessoa que usa o *bakas* está desequilibrada, se ela fizer o mal, então o *bakas* se volta contra ela e o mal é libertado, é terrível de ver.

– Como você sabe disso tudo?

– Minha *maman*, ela veio do Haiti, junto com muitos escravos do meu pai. Eles seguem a velha religião. Eles me criaram. Eu também a sigo – ele encolheu os ombros e sorriu para a expressão de olhos arregalados dela. – Eu acredito que todos nós viemos do mesmo lugar e que vamos voltar para lá algum dia também. Só há muitos nomes diferentes para esse lugar porque há muitos tipos diferentes de pessoas.

– Mas o Bispo é um sacerdote católico. Como ele pode saber sobre uma velha religião do Haiti?

---

21 Minha bela, em francês. (N.T.)

— *Chérie*, você não precisa ter ouvido falar sobre uma coisa para senti-la ou para conhecê-la. Os *bakas* são reais, e às vezes eles encontram quem os use. Aquele rubi que o Bispo usa no pescoço, aquilo é um *bakas*, pelo que eu conheço.

— É uma cruz de rubi, Martin.

— Também é um *bakas*, e um que se voltou para o mal, *chérie*.

Lenobia teve um calafrio.

— Ele me assusta, Martin. Sempre me assustou.

Martin foi até ela e colocou a mão por baixo da sua própria camisa, puxando um longo colar de couro amarrado a uma pequena bolsa de couro tingida de um bonito azul safira. Ele tirou o colar de seu pescoço e o colocou ao redor do dela.

— Este *gris-gris*[22] a protege, *chérie*.

Lenobia passou os dedos pela bolsinha.

— O que há dentro dela?

— Eu a usei por quase toda a minha vida e não sei ao certo. Sei que há treze coisas pequenas aí dentro. Antes de morrer, minha mãe *maman* fez esse *gris-gris* para me proteger. Funcionou para mim — Martin pegou a pequena bolsa que ela estava segurando. Olhando profundamente nos olhos dela, ele levou a bolsinha aos seus lábios e a beijou. — Agora vai funcionar para você — então, devagar e deliberadamente, ele enganchou um dedo no tecido da frente do seu corpete e o puxou com delicadeza, de modo que a roupa se afastasse do corpo dela. Ele soltou a pequena bolsa do lado de dentro, onde ela se se encostou ao peito de Lenobia, um pouco acima do rosário de sua mãe. — Use isso perto do seu coração, *chérie*, e o poder do povo da minha *maman* nunca vai estar longe de você.

A proximidade dele fazia com que ela tivesse dificuldade de respirar. Quando ele a soltou, Lenobia pensou que ela sentira o afeto do seu beijo através da bolsinha cor de safira.

---

22 Amuleto africano. (N.T.)

– Já que você me deu o seu amuleto de proteção da sua mãe, então eu tenho que substituí-lo pelo da minha mãe – ela tirou o rosário do pescoço e o estendeu para ele.

Ele sorriu e se inclinou para que ela pudesse colocá-lo nele. Então Martin segurou uma conta e a observou.

– Rosas esculpidas em madeira. Você sabe para que o povo da minha *maman* usa o óleo de rosas, *chérie*?

– Não. – Ela ainda estava sem fôlego por causa da proximidade dele e da intensidade do seu olhar.

– O óleo de rosas faz feitiços de amor poderosos. – Os cantos dos lábios dele se curvaram em um sorriso. – Você está tentando me enfeitiçar, *chérie*?

– Talvez – Lenobia respondeu. Os olhares deles se encontraram e se fixaram um no outro.

Então o capão esbarrou em Lenobia levemente e bateu a pata enorme no chão, impaciente por ela ainda não ter terminado de escová-lo.

A risada de Martin cortou a tensão que estava crescendo entre eles.

– Acho que eu tenho concorrentes pela sua atenção. Os cavalos não querem compartilhar você comigo.

– Garoto ciumento – Lenobia murmurou, virando-se para abraçar o pescoço grosso do capão e pegar a escova da serragem no chão.

Ainda rindo baixinho, Martin foi buscar o pente grande de madeira e começou a trabalhar na crina e na cauda do outro animal.

– Qual história você quer ouvir hoje, *chérie*?

– Conte-me sobre os cavalos da fazenda de seu pai – ela pediu. – Você começou alguns dias atrás e não terminou.

Enquanto Martin falava sobre a especialidade de Rillieux, uma nova raça de cavalos que podia correr um quarto de milha tão rapidamente que eles estavam sendo comparados ao alado Pegasus, Lenobia deixou sua mente vagar. *Ainda temos duas semanas de viagem. Ele já me ama.* Ela pressionou a mão contra o peito, sentindo o calor do *gris-gris* da mãe dele. *Se nós ficarmos juntos, vamos ter coragem o bastante para nos colocar contra o mundo.*

Lenobia se sentia esperançosa e muito animada enquanto subia as escadas do compartimento de carga até o corredor que levava à sua cabine. Martin tinha enchido sua cabeça de histórias sobre os cavalos incríveis de seu pai, e em algum momento da sua narrativa ela havia tido uma ideia maravilhosa: talvez ela e Martin pudessem ficar em Nova Orleans só até conseguirem juntar o dinheiro suficiente para comprar um jovem garanhão de Rillieux. Então eles poderiam pegar o seu Pegasus alado, ir para o oeste e encontrar um lugar em que eles não fossem julgados pela cor de suas peles, onde eles poderiam se estabelecer e criar cavalos lindos e velozes. *E crianças*, os seus pensamentos sussurraram. *Muitas crianças lindas de pele marrom como Martin.*

Ela iria pedir a Marie Madeleine que a ajudasse a encontrar um trabalho, talvez até mesmo alguma função na cozinha das Ursulinas. Todo mundo precisava de uma ajudante de cozinha que sabia assar um pão delicioso – e Lenobia havia adquirido aquela habilidade com a legião de talentosos *chefs* franceses do Barão.

– O seu sorriso a deixa ainda mais atraente, Lenobia.

Ela não havia escutado quando ele entrou no corredor, mas de repente ele estava ali, bloqueando a sua passagem. Lenobia colocou a mão na tira de couro escondida embaixo de sua camisa. Ela pensou em Martin e no poder do amuleto de proteção de sua mãe, levantou o queixo e encontrou o olhar do Bispo.

– *Excusez-moi*, Padre – ela disse friamente. – Preciso voltar e encontrar a Irmã Marie Madeleine. Ela deve estar fazendo suas orações matinais, e eu gostaria muito de me juntar a ela.

– Certamente não está brava comigo por causa de ontem. Você deve entender o choque que tive quando descobri a sua farsa – enquanto falava, o Bispo acariciava a sua cruz de rubi.

Lenobia o observou atentamente, pensando em como era estranho o fato de a cruz parecer cintilar e reluzir mesmo na penumbra do corredor.

– Eu não me atreveria a ficar brava com o senhor, Padre. Eu só quero ir ao encontro de nossa boa Irmã.

Ele se aproximou mais dela.

– Eu tenho uma proposta para você. Quando ouvi-la, vai saber que, com a grande honra que eu quero lhe conceder, pode se atrever a muito mais do que ter raiva.

– Desculpe-me, Padre, mas eu não sei o que o senhor quer dizer – ela falou, tentando passar por ele.

– Não sabe, *ma petite de bas*? Eu vejo muitas coisas quando olho nos seus olhos.

A raiva que Lenobia sentiu por causa do modo como ele a chamou superou o seu medo.

– O meu nome é Lenobia Whitehall. Eu não sou a sua bastarda! – ela atirou as palavras contra ele.

O sorriso dele era terrível. De repente, os braços dele deram o bote, uma mão de cada lado de Lenobia, pressionando-a contra a parede. As mangas de sua batina roxa eram como cortinas, escondendo-a do mundo real. Ele era tão alto que a cruz de rubi pendurada no pescoço do Bispo balançava na frente dos olhos dela, e por um momento ela pensou ter visto chamas dentro daquele resplandecer profundo.

Então ele falou, e o mundo dela ficou restrito ao mau hálito dele e ao calor do seu corpo.

– Quando eu concluir o que pretendo, você vai ser o que eu quiser que você seja: bastarda, prostituta, amante, filha. Qualquer coisa. Mas não ceda tão facilmente, *ma petite bas*. Eu gosto de uma briga.

– Padre, aí está você! Que sorte encontrá-lo tão perto de nossos quartos. Você poderia me ajudar? Pensei que mudar a Nossa Mãe Santíssima de lugar seria fácil, mas ou eu subestimei o peso dela ou superestimei a minha força.

O Bispo deu um passo para trás, soltando Lenobia. Ela correu pelo corredor até a freira, que naquele momento não estava olhando para eles. Ela estava saindo do seu quarto, esforçando-se para arrastar a grande estátua de pedra de Maria até o corredor. Quando Lenobia a alcançou, a freira levantou os olhos e disse:

— Lenobia, que ótimo. Por favor, pegue a vela do altar e o incensório. Nós vamos rezar as ladainhas marianas e o Pequeno Ofício da Imaculada Conceição no convés a partir de hoje e nos próximos poucos dias que faltam para chegarmos ao porto de Nova Orleans.

— Poucos dias? Você está enganada, Irmã – o Bispo disse com ar de superioridade. – Faltam pelo menos mais duas semanas de viagem.

Marie Madeleine parou de arrastar a estátua e endireitou as costas. Enquanto esfregava a sua região lombar, ela deu um olhar frio para o Bispo, que contrastava com a sua desenvoltura e com a coincidência de tê-lo interrompido enquanto abusava de Lenobia.

— Dias – ela disse duramente. – Acabei de falar com o Comodoro. A tempestade nos colocou alguns dias à frente do previsto. Vamos chegar a Nova Orleans em três ou quatro dias. Vai ser ótimo para todos nós estar em terra firme novamente, não é? Vou ter um prazer especial de apresentá-lo à nossa Madre Superiora e contar a ela como a nossa viagem foi segura e agradável graças à sua proteção. Você sabe como ela é respeitada na cidade, não sabe, Bispo de Beaumont?

Houve um longo silêncio e então o Bispo respondeu:

— Ah, sim, Irmã. Eu sei disso e muito, muito mais.

Então o sacerdote se abaixou e levantou a pesada estátua como se ela fosse feita de penas em vez de pedra, levando-a para cima até o convés.

— Ele te fez mal? – Marie Madeleine sussurrou rapidamente assim que ele saiu de vista.

— Não – Lenobia afirmou trêmula. – Mas ele queria.

A freira assentiu melancolicamente.

— Pegue a vela e o incenso. Acorde as outras garotas e diga para elas subirem para as orações. Então fique perto de mim. Você vai ter que esquecer as suas saídas solitárias ao amanhecer. Simplesmente, não é seguro. Felizmente, nós só temos mais alguns dias. Daí você vai estar no convento, longe do alcance dele – a freira apertou a mão de Lenobia e seguiu o Bispo até o convés superior, deixando-a sozinha e totalmente infeliz.

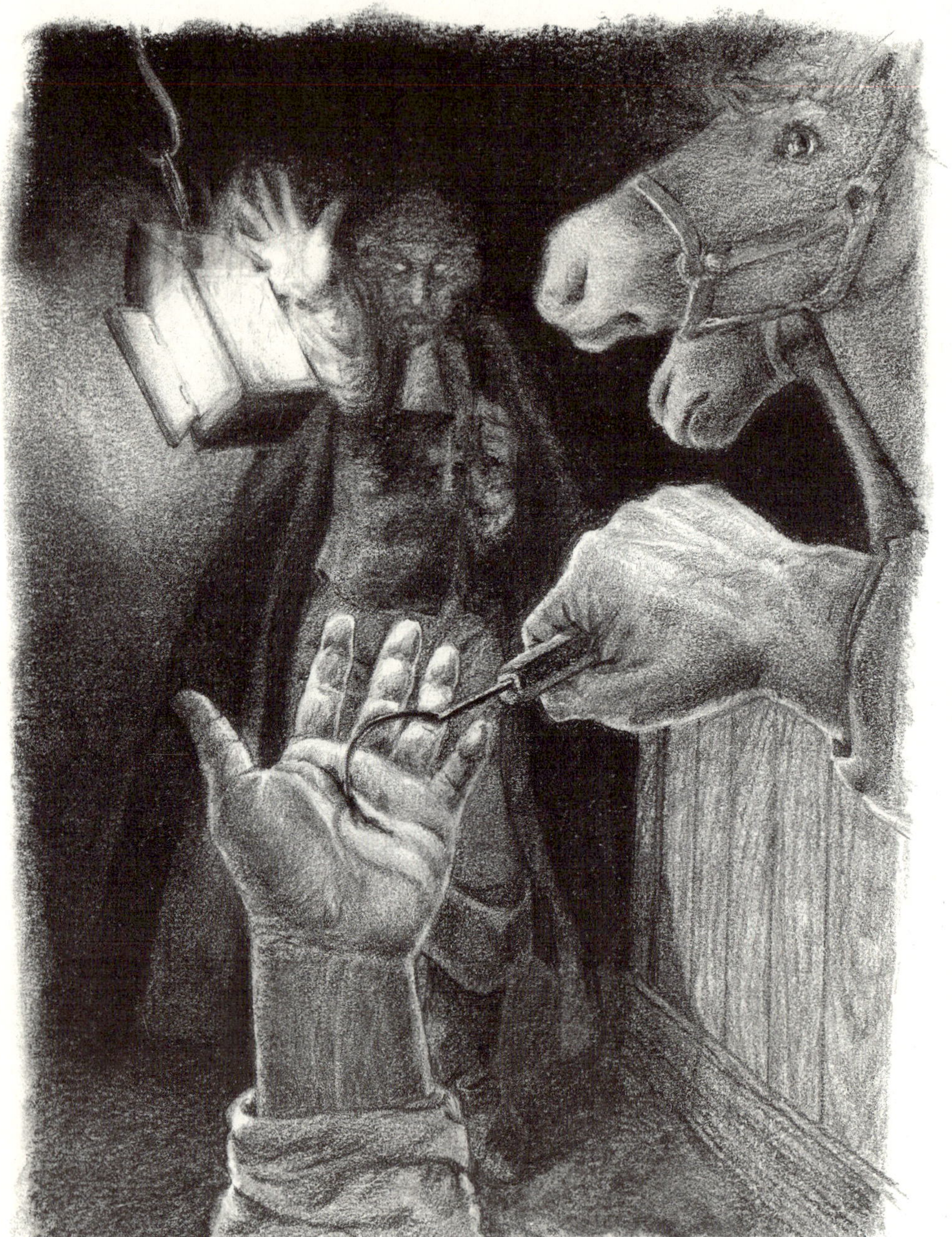

7.

Mais tarde, quando o mundo dela se tornou sombrio, doloroso e repleto de desespero, Lenobia se lembrou daquela manhã e da beleza do céu e do mar – e de como tudo havia mudado tão subitamente em menos tempo do que o seu coração levava para bater algumas dúzias de vezes. Ela se lembrou disso e prometeu a si mesma que pelo resto da vida não iria considerar nada bonito ou especial como garantido.

Era cedo, e as garotas estavam preguiçosas e rabugentas, sem querer levantar nem subir ao convés para rezar. Aveline de Lafayette estava especialmente irritada, embora a excitação de Simonette com algo novo mais do que compensasse a disposição ácida das outras garotas.

– Eu queria tanto explorar o navio – Simonette confidenciou a Lenobia enquanto elas caminhavam até a pequena área coberta na popa do *Minerva*.

– É um navio muito bonito – Lenobia sussurrou de volta, sorrindo ao ver os cachinhos de Simonette balançando quando ela assentiu em resposta.

A estátua de mármore de Maria havia sido colocada perto do parapeito negro que cercava a popa do navio – logo acima da cabine do Comodoro. A Irmã Marie Madeleine estava ajeitando meticulosamente a imagem, mudando-a de um lado para o outro até colocá-la no lugar certo, quando ela viu Lenobia e acenou para chamá-la.

– Minha filha, pode me dar o círio e o incenso.

Lenobia entregou a ela o incensório de prata, já cheio da preciosa mistura de olíbano e mirra que a freira usava quando rezava, além da grossa vela de cera que estava em seu castiçal de estanho. A freira voltou-se para a estátua e colocou a vela e o incensório aos pés de Maria.

— Garotas — a Irmã dirigiu-se ao seu grupo e então, com um leve sorriso, ela assentiu ao ver os membros da tripulação que estavam começando a ir na direção delas com ar de curiosidade — e bons cavalheiros. Vamos começar esta adorável manhã com as ladainhas marianas em agradecimento pela notícia de que estamos a poucos dias de nosso destino, Nova Orleans — ela gesticulou para que a tripulação chegasse mais perto.

Enquanto eles se aproximavam, Lenobia procurou Martin no grupo e ficou desapontada ao não ver o seu rosto familiar.

— Ah, meu Deus! Precisamos buscar um tição lá embaixo para acender a vela de Maria. Lenobia, minha filha, você poderia...

— Não se preocupe, Irmã. Eu acendo o fogo da Virgem Maria.

As garotas abriram caminho e o Bispo caminhou a passos largos entre elas com uma longa madeira em sua mão, no fim da qual tremulava uma chama. Ele ofereceu o tição para a freira, que o pegou com um sorriso tenso.

— Obrigada, Padre. Você gostaria de liderar as ladainhas marianas hoje?

— Não, Irmã. Eu acho que as ladainhas marianas são apreciadas mais integralmente quando lideradas por uma mulher — curvando a cabeça, o Bispo se retirou para o canto mais distante da popa, onde os membros da tripulação estavam reunidos. Ele ficou na frente deles.

Lenobia achou que ele escolheu uma posição desconfortável, como se estivesse planejando liderar a falange de homens contra elas.

Desajeitadamente, a Irmã Marie Madeleine acendeu a vela e o incenso. Então ela se ajoelhou. Lenobia e as outras garotas seguiram o seu exemplo. Lenobia estava à esquerda da freira, olhando para a estátua, mas de onde estava também podia ver o Bispo — de modo que ela percebeu a hesitação arrogante dele, que fez com que o seu ato de ajoelhar fosse mais condescendente do que obediente. Os homens ao redor dele seguiram o seu exemplo.

Marie Madeleine abaixou a cabeça e juntou suas mãos em prece. Com os olhos fechados, ela começou a ladainha com uma voz forte e clara:

— Santa Maria, rogai por nós.

— Rogai por nós — as garotas repetiram.

— Santa Mãe de Deus — Marie Madeleine entoou.

– Rogai por nós – desta vez, os membros da tripulação juntaram as suas vozes à oração.

– Santa Virgem das virgens.

– Rogai por nós – o grupo invocou.

– Mãe de Jesus Cristo – a freira continuou.

– Rogai por nós...

Lenobia repetia a frase, mas ela não estava conseguindo aquietar o seu espírito o bastante para fechar os olhos e abaixar a cabeça como as outras garotas. Em vez disso, o seu olhar e a sua mente vagavam.

– Rogai por nós...

Faltam três dias de viagem, e Marie Madeleine disse que eu não posso mais ir até o porão de carga.

– Mãe da divina graça.

– Rogai por nós.

Martin! Como eu vou conseguir falar com ele? Preciso vê-lo de novo, mesmo que isso signifique correr o risco de outro encontro com o Bispo.

– Mãe puríssima.

– Rogai por nós.

O olhar de Lenobia passou pelo grupo de homens e pelo Bispo de batina roxa ajoelhado diante deles. Ela arregalou os olhos em choque. Ele não tinha abaixado a cabeça e fechado os olhos; encarava a estátua, na frente da qual a freira estava ajoelhada em oração. Ele não estava com as mãos em prece. Em vez disso, uma das mãos acariciava o brilhante crucifixo de rubi pendurado no meio do seu peito. A outra mão estava fazendo um leve e estranho movimento, apenas tremulando os dedos, quase como se ele estivesse chamando algo diante dele.

– Mãe castíssima.

– Rogai por nós...

Perplexa, Lenobia seguiu o olhar do Bispo e percebeu que o sacerdote não estava encarando a estátua, mas, sim, a grossa vela acesa aos pés da Virgem Maria, bem na frente da freira. Foi então que a chama se intensificou, ardendo com tanta intensidade que a cera parecia escorrer. A cera e a chama provocaram faíscas, e o fogo explodiu do círio, caindo sobre o hábito de linho de Marie Madeleine.

– Irmã! O fogo! – Lenobia gritou, levantando-se para correr na direção de Marie Madeleine.

Mas aquele fogo estranho já havia se transformado em uma terrível labareda. A freira gritou e tentou se levantar, mas ela estava obviamente desorientada pelas chamas que a consumiam. Em vez de se afastar da vela que queimava freneticamente, Marie Madeleine cambaleou para a frente, diretamente no poço de cera em combustão.

As garotas ao redor de Lenobia estavam gritando e se chocando contra ela, impedindo-a de alcançar a freira.

– Para trás! Eu vou salvá-la! – o Bispo gritou enquanto corria segurando um balde, com sua batina roxa tremulando feito chama atrás dele.

– Não! – Lenobia berrou, lembrando-se do que havia aprendido na cozinha sobre cera, gordura e água. – Pegue um cobertor, não água! Abafe o fogo!

O Bispo atirou o balde de água na freira em chamas, e o fogo explodiu, provocando uma chuva de cera quente sobre as garotas e criando pânico e histeria.

O mundo virou fogo e calor. Mesmo assim, Lenobia tentou chegar até Marie Madeleine, mas mãos fortes seguraram o seu pulso e a puxaram para trás.

– Não! – ela gritou, lutando para se soltar.

– *Chérie!* Você não pode ajudá-la!

A voz de Martin era um oásis de calma em meio ao caos, e o corpo de Lenobia ficou débil. Ela deixou que ele a puxasse para trás, saindo do raio da popa em chamas. Mas no meio das labaredas, Lenobia viu quando Marie Madeleine parou de lutar. Completamente engolfada pelo fogo, a freira caminhou até o parapeito, virou-se e por um instante o seu olhar encontrou o de Lenobia.

Lenobia nunca se esqueceria daquele momento. O que ela viu nos olhos de Marie Madeleine não foi pânico, nem terror, nem medo. Ela viu paz. E dentro da sua mente a voz da freira ecoou, misturada a outra voz mais forte, mais clara e com uma beleza sobrenatural. *Siga o seu coração, minha filha. Que Nossa Mãe sempre a proteja...*

Então a freira subiu no parapeito e saltou decididamente ao encontro dos braços acolhedores e refrescantes do mar.

A próxima coisa de que Lenobia sempre se lembraria era de Martin rasgando a sua camisa e usando-a para combater as chamas que estavam ameaçando atingir a saia dela.

– Fique aqui! – ele gritou para ela depois de apagar o fogo. – Não se mexa!

Lenobia assentiu automaticamente, e então Martin se juntou aos outros tripulantes, que estavam usando tecidos, pedaços de vela e cordame para combater o fogo. O Comodoro Cornwallis estava lá, gritando ordens e usando a sua jaqueta azul para extinguir o resto do fogo, que agora parecia se apagar com uma facilidade anormal.

– Eu estava tentando ajudar! Eu não sabia!

O olhar de Lenobia foi atraído pelos gritos do Bispo. Ele estava ao lado do parapeito, olhando para o mar.

– Charles! Você se queimou? Você está ferido? – o Comodoro perguntou.

Lenobia viu quando o Comodoro correu até ele assim que o sacerdote cambaleou e quase caiu no mar. O Comodoro o segurou a tempo.

– Saia do parapeito, homem!

– Não, não. – O Bispo o afastou. – Eu preciso fazer isto. Eu preciso – ele fez o sinal da cruz e então Lenobia o ouviu começar a extrema-unção. – *Domine sancte...*

Lenobia nunca tinha odiado tanto alguém em toda a sua vida.

Simonette se atirou em seus braços, rosada, chamuscada e soluçando.

– O que vamos fazer agora? O que vamos fazer agora?

Lenobia abraçou Simonette, mas ela não podia responder.

– *Mademoiselles!* Alguma de vocês está ferida? – a voz do Comodoro ressoou enquanto ele abria caminho entre o grupo de meninas chorosas, puxando aquelas que ficaram mais próximas das chamas e direcionando-as ao médico do navio. – Se vocês não estão machucadas, desçam. Limpem-se.

Troquem de roupa. Descansem, *mademoiselles*, descansem. O fogo acabou. O navio está bem. Vocês estão a salvo.

Martin havia desaparecido no meio da fumaça e da confusão, e Lenobia não teve escolha a não ser ir para a cabine com Simonette, que ainda segurava forte a sua mão.

– Você também ouviu o que a Irmã disse? – Lenobia sussurrou enquanto elas caminhavam pelo estreito corredor, tremendo e chorando.

– Eu ouvi a Irmã gritar. Foi horrível – Simonette soluçou.

– Mais nada? Você não ouviu o que ela disse? – Lenobia insistiu.

– Ela não disse nada. Ela só gritou – Simonette arregalou os seus olhos cheios de lágrimas para ela. – Você ficou louca, Lenobia?

– Não, não – Lenobia respondeu rapidamente, colocando o braço ao redor do ombro dela para tranquilizá-la. – Mas eu quase desejaria estar louca, para não ter que me lembrar do que acabou de acontecer.

Simonette soluçou novamente.

– *Oui, oui...* Eu não vou sair do quarto até chegarmos a terra firme. Nem para jantar. Eles não podem me obrigar!

Lenobia a abraçou forte e não disse mais nada.

Lenobia não saiu da sua cabine pelos dois dias seguintes. Simonette não precisava ter se preocupado em ser obrigada a subir até os aposentos do Comodoro para as refeições noturnas. Em vez disso, a comida era levada até elas. Era como se a morte da Irmã Marie Madeleine tivesse jogado um feitiço sobre todos, estragando a vida normal a bordo do navio. As canções altas e às vezes desbocadas que a tripulação cantava havia semanas cessaram. Não se escutavam mais risadas nem gritos. O próprio navio parecia ter ficado silencioso. Algumas horas depois da morte da freira, um vento feroz veio detrás, enchendo as velas e impulsionando o navio para a frente, como se fosse o sopro de Deus tirando-os daquele lugar de violência.

Nas suas cabines, as garotas estavam em choque. Simonette e algumas outras ainda choravam de vez em quando. Na maior parte do tempo, elas ficavam encolhidas em suas camas, conversavam em voz baixa ou rezavam.

Um dia, os criados do navio que traziam comida asseguraram a elas que tudo estava bem e que logo eles iriam chegar a terra firme. A notícia não provocou nenhuma reação, além de olhares sombrios e lágrimas silenciosas.

Durante esse tempo, Lenobia pensava e se lembrava.

Ela se lembrava da bondade de Marie Madeleine. Ela se lembrava da força e da fé da freira. Ela se lembrava da paz que havia visto nos olhos da Irmã antes de ela morrer e das palavras que ecoaram como que por encanto em sua mente.

Siga o seu coração, minha filha. Que Nossa Mãe sempre a proteja...

Lenobia se lembrava da Irmã Marie Madeleine, mas ela pensava em Martin. Ela também pensava no futuro. Foi só antes do amanhecer do terceiro dia que Lenobia tomou a sua decisão, e então saiu silenciosamente do quarto, que agora mais parecia um mausoléu.

Lenobia não assistiu ao sol nascer. Ela foi diretamente ao porão de carga. Odysseus, o gato preto e branco gigante, estava se esfregando em suas pernas quando ela chegou perto da baia. Os cavalos a viram primeiro, e ambos relincharam para saudá-la, o que fez com que Martin se virasse. Quando notou a presença de Lenobia, ele deu três passos largos para chegar rapidamente até ela e então a abraçou forte. Podia sentir o corpo dele tremendo enquanto ele falava.

– Você veio, *chérie*! Eu achei que você não viesse. Pensei que nunca mais ia vê-la de novo.

Lenobia encostou a cabeça no peito dele e inspirou o seu aroma: cavalo, feno e o suor honesto de um homem que trabalhava duro todo dia.

– Eu precisei pensar antes de vir vê-lo, Martin. Eu tinha que decidir.

– O que você decidiu, *chérie*?

Ela levantou a cabeça e olhou para Martin, adorando o brilho verde-oliva dos seus olhos e as partículas castanhas que faiscavam feito âmbar dentro deles.

— Primeiro, eu tenho que perguntar uma coisa... Você viu quando ela pulou no mar?

Martin assentiu solenemente.

— Sim, *chérie*. Foi terrível.

— Você ouviu algo?

— Só os gritos dela.

Lenobia respirou fundo.

— Logo antes de a Irmã saltar do navio, ela olhou para mim, Martin. Os olhos dela estavam repletos de paz, não de medo ou de dor. E eu não ouvi os seus gritos. Em vez disso, escutei a voz dela, misturada a outra voz, dizendo para eu seguir o meu coração... que Nossa Mãe sempre iria me proteger.

— A freira era uma mulher muito santa. Ela tinha muita fé e bondade. O seu espírito era forte. Pode ser que o espírito dela tenha falado com você. Talvez a sua Virgem Maria, que ela amava tanto, tenha falado com você também.

Lenobia se sentiu aliviada.

— Então você acredita em mim!

— *Oui, chérie*. Eu sei que há mais coisas no mundo do que aquilo que nós podemos ver e tocar.

— Eu também acredito nisso — ela respirou fundo, endireitou os ombros e declarou, com uma voz que surpreendeu até a si mesma por ter soado tão madura: — Pelo menos agora eu acredito. Então, o que eu quero dizer é o seguinte: Eu amo você, Martin, e quero ficar ao seu lado. Sempre. Não me importa como. Não me importa onde. Mas ver Marie Madeleine morrer me transformou. Se o pior que pode acontecer comigo por escolher viver ao seu lado é morrer em paz amando você, então eu escolho qualquer felicidade que pudermos encontrar neste mundo.

— *Chérie*, eu...

— Não. Não me responda agora. Depois que desembarcarmos, pense por dois dias, assim como eu também pensei por dois dias. Você tem que ter certeza, qualquer que seja a sua escolha, Martin. Se disser não, então eu não quero vê-lo de novo... nunca mais. Se disser sim, eu vou viver ao seu lado e dar à luz os seus filhos. Eu vou amá-lo até o dia em que eu morrer... só você, Martin. Para sempre, só você. Esse é um voto que eu faço.

Então, antes que Lenobia fraquejasse e começasse a implorar, abraçando-o e beijando-o, ela se afastou dele, pegou a familiar escova e entrou na baia dos Percherões, acariciando os enormes cavalos e murmurando saudações afetuosas.

Martin a seguiu devagar. Sem falar com ela nem olhá-la, ele se dirigiu até o outro capão e começou a trabalhar na sua crina embaraçada. Portanto, ele estava escondido da vista do Bispo quando o sacerdote entrou no porão de carga.

– Tratar de bestas... isso não é trabalho para uma dama. Mas você não é nenhuma dama, não é mesmo, *ma petite de bas*?

Lenobia sentiu um enjoo no estômago, mas se virou para encarar o sacerdote, que ela acreditava ser mais um monstro do que um homem.

– Eu já disse para você não me chamar assim – Lenobia afirmou, satisfeita consigo mesma por sua voz não ter saído trêmula.

– E eu já disse que gosto de uma briga – ele tinha um sorriso de réptil. – Mas, com briga ou sem briga, quando eu tiver terminado o que pretendo, você vai ser o que eu quiser que seja: bastarda, prostituta, amante, filha. Qualquer coisa – ele avançou, com a cruz de rubi brilhando em seu peito como se fosse uma coisa viva. – Quem vai protegê-la agora que a sua freira e escudeira foi consumida pelas chamas? – ele chegou à porta da baia e Lenobia se encolheu, encostando-se no capão. – O tempo é curto, *ma petite de bas*. Vou tomá-la como minha hoje mesmo, antes de chegarmos a Nova Orleans, e então você não vai mais ter razão para continuar com essa farsa de virgindade e se acovardar no convento das Ursulinas – o sacerdote colocou a mão na portinhola da baia para abri-la.

Martin saiu da sombra do cavalo e se colocou entre Lenobia e o Bispo. Ele falou calmamente, mas estava empunhando um instrumento pontiagudo usado para limpar cascos de cavalo. A luz do lampião se refletiu no metal e ele brilhou, feito faca.

— Acho que você não vai tomar esta dama como sua. Ela não quer você, Loa. Vá embora e deixe-a em paz.

O Bispo franziu os olhos ameaçadoramente e os seus dedos começaram a acariciar os rubis de seu crucifixo.

— Atreve-se a falar comigo, garoto? Você deveria saber quem eu sou. Não sou esse Loa com quem você me confundiu. Eu sou um Bispo, um homem de Deus. Vá embora agora e eu vou esquecer que você tentou me questionar.

— Loa é espírito. Eu enxergo você. Eu conheço você. O *bakas* se voltou contra você, homem. Você é do mal. Você é das trevas. E não é bem-vindo aqui.

— Você se atreve a se colocar contra mim — o sacerdote vociferou. Enquanto a raiva dele crescia, as chamas dos lampiões pendurados em volta da baia também aumentavam.

— Martin! As chamas! — Lenobia sussurrou desesperada para ele.

O sacerdote começou a avançar como se ele fosse atacar Martin com as próprias mãos. Então duas coisas aconteceram muito rápido. Primeiro, Martin levantou a ferramenta de limpar cascos, mas ele não atacou o padre. Em vez disso, golpeou a si mesmo. Lenobia ofegou quando Martin cortou a própria palma da mão e então, quando o Bispo estava quase junto a ele, Martin arremessou o sangue acumulado em sua mão contra o sacerdote, atingindo-o no meio do seu peito, cobrindo as joias vermelhas de escarlate vivo. E com uma voz profunda e repleta de poder, Martin entoou:

"Ela pertence a mim — e dela eu sou!
Que este sangue seja a minha prova
De lealdade e verdade!
O que você faz a ela é em vão
Que o seu mal volte para você com uma dor dez vezes maior!"

O sacerdote cambaleou para o lado, como se o sangue o tivesse atingido feito uma forte rajada de vento. Os cavalos colocaram as orelhas para trás, coladas nas suas cabeças enormes, relincharam de raiva e avançaram nele com seus dentes enormes e quadrados à mostra.

Charles de Beaumont tropeçou para trás, saindo da baia, apertando o próprio peito. Ele se curvou e encarou Martin.

Martin estendeu a sua mão ensanguentada com a palma voltada para fora, como um escudo.

– Você perguntou quem vai proteger esta garota? Eu respondo: eu vou. O feitiço está feito. Eu o selei com o meu sangue. Você não tem poder nenhum aqui.

Os olhos do sacerdote estavam cheios de ódio e a sua voz, de maldade.

– O seu feitiço de sangue pode lhe dar poder aqui, mas você não vai ter poder no lugar para onde estamos indo. Lá, vai ser apenas um homem negro tentando enfrentar um homem branco. Eu vencerei... eu vencerei... eu vencerei... – o Bispo saiu do compartimento de carga murmurando essas palavras sem parar, ainda apertando o próprio peito.

Assim que ele foi embora, Martin abraçou Lenobia, que estava trêmula. Ele acariciou o seu cabelo e murmurou pequenos sons sem palavras para acalmá-la. Quando o seu medo havia diminuído o suficiente, Lenobia se soltou dos braços de Martin e rasgou uma tira de algodão de sua camisa para fazer uma atadura na mão dele. Ela não falou nada enquanto fazia o curativo. Só quando terminou ela segurou a mão ferida dele entre as suas mãos e levantou os olhos para ele, perguntando:

– Aquilo que você disse... o feitiço que você fez... é de verdade? Funciona mesmo?

– Ah, funciona sim, *chérie* – ele respondeu. – Funciona o suficiente para mantê-lo afastado de você neste navio. Mas esse homem está cheio de um grande mal. Sabe que ele provocou o fogo que matou aquela mulher santa?

Lenobia assentiu.

– Sim. Eu sei.

– O *bakas* dele... é forte; é maligno. Eu o amarrei com uma dor dez vezes maior, mas pode chegar a hora em que ele pense que possuir você valha essa dor. E ele tem razão, no mundo para onde vamos, ele tem o poder, não eu.

– Mas você o deteve!

Martin assentiu.

– Eu posso lutar contra ele usando a magia de *maman*, mas não posso lutar contra homens brancos e a sua lei, que o Bispo pode usar contra mim.

– Então você tem que ir embora de Nova Orleans. Vá para bem longe, onde ele não pode atingi-lo.

Martin sorriu.

– *Oui, chérie, avec tu.*

– Comigo? – Lenobia o encarou por um momento, com a preocupação por ele em primeiro plano em sua mente. Então ela percebeu o que ele estava dizendo e sentiu-se como se o sol tivesse amanhecido dentro dela. – Comigo! Nós vamos ficar juntos.

Martin a abraçou novamente bem forte.

– Foi isso o que fez a minha magia ser tão forte, *chérie*, esse amor que eu tenho por você. Ele corre no meu sangue e faz o meu coração bater. Agora vou fazer o meu voto em retribuição. Eu sempre vou amar você... só você, Lenobia.

Lenobia encostou o rosto no peito dele e, desta vez, quando ela chorou, foram lágrimas de felicidade.

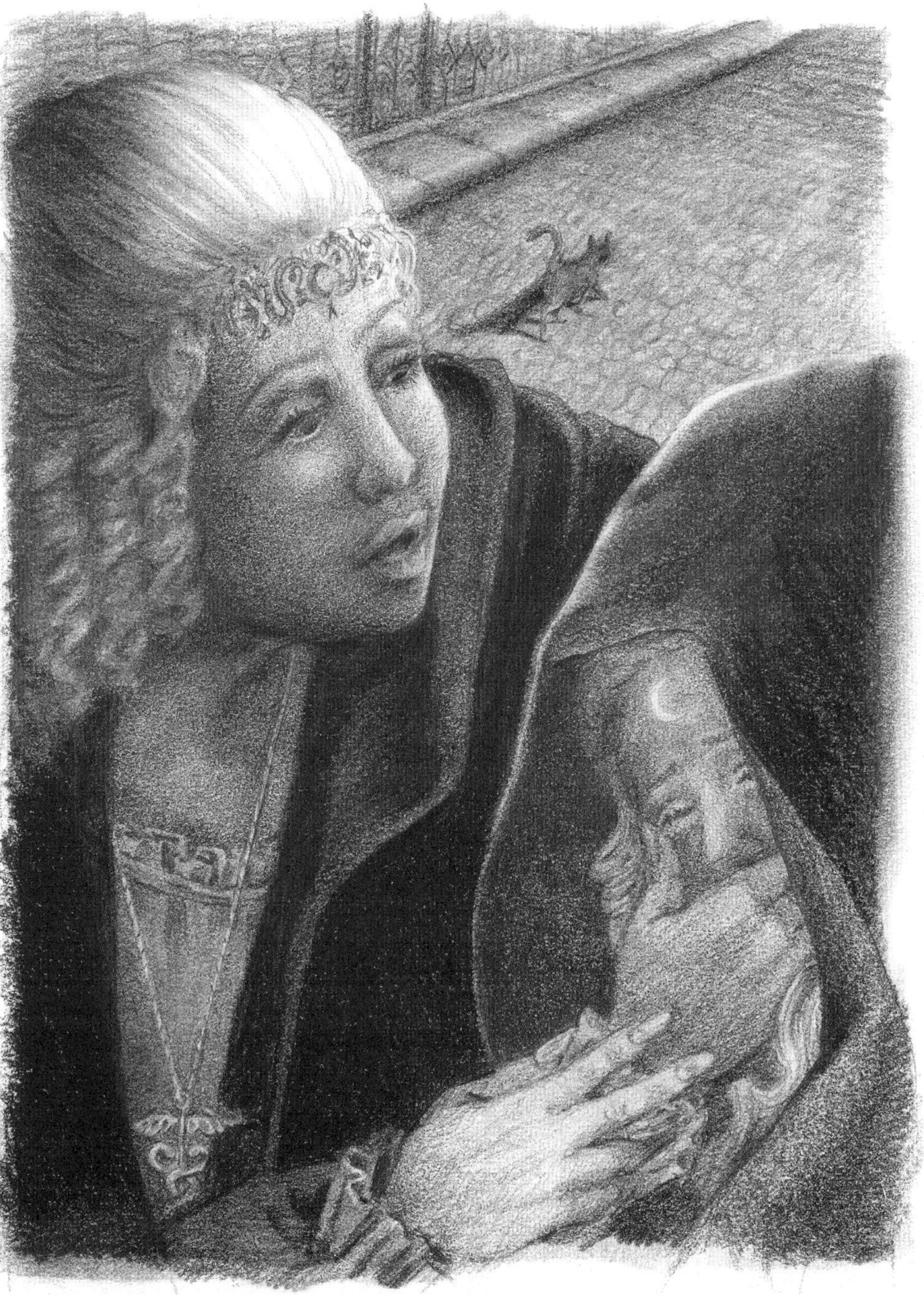

8.

Foi na noite de 21 de março de 1788, quando o sol era um globo alaranjado mergulhando na água do mar, que o *Minerva* entrou no porto de Nova Orleans.

Foi também naquela noite que Lenobia começou a tossir.

Ela passou a se sentir mal assim que voltou para a sua cabine. No início, pensou que era porque odiava se afastar de Martin e porque o quarto, que parecia um santuário enquanto a Irmã Marie Madeleine esteve ali, agora passava mais a sensação de uma prisão. Lenobia não conseguiu tomar o café da manhã. Na hora em que se ouviam gritos excitados de "Terra! Estou vendo a terra!" por todo o navio e as garotas estavam saindo hesitantes de seus quartos para se reunirem no convés, admirando a crescente quantidade de terra diante delas, Lenobia sentia-se quente; tinha que abafar a sua tosse na manga de sua roupa.

– *Mademoiselles*, eu normalmente não as faria desembarcar no escuro, mas, por causa da recente tragédia com a Irmã Marie Madeleine, acredito que é melhor que vocês cheguem o quanto antes em terra firme e fiquem em segurança no convento das Ursulinas – o Comodoro fez o anúncio para as garotas no convés. – Eu conheço a Abadessa. Vou procurá-la imediatamente e informá-la sobre a perda da Irmã, além de avisar a ela que vocês vão desembarcar hoje à noite. Por favor, levem apenas as suas pequenas *cassettes*. Vou mandar entregar o resto de sua bagagem no convento – ele se curvou e depois se dirigiu para a lateral do convés, de onde o barco a remo seria abaixado até a água.

Em seu estado febril, Lenobia parecia ouvir a voz de sua mãe, aconselhando-a a não usar uma palavra que soava parecida com caixão. Lenobia voltou devagar para o quarto com as outras garotas, amedrontada, como se a voz do passado fosse um mau agouro para o futuro.

Não! Ela afastou a melancolia que estava sentindo. *Eu só estou com um pouco de febre. Vou pensar em Martin. Ele está fazendo planos para nós partirmos de Nova Orleans e irmos a oeste, onde vamos ficar juntos... para sempre.*

Foi esse pensamento que deu forças para Lenobia seguir em frente enquanto ela se acomodava, tremendo e tossindo, no pequeno barco com as outras garotas. Quando estava sentada entre Simonette e Colette, uma jovem de cabelos compridos e escuros, Lenobia olhou em volta aleatoriamente, tentando juntar energia para completar a sua jornada. O seu olhar passou pelos remadores e um par de olhos verde-oliva capturou a atenção dela, enviando força e amor.

Ela deve ter emitido um som de uma feliz surpresa, pois Simonette perguntou:

– O que foi, Lenobia?

Sentindo-se renovada, Lenobia sorriu para a garota.

– Estou feliz porque a nossa longa viagem acabou e ansiosa por começar o próximo capítulo da minha vida.

– Você parece tão certa de que vai ser bom – Simonette falou.

– Eu estou certa. Acho que a próxima parte da minha vida vai ser a melhor de todas – Lenobia respondeu, alto o bastante para que a sua voz chegasse até Martin.

O barco a remo balançou quando o último passageiro entrou, dizendo:

– Tenho certeza de que vai ser.

A força que ela havia encontrado na presença de Martin se transformou em medo e ódio quando o Bispo se acomodou em um banco tão perto do dela que a sua batina roxa, tremulando no ar quente e úmido, quase roçava as suas saias. Ali ele se sentou, em silêncio e encarando-a.

Lenobia puxou o seu manto para mais perto e desviou o olhar, concentrando-se em não olhar para Martin enquanto ignorava o Bispo. Ela inspirou profundamente o aroma de terra e lodo do porto, construído onde o rio encontrava o mar, esperando que aquele ar e aquele cheiro fossem acalmar a sua tosse.

Não adiantou.

A Abadessa, Irmã Marie Therese, era uma mulher alta e magra. Lenobia achou que ela estranhamente parecia um corvo, parada no cais com o seu hábito negro tremulando ao seu redor. Enquanto o Comodoro ajudava o Bispo a sair do barco, a Abadessa e duas freiras pálidas e com aparência de quem havia chorado ajudaram os membros da tripulação a passar as garotas do barco para o cais, dizendo:

– Venham, *mademoiselles*. Depois da tragédia com a nossa boa Irmã, vocês precisam de descanso e paz. É isso o que as aguarda no nosso convento.

Quando chegou a sua vez de subir no cais, Lenobia sentiu a força de mãos familiares segurando as suas mãos, e ele sussurrou:

– Seja corajosa, *ma chérie*. Eu virei buscá-la.

Lenobia prolongou o contato com as mãos de Martin o máximo que ela se atreveu, e então pegou a mão da freira. Ela não se virou para olhar para Martin e tentou abafar a sua tosse e se misturar no grupo de garotas.

Quando todos haviam desembarcado, a Abadessa curvou a cabeça ligeiramente para o Bispo e o Comodoro e disse:

– *Merci beaucoup* por me entregarem essas garotas que, a partir de agora, estão sob a minha responsabilidade. Vou levá-las e em breve colocá-las em segurança nas mãos de seus maridos.

– Nem todas – a voz do Bispo soou como um chicote.

Entretanto, a Abadessa levantou uma sobrancelha para ele quando respondeu:

– Sim, Bispo, todas. O Comodoro já me explicou o engano infeliz a respeito da identidade de uma das garotas. Isso não a tira nem um pouco da minha responsabilidade, simplesmente muda a escolha de marido para ela.

Lenobia não conseguiu silenciar a tosse úmida que a acometeu. O Bispo deu um olhar aguçado para ela, mas quando ele falou a sua voz havia assumido um tom calmo e agradável. A expressão dele não era de raiva nem de ameaça – era apenas de preocupação.

— Receio que a garota errante se infectou com algo mais, além dos pecados de sua mãe. Você realmente quer a doença contagiosa dela em seu convento?

A Abadessa foi até Lenobia. Ela tocou o seu rosto, levantando o queixo dela e olhando em seus olhos. Lenobia tentou sorrir para a freira, mas ela estava se sentindo muito mal, esgotada demais. Tentava desesperadamente não tossir, sem sucesso. A Abadessa colocou para trás o cabelo platinado da testa úmida de Lenobia e murmurou:

— Foi uma jornada difícil para você, não foi, minha filha? — então ela se virou para encarar o Bispo. — E o que você quer que eu faça, Bispo? Que eu não demonstre nenhuma caridade cristã e a deixe no cais?

Lenobia observou os olhos do Bispo faiscarem de raiva, mas ele controlou o ódio e respondeu:

— É claro que não, Irmã. É claro que não. Só estou preocupado com o bem maior do convento.

— É muita consideração da sua parte, Padre. Como o Comodoro precisa voltar para o seu navio, talvez você mostre ainda maior consideração conosco acompanhando o nosso pequeno grupo até o convento. Eu gostaria de poder dizer que estamos completamente seguras nas ruas da nossa agradável cidade, mas isso não seria totalmente honesto de minha parte.

O Bispo abaixou a cabeça e sorriu.

— Será uma grande honra acompanhá-las.

— *Merci beaucoup*, Padre — a Abadessa agradeceu. Então ela gesticulou para que as garotas a seguissem, dizendo: — Venham, minhas filhas, *allons-y!*

Lenobia foi embora com o resto do grupo, tentando ficar no meio das garotas, apesar de sentir os olhos do Bispo sobre ela, seguindo-a e cobiçando-a. Ela queria procurar Martin, mas estava com medo de atrair atenção para ele. Enquanto eles se afastavam do cais, ela ouviu o som dos remos do barco batendo na água e sabia que eles estavam voltando para o *Minerva*.

Por favor, venha me buscar logo, Martin! Por favor! Lenobia enviou um apelo silencioso para a noite. E então ela passou a se concentrar totalmente em colocar um pé na frente do outro e em tentar respirar entre um acesso de tosse e outro.

A caminhada até o convento assumiu um ar de pesadelo que espelhava sinistramente o trajeto de carruagem de Lenobia do *château* até Le Havre. Não havia neblina, mas havia escuridão e cheiros e sons estranhamente familiares – vozes falando em francês, belas sacadas ornamentadas com filigranas em ferro, emolduradas por cortinas esvoaçantes, através das quais os lustres de cristal cintilavam, tudo isso misturado ao som estranho do inglês falado em uma cadência que lembrava o sotaque musical de Martin. Os aromas estrangeiros de temperos e terra assoreada estavam misturados ao cheiro doce e amanteigado de *beignets*[23] fritos.

A cada passo, Lenobia se sentia cada vez mais fraca.

– Lenobia, vamos... fique com a gente!

Lenobia piscou em meio ao suor que estava escorrendo pela sua testa e caindo em seus olhos e viu que Simonette havia parado atrás do grupo para chamá-la.

Como eu fiquei tão para trás? Lenobia tentou ir mais rápido para alcançá-las, mas havia algo na frente dela – algo pequeno e peludo, que fez com que ela tropeçasse e quase caísse na rua de paralelepípedos.

Uma mão forte e fria tocou o cotovelo de Lenobia, amparando-a. Ela levantou o rosto e viu olhos tão azuis quanto o céu da primavera e um rosto tão bonito que parecia sobrenatural, especialmente porque ele era decorado com um padrão de tatuagem que lembrava uma intricada plumagem.

– Perdão, minha filha – a mulher disse, sorrindo um pedido de desculpas. – O meu gato sempre vai aonde quer. Ele já fez muita gente mais saudável e mais forte do que você tropeçar.

– Eu sou mais forte do que aparento – Lenobia se ouviu dizer com voz rouca.

– Fico feliz de ouvir isso – a mulher falou e então soltou o cotovelo de Lenobia e se afastou, seguida por um grande gato malhado e cinzento, que

---

23 Espécie de bolinho coberto com açúcar de confeiteiro típico da Louisiana. (N.T.)

balançava o rabo como se estivesse irritado. Enquanto passava pelas garotas, ela olhou para a freira que liderava o grupo e abaixou a cabeça respeitosamente, dizendo: – *Bonsoir*,[24] Abadessa.

– *Bonsoir*, Sacerdotisa – a freira respondeu delicadamente.

– Essa criatura é uma vampira! – o Bispo exclamou enquanto a bela mulher puxava o capuz do seu manto de veludo negro sobre a cabeça e desaparecia nas sombras.

– *Oui*, de fato ela é – a Abadessa respondeu.

Mesmo se sentindo mal, Lenobia ficou surpresa. Ela já tinha ouvido falar em vampiros, é claro, e sabia que sua fortaleza localizava-se não muito longe de Paris, mas na vila de Auvergne não havia nenhum, e o *Château* de Navarre nunca recebera nenhum grupo deles, como alguns dos nobres mais ricos e mais arrojados costumavam fazer de vez em quando. Lenobia queria ter olhado melhor a vampira. Então a voz do Bispo invadiu os seus pensamentos.

– Você tolera que eles andem entre vocês?

O olhar sereno da Abadessa não se alterou.

– Há muitas pessoas diferentes que vêm e vão de Nova Orleans, Padre. Aqui é um ponto de entrada para um vasto Novo Mundo. Você vai se acostumar ao nosso jeito no devido tempo. Em relação aos vampiros, ouvi dizer que eles estão pensando em estabelecer uma Morada da Noite aqui.

– Certamente, a cidade não vai permitir uma coisa dessas – o Bispo afirmou.

– É sabido que, onde há uma Morada da Noite, também há beleza e civilização. Isso é algo que os fundadores desta cidade apreciariam.

– Você fala como se aprovasse.

– Eu aprovo a educação. Cada Morada da Noite, em seu cerne, é uma escola.

– Como a senhora sabe tanto sobre os vampiros, Abadessa? – Simonette perguntou. Então ela pareceu arrependida do próprio questionamento e

---

24 Boa noite, em francês. (N.T.)

acrescentou: – Eu não quero parecer desrespeitosa perguntando uma coisa dessas.

– Isso é uma curiosidade normal – a Abadessa respondeu com um sorriso amável. – A minha irmã mais velha foi Marcada e Transformada em vampira quando eu era apenas uma criança. Ela ainda visita a casa de meus pais perto de Paris.

– Blasfêmia – o Bispo murmurou sombriamente.

– Há quem diga isso, há quem diga... – a Abadessa falou, dando de ombros, como quem encerra o assunto. A próxima tosse de Lenobia chamou a atenção da freira. – Minha filha, acho que você não tem condições de andar o resto do caminho até o convento.

– Sinto muito, Irmã. Eu vou melhorar se descansar por um instante – inesperadamente, naquele momento as pernas de Lenobia ficaram moles e ela caiu no meio da rua.

– Padre! Traga-a aqui, rápido! – a freira pediu.

Lenobia se retraiu antes que o Bispo a tocasse, mas ele apenas sorriu e, com um movimento forte, abaixou-se e pegou-a em seus braços como se ela fosse uma criança. Então, seguiu a freira para dentro dos estábulos estreitos e compridos que conectavam duas casas pintadas em cores vivas, ambas com sacadas elaboradas que se estendiam por toda a fachada do segundo andar.

– Aqui, Padre. Ela pode descansar confortavelmente nesses fardos de feno.

Lenobia sentiu a hesitação do Bispo, como se ele não quisesse soltá-la, mas a Abadessa repetiu:

– Padre, aqui. Pode colocá-la neste lugar.

Ela finalmente foi libertada da prisão dos braços dele e se encolheu para mais longe ainda, puxando o seu manto para que nada dela tocasse o sacerdote, que continuou por ali, bem perto.

Lenobia respirou fundo e, como num passe de mágica, o som e o cheiro de cavalos tomaram conta dela e a acalmaram, aliviando um pouco da queimação em seu peito.

– Minha filha – a Abadessa falou, inclinando-se sobre ela e tirando o cabelo de sua testa novamente. – Eu vou seguir até o convento. Quando chegar lá, mandarei a nossa carruagem hospitalar buscar você. Não tenha medo, não vai demorar. – Ela se endireitou e disse para o sacerdote: – Padre, seria muito gentil de sua parte se você ficasse aqui com a garota.

– Não! – Lenobia gritou no mesmo instante em que o Bispo respondeu *"Oui*, é claro".

A Abadessa tocou a testa de Lenobia novamente e assegurou:

– Minha filha, eu volto logo. O Bispo vai cuidar de você até lá.

– Não, Irmã. Por favor. Eu estou me sentindo muito melhor agora. Eu posso an... – os protestos de Lenobia foram abafados por outro acesso de tosse.

A Abadessa assentiu com tristeza.

– Sim, é melhor enviar a carruagem. Eu volto logo – ela se virou e saiu rapidamente para a rua, ao encontro das garotas que estavam à espera, deixando Lenobia sozinha com o Bispo.

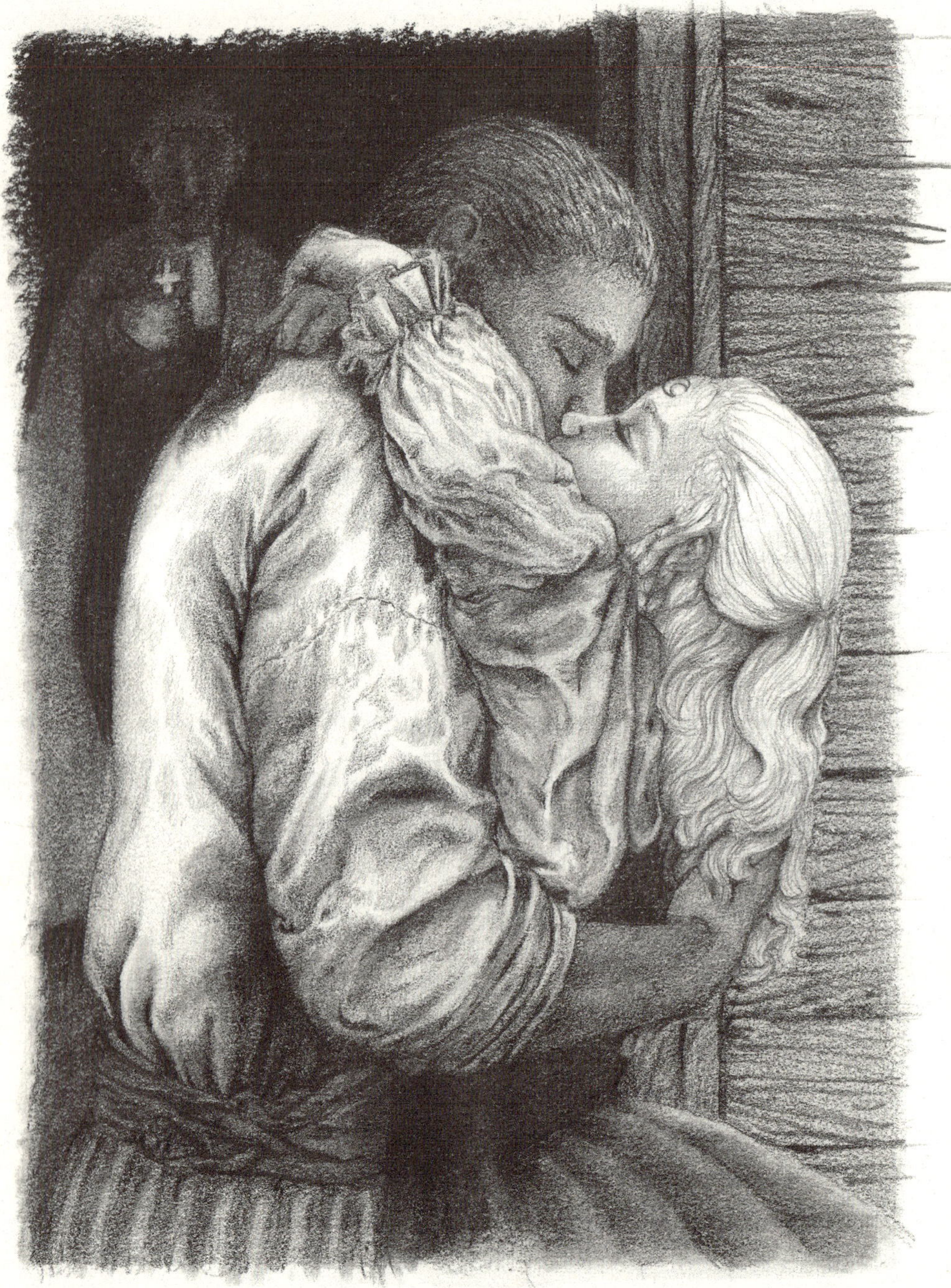

9.

– Você não precisa ficar tão apavorada. Acho excitante uma garota que resiste a mim, não uma garota doente – ele olhou ao redor do estábulo enquanto falava com ela, mas não caminhou pelo corredor que separava as duas fileiras de baias. – Cavalos de novo. Isso já está virando um tema recorrente em relação a você. Talvez, depois que se tornar minha amante, se for boazinha, eu a presenteie com um cavalo.

Ele deu as costas para o interior escuro do estábulo e para os sons abafados de cavalos adormecidos a fim de ir buscar uma das duas tochas que estavam acesas ao lado da entrada. As chamas queimavam regularmente, embora soltassem uma grande quantidade de fumaça cinza e espessa.

Lenobia o observou enquanto o Bispo se aproximava de uma das tochas. Ele olhava para a chama com uma expressão aberta de adoração. A mão dele se levantou e os seus dedos acariciaram o fogo, fazendo a fumaça ondular feito uma névoa ao seu redor.

– Foi isto o que fez com que eu começasse a me atrair por você: a fumaça em seus olhos – ele se virou para olhá-la, emoldurado pelas chamas. – Mas você já sabia disso. Mulheres do seu tipo atraem os homens de propósito, assim como o fogo atrai insetos. Você atraiu aquele escravo do navio e a mim.

– Eu não te atraí – Lenobia respondeu, recusando-se a falar com ele sobre Martin.

– Ah, você obviamente me atraiu, porque aqui estou eu – ele abriu os braços. – E há algo que preciso deixar claro: não compartilho o que é meu. Você é minha. Eu não vou dividi-la com ninguém. Então, pequena chama, não atraia outros insetos, senão terei que apagar você ou eles.

Lenobia balançou a cabeça e disse a única coisa em que ela conseguiu pensar:

— Você está completamente louco. Eu não sou sua. Eu nunca serei sua.

O sacerdote franziu as sobrancelhas.

— Bem, então eu prometo que você não vai ser de mais ninguém, não nesta vida – ele deu um passo ameaçador na direção dela, mas um veludo negro rodopiou ao redor dele, como se uma figura se materializasse saída da fumaça, da noite e das sombras. O capuz do manto daquele vulto caiu para trás, e Lenobia ofegou quando o belo rosto da vampira apareceu. Ela sorriu, levantou a mão e apontou um dedo longo para Lenobia, dizendo:

— *Lenobia Whitehall! Foste escolhida pela Noite; tua morte será teu nascimento. A Noite te chama; preste atenção para escutar Sua doce voz. Teu destino aguarda por ti na Morada da Noite!*

A dor explodiu na testa de Lenobia, fazendo-a pressionar as duas mãos contra o rosto. Ela queria se sentar e acreditar que toda aquela noite tinha sido um pesadelo – um sonho longo, interminável e assustador –, mas as próximas palavras da vampira fizeram-na levantar a cabeça e piscar para acabar com os pontinhos brilhantes da sua visão.

— Vá embora, Bispo. Você não tem nenhum poder sobre esta filha da Noite. Ela agora pertence à Mãe de todos nós, a Deusa Nyx.

O rosto do Bispo estava tão vermelho quanto a pesada cruz que balançava na corrente em seu pescoço.

— Você arruinou tudo! – ele vociferou, espirrando saliva na vampira.

— Suma daqui, ser das Trevas! – a vampira não levantou a voz, mas ela estava repleta do poder de seu comando. — Eu reconheço você. Não pense que pode se esconder daqueles que o enxergam com algo mais do que olhos humanos. Desapareça! – quando ela repetiu a ordem, as chamas das tochas crepitaram e quase se extinguiram completamente.

O rosto vermelho do sacerdote ficou pálido e, depois de dar um último e demorado olhar para Lenobia, ele se retirou do estábulo e desapareceu na noite.

Lenobia ofegou, soltando a respiração que ela estava prendendo.

– Ele foi embora? De verdade?

A vampira sorriu para ela.

– De verdade. Nem ele nem qualquer humano têm autoridade sobre você, agora que Nyx a Marcou como sua.

Lenobia levantou a mão e tocou o centro de sua testa, que estava dolorida e machucada.

– Eu sou uma vampira?

A Rastreadora riu.

– Ainda não, minha filha. Hoje você é uma novata. Esperamos que um dia, em breve, você se torne uma vampira.

O som de passos apressados fez com que as duas se virassem na defensiva, mas em vez do Bispo foi Martin que entrou correndo no estábulo.

– *Chérie!* Eu segui as garotas, mas de longe... para que ninguém me visse... eu não sabia que você tinha ficado para trás... Está doente? Você... – ele perdeu a fala quando, de repente, pareceu entender o que estava vendo. Ele olhou para Lenobia, depois para a vampira e depois para Lenobia de novo, concentrando o olhar no contorno do recém-formado crescente no meio da testa dela. – *Sacrebleu!*[25] Vampira!

Por um instante, Lenobia sentiu como se o seu coração fosse se despedaçar, e ela esperou que Martin a rejeitasse. Mas ele soltou um longo suspiro, obviamente aliviado. Ele começou a sorrir quando se voltou para a vampira e se curvou, fazendo uma reverência e dizendo:

– Eu sou Martin. Se o que acredito é verdade, eu sou o companheiro de Lenobia.

A vampira arqueou as sobrancelhas e os seus lábios grossos se curvaram levemente em um princípio de sorriso. Ela colocou a mão direita em punho sobre o coração e falou:

– Eu sou Medusa, Rastreadora da Morada da Noite de Savannah. E embora eu veja que as suas intenções são nobres, você não pode oficialmente

---

25 Modo comum de exprimir surpresa ou raiva em francês. Para evitar blasfêmia se diz *"sacrebleu"*, em vez de *"sacredieu"* (Deus sagrado). (N.T.)

ser o companheiro de Lenobia até que ela seja uma vampira completamente Transformada.

Martin abaixou a cabeça, compreendendo.

– Então eu espero. – Quando ele virou o rosto para Lenobia, o brilho do sorriso dele foi a chave para que ela entendesse, e a verdade dentro dela se libertou.

– Martin e eu... nós podemos ficar juntos! Nós podemos nos casar? – Lenobia perguntou para Medusa.

A vampira alta sorriu.

– Na Morada da Noite, a mulher tem o direito de escolher: companheiro ou Consorte, branco ou negro, o que importa é a liberdade de escolha – a vampira incluiu Martin em seu sorriso. – E eu vejo que você já fez a sua. Entretanto, como não há Morada da Noite em Nova Orleans, talvez seja melhor que Martin a escolte até Savannah.

– Isso é possível? Mesmo? – Lenobia disse, estendendo as mãos para Martin, enquanto ele ia até o seu lado.

– Sim, é – Medusa garantiu. – E agora que eu vejo que você tem um verdadeiro protetor, vou conceder um tempo para vocês dois. Mas não se demorem. Voltem rápido para o cais e encontrem o navio com o dragão no topo do mastro. Eu espero por vocês lá, e nós vamos navegar com a maré.

A vampira devia ter saído, mas Lenobia apenas via Martin e sentia a sua presença.

Ele pegou as mãos dela.

– O que você tem com os cavalos, *chérie*? Encontrei-a de novo com eles.

Ela não conseguia parar de sorrir.

– Pelo menos você sempre vai saber onde me achar.

– É bom saber disso, *chérie* – ele disse.

Ela deslizou as mãos sobre o peito musculoso dele, até apoiá-las sobre os seus ombros largos.

– Tente não se perder de mim – ela falou, imitando o sotaque dele.

– Nunca – ele prometeu.

Então Martin se inclinou e a beijou, e mundo inteiro de Lenobia passou a se resumir a ele. O gosto dele ficou gravado nos sentidos dela, misturando-se indelevelmente ao seu cheiro e ao seu maravilhoso toque, que era totalmente masculino e só de Martin. Ele fez um pequeno som de satisfação que veio do fundo da garganta quando ela o abraçou com mais força. O beijo dele tornou-se mais intenso, e Lenobia ficou totalmente absorta naquele momento, sem saber onde a felicidade dela acabava e a dele começava.

– *Putain!*[26]

A alegria de Lenobia se despedaçou ao som daquele xingamento. Martin reagiu instantaneamente e se virou, colocando-a atrás do seu corpo.

O Bispo havia voltado. Ele estava parado na entrada do estábulo entre as duas tochas, com os braços abertos. A cruz de rubi em seu peito reluzia com as chamas que ficavam cada vez maiores.

– Vá embora! – Martin disse. – Esta garota não escolheu você. Ela está sob minha proteção... juramentada por um voto... selado com sangue.

– Não, você não entende. Os olhos dela a fazem minha. O cabelo dela a faz minha. Mas o mais importante é que o poder que eu tenho a faz minha!

O Bispo estendeu as mãos na direção das tochas. As chamas cresciam enquanto a fumaça aumentava e engrossava, até que as labaredas lamberam as mãos dele. Então, com uma risada horrorosa, ele fez bolas de fogo com as mãos e as arremessou nos fardos de feno frouxos e secos em volta deles.

Com um barulho alto e crepitante, o fogo pegou, cresceu e consumiu o feno ao redor. Lenobia sentiu um momento terrível de calor e dor, bem como o cheiro do seu próprio cabelo queimando. Ela abriu a boca para gritar, mas o calor e a fumaça encheram os seus pulmões.

Então, a garota sentiu os braços dele a segurando, enquanto Martin a protegia das labaredas com o seu próprio corpo. Ele a levantou e a carregou sem vacilar pelo estábulo em chamas.

O ar úmido e morno da rua pareceu frio contra a pele chamuscada de Lenobia, quando Martin cambaleou e a soltou, fazendo-a cair ao chão. Ela

---

26 Prostituta, em francês. (N.T.)

levantou os olhos para ele. O corpo de Martin estava tão queimado que ela só reconheceu os seus olhos verde-oliva e âmbar.

– Ah, não! Martin! Não!

– Tarde demais, *chérie*. É tarde demais para nós neste mundo. Mas eu vou vê-la de novo. Meu amor por você não acaba aqui. Meu amor por você não vai acabar nunca.

Ela tentou se levantar, estendeu os braços para ele, mas o seu corpo estava estranhamente fraco e qualquer movimento provocava dores que subiam pelas suas costas.

– Morra agora e deixe *ma petite de bas* para mim! – o Bispo, que estava atrás de Martin, emoldurado pelo fogo do estábulo, começou a se mover na direção deles.

O olhar de Martin encontrou o dela.

– Eu não vou ficar aqui, apesar de querer muito, mas também não vou perder você. Vou encontrá-la de novo, *chérie*. Isso eu prometo.

– Por favor, Martin. Eu não quero viver sem você – ela soluçou.

– Você precisa viver. Eu vou encontrá-la de novo, *chérie* – ele repetiu. – Mas, antes de ir, há uma coisa que eu posso fazer. *À bientôt, chérie*. Eu vou amá-la para sempre.

Martin se virou para encontrar o Bispo, que zombou dele.

– Ainda vivo? Mas não por muito tempo!

Martin continuou cambaleando em direção ao Bispo, falando devagar e claramente:

"Ela pertence a mim – e dela eu sou!

Que este sangue seja a minha prova

De lealdade e verdade!

O que você faz a ela é em vão

Que o seu mal volte para você com uma dor dez vezes maior!"

Quando ele chegou perto do Bispo, os seus movimentos mudaram. Por apenas um instante, ele ficou rápido, forte e inteiro de novo – mas um instante era tudo de que Martin precisava. Ele segurou Charles de Beaumont e, estranhamente espelhando o abraço que tinha salvado a vida de Lenobia, Martin levantou o Bispo, que gritava e se debatia, e o carregou para dentro do inferno em chamas que antes havia sido um estábulo.

– Martin! – o grito de agonia de Lenobia foi abafado pelo som terrível de cavalos em pânico pegando fogo e de pessoas correndo das casas próximas, pedindo água, pedindo ajuda.

Em meio a todo aquele barulho e loucura, Lenobia continuou encolhida no meio da rua, soluçando. Enquanto as chamas se espalhavam e todo o mundo ao seu redor pegava fogo, ela abaixou a cabeça e esperou pelo fim.

– Lenobia! Lenobia Whitehall!

Ela não levantou os olhos ao ouvir o seu nome. Foi só o barulho das patas nervosas de um cavalo nos paralelepípedos que a fizeram reagir. Medusa desceu da égua e se ajoelhou ao seu lado.

– Você consegue cavalgar? Nós temos pouco tempo. A cidade está em chamas.

– Deixe-me aqui. Eu quero pegar fogo junto com a cidade. Eu quero pegar fogo junto com ele.

Os olhos de Medusa se encheram de lágrimas.

– O seu Martin está morto?

– Assim como eu – Lenobia respondeu. – A morte dele me matou também – enquanto falava, Lenobia sentiu a profundidade da perda de Martin crescer dentro dela. Era dor demais. Uma dor que não cabia dentro do seu corpo. Chorando o pranto sentido de uma viúva, ela desabou para a frente. O tecido junto à costura da parte de trás do seu vestido rasgou, e a dor irrompeu na sua pele queimada.

– Minha filha! – Medusa tentava consolar Lenobia, ajoelhada ao seu lado. – As suas costas... eu preciso levá-la para o navio.

— Deixe-me aqui — Lenobia repetiu. — Eu fiz um voto de que nunca mais irei amar homem nenhum, e vou cumpri-lo.

— Mantenha o seu voto, minha filha, mas viva. Viva a vida que ele não pôde viver.

Lenobia começou a dizer que não ia, até que a égua abaixou o focinho macio, bufou contra o seu cabelo chamuscado e o encostou em seu rosto.

E em meio à dor e ao desespero, Lenobia sentiu... sentiu a preocupação da égua, assim como o seu medo do fogo que se espalhava.

— Eu posso sentir o que ela sente — Lenobia levantou uma mão fraca e trêmula para acariciar o cavalo. — Ela está preocupada e com medo.

— É o seu dom... a sua afinidade. Isso raramente se manifesta tão cedo. Escute-me, Lenobia. A nossa Deusa, Nyx, concedeu a você esse grande dom. Não o rejeite, e talvez ele possa trazer conforto e alegria a você.

Cavalos e alegria...

O segundo andar da casa ao lado do estábulo despencou e faíscas caíram em cascata ao redor delas, colocando fogo nas cortinas de seda da casa do outro lado da rua.

O medo da égua disparou – e foi o pânico dela que fez Lenobia se mover.

— Eu posso cavalgar — ela disse, permitindo que Medusa a ajudasse a ficar em pé e depois a subir na sela.

Medusa ficou boquiaberta com as feridas de Lenobia.

— As suas costas! Estão... estão muito machucadas. Isso vai ser doloroso, mas, depois que nós estivermos no navio, eu posso ajudá-la a se curar. Mas você vai carregar para sempre as cicatrizes desta noite.

A vampira montou na égua, posicionou-a na direção do cais e soltou as rédeas. Enquanto elas galopavam para a segurança e o mistério de uma vida nova, Lenobia fechou os olhos e repetiu para si mesma:

Eu vou amá-lo até o dia em que eu morrer... só você, Martin. Para sempre, só você. Esse é um voto que eu faço.

A MALDIÇÃO DE NEFERET

Neferet, a obscuramente sedutora Alta Sacerdotisa da Morada da Noite de Tulsa, nem sempre foi uma poderosa vampira, mas sempre foi bela. Criada na Chicago da virada do século sem a presença da mãe, sua admirável beleza acaba por torná-la refém de atenção indesejada e de abusos, o que a deixa com feridas impossíveis de cicatrizar – e uma Escuridão que um dia precisaria ser libertada. Ao ser Marcada e adquirir seus poderes, Neferet converte sua raiva em poder, e busca uma maneira de consolidar sua vingança.

Agradecimentos

Obrigada à minha maravilhosa e talentosa amiga e ilustradora, Kim Doner. Por conta do cronograma apertado deste livro, ela teve que entrar na minha mente (louca) e trabalhar a partir do meu *brainstorming* e de esboços de ideias (geralmente inconstantes). Ela não só fez um trabalho incrível como algumas das melhores ideias que eu incorporei à história de Emily saíram das nossas reuniões sobre as ilustrações. Kim, eu te adoro!

Para a minha família na editora St. Martin's Press, especialmente à equipe exausta de produção e design: eu devo a vocês uma caixa de champanhe. E eu quero dizer champanhe do bom.

Obrigada ao meu amigo Robin Green Tilly, que me ajudou com o apêndice deste romance.

E, como sempre, agradeço à minha amiga e agente, Meredith Bernstein, sem a qual *House of Night* não existiria.

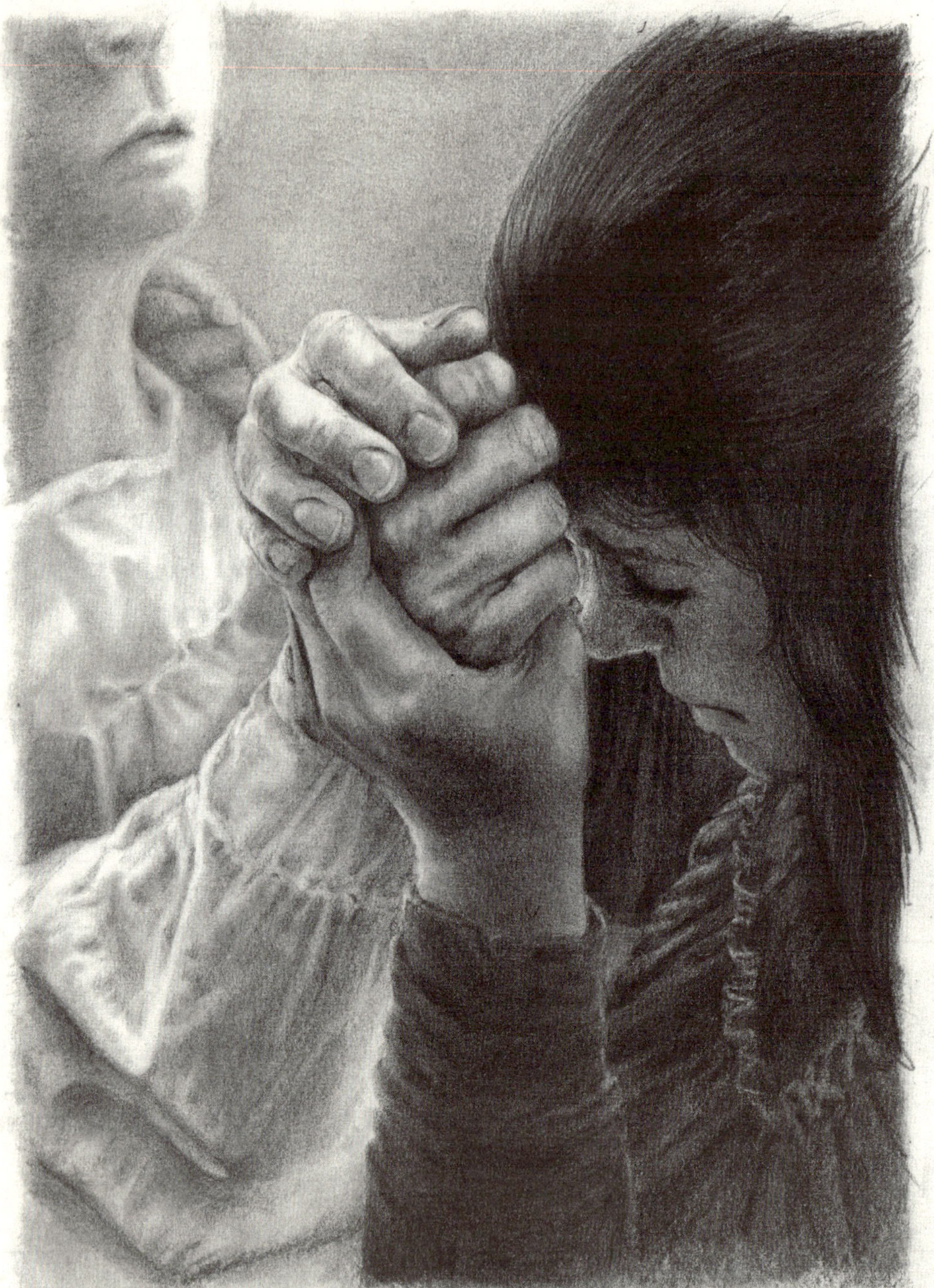

15 de janeiro de 1893
Diário de Emily Wheiler
Registro: o primeiro

Isto não é um diário. Eu abomino a simples ideia de compilar meus pensamentos e atos num caderno trancado, guardado secretamente como se fosse uma joia preciosa.

Eu sei que meus pensamentos não são joias preciosas. Comecei a suspeitar que meus pensamentos são um tanto quanto loucos.

É *por isso* que me sinto obrigada a escrevê-los. Pode ser que, ao relê-los, em algum momento no futuro, eu descubra por que essas coisas horríveis aconteceram comigo.

Ou descobrirei que, de fato, fiquei louca.

Se for esse o caso, então isto aqui servirá de registro do começo da minha paranoia e insanidade, para que se possa começar a descobrir a cura.

Eu quero ser curada?

Talvez seja melhor deixar essa questão de lado por ora. Primeiro, deixe-me começar contando sobre quando tudo mudou. Não foi agora, no primeiro dia do meu diário. Foi há dois meses e meio, no primeiro dia de novembro, no ano de 1892. Essa foi a manhã em que minha mãe morreu.

Mesmo aqui, nas silenciosas páginas deste diário, eu hesito em relembrar aquela terrível manhã. Minha mãe morreu em um mar de sangue, que jorrou de dentro dela depois do nascimento do corpo pequeno e sem vida do meu irmão, Barrett, que recebeu o mesmo nome do meu pai. Para mim pareceu na ocasião, assim como parece agora, que minha mãe simplesmente desistiu quando viu que Barrett não iria respirar. Foi como se até a força vital que a sustentava não conseguisse suportar a perda de seu precioso filho homem.

Ou a verdade era que ela não suportaria encarar o meu pai depois da perda do precioso e único filho homem *dele*?

Essa pergunta nem me passaria pela cabeça antes daquele dia. Até a manhã em que mamãe morreu, as questões que mais passavam pela minha cabeça se concentravam em como eu poderia persuadi-la a me deixar comprar mais uma daquelas roupas novas de ciclismo que estavam na última moda, ou em como deixar o meu cabelo exatamente como o de uma garota Gibson.[1]

Se eu pensava sobre o meu pai antes da manhã em que a minha mãe morreu, era como a maioria das minhas amigas pensava sobre o pai delas – tal qual um patriarca distante e um tanto quanto intimidador. No meu caso, o meu pai só me elogiava através de comentários dela. Na verdade, antes da morte de mamãe, ele parecia mal reparar em mim.

O meu pai não estava no quarto quando minha mãe morreu. O médico havia declarado que o processo do parto era uma cena muito vulgar para um homem testemunhar, principalmente um homem como Barrett H. Wheiler, presidente do First National Bank of Chicago.

E eu? A filha de Barrett e Alice Wheiler? O médico não mencionou nada sobre a vulgaridade de um parto para mim. Na verdade, o médico sequer me notou até que a minha mãe morreu e o meu o pai fez prestar atenção em mim.

– Emily, você não vai me deixar. Você vai esperar comigo até o médico chegar e então vai ficar aí, no assento ao lado da janela. Você precisa saber como é ser uma esposa e mãe. Você não deve entrar cegamente nisso como eu – minha mãe havia me ordenado com aquela sua voz suave, que fazia

---

[1] A garota Gibson (*Gibson girl*), idealizada pelo ilustrador norte-americano Charles Dana Gibson, é a personificação do ideal de beleza feminino a partir da década de 1890. Além da beleza, ela representava independência e coragem, em sintonia com os primórdios do feminismo. (N.T.)

todos que não a conheciam bem pensar que ela era uma tola e nada além de uma marionete bela e submissa nas mãos do meu pai.

– Sim, mãe – eu assenti e fiz o que ela mandou.

Eu me lembro de sentar, quieta feito uma sombra, no assento escuro ao lado da janela que ficava em frente à cama no quarto luxuoso de minha mãe. Eu vi tudo. Ela não custou muito a morrer.

Havia muito sangue. Barrett nasceu no meio do sangue – uma criatura pequena, imóvel e toda ensanguentada. Ele parecia uma grotesca boneca ferida. Depois do espasmo que o expeliu por entre as pernas de minha mãe, o sangue não parou de sair, continuou correndo sem parar, enquanto minha mãe chorava lágrimas tão silenciosas quanto o seu filho. Eu sabia que ela estava chorando, pois tinha virado a cabeça ao ver o médico enrolar o bebê morto em lençóis. Então o olhar dela encontrou o meu.

Não consegui continuar no assento da janela. Corri para a lateral da sua cama e, enquanto o médico e a sua enfermeira tentavam inutilmente conter o rio vermelho que jorrava de dentro dela, apertei a sua mão e afastei o cabelo úmido da sua testa. Por entre as minhas lágrimas e o meu medo, tentei murmurar palavras de confiança, dizendo que tudo ficaria bem depois que ela descansasse.

A minha mãe apertou a minha mão e sussurrou:

– Estou feliz que você esteja aqui comigo no meu fim.

– Não! Você vai melhorar, mãe! – eu protestei.

– Shhh – ela me confortou. – Apenas segure a minha mão. – Então a voz de minha mãe sumiu, mas seus olhos esmeralda, que todos diziam ser tão parecidos com os meus, não se desviaram de mim enquanto o seu rosto corado ficava horrivelmente branco. A sua respiração se enfraqueceu e, depois de um último suspirou, cessou de vez.

Então eu beijei a sua mão e cambaleei de volta para o meu assento na janela, onde fiquei chorando despercebida, enquanto a enfermeira fazia o trabalho assustador de se livrar dos lençóis encharcados de sangue e deixar a minha mãe apresentável aos olhos de meu pai. Mas ele não esperou até que minha mãe estivesse preparada para ele. Meu pai invadiu o quarto, ignorando os protestos do médico.

— É um menino? — O meu pai mal olhou para a cama. Em vez disso, ele correu para o berço, onde o corpo de Barrett jazia envolto pela mortalha.

— De fato, *era* um menino — o médico disse sombriamente. — Ele nasceu cedo demais, como eu disse ao senhor. Não havia nada a fazer. Os pulmões dele eram muito fracos. Ele nem respirou. Não chorou nenhuma vez.

— Morto... em silêncio — Meu pai passou a mão pelo rosto, exausto. — Sabia que quando a Emily nasceu ela chorou tão vigorosamente que a escutei na sala de estar lá embaixo e achei que fosse um menino?

— Bem, sr. Wheiler, eu sei que isto serve de pouco consolo depois de perder um filho e a esposa, mas o senhor tem uma filha e, através dela, a possibilidade de ter herdeiros.

— *Ela* me prometeu herdeiros! — o meu pai gritou, finalmente virando-se para olhar minha mãe.

Eu devo ter feito algum pequeno barulho de mágoa, pois os olhos do meu pai instantaneamente se voltaram para meu assento na janela. Ele franziu os olhos, e por um momento pareceu que ele não me reconheceu. E então se sacudiu, como se estivesse tentando tirar algo desconfortável da pele.

— Emily, por que você está aqui? — A voz do meu pai soou tão furiosa que pareceu que a pergunta que ele queria fazer era muito mais do que apenas por que eu estava naquele quarto naquele momento.

— Mi-minha mãe me mandou ficar — eu gaguejei.

— A sua mãe está morta — ele disse, com sua raiva enfraquecida por uma verdade difícil.

— E aqui não é lugar para uma jovem senhorita. — O rosto do médico ruborizou quando ele encarou o meu pai. — Perdoe-me, sr. Wheiler. Eu estava ocupado demais com o parto para reparar na garota ali.

— A culpa não é sua, dr. Fisher. Minha esposa costumava dizer e fazer coisas que me deixavam perplexo. Essa simplesmente foi a última delas.

– Meu pai fez um gesto dispensando o médico, as empregadas e eu. – Agora me deixem a sós com a sra. Wheiler, todos vocês.

Eu queria sair correndo daquele quarto, escapar o mais rápido possível. Porém, meus pés estavam adormecidos e frios por ficar sentada imóvel por tanto tempo, então tropecei quando passei pelo meu pai. A mão dele me segurou pelo meu cotovelo. Eu olhei pra cima, surpresa.

Sua expressão pareceu se suavizar subitamente quando ele me olhou.

– Você tem os olhos da sua mãe.

– Sim. – Ofegante e aturdida, isso foi tudo o que consegui dizer.

– É como deveria ser. Agora você é a Dama da Casa dos Wheiler.

Então o meu pai me soltou e caminhou lenta e pesadamente em direção à cama ensanguentada.

Quando fechei a porta atrás de mim, escutei-o começar a chorar.

Assim começou o meu estranho e solitário período de luto. Atravessei o funeral de forma apática e, depois de tudo, colapsei. Era como se o sono tivesse me dominado. Eu não conseguia me livrar dele. Por dois meses, mal saí da cama. Não ligava por estar cada vez mais magra e pálida. Não me importava que as mensagens de condolências das amigas de minha mãe e suas filhas fossem deixadas sem resposta. Não notei que o Natal e o Ano-Novo chegaram e passaram. Mary, a ama de minha mãe, que eu havia herdado, implorava, bajulava-me e me repreendia. Eu não dava a menor importância.

Foi no dia 5 de janeiro que meu pai acabou com meu sono. O quarto ficara frio, tão frio, que acordei tremendo. O fogo da lareira havia se apagado e não tinha sido aceso de novo, então eu puxei a corda do sino que chamava Mary, que tilintava lá embaixo nos aposentos dos criados, nos fundos da casa, mas ela não atendeu ao chamado. Lembro que vesti o meu penhoar e pensei – rapidamente – como ele estava largo em mim e como parecia me engolir. Tremendo, comecei a descer lentamente a larga escadaria de madeira a partir do terceiro andar, onde ficava meu quarto, procurando por Mary. Meu pai emergiu do seu escritório quando eu terminei de descer as escadas. Logo que ele me viu, os seus olhos estavam sem emoções, mas então a sua expressão demonstrou surpresa. Surpresa seguida por algo que tenho quase certeza de que era desgosto.

— Emily, você parece acabada! Magra e pálida! Você está doente?

Antes que eu pudesse responder, Mary estava lá, cruzando o saguão apressada na nossa direção.

— Eu lhe disse, sr. Wheiler. Ela não tem comido. Eu disse que ela não tem feito nada a não ser dormir. Definhando, é isso o que ela está — Mary falou rapidamente, com o seu suave sotaque irlandês mais acentuado do que o normal.

— Bem, esse comportamento deve acabar de uma vez por todas — meu pai disse severamente. — Emily, você vai sair da cama. Você vai comer. Você vai fazer caminhadas diárias nos jardins. Eu simplesmente não a aceito assim, definhando. Afinal de contas, você é a Dama da Casa dos Wheiler, e a dona desta casa não pode parecer uma menina de rua faminta.

O seu olhar foi duro. A raiva dele foi assustadora, especialmente quando me dei conta de que a minha mãe não iria surgir da sala de visitas, falando rápido com aquela energia animada e me mandando embora, enquanto acalmava o meu pai com um toque e um sorriso.

Eu dei um passo automático para trás, afastando-me dele, o que só deixou a sua expressão mais carregada.

— Você tem a aparência de sua mãe, mas não a sua vivacidade. Por mais irritante que isso fosse às vezes, eu admirava a vivacidade dela. Sinto falta disso.

— E-eu também tenho saudade da minha mãe — eu me ouvi dizer sem pensar.

— É claro que você tem, meu doce — Mary me confortou.

— Faz apenas pouco mais de dois meses.

— Então nós temos algo em comum no fim das contas — meu pai ignorou Mary completamente e falou como se ela não estivesse ali, tocando o meu cabelo nervosamente e alisando o meu penhoar. — A perda de Alice Wheiler criou o nosso ponto em comum. — Então ele inclinou a cabeça, analisando-me. — Você realmente se parece com ela. — Meu pai acariciou sua barba escura, e o seu olhar perdeu aquele aspecto duro e intimidador. – Nós dois temos que viver o melhor que pudermos sem ela, você sabe.

– Sim, pai – eu me senti aliviada com o seu tom de voz mais suave.

– Ótimo. Então espero que você jante comigo todas as noites, como você e sua mãe costumavam fazer. Chega dessa história de se esconder no quarto e ficar com essa aparência de quem está morrendo de fome.

Então eu sorri, sorri de verdade.

– Eu vou gostar disso – respondi.

Ele murmurou algo, colocou o jornal que estava segurando embaixo do braço e assentiu.

– Então eu a vejo no jantar – ele disse e passou por mim, desaparecendo na ala oeste da casa.

– Acho que até vou ter um pouco de fome hoje à noite – falei para Mary quando ela se voltou para mim e me ajudou a subir as escadas.

– É bom ver que ele está se interessando por você, muito bom – Mary sussurrou alegremente.

Eu mal prestei atenção nela. O meu único pensamento era que, pela primeira vez em um mês, tinha algo para esperar além de sono e tristeza. O meu pai e eu tínhamos algo em comum!

Eu me vesti caprichosamente para o jantar naquela noite, percebendo pela primeira vez o quanto havia emagrecido quando o meu vestido preto de luto teve que ser ajustado com alfinetes para não ficar muito solto e deselegante. Mary penteou o meu cabelo, fazendo um coque grosso. Com o meu rosto emagrecido, achei que fiquei parecendo ter muito mais do que os meus quinze anos.

Nunca vou me esquecer do susto que levei quando entrei na nossa sala de jantar e vi os dois lugares à mesa: o de meu pai, onde ele sempre se sentava à cabeceira da mesa, e o meu, agora colocado no lugar que era de minha mãe, à direita de meu pai.

Ele se levantou e afastou a cadeira da minha mãe para mim. Quando sentei, tive certeza de que ainda podia sentir o perfume dela: água de rosas, com apenas um toque da rinçagem de limão que ela usava nos cabelos para realçar a cor de suas mechas ruivas.

George, um negro que servia o nosso jantar, começou a tirar a sopa da terrina com a concha. Tive medo de que houvesse um silêncio terrível, mas, quando o meu pai começou a comer, também passei a ouvir as suas palavras familiares.

– O Comitê da Exposição Colombiana aderiu coletivamente a Burnham;[2] nós o estamos apoiando completamente. No começo, eu pensei que o homem parecia um pouco louco, que ele estava tentando algo inatingível, mas a visão dele de fazer a Exposição Universal Colombiana de Chicago ofuscar o esplendor da exposição de Paris pareceu estar ao alcance, ou pelo menos o seu design pareceu acertado; extravagante, mas acertado. – Ele fez uma pausa para comer uma boa porção de carne e batatas que havia substituído a sua tigela vazia de sopa.

Nessa pausa, ouvi a voz de minha mãe.

– Não estão todos chamando isso de extravagância? – Até o meu pai olhar para mim, não percebi que quem havia falado era eu, e não o fantasma de minha mãe, afinal de contas.

Congelei quando ele me examinou com os seus olhos escuros e aguçados e desejei ter ficado em silêncio, sonhando acordada durante a refeição, como havia feito tantas vezes no passado.

– E como você sabe o que todos estão dizendo? – Os olhos escuros dele me penetraram, mas os seus lábios se curvaram levemente, quase sorrindo, assim como ele costumava fazer com a minha mãe.

Lembro que senti uma onda de alívio e sorri com o coração aberto para ele. Eu já tinha ouvido o meu pai perguntar a mesma coisa para a minha mãe mais vezes do que poderia contar. Deixei que as palavras dela respondessem por mim.

---

2   Daniel Burnham, um dos principais arquitetos da Exposição Universal Colombiana de Chicago, realizada em 1893 para celebrar o quarto centenário da chegada de Cristóvão Colombo à América, em 1492. (N.T.)

— Eu sei que o senhor pensa que só o que as mulheres fazem é falar, mas elas também ouvem – eu falei mais rápido e mais baixo do que a minha mãe, mas os olhos do meu pai se enrugaram nos cantos quando ele achou graça e demonstrou sua aprovação.

– De fato... – ele disse rindo, enquanto cortava um pedaço grande de carne sangrenta, que ele comeu como se estivesse esfomeado, intercalando com taças e mais taças de um vinho tão vermelho e escuro quanto o líquido que escorria de sua carne. – Mas eu preciso ficar de olho em Burnham e naquele seu bando de arquitetos, preciso ficar de olho mesmo. Eles ultrapassam o orçamento grotescamente, e esses trabalhadores... sempre um problema... sempre um problema... – Meu pai falava enquanto mastigava, derrubando restos de comida e gotas de vinho na sua barba, um hábito que eu sabia que minha mãe detestava e pelo qual costumava repreendê-lo.

Eu não o repreendi nem detestei aquele seu hábito bem enraizado. Simplesmente me forcei a comer e a fazer os barulhos adequados de que estava apreciando enquanto ele falava sem parar sobre a importância da responsabilidade fiscal e da preocupação que a saúde frágil de um dos arquitetos líderes estava causando ao conselho em geral. Afinal de contas, o sr. Root[3] já tinha sucumbido à pneumonia. Alguns diziam que era ele que estava por trás de todo o projeto, e não Burnham.

O jantar transcorreu rapidamente até que meu pai finalmente comeu e falou o suficiente. Então ele se levantou e se despediu de mim, como eu o ouvi se despedir incontáveis vezes da minha mãe:

– Vou me retirar para um charuto e um uísque na biblioteca. Tenha uma noite agradável, minha querida. Espero vê-la de novo em breve.

Eu me lembro vividamente de sentir um grande afeto por ele quando pensei: *Ele está me tratando como se eu fosse uma mulher adulta, a verdadeira dona desta casa!*

– Emily – ele continuou, apesar de estar meio cambaleante e obviamente bem embriagado –, já que acabamos de começar um novo ano, vamos

---

3   John Root, sócio de Daniel Burnham. (N.T.)

decidir que ele vai marcar um novo começo para nós dois. Vamos tentar seguir em frente juntos, minha querida?

Lágrimas vieram aos meus olhos, e eu sorri trêmula para ele.

– Sim, pai. Eu gostaria muito disso.

Então, inesperadamente, ele levantou a minha mão magra com a sua mão grande, inclinou-se e a beijou – exatamente como costumava beijar a mão de minha mãe quando se despedia. Apesar de os seus lábios e a sua barba estarem úmidos do vinho e da comida, eu ainda estava sorrindo e me sentindo como uma senhora quando, ainda segurando a minha mão, ele olhou dentro dos meus olhos.

Essa foi a primeira vez que vi aquilo que passei a chamar de *olhar ardente*. Era como se os olhos dele encarassem tão violentamente os meus que eu temia que fossem me fazer entrar em combustão.

– Você tem os olhos de sua mãe – ele disse com voz arrastada, e eu senti o seu hálito desagradável, com forte cheiro de vinho.

Achei que não conseguiria falar. Eu só estremeci e assenti.

Então o meu pai soltou a minha mão e saiu cambaleando da sala. Antes que George começasse a tirar a mesa, peguei o guardanapo de linho e o esfreguei nas costas de minha mão, enxugando a umidade deixada ali e me perguntando por que eu estava sentindo uma sensação tão desconfortável no estômago.

Madeleine Elcott e a sua filha Camille foram as primeiras a me visitar socialmente dois dias depois. O sr. Elcott fazia parte do conselho do banco de meu pai, e a sra. Elcott era uma grande amiga de minha mãe, embora eu nunca entendesse bem por quê. Minha mãe era bonita, charmosa e uma anfitriã de renome. Em comparação, a sra. Elcott parecia rabugenta, fofoqueira e sovina. Quando ela e minha mãe se sentavam juntas em jantares, eu costumava pensar que a sra. Elcott parecia uma galinha cacarejante ao lado de uma pomba, mas ela tinha a capacidade de fazer a minha mãe rir, e a risada da minha mãe era tão mágica que deixava a razão por trás dela sem importância. Uma vez escutei meu pai dizer à minha mãe que ela simplesmente tinha que ajudar a entreter mais os convidados, pois os jantares na mansão dos Elcott eram pobres em espírito e no cardápio e cheios de conversa fiada. Se alguém tivesse pedido a minha opinião, o que obviamente ninguém fez, eu teria concordado totalmente com meu pai. A mansão dos Elcott ficava a cerca de um quilômetro da nossa casa e tinha uma aparência imponente e respeitável do lado de fora, mas por dentro era espartana e, na verdade, um tanto deprimente. Não era de se espantar por que Camille gostava tanto de me visitar!

Camille era a minha melhor amiga. Nós tínhamos idades próximas, ela era apenas seis meses mais nova. Camille falava muito, mas não do jeito cruel e fofoqueiro de sua mãe. Por causa da proximidade de nossos pais, Camille e eu crescemos juntas, o que nos fazia ser mais como irmãs do que como melhores amigas.

– Oh, pobre Emily! Como você está magra e abatida! – Camille disse quando entrou apressada na sala de estar de minha mãe e me abraçou.

– Bem, é claro que ela está magra e abatida! – A sra. Elcott afastou a filha para o lado e apertou a minha mão formalmente antes mesmo de tirar as suas luvas de couro branco. Lembrando seu toque, percebo agora que ela pareceu fria como um réptil. – Emily perdeu a mãe, Camille. Pense em como a sua vida seria infeliz se você tivesse me perdido. Eu esperaria que você ficasse com uma aparência tão horrível como a da pobre Emily. Estou certa de que a querida Alice está observando a filha lá de cima com compreensão e reconhecimento.

Sem esperar que ela falasse tão livremente da morte de minha mãe, eu fiquei um pouco chocada com as palavras da sra. Elcott. Tentei encontrar o olhar de Camille quando nos afastamos, acomodando-nos no divã e no conjunto de poltronas gêmeas. Eu queria dividir com ela aquele nosso velho olhar, que significava que concordávamos em como as nossas mães podiam dizer coisas terrivelmente embaraçosas às vezes, mas Camille parecia estar olhando para todos os lugares, menos para mim.

– Sim, mãe, é claro. Eu peço desculpas – foi só o que ela murmurou, arrependida.

Tentando descobrir como agir neste novo mundo social que de repente era muito estranho, dei um longo suspiro de alívio quando a criada entrou alvoroçada, trazendo chá e bolos. Eu servi. A sra. Elcott e Camille ficaram me analisando.

– Você realmente está muito magra – Camille finalmente disse.

– Vou melhorar logo – eu falei, sorrindo para tranquilizá-la. – No começo, achava difícil fazer qualquer coisa além de dormir, mas meu pai insistiu para que eu melhorasse. Ele me lembrou de que agora eu sou a Dama da Casa dos Wheiler.

O olhar de Camille se virou rapidamente para a sua mãe. Não consegui decifrar a expressão dura nos olhos da sra. Elcott, mas foi o bastante para silenciar a filha.

– É muita coragem de sua parte, Emily. – A sra. Elcott quebrou o silêncio. – Tenho certeza de que você é um grande conforto para o seu pai.

– Nós tentamos vê-la por dois meses, mas você não nos recebeu, nem no fim do ano. Foi como se você tivesse desaparecido! – Camille desabafou enquanto eu servia o seu chá. – Pensei que você também tivesse morrido.

– Sinto muito – eu disse. No começo, as palavras dela fizeram com que eu me sentisse arrependida. – Não tive a intenção de preocupá-las.

– É claro que não. – A sra. Elcott franziu as sobrancelhas para a sua filha. – Camille, Emily não desapareceu, ela estava de luto.

– Eu ainda estou – falei em voz baixa.

Camille me ouviu e assentiu, enxugando os olhos, mas a sua mãe estava ocupada demais se servindo de bolo para prestar atenção em qualquer uma de nós.

Houve um silêncio que pareceu excessivamente longo enquanto tomávamos chá e eu fiquei empurrando o pequeno pedaço de bolo branco pelo meu prato. Então, com uma voz alta e excitada, a sra. Elcott perguntou:

– Emily, você estava mesmo lá? No quarto com Alice quando ela morreu?

Olhei para Camille, desejando por um instante que ela pudesse calar a sua mãe, mas é claro que esse foi um desejo tolo e inútil. O rosto de minha amiga refletia o meu próprio desconforto, apesar de ela não parecer chocada com o desrespeito da mãe às boas maneiras e à minha privacidade. Então percebi que Camille sabia que a sua mãe iria me perguntar aquilo. Respirei fundo para me fortalecer e respondi sinceramente, porém de modo hesitante:

– Sim. Eu estava lá.

– Deve ter sido assustador – Camille disse rapidamente.

– Sim. – Coloquei minha xícara no pires antes que elas percebessem que minha mão estava trêmula.

– Imagino que teve muito sangue – a sra. Elcott afirmou, assentindo devagar, como se estivesse concordando antecipadamente com a minha resposta.

– Teve sim. – Apertei minhas mãos com força sobre o colo.

– Quando ouvimos dizer que você estava no quarto quando ela morreu, todos nós sentimos muito por você – Camille falou em voz baixa, com hesitação.

Chocada e em silêncio, eu quase podia ouvir a voz da minha mãe dizendo rispidamente: *Os criados e as suas fofocas!* Constrangia-me a constatação de que a morte de minha mãe tivesse virado assunto de fofocas, mas também queria muito conversar com Camille, contar a ela como fiquei assustada. Mas, antes que eu conseguisse me recompor o bastante para falar, a voz aguda de sua mãe se intrometeu:

— De fato, só se falou disso por semanas e semanas. A sua pobre mãe teria ficado horrorizada. Foi uma pena que você tenha perdido o Baile de Natal, exceto pelo fato de que o assunto principal da noite foi você ter testemunhado a morte horrível dela... — A sra. Elcott deu de ombros. — Alice iria achar isso tão terrível quanto foi.

As minhas bochechas estavam vermelhas e ardendo. Eu tinha esquecido totalmente do Baile de Natal e do meu aniversário de dezesseis anos. Ambos haviam acontecido em dezembro, quando o meu sono estava me escondendo da vida.

— Todo mundo ficou falando de mim no baile? — Tive vontade de sair correndo para o meu quarto e nunca mais sair de lá.

Camille falou rapidamente, fazendo um movimento amplo, como se ela entendesse como a conversa tinha se tornado difícil para mim e tentando mudar de assunto:

— Nancy, Evelyn e Elizabeth estavam preocupadas com você. *Todas* nós estávamos preocupadas com você, e ainda estamos.

— Você se esqueceu de mencionar uma pessoa que pareceu especialmente preocupada: Arthur Simpton. Lembra que você disse que ele só falava de como tudo devia ter sido horrível para Emily, mesmo enquanto ele estava dançando valsa com você? — A sra. Elcott não soou nem um pouco preocupada. Ela pareceu brava.

Eu pisquei surpresa e me senti como se estivesse nadando para cima através de águas profundas e escuras.

— Arthur Simpton? Ele ficou falando sobre mim?

— Sim, enquanto dançava com *Camille*. — O tom duro da sra. Elcott demonstrou irritação, e logo entendi por quê.

Arthur Simpton era o filho mais velho de uma rica família do ramo de estradas de ferro, que havia se mudado recentemente de Nova York para Chicago por causa de negócios com o sr. Pullman. Além de ser rico, de boa família e um bom partido, ele também era extremamente bonito. Camille e eu começamos a suspirar por ele quando a sua família se mudou para uma mansão na South Prairie Avenue, e nós o víamos passando pela rua com a sua bicicleta para lá e para cá. Arthur foi o único motivo por trás dos nossos desejos de conseguir as nossas próprias bicicletas e de entrar no Hermes Bicycle Club. Ele também foi uma das principais razões pelas quais nossas mães concordaram em pressionar nossos pais a nos permitir fazer isso, apesar de Camille ter me contado que tinha ouvido o pai dizer à mãe que o traje de ciclista podia levar uma jovem mulher "a uma vida de perniciosa libidinagem". Eu me lembrava disso claramente porque Camille havia me feito rir ao fazer uma excelente imitação do seu pai. Enquanto eu gargalhava, ela também disse que adoraria começar uma vida de perniciosa libidinagem se fosse com Arthur Simpton.

Naquela hora eu não disse nada. Não pareceu necessário. Arthur frequentemente olhava na nossa direção, mas nós duas sabíamos que eram os meus olhos que ele encontrava quando batia na aba do seu chapéu para nos saudar, e era o meu nome que ele dizia quando desejava um "ótimo e ensolarado dia, srta. Emily".

Balancei a cabeça, sentindo-me tonta e lenta. Eu me virei para Camille e perguntei:

– Arthur Simpton? Ele dançou com você?

– Na maior parte da noite – a sra. Elcott respondeu pela filha, assentindo tão rapidamente que as penas do seu chapéu esvoaçaram com uma violência perturbadora, fazendo-a parecer ainda mais com uma galinha. – Na verdade, Camille e eu achamos que Arthur Simpton vai procurar o sr. Elcott em breve e pedir permissão para cortejá-la formalmente.

Senti um terrível vazio no estômago. Como ele poderia cortejar Camille? Há menos de dois meses ele mal falava o nome dela para lhe desejar um bom dia. Esse curto espaço de tempo poderia tê-lo transformado tão drasticamente?

"Sim", respondi a mim mesma rapidamente e em silêncio. Sim, um curto espaço de tempo podia mudar qualquer um drasticamente. Com certeza, havia me mudado.

Abri a boca para falar, embora não soubesse muito bem o que ia dizer, então meu pai entrou de repente na sala, parecendo esbaforido e sem paletó.

– Ah, Emily, aí está você. – Ele cumprimentou distraidamente a sra. Elcott e Camille, dizendo: – Boa tarde, senhoras – Então voltou toda a sua atenção para mim. – Emily, qual colete eu devo usar hoje à noite? O preto ou o bordô? O conselho vai se reunir novamente com aqueles arquitetos infernais, e eu tenho que ser firme. É preciso usar o tom certo. O orçamento deles está fora de controle e o tempo é escasso. A feira deve ser inaugurada em 1º de maio. Eles simplesmente não estão preparados. Eles foram longe demais... longe demais!

Eu pisquei, tentando me concentrar naquela cena bizarra. O nome de Arthur Simpton ligado ao de Camille ainda estava quase palpável, pairando no ar ao nosso redor, enquanto o meu pai estava parado ali, com a camisa apenas parcialmente abotoada para fora da calça, sacudindo um colete em cada mão, como se eles fossem bandeiras desfraldadas. A sra. Elcott e Camille o encararam como se ele tivesse perdido a cabeça.

De repente, fiquei brava e automaticamente saí em defesa de meu pai.

– Minha mãe sempre disse que o preto é mais formal, mas o bordô é mais rico. Use o bordô, pai. Os arquitetos vão ver que você é rico o bastante para controlar o dinheiro deles e, portanto, seus futuros. – Tentei ao máximo deixar a minha voz suave para imitar o tom tranquilizador de minha mãe.

O meu pai assentiu.

– Sim, sim, deve ser como a sua mãe disse. O mais rico é o melhor. Sim, muito bem. – Ele se curvou rapidamente para as outras duas mulheres, desejando um bom dia, e então saiu apressado.

Antes que a porta se fechasse, eu vi o seu criado, Carson, encontrando-o no corredor e pegando o colete preto descartado que foi atirado na sua direção.

Quando eu me voltei para as Elcott, empinei o queixo.

– Como podem ver, o meu pai está dependendo de mim.

A sra. Elcott levantou uma sobrancelha e desdenhou.

– Percebi. O seu pai é um homem de sorte, e aquele com quem um dia ele casar você também será um homem de sorte por ter uma esposa tão bem treinada. – Ela voltou o olhar para a filha, e então sorriu de modo insinuante.

– Apesar de eu imaginar que o seu pai não vai querer se separar de você por muitos anos, então o casamento está fora de questão em seu futuro próximo.

– Casamento? – Senti um choque ao ouvir aquela palavra. Camille e eu já tínhamos falado sobre isso, é claro, mas a gente sonhava mais com a fase do cortejo, o noivado, um casamento suntuoso... e não com o casamento propriamente dito. A voz de minha mãe de repente ecoou na minha memória: *Emily, você não vai me deixar... Você precisa saber como é ser uma esposa e mãe. Você não deve entrar cegamente nisso como eu.* Senti um arrepio de pânico e acrescentei: – Ah, não posso nem pensar em casamento agora!

– É claro que você não pode nem pensar em casamento agora! Nenhuma de nós duas deveria pensar nisso, na verdade. Só temos dezesseis anos. Somos jovens demais. Não é isso o que você sempre diz, mãe? – Camille soou tensa, quase assustada.

– Pensar em uma coisa e se preparar para ela não é a mesma coisa, Camille. Não se deve deixar passar uma oportunidade. *Isso* é o que eu sempre digo. – A sra. Elcott abaixou o seu longo nariz e olhou para mim com desdém enquanto falava.

– Bem, acho que é uma coisa boa o fato de agora eu estar devotada ao meu pai – respondi, sentindo-me terrivelmente desconfortável e sem saber o que mais dizer.

– Ah, todas nós concordamos com isso! – a sra. Elcott afirmou.

Elas não ficaram por muito tempo depois que meu pai apareceu. A sra. Elcott apressou Camille para irem embora, sem nos dar nem uma chance de conversarmos a sós. Foi como se ela já tivesse conseguido aquilo que tinha vindo fazer, e depois saiu satisfeita.

E eu? O que eu tinha conseguido? Eu esperava reconhecimento. Apesar de a afeição do belo e jovem Arthur Simpton ter passado de mim para a minha amiga, eu acreditava que era o meu dever de filha cuidar do meu pai. Imaginava que Camille e sua mãe iriam ver que eu estava fazendo o melhor que podia para seguir em frente depois da morte da minha mãe – que em pouco mais de dois meses eu deixara de ser uma garota e me transformara em uma mulher. Eu pensava que pudesse de algum modo fazer a perda de minha mãe se tornar suportável.

Mas, nas longas e silenciosas horas depois da visita delas, a minha mente começou a reviver os últimos acontecimentos e a enxergar os seus lados de forma diferente. Em retrospectiva, acho que a minha segunda visão sobre eles é mais válida do que a primeira. A sra. Elcott queria comprovar as fofocas; ela satisfez o seu desejo. Ela também queria deixar bem claro que daquele momento em diante Arthur Simpton não iria fazer parte do meu futuro e que nenhum homem – a não ser meu pai – iria fazer parte do meu futuro próximo. Ela havia cumprido bem as duas tarefas.

Naquela noite, fiquei sentada esperando o meu pai voltar. Mesmo agora, quando me lembro do que aconteceu depois, não consigo me culpar pelos meus atos. Como a Dama da Casa dos Wheiler, era meu dever cuidar de meu pai – estar ali com um chá ou talvez um conhaque para ele, como eu imaginava que a minha mãe fazia frequentemente quando ele voltava de seus jantares de trabalho. Eu imaginava que o meu pai estaria cansado. Esperava que ele fosse ele mesmo: reservado, rude e autoritário, mas educado e grato pela minha fidelidade.

Eu não esperava que ele estivesse bêbado.

Eu já vira meu pai beber muito vinho. Eu o vi muitas vezes com o nariz vermelho, elogiando efusivamente a beleza de minha mãe, quando eles saíam à noite, vestidos formalmente, deixando um rastro de aroma de lavanda, limão e cabernet. Eu não me lembro de já tê-los visto voltar para casa nenhuma vez. Se eu não estivesse no meu quarto dormindo, provavelmente eu estaria escovando o meu cabelo ou bordando detalhes delicados de violetas no corpete do meu mais novo vestido de dia.

Eu agora percebo que o meu pai e a minha mãe eram para mim como luas distantes circulando ao redor da minha juventude egocêntrica.

Naquela noite, meu pai deixou de ser lua e passou a ser um sol incandescente.

Ele entrou cambaleando no saguão, gritando pelo seu criado, Carson. Eu estava na sala de visitas de minha mãe, tentando manter os olhos abertos relendo o romance gótico de Emily Brontë, O morro dos ventos uivantes. Ao ouvir a sua voz, deixei o livro de lado e corri na sua direção. O cheiro dele chegou até mim antes que eu o visse. Lembro que apertei o nariz com a mão, perturbada com aquele ranço de conhaque, suor e charutos. Enquanto eu escrevo estas linhas, tenho medo de que esses três cheiros sejam para mim, para sempre, o cheiro de homem e o cheiro de pesadelos.

Fui apressada até o seu lado, apertando os meus lábios ao sentir o fedor forte do seu hálito, pensando que ele não devia estar bem.

– Pai, você está doente? Devo chamar o médico?

– Médico? Não, não, não! De jeito nenhum. Só preciso de ajuda para chegar ao quarto de Alice. Não sou tão jovem quanto eu era... não mesmo. Mas ainda posso desempenhar o meu papel. Eu vou fazer um filho nela logo! – Meu pai cambaleava enquanto falava. Ele colocou a mão pesada sobre o meu ombro para se equilibrar.

Eu cambaleei com o seu peso, guiando-o até a ampla escadaria, tão preocupada que ele estivesse doente que mal pude compreender o que ele estava dizendo.

– Eu estou aqui. Vou ajudá-lo – foi o que eu sussurrei repetidamente para ele.

Ele se inclinou ainda mais pesadamente sobre mim enquanto nós subíamos desajeitadamente para o segundo andar e finalmente paramos na porta do seu quarto. Ele balançou a cabeça de um lado para o outro, resmungando:

– Este não é o quarto dela.

– É o seu quarto – eu disse, desejando que o criado dele ou *qualquer um* aparecesse.

Ele franziu os olhos para mim, como se estivesse tendo problemas para me focalizar. Então a sua expressão de bêbado relaxado se alterou.

– Alice? Então, você *quer* quebrar as suas regras frígidas e vir para a minha cama hoje à noite.

Eu sentia a mão quente e úmida dele no meu ombro através da fina camisola de linho.

– Pai, sou eu, Emily.

– Pai? – Ele piscou e aproximou o seu rosto do meu. O mau hálito dele quase me fez vomitar. – Emily. Claro. É você. Sim, você. Eu sei que é você agora. Você não pode ser Alice, ela está morta. – Com o rosto ainda bem perto do meu, ele acrescentou: – Você é magra demais, mas realmente tem os olhos dela. – Então ele estendeu o braço e levantou uma mecha do meu cabelo ruivo e grosso que havia escapado da touca de dormir. – E o cabelo dela. Você tem o cabelo dela. – Ele friccionou o meu cabelo entre os seus dedos e falou com voz arrastada: – Você tem que comer mais... não pode ficar tão magra. – Então, berrando para que Carson fosse atendê-lo, o meu pai soltou o meu cabelo, empurrou-me para o lado e entrou cambaleando no seu quarto.

Nessa hora eu deveria ter voltado para o meu próprio quarto, mas um mal-estar terrível tomou conta de mim e eu saí correndo, deixando que meus pés me levassem para onde quisessem. Quando finalmente parei, ofegando para recuperar o fôlego, descobri que o meu voo cego havia me levado aos jardins que se estendiam por mais de dois hectares nos fundos da casa. Ali eu desabei em um banco de pedra, que ficava escondido embaixo da enorme cortina de folhas de um salgueiro. Então coloquei o meu rosto entre as mãos e chorei.

Então algo mágico aconteceu. A brisa quente da noite levantou os galhos do salgueiro e as nuvens foram sopradas para longe, expondo a lua. Apesar de ser um fino crescente, a lua era quase prateada em seu esplendor e parecia projetar um facho metálico de luz sobre o jardim, deixando incandescente a enorme fonte de mármore branco que era o destaque do local. Dentro da fonte, cuspindo água pela sua boca aberta, estava o deus grego Zeus, na forma do touro que havia enganado e então sequestrado a virgem Europa. A fonte havia sido um presente de casamento de meu pai para minha mãe e ficara no centro do amplo jardim dela desde as minhas memórias mais antigas.

Talvez porque a fonte era de minha mãe, ou talvez por causa da musicalidade da água borbulhante, minhas lágrimas cessaram quando comecei a analisá-la. Finalmente, meu coração desacelerou e minha respiração voltou ao normal. E mesmo quando a lua foi novamente coberta pelas nuvens, eu permaneci debaixo da árvore, escutando a água e deixando que ela e as sombras do salgueiro me tranquilizassem até que eu soubesse que conseguiria dormir. Então, fui devagar até o meu quarto no terceiro andar. Naquela noite, sonhei que era Europa e o touro branco estava me carregando para uma linda campina onde ninguém morria e onde eu era eternamente jovem e sem preocupações.

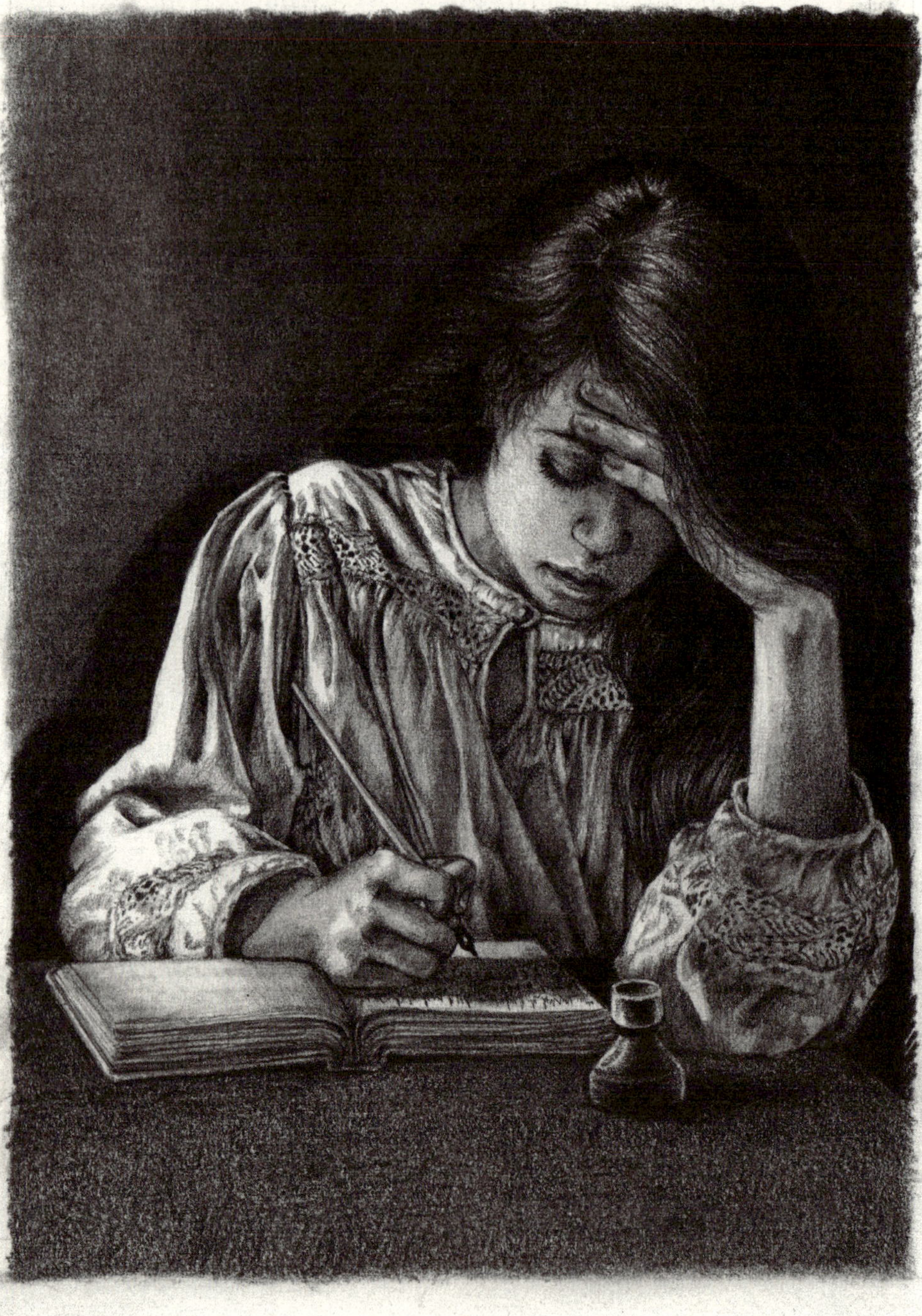

15 de abril de 1893
Diário de Emily Wheiler

Eu deveria ter escrito em meu diário antes, mas os meses desde o meu último registro aqui foram tão confusos, tão difíceis, que não tenho sido eu mesma. Infantilmente, pensei que se não escrevesse, se não me lembrasse dos eventos que se sucederam, eu podia fingir que eles não tinham acontecido – e que não iriam continuar a acontecer.

Eu estava tão errada.

Tudo mudou, e preciso usar este diário como prova. Mesmo se eu estiver perdendo a cabeça, ele vai mostrar o desenrolar da minha loucura e, como esperava no começo, fornecer um caminho para o meu tratamento. E se, como suspeito agora, não estiver louca, um registro desses eventos deve ser feito e pode, de algum modo, ajudar-me se eu tiver que escolher um novo futuro.

Deixe-me começar de novo.

Depois daquela noite fria de janeiro, quando o meu pai voltou para casa bêbado, eu nunca mais esperei por ele acordada. Tentei não pensar muito nisso – tentei não me lembrar do seu mau hálito, do contato com a sua mão quente e pesada e das coisas que ele disse.

Quando ele saía para jantares, desejava a ele uma boa e agradável noite e dizia que eu me certificaria de que Carson iria atendê-lo quando ele voltasse.

No começo, isso deteve os seus olhares ardentes. Eu estava tão ocupada cuidando da casa da Família Wheiler que via meu pai muito pouco, exceto pelos nossos jantares juntos.

Mas, nos últimos meses, os jantares mudaram. Ou melhor, os jantares não mudaram; o que mudou foi a quantidade de vinho consumida pelo meu pai. Quanto mais o meu pai bebia, mais os seus olhos ardiam na minha direção quando ele me desejava boa noite.

Eu comecei a colocar água no vinho dele cuidadosamente. Ele ainda não tinha percebido.

E então voltei toda a minha atenção para a administração da casa dos Wheiler, assumindo total responsabilidade. Sim, é claro que Mary e Carson me ajudavam... e me aconselhavam. A cozinheira fazia listas de compras, mas eu aprovava os cardápios. Conforme Mary comentou uma vez, era como se o espírito de minha mãe tivesse baixado em mim, e eu não era mais uma garota.

Tentei dizer a mim mesma que isso era uma coisa boa, um elogio adorável. Mas a verdade era a mesma de hoje: acho que eu cumpria a minha obrigação, e continuo cumprindo, mas não tenho mais certeza de que isso seja uma coisa boa.

Não foi apenas o trabalho de ser a Dama da Casa dos Wheiler que me transformou tanto. Foi o modo diferente com que as pessoas começaram a me tratar. Sim, no começo eu fiquei sobrecarregada com a quantidade de obrigações da minha mãe. Eu não tinha ideia de que ela não só cuidava da casa, instruía os criados, cuidava de cada detalhe da rotina de meu pai e me supervisionava como *também* era voluntária duas vezes por semana na General Federation of Women's Clubs, ajudando a alimentar e a cuidar das mulheres e crianças sem teto de Chicago.

A minha mãe estava morta havia cinco meses, e durante esse tempo eu me dediquei completamente a ser a Dama da Casa dos Wheiler. Portanto, quando Evelyn Field e Camille me chamaram em uma manhã no começo do mês passado para andar de bicicleta com elas até a praia e fazer um piquenique, eu fiquei justificadamente eufórica, por causa da liberdade que aquele momento proporcionaria, especialmente porque pensei que o meu pai já tinha saído para o banco.

– Ah, sim! – eu disse alegremente, soltando minha caneta-tinteiro e deixando de lado a lista de compras que eu estava revisando.

Eu me lembro de como Evelyn e Camille ficaram felizes quando eu disse sim. Nós três rimos espontaneamente.

– Emily, estou tão, mas tão feliz que você vai com a gente. – Camille me abraçou. – E você está ótima, não está mais pálida e magra.

– Não mesmo, nem um pouco pálida! – Evelyn concordou. – Você está linda como sempre.

– Obrigada, Evelyn. Senti tanta falta de todo mundo. – Eu hesitei, sentindo necessidade de fazer confidências a alguém que não fosse um criado ou o meu pai. – Tem sido difícil desde que a minha mãe se foi. Muito difícil – eu disse. Camille mordeu o lábio. Evelyn parecia que estava prestes a chorar. Eu rapidamente esfreguei minhas bochechas com as costas da mão e voltei a sorrir de novo. – Mas agora que vocês duas estão aqui, estou me sentindo muito mais leve, como não me sentia havia semanas.

– Era isso o que pretendíamos. A minha mãe tentou me dizer que você estava ocupada demais para ser atrapalhada por um passeio de bicicleta, mas eu jurei a mim mesma que não daria ouvidos a ela e iria chamar você de qualquer jeito – Camille contou.

– A sua mãe é sempre tão séria. – Evelyn revirou os olhos.

– Todas nós sabemos disso.

– Acho que ela *nunca* foi jovem. – Camille nos fez rir.

Eu ainda estava rindo ao sair apressada da sala de visitas, decidida a subir correndo as escadas e colocar o meu traje de ciclista o mais rápido possível, quando topei com o meu pai.

Perdi o fôlego e senti os meus olhos lacrimejarem.

– Emily, por que você sempre sai em disparada da sala de visitas dessa maneira tão pouco civilizada? – Meu pai parecia uma nuvem de tempestade em formação.

– De-desculpe, pai – gaguejei. – Camille Elcott e Evelyn Field me chamaram para ir de bicicleta até a praia do lago com elas para um piquenique. Eu estava apressada para trocar de roupa.

– Andar de bicicleta é excelente para o coração. Proporciona uma compleição física forte, mas eu não aprovo jovens andando de bicicleta juntas sem a supervisão de um adulto.

Eu não tinha reparado naquela mulher alta, em pé do outro lado do saguão, até ela falar. Ela me pegou de surpresa, e eu fiquei ali, sem fala, encarando-a. Com o seu vestido azul-escuro e o seu chapéu com penas de pavão, ela fazia uma figura imponente, mas não era alguém que eu reconhecesse. Tive vontade de dizer que eu não aprovava mulheres velhas usando chapéus com plumas exageradas, mas é claro que fiquei de boca fechada.

– Emily, você não se lembra da sra. Armour? Ela é presidente da General Federation of Women's Clubs – o meu pai me impeliu a falar.

– Ah, sim. sra. Armour, desculpe-me por não tê-la reconhecido – eu havia reconhecido o nome que o meu pai havia dito, mas não conseguia me lembrar da mulher propriamente dita.

– E... e eu também peço desculpas por sair correndo – continuei apressadamente. – Eu não quero ser indelicada – virei-me e fiz um gesto indicando Evelyn e Camille, que estavam sentadas na sala de visitas, observando a cena com óbvia curiosidade –, mas, como vocês podem ver, as minhas amigas estão esperando por mim. Pai, vou chamar Mary e pedir a ela que traga chá, caso pretenda receber a sra. Armour no escritório.

– Você se enganou, srta. Wheiler. É você, e não o seu pai quem eu vim visitar.

Eu me senti confusa, e acho que fiquei olhando com cara de idiota para aquela mulher idosa.

O meu pai não estava nem um pouco confuso.

– Emily, a sra. Armour gostaria de conversar sobre o lugar que você herdou na GFWC. Era uma paixão de sua mãe. Espero que também seja uma paixão sua.

Minha confusão se dissipou quando percebi por que o nome Armour soava familiar. Philip Armour era um dos homens mais ricos de Chicago e ele deixava a maioria do seu dinheiro no banco de meu pai. Eu me virei para a sra. Armour e me forcei a sorrir, modulando a voz para que ela saísse suave e tranquilizadora, assim como a da minha mãe costumava soar.

– Eu ficarei honrada em herdar o lugar de minha mãe na GFWC. Talvez nós possamos marcar uma data para que eu vá até o Mercado Municipal e a gente se encontre para conversar sobre...

De repente, a mão grande do meu pai segurou o meu cotovelo, apertando-o enquanto ele ordenava:

– Você vai conversar com a sra. Armour agora, Emily – ele disse.

Em contraste com a minha gentileza, o meu pai parecia um campo de batalha. Eu escutei Evelyn e Camille ofegarem por causa da sua brutalidade.

Então de repente Camille estava do meu lado, dizendo:

– Podemos vir tranquilamente outro dia, Emily. Por favor, o trabalho de sua mãe é muito mais importante do que um simples passeio de bicicleta.

– Sim, com certeza – Evelyn acrescentou enquanto as minhas amigas caminhavam apressadas em direção à porta. – Nós a chamaremos de novo outro dia.

O barulho da porta se fechando atrás delas pareceu para mim como uma tumba sendo lacrada.

– Ah, bem, assim está melhor. Chega dessa bobagem – o meu pai disse quando soltou o meu cotovelo.

– Sra. Armour, por favor, acompanhe-me até a sala de visitas, e eu vou tocar a campainha para que Mary traga o chá – eu falei.

– Ótimo. Continue com os seus negócios, Emily. Eu a vejo no jantar. Boa menina... boa menina – o meu pai afirmou asperamente. Ele se curvou para a sra. Armour e então nos deixou sozinhas no saguão.

– Posso dizer que você é uma jovem de excelente temperamento – a sra. Armour disse enquanto eu a conduzia com enfado até a sala de visitas de minha mãe. – Tenho certeza de que vamos nos dar bem, assim como eu e sua mãe.

Eu assenti e deixei a mulher falar sem parar sobre a importância de as mulheres de posses ficarem unidas em sua dedicação para melhorar a comunidade por meio do serviço voluntário.

Nas semanas que se seguiram, eu comecei a perceber como era irônico o fato de que a sra. Armour, que deu um sermão interminável sobre a importância da união das mulheres, tenha se tornado um dos principais instrumentos para me isolar de outras mulheres da minha idade. Vejam só, Evelyn e Camille não me chamaram mais para andar de bicicleta com elas. Evelyn nunca mais me procurou depois daquela manhã. Camille, bem, com Camille foi diferente. Foi preciso mais para perder a amizade dela, bem mais.

Depois de março veio abril – o frio do inverno deu lugar a uma primavera que chegou com chuvas leves de renovação. Minha vida entrou em um ritmo entorpecido. Eu dirijo a casa. Trabalho como voluntária no Mercado Municipal, alimentando os pobres, enquanto concordo com as mulheres idosas que me cercam e falam sem parar sobre como nós precisamos usar todos os nossos recursos para mudar Chicago e transformá-la de um ajuntamento primitivo em uma cidade moderna, por causa da atenção do mundo que logo vai estar sobre nós em razão da Exposição Universal. Eu janto com o meu pai. Eu observo e aprendo algumas coisas.

Aprendi a não interromper o meu pai. Ele gosta de falar enquanto jantamos. Falar – não *conversar*. Meu pai e eu não conversamos. Ele fala e eu escuto. Eu queria acreditar que, ocupando o lugar de minha mãe na casa e na hora do jantar, estaria honrando a sua memória, e no começo realmente acreditei nisso. Mas logo comecei a perceber que eu não estava fazendo nada além de ser um recipiente no qual o meu pai despejava sua ácida opinião sobre o mundo. Os nossos jantares eram o palco para os seus monólogos de raiva e desdém.

Eu continuo a adicionar água ao vinho do meu pai em segredo. Sóbrio, ele é áspero, autoritário e rude. Bêbado, fica assustador. Ele não me bate – nunca me bateu –, apesar de eu quase desejar que ele fizesse isso. Pelo menos, seria um sinal claro e visível do seu abuso. Mas o que o meu pai faz é me dirigir aqueles olhares ardentes. Eu comecei a abominar o seu olhar quente e penetrante.

Mas como pode ser isso? Ou melhor, por quê? Por que comecei a repudiar um simples olhar? A resposta, eu espero, eu rezo por isso, vai se desenrolar nas páginas deste diário.

Camille me visitava, mas com pouca frequência. O problema não era que a nossa amizade havia acabado. De jeito nenhum! Eu e ela ainda éramos como irmãs quando estávamos juntas. O problema era que nós conseguíamos ficar cada vez menos tempo juntas. A sra. Armour e o meu pai decidiram que eu tinha que continuar o trabalho de minha mãe. Então eu servia sopa para os miseráveis famintos e distribuía roupas para os mendigos fedorentos três dias por semana. Com isso, sobravam apenas dois dias durante a semana, quando o meu pai estava trabalhando, para Camille e eu nos visitarmos. E para que eu escapasse, apesar de ficar cada vez mais claro para mim que era impossível escapar.

Eu tentei sair da casa dos Wheiler e chamar Camille como fazia antes da morte de minha mãe. Tentei quatro vezes; meu pai me impediu a cada vez. Da primeira vez, saindo atrasado para os seus compromissos no banco, meu pai me viu quando passei apressada montada na minha bicicleta abandonada. Ele não foi me chamar de volta na rua. Não. Mandou Carson atrás de mim. O pobre e idoso criado ficou vermelho como uma maçã madura enquanto corria pela South Prairie Avenue até me alcançar.

– Bicicleta não é coisa para damas! – meu pai explodiu depois que eu segui Carson de volta para casa a contragosto.

– Mas a minha mãe nunca se importou que eu andasse de bicicleta. Ela até me deixou entrar no Hermes Bicycle Club com Camille e as outras garotas! – eu protestei.

– Sua mãe está morta, e você não é mais uma das *outras garotas*. – Os olhos do meu pai se desviaram dos meus e percorreram o meu corpo, detendo-se no meu recatado traje de ciclista e nos meus sapatos baixos de couro práticos e simples. – O que você está usando é indecente.

– Pai, todas as garotas usam essas roupas de ciclista.

Ele continuou a me encarar fixamente com os seus olhos ardentes da minha cintura para baixo. Tive que fechar as mãos em punho ao lado do corpo para não ceder ao impulso de me cobrir com elas.

– Eu posso ver a forma do seu corpo... as suas pernas. – A voz dele soou estranha, ofegante.

O meu estômago se revirou.

– E-eu não vou usar mais esta roupa – eu me ouvi dizer.

– Tenha certeza de que não vai usar mesmo. Não é adequado de forma alguma. – Finalmente ele tirou os olhos ardentes de mim. Pôs seu chapéu na cabeça com firmeza e se curvou a mim com ironia. – Eu a vejo no jantar, comportada e trajada como uma dama civilizada, digna da posição de senhora da minha casa. Você entendeu?

– Sim, pai.

– Carson!

– Sim, senhor!

O pobre criado, que estava rondando pelos cantos do saguão nervosamente, deu um salto ao ouvir o grito violento do meu pai e correu até ele feito um inseto, parecendo um velho e grande besouro.

– Cuide para que a srta. Wheiler fique hoje em casa, que é o lugar dela. E livre-se daquela maldita bicicleta!

– Muito bem, senhor... Vou fazer o que diz. – O pobre coitado deu um sorriso estúpido e se curvou enquanto meu pai saiu de casa a passos largos, todo empertigado.

Quando fiquei sozinha com ele, Carson desviou o olhar e se virou para a tapeçaria na parede atrás de nós, depois para o candelabro e então para o chão – ele olhou para tudo, menos para mim.

– Por favor, senhorita. Sabe que não posso deixá-la sair.

– Sim. Eu sei. – Mordi o lábio e acrescentei, com hesitação: – Carson, será que você poderia, talvez, tirar a minha bicicleta do anexo e levá-la para o galpão de jardinagem nos fundos do jardim, em vez de se livrar mesmo dela? Meu pai nunca vai lá, ele não vai saber. Tenho certeza de que em breve ele tomará uma atitude mais razoável e me deixará voltar ao clube.

– Eu gostaria de poder fazer isso, senhorita. Mas não posso desobedecer o sr. Wheiler. Nunca.

Dei as costas para ele e bati a porta da sala de visitas que tinha se tornado minha. Na verdade, não estava brava com Carson nem o culpava. Eu realmente entendia muito bem o que era ser um fantoche do meu pai.

Naquela noite, trajei-me cuidadosamente para o jantar com meu vestido mais recatado. O meu pai mal olhou para mim enquanto falava sem parar sobre o banco, o estado precário das finanças da cidade e a iminente Feira Universal. Eu quase não falei nada. Assentia obedientemente e emitia ruídos de concordância quando ele fazia uma pausa. Ele bebia uma taça atrás da outra do vinho secretamente misturado com água e comeu um carré de cordeiro malpassado inteiro.

Foi quando ele se levantou e me desejou boa noite que seu olhar se fixou no meu. Então percebi que, apesar do vinho enfraquecido, ele tinha bebido o bastante para ficar com as bochechas coradas.

— Boa noite, pai — eu respondi rapidamente.

Ele voltou o seu olhar ardente para os meus lábios. Eu os pressionei, desejando que eles fossem menos carnudos e cor-de-rosa.

Então o olhar dele se fixou no corpete alto do meu vestido. Em seguida, abruptamente, encontrou os meus olhos novamente.

— Diga à cozinheira para fazer esse cordeiro mais vezes. E avise-a para fazê-lo tão malpassado da próxima vez como estava hoje. Descobri que eu gosto assim — ele disse.

— Sim, pai — mantive a voz suave e baixa. — Boa noite — eu repeti.

— Você sabe que tem os olhos de sua mãe. O meu estômago embrulhou.

— Sim. Eu sei. Boa noite, pai — falei pela terceira vez. Finalmente, sem dizer mais nada, ele saiu da sala de jantar. Fui até o meu quarto e sentei no assento perto da janela, com o meu traje de ciclista caprichosamente dobrado sobre o colo. Eu assisti à lua nascer e começar a subir no céu. Quando a noite estava em seu ponto mais escuro, desci as escadas cuidadosamente em silêncio e saí pela porta dos fundos, que dava no caminho que levava aos nossos bem-cuidados jardins. Quando passei pela fonte do grande touro, fingi que eu era apenas mais uma das sombras que a cercava, e não uma coisa viva... uma garota que poderia ser descoberta.

Caminhei até o galpão de ferramentas e encontrei uma pá. Atrás do galpão, nos limites da nossa propriedade, fui até a pilha de adubo em decomposição que os trabalhadores usavam. Sem ligar para o cheiro, eu cavei profundamente, até ter certeza de que ele estaria escondido em segurança — e então enterrei meu traje de ciclista.

Depois disso, coloquei a pá de volta no lugar e lavei as mãos no barril de água da chuva. Então fui até o meu banco de pedra embaixo do salgueiro. Fiquei sentada sob a sua cortina escura e reconfortante até o meu estômago parar de se revirar e eu ter certeza de que não iria vomitar. Então fiquei sentada por mais um tempo, deixando que as sombras e a escuridão da noite me acalmassem.

Embora não de bicicleta – nunca mais de bicicleta –, fui até a casa de Camille mais três vezes, percorrendo a pé a curta distância até a mansão dos Elcott pela South Prairie Avenue. Em duas das vezes ela e eu conseguimos andar em direção ao lago, querendo dar uma olhada no mundo mágico que estava sendo criado no meio da areia e do pântano e sobre o qual a cidade toda estava falando.

A criada da sra. Elcott nos interceptara as duas vezes com o recado urgente de que eu era esperada em casa. Quando eu voltava para casa, sempre havia algo a ser resolvido, mas nunca era nada urgente. E a cada noite o meu pai bebia mais, e o seu olhar ardente se focava em mim cada vez com mais frequência.

Então, veja só, foi loucura eu ir até a casa de Camille pela terceira vez. Não é loucura fazer algo repetidamente e esperar um resultado diferente? Isso não faz com que eu seja louca?

Mas não me sinto louca. Sinto-me eu mesma. Minha mente está clara. Os meus pensamentos são meus. Sinto falta de minha mãe, mas o torpor do luto já me deixou. Em seu lugar apareceu uma curiosa sensação de pavor iminente. Para combater o pavor, comecei a suplicar pela normalidade da minha vida de antigamente com tanta intensidade que não consigo nem traduzir em palavras.

Talvez eu esteja tendo um surto de histeria.

Mas não estou perdendo a respiração, nem desmaiando, nem explodindo em lágrimas. Então, será que a frieza do meu temperamento é mais uma prova de que estou louca? Ou será que o modo como me sinto é como qualquer garota que perdeu a mãe tão prematuramente se sentiria? Será que o olhar ardente do meu pai é apenas um sintoma do seu sofrimento de viúvo? Eu realmente tenho os olhos de minha mãe.

Qualquer que seja a verdade, eu não conseguia ficar afastada de Camille e da vida da qual sentia tanta falta. Naquela mesma tarde, fui visitar Camille de novo. Nós nem tentamos sair da casa dos Elcott dessa vez. Sabíamos, sem precisar falar nada, que nosso encontro terminaria abruptamente com Carson chegando para me acompanhar até a minha casa. Camille me abraçou e pediu que o chá fosse levado até o antigo quarto de crianças que havia sido transformado em uma sala de visitas com papel de parede rosa para as filhas dos Elcott. Quando ficamos sozinhas, Camille segurou minha mão.

– Emily, estou tão feliz em ver você! Ando preocupada com você! Quando fui chamá-la na quarta-feira passada, o criado do seu pai me disse que você estava *indisponível*. Foi exatamente o que ele disse na sexta-feira anterior também.

– Eu não estava *indisponível* – sorri levemente, enfatizando a palavra. – Nesses dois dias, eu estava no sombrio Mercado Municipal, como uma serva dos mendigos de Chicago.

Camille enrugou a testa lisa.

– Então você não estava doente?

Eu bufei.

– Não doente do corpo, mas doente da mente e do coração. Parece que o meu pai espera que eu ocupe o lugar da minha mãe em todas as coisas.

Camille se abanou com seus dedos delicados.

– Estou tão aliviada! Pensei que você podia estar com pneumonia. Você sabe que Evelyn morreu disso na semana passada.

Fiquei chocada.

– Eu não sabia. Ninguém me contou. Que horror... que coisa terrível.

– Não fique com medo. Você está forte e bonita como sempre.

Eu balancei a cabeça.

– Bonita e forte? Eu me sinto como se tivesse uns mil anos e como se o mundo todo tivesse me deixado para trás. Sinto tanta falta de você e da minha vida de antigamente!

– Minha mãe diz que o que você está fazendo é mais importante do que as nossas diversões de garotas, e sei que ela deve estar certa: ser a dama de uma casa-grande é muito importante.

– Mas eu *não* sou a dama de uma casa-grande! Eu sou mais uma criada do que qualquer coisa. – Sentia como se fosse explodir. – Não tenho permissão para respirar nem um pouco de liberdade.

Camille tentou me fazer ver um lado positivo nas mudanças da minha vida.

– Estamos no meio de abril. Em duas semanas, vai fazer seis meses que a sua mãe morreu. Então você vai estar livre do luto e vai poder voltar à sociedade.

– Não sei se consigo suportar mais duas semanas de tudo tão melancólico e *enfadonho* até lá. – Mordi os lábios ao ver o olhar surpreso de Camille, e me apressei a explicar:

– Ser a Dama da Casa dos Wheiler é um trabalho, um trabalho muito sério. Tudo tem que ser muito caprichado, e isso significa que tem que ser exatamente como o meu pai quer, que era o que a minha mãe fazia. Eu não sabia como era difícil e horrível ser uma esposa. – Respirei fundo e continuei: – Ela tentou me avisar. Naquele dia. No dia em que ela morreu. Foi por isso que eu estava no quarto com ela na hora do parto. Minha mãe me disse que queria que eu soubesse como era ser uma esposa, para que eu não entrasse nisso cegamente como ela. Então eu assisti. Camille, eu a vi morrer em um mar de sangue, sem um marido amoroso segurando a sua mão e chorando ao seu lado. É isto que significa ser uma esposa: solidão e morte. Camille, nós não podemos nos casar nunca!

Camille ficou mexendo o seu chá sem parar enquanto eu descarregava os pensamentos que ansiava por dividir com alguém. Ela largou a colher ao ouvir a minha exclamação. Eu a vi olhar nervosamente para a porta fechada da sala de visitas, então ela se virou para mim.

– Emily, eu acho que não é bom você ficar pensando na morte de sua mãe. Isso não pode ser saudável.

Eu compreendo agora, enquanto registro a nossa conversa, que eu disse a Camille mais coisas do que ela suportaria ouvir, e que eu deveria ter encerrado aquele assunto e guardado os meus pensamentos para mim e para este meu diário silencioso e que não me julga. Mas, naquele momento, tudo o que eu queria era alguém para conversar, com quem pudesse dividir os meus medos e frustrações crescentes, então continuei:

– Eu *tenho* que continuar pensando na morte dela. Minha mãe queria isso. Foi ela que insistiu para que eu ficasse ali. Ela queria que eu soubesse a verdade. Eu acho que talvez a minha mãe soubesse que a morte estava próxima e ela estava tentando me alertar, tentando me mostrar que eu deveria escolher um caminho diferente do de uma esposa e mãe.

– Um caminho diferente? O que você quer dizer? Serviço religioso?

Camille e eu torcemos o nariz juntas, pois pensávamos exatamente da mesma maneira sobre esse assunto.

– De jeito nenhum! Você precisava ver as solteironas da igreja que fazem trabalho voluntário na GFWC. Elas são tão abatidas e patéticas, como pardais famintos dando bicadas nas sobras da vida. Não, eu tenho pensado nas adoráveis lojinhas que abriram no Loop. Se posso dirigir a casa dos Wheiler, com certeza consigo dirigir uma simples loja de chapéus.

– O seu pai nunca iria permitir isso!

– Se eu conseguir seguir o meu próprio caminho, não vou precisar da permissão dele – eu disse com firmeza.

– Emily – Camille começou, parecendo preocupada e um pouco assustada –, você não pode estar pensando em sair de casa. Todo tipo de coisas terríveis acontecem para garotas sem família e sem dinheiro – ela abaixou a voz e se inclinou para mais perto de mim. – Você sabe que os vampiros acabaram de se mudar para o seu palácio. Eles compraram o Grant Park inteiro para a sua escola horripilante!

Dei de ombros sem me importar.

– Sim, sim, o banco do meu pai conduziu a transação. Ele falou sem parar sobre eles e o seu dinheiro. Chamam a escola de Morada da Noite. Meu pai disse que ela é completamente cercada por muros que a separam do resto da cidade e que é protegida constantemente pelos seus próprios guerreiros.

– Mas eles bebem sangue! Eles são *vampiros*!

Fiquei muito irritada ao perceber que o assunto sobre o estado infeliz da minha vida fora substituído por um dos clientes do meu pai.

– Camille, os vampiros são ricos. Todo mundo sabe disso. Eles têm escolas em muitas cidades dos Estados Unidos e também em capitais da Europa. Eles inclusive ajudaram a financiar a construção da Torre Eiffel para a Exposição Universal de Paris.

– Eu ouvi a minha mãe dizer que as mulheres vampiras estão no comando da sociedade deles – Camille sussurrou, olhando para a porta fechada de novo.

– Se isso é verdade, que bom para elas! Se eu fosse vampira, poderia escolher não ficar presa pelo meu pai, tendo que fingir que sou a minha mãe.

Camille arregalou os olhos. Eu definitivamente tinha encontrado um jeito de desviar a conversa de volta para os meus problemas.

– Emily, ele não pode querer que você finja que é a sua mãe. Isso não faz sentido.

– Fazendo sentido ou não, é isso que parece para mim.

– Você precisa ver as coisas de outro modo, Emily. O seu pobre pai simplesmente precisa da sua ajuda para atravessar essa fase difícil.

Eu me senti como se estivesse entrando em ebulição por dentro e não consegui conter as palavras.

– Eu odeio isso, Camille. Odeio ter que tentar ocupar o lugar de minha mãe.

– É claro que você deve odiar se sentir como se tivesse que compensar a ausência de sua mãe. Sequer consigo imaginar tudo que você deve ter que fazer – Camille disse, assentindo com ar sério. – Mas quando você é a grande dama de uma casa, também há joias para serem compradas, vestidos para serem encomendados e festas esplêndidas para serem dadas. – Ela sorriu de novo enquanto colocava mais chá na minha xícara. – Assim que você sair do luto, tudo *isso* também vai ser sua responsabilidade. – Ela deu uma risadinha, e eu a fiquei encarando, percebendo que ela não tinha entendido absolutamente nada. Como permaneci calada, ela continuou, tagarelando alegremente, como se nós duas fôssemos garotas sem qualquer preocupação. – A Exposição Colombiana abre em duas semanas, bem quando acaba o seu luto. Pense nisso! Seu pai provavelmente vai precisar que você organize jantares para todo tipo de autoridade estrangeira.

– Camille, o meu pai não me deixa andar de bicicleta. Ele interrompe as nossas visitas. Não consigo imaginar que ele permita que eu receba estrangeiros para jantar. – Tentei explicar, tentei fazer com que ela entendesse.

– Mas isso é o que a sua mãe faria e, como você disse, ele deixou claro que você herdou o lugar dela na casa.

– Ele deixou claro que eu estou aprisionada e condenada a ser a sua escrava e a sua esposa imaginária! – eu gritei. – O único tempo que eu consigo para mim mesma são os poucos minutos em que eu a vejo escondida ou o tempo que passo nos jardins de minha mãe, e isso só à noite. Durante o dia, ele faz que os criados me espionem e os manda atrás de mim caso não goste do que estou fazendo ou de para onde estou indo. Você sabe disso! Até aqui eles vêm me buscar, como se eu fosse uma prisioneira fugitiva. Ser a dona de uma casa-grande não é um sonho que se torna realidade, é despertar para um pesadelo.

– Ah, Emily! Eu não gosto de ver você tão perturbada. Lembre-se do que a minha mãe disse alguns meses atrás: o cuidado que você está tendo com o seu pai fará com que o homem destinado a tornar-se seu marido seja muito feliz. Eu a invejo, Emily.

– Não me inveje. – Vi que a frieza na minha voz a magoou, mas não consegui me conter. – Eu não tenho mãe e estou aprisionada com um homem que lança olhares ardentes sobre mim! – Eu parei de falar e cobri a boca com a mão.

Percebi, no instante em que a expressão de preocupação dela se transformou em choque e depois em incredulidade, que eu tinha cometido um erro terrível ao falar a verdade.

– Emily, o que você quer dizer com isso?

– Nada – eu assegurei a ela. – Estou cansada, só isso. Eu me expressei mal. E não deveria gastar todo o nosso tempo juntas falando só sobre mim. Quero saber de você! Então, conte-me, Arthur Simpton já a está cortejando formalmente?

Como eu sabia que aconteceria, a menção ao nome de Arthur afastou todos os outros pensamentos da mente de Camille. Apesar de ele ainda não ter falado com o pai dela, Camille tinha pedalado ao lado dele várias vezes durante o passeio da manhã do Hermes Club na praia do lago. Ele até havia conversado com ela no dia anterior sobre como estava intrigado com a enorme roda de Ferris,[4] que todos podiam ver sendo erguida bem no meio do terreno da exposição.

Eu ia dizer a Camille que estava feliz por ela e que desejava o melhor para ela com Arthur, mas essas palavras não saíram da minha boca. Não porque eu estivesse sendo egoísta ou invejosa. Mas simplesmente porque eu não conseguia parar de pensar no fato irreversível de que, se Arthur começasse a cortejar Camille, chegaria o dia em um futuro não muito distante em que a minha amiga iria se descobrir como uma escrava dele, esperando para morrer sozinha em um mar de sangue...

– Com licença, srta. Elcott. O criado do sr. Wheiler está aqui para buscar a srta. Wheiler.

Quando a criada de Camille a interrompeu, percebi que não estava mais escutando o que Camille dizia havia vários minutos.

– Obrigada. – Levantei-me rapidamente. – Eu realmente preciso voltar.

– Srta. Wheiler, o criado pediu que eu lhe entregasse este bilhete, e que a senhorita o repassasse à srta. Elcott.

---

4   Primeira roda-gigante do mundo, projetada por George Ferris para a Exposição Universal Colombiana de Chicago. (N.T.)

– Um bilhete? Para mim? Que excitante! – Camille disse.

Com frio na barriga, eu o entreguei aos seus dedos ávidos. Ela o abriu rapidamente, leu, piscou duas vezes e então um sorriso radiante transformou o seu rosto bonito em maravilhoso.

– Oh, Emily, é do seu pai. Em vez de você ter que correr aqui quando acha tempo, ele me convidou para visitá-la formalmente na sala de visitas da casa dos Wheeler. – Ela apertou a minha mão alegremente. – Você não vai ter que sair de casa de jeito nenhum. Veja só, é como se você fosse uma grande dama! Eu já vou na semana que vem. Talvez Elizabeth Ryerson vá comigo.

– Vai ser ótimo – eu respondi sem emoção antes de seguir Carson até a carruagem negra que esperava na frente da casa.

Quando ele fechou a porta da carruagem, senti como se não conseguisse respirar. Durante todo o caminho de volta até a casa dos Wheeler, eu fiquei ofegante, inalando o ar com dificuldade, como se eu fosse um peixe fora d'água.

Enquanto termino de escrever estas palavras, o primeiro registro no meu diário em meses, lembro de que não posso me esquecer nunca da reação de Camille às minhas confidências. Ela reagiu com choque e confusão, e depois voltou a dar atenção aos nossos sonhos de garotas.

Se eu estou louca, tenho que guardar os meus pensamentos para mim mesma por medo de que ninguém mais *consiga* entendê-los.

Se eu não estou louca, e estou realmente me tornando uma prisioneira como acho que estou, tenho que guardar os meus pensamentos para mim mesma por medo de que ninguém mais *vá* entendê-los.

Em qualquer um dos casos há uma constante: só posso confiar em mim mesma e só depende da minha inteligência descobrir um jeito de me salvar, isso se existir alguma salvação para mim.

Não! Eu não vou cair em depressão. Eu vivo em um mundo moderno. Mulheres jovens podem sair de casa e refazer as suas vidas, encontrando futuros diferentes. Preciso usar a minha inteligência e a minha perspicácia. Eu vou encontrar um jeito de conduzir a minha própria vida! Eu vou!

Mais uma vez, eu me encontro registrando os meus pensamentos mais íntimos no meu diário enquanto aguardo o nascer da lua, que traz consigo as trevas mais profundas da noite, para que eu possa ir ao meu único verdadeiro refúgio: as sombras do jardim, onde encontro o conforto de me sentir escondida. A noite se tornou a minha segurança, o meu escudo e o meu consolo – espero que ela também não se torne a minha mortalha...

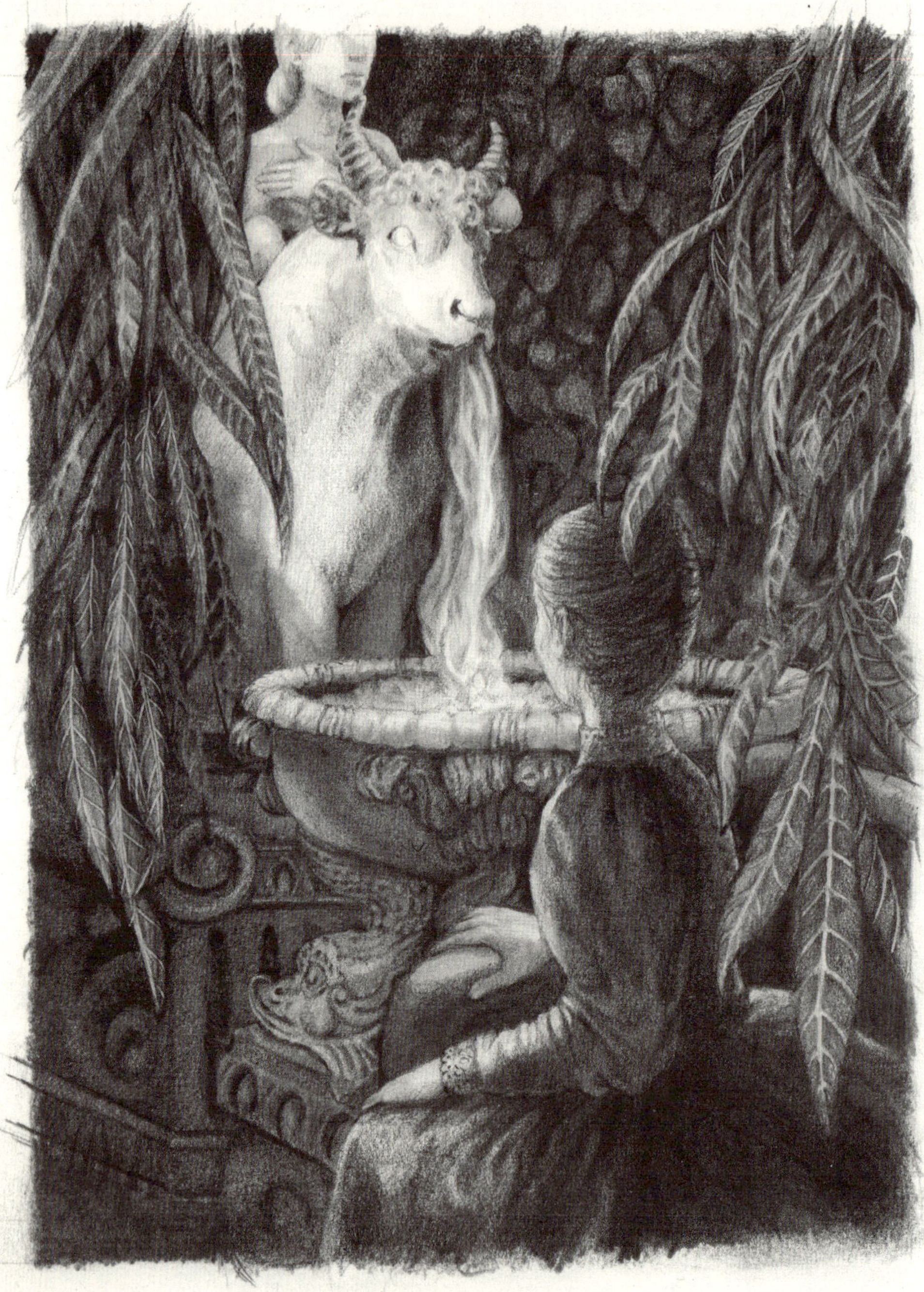

19 de abril de 1893
Diário de Emily Wheiler

As minhas mãos estão tremendo enquanto eu escrevo.

Tenho que conseguir parar de tremer! Preciso registrar tudo o que aconteceu com precisão. Se deixar um registro legível disso, serei capaz de me lembrar dos acontecimentos dos últimos dias quando minha mente estiver mais calma, mais racional, e poderei reviver cada pedacinho de descoberta e espanto, e não porque eu acho que posso estar louca! Não, de jeito nenhum! Quero deixar minhas recordações registradas por um motivo muito diferente e muito mais alegre. Eu descobri o caminho para um novo futuro! Ou melhor, *ele* me descobriu! Algum dia, sei que vou querer relembrar a teia de eventos que me capturaram e me levaram em uma onda de surpresa, alegria e... *sim, vou confessar aqui, talvez até amor!* Algum dia, quando os meus próprios filhos tiverem crescido – *sim, eu posso inclusive seguir o caminho de esposa e mãe!* –, poderei reler isto aqui e contar a eles a história do romance com o seu amado pai e como ele me salvou do medo e da escravidão.

A minha mente e o meu coração estão preenchidos por Arthur Simpton! Tão preenchidos que nem o ódio pelo meu pai detestável pode estragar a minha alegria, agora que encontrei um jeito de deixar de ser escrava dele e da casa dos Wheiler!

Mas eu comecei muito rápido! Preciso voltar atrás e mostrar como as peças do quebra-cabeça se encaixaram para criar o cenário maravilhoso que atingiu o seu ponto culminante esta noite! Ah, que noite feliz!

Na tarde em que eu voltei da casa de Camille, meu pai estava me esperando na sala de visitas de minha mãe.

— Emily, preciso ter uma palavra com você! – ele gritou quando tentei subir correndo as escadas para me refugiar no meu quarto no terceiro andar.

Minhas mãos tremeram e eu senti que podia vomitar, mas não empaquei quando ele me chamou. Fui até a sala de visitas e fiquei parada, em posição ereta, com as mãos em punho ao lado do corpo e a expressão calma, inabalável. Eu sabia de uma coisa com certeza: meu pai não podia sentir a dimensão do meu medo e do meu ódio por ele. Ele queria uma filha complacente. Eu estava determinada a deixá-lo acreditar que ele tinha o que queria. Eu quis dar o primeiro passo em direção à liberdade naquele momento. Meu pai não queria que eu socializasse com as minhas velhas amigas, então eu iria capitular, esperar e, quando ele ficasse cada vez mais certo da minha submissão a todas as suas demandas, desviaria o foco de mim. *Então* eu planejaria e executaria finalmente a minha fuga.

— Pai, eu não vou ver Camille de novo, se isso lhe desagrada – eu disse, imitando o tom de voz doce e suave de minha mãe.

Ele fez com que eu me calasse com um gesto abrupto.

— Essa garota não nos interessa. Se você insiste, pode vê-la aqui, onde a sua mãe atendia aos seus compromissos sociais. Nós temos assuntos muito mais importantes para discutir. – Ele apontou para o divã e ordenou: – Sente-se! – E então gritou pedindo chá e conhaque.

– Conhaque a esta hora? – Eu me arrependi no mesmo instante de ter feito a pergunta. Eu tinha sido tão idiota! Preciso aprender a controlar sempre as minhas palavras, a minha expressão, todas as minhas maneiras.

– Você se atreve a me questionar? – Ele só falou depois que a criada saiu da sala. Não levantou a voz, mas a ameaça na sua raiva contida me deu calafrios.

– Não! Só questionei o horário. São mais ou menos três da tarde. Eu estou errada, pai? Achei que conhaque fosse uma bebida para a noite.

Ele relaxou os ombros e riu enquanto bebia no copo com boca larga.

– Ah, eu me esqueço de que você é tão jovem e que tem tanto para aprender. Emily, conhaque é uma bebida de homem, uma bebida que os verdadeiros homens bebem quando têm vontade. Você precisa começar a entender que as mulheres devem se comportar de determinado modo, o qual é determinado pela sociedade. Isso porque vocês são o sexo frágil e precisam ser protegidas pela tradição e por aqueles que são mais sábios, mais experientes. E quanto a mim? Eu sou um homem que nunca será escravo das convenções sociais. – Ele sorveu outro longo gole na taça e a encheu de novo enquanto continuava: – E isso me traz ao ponto a que eu queria chegar. A convenção social determina que nós passemos pelo menos seis meses de luto pela sua mãe, e nós praticamente já cumprimos esse período. Se alguém nos questionar, bem, eu direi que, como a Exposição Universal Colombiana está chegando, a convenção social que se dane!

Eu fiquei encarando-o, sem compreender. O meu pai riu alto.

– Você está com a mesma expressão que a sua mãe fez na primeira vez em que a beijei. Foi na primeira noite em que nos conhecemos. Eu também fui contra as convenções sociais naquela ocasião!

– Desculpe, pai, mas não estou entendendo.

– Hoje eu estou encerrando o nosso período de luto – ele afirmou. Eu fiquei boquiaberta em silêncio, e ele abanou a mão, como se estivesse tirando fuligem da janela. – Ah, alguns vão ficar chocados, mas a maioria vai entender que a abertura da Exposição Universal Colombiana se trata de uma grandiosa emergência. O presidente do banco que dirige os fundos do comitê da exposição precisa voltar à sociedade. Se continuarmos como estamos, segregados da nossa comunidade e do mundo que está se juntando a nós, simplesmente não estaremos de acordo com o pensamento moderno. E Chicago vai se tornar uma cidade moderna! – ele deu um soco na mesa. – Você entende agora?

– Sinto muito, pai, mas continuo sem entender. Você vai ter que me explicar – eu respondi sinceramente.

Ele pareceu contente ao ouvir minhas palavras.

– É claro que você não poderia ter entendido. Há tanta coisa que precisa ser explicada a você. – Ele se inclinou para frente e, desajeitadamente, acariciou as minhas mãos, que estavam entrelaçadas com força sobre o meu colo. Por um tempo longo demais a mão quente e pesada dele ficou sobre as minhas, enquanto ele me dirigia aquele olhar ardente. – Felizmente, eu quero ser o seu guia. Nem todos os pais fariam isso, você sabe.

– Sim, pai. – Repeti minha resposta usual e tentei acalmar as batidas frenéticas do meu coração. – Posso servi-lo de mais conhaque?

Então ele soltou as minhas mãos e assentiu.

– Sim, claro. Veja só... você pode ser orientada a aprender!

Eu me concentrei em não derramar o conhaque enquanto o servia, mas minhas mãos estavam trêmulas e o decanter de cristal tiniu contra a taça dele, quase derramando a bebida cor de âmbar. Eu abaixei rapidamente a garrafa.

– Desculpe, pai. Isso foi desajeitado de minha parte.

– Não importa! Você vai ficar com as mãos mais firmes com a prática. – Ele relaxou no divã de veludo e bebericou o seu drinque, analisando-me. – Sei exatamente do que você precisa. Eu li sobre isso esta manhã no *Tribune*. Parece que os sintomas de histeria feminina estão aumentando, e você obviamente está sofrendo desse mal.

Antes que eu pudesse formular um jeito de protestar que não o irritasse, ele se levantou e caminhou um pouco trôpego até a pequena mesa de bufê da minha mãe, que ficava contra a parede, pegou o decanter de vinho tinto, que eu tinha cuidadosamente misturado com água naquela manhã, e serviu uma taça. Ele trouxe a taça de cristal para mim e a colocou bruscamente em minhas mãos, dizendo:

– Beba. O artigo, escrito pelo aclamado dr. Weinstein, afirmava que uma ou duas taças de vinho por dia devem ser tomadas como remédio contra a histeria feminina.

Eu quis dizer a ele que *não* estava histérica, que eu estava sozinha, confusa, assustada e, sim, nervosa! Em vez disso, tomei um gole do vinho, controlei a minha expressão e assenti serenamente, repetindo minha resposta padrão:

– Sim, pai.

– Veja só, assim está melhor. Acabou aquele tremor idiota nas mãos! – Ele falou como se tivesse operado uma cura milagrosa.

Enquanto eu bebia o vinho misturado com água e o observava rindo satisfeito consigo mesmo, eu me imaginei atirando a bebida na sua cara vermelha e saindo correndo da sala, da casa e da vida que ele estava tentando me forçar a ter.

As próximas palavras dele me fizeram parar de sonhar acordada.

– Daqui a duas noites, às oito horas em ponto na quarta-feira, vai começar a reabertura da casa dos Wheiler. Eu já enviei os convites e recebi as confirmações de que todos vão comparecer.

Senti que a minha cabeça iria explodir.

– Comparecer? À reabertura da casa?

– Sim, sim, tente prestar atenção, Emily. É claro que não vai ser um jantar completo. Isso não vai acontecer até sábado. Na quarta, nós vamos começar com um grupo pequeno. Só alguns amigos mais próximos, homens que também têm interesse no banco, além de investirem na Exposição Universal Colombiana: Burnham, Elcott, Olmsted, Pullman e Simpton. Cinco homens que convidei para uma refeição leve. Vai ser uma excelente maneira de você começar a desempenhar o seu novo papel na sociedade e, na verdade, uma recepção muito simples pelos padrões de sua mãe.

– Daqui a *dois dias*? *Nesta* quarta? – Eu me esforcei para manter a compostura.

– Exatamente! Nós já perdemos muito tempo nos mantendo segregados do turbilhão de acontecimentos que nos rodeia. A feira abre em duas semanas. A casa dos Wheiler tem que ser o centro da roda que agora é a nova Chicago!

– Ma-mas eu não tenho ideia de como...

– Ah, isso não é tão difícil. E você é uma mulher, apesar de jovem. O dom de receber e entreter vem naturalmente a uma mulher, especialmente a uma como você.

Meu rosto ficou quente e ruborizado.

– Especialmente como eu?

– É claro. Você é tão parecida com a sua mãe.

– O que eu devo servir? E vestir? Como eu devo...

– Consulte a cozinheira. Não é como se fosse um jantar completo. Eu já lhe disse que adiei isso para sábado. Três pratos são o bastante para quarta-feira, mas certifique-se de oferecer o melhor cabernet francês e o vinho do Porto da adega, e mande Carson providenciar mais charutos. Pullman tem uma predileção especial pelos meus charutos, apesar de ele preferir fumar dos meus a comprar os seus próprios! Ah! Um milionário sovina! – Ele tomou o resto do conhaque e bateu as mãos carnudas contra as próprias coxas. – Ah, e sobre o que você deve vestir, você é a Dama da Casa dos Wheiler e tem acesso ao guarda-roupa de sua mãe. Faça bom uso dele. – Ele levantou o corpanzil do sofá e estava saindo da sala, quando fez uma pausa e acrescentou: – Use um dos vestidos verdes de veludo de Alice. Vai destacar os seus olhos.

Eu queria poder voltar para aquele dia e confortar a mim mesma, explicando que o que estava acontecendo era que as peças que faltavam na minha vida estavam se encaixando, para que a imagem do meu futuro pudesse ficar completa. Eu não precisava ficar tão assustada e arrasada. Tudo iria ficar bem, tudo iria ficar incrivelmente muito melhor.

Mas naquela noite eu não tinha ideia de que esse pequeno retorno à sociedade iria mudar minha vida rápida e completamente – eu só estava absorta em meu medo e em minha solidão.

Esses dois dias se passaram como um nevoeiro frenético para mim. A cozinheira e eu planejamos uma sopa cremosa de lagosta, um peito de pato assado com aspargos, muito difícil de encontrar nesta época do ano, e como sobremesa o bolo gelado de baunilha que meu pai tanto adorava.

Mary me trouxe a coleção de vestidos verdes de veludo de minha mãe. Havia mais de uma dúzia deles. Ela os estendeu sobre a cama, como uma cascata de tecido verde-esmeralda. Eu escolhi o mais conservador de todos: um vestido de noite modestamente confeccionado, sem ornamentos, exceto por pérolas bordadas no corpete e nas mangas. Mary tagarelou a sua desaprovação, resmungando que o vestido bordado a ouro iria causar uma impressão mais dramática. Eu a ignorei e comecei a vesti-lo, de modo que ela teve que me ajudar.

Então os ajustes começaram. Eu sou mais baixa do que a minha mãe, mas apenas um pouco, e tenho a cintura mais fina. Os meus seios são maiores, porém, e quando Mary finalmente me ajudou a atar o vestido e eu fiquei em pé diante do meu espelho de corpo inteiro, Mary imediatamente começou a resmungar e se alvoroçar, costurando para tentar encobrir a minha carne.

– Todos os vestidos dela vão ter que ser modificados, vão mesmo – Mary murmurou, segurando um monte de alfinetes com os lábios.

– Eu não quero usar os vestidos da minha mãe – flagrei-me dizendo, o que era verdade.

– E por que não? Os vestidos são adoráveis, e você se parece o bastante com ela para que eles fiquem lindos em você também. A maioria deles ainda mais do que este aqui – ela hesitou, pensando, enquanto olhava para o meu peito, que deixava o tecido justo e esticado. Então acrescentou: – É claro que eles não vão ficar totalmente adequados no estado em que estão agora, mas posso encontrar alguma renda ou seda para colocar aqui e ali.

Enquanto ela continuava a marcar o vestido com os alfinetes e a costurar, o meu olhar se desviou do espelho e se voltou para o meu próprio vestido, que estava em uma pilha de descarte sobre a cama. Era rendado, cor de creme e coberto de botões de rosa avermelhados, e era tão diferente dos finos vestidos de veludo de minha mãe quanto o uniforme de linho marrom de Mary era diferente dos vestidos de dia de *lady* Astor.[5]

Sim, é claro que eu sabia naquela hora, como agora, que deveria ter ficado encantada com o vasto acréscimo ao meu guarda-roupa. Minha mãe era uma das mulheres mais bem-vestidas de Chicago. Mas, quando olhei de novo para o espelho, a garota enfiada dentro do vestido da mãe que olhou para mim pareceu uma estranha, e eu, Emily, pareci estar totalmente perdida em algum ponto do seu reflexo nada familiar.

Naqueles dias, quando eu não estava conversando com a cozinheira ou parada para os ajustes ou ainda tentando me lembrar dos detalhes intermináveis sobre a arte de entreter em que a minha mãe se tornara especialista sem qualquer esforço aparente, eu vagava silenciosamente pela nossa enorme mansão, procurando evitar o meu pai e sem falar com ninguém. É estranho como eu não tinha me dado conta de como a nossa casa era grande até o momento em que minha mãe deixou de preenchê-la. Mas, depois que ela se foi, a casa se transformou em uma grande jaula, cheia de todas as coisas belas que uma mulher foi capaz de juntar, incluindo a sua única filha viva.

Filha viva? Antes da noite daquela quarta-feira, tinha começado a pensar que eu havia deixado de viver e estava existindo apenas como uma

---

5 Nancy Astor, primeira mulher a fazer parte da Câmara dos Comuns no Parlamento britânico. (N.T.)

casca, esperando que o meu corpo me alcançasse e percebesse que eu já estava morta.

Milagrosamente, foi então que Arthur Simpton me trouxe de volta à vida!

Nesta noite de quarta-feira, dia 19 de abril, o meu pai mandou uma taça de vinho até o meu quarto de vestir enquanto Mary me preparava para o meu primeiro evento social como a Dama da Casa dos Wheiler. Eu sabia que o vinho era forte, que não estava diluído e que vinha de uma das garrafas especiais que o meu pai tinha encomendado da adega. Tomei um gole da taça enquanto Mary penteava e prendia meu grosso cabelo ruivo no lugar.

– O seu pai é um homem muito atencioso, é mesmo – Mary tagarelou. – Fico emocionada ao ver o cuidado que ele está demonstrando com você.

Eu não disse nada. O que eu poderia ter dito? Eu podia facilmente ver o meu pai e a mim pelos olhos dela. É claro que ele parecia atencioso e cuidadoso comigo para o mundo exterior – eles nunca tinham recebido os olhares ardentes dele nem sentido o calor insuportável da sua mão!

Quando o meu cabelo ficou pronto, Mary deu um passo para trás. Eu levantei da cadeira da penteadeira e fui até o espelho de corpo inteiro. Nunca me esquecerei daquela primeira visão de mim mesma como uma mulher adulta. Meu rosto estava corado por causa do vinho, o que acontecia com facilidade, já que minha pele é tão branca – assim como a de minha mãe. O vestido estava perfeito em mim, como se sempre tivesse sido meu. Tinha a cor exata dos nossos olhos.

Eu fiquei olhando e pensei, sem esperanças: *Eu sou a minha mãe*. No mesmo instante, Mary sussurrou:

– Você é tão parecida com ela que é quase como olhar para um fantasma. – Mary fez o sinal da cruz.

Escutei alguém batendo na porta do meu quarto de vestir, e em seguida a voz de Carson anunciou:

– Srta. Wheiler, seu pai mandou avisar que os cavalheiros já começaram a chegar.

– Sim. Está bem. Eu já vou descer – respondi, mas não saí do lugar.

Acho que não teria conseguido fazer meu corpo se mexer se Mary não tivesse apertado minha mão delicadamente e dito:

– Escute, eu fui tola de falar aquilo. Você não é o fantasma de sua mãe. De jeito nenhum. Você é uma jovem adorável que honra a memória dela. Hoje eu vou acender uma vela para você e rezar para que o espírito dela olhe por você e lhe dê forças.

Então ela abriu a porta para mim, e eu não tive escolha a não ser sair do quarto e deixar a minha infância para trás.

Era um caminho longo do meu quarto no terceiro andar, com sua sala particular que tinha virado um grande quarto de crianças que nunca nasceram, mas pareceu que levou apenas um instante até eu terminar de descer a escadaria e chegar ao saguão do primeiro andar. Fiz uma pausa ali. As graves vozes masculinas que chegavam até mim soaram estranhas e fora de lugar em uma casa que estava tão silenciosa havia vários meses.

– Ah, aí está você, Emily. – O meu pai subiu os poucos degraus que nos separavam, juntando-se a mim no final da escada. Formalmente, ele se curvou e então, como eu já o tinha visto fazer com a minha mãe incontáveis vezes, estendeu o braço para mim. Eu automaticamente coloquei a mão em seu braço e desci o resto da escadaria ao lado dele. Eu podia sentir os olhos dele sobre mim. – Você parece uma pintura, minha querida. Uma pintura.

Levantei os olhos para ele, surpresa ao ouvir o elogio familiar que ele fizera tantas vezes à minha mãe.

Eu odiei o jeito como ele me olhou. Mesmo depois da alegria que o resto da noite me trouxe, aquele ódio ainda está fresco em minha memória. Ele me analisou avidamente. Era como se eu fosse um pedaço de carne de cordeiro quase cru com o qual ele habitualmente se fartava.

Eu ainda me pergunto se algum dos homens que estavam à espera percebeu o olhar terrível de meu pai, e o meu estômago fica embrulhado só de pensar nisso.

Ele desviou os olhos de mim e sorriu efusivamente para o pequeno grupo de homens à nossa frente.

– Veja só, Simpton. Não há motivo para se preocupar. Emily está ótima, ótima.

Eu olhei na direção dele, esperando ver um homem grisalho com olhos remelentos, um bigode grosso de pontas caídas e uma barriga enorme, mas me deparei com um par de olhos claros e azuis de um jovem incrivelmente bonito que estava sorrindo alegremente para mim.

– Arthur! – O nome dele escapou dos meus lábios antes que eu pudesse controlar as palavras.

Seus olhos azuis brilhantes se enrugaram nos cantos quando ele sorriu, mas, antes que ele pudesse responder, meu pai se intrometeu asperamente:

– Emily, não vai haver excesso de intimidade esta noite, principalmente porque Simpton está aqui representando o seu pai.

Senti o meu rosto arder.

– Sr. Wheiler, tenho certeza de que foi a surpresa que fez com que a sua filha falasse com tanta intimidade. E eu não sou, infelizmente, o homem que o meu pai é – ele brincou, inflando as bochechas e estufando o peito para imitar a circunferência da cintura do seu pai. – Pelo menos, não ainda!

Um homem que eu logo reconheci como o sr. Pullman bateu nas costas de Arthur e deu uma gargalhada.

– Seu pai de fato adora uma boa comida. Não posso dizer que eu não cometo o mesmo pecado. – Ele passou a mão sobre a impressionante barriga.

Carson então apareceu embaixo de uma porta arqueada e me chamou:

– O jantar está servido, srta. Wheiler.

Levou alguns instantes até eu perceber que Carson estava falando comigo. Eu engoli em seco e disse:

– Cavalheiros, por favor, sigam-me até a sala de jantar, que nós ficaremos honrados com a sua companhia para o nosso modesto jantar de hoje.

O meu pai assentiu para mim em aprovação, e então nós começamos a nos dirigir até a sala de jantar. Eu não consegui deixar de dar algumas olhadas para trás sobre o ombro na direção de Arthur Simpton.

Então topei com a barriga enorme do sr. Pullman.

– Alice, olhe por onde anda! – o meu pai falou rispidamente.

Eu estava me preparando para me desculpar com o sr. Pullman quando notei a expressão em seu rosto ao notar que meu pai acabara de me chamar pelo nome de minha mãe morta. Sua preocupação era palpável.

– Ah, Barrett, não foi nada! A sua *filha* adorável e talentosa pode tropeçar em mim à vontade! – Aquele homem gentil colocou a mão no ombro do meu pai, conduzindo-o na minha frente, entretendo-o na conversa e o levando até a sala de jantar para que eu pudesse fazer uma pausa e ter um momento para me recompor. – Agora, vamos discutir a ideia que eu tive de colocar luz elétrica na Estação Central. Eu acredito que o tráfego noturno que vai ser gerado pela Exposição Colombiana justifica o gasto, o qual nós podemos mais do que compensar com o acréscimo na venda de bilhetes de trem. Você sabe que eu tenho o controle acionário da estação. Eu gostaria de...

A voz de Pullman se afastou quando ele e meu pai entraram a passos largos na sala de jantar. Eu fiquei parada ali, congelada feito uma pedra, com a frase *"Alice, olhe por onde anda!"* passando sem parar pela minha cabeça.

– Posso acompanhá-la até a sala de jantar, srta. Wheiler?

Levantei o rosto e vi os olhos azuis e amáveis de Arthur Simpton.

– Si-sim, por favor – eu consegui dizer.

Ele me ofereceu o braço, e eu pus a mão sobre ele. Ao contrário do braço de meu pai, o de Arthur era bem-cuidado e não havia um monte de pelos saindo por baixo do punho de sua camisa. E ele era tão encantadoramente alto!

– Não se preocupe – ele sussurrou enquanto conduzíamos o resto do pequeno grupo até a sala de jantar. – Ninguém, além de Pullman e eu, ouviu quando ele a chamou de Alice.

Levantei os olhos rapidamente para ele.

– Foi um engano compreensível – Arthur continuou, falando rápido e em voz baixa, apenas para eu ouvir. – Mas sei que deve ter sido doloroso para você.

Estava difícil conseguir falar, então eu apenas assenti.

– Tentarei distraí-la da sua dor.

Nessa hora uma coisa maravilhosa aconteceu: Arthur se colocou ao meu lado na mesa! É claro, eu estava sentada à direita de meu pai, mas a atenção dele, pelo menos naquela hora, estava totalmente voltada para o sr. Pullman à sua esquerda e para o sr. Burnham, que estava sentado ao lado do sr. Pullman. Quando a discussão deles passou da eletricidade na Estação Central para a iluminação de Midway Plaisance, o arquiteto, sr. Frederick Law Olmsted, entrou na conversa, adicionando ainda mais paixão ao debate. Arthur ficou de fora da maior parte da discussão. No começo, os outros homens brincaram que ele era um substituto fraco para o seu velho pai, mas ele riu e concordou. Então, quando eles recomeçaram a sua batalha de palavras, Arthur voltou sua atenção para mim.

Ninguém pareceu reparar, nem mesmo o meu pai, pelo menos não depois que eu pedi que a quinta garrafa do nosso bom cabernet fosse aberta e esvaziada – apesar de ele me lançar severos olhares quando eu ria dos gracejos de Arthur. Aprendi rapidamente a conter minha risada e a sorrir timidamente olhando para o prato.

Mas levantei os olhos o máximo que eu me atrevia. Queria ver os belos olhos azuis de Arthur e a bondade e a vivacidade com que ele me olhava.

Porém, não queria que o meu pai nem o sr. Elcott vissem. Os olhos do sr. Elcott não tinham a mesma intensidade dos de meu pai, mas realmente senti que ele me olhou bastante durante a noite. Eles me lembravam de que a sra. Elcott, assim como sua filha, esperavam que Arthur Simpton em breve fosse declarar seus sérios sentimentos por Camille, apesar de eu honestamente admitir que não precisava ser lembrada disso.

Enquanto escrevo estas linhas, sinto um pouco de tristeza, ou talvez *pena* seja a emoção mais sincera, pela pobre Camille. Mas ela não deveria ter se iludido. A verdade é uma só. Nesta noite, eu não tirei nada dela que ela não tivesse tentado tirar de mim primeiro. E também não peguei nada que não me tenha sido dado livre e alegremente.

O jantar que eu tanto temera passou num piscar de olhos. Cedo demais, com o rosto corado e a voz arrastada, meu pai se levantou da mesa e anunciou:

– Vamos nos retirar até a biblioteca para um conhaque e um charuto.

Eu me levantei depois de meu pai, e os outros cinco homens ficaram em pé instantaneamente.

– Antes vamos fazer um brinde – o sr. Pullman disse. Ele ergueu sua taça de vinho quase vazia e os outros homens fizeram o mesmo. – À srta. Emily Wheiler, por este delicioso jantar. Você honra a sua mãe.

– À srta. Wheiler! – os homens disseram, levantando as suas taças para mim.

Eu não tenho vergonha de admitir que senti uma onda de orgulho e felicidade.

– Obrigada, cavalheiros. Vocês são todos muito gentis – eu afirmei. Quando todos se curvaram para mim, consegui dar uma olhada para Arthur, que piscou rapidamente e abriu o seu belo sorriso branco para mim.

– Minha querida, você estava uma pintura hoje. Uma pintura! – meu pai falou com voz arrastada. – Mande conhaque e charutos para biblioteca.

– Obrigada, pai – eu disse em voz baixa. – E eu já providenciei para que George o esperasse na biblioteca com conhaque e charutos.

Ele segurou as minhas mãos nas dele, que eram grandes e úmidas, como sempre. Então ele levou minhas mãos aos lábios.

– Você foi muito bem hoje. Eu lhe desejo uma boa noite, minha querida.

Os outros homens ecoaram o seu desejo de boa noite, enquanto eu saía apressada da sala, limpando as costas da mão nas minhas volumosas saias de veludo. Eu senti o olhar ardente do meu pai por todo o trajeto e não me atrevi a olhar para trás, nem mesmo para ver Arthur Simpton de relance pela última vez.

Comecei a subir as escadas, com a intenção de me esconder no meu quarto para ficar bem longe da vista do meu pai, quando ele voltasse para o seu quarto cambaleando, totalmente bêbado. Inclusive falei para Mary, que tagarelava sem parar sobre como eu tinha sido um sucesso, que me deixasse sozinha por alguns minutos, que eu logo estaria pronta para que ela me ajudasse a tirar o complicado vestido de minha mãe e enfim pudesse vestir a camisola.

Refletindo agora sobre o que aconteceu, era como se meu corpo tivesse o controle total das minhas ações e minha mente não pudesse fazer nada a não ser obedecer ao seu comando.

Os meus pés se desviaram da ampla escadaria e eu entrei em silêncio no corredor dos criados, saindo pela porta dos fundos. Então minhas mãos levantaram o vestido de minha mãe e saí correndo para o banco discreto embaixo do salgueiro que eu tinha tornado meu.

Quando cheguei à segurança escura do meu lugar especial, minha mente começou a raciocinar de novo. Sim, meu pai iria ficar bebendo e fumando com os outros homens por horas, então era lógico que eu poderia me esconder seguramente ali pela maior parte da noite. Mas eu sabia que seria muito perigoso se ficasse lá por mais do que alguns momentos. Afinal, e se no instante em que eu decidisse subir discretamente as escadas meu pai saísse da biblioteca para ir ao banheiro ou para gritar à cozinheira que lhe trouxesse algo para aplacar seu apetite insaciável? Não. Não. Eu não iria correr o risco. E, é claro, havia Mary. Ela iria me procurar se não me encontrasse no quarto, e eu não queria que nem mesmo Mary descobrisse meu santuário.

Mesmo assim, eu inspirei profundamente, absorvendo o ar frio da noite e sentindo o conforto que as sombras do esconderijo me emprestavam. Eu só queria me dar alguns momentos comigo mesma – um breve momento ali, no meu lugar particular, para pensar em Arthur Simpton.

Ele tinha me reservado uma atenção tão especial! Já fazia tanto tempo que eu tinha dado risadas e, apesar de ter que contê-las, ainda sentia vontade de rir! Arthur Simpton havia transformado a noite que eu tanto temia ser um evento estranho e assustador no jantar mais mágico que eu já havia tido.

Eu não queria que terminasse. Eu ainda não quero que termine.

Lembro que eu não consegui mais me conter. Fiquei em pé e, abrindo bem os braços, rodopiei na escuridão da cortina de galhos do salgueiro, rindo alegremente, até que, exaurida pela onda de emoção incomum, afundei no gramado novo, ofegando e tirando do rosto uma mecha grossa que havia escapado do meu coque.

– Você nunca deveria parar de rir. Quando você ri, sua beleza extraordinária se transforma em uma beleza divina, e você parece uma deusa que veio à Terra para nos tentar com o seu encanto intocável.

Fiquei em pé rapidamente, mais emocionada do que chocada, quando Arthur Simpton abriu a cortina de galhos e entrou.

– Sr. Simpton! E-eu não percebi que alguém estava...

– Sr. Simpton? – ele me interrompeu com um sorriso afetuoso e contagiante. – Com certeza, até o seu pai iria concordar que nós não precisamos ser tão formais aqui.

Meu coração começou a bater com tanta força que acho que ele abafou o som do meu bom senso, que gritava para conter minhas palavras, sorrir e voltar rapidamente para dentro. Em vez de fazer essas coisas razoáveis, eu falei sem pensar:

– Meu pai não concordaria com nós dois sozinhos aqui no jardim, não importa como eu lhe chamasse.

O sorriso de Arthur instantaneamente se esvaneceu.

– O seu pai me desaprova?

Eu balancei a cabeça.

– Não, não, não é isso... pelo menos eu acho que não. É só que, desde que minha mãe morreu, parece que meu pai desaprova tudo.

– Tenho certeza de que é porque ele acabou de perder a esposa.

– Assim como eu acabei de perder a minha mãe! – Ainda me restava algum bom senso, então pressionei os lábios com força e contive a explosão. Começando a me sentir nervosa e incrivelmente desajeitada, fui até o banco de mármore e me sentei, tentando arrumar o cabelo, enquanto continuei: – Perdoe-me, sr. Simpton. Eu não deveria ter falado assim com você.

– Por que não? Não podemos ser amigos, Emily? – Ele me seguiu até o banco, mas não se sentou ao meu lado.

– Sim – eu disse em voz baixa, contente por meu cabelo errante esconder o meu rosto. – Eu gostaria que nós fôssemos amigos.

– Então você deve me chamar de Arthur e se sentir livre para falar comigo como você falaria com um amigo, e eu vou me certificar de que o seu pai não vai encontrar qualquer motivo para me desaprovar. Sequer mencionarei que eu a encontrei aqui no jardim.

As minhas mãos ficaram instantaneamente imóveis e parei de ajeitar o cabelo.

– Por favor, Arthur. Se você é meu amigo, prometa-me que não vai mencionar que me viu depois que eu saí da sala de jantar.

Pensei ter visto surpresa nos seus profundos olhos azuis, mas logo ela foi substituída por um sorriso amável e tranquilizador, então não tenho certeza.

– Emily, eu não vou dizer nada sobre hoje ao seu pai, exceto que sua filha foi uma anfitriã adorável.

– Obrigada, Arthur.

Então ele se sentou ao meu lado. Não muito perto, mas seu cheiro chegou até mim: charutos e algo que era quase doce. Pensando agora, acho que foi bobagem minha. Como um homem podia ter um cheiro doce? Mas eu não o conhecia bem o bastante para compreender que a ausência de um cheiro forte de álcool e charuto em seu hálito parecia doce perto do fedor horrível do meu pai.

– Você vem sempre aqui? – A pergunta dele pareceu muito fácil de responder.

– Sim, eu venho.

– E o seu pai não sabe?

Eu hesitei só por um momento. Os olhos dele eram tão bondosos, o seu olhar era tão sincero, e ele disse que queria ser meu amigo. Certamente eu podia confiar nele, mas talvez devesse ser cuidadosa. Dei de ombros com indiferença e encontrei uma resposta que era tanto verdadeira quanto vaga.

– Ah, o meu pai é sempre tão ocupado com os seus negócios que ele raramente repara no jardim.

– Mas você gosta do jardim?

Eu assenti.

– Gosto. É muito bonito.

– Mesmo à noite? É tão escuro e você está tão sozinha.

– Bem, como agora você é meu amigo, sinto que posso lhe contar um segredo, apesar de isso não ser muito adequado para uma dama. – Sorri timidamente para ele.

Arthur abriu um sorriso travesso.

– É o seu segredo que não é muito adequado para uma dama ou o fato de você me contar?

– Temo que ambos. – Minha timidez começou a evaporar, e eu até me atrevi a baixar os cílios sedutoramente.

– Agora eu estou intrigado. Como seu amigo, eu insisto que me conte.

Ele se inclinou um pouco na minha direção. Eu encontrei os seus olhos e confiei nele, contando-lhe a verdade.

– Eu gosto da escuridão. Ela é agradável e reconfortante.

O sorriso desvaneceu, e fiquei com medo de que eu tivesse deixado minhas palavras revelarem demais. Mas, quando ele falou, a sua voz não tinha perdido nem um pouco da sua bondade.

– Pobre Emily, posso imaginar que você precisou ser confortada nos últimos meses e, se este jardim a conforta, de dia ou de noite, então eu digo que de fato é um lugar maravilhoso!

Eu senti uma onda de alívio e de alegria com a empatia dele.

– Sim, você entende, é o meu refúgio e o meu oásis. Feche os seus olhos e inspire profundamente. Você esquecerá que é noite.

– Ok, tudo bem. Vou fazer isso. – Ele fechou os olhos e respirou fundo. – Do que é esse cheiro adorável? Eu não tinha reparado nele até agora.

– São os lírios asiáticos. Eles acabaram de florescer – eu expliquei alegremente. – Não, continue de olhos fechados. Agora escute. Conte-me o que você está ouvindo.

– A sua voz, que para mim soa tão doce quanto o aroma dos lírios.

O elogio dele me deixou zonza, mas eu o repreendi de brincadeira.

– Não a minha voz, Arthur! Escute o silêncio e diga o que você ouve dentro dele.

Ele manteve os olhos fechados, inclinou a cabeça e disse:

– Água. Eu ouço a fonte.

– Exatamente! Gosto de me sentar especialmente neste local, escondida debaixo do salgueiro. É como se eu tivesse encontrado o meu próprio mundo, onde posso ouvir o barulho da água jorrando da fonte e imaginar que estou pedalando a minha bicicleta de novo ao redor do lago, com o vento em meus cabelos e nada nem ninguém para me alcançar.

Arthur abriu os olhos e encontrou o meu olhar.

– Ninguém? Ninguém mesmo? Nem um amigo especial?

Senti meu corpo inteiro esquentar e então respondi:

– Talvez agora eu possa imaginar um amigo se juntando a mim, e eu me lembro de como você adora pedalar.

Então ele me surpreendeu ao dar um tapa na própria testa.

– Pedalar! Isso me lembra de como eu a encontrei aqui no jardim. Eu pedi desculpas e saí mais cedo para poder voltar para casa a fim de falar com meu pai antes que ele se recolhesse. Eu havia pedalado até aqui e estava sozinho, montando na minha bicicleta para voltar para casa, quando eu escutei risadas. – Ele fez uma pausa, e sua voz ficou mais profunda. – Foi a risada mais linda que já ouvi na vida. Parecia vir dos jardins atrás da casa. Eu vi o portão do jardim e o abri, e então segui o som até você.

– Oh! – Suspirei alegremente e senti meu rosto esquentar ainda mais. – Fico contente que minha risada o trouxe até mim.

– Emily, a sua risada não me trouxe simplesmente até você; ela me atraiu para você.

– Tenho outro segredo que poderia lhe contar – eu me ouvi dizer.

– Então é outro segredo que vou guardar com carinho como se fosse meu – ele afirmou.

– Quando eu estava rindo, estava pensando em como estava feliz que você veio ao jantar. Antes de você sentar ao meu lado, eu estava tão terrivelmente nervosa. – Prendi a respiração, esperando que eu não tivesse sido, como minha mãe diria, muito *avançada* com ele.

– Bem, então vou ficar muito, muito satisfeito em lhe comunicar que voltarei à sua casa para o jantar no sábado, acompanhando uma mulher adorável, de quem eu espero que você também se torne amiga rapidamente.

Meu coração já tão ferido doeu ao ouvir aquelas palavras. Mas eu estava aprendendo rápido a esconder meus sentimentos, então fiz a mesma expressão de interesse que usava com meu pai e falei com a mesma voz doce:

– Ah, que ótimo. Vai ser bom ver Camille de novo. Você deveria saber que eu e ela já somos amigas.

– Camille? – Ele pareceu completamente aturdido. E então percebi que a expressão dele se alterou ao compreender. – Ah, você quer dizer a filha de Samuel Elcott, Camille.

– Bem, sim, é claro – eu respondi, mas nessa hora o meu coração machucado já estava batendo mais facilmente.

– É claro? Por que você disse "é claro"?

– Eu pensei que já era sabido que você estava interessado em cortejar Camille – eu falei, e então senti meu coração ficando cada vez mais leve quando ele balançou a cabeça e negou enfaticamente.

– Não sei como algo que eu desconheço pode ser *sabido*.

Senti que eu deveria dizer algo em defesa da pobre Camille, que teria ficado muito embaraçada se tivesse escutado as palavras de Arthur.

– Acho que o *sabido* era algo que a sra. Elcott estava esperando.

Arthur levantou as sobrancelhas escuras e sorriu levemente com o canto da boca.

– Bem, então me deixe esclarecer as coisas para você. Eu vou acompanhar a minha mãe ao seu jantar no próximo sábado. Meu pai está sofrendo uma crise de gota, mas minha mãe deseja comparecer ao seu primeiro evento social de verdade para apoiá-la. É dela que eu espero que você se torne amiga.

– Então você não vai cortejar Camille? – eu perguntei corajosamente, porém com ansiedade.

Então Arthur se levantou e, sorrindo, curvou-se formalmente para mim. Com uma voz cheia de afeto e gentileza, ele anunciou:

– Srta. Emily Wheiler, posso garantir que não é Camille Elcott quem eu vou cortejar. E agora, com relutância, tenho que lhe desejar boa noite e me despedir. Até sábado.

Ele se virou e me deixou ofegante, feliz e cheia de expectativa, e pareceu que até as sombras ao meu redor refletiram minha alegria com seu belo manto de trevas.

Mas eu não fiquei por muito mais tempo me deleitando com os eventos mágicos da noite. Apesar de meu coração estar preenchido por Arthur Simpton e eu não ter vontade de pensar em mais nada além da nossa surpreendente conversa, em que ele praticamente havia feito a promessa de que iria me cortejar no futuro, minha mente estava processando aquela outra informação menos romântica que Arthur me revelara. Embora minhas mãos tremam de alegria agora, enquanto eu, segura em meu quarto, revivo meu encontro com Arthur por meio deste diário e começo a imaginar o que um futuro com ele pode me trazer, preciso me lembrar de fazer muito silêncio quando eu for ao meu lugar especial no jardim.

Eu não posso atrair *mais ninguém para lá.*

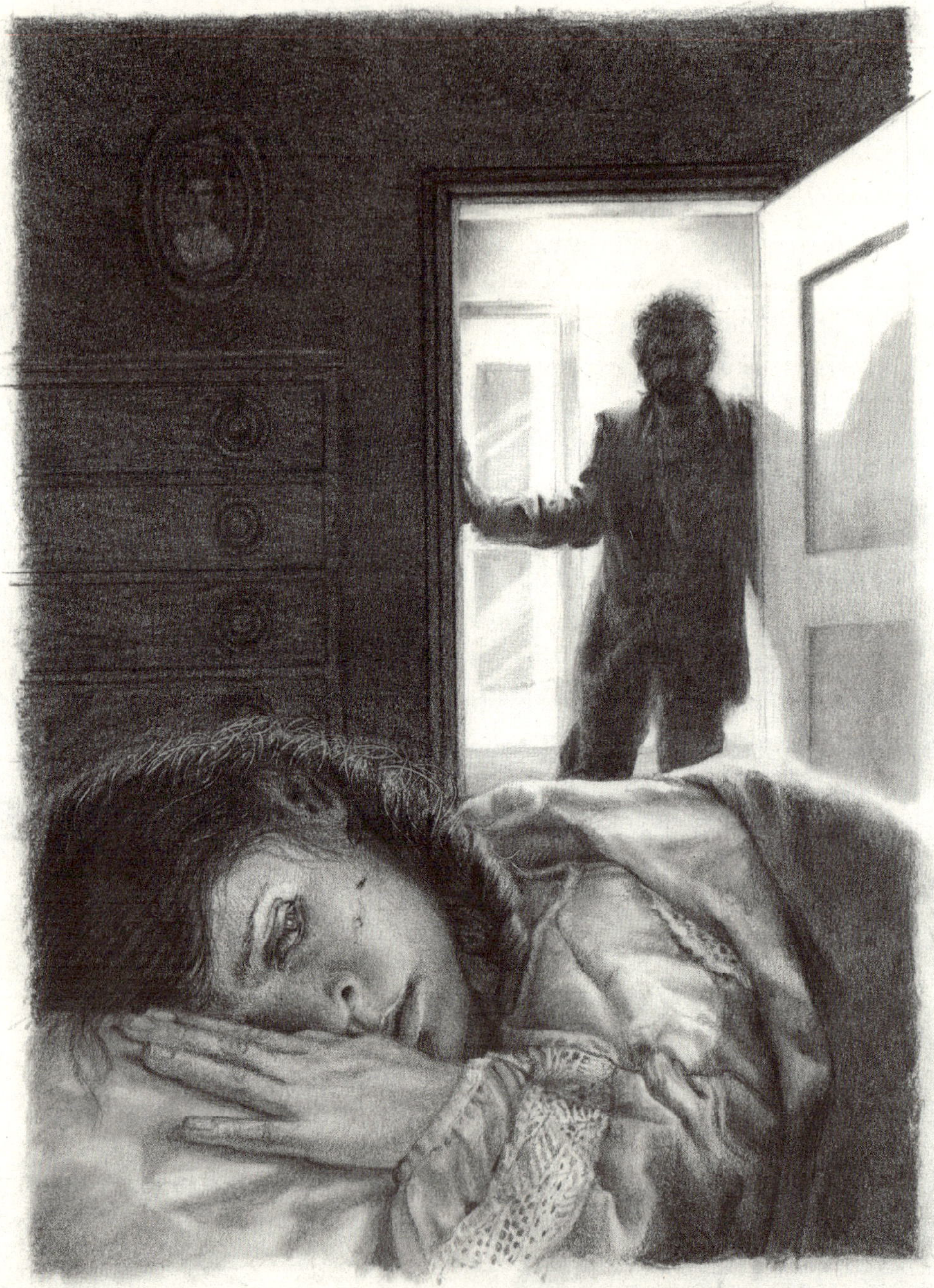

27 de abril de 1893
Diário de Emily Wheiler

Eu começo esta página com uma tremedeira. Posso sentir que estou mudando. Espero que essa mudança seja para melhor, mas confesso que não estou certa disso. Na verdade, se eu for escrever com total sinceridade, tenho que admitir que até o significado da palavra *esperança* mudou para mim.

Estou tão confusa! E com tanto, tanto medo.

Só tenho certeza de uma coisa: que eu preciso escapar da casa dos Wheiler de qualquer jeito que for possível. Arthur Simpton me forneceu uma possibilidade de fuga realista e segura, e eu a aceitei.

Não sou mais a garota tola que eu era oito dias atrás, depois da primeira noite em que Arthur e eu conversamos. Eu ainda o acho gentil, charmoso e, é claro, bonito. Acredito que posso amá-lo. Um belo futuro está ao meu alcance, então por que eu sinto uma frieza crescente dentro de mim? Será que o medo e o ódio pelo meu pai começaram a me corromper?

Eu dou de ombros a esse pensamento.

Talvez, enquanto revejo os acontecimentos dos últimos dias, eu encontre a resposta para as minhas perguntas.

O encontro com Arthur no jardim de fato transformou o meu mundo. De repente, o jantar de sábado já não era algo que eu temia – era algo que eu não via a hora de acontecer. Dediquei-me de corpo e alma à preparação do cardápio, à decoração e a cada pequeno detalhe do meu vestido.

O que era para ser um jantar com cinco pratos que eu despreocupadamente disse à cozinheira para ressuscitar de um dos cardápios dos jantares antigos de minha mãe mudou totalmente. Em vez disso, vasculhei a memória, desejando que eu tivesse prestado mais atenção – alguma atenção, na verdade – nas conversas de minha mãe e meu pai sobre os jantares especialmente suntuosos aos quais eles tinham ido um ano antes de ela ter de se retirar da sociedade por causa da gravidez. Finalmente, eu me lembrei de como até o meu pai tinha elogiado um jantar em particular no University Club, que tinha sido patrocinado pelo seu banco e oferecido em homenagem aos arquitetos da exposição. Enviei Mary, cuja irmã fazia parte da legião de cozinheiros do University Club, para conseguir uma cópia do menu – e então fiquei agradavelmente surpresa quando ela de fato voltou com não apenas uma lista dos pratos, mas também dos vinhos que deveriam acompanhá-los. A cozinheira, que eu acho que até então mais sentia pena e achava graça das minhas tentativas de elaboração de cardápio, começou a me olhar com respeito.

Em seguida, alterei os arranjos de mesa e a decoração. Eu queria trazer o jardim para dentro, para fazer Arthur se lembrar do nosso momento juntos, então supervisionei os jardineiros, que cortaram ramalhetes de perfumados lírios asiáticos do jardim – mas não ao redor da fonte. Eu também mandei que eles colhessem tabuas das áreas pantanosas em volta do lago, além de cortinas de hera. Então passei a encher vasos e mais vasos com lírios, tabuas e hera, desejando que Arthur notasse.

E, enquanto eu estava no centro de um furacão de atividade que eu mesma criei, percebi algo incrivelmente interessante: quanto mais exigente eu me tornava, mais as pessoas obedeciam. Se antes eu andava nas pontas dos pés pela casa dos Wheiler, como um fantasma tímido da garota que eu era, agora eu caminhava a passos largos e decididos, dando ordens com confiança.

Eu continuo a aprender. Essa é uma lição que eu estou achando da maior importância. Pode haver um jeito melhor de organizar o mundo à minha volta do que o jeito de minha mãe. Ela usava a sua beleza e a sua voz suave e agradável para persuadir, influenciar e conseguir o que queria. Eu estou descobrindo que prefiro uma abordagem mais forte.

Será que isso é errado de minha parte? Será que isso faz parte da frieza que eu sinto crescendo dentro de mim? Como pode ser errado ganhar confiança e controle?

Certa ou errada, eu usei esse recém-descoberto conhecimento quando escolhi o meu vestido. O meu pai, é claro, tinha me mandado usar um dos vestidos de veludo verdes de minha mãe de novo.

Eu me recusei.

Ah, eu não fui tola o bastante para desobedecê-lo diretamente. Eu simplesmente rejeitei cada um dos vestidos verdes de veludo da minha mãe que Mary me ofereceu. Antes, ela teria insistido até que eu cedesse, mas a minha nova atitude e postura a deixou atordoada.

– Mas, senhorita, você deve usar um dos vestidos de sua mãe. O seu pai foi bem firme em relação a isso – ela protestou pela última vez.

– Eu vou seguir a ordem de meu pai, mas vai ser nos meus próprios termos. Eu sou a Dama da Casa dos Wheiler, e não uma boneca de criança para ser vestida sem vontade própria. – Fui até o meu armário e tirei de um nicho lá no fundo o vestido que eu tinha planejado usar no meu Baile de Debutante. Era de seda creme com uma cascata de hera verde bordada decorando a saia. O corpete, apesar de recatado, tinha os mesmos detalhes da saia, e a cintura era bem apertada, de modo que a minha silhueta parecia uma perfeita ampulheta. E os meus braços ficavam sedutoramente nus, embora de forma apropriada. Eu estendi o vestido para Mary. – Pegue uma faixa e um laço de um dos vestidos de minha mãe. Eu vou colocar a faixa ao redor da minha cintura e costurar o laço na lateral do corpete. E traga-me uma das suas fitas de cabelo de veludo verde. Eu vou usá-la ao redor do meu pescoço. Se o meu pai reclamar, eu posso dizer a ele com razão que estou usando, como ele pediu, o veludo verde de minha mãe.

Mary franziu a sobrancelha e resmungou algo para si mesma, mas fez o que eu mandei. Todo mundo fazia o que eu mandava. Até o meu pai ficou passivo quando eu me recusei a ir até a GFWC na sexta, dizendo que simplesmente estava muito ocupada.

— Bem, Emily, amanhã à noite tudo deve estar muito bem organizado. Nesta semana, faltar ao trabalho voluntário é certamente compreensível. É louvável o modo como você está cumprindo com as suas responsabilidades como Dama da Casa dos Wheiler.

— Obrigada, pai – eu respondi com as mesmas palavras que usei incontáveis vezes antes, mas não suavizei o meu tom de voz nem abaixei a cabeça. Em vez disso, olhei diretamente nos olhos dele e acrescentei: – E eu não vou poder jantar com você hoje à noite. Ainda tenho muita coisa para fazer e muito pouco tempo.

— Bem, de fato. Cuide para usar bem o seu tempo, Emily.

— Ah, não se preocupe, pai. Eu vou fazer isso.

Assentindo para si mesmo, o meu pai não pareceu notar que eu saí da sala antes que ele me dispensasse.

Foi um luxo delicioso mandar George levar uma bandeja para a minha sala privativa na sexta à noite. Eu comi em perfeita paz, tomei uma pequena taça de vinho e recontei os RSVPs folheados a ouro – todos os vinte convites tinham sido aceitos.

Coloquei o cartão de resposta de Simpton no topo da pilha. Então eu me espreguicei na *chaise longue* que ficava na frente da minha pequena varanda no terceiro andar e queimei seis velas grossas enquanto folheava as páginas do último catálogo *Montgomery Word*. Pela primeira vez, comecei a acreditar que eu posso gostar de ser a Dama da Casa dos Wheiler.

A excitação não me impediu de sentir uma tontura nervosa quando Carson anunciou no sábado à noite que os convidados estavam começando a chegar. Dei uma última olhada no espelho enquanto Mary prendia a fina fita de veludo no meu pescoço.

– A senhorita está muito bonita – Mary me disse. – Você vai ser um sucesso hoje à noite.

Eu empinei o queixo e falei para o meu reflexo, banindo o fantasma de minha mãe.

– Sim, eu vou.

Quando eu cheguei aos últimos degraus da escada no saguão, o meu pai estava de costas para mim. Ele já estava em uma conversa animada com o sr. Pullman e o sr. Ryerson. Carson estava abrindo a porta da frente para vários casais. Duas mulheres – uma eu reconheci como a esposa um tanto gorda do sr. Pullman e a outra era mais alta e mais bonita – estavam admirando o grande arranjo central de lírios, tabuas e a cortina de hera que eu havia passado tantas horas preparando. As vozes dela, amplificadas pelo prazer, chegaram facilmente até mim.

– Ah, isso é muito incomum e adorável – a sra. Pullman disse.

A mulher mais alta assentiu, apreciando as flores.

– Que escolha excelente usar estes lírios. Eles encheram o saguão com um aroma extraordinário. É como se nós tivéssemos entrado em um perfumado jardim de inverno.

Não saí do lugar. Eu queria aproveitar um momento privado de satisfação, então imaginei, só por um instante, que estava no meu banco no jardim, envolta pela cortina do salgueiro, encoberta pela escuridão e sentada ao lado de Arthur Simpton. Fechei os olhos, respirei fundo, inalando calma, e quando soltei o ar a voz dele chegou até mim, como que carregada pelo poder da minha imaginação.

– Isso é a cara da srta. Wheiler. Mãe, eu tenho certeza de que os arranjos que você está admirando têm as mãos dela por trás.

Abri os olhos e vi Arthur, ao lado da mulher bonita que eu não havia reconhecido. Sorri e disse:

— Boa noite, sr. Simpton. — E comecei a descer o último lance de escadas.

O meu pai esbarrou neles e veio apressado na minha direção, tão rápido que ele estava ofegante quando me ofereceu o seu braço.

— Emily, eu não acredito que você ainda não conhece a mãe de Arthur, a sra. Simpton — o meu pai falou, apresentando-me a ela.

— Srta. Wheiler, você é ainda mais adorável do que o meu filho tinha contado — a sra. Simpton afirmou. — E esse seu arranjo central é espetacular. Você o criou sozinha, como o meu filho supôs?

— Sim, sra. Simpton, eu o criei. E estou lisonjeada que tenha gostado. — Não consegui parar de sorrir para Arthur enquanto eu falava. Os seus olhos azuis e bondosos estavam iluminados pelo seu sorriso, que eu já achava familiar e cada vez mais querido.

— E como você sabia que Emily tinha criado o arranjo? — meu pai perguntou.

Eu fiquei atordoada com o tom de voz áspero de meu pai, certa de que todos ao nosso redor podiam perceber a possessividade dele.

Embaraçado, Arthur riu amigavelmente.

— Bem, eu reconheci os lírios asiáticos do... — no meio da sua explicação, ele deve ter visto o pavor nos meus olhos, pois interrompeu o que estava dizendo com uma tosse exagerada.

— Filho, você está bem? — a sua mãe tocou o braço dele, preocupada.

Arthur limpou a garganta e sorriu novamente.

— Ah, sim, mãe. Foi só uma irritação na garganta.

— O que você estava dizendo sobre as flores de Emily? — O meu pai parecia um cachorro velho que não quer largar o osso.

Arthur não se perturbou e continuou calmamente:

— As flores são mesmo de Emily? Então acertei o meu palpite, pois as flores instantaneamente me lembraram dela. Elas também são excepcionalmente belas e doces.

— Oh, Arthur, você realmente está a cada dia soando mais parecido com o seu pai — a mãe de Arthur apertou o braço dele com um afeto evidente.

– Arthur! Ah, eu imaginei que você podia estar aqui. – Camille veio apressada na nossa direção, na frente de sua mãe, apesar de a sra. Elcott vir seguindo a filha tão de perto que parecia que ela a estava empurrando.

– Srta. Elcott – Arthur se curvou formalmente. – Sra. Elcott, boa noite. Eu vim acompanhar a minha mãe, já que o meu pai ainda não está bem.

– Que coincidência! A minha Camille veio comigo esta noite porque o sr. Elcott acha que está um pouco febril. E, é claro, eu queria tanto estar aqui para apoiar Emily no seu primeiro jantar formal como a Dama da Casa dos Wheiler que eu não podia nem pensar em faltar – a sra. Elcott explicou com um tom de voz meloso, mas a sua expressão aflita enquanto alternava o olhar entre mim e Arthur desmentia as suas palavras. – Mas, infelizmente, eu só tenho filhas e nenhum filho devotado. Você é uma mãe de sorte, sra. Simpton.

– Ah, eu concordo com você, sra. Elcott. – A mãe de Arthur deu um sorriso amoroso para o filho. – Ele é um filho devotado e observador. Nós estávamos comentando que ele adivinhou que essa decoração adorável foi criada pela srta. Wheiler em pessoa.

– Emily? Você fez isso?

Camille soou tão chocada que eu tive uma súbita vontade de dar um tapa nela. Em vez disso, empinei o queixo e não suavizei o meu tom de voz nem fiz pouco caso das minhas habilidades, como a minha mãe teria feito.

– Olá, Camille, que surpresa ver você. E, sim, eu fiz este arranjo. Eu também criei todos os arranjos da mesa de jantar e da biblioteca de meu pai.

– Você é um orgulho para mim, minha querida – o meu pai falou.

Eu o ignorei e mantive o foco em Camille, dizendo bem precisamente:

– Como você e sua mãe observaram durante a sua última visita, eu estou aprendendo rápido o que é ser a dama de uma casa-grande. – Não acrescentei o resto do que a sra. Elcott havia dito: que *isso vai fazer do meu futuro marido um homem de sorte*. Não precisei. Eu simplesmente desviei os olhos de Camille e me virei para Arthur, retribuindo o sorriso aberto que ele estava dando para mim.

– Sim, bem, como eu disse. Você é um orgulho para mim. – O meu pai ofereceu o braço para mim de novo. Tive que pegá-lo. Ele assentiu para os Simpton e as Elcott, dizendo:

– E agora nós precisamos cumprimentar os nossos outros convidados. Emily, eu não estou vendo o champanhe sendo servido.

– Isso porque eu escolhi seguir o menu do University Club hoje. George vai servir xerez antes do primeiro prato em vez de champanhe. Vai harmonizar muito melhor com as ostras frescas.

– Muito bom, muito bom. Vamos tomar um pouco desse xerez, minha querida. Ah, vejo que os Ayer já chegaram. Há rumores sobre uma coleção permanente de arte das suas relíquias indígenas, e o banco está muito interessado em...

Eu parei de ouvir, apesar de deixar que o meu pai me conduzisse. Durante a noite inteira, enquanto eu desempenhava o papel de anfitriã e Dama da Casa dos Wheiler, mantive sempre na mente a esperança de que Arthur Simpton estava reparando em mim. E todas as vezes que eu conseguia dar um olhar furtivo na direção dele os nossos olhares se encontravam, porque *ele estava mesmo me observando*. O sorriso dele parecia dizer que ele também estava me aprovando.

Enquanto a noite passava, eu sabia que, como sempre, depois do jantar os homens iriam se retirar para a biblioteca do meu pai para tomar conhaque e fumar charutos. As mulheres iriam para a sala de visitas formal de minha mãe, tomar vinho gelado, beliscar biscoitos e, é claro, fofocar. Eu temia aquela separação, não apenas porque Arthur não estaria lá, mas porque eu não tinha experiência em conversar com damas da idade da minha mãe. Camille era a única delas que tinha a minha faixa etária. Eu percebi que tinha que fazer uma escolha. Eu poderia sentar ao lado de Camille e ficar tagarelando com ela como se eu não fosse nada mais do que qualquer outra garota jovem ou podia realmente tentar ser a Dama da Casa dos Wheiler. Eu sabia que podia ser tratada com condescendência. Afinal, estavam presentes grandes damas como a sra. Ryerson, a sra. Pullman e a sra. Ayer, e eu era só uma garota de dezesseis anos. Mas, quando conduzi as damas até a sala de visitas de minha mãe e encontrei o aroma familiar e tranquilizador dos lírios asiáticos que eu tinha arranjado tão meticulosamente, fiz a minha escolha. Não me retirei para o assento da janela com Camille, permanecendo presa à minha infância. Em vez disso, eu ocupei o lugar de minha mãe no divã no centro da sala, supervisionei Mary enquanto ela enchia as taças de vinho das senhoras e tentei manter o queixo empinado e pensar em algo, em qualquer coisa inteligente, para dizer em meio ao silêncio crescente.

A mãe de Arthur foi a minha salvação.

– Srta. Wheiler, eu estou interessada na criação desses buquês incomuns que você distribuiu de um modo muito bonito em cada uma das salas. Você poderia compartilhar comigo qual foi a sua inspiração? – ela me perguntou com um sorriso afetuoso que me lembrou muito do sorriso do seu filho.

– Sim, querida. A decoração demonstra muita habilidade. Você precisa dividir o seu segredo conosco – a sra. Ayer disse, deixando-me maravilhada.

– Eu me inspirei nos nossos jardins e na fonte que fica no seu centro. Hoje eu queria trazer para dentro de casa o aroma dos lírios e a ideia da água, além da minha árvore favorita, o salgueiro.

– Ah, entendo! As taboas evocam a presença da água – a sra. Simpton afirmou.

– E as cortinas de hera foram dispostas de um modo bem parecido com as folhagens de um salgueiro – a sra. Ayer completou, assentindo com evidente admiração. – Foi uma ideia excelente.

– Emily, eu não sabia que você gostava tanto assim do jardim. Pensei que você e Camille estavam muito mais interessadas em andar de bicicleta e no último estilo da garota Gibson do que em jardinagem – a sra. Elcott falou com o exato tom de condescendência que eu tanto temia.

Por um instante, eu não disse nada. Pareceu que um silêncio ansioso se instalou na sala, como se a própria casa estivesse esperando pela minha resposta. Será que eu era uma garota ou uma dama?

Então eu endireitei as costas, empinei o queixo e encontrei o olhar superior da sra. Elcott.

— De fato, sra. Elcott, eu gostava de andar de bicicleta e dos estilos da garota Gibson, mas isso quando a minha mãe, a sua amiga, era a Dama da Casa dos Wheiler. Ela está morta. Eu tive que assumir o papel dela e descobri que devo me preocupar com coisas que não são tão próprias de garotas. — Eu ouvi ruídos de preocupação e várias das mulheres sussurraram *pobrezinha*. Isso me encorajou ainda mais, e eu percebi como podia usar a condescendência da sra. Elcott a meu favor. Então eu continuei: — Sei que não posso esperar ser uma grande dama como a minha mãe, mas decidi fazer o melhor que eu posso. Só espero que a minha mãe esteja me vendo lá de cima com orgulho. — Eu funguei delicadamente e usei o meu lenço de renda para enxugar levemente o canto dos meus olhos.

— Ah, que doce de garota — a sra. Simpton acariciou o meu ombro. — Como o seu pai disse mais cedo, você é um orgulho para a sua família. A sua mãe e eu não éramos muito íntimas, mas eu também tenho filhas, então posso dizer com segurança que ela iria ficar muito orgulhosa de você, muito orgulhosa mesmo!

Todas as damas, uma após a outra, consolaram-me e disseram que me admiravam. Todas menos a sra. e a srta. Elcott. Camille e a sua mãe falaram pouco no resto da noite e foram as primeiras das minhas convidadas a se retirar.

Mais ou menos uma hora depois, quando os homens vieram buscar suas mulheres, a conversa fluía tão livremente na minha sala de visitas quanto o conhaque havia obviamente fluído na biblioteca de meu pai. Os nossos convidados nos desejaram boa noite efusivamente, elogiando tudo a respeito do jantar.

Arthur e a sua mãe foram os últimos a partir.

— Sr. Wheiler, já faz algum tempo que eu não tinha uma noite tão agradável — a sra. Simpton disse ao meu pai, enquanto ele se curvava para ela. — Eu realmente apreciei muito, já que tenho andado especialmente preocupada com a saúde do meu bom marido. Mas a sua filha é uma anfitriã tão atenciosa que estou me sentindo muito melhor.

– Muito obrigado, gentileza sua – o meu pai falou com voz arrastada, cambaleando um pouco ao meu lado, dentro do saguão.

– Por favor, senhora, diga ao sr. Simpton que lhe desejo uma pronta recuperação – eu afirmei, segurando o fôlego, ansiosamente esperando pelas próximas palavras dela.

– Bem, você deveria dizer isso pessoalmente ao sr. Simpton! – a mãe de Arthur exclamou, exatamente como eu desejava. – A sua visita seria uma distração adorável para ele, principalmente porque ele morre de saudades de nossas duas filhas. Ambas se casaram e vivem em Nova York com as famílias dos seus maridos.

– Eu vou adorar visitá-los. – Eu toquei o braço do meu pai e acrescentei: – Pai, você não acha que seria gentil de minha parte visitar o sr. e a sra. Simpton, já que ele não anda nada bem?

– Sim, sim, é claro – o meu pai respondeu, assentindo enquanto se despedia.

– Ótimo. Então eu vou mandar Arthur buscá-la com a nossa carruagem na segunda-feira à tarde.

– Arthur? Com a carruagem? Eu não... – o meu pai começou, mas a sra. Simpton o interrompeu, balançando a cabeça como se concordasse com alguma ordem que ele estava se preparando para dar.

– Eu também não gosto dessa onda de jovens andando de bicicleta para todo lado. E essas roupas de ciclistas que as garotas estão usando são horríveis! – a sra. Simpton dirigiu o olhar para o seu filho. – Arthur, eu sei que você adora a sua bicicleta, mas o sr. Wheiler e eu insistimos para que a filha dele passeie de uma maneira mais civilizada. Não é, sr. Wheiler?

– De fato – o meu pai concordou. – Bicicletas não são apropriadas para damas.

– Exatamente! Então o meu filho virá buscar a srta. Wheiler com a carruagem na segunda à tarde. Está resolvido. Boa noite! – A sra. Simpton tomou o braço de seu filho.

Arthur se curvou formalmente para o meu pai, desejando-lhe boa noite. Quando ele se virou para mim, também se curvou de modo apenas formal, mas os nossos olhares se encontraram e ele deu uma rápida piscada só para mim.

Assim que a porta se fechou, eu entrei em ação. Eu já tinha percebido que o meu pai estava cambaleando e falando com voz arrastada. O meu coração estava tão preenchido com o sucesso da noite e com as atenções evidentes que Arthur e sua mãe estavam me dirigindo que eu não queria correr nenhum risco de que o meu pai arruinasse a minha felicidade com o seu bafo de álcool, as suas mãos quentes e pesadas e o seu olhar ardente.

– Boa noite, pai – eu disse fazendo uma rápida reverência. – Agora preciso cuidar para que tudo volte ao seu devido lugar, e já está muito tarde. Carson! – eu o chamei e dei um grande suspiro de alívio quando o criado de meu pai entrou apressado no saguão. – Por favor, ajude o meu pai a ir até o seu quarto.

Então eu me virei e, com passos firmes e decididos, saí da sala.

E o meu pai não me chamou de volta!

Eu fiquei tão eufórica com a vitória que praticamente dancei na sala de jantar, onde George estava colocando tudo em ordem, como eu já tinha ordenado anteriormente.

– Deixe os arranjos de flores, George – eu o orientei. – O aroma é realmente espetacular.

– Sim, senhorita.

Mary estava organizando a sala de visitas.

– Pode deixar isso de lado por enquanto. Prefiro que você me ajude a tirar o vestido. Estou exausta.

– Sim, senhorita – ela deu a mesma resposta de George. Se eu de fato tivesse terminado a noite depois que Mary me ajudou a colocar a minha camisola, iria me lembrar dela como a noite mais perfeita da minha vida. Infelizmente, eu estava inquieta demais para dormir – inquieta demais até para escrever os acontecimentos da noite no meu diário. Eu ansiava pelo conforto do meu doce e familiar jardim e pelo toque tranquilizador da escuridão, que me dava uma calma especial.

Coloquei o meu penhoar e meus chinelos e desci a ampla escadaria, pé ante pé, rapidamente e em silêncio. Escutei o barulho distante dos criados na cozinha, mas ninguém me viu quando eu saí da casa e cheguei ao jardim.

Já era tarde, muito mais tarde do horário em que eu normalmente me aventurava lá fora, mas a lua estava quase cheia e os meus pés conheciam o caminho. O meu salgueiro me aguardava. Debaixo das trevas da sua cortina de folhas, eu me aninhei no banco de mármore, olhei para a fonte e então, como se cada lembrança fosse uma pedra preciosa, comecei a analisar os eventos da noite.

A mãe de Arthur Simpton havia deixado claro que ela me preferia! Até parecia que ela e o seu filho estavam agindo em parceria para contornar a possessividade de meu pai.

Tive vontade de me levantar, dançar e rir alegremente, mas Arthur havia me ensinado uma lição valiosa. Eu não tinha a intenção de que ninguém, nem mesmo um dos criados, descobrisse o meu lugar especial, então permaneci em silêncio no banco e me imaginei dançando e rindo feliz embaixo do salgueiro. E prometi a mim mesma que um dia eu seria a dama da minha própria mansão e o meu esposo teria olhos azuis bondosos e um sorriso afetuoso.

Enquanto escrevo estas linhas, relembrando da noite, não acho que a minha manipulação tenha sido maliciosa. Arthur e a sua mãe me deram uma atenção especial. Será que é errado o fato de eu querer usar a afeição deles para escapar de uma situação que estou achando cada vez mais difícil de suportar?

Acho que a resposta é não. Eu serei boa para Arthur. Eu vou me aproximar da mãe dele. Eu não fiz nada maligno ao encorajar os Simpton.

Mas eu me perdi. Preciso continuar a relatar os eventos terríveis que se seguiram.

Naquela noite, as reconfortantes sombras embaixo do meu salgueiro operaram a sua magia habitual. A minha mente parou de girar e eu senti um agradável sono começar a chegar. Quase como se eu estivesse sonhando acordada, saí do jardim devagar e languidamente e entrei de novo na casa escura e silenciosa. Eu estava bocejando e me espreguiçando quando cheguei ao segundo andar. Cobri a boca para abafar o barulho quando o meu pai apareceu na penumbra do corredor.

– O que você está fazendo? – as palavras dele foram ásperas e chegaram até mim em meio a uma lufada de alho e conhaque.

– Eu só queria me certificar de que estava tudo em ordem antes de dormir. Está tudo bem, então boa noite, pai.

Eu me virei e tentei continuar a subir as escadas quando a sua mão pesada pegou o meu braço.

– Você deve tomar um drinque comigo. Vai ser bom para a sua histeria.

Eu parei de andar no mesmo instante em que ele me tocou, com medo de que, se eu tentasse me desvencilhar, ele agarrasse o meu braço com mais força ainda.

– Pai, eu não tenho histeria. Eu só estou cansada. O jantar me deixou exausta e eu preciso dormir agora.

Mesmo à meia-luz, eu podia ver a intensidade dos seus olhos quando ele voltou o seu olhar ardente para o meu penhoar semiaberto e o meu cabelo solto.

– Você está usando o penhoar de Alice?

– Não. Este penhoar é meu, pai.

– Você não usou um dos vestidos de sua mãe hoje. – Ele apertou a mão no meu braço, e eu sabia que iria haver hematomas ali no dia seguinte.

– Eu remodelei um dos vestidos da minha mãe para que servisse em mim. Provavelmente, foi por isso que você não o reconheceu – eu falei rapidamente, arrependida por ter sido tão teimosa, tão vaidosa, e ter dado a ele um pretexto para prestar atenção em mim.

– Mas o corpo de vocês é muito parecido. – Ele cambaleou na minha direção, diminuindo o espaço entre nós e deixando o ar pesado, com cheiro de álcool e suor.

O pânico emprestou força à minha voz, e eu falei da forma mais ríspida que já ouvi uma mulher falar com ele:

– Parecidos, mas não os mesmos! Eu sou sua filha. Não a sua esposa. Você tem que se lembrar disso, pai.

Ele parou de se mover na minha direção e piscou algumas vezes, como se não estivesse conseguindo me focalizar muito bem. Eu aproveitei a hesitação dele para puxar o meu braço quando o seu aperto afrouxou.

– O que você está dizendo?

– Eu estou dizendo boa noite, pai.

Antes que ele pudesse me segurar de novo, eu me virei, levantei a saia e subi correndo as escadas, dois degraus de cada vez. Não parei de correr até fechar a porta do meu quarto, encostando-me contra ela. Eu estava ofegante e o meu coração batia freneticamente. Eu tinha quase certeza de que ouvi os passos pesados dele atrás de mim, então fiquei parada ali, tremendo, com medo de me mexer, mesmo depois que tudo ficou quieto do lado de fora do meu quarto.

O meu pânico finalmente cessou e eu fui para a cama. Puxei as cobertas sobre mim e tentei sossegar os meus pensamentos e encontrar a calma dentro de mim de novo. As minhas pálpebras estavam começando a fechar quando ouvi passos pesados do lado de fora do quarto. Eu me afundei mais ainda em meio às cobertas e vi, com os olhos arregalados, quando a maçaneta girou devagar e em silêncio. A porta fez um barulho ao abrir, e eu fechei os olhos rapidamente e prendi a respiração, imaginando com toda a força da minha mente que estava no meu recanto embaixo do salgueiro, seguramente encoberta pelas reconfortantes sombras.

Eu sei que ele entrou no meu quarto. Tenho certeza. Eu senti o cheiro dele. Mas fiquei totalmente em silêncio, sem me mexer, imaginando que eu estava escondida na escuridão absoluta. Parece que passou um tempo muito longo, até que finalmente eu ouvi a porta se fechar novamente. Abri os olhos e vi o meu quarto vazio, porém com cheiro de conhaque, suor e do meu medo. Rapidamente saí da cama. Descalça, usei toda a minha força para puxar a minha pesada cômoda e arrastá-la até a frente da porta, bloqueando a entrada.

E mesmo assim não me permiti dormir até que o amanhecer clareou o céu e eu escutei os criados começando a circular pela casa.

No domingo, eu acordei e fiz o que iria se tornar o meu ritual da manhã: arrastei a cômoda para tirá-la da frente da porta. Então passei o dia inteiro evitando o meu pai. Eu disse à Mary que estava exausta por causa da excitação do jantar e que queria ficar no meu quarto, descansando. Fui bem firme e Mary não me questionou. Ela me deixou a sós e fiquei grata por isso. Eu dormi, mas também fiz planos.

Eu não estou louca. Eu não estou histérica. Não sei exatamente o que vejo nos olhos de meu pai, mas sei que é uma obsessão nada saudável e que só reforça a minha determinação de sair logo da casa dos Wheiler.

Fui até o meu espelho, tirei o meu vestido de dia e analisei o meu corpo nu, classificando os meus atributos físicos. Eu tenho seios firmes e empinados, uma cintura fina e quadris generosos que não têm predisposição para engordar. O meu cabelo é grosso e chega quase até a minha cintura. Ele tem uma cor incomum, como o cabelo da minha mãe: escuro, mas cheio de mechas ruivas brilhantes. Os meus lábios são carnudos. Os meus olhos, novamente como os de minha mãe, são inegavelmente arrebatadores. É uma comparação precisa dizer que eles têm cor de esmeralda.

Com uma total falta de vaidade ou emoção, reconheci que eu sou bonita, ainda mais bonita do que a minha mãe, e ela frequentemente era chamada de a mais bela mulher da Segunda Cidade.⁶ Eu também me dei conta de que era o meu corpo, a minha beleza, que o meu pai tão obviamente cobiçava, apesar de ser abominável que ele tivesse esse tipo de sentimento.

A minha mente e o meu coração ainda estavam preenchidos por Arthur Simpton, mas eles também estavam cheios de uma sensação de desespero que me assustava. Eu precisava que Arthur me amasse não apenas porque ele era bonito, gentil e tinha uma boa posição social. Eu precisava que Arthur me amasse porque ele era a minha fuga. Na segunda, eu iria visitar a casa dele. Enquanto encarava o meu espelho, decidi que iria fazer qualquer coisa para conquistar a sua promessa de fidelidade.

Se eu estou disposta a salvar minha vida, preciso fazer que ele seja meu.

No domingo à noite, eu esperava que Mary me trouxesse uma bandeja com o jantar. Em vez disso, Carson bateu à minha porta.

– Com licença, srta. Wheiler. O seu pai solicita a sua presença no jantar.

– Por favor, diga ao meu pai que eu ainda não estou bem – respondi.

– Perdoe-me, senhorita, mas o seu pai pediu que a cozinheira fizesse um cozido para levantar as suas forças. Ele disse que, se a senhorita não for até a sala de jantar, virá aqui na sua sala privativa para acompanhá-la na refeição.

---

6   Apelido de Chicago, que foi a segunda maior cidade em população dos Estados Unidos durante a maior parte do século XX, até ser superada por Los Angeles. A primeira é Nova York. (N.T.)

Senti um enjoo terrível e tive que apertar as mãos para não demonstrar como eu estava tremendo.

— Muito bem, então. Diga ao meu pai que eu vou descer para jantar.

Com passos pesados, fui até a sala de jantar. O meu pai já estava sentado em seu lugar, com o jornal de domingo aberto e tomando uma taça de vinho tinto. Ele levantou os olhos quando eu entrei na sala.

— Ah, Emily! Aí está você. George! — ele gritou. — Sirva um pouco deste vinho excelente para Emily. Isso e o cozido vão deixá-la novinha em folha na mesma hora.

Eu sentei sem falar nada. O meu pai pareceu não reparar no meu silêncio.

— Então, você sabe, é claro, que a abertura da Exposição Colombiana é exatamente daqui a uma semana, no dia 1º de maio. Depois do sucesso do seu jantar de ontem, a sra. Ayer e a sra. Burnham ficaram especialmente interessadas em você. As damas a convidaram para as festividades da cerimônia de abertura, que vão acabar com um jantar no University Club.

Fiquei olhando boquiaberta para ele, sem conseguir esconder a minha surpresa. O University Club era exclusivo e sofisticado, e não um lugar para o qual jovens garotas solteiras eram convidadas. Raramente se permitia a entrada de mulheres em geral, e aquelas que iam eram sempre acompanhadas pelos maridos.

— Bem, você não vai dizer nada? Vai apenas ficar me olhando com essa cara de peixe morto?

Então eu fechei a boca e empinei o queixo. Ele ainda não estava bêbado, e o meu pai sóbrio era muito menos ameaçador.

— Estou lisonjeada com a atenção das damas.

— É claro que você está. Tem razão para isso. Agora, você precisa pensar cuidadosamente no que vai vestir. Primeiro nós vamos até Midway e depois para o clube. Você deve escolher um dos vestidos mais elaborados de sua mãe, mas que não tenha um caimento que vá ficar fora de lugar durante as cerimônias de abertura.

Um rápido pensamento deixou o meu coração mais leve, e eu assenti seriamente.

– Sim, pai. Eu concordo que o vestido é muito importante. Durante a visita aos Simpton amanhã, posso pedir para a sra. Simpton me ajudar a escolhê-lo e talvez até me dar ideias sobre as alterações que vou ter que fazer nele. Ela é uma dama de gosto impecável e tenho certeza de que vai...

Ele balançou a mão, interrompendo-me.

– Eu já mandei Carson pedir à costureira de sua mãe que venha até aqui amanhã. Você não tem tempo para essas frivolidades sociais como ficar andando à toa pela cidade. Eu também já enviei as suas desculpas aos Simpton, afirmando que *não* vai ser necessário que o filho deles venha buscá-la. Em vez disso, *eu* vou fazer uma visita ao sr. Simpton na segunda à noite para tomar um conhaque depois do jantar e discutir assuntos de negócios. Aquela crise de gota dele o tem mantido afastado das reuniões do conselho por tempo demais. Se Simpton não vai ao conselho, o presidente do conselho vai até o Simpton.

– O quê? – eu coloquei a mão na testa, tentando conter a dor latejante na minha têmpora. – Você cancelou a minha visita à casa dos Simpton? Por que você faria isso?

O olhar duro de meu pai encontrou o meu.

– Você ficou doente o dia inteiro, escondida em seu quarto. Excitação demais obviamente não faz bem para a sua constituição física, Emily. Você vai ficar em casa esta semana inteira para estar bem na outra segunda-feira, no University Club.

– Pai, eu só estava cansada por causa do jantar. Amanhã vou estar bem. Eu já estou me sentindo melhor.

– Talvez, se você estivesse melhor mais cedo, eu acreditaria nas suas palavras. Mas, do jeito que foi, eu decidi o que é melhor para você, ou seja, que você deve se poupar para a próxima segunda-feira. Fui claro, Emily?

Eu o olhei do mesmo jeito duro, com o meu ódio mais profundo.

– Sim, você foi bem claro – a minha voz soou feito uma rocha.

O meu pai deu um sorriso cruel, satisfeito consigo mesmo.

— Ótimo. Até a sua mãe se curvava à minha vontade.

— Sim, pai, eu sei. — Eu devia ter parado por ali, mas a minha raiva libertou as minhas palavras. — Mas eu não sou a minha mãe e nunca desejaria ser.

— Você não pode fazer nada melhor na vida do que ser a dama que a sua mãe foi.

Deixei que a minha voz refletisse a frieza que estava crescendo dentro de mim.

— Você já imaginou, pai, o que a minha mãe diria se ela pudesse nos ver agora?

Ele estreitou os olhos.

— A sua mãe nunca está longe dos meus pensamentos. Então George começou a servir o cozido, e o meu pai habilmente mudou de assunto, começando um monólogo sobre os gastos ridículos da exposição, como trazer uma tribo inteira de pigmeus africanos para Midway, e eu fiquei sentada silenciosamente, planejando, pensando, tramando e, acima de tudo, odiando-o.

Eu não me atrevi a visitar o meu jardim naquela noite. Pedi licença antes que o meu pai se servisse de conhaque, usando calmamente as suas próprias palavras contra ele, ao dizer que afinal de contas eu tinha percebido que ele estava correto, que estava realmente exausta e precisava descansar e me preparar para a próxima segunda-feira.

Arrastei a pesada cômoda até a frente da porta e depois sentei em cima dela, encostando o ouvido na madeira fria, e fiquei escutando. Até bem depois do nascer da lua, eu o ouvi andando de um lado para o outro no seu patamar da escada.

Eu passei a segunda-feira totalmente frustrada. Eu queria tanto visitar Arthur e os seus pais! O meu único consolo era o fato de que tinha certeza de que Arthur iria perceber o ardil do meu pai. Eu já o alertara sobre a possessividade do meu pai. Isso só seria mais uma prova de que as minhas palavras eram verdadeiras.

Com certeza, os Simpton iriam pelo menos comparecer à abertura da Exposição Colombiana, isso se não fossem também ao jantar no University Club. Eu iria ver Arthur na próxima segunda-feira – tinha que ver Arthur de novo. Eu iria usar toda a minha astúcia para encontrar uma oportunidade de falar com ele. Seria avançado da minha parte, mas as minhas circunstâncias demandavam atitudes drásticas. Arthur era gentil e racional. Ele *e* a sua mãe tinham mostrado um interesse especial em mim. Certamente, nós três iríamos encontrar um jeito de contornar o comportamento draconiano de meu pai.

Comportamento draconiano. Eu pensei por muitas horas em como eu poderia explicar a possessividade anormal do meu pai. Eu tinha aprendido com a reação de Camille quando tentei confidenciar a ela, ainda que levemente, a minha angústia em relação ao meu pai. O choque dela foi total e então ela justificou os meus medos. Até Arthur, naquela noite embaixo do salgueiro, havia explicado o comportamento do meu pai como o de um viúvo sofredor em luto pela perda de sua esposa que estava, portanto, compreensivelmente cuidadoso com a sua filha. Mas eu sabia a verdade. As suas crescentes atenções comigo não eram simplesmente possessivas e dominadoras, elas estavam se tornando terrivelmente inapropriadas. Era uma abominação, mas comecei a suspeitar que o meu pai queria que eu ocupasse o lugar de minha mãe *em todos os sentidos*. Eu comecei a acreditar também que as minhas suspeitas não poderiam nunca ser divididas com ninguém. Então, em vez de contar a verdade, eu iria pintar um quadro de um pai rude e dominador que assustava a minha delicada sensibilidade. Eu iria apelar ao cavalheiro dentro de Arthur para que ele me resgatasse.

Seria absurdo o meu pai recusar uma proposta de casamento honrosa vinda de uma família com a riqueza e o *status* social dos Simpton. A aliança com o dinheiro e o poder deles seria muito tentadora. Tudo de que eu precisava fazer era garantir o afeto de Arthur e convencê-lo de que o meu medo da dominação do meu pai era tão grande que a minha saúde estava em risco, e que nós precisávamos ter um noivado curto. O meu próprio pai havia me ensinado que os homens queriam acreditar na fragilidade e na histeria das mulheres. Apesar de Arthur ser bom e gentil, ele era um homem.

A costureira chegou no final da tarde de segunda-feira. Ficou decidido que o vestido de seda esmeralda mais elegante de minha mãe iria ser remodelado para se ajustar ao meu corpo. Ela ainda estava fazendo os ajustes e colocando alfinetes em mim quando o meu pai irrompeu na minha sala privativa do terceiro andar sem ser anunciado nem bater à porta.

Percebi o choque nos olhos da costureira. Tive que levantar as mãos para cobrir os meus seios seminus, já que ela estava no meio do processo de recolocar o corpete do vestido no lugar.

O meu pai mirou o meu corpo de cima a baixo com seu olhar ardente.

– A seda foi uma excelente escolha – ele assentiu em aprovação enquanto dava uma volta completa ao meu redor.

– Sim, senhor. Eu concordo. Vai ficar adorável em sua filha – a costureira respondeu, abaixando os olhos.

– Mas a renda dourada é vulgar para alguém tão jovem quanto a minha Emily – o meu pai afirmou. – Remova-a.

– Eu posso fazer isso, senhor, mas aí o vestido vai ficar sem nenhum ornamento e, se me permite dizer, senhor, a ocasião pede algo espetacular.

– Eu não concordo. – O meu pai acariciou a sua barba e continuou a me analisar e a falar como se eu não estivesse presente e fosse apenas um manequim sem vida: – Faça um vestido simples, mas adorável. Essa seda é a mais fina que pode ser adquirida neste lado do mundo, e a inocência de Emily já é um adorno suficiente para o vestido. Além disso, vou dar uma olhada nas joias de sua mãe e talvez encontre algo apropriado para a noite.

– Muito bem, senhor. Será como deseja.

A costureira estava ocupada trabalhando, então ela não viu o calor nos olhos de meu pai quando ele respondeu:

– Sim. De fato, vai ser como eu desejo. Eu não disse nada.

– Emily, eu espero que você desça para jantar logo. Depois, vou visitar os Simpton para que você possa ir para a cama e descansar. Quero que você esteja em boa forma para a próxima segunda-feira.

– Sim, pai.

Exceto por uma breve troca de ideias, eu fiquei em silêncio durante o jantar. No meio de mais um discurso do meu pai sobre os excessos da exposição e a sua preocupação de que, mais uma vez, ele estaria certo e o banco perderia dinheiro, ele mudou de assunto abruptamente.

– Emily, você está gostando de trabalhar como voluntária da GFWC toda semana?

Eu não sei o que me deu. Talvez fosse o fato de eu estar totalmente exausta por ter que usar de subterfúgios para continuar vivendo uma vida em que eu era forçada a desempenhar o papel de filha obediente de um homem que não merecia ser chamado de pai. Talvez fosse por causa da frieza crescente dentro de mim, mas eu resolvi não mentir nem dar respostas evasivas para a pergunta dele. Eu encontrei o seu olhar e falei a verdade.

— Não. A sra. Armour é uma velha hipócrita. Os pobres e os mendigos de Chicago fedem e se comportam mal. Não é de se espantar que tenham que viver da caridade dos outros. Não, pai. Eu não estou gostando de trabalhar como voluntária da GFWC. É uma palhaçada e uma perda de tempo.

Humpf! Ele fez um barulho pelo nariz, seguido de uma gargalhada.

— Você disse quase as mesmas palavras que eu usei com sua mãe quando ela solicitou o apoio da instituição de caridade do banco para a GFWC. Que bom que você compreendeu tão rapidamente o que a sua mãe não entendeu em mais de duas décadas.

Contive as minhas palavras. Eu não ia vender a minha alma para me aliar a um monstro. Em silêncio, continuei a empurrar a comida no meu prato. O meu pai ficou me observando enquanto bebia bastante vinho, o qual eu não tinha tido a oportunidade de misturar com água.

— Mas contribuir com uma instituição de caridade é da maior importância para aqueles do nosso *status* social e financeiro. Vamos imaginar, por um momento, que você pudesse apoiar uma instituição de caridade criada por você mesma. Diga, Emily, como ela seria?

Eu hesitei o bastante para pensar se poderia haver alguma consequência negativa em responder honestamente. Então decidi rapidamente que eu poderia muito bem falar o que pensava. Era óbvio que eu era um brinquedo para ele, uma boneca, uma diversão. Nada do que eu dizia tinha o menor significado para ele.

— Eu não apoiaria as camadas mais baixas da humanidade. Eu sustentaria aqueles que se esforçam para ultrapassar os limites do comum. Eu ouvi a sra. Ayer falar sobre a sua fina coleção de arte indígena. Eu ouvi o sr. Pullman discutir a ideia de colocar eletricidade na Estação Central e nos vagões mais exclusivos. Se isso estivesse dentro do meu alcance, eu criaria um Palácio de Belas Artes e talvez até um Museu da Ciência e Indústria, e eu estimularia a excelência em vez da indolência.

— Ha! — O meu pai bateu na mesa com tanta força que o vinho da sua taça transbordou e escorreu feito sangue sobre a fina toalha de linho. — Bem colocado! Bem colocado! Eu concordo totalmente. Eu declaro que de agora em diante você não vai mais trabalhar como voluntária da GFWC. – Então ele se inclinou para a frente e atraiu o meu olhar. – Sabe, Alice, nós podemos realizar grandes coisas juntos, nós dois.

O meu corpo inteiro se congelou.

– Pai, o meu nome é Emily. Alice, a sua esposa e minha mãe, está morta.

Antes que ele pudesse responder, eu me levantei e, enquanto George entrava na sala com a sobremesa, coloquei a mão na testa e cambaleei, quase desmaiando.

– A senhorita está bem? – o negro perguntou, franzindo a testa de preocupação.

– Como o meu pai disse ontem, eu ainda estou fatigada por causa de sábado à noite. Por favor, chame Mary para que ela me acompanhe até o meu quarto. – Olhei de relance para o meu pai e acrescentei: – Com licença, pai? Não quero que a minha fraqueza o impeça de visitar os Simpton hoje.

– Muito bem. George, chame Mary. Emily, espero que a sua saúde melhore amanhã.

– Sim, pai.

– Carson! – ele gritou, empurrando a sobremesa que George havia deixado para ele. – Traga a carruagem imediatamente! – Sem me olhar mais uma vez, ele saiu a passos largos da sala.

Mary veio logo depois disso, tagarelando sobre a fragilidade da minha saúde e me conduzindo até o meu quarto como se ela fosse uma galinha e eu, um pintinho. Eu a deixei ajudar-me a tirar o meu vestido de dia e colocar a minha camisola e então me encolhi na cama, assegurando a ela que eu ficaria bem se descansasse um pouco. Ela foi embora logo, apesar de eu perceber que estava sinceramente preocupada comigo.

O que eu poderia dizer a ela? Mary tinha visto o olhar ardente do meu pai sobre mim. Ela, George e Carson, e provavelmente até a cozinheira, deviam saber que ele me perseguia e me aprisionava. Mesmo assim, nenhum deles falava nenhuma palavra contra ele. Nenhum deles se ofereceu para ajudar a planejar a minha fuga.

Não importa. Eu tenho que encontrar a minha salvação sozinha.

Mas naquela noite, pelo menos por uma ou duas horas, eu consegui dar uma escapada, ainda que de pequenas proporções.

O meu pai já tinha ido à casa dos Simpton e deveria ter caído nas graças da família, fingindo ser um patriarca preocupado com a sua pobre e frágil filha.

Isso também não importava. Só significava que eu poderia fugir para o meu jardim!

Desci a ampla escadaria na ponta dos pés, sem fazer barulho, passei pelo saguão e saí pela passagem dos criados. Não fui descoberta. A casa estava do jeito que eu preferia, escura e silenciosa.

A noite de abril também estava escura. E encontrei um grande alívio ao me esconder naquelas sombras. Como não havia nenhuma luz acesa nos fundos da casa e a lua ainda não tinha se levantado, parecia que as sombras haviam tomado conta do caminho completamente e eu me senti acolhida. Enquanto caminhava apressada até o meu salgueiro, imaginei que eu atraía as sombras para mim de modo que elas envolviam o meu corpo em uma escuridão tão completa que eu jamais seria descoberta.

Segui a música da fonte até o meu salgueiro, abri a cortina de galhos e fui até o meu banco. Sentei com os pés cruzados embaixo do meu corpo e fechei os olhos, inspirando profundamente em busca da serenidade que eu sempre encontrava ali.

Não lembro exatamente por quanto tempo eu fiquei lá. Tentei ficar atenta à hora. Eu sabia que tinha que sair do meu lugar seguro antes que o meu pai voltasse, mas estava totalmente imersa na noite. Eu não queria ser separada dela.

O trinco do portão lateral do jardim não havia sido lubrificado, e o barulho que ele emitiu fez que eu levantasse a cabeça e deixou o meu corpo trêmulo.

Alguns momentos depois, um graveto no caminho do jardim estalou e eu consegui distinguir com clareza o barulho de passos no cascalho.

Não pode ser o meu pai!, eu lembrei a mim mesma. *Ele não sabe que eu venho para o jardim!*

Ou será que ele sabe? Freneticamente, a minha mente começou a relembrar as conversas de sábado à noite, quando as mulheres me elogiaram pelos arranjos de flores; o sarcasmo da sra. Elcott observando o meu cuidado com o jardim.

Não. Não havia sido mencionado que eu passava tempo no jardim. Não! O meu pai não podia saber. Só Arthur sabia. Ele era a única pessoa que...

– Emily? Você está aí? Por favor, esteja.

Como se eu o tivesse invocado, Arthur Simpton chegou logo depois da sua voz doce. Ele abriu a cortina de galhos do salgueiro e entrou.

– Arthur! Sim, eu estou aqui!

Sem me dar tempo para pensar, eu agi por instinto e corri na direção dele, atirando-me em seu abraço surpreso, rindo e chorando ao mesmo tempo.

– Emily, meu Deus! Você está mesmo mal como o seu pai disse? – Arthur me segurou a certa distância dele, preocupado, para me observar.

– Não, não, não! Ah, Arthur, agora eu estou totalmente bem! – Eu não voltei para os seus braços, pois a hesitação dele foi um alerta para mim. *Eu não posso parecer muito desesperada, muito avançada.* Então eu enxuguei o meu rosto rapidamente e endireitei o meu cabelo, mais uma vez satisfeita por estarmos no escuro. – Desculpe. Eu estou muito envergonhada. – Eu dei as costas para ele e voltei para a segurança do meu banco.

– Não foi nada. Nós dois ficamos surpresos. Não há nada para ser desculpado – ele me tranquilizou com sua voz calma e gentil.

– Obrigada, Arthur. Você quer sentar aqui comigo um pouco e me contar como veio parar aqui? Estou tão feliz! – não consegui deixar de dizer. – Eu fiquei tão abalada por não visitar você e a sua família.

Arthur se sentou ao meu lado.

– Neste exato momento, o seu pai está degustando o conhaque do meu pai, e eles estão fumando charutos e contando histórias sobre o banco. Eu vim até aqui porque estava preocupado com você. Eu e minha mãe ficamos terrivelmente preocupados desde que recebemos o bilhete do seu pai ontem, dizendo que você estava indisposta demais para fazer qualquer visita esta semana. Na verdade, foi ideia da minha mãe que eu desse uma escapada da minha casa hoje à noite para ver como você estava.

– Você contou a ela sobre o jardim? – a minha voz ficou aguda e fria de medo.

Havia luz suficiente para que eu percebesse que ele estava franzindo a testa.

– Não, é claro que não. Eu não iria trair a sua confiança, Emily. A minha mãe simplesmente sugeriu que eu lhe fizesse uma visita. E que, se você realmente não pudesse receber visitas, eu deixasse um bilhete de condolências com a sua criada. Foi exatamente isso que eu fiz.

– Você falou com Mary?

– Não, acho que foi o criado de seu pai que abriu a porta. Eu assenti impacientemente.

– Sim, Carson. O que ele disse?

– Eu pedi para ser anunciado a você. Ele disse que você estava indisposta. Eu falei que eu e meus pais ficamos preocupados com isso, e pedi que ele lhe entregasse o nosso bilhete de condolências amanhã. – Ele fez uma pausa e então o seu rosto tenso começou a mudar para aquela expressão que eu já amava tanto. – Então o criado do seu pai me acompanhou para fora e ficou me observando ir embora de bicicleta. Quando tive certeza de que ele não estava mais vigiando, dei a volta e entrei pelo portão como eu tinha feito antes, esperando que eu pudesse encontrá-la aqui.

– E você me encontrou! Arthur, você é tão inteligente!

Coloquei a minha mão sobre a dele e a apertei. Ele sorriu e apertou a minha mão de volta. Eu o soltei devagar, sabendo que eu não deveria oferecer muito tão rápido.

– Então você se recuperou? Você está bem?

Respirei fundo. Eu sabia que precisava ir devagar. O meu futuro, a minha segurança, a minha salvação dependiam disso.

– Ah, Arthur, para mim é tão difícil falar sobre isso com você. E-eu me sinto *desleal* ao meu pai se admitir a verdade.

– Você? Desleal? Não consigo nem imaginar isso.

– Mas tenho medo de que, se contar a verdade, eu possa parecer desleal – falei em voz baixa.

– Emily, eu acredito na verdade. Dizer a verdade é demonstrar lealdade a Deus, e isso está acima de qualquer lealdade que nós devemos aos homens. Além disso, nós somos amigos, e não é desleal trocar uma confidência com um amigo.

– Como meu amigo, você pode segurar a minha mão enquanto eu lhe conto? Eu me sinto tão assustada e sozinha – dei um pequeno soluço.

– É claro, doce Emily! – Ele pegou a minha mão.

Eu me lembro de como foi maravilhoso sentir a força e a segurança dele e de como era um contraste absurdo em relação ao toque quente e pesado do meu pai.

– Então esta é a verdade. Parece que o meu pai está ficando louco. Ele quer controlar cada passo meu. Eu não estava indisposta depois de sábado à noite, mas de repente ele me proibiu de visitar os seus pais. Ele também me proibiu de continuar o trabalho voluntário que eu tenho feito toda semana na GFWC, e isso era tão importante para a minha mãe! – Eu contive outro soluço e agarrei a mão de Arthur. – Ele disse que eu não posso sair da casa dos Wheiler até a próxima segunda-feira, e só vou poder comparecer à abertura da Exposição Colombiana e ao jantar no University Club porque várias damas influentes solicitaram a minha presença. Eu sei que é como você já me disse, que o meu pai está sofrendo a perda da sua esposa, mas o comportamento dele está se tornando tão dominador que me assusta! Ah, Arthur, hoje no jantar quando eu tentei insistir em continuar o trabalho voluntário de minha mãe na GFWC, pensei que ele fosse me bater!

Comecei a chorar copiosamente. Então Arthur finalmente me puxou para os seus braços.

– Emily, Emily, por favor, não chore – ele falou para me tranquilizar, enquanto afagava as minhas costas.

Eu pressionei o meu corpo contra o dele, chorando baixinho em seu ombro e ficando cada vez mais consciente de que não estava vestindo nada além da minha camisola fina e do meu penhor aberto. Não tenho vergonha de admitir que pensei na beleza e na plenitude do meu corpo enquanto eu me agarrava a ele.

A mão dele parou de me afagar e começou a subir e a descer pelas minhas costas, de modo caloroso e íntimo. Quando a respiração dele começou a ficar ofegante e o toque dele se transformou de consolo em carícia, percebi que o seu corpo tinha começado a reagir à ínfima quantidade de tecido que separava a sua mão da minha carne nua. Deixei que o instinto me guiasse. Eu o abracei com mais força, de modo que os meus seios ficaram pressionados contra o peito dele, e então de repente eu me afastei do seu abraço. Com mãos trêmulas, eu fechei o meu penhoar e virei para o outro lado.

– O que você vai pensar de mim! O meu comportamento é tão... tão... – eu gaguejei, tentando encontrar as palavras de minha mãe. – Tão indiscreto!

– Não, Emily. Você não deve pensar isso, porque eu não penso assim. Você está obviamente perturbada e não está sendo você mesma.

– Mas este é o problema, Arthur. Eu *estou* sendo eu mesma, pois só posso contar comigo mesma. Eu estou completamente sozinha com o meu pai. Eu queria tanto que a minha mãe estivesse aqui e pudesse me ajudar – não precisei fingir o soluço que se seguiu a essas palavras.

– Mas eu estou aqui! Você não está sozinha. Emily, permita que eu fale com a minha mãe e o meu pai sobre os seus problemas. Eles são sábios. Eles vão saber o que fazer.

Eu dominei uma onda de esperança e balancei a cabeça com tristeza.

– Não, não há nada que possa ser feito. Arthur, o meu pai me assusta terrivelmente. Se o seu pai disser a ele qualquer coisa sobre o jeito com que ele me trata, só vai piorar a minha situação.

– Emily, eu não posso prometer que o meu pai não vai falar com o seu. Eu queria mais tempo para ir devagar e cuidadosamente, mas do jeito que as coisas são parece que nós não podemos nos dar ao luxo de ter tempo – ele respirou fundo e se virou para me encarar no banco. Com gentileza e pureza, ele pegou as minhas mãos e continuou: – Emily Wheiler, eu gostaria de pedir permissão para cortejá-la formalmente, com o propósito claro de torná-la minha esposa. Você me aceita?

— Sim, Arthur! Oh, sim! — eu comecei a rir, a chorar e a abraçá-lo com força não só por causa do alívio que senti quando essa possibilidade de fuga se abriu na minha frente. Eu me importava com Arthur Simpton de verdade.

Eu podia até amá-lo.

Ele retribuiu o meu abraço e então, rindo junto comigo, afastou-se um pouco, dizendo:

— Eu não parei de pensar em você desde o momento em que a vi vários meses atrás, quando você e a sua amiga entraram no Hermes Club. Acho que eu sempre soube que você seria minha.

Eu levantei os olhos para ele com adoração.

— Arthur Simpton, você me fez a garota mais feliz do mundo. Devagar, ele se inclinou e pressionou os seus lábios contra os meus. Esse primeiro beijo foi como um choque elétrico para o meu corpo. Eu me ajustei ao seu corpo e abri os meus lábios de modo convidativo. Arthur aprofundou o beijo, provando-me hesitantemente com a sua língua. Da minha parte, não houve hesitação. Eu me abri para ele, e mesmo agora enquanto escrevo estas linhas o meu corpo ainda sente a onda quente e molhada que a boca dele me fez sentir. Ofegante, ele interrompeu o beijo e deu uma risada trêmula.

— E-eu tenho que falar logo com o seu pai. Amanhã! Vou procurá-lo amanhã.

Recuperei o meu bom senso abruptamente.

— Não, Arthur! Não faça isso.

— Mas eu não entendo. Você está assustada, e o tempo é crucial.

Peguei a mão dele, coloquei-a sobre o meu coração e me atrevi a dizer:

— Você confia em mim, meu querido?

A sua expressão alarmada se tranquilizou instantaneamente.

— É claro que sim!

— Então, por favor, faça como eu disser e tudo vai ficar bem. Você não pode falar com o meu pai sozinho. Ele está fora de si. Ele não vai ser razoável. Arthur, ele pode até proibi-lo de me ver e me bater se eu protestar.

— Não, Emily! Eu não vou permitir isso. Dei um suspiro de alívio.

— Eu sei como você pode garantir a aprovação dele, a minha segurança e a nossa felicidade, mas você tem que fazer como eu disser. Eu conheço o meu pai melhor do que você.

— Diga-me o que eu preciso fazer para mantê-la segura.

— Certifique-se de que você e os seus pais vão comparecer ao jantar no University Club na segunda-feira, depois das cerimônias de abertura da exposição em Midway. No jantar, na frente dos pares do meu pai e das grandes damas de Chicago que solicitaram expressamente que eu o acompanhasse, é nessa hora que você deve publicamente pedir permissão para me cortejar – eu afirmei, e Arthur começou a assentir na mesma hora. – Mesmo no atual estado instável dele, o meu pai não vai agir irracionalmente em público.

— Quando eu garantir as minhas intenções, e a minha família me apoiar no meu pedido, o seu pai não vai ter nenhum motivo racional para me recusar.

Eu apertei a mão dele com mais força.

— Isso é verdade, mas só se você fizer o pedido em público.

— Você está certa, doce Emily. Assim o seu pai vai ter que agir adequadamente.

— Exatamente! Você é tão inteligente, Arthur – foi o que eu disse. Os meus pensamentos, é claro, foram muito diferentes.

— Mas você vai ficar segura por uma semana? E como eu posso vê-la sem afrontar o seu pai?

A minha mente trabalhou rapidamente.

— O meu próprio pai disse que eu estou indisposta. Eu vou ser uma filha obediente e repetir que ele está certo, que a minha saúde é frágil e que eu tenho que descansar para estar revigorada na próxima segunda-feira. – E acrescentei silenciosamente: *Irei para a cama cedo e vou dormir com uma pesada cômoda bloqueando a entrada do meu quarto...*

Arthur tirou a sua mão da minha e deu um tapinha de leve na ponta do meu nariz.

— E não insista mais em trabalhar como voluntária da GFWC. Depois do nosso casamento, você vai ter muitos anos para seguir o seu espírito cívico e ser voluntária sempre que desejar.

— Depois do nosso casamento! — eu falei essas palavras com alegria, jogando fora mentalmente o resto da sua frase.

— Isso soa tão maravilhoso!

— A minha mãe vai adorar — ele disse.

Isso tocou o meu coração e lágrimas sinceras brotaram dos meus olhos.

— Eu vou ter uma mãe de novo.

Arthur me abraçou, e desta vez eu não ofereci meus lábios. Desta vez eu apenas me agarrei feliz a ele.

Cedo demais, ele tirou os seus braços de mim.

— Emily, eu não quero deixá-la, mas estou preocupado porque o tempo está passando. O meu pai não vai entreter o seu por muito tempo, a saúde dele não vai permitir.

Antes que ele terminasse de falar, eu já estava me levantando. Peguei o braço dele e o guiei até o limite da escuridão protetora do meu salgueiro.

— Você está totalmente certo. Você precisar partir antes que o meu pai volte — e eu precisava correr para fazer uma barricada no meu quarto!

Ele se voltou para mim.

— Diga como eu posso vê-la antes da próxima semana. Eu preciso saber que você está realmente bem e segura.

— Aqui... Você pode vir até aqui, mas só à noite. Se for seguro e se eu conseguir escapar até o jardim, vou colher um lírio e colocá-lo no trinco do portão. Quando você vir o lírio, vai saber que estou esperando por você, meu amor.

Ele me beijou rapidamente e disse:

— Fique em segurança, minha querida — e então ele saiu apressado pela escuridão.

Eu estava tonta de alegria e ofegante de medo quando corri o mais rápido e silenciosamente que podia para dentro de casa e pela longa escada acima. Apenas alguns minutos depois que empurrei a cômoda para a frente da minha porta, observando atrás da cortina da minha varanda no terceiro andar, eu vi o meu pai descer cambaleando da carruagem.

Não sei se ele ficou espreitando do lado de fora do meu quarto. Nessa noite, eu dormi profundamente, com a barricada em frente à porta, contente que a minha fuga estava garantida e que o meu futuro seria seguro e feliz.

Evitar o meu pai durante a semana foi muito mais fácil do que eu havia imaginado, graças à grande quantidade de trabalho na área de finanças da Exposição Colombiana. Havia uma agitação no banco do meu pai por causa do financiamento de última hora que o sr. Burnham estava insistindo que o comitê da exposição aprovasse.

Na terça e na quarta, o meu pai jantou apressado e saiu logo depois, resmungando sombriamente sobre arquitetos e expectativas irreais. Apesar de ele não voltar para casa até bem depois do nascer da lua, eu não escapei para o meu jardim. Eu não colhi um lírio nem arrisquei ser descoberta. Mas na quinta à noite, quando Carson anunciou que o meu pai tinha chegado em casa apenas para colocar um traje mais formal e que iria sair para um jantar e uma reunião de conselho no University Club, eu sabia que teria horas de solidão antes que ele voltasse.

Eu jantei na minha sala privativa e dispensei Mary horas antes do habitual, encorajando-a a tirar o resto da noite de folga e visitar a sua irmã que morava do outro lado da cidade, no Meatpacking District. Ela agradeceu o tempo livre e, como eu sabia que ela faria, espalhou para os outros criados que os patrões estavam ocupados com outras coisas. Havia um silêncio mortal na casa antes do pôr do sol, e para mim foi realmente muito difícil esperar pela escuridão total e pelo disfarce das sombras da noite. Fiquei andando de um lado para o outro, aflita, até que a lua quase cheia tivesse subido ao céu. Então saí lentamente do meu quarto, andando muito mais devagar do que o meu coração queria que eu fosse – mas eu sabia que precisava ter mais cuidado do que nunca. A minha liberdade estava à vista. Se eu fosse descoberta agora, mesmo que por um dos nossos criados, poderia colocar em risco tudo que eu havia tido tanto trabalho para orquestrar.

Talvez eu devesse ter ficado no meu quarto e confiado que Arthur não iria descumprir a sua promessa, mas a verdade é que eu precisava vê-lo. Eu ansiava pelo seu toque gentil e forte e por sentir, através disso, emoções mais afetuosas e delicadas de novo. A tensão dentro de mim estava crescendo a cada dia. Apesar de o meu pai estar bastante ausente, com a aproximação da próxima segunda-feira, eu comecei a sentir cada vez mais um mau agouro. A segunda-feira deveria trazer um fim para os meus medos e sofrimentos, mas eu não conseguia afastar o pressentimento de que iria acontecer comigo algo tão terrível que eu nem conseguia imaginar.

Tentando deixar de lado esse mau presságio e me concentrar em coisas que eu podia controlar e em eventos que eu podia entender, vesti-me cuidadosamente, ciente de que deveria atrair Arthur para mim e torná-lo irreparavelmente meu. Escolhi a minha camisola mais fina, feita de um linho rosado tão macio que parecia seda contra o meu corpo nu. Do guarda-roupa de minha mãe, peguei o penhoar mais fino. Ele era feito, é claro, de veludo com a cor exata dos nossos olhos. Diante do meu espelho, amarrei firme o penhoar usando a faixa bordada a ouro para marcar a minha cintura fina, que fazia um belo contraste com as curvas generosas dos meus seios e do meu quadril. Mas amarrei a faixa com um laço, que poderia se soltar facilmente, como que por acaso. Deixei o meu cabelo solto e sem enfeites, penteado e brilhante, caindo pelas minhas costas em espessas mechas ruivas.

Arranquei um lírio perfumado em plena floração do caminho lateral do jardim. Antes de colocá-lo no trinco do lado de fora do portão, tirei uma pétala dele e a esfreguei atrás do meu pescoço, entre os meus seios e nos meus pulsos. Então, coberta pelo aroma doce dos lírios e pelas acolhedoras sombras da noite, eu sentei no meu banco e esperei.

Lembrando agora, percebo que não devo ter esperado muito. A lua, branca e luminosa, ainda estava baixa no céu quando eu ouvi o portão ranger e o barulho de sapatos apressados no caminho de cascalho.

Não consegui ficar sentada calmamente como deveria. Levantei com um salto e, com pés que pareciam nem tocar o gramado da primavera, corri para a borda da cortina do meu salgueiro para encontrar o meu amante, o meu salvador, o meu libertador.

– Arthur!

Logo os seus braços estavam ao meu redor, e a sua voz querida soou como música aos meus ouvidos.

– Minha doce Emily! Você está bem? Ilesa?

– Estou totalmente bem agora que você está aqui! – Eu ri e levantei o rosto, oferecendo meus lábios a ele.

Arthur me beijou e até pressionou o seu corpo contra o meu, mas quando comecei a sentir um aumento na tensão do seu corpo ele interrompeu o nosso abraço. Com uma risada trêmula, curvou-se formalmente para mim e me ofereceu o seu braço.

Joguei o meu pesado cabelo para trás e fiz uma reverência, sorrindo provocativamente para ele.

– Ah, por favor, gentil cavalheiro. E, apesar de não querer parecer muito avançada, gostaria de informá-lo que reservei todas as danças de hoje para você.

As minhas palavras o fizeram rir de novo, menos nervosamente do que antes, e eu não agarrei o seu braço com muita força, dando-lhe a chance de se recompor enquanto ele me guiava até o banco. Nós sentamos de mãos dadas. Suspirei feliz quando ele, timidamente, levantou a minha mão e a beijou com delicadeza.

– Conte-me como tem passado. Desde que nos vimos pela última vez, você não saiu da minha cabeça um só instante – ele disse, soando tão sincero e jovem que isso quase me assustou. Como alguém tão bom e gentil como Arthur Simpton poderia enfrentar o meu pai?

Ele não terá que enfrentá-lo, eu lembrei a mim mesma rapidamente. *Arthur só precisa declarar publicamente o seu interesse por mim; o medo do ridículo e do escândalo que meu pai sente vai fazer o resto.*

– Eu senti a sua falta – eu respondi, segurando firme na sua mão forte.

– Mas o seu pai... ele não...

Como Arthur vacilou e não conseguiu completar a sua pergunta, eu continuei por ele:

– O meu pai não tem ficado muito em casa nas últimas noites. Nós mal nos falamos. Eu fico no meu quarto, e o meu pai anda trabalhando muito nos negócios do financiamento da exposição.

Arthur assentiu, compreendendo.

– Até o meu pai se levantou da cama e tem participado de jantares e feito negócios ao lado do sr. Pullman. – Ele fez uma pausa, parecendo desconfortável.

– O que foi? – eu o estimulei a continuar.

– A minha mãe e o meu pai ficaram muito felizes quando eu conversei com eles sobre as minhas intenções em relação a você. Quando eu expliquei melhor as circunstâncias em que você está, a minha mãe ficou preocupada, principalmente depois que o meu pai voltou para casa na terça à noite depois de uma reunião e contou como o seu pai estava totalmente bêbado, além de mal-educado e agressivo, antes mesmo de a reunião terminar.

Senti uma pontada de medo.

– Oh, por favor, Arthur! Não me diga que os excessos do meu pai fizeram que os seus pais tenham restrições em relação a mim! Isso iria partir o meu coração!

– É claro que não. – Ele gentilmente acariciou a minha mão. – Pelo contrário. Como o meu pai em pessoa testemunhou o comportamento do sr. Wheiler, ele e a minha mãe estão ainda mais determinados que o nosso namoro seja curto, que o nosso noivado seja formalmente anunciado e que você seja libertada dessa situação tão indesejável o mais breve possível. Se tudo correr como o planejado, daqui a um ano nós devemos estar casados, minha doce Emily!

Ele me puxou com delicadeza e me abraçou. Fiquei satisfeita por poder esconder o meu rosto no peito dele, pois isso conteve a minha vontade de gritar de impotência e frustração. *Um ano! Eu não ia aguentar ficar nessa situação abominável por mais um ano!*

Eu me aproximei mais de Arthur, puxando secretamente o laço que mantinha fechado o penhoar de minha mãe.

– Arthur, um ano parece um tempo longo demais – eu murmurei, levantando levemente o rosto, de modo que ele pôde sentir a minha respiração quente no seu pescoço.

Ele me abraçou com mais força.

– Eu sei. Para mim também parece um tempo muito longo, mas nós precisamos fazer as coisas da forma adequada para não despertar fofocas.

– Eu só tenho muito medo do que o meu pai vai fazer. Ele está bebendo cada vez mais, e quando ele está bêbado é ameaçador. Até o seu pai disse que ele estava agressivo!

– Sim, doce Emily, sim – ele falou de modo tranquilizador, acariciando o meu cabelo. – Mas quando nós estivermos comprometidos, você vai pertencer a mim. Apesar de ser falta de educação minha dizer isso, a verdade é que a minha família tem mais conexões sociais e é mais rica que a sua. Quero que você saiba que isso não significa nada para mim, mas vai significar para o seu pai. Ele não vai se atrever a ofender a minha família, o que quer dizer que, uma vez que estivermos noivos, ele não vai se atrever a ofender nem a machucar você.

É claro que Arthur falou a verdade – ou a verdade baseada apenas no que ele sabia. O problema era que Arthur não entendia a profundidade da depravação do meu pai nem a força dos seus desejos.

Mas eu não podia esclarecer as coisas para ele revelando informações tão chocantes. Tudo o que eu podia fazer era garantir que Arthur Simpton ficasse ansioso para casar comigo o mais rápido possível.

Então, eu me desvencilhei do seu abraço e levantei, de costas para ele, com o rosto entre as mãos, chorando baixinho.

– Minha Emily! Minha querida! O que foi?

Eu me virei para ele, prestando atenção aos meus movimentos para que o meu penhoar se abrisse e deixasse exposta a camisola transparente que estava por baixo.

– Arthur, você é tão bom e tão gentil, eu não sei como fazê-lo compreender.

– Simplesmente me diga! Você sabe que, antes de qualquer coisa, nós somos amigos.

Joguei o cabelo para trás e enxuguei o rosto, percebendo como os seus olhos sinceros não conseguiam deixar de se voltar para baixo, para admirar as curvas do meu corpo.

– Entendo que os seus pais sabem o que é melhor, e eu quero fazer a coisa certa. Eu só tenho tanto medo... Arthur, preciso lhe contar outro segredo.

– Você pode me contar qualquer coisa!

– Cada momento que eu passo longe de você é uma agonia para mim. É avançado e inadequado da minha parte admitir isso, mas é a verdade.

– Venha cá, Emily. Sente ao meu lado – ele pediu. Eu me sentei perto dele, recostando-me no seu corpo. Ele me envolveu com os seus braços e continuou: – Não é inadequado que você admita os seus sentimentos por mim. Nós já estamos praticamente noivos. E eu já admiti que passei cada momento pensando em você. Você iria ficar mais tranquila se eu falasse com os meus pais e pedisse a eles para tentar achar uma desculpa para encurtar o nosso período de namoro?

– Ah, Arthur, sim! Isso iria acalmar muito os meus nervos!

– Então considere isso feito. Nós vamos resolver isso juntos e algum dia, em breve, você vai saber que não tem mais nada a temer na vida, exceto que o seu marido a mime demais e tolere todos os seus caprichos.

Eu encostei a cabeça em seu ombro e tive uma sensação tão maravilhosa de bem-estar que o mau pressentimento que andava me assombrando de repente foi embora. Finalmente, finalmente, eu estava bem de novo.

Juro que não vou fazer um relato fantasioso do que aconteceu em seguida. Enquanto ficávamos sentados ali juntos, embaixo do abrigo do meu salgueiro, a lua se levantou bem alto e iluminou a fonte com um brilho prateado, emprestando ao touro branco e à sua virgem um resplendor sobrenatural. As estátuas pareciam quase incandescentes, quase como se a luz da lua tivesse soprado vida dentro delas.

– Não é lindo? – eu sussurrei com reverência, sentindo como se de algum modo eu estivesse na presença do divino.

– A luz da lua é adorável – ele respondeu com hesitação.

– Mas eu tenho que confessar que acho a sua fonte meio perturbadora.

Eu fiquei surpresa. Ainda enfeitiçada pela lua brilhante, levantei a cabeça para olhar nos olhos dele.

– Perturbadora? – balancei a cabeça, sem entender. – Mas é Zeus e Europa... e não é a minha fonte. Era da minha mãe. O meu pai deu a ela como presente de casamento.

– Eu não quero criticar o seu pai, mas parece um presente inadequado para uma jovem esposa. – Arthur olhou de novo para a fonte banhada pela lua. – Emily, eu sei que você é inocente, e este é um assunto que é melhor não discutir, mas você não sabe que Zeus estupra a virgem Europa depois de sequestrá-la na forma de um touro?

Eu tentei ver a fonte aos olhos dele, mas mesmo assim tudo o que vi foi a força e a majestade do touro e a beleza nubente da virgem. Então, por alguma razão, a minha voz falou palavras que até então eu só havia pensado em silêncio.

– E se Europa foi com Zeus por vontade própria? E se ele realmente a amasse, e ele a ela, e se na verdade quem chamou isso de estupro foram aqueles que não queriam que os dois ficassem juntos, que não queriam que eles tivessem um final feliz?

Arthur deu uma gargalhada e acariciou o meu braço de modo condescendente.

– Como você é romântica! Acho que gosto mais da sua versão do mito do que a versão indecente que eu conheço.

– Indecente? Nunca a considerei assim.

Eu fiquei olhando para a fonte... a fonte de minha mãe... agora a minha fonte. Então o calor humano que Arthur tinha me feito sentir começou a se resfriar.

– É claro que não. Você não sabe nada de indecência, minha doce Emily.

Quando ele começou a acariciar o meu ombro de novo, tive que me esforçar para não repelir o seu toque condescendente.

– Mas, por falar em fontes e jardins, isso me lembra de que minha mãe começou a fazer planos de jardins extensos no terreno da casa dos Simpton. Ela me disse que está ansiosa em ter a sua colaboração, principalmente já que algum dia a casa dos Simpton vai ser o seu lar.

Senti uma súbita inquietação nessa hora, apesar de agora eu pensar que foi tolo de minha parte. Em todas as fantasias e planos que eu já tinha feito sobre a minha fuga e o meu futuro, nunca pensei que poderia estar me mudando de uma gaiola dourada para outra.

– Então nós vamos continuar morando com os seus pais aqui em Chicago depois que nos casarmos? – eu perguntei.

– É claro! Onde mais? Tenho certeza de que nós não iríamos morar confortavelmente na casa dos Wheiler, não com o temperamento tão desagradável de seu pai.

– Não, eu não ia querer viver aqui – garanti a ele. – Achei que você podia pensar em voltar para Nova York. O seu pai ainda tem interesses em negócios lá que precisam ser cuidados, não?

– De fato ele tem, mas os maridos de minhas irmãs são mais do que competentes em relação a isso. Não, Emily, eu não tenho vontade de sair de Chicago. O meu coração está nesta cidade. Ela está sempre mudando. Sempre tem alguma coisa nova acontecendo aqui, sempre uma excitação diferente, uma nova descoberta surgindo a cada amanhecer.

— Acho que eu conheço pouco da cidade — tentei não soar tão amarga e fria quanto eu me sentia. — Para mim, Chicago está reduzida à casa dos Wheiler.

— Não há nada de errado em ser inocente, Emily. Isso também é uma forma intrigante de excitação e descoberta.

Então ele me chocou ao me puxar de forma meio rude e me beijar impetuosamente. Eu deixei que ele me beijasse e fizesse uma carícia longa e ardente nas minhas costas, quando ele colocou a sua mão por dentro do meu penhoar aberto. O toque dele não me provocou repulsa, mas agora, pensando bem, devo admitir, ainda que apenas para o meu silencioso diário, que eu gosto muito mais das atenções dele quando sou eu que começo. A urgência da boca dele pareceu estranha e quase invasiva.

Fui a primeira a interromper o abraço, afastando-me dele e fechando o meu penhoar recatadamente.

Arthur limpou a garganta e passou a mão trêmula pelo rosto antes de pegar a minha mão com delicadeza novamente.

— Eu não quis me aproveitar da sua solidão e cortejá-la de forma inadequada.

Eu suavizei a minha voz e levantei o rosto timidamente para ele, piscando os cílios.

— A sua paixão realmente me surpreendeu, Arthur.

— É claro que sim. Eu vou tomar mais cuidado com a sua inocência no futuro — ele me assegurou. — Mas você não tem ideia de como é linda e desejável. Principalmente do jeito em que está vestida.

Eu ofeguei e coloquei as mãos no rosto. No disfarce da escuridão, ele não percebeu que não fiquei ruborizada por causa das suas palavras.

— Eu não quis parecer inadequada! Nem pensei em como estou pouco vestida. Eu tive que dispensar a minha criada para ter certeza de que nem os empregados iriam descobrir que eu estava esperando por você.

— Eu não a culpo... de forma alguma — ele me tranquilizou.

— Obrigada, Arthur. Você é tão bom e gentil — eu falei, apesar de essas palavras quase ficarem presas na minha garganta. Então eu fingi que bocejei e cobri a boca delicadamente com a mão.

— Esqueci como já é tarde. Você deve estar exausta. Tenho que ir embora, principalmente porque é melhor não cruzar o caminho do seu pai, pelo menos por enquanto. Lembre-se, eu vou passar de bicicleta pelo portão do jardim toda noite até segunda-feira, esperando ver um lírio colhido.

— Arthur, por favor, não fique bravo comigo se eu não conseguir escapar. Vou tentar ao máximo, mas eu preciso ficar em segurança. Você sabe como o meu pai está se tornando imprevisível.

— Eu não conseguiria ficar bravo com você, minha doce Emily. Mas vou manter as esperanças. Se for possível, eu rezo para que possa vê-la antes de segunda-feira.

Eu assenti e concordei com ele com entusiasmo. Então fomos de mãos dadas até a beirada da cortina do salgueiro, onde ele me beijou delicadamente e partiu, assobiando baixinho e pisando levemente, como se não tivesse nenhuma preocupação no mundo.

Quando tive certeza de que ele tinha ido embora, saí do esconderijo do meu salgueiro e andei por dentro das sombras tranquilizadoras do caminho escuro até a casa. Não ouvi nenhum barulho enquanto corria até o meu quarto. Chegando lá, empurrei a cômoda para a frente da porta e tirei o meu diário do seu local secreto.

Agora, enquanto releio as minhas palavras, não acho que estou fazendo nenhuma injustiça com Arthur ou com a sua família por encorajá-lo a me pedir em casamento. Eu realmente me importo com ele e serei uma esposa boa e obediente, mas não vou colocar nenhum lírio no portão do jardim até segunda-feira. Não vou abusar da sorte mais do que já abusei. Arthur vai se comprometer comigo na segunda à noite, na frente do meu pai, da sua família e dos nossos pares da sociedade. O meu pai não vai se desgraçar recusando uma união de famílias tão importante e gloriosa. Então eu só tenho que continuar a estimular Arthur para que o nosso casamento seja rápido, e tudo vai ficar bem.

O que me deixa fria por dentro é o meu pai e a abominação dos seus desejos anormais. Quando eu estiver livre dele, serei livre para amar e viver de novo.

Não vou me permitir acreditar em nada mais.

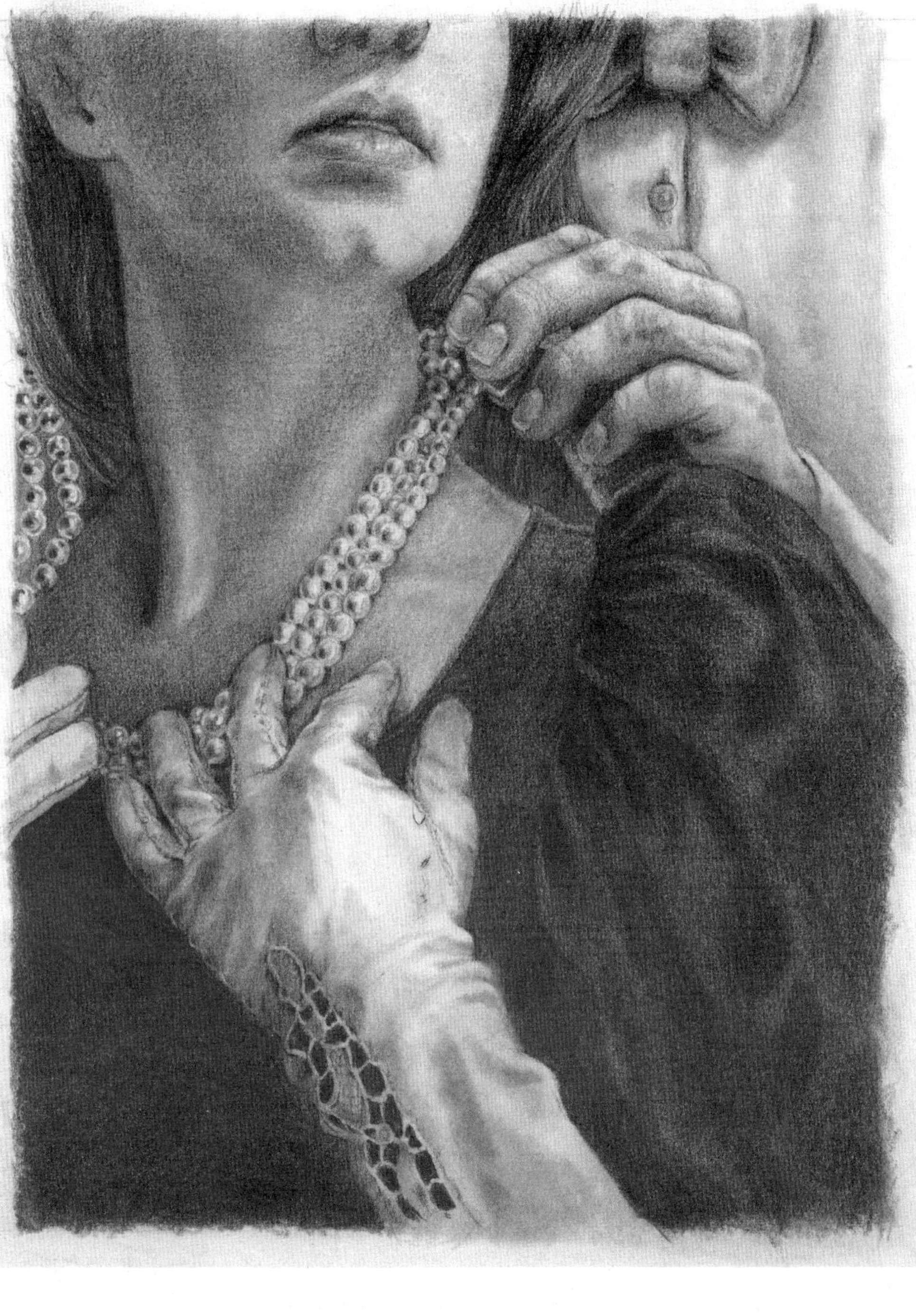

1º de maio de 1893
Diário de Emily Wheiler

Hoje, segunda-feira, dia 1º de maio do ano de 1893, minha vida mudou irrevogavelmente. Não, não apenas a minha vida, mas o meu mundo. Para mim, parece que eu morri e ressuscitei diferente. Sinceramente, essa analogia não poderia ser mais adequada. Hoje a minha inocência foi assassinada e o meu corpo, o meu passado, a minha vida, realmente morreram. Mesmo assim, como uma fênix, eu ressurgi das cinzas da dor, do desespero e da decepção. E voei!

Eu preciso registrar os eventos terríveis e maravilhosos na sua totalidade, apesar de achar que devo parar de escrever e destruir este diário. Não posso deixar provas. Não posso mostrar nenhuma fraqueza. *Eu preciso estar no controle total da minha nova vida.*

Mas neste momento contar a minha história me acalma, quase do mesmo jeito que o esconderijo de sombras do meu jardim, embaixo do meu salgueiro, fazia que eu me sentisse mais calma.

Eu já sinto falta de lá. Não posso voltar nunca mais para o meu jardim e suas fiéis sombras, então só sobrou este diário para me confortar. E ele realmente me conforta. Apesar de eu ter caminhado entre as chamas do Inferno e olhado nos olhos dos seus demônios, as minhas mãos não tremem. Eu não vou vacilar ao escrever estas palavras.

Deixe-me começar pelo momento em que eu acordei no meio da manhã deste dia fatídico. Foi uma tosse violenta que me fez sentar na cama, ofegante, tentando respirar. Mary chegou rapidamente, tagarelando de preocupação.

– Senhorita! Eu já sabia desde ontem que a sua aparência não estava boa. Eu consigo prever uma febre melhor do que ninguém. Deixe-me chamar o médico – ela disse, enquanto estufava os travesseiros ao meu redor.

– Não! – Eu dei outra tossida, mas coloquei a mão na frente da boca para contê-la. – Eu não posso desapontar o meu pai. Se ele acreditar que estou realmente doente, que eu não vou poder acompanhá-lo hoje à noite, ele vai ficar bravo.

– Mas a senhorita não pode...

– Se eu não acompanhá-lo, ele irá à abertura da exposição sozinho, além do jantar no University Club. E vai voltar para casa bêbado e nervoso. Você sabe como ele pode ficar terrível. Não me faça dizer mais nada, Mary.

Mary abaixou a cabeça e suspirou.

– Sim, senhorita. Eu sei que ele fica fora de si quando bebe muito. E ele está contando com o seu apoio hoje.

– As grandes damas de Chicago solicitaram a minha presença – eu a lembrei.

Ela assentiu sombriamente.

– É verdade. Bem, então, só há uma coisa a fazer. Vou fazer para a senhorita o chá de ervas de minha avó, com limão, mel e uma colher de uísque irlandês. Como ela dizia, se o chá não lhe curar, vai ajudá-la a se sentir melhor.

Eu sorri ao ouvir o sotaque irlandês propositalmente acentuado de Mary e consegui não tossir de novo até ela sair do meu quarto. Disse a mim mesma que o seu chá iria ajudar. Afinal de contas, eu não podia estar doente – eu nunca ficava doente. Eu me perguntei se havia passado muito tempo descansando nos três últimos dias – evitando assim o meu pai e Arthur – e se o fato de fingir que estava doente me fez ficar doente de verdade.

Não. Essa era uma suposição fantasiosa. Eu estava um pouco indisposta, provavelmente por causa dos meus nervos combalidos. A pressão de ter que ficar me escondendo, esperando e pensando não podia ser boa para a minha saúde.

Mary voltou com o seu chá, e eu bebi tudo, deixando que o uísque me esquentasse e me acalmasse. Acho que foi nessa hora que o tempo começou a se alterar. As horas voaram. Parecia que eu tinha acabado de abrir os olhos quando Mary chegou para me ajudar a colocar o meu vestido de seda verde.

Em lembro que fiquei sentada diante do pequeno espelho da minha penteadeira observando Mary ajeitar o meu cabelo. Fiquei hipnotizada com as longas escovadas que ela deu. Mas, quando ela começou a fazer um coque elaborado, eu a fiz parar.

— Não – eu afirmei. – Apenas coloque o meu cabelo para trás, para tirá-lo do meu rosto. Prenda-o com uma das fitas de veludo da minha mãe, mas deixe o meu cabelo solto.

— Mas, querida, esse é um penteado de criança, não é adequado para uma grande dama da sociedade.

— Eu não sou uma grande dama. Tenho dezesseis anos. Não sou esposa nem mãe. Pelo menos, nesse aspecto, eu vou aparentar a idade que tenho.

— Muito bem, srta. Wheiler – ela respondeu respeitosamente.

Quando ela terminou o meu penteado simples, eu me levantei e parei diante do meu espelho de corpo inteiro.

Independentemente do que aconteceu mais tarde nesta noite, eu sempre vou me lembrar de Mary e da expressão de tristeza que tomou conta do seu rosto quando ela parou atrás de mim e nós duas observamos o meu reflexo no espelho. O vestido de seda esmeralda parecia colado ao meu corpo. Ele não tinha nenhum enfeite, exceto o volume dos meus seios e as curvas do meu quadril. Quase nada da minha pele ficava à mostra – o corpete era recatado e tinha mangas três-quartos –, mas a simplicidade do vestido realçava a exuberância da minha silhueta. A única coisa que realmente me encobria era o meu cabelo grosso caindo pelas minhas costas, apesar de ele ser tão sensual quanto o vestido.

— Você está encantadora, querida – Mary falou em voz baixa e depois apertou os lábios enquanto me analisava.

A febre e o uísque deixaram o meu rosto corado. A minha respiração estava ofegante e o meu peito chiava.

— Encantadora – eu repeti pensativamente. – Eu me descreveria assim.

Então a porta do meu quarto se abriu e o meu pai entrou, segurando uma caixa de joias. Ele parou abruptamente e ficou encarando o meu reflexo.

— Deixe-nos a sós, Mary – ele ordenou.

Antes que ela se mexesse, eu agarrei o seu pulso.

— Mary não pode sair agora, pai. Ela ainda não terminou de me ajudar a me vestir.

— Muito bem, então. – Ele deu passos largos na minha direção. – Afaste-se, mulher – ele falou, esbarrando em Mary e ocupando o lugar dela atrás de mim, enquanto ela foi para o canto do quarto.

Ele deu aquele olhar ardente para o meu reflexo. Tive que me esforçar para manter minhas mãos na lateral do meu corpo, em vez de instintivamente tentar me cobrir.

— Você está uma pintura, minha querida. Uma pintura – a voz áspera dele fez os pelinhos do meu braço se arrepiarem. – Sabe, como eu a vi tão pouco na última semana, quase me esqueci de como você é linda.

— Eu não passei muito bem, pai – eu disse.

— Agora você parece bem... bem demais! A sua cor está tão vívida que acredito que você está tão ansiosa por esta noite quanto eu.

— Eu não perderia esta noite por nada – falei de modo frio e sincero.

Ele riu consigo mesmo.

— Bem, minha querida, eu tenho algo para você. Sei que você vai ter tanto orgulho de usar isto quanto a sua mãe teve – ele abriu a caixa de veludo quadrada e exibiu o elegante colar de pérolas de três voltas de minha mãe.

Ele tirou o colar da caixa, que largou de lado, e o colocou no meu pescoço, prendendo o fecho de esmeralda. E então, com mãos quentes, ele levantou o meu cabelo, para que o colar caísse pesadamente em meu peito, em uma cascata tripla de esplendor.

Levantei a mão e toquei as pérolas. Elas pareceram muito frias contra a minha pele quente.

— Elas combinam com você, assim como combinavam com a sua mãe. – O meu pai colocou as suas mãos pesadas nos meus ombros.

Os nossos olhares se encontraram no espelho. Escondi cuidadosamente a minha repulsão a ele, mas, como ele ficou parado ali me encarando, soltei a tosse barulhenta que eu estava segurando. Cobrindo a boca, eu me desvencilhei da sua mão e fui rapidamente até a minha penteadeira, onde terminei de tossir em um lenço de renda e depois dei um longo gole no chá de Mary.

— Você está mesmo doente? — ele perguntou, parecendo mais bravo do que preocupado.

— Não — eu garanti. — Foram só os meus nervos e uma coceira na garganta, pai. Hoje é uma noite importante.

— Bem, então termine de se vestir e me encontre lá embaixo. A carruagem já está aqui e a abertura da Exposição Universal Colombiana não espera por nenhum homem ou *mulher*! — rindo do seu comentário sem graça, ele saiu do meu quarto batendo a porta.

— Mary, ajude-me a colocar os sapatos — eu falei e tossi de novo.

— Emily, você realmente não está bem. Talvez fosse melhor a senhorita ficar em casa. — Ela se abaixou para fechar a fivela dos meus belos sapatos de seda e couro.

— Como na maior parte da minha vida, acho que não tenho muita escolha. Eu tenho que ir, Mary. Vai ser bem pior se eu ficar.

Ela não disse mais nada, mas a sua expressão de pena foi bem eloquente.

Fiquei feliz que o trajeto de carruagem até Midway foi rápido, apesar de as ruas estarem entupidas de gente. Até o meu pai ficou olhando boquiaberto ao redor.

— Meu Deus! O mundo inteiro está em Chicago! — ele exclamou.

Fiquei aliviada que ele estava muito ocupado para olhar para mim e para perceber que, quando eu levava o meu lenço rendado à boca, estava tentando encobrir uma tosse.

Mesmo doente e nervosa como eu estava, nunca vou me esquecer da primeira visão que tive do milagre que era a Exposição Universal Colombiana. Era, de fato, uma grande cidade branca, luminosa como as pérolas de minha mãe. Extasiada, segurei no braço do meu pai e deixei que ele me guiasse até o grupo elegante de autoridades que esperavam na frente da entrada de Midway Plaisance.

– Burnham! Bom trabalho, bom trabalho! – o meu pai gritou quando nos juntamos a eles. – Ryerson, Ayer, Field! Olhem para a multidão. Eu sabia que se conseguissem construir tudo a tempo, tudo daria certo, e, por Deus, eu tinha razão – ele se vangloriou e então soltou o meu braço, caminhando apressado na direção dos outros homens.

Enquanto o meu pai dava tapinhas nas costas de Burnham, Arthur Simpton passou por ele, encontrou os meus olhos e bateu no seu chapéu para me saudar. O sorriso dele irradiava felicidade, e um pouco do aperto no meu peito começou a passar enquanto eu retribuía o sorriso. Até me atrevi a sussurrar rapidamente para ele:

– Senti tanto a sua falta!

– Sim! – ele gritou e assentiu, e então foi rapidamente se juntar de novo aos outros homens, enquanto o meu pai ainda estava engajado numa conversa animada com o sr. Burnham.

Eu me juntei ao grupo de mulheres, encontrando a sra. Simpton facilmente, já que ela era alta e bonita. Nós apenas murmurarmos cumprimentos educados uma para a outra. Estávamos ocupadas demais olhando em volta, maravilhadas.

O sr. Burnham, que parecia ter envelhecido muitos anos desde o meu jantar, apesar de ter se passado apenas uma semana, limpou a garganta dramaticamente e então ergueu um cetro de marfim e ouro, com uma cúpula em miniatura na parte de cima, e anunciou:

– Amigos, familiares, homens de negócios e estimadas damas de Chicago, eu os convido a entrar na Cidade Branca!

O nosso grupo avançou em meio à pura fantasia. De ambos os lados, havia um museu vivo. Caminhando por Midway, passamos por conjuntos de vilas exóticas, de modo que parecia que éramos transportados instantaneamente da China até a Alemanha, do Marrocos até a Holanda, e até mesmo até às regiões mais sombrias da África!

Nós não conversamos uns com os outros, apenas demos exclamações de surpresa e apontamos de uma maravilha à outra.

Quando chegamos à exposição egípcia, eu fiquei hipnotizada. O templo que se estendia acima de mim era uma pirâmide dourada, coberta por símbolos exóticos e misteriosos. Fiquei parada ali, com a respiração ofegante e o meu lenço pressionado contra os lábios para conter outra tosse. Então a cortina dourada que servia de porta do templo foi aberta. Uma mulher de uma beleza estonteante surgiu. Ela estava sentada em um trono dourado, construído em cima de duas varas laterais, que ficavam apoiadas nos ombros de seis homens negros como breu e musculosos como touros.

Ela se levantou e atraiu a atenção de todos tão completamente que, mesmo em meio à cacofonia humana que nos rodeava, surgiu um bolsão de silêncio.

— Eu sou Neferet! Rainha do Pequeno Egito. Eu ordeno que vocês me assistam – a voz dela era forte e nítida, com um sedutor sotaque estrangeiro.

Ela abriu a sua capa dourada e a afastou com os ombros, revelando um traje mínimo de seda e correntes de contas e conchas douradas. De dentro do templo, ressoou a batida de tambores, com som forte e ritmado. Neferet levantou os braços graciosamente e começou a mexer os quadris, acompanhando a música.

Eu nunca tinha visto uma mulher tão bonita nem tão audaciosa. Ela não sorriu. Na verdade, ela parecia zombar da multidão que a assistia com seu olhar gélido e atrevido. Os seus grandes olhos negros estavam com uma maquiagem pesada em tons escuros e dourados. Na pequena reentrância do seu umbigo, havia uma brilhante pedra vermelha.

— Emily! Aí está você! Minha mãe disse que se perdeu de você. O nosso grupo já foi. O seu pai vai ficar muito bravo se souber que você ficou aqui, assistindo ao show dessa mulher indecente. – Arthur franziu a sobrancelha para mim.

Olhei em volta e percebi que ele estava certo – a mãe dele, as outras mulheres e o nosso grupo inteiro não estavam em nenhum lugar à vista.

– Oh, eu não percebi que fiquei para trás! Obrigada por me encontrar, Arthur. – Peguei o braço dele, mas, enquanto ele me levava embora, virei para trás e olhei para Neferet. O olhar escuro dela encontrou o meu e, com uma arrogância bem clara, ela deu uma gargalhada.

Eu lembro que naquele momento só consegui pensar nisto: *Neferet nunca iria permitir que um homem a conduzisse, que lhe desse ordens e lhe dissesse o que fazer!*

Mas eu não era Neferet. Eu não era rainha de nada e preferia ser conduzida por Arthur Simpton a ser abusada pelo meu pai. Então eu me agarrei a Arthur, dizendo como era bom revê-lo e como eu senti desesperadamente a sua falta, e o escutei falar sem parar sobre como os seus pais estavam excitados em relação ao nosso noivado iminente e como ele não estava nem um pouco nervoso, apesar de a sua torrente de palavras parecer desmentir isso.

Já estava quase anoitecendo na hora em que encontramos o nosso grupo, finalmente nos juntando a eles na base da invenção enorme e fantástica que Arthur me explicou que estavam chamando de roda-gigante.

– Emily, aí está você! – a sra. Simpton nos chamou e acenou. Fiquei horrorizada ao ver que ela estava ao lado de meu pai. – Ah, sr. Wheiler, eu não lhe disse que o meu Arthur iria encontrá-la e trazê-la de volta para nós sã e salva? Dito e feito.

– Emily, você não pode se perder. Pode acontecer qualquer coisa com você longe da minha vista! – O meu pai me tirou bruscamente do braço de Arthur sem dizer nenhuma palavra a ele nem à sua mãe. – Espere ali com as outras mulheres enquanto eu pego os nossos tíquetes para a roda-gigante. Ficou decidido que todos nós vamos dar uma volta nela antes de partirmos para o jantar no University Club – ele praticamente me empurrou em direção ao grupo, e eu tropecei e esbarrei em Camille e na sua mãe.

– Desculpem – eu disse, endireitando-me.

Foi então que percebi algo que não havia notado mais cedo, quando minha atenção estava totalmente voltada para Midway: Camille estava com o grupo das mulheres, assim como várias das minhas antigas amigas, como Elizabeth Ryerson, Nancy Field, Janet Palmer e Eugenia Taylor. Elas pareciam formar um muro sólido de desaprovação atrás de Camille e de sua mãe.

A sra. Elcott abaixou o seu longo nariz e me examinou.

– Vejo que você está usando as pérolas de sua mãe e um dos seus vestidos, apesar de essa remodelagem ter mudado bastante a aparência dele.

Eu já estava mais do que ciente de que as alterações no vestido de minha mãe realçavam o meu corpo, e pude ver pelos olhares de censura no rosto delas que, enquanto eu estava distraída pelas maravilhas da feira, elas estavam me julgando e me condenando.

– E eu vi que você estava de braço dado com Arthur Simpton – Camille acrescentou com uma voz que ecoava o tom afetado de sua mãe.

– Sim, que conveniente você se perder para ele ter que ir buscá-la – Elizabeth Ryerson também levantou a voz.

Eu endireitei os ombros e empinei o queixo. Não havia por que tentar explicar as minhas joias e a minha roupa, e eu certamente não ia me esconder dessas mulheres, mas senti que deveria sair em defesa de Arthur.

– O sr. Simpton estava sendo um cavalheiro. A sra. Elcott bufou.

– Como se você fosse uma dama! E agora é *sr. Simpton*?

Você parece ter muito mais intimidade com ele do que isso.

– Emily, você está bem? – a sra. Simpton veio ficar ao meu lado, encarando o grupo de garotas de cara azeda. Percebi que ela deu um olhar duro para a sra. Elcott.

Isso me fez sorrir.

– Muito bem, graças ao seu filho. A sra. Elcott, Camille e algumas garotas estavam comentando como ele foi cavalheiro, e eu estava concordando com elas – eu disse.

– Que gentileza delas notar isso – a sra. Simpton respondeu.

– Ah, Emily, ali estão os nossos homens com os nossos tíquetes – ela apontou para o meu pai, o sr. Elcott e Arthur. Os três estavam andando na nossa direção. – Emily, você vai se sentar ao meu lado, não vai? Tenho um medo horrível de altura.

– É claro – eu disse.

Quando a sra. Simpton se afastou para encontrar o seu filho, que estava sorrindo distraidamente para mim, senti Camille roçar em mim ao chegar bem perto. Atrás dela, senti o peso do olhar das outras garotas. A sua voz sussurrada estava carregada de maldade:

– Acho que você mudou muito, e não para melhor. Ainda sorrindo para Arthur, eu falei com voz baixa, esperando que Camille e as outras atrás dela escutassem, com uma frieza perfeitamente imperturbável:

– Eu me tornei uma mulher e não sou mais uma garota boba. Como você e as suas amigas ainda são garotas bobas, eu entendo que vocês não poderiam achar mesmo que mudei para melhor.

– Você se tornou uma mulher... Uma que não se importa com quem ela tem que usar ou com o que ela tem que fazer para conseguir o que quer – ela sussurrou de volta. Escutei murmúrios de concordância das outras garotas.

A frieza dentro de mim se expandiu. O que essa garotinha tola ou qualquer uma dessas meninas mimadas de cabeça oca sabiam das mudanças pelas quais eu tive de passar para sobreviver?

Sem deixar de sorrir para Arthur, eu disse devagar e claramente, alto o bastante para que todo aquele grupo maldoso escutasse:

– Você está totalmente certa, Camille. Então é melhor que todas vocês fiquem fora do meu caminho. Eu poderia dizer que detestaria se alguma de vocês se machucasse, mas eu estaria mentindo, então prefiro não dizer isso.

Então eu dei as costas a elas e fui rapidamente encontrar o meu pai, que estava tão ansioso por andar na roda-gigante que concordou que nós sentássemos na mesma cabine que os Simpton. Quando nós subimos a mais de oitenta metros de altura no ar, a mãe de Arthur segurou forte em mim com uma mão e no seu filho com a outra. Ela fechou os olhos e tremeu tanto que bateu os dentes.

Eu a achei uma tola, porém uma tola do bem. O seu medo a fez perder a vista mais espetacular do mundo. As águas azuis do Lago Michigan se estendiam tão longe quanto um horizonte, enquanto diante de nós se revelava uma cidade inteira que parecia ter sido construída com mármore branco. Enquanto o sol se punha atrás daquelas estruturas elegantes, as poderosas luzes elétricas que rodeavam o lago e o holofote brilhante na frente do Edifício da Eletricidade foram acesos, fazendo a Tribuna de Honra e a Estátua da República, que ficava no meio do lago e tinha cerca de vinte metros de altura, reluzirem com uma magnífica luz branca que rivalizava com a luz mais brilhante da lua cheia. A luz era tão forte que para mim era um tanto desconfortável olhar diretamente para ela, mas olhei assim mesmo.

A sra. Simpton perdeu tudo isso, e o seu filho também perdeu um pouco da vista, já que ele estava tão concentrado em acalmar o medo da mãe.

Jurei a mim mesma que nunca, nunca eu iria deixar que o medo me fizesse perder coisas magníficas.

O meu pai insistiu que o sr. e a sra. Burnham fossem na nossa carruagem até o University Club, o que me deu um alívio inesperado e muito bem-vindo. A sra. Burnham estava tão excitada com a roda-gigante e o sucesso da iluminação elétrica, que só servia para destacar o talento do seu marido, que eu não precisei conversar nem um pouco com ela. Eu simplesmente imitei a sua expressão, enquanto ela escutava atentamente o seu marido e o meu pai tagarelando sem parar sobre cada detalhe minúsculo da arquitetura da feira.

Como nós não estávamos mais andando pela exposição e os meus nervos tinham se acalmado, eu estava achando mais fácil controlar aquela tosse terrível que me atingiu tão de repente. Eu não queria admitir nem a mim mesma, mas eu estava me sentindo assustadoramente fraca e tonta – e havia um calor no meu corpo que estava se tornando cada vez mais desconfortável. Eu achava que podia estar doente de verdade e pensava se seria inteligente da minha parte pedir que Arthur me acompanhasse mais cedo para casa. Eu precisava esperar até que ele declarasse as suas intenções honrosas ao meu pai, e que o meu pai aceitasse. Na hora em que a carruagem chegou ao University Club, já estava sendo difícil evitar que a minha visão ficasse borrada. Até a luz bruxuleante dos lampiões a gás do clube causava uma dor latejante nas minhas têmporas.

Enquanto escrevo estas linhas, eu queria tanto ter entendido os sinais de alerta que eu estava recebendo – a tosse, a febre, o enjoo, a tontura... e, acima de tudo, a minha aversão à luz.

Mas como eu poderia saber? Quando a noite começou, eu era tão inocente em relação a tantas coisas.

A minha inocência logo seria despedaçada para sempre. Nós saímos das carruagens e fiquei satisfeita ao reparar que nenhuma das outras garotas solteiras teve a permissão de acompanhar os seus pais ao jantar. Pelo menos eu não iria ter o desgosto de ter que aturar os seus olhares invejosos de censura.

Todo o nosso grupo chegou a uma longa fila de carruagens e nós entramos juntos no saguão decorado do University Club. Fiquei aliviada ao notar que o pai de Arthur havia se juntado a ele e à sua mãe. Eu só tinha visto o pai de Arthur poucas vezes, e isso foi seis ou sete meses atrás, quando a família dele se mudou para a sua mansão não muito longe da casa dos Wheiler, mas eu fiquei chocada ao ver como o velho homem estava inchado e pálido. Ele se apoiava numa bengala e mancava visivelmente. Eu percebi quando Arthur e a sua mãe viram o meu pai e a mim, e eles desviaram o rumo do sr. Simpton para a nossa direção.

Apesar de inchado e doente como ele devia estar, o pai de Arthur tinha os mesmos olhos azuis brilhantes do filho e o mesmo sorriso charmoso. Depois de cumprimentar o meu pai e a mim, ele disse:

– Srta. Wheiler, é um prazer revê-la.

Senti um grande carinho por aquele homem e pensei que, mesmo que Arthur pudesse engordar e ter a saúde frágil quando envelhecesse, sempre iria restar nele uma centelha do jovem com quem eu havia me casado.

Fiz uma reverência e retribuí o seu sorriso.

– Sr. Simpton, estou tão feliz que o senhor esteja se sentindo bem o bastante para comparecer ao jantar desta noite.

– Jovem dama, nem a Morte em pessoa poderia me fazer perder esta noite – ele respondeu, com os olhos faiscando por causa do nosso segredo compartilhado.

– Que pena que você perdeu a roda-gigante, Simpton. Foi incrível, simplesmente incrível! – o meu pai afirmou.

– Incrivelmente assustador! – a sra. Simpton exclamou, abanando-se com a sua luva.

Eu quis sorrir e talvez dizer algo inteligente para a sra. Simpton sobre superar os seus medos, mas uma tosse me pegou desprevenida e eu tive que levar o meu lenço aos lábios e tentar controlar a minha respiração. Quando a tosse finalmente passou e me deixou respirar de novo, o meu pai e os Simpton estavam todos me analisando com variados graus de embaraço e preocupação.

Felizmente, a preocupação da sra. Simpton se manifestou antes do embaraço do meu pai.

– Emily, talvez você possa me acompanhar até o *lounge* das mulheres. Eu preciso jogar um pouco de água no rosto e recompor os meus nervos antes do jantar e, enquanto faço isso, você pode descansar em algum dos sofás.

– Obrigada, sra. Simpton – eu agradeci. – Acho que fiquei exausta por causa da feira hoje.

– Você precisa cuidar da sua saúde, srta. Wheiler – o sr. Simpton falou gentilmente.

– Sim, eu sei. O meu pai tem dito a mesma coisa para mim ultimamente.

– De fato! As mulheres têm uma constituição muito frágil – o meu pai acrescentou, assentindo.

– Ah, eu não poderia concordar mais, sr. Wheiler. Fique certo de que eu cuidarei de Emily. – Então a sra. Simpton se voltou para o seu marido: – Franklin, seja gentil e certifique-se de que nós sentaremos na mesma mesa do sr. Wheiler e Emily, para que nós duas não tenhamos dificuldade para encontrá-los quando voltarmos para o jantar.

– É claro, minha querida – o sr. Simpton respondeu. Arthur não disse nenhuma palavra, mas ele não parou de me olhar e deu uma piscada quando o meu pai não estava olhando.

– Pai, eu volto logo – eu falei, e então a mãe de Arthur e eu escapamos rapidamente.

Quando chegamos ao *lounge*, a sra. Simpton me puxou para um canto silencioso. Ela colocou as costas da sua mão na minha testa.

– Eu sabia que você estava quente! O seu rosto está tão corado. Há quanto tempo você está com essa tosse?

– Só desde hoje cedo – eu garanti a ela.

– Talvez você deva pegar a sua carruagem e ir para casa descansar. Arthur pode escolher outra noite para falar com o seu pai.

O pânico fez o meu estômago se revirar, e eu agarrei as mãos dela.

– Não, por favor! Tem que ser hoje. O meu pai está ficando cada vez pior. Sra. Simpton, olhe para mim. Veja este vestido.

Os olhos dela se abaixaram rapidamente e depois encontraram novamente os meus.

– Sim, querida. Eu reparei assim que a vi.

– O meu pai obrigou a costureira a transformar um dos vestidos favoritos de minha mãe nisto aqui. Eu tentei argumentar com ele e dizer que o estilo e o corte eram totalmente inadequados, mas ele não me ouviu. Sra. Simpton, eu tenho pena do meu pai e sei que ele está sofrendo pela minha mãe até mais do que eu, mas esse sofrimento o está mudando. Ele quer controlar tudo em relação a mim.

– Sim, Arthur me contou que ele não vai mais deixar você fazer nem trabalho voluntário.

— Sra. Simpton, o meu pai não vai mais me deixar sair de casa para nada, a não ser que ele esteja comigo. E o temperamento dele se tornou tão assustador, tão violento. E-eu não sei por quanto tempo mais eu posso aguentar! – eu ofeguei e o meu corpo tremeu quando outro acesso de tosse me atacou.

— Pronto, pronto. Estou vendo que tudo isso faz muito mal para a sua saúde. Você está certa. Arthur deve tornar públicas as suas intenções hoje, e o mais breve possível. Depois eu mesma vou acompanhá-la até sua casa, para que você possa descansar e se recuperar.

— Oh, obrigada, sra. Simpton! A senhora não pode nem imaginar o que isso significa para mim – eu solucei.

— Enxugue os seus olhos, Emily. Você pode me mostrar o quanto isso significa para mim prometendo que vai ser uma esposa boa e fiel para o meu filho.

— Eu prometo do fundo do meu coração! – jurei sinceramente. Eu não tinha como saber que o resto da noite iria mudar tudo.

O sr. Simpton havia atendido ao pedido da esposa. Ele e Arthur estavam sentados à mesma mesa que o meu pai e eu, além do sr. e da sra. Burnham e do sr. e da sra. Ryerson.

O meu pai me estendeu furiosamente uma taça de cristal cheia de champanhe rosado, dizendo:

— Beba isto. As borbulhas podem ajudar a melhorar essa tosse horrorosa!

Eu bebi, coloquei o meu guardanapo de linho sobre o colo e disfarçadamente observei a mãe de Arthur sussurrar algo para ele.

O rosto de Arthur ficou pálido, obviamente nervoso, mas ele assentiu firmemente. Então ele se virou para o seu pai, e eu mais vi do que ouvi quando ele disse "Está na hora". Devagar e com dificuldade, o pai dele se levantou, ergueu a sua taça de champanhe e, com uma faca de prata, bateu no cristal, silenciando a multidão.

– Prezadas damas e cavalheiros – ele começou. – Em primeiro lugar, gostaria de saudar o sr. Burnham e pedir que todos se juntem a mim em um brinde de congratulações à sua genialidade, que foi a força motriz por trás da Exposição Universal Colombiana.

– Ao sr. Burnham! – todos no recinto bradaram.

– Fico feliz em anunciar que as congratulações desta noite ainda não acabaram. Mas agora darei lugar ao meu filho Arthur, que vai nos guiar em nosso próximo brinde, com as minhas bênçãos.

Senti as batidas aceleradas do meu coração martelando em meu peito quando Arthur, alto, bonito e com o rosto sério, levantou-se. Ele deu a volta na nossa mesa até chegar ao meu pai. Arthur primeiro se curvou para ele e depois estendeu a sua mão para mim. Apesar de estar com as mãos terrivelmente trêmulas, absorvi força dele e me levantei para ficar ao seu lado.

– O que é... – o meu pai começou a gritar, mas Arthur habilmente o cortou.

– Barrett Wheiler, eu pública e formalmente, com a aprovação de minha família, declaro os meus mais profundos sentimentos por sua filha Emily e solicito a sua permissão para cortejá-la, com o expresso e honroso propósito de casamento – a voz de Arthur saiu grave e não falhou nem um pouco, sendo ouvida por todo o opulento salão de jantar.

Nesse momento, posso dizer que de fato o amei completamente.

– Ah, muito bem, Simpton! Parabéns! – foi o sr. Burnham e não o meu pai quem se levantou. – A Emily e Arthur! – O aposento ecoou o seu brinde, e então houve uma explosão de saudações e desejos de felicidades.

Enquanto a sra. Ryerson e a sra. Burnham me davam beijos gentis e cumprimentavam Arthur e a mim, eu vi o pai de Arthur ir mancando até o meu pai. Prendi a respiração. Apesar de o meu pai estar com uma expressão sombria, eles trocaram um aperto de mãos.

– Está feito – Arthur também estava observando e sussurrou essas palavras para mim quando se curvou e beijou a minha mão.

Não sei se foi por causa do alívio ou da minha indisposição, mas foi nessa hora em que eu desmaiei.

Quando recuperei os sentidos, havia um pandemônio ao meu redor. O meu pai estava gritando por um médico. Arthur tinha me levantado e estava me carregando para fora do grande salão, para uma sala de estar. A sra. Simpton tentava tranquilizar o meu pai e Arthur, falando que eu simplesmente estava muito emocionada e já não me sentia bem durante o dia.

– E o vestido da pobrezinha é muito apertado – ela falou enquanto Arthur me acomodava delicadamente em um sofá.

Tentei acalmar Arthur e concordar com a sua mãe, mas não consegui falar em meio a mais um acesso de tosse. De repente, havia um homem com uma barba grisalha inclinado sobre mim, sentindo o meu pulso e auscultando o meu peito com um estetoscópio.

– Definitivamente não está bem... febre... pulsação acelerada... tosse. Mas, à luz dos eventos da noite, eu diria que tudo, exceto a tosse, pode ser atribuído à histeria feminina. Eu prescreveria descanso e talvez um chá quente.

– Então, ela vai ficar bem? – Arthur segurou a minha mão. Consegui sorrir e responder por mim mesma:

– Vou sim. Prometo. Só preciso descansar.

– Ela precisa ir para casa e para a sua cama – o meu pai afirmou. – Vou chamar a nossa carruagem e...

– Ah, não, pai! – Eu me forcei a sorrir para ele e a me sentar. – Eu não iria descansar bem sabendo que fui a causa de fazê-lo sair deste jantar especial, pelo qual estava tão ansioso.

– Sr. Wheiler, por favor, dê-me a honra de acompanhar a sua filha até em casa – o sr. Simpton me surpreendeu ao dizer. – Eu entendo como é um fardo para a família quando um dos membros não está bem, já que não me sinto eu mesmo há meses. Concordo com Emily, descansar pode fazer um bem enorme a nós dois, e isso não deve atrapalhar a celebração de vocês. Sr. Wheiler, Arthur, por favor, fiquem. Comam, bebam e divirtam-se por Emily e por mim.

Disfarcei o meu sorriso com uma tosse. O sr. Simpton havia colocado o meu pai por duas vezes na mesma noite em uma posição na qual ele faria um papel ridículo se recusasse. Se eu não estivesse me sentindo tão mal, teria vontade de sair dançando de alegria.

– Bem, de fato. Vou permitir que você acompanhe a minha Emily até em casa – a voz de meu pai soou áspera, beirando à grosseria, mas todos ao nosso redor agiram como se não percebessem.

Todos exceto Arthur. Ele pegou a minha mão e encontrou o olhar sombrio de meu pai, dizendo:

– Agora é *nossa* Emily, sr. Wheiler.

Foi Arthur e não o meu pai quem me ajudou a entrar na carruagem dos Simpton, e foi Arthur quem beijou a minha mão e me desejou boa noite, afirmando que iria me visitar na tarde seguinte.

O meu pai ficou parado em pé sozinho, olhando furioso para a carruagem bonita e bem estofada que se afastava, levando a mim e ao sr. Simpton, sorridentes e acenando para quem ficava.

Parecia que eu era uma princesa que finalmente tinha encontrado o seu príncipe.

A casa dos Wheiler estava estranhamente escura e silenciosa quando a carruagem dos Simpton me deixou na calçada em frente à porta. O sr. Simpton quis entrar comigo, mas eu protestei, pedindo que ele não forçasse a sua perna mais do que o necessário, e expliquei que o criado de meu pai e a minha criada estavam esperando lá dentro.

Então eu fiz algo que me deixou surpresa comigo mesma. Eu me inclinei e beijei a bochecha daquele homem idoso.

– Obrigada, senhor. Devo-lhe a minha gratidão. Hoje o senhor me salvou... duas vezes.

– Ah, não foi nada! Fiquei feliz com a escolha de Arthur. Fique bem, minha filha. Nós nos veremos de novo em breve.

Estava pensando em como eu tinha sorte por ter encontrado Arthur e os seus bondosos pais quando entrei no saguão e acendi o lampião a gás. Depois da escuridão tranquilizadora da carruagem e da noite, aquela luz pareceu provocar pontadas nas minhas têmporas, então eu apaguei o lampião na mesma hora.

– Mary! – eu gritei. Não ouvi nenhum movimento na casa. – Carson! Olá! – chamei de novo, mas as minhas palavras se dissolveram em uma tosse terrível.

Eu ansiava pelas sombras reconfortantes do meu jardim e pelo disfarce da escuridão embaixo do meu salgueiro – como eu achava que aquilo iria me acalmar! Mas eu estava me sentindo tão mal que sabia que precisava me deitar. Verdade seja dita, a gravidade da minha tosse e a minha febre alta estavam começando a me deixar com medo. Subi com esforço os três lances de escada, desejando que Mary me ouvisse e aparecesse para me ajudar.

Eu ainda estava sozinha quando cheguei ao meu quarto. Puxei a corda que tocava o sino no pequeno quarto de Mary no porão e desabei na minha cama. Não tenho ideia de por quanto tempo fiquei deitada ali, com dificuldade para respirar. Pareceu muito tempo. Tive vontade de chorar. Onde estava Mary? Por que eu tinha sido deixada sozinha? Tentei desabotoar os minúsculos botões que desciam do meu pescoço até a minha cintura e tirar o vestido de seda verde que era tão apertado, mas mesmo se eu estivesse bem isso seria praticamente impossível. Naquela noite, eu não seria capaz nem de tirar o colar de pérolas de minha mãe.

Completamente vestida, fiquei deitada na minha cama, lutando para respirar entre uma tosse e outra, em um estado em que eu parecia estar mais sonhando do que acordada. Uma onda de fraqueza me abateu, fechando os meus olhos. Acho que posso ter dormido nessa hora, pois quando recobrei os sentidos e me dei conta do mundo à minha volta, pensei que estava presa em um pesadelo horrível.

Senti o cheiro dele antes de conseguir abrir os olhos. O aroma de conhaque, bafo azedo, suor e charutos tomou conta do meu quarto.

Eu me esforcei para abrir os olhos. Ele era uma grande sombra disforme sobre a minha cama.

– Mary? – eu não falei o nome dele, pois não queria acreditar no que os meus sentidos me diziam.

– Ah, você está acordada? – a voz do meu pai estava arrastada por causa do álcool e cheia de raiva. – Ótimo. Você precisa acordar mesmo. Temos coisas para acertar entre nós.

– Pai, eu estou doente. Vamos esperar até amanhã e conversar quando eu estiver melhor – eu me afastei para trás em direção aos meus travesseiros, tentando aumentar a distância entre nós.

– Esperar? Eu já esperei demais!

— Pai, eu preciso chamar Mary. Como o médico disse, ela precisa me fazer um chá quente para que eu possa descansar.

— Pode chamar Mary o quanto quiser, ela não virá. Nem Carson ou a cozinheira. Eu mandei todos para a exposição. Disse a eles que podiam tirar toda a noite de folga. Não há ninguém aqui além de nós dois.

Foi nessa hora que fiquei com medo. Juntei todas as forças que me restavam, deslizei até o outro lado da cama e me levantei. O meu pai era velho e estava bêbado. Eu era jovem e corria rápido. Se eu pudesse desviar do meu pai, ele não conseguiria me agarrar.

Mas naquela noite eu não era uma garota que corre rápido. Eu estava tonta de febre, fraca e com uma tosse que não me deixava respirar direito. Quando tentei passar correndo por ele, parecia que minhas pernas eram feitas de pedra e eu tropecei.

— Desta vez, não. Desta vez nós vamos acertar isso! — O meu pai agarrou o meu pulso e me puxou.

— Nós não temos nada para acertar! Eu vou me casar com Arthur Simpton e ter uma vida boa e feliz longe de você e das suas perversões! Você acha que eu não percebo como você me olha? — eu gritei. — Tenho nojo de você!

— Você tem nojo de mim? Sua puta! É você que me tenta. Eu vejo como você me observa... como se exibe para mim. Eu conheço a sua verdadeira natureza, e até o fim desta noite você também vai conhecê-la! — ele rosnou, salivando no meu rosto.

Então ele me atacou. Não no rosto. Ele não me bateu no rosto nenhuma vez naquela noite. Com uma das mãos, ele segurou os meus pulsos com força, levantando os meus braços acima da minha cabeça, enquanto ele batia no meu corpo com a outra mão em punho.

Tentei lutar com todas as minhas forças. Mas, quanto mais eu lutava, com mais força ele me batia. Eu estava impulsionada pelo terror, como um animal selvagem encurralado por um caçador, até que ele segurou a parte da frente do meu vestido de seda e o rasgou, arrebentando também o colar de minha mãe, de modo que as pérolas caíram ao nosso redor feito chuva, enquanto os meus seios ficavam totalmente expostos.

Então o meu corpo me traiu. Não consegui mais lutar. Fiquei fria e letárgica. Eu não me mexi quando, com um rugido animalesco, ele me prensou contra a cama, levantou as minhas saias e penetrou com força a minha parte mais íntima, enquanto mordia e apalpava os meus seios. Eu só gritei e gritei, até a minha garganta ficar áspera e eu perder a voz.

Ele não demorou muito para terminar. Depois de tudo, ele desabou, com o seu corpo pesado e suado me pressionando contra a cama.

Pensei que eu ia morrer, sangrando e ferida embaixo dele, sufocada pela dor, pela perda e pelo desespero.

Eu estava errada.

Ele começou a roncar bastante e eu percebi que ele tinha pegado no sono. Eu me atrevi a empurrar o seu ombro e, com um grunhido, ele rolou para o outro lado e saiu de cima de mim.

Não me mexi. Esperei até que ele recomeçasse a roncar. Só então comecei a me afastar lentamente. Tive que parar várias vezes e colocar a mão contra a boca para abafar a minha tosse molhada, mas finalmente saí da cama.

Aquele torpor do meu corpo havia passado, apesar de eu desejar com todas as forças que ele voltasse. Mas eu não ia deixar que a dor me fizesse hesitar. Eu me movi o mais rápido que o meu corpo combalido permitia e peguei o meu sobretudo no armário. Então, devagar, em silêncio, eu recolhi as pérolas soltas e o fecho de esmeralda no chão e guardei tudo nos bolsos do meu casaco, além deste diário.

Saí pela porta dos fundos. Apesar de não poder correr o risco de fazer uma pausa embaixo do meu salgueiro, andei pelo meu caminho escuro pela última vez, pedindo que as sombras me encobrissem e extraindo conforto daquelas trevas familiares. Quando cheguei ao portão do jardim, parei e olhei para trás. A lua cheia havia iluminado a fonte de novo. O rosto de mármore de Europa estava voltado para mim e, com a minha visão borrada, parecia que a água da fonte havia se transformado em lágrimas e que ela chorava a minha perda. Desviei o olhar da fonte para o caminho e percebi que eu havia deixado um rastro de sangue.

Saí pelo portão do jardim, por onde havia entrado na minha vida Arthur, por quem eu acreditei que seria salva. Eu iria refazer os passos de Arthur. Ele ainda era a minha salvação... ele tinha que ser a minha salvação.

A mansão dos Simpton não ficava muito longe na South Prairie Avenue. Fiquei satisfeita por ser tão tarde. Não vi quase ninguém enquanto caminhava com dificuldade pela calçada, coberta pelo sobretudo que fechei bem apertado no meu corpo.

Você pode pensar que, durante esse trajeto doloroso, eu fiquei imaginando o que iria dizer a Arthur. Mas não. Parecia que a minha mente não era minha, assim como mais cedo o meu corpo tinha parado de me obedecer. Eu só pensava que tinha que continuar caminhando na direção da segurança, da bondade e de Arthur.

Foi Arthur quem me encontrou. Eu tinha feito uma pausa na frente da mansão dos Simpton e estava apoiada na cerca fria de ferro forjado que decorava a entrada. Eu estava tentando recuperar o fôlego e organizar os meus pensamentos para encontrar o trinco do portão, quando Arthur, com a sua bicicleta, saiu de repente pelo mesmo portão do qual eu estava me aproximando.

Ele me viu e fez uma pausa, sem reconhecer na escuridão a minha silhueta encapotada e coberta com o capuz do casaco.

– Posso ajudá-la? – a sua voz gentil e familiar me comoveu. Eu tirei o capuz e, com uma voz tão fraca que eu mal reconheci como minha, gritei:

– Arthur! Sou eu! Ajude-me! – Então um ataque de tosse mais severo do que todos os anteriores tomou conta de mim, e eu comecei a cair.

– Ah, meu Deus! Emily! – Ele jogou a sua bicicleta de lado e me pegou em seus braços enquanto eu caía. Nessa hora o meu casaco se abriu, e ele ofegou de choque ao ver o meu vestido rasgado e o meu corpo ferido e ensanguentado. – O que aconteceu com você?

– O meu pai – eu solucei, tentando desesperadamente falar enquanto me esforçava para respirar. – Ele me atacou!

– Não! Como pode ser? – Eu vi o olhar dele se desviar do meu rosto intocado para as feridas nos meus seios expostos e para a minha saia rasgada e as minhas coxas cobertas de sangue. – Ele... ele abusou completamente de você!

Eu estava encarando os seus olhos azuis, esperando que ele me confortasse e me levasse para dentro, para a sua família, onde eu seria tratada e depois iria ver o meu pai pagar pelo que ele tinha feito.

Mas, em vez de amor, compaixão ou mesmo bondade, eu vi choque e horror em seus olhos.

Eu mexi o meu corpo, para me cobrir novamente com o casaco. Arthur não fez nenhum movimento para me manter em seus braços.

– Emily – ele começou, com uma voz que soou estranha e formal. – Está claro que você foi violentada, e eu...

Nunca saberei o que Arthur ia dizer, pois nesse momento uma figura alta e elegante saiu das sombras e apontou um dedo longo e pálido para mim, dizendo:

– Emily Wheiler! Fostes Escolhida pela Noite; tua morte será teu nascimento! A Noite te chama; escute a Sua doce voz. Teu destino aguarda por ti na Morada da Noite!

Minha testa explodiu em uma dor cegante, e eu cobri a cabeça com as mãos, tremendo violentamente e esperando a morte.

Incrivelmente, quando respirei de novo senti um alívio no peito e o ar fresco fluiu livremente para dentro de mim. Abri os olhos e vi que Arthur estava parado a vários passos de onde eu estava deitada, como se ele tivesse começado a fugir. A figura sombria era um homem alto. A primeira coisa que reparei foi que ele tinha uma tatuagem cor de safira no seu rosto, feita de linhas que saíam em espiral da lua crescente no meio de sua testa, passando sobre a sobrancelha e descendo pelas bochechas.

– Meu Deus! Você é um vampiro! – Arthur exclamou.

– Sim – ele respondeu a Arthur, quase sem olhar para ele. Toda a sua atenção estava focada em mim. – Emily, você entende o que aconteceu com você? – o vampiro me perguntou.

— O meu pai me espancou e me estuprou — quando falei essas palavras, clara e dolorosamente, senti os últimos resquícios de doença saírem do meu corpo.

— E a Deusa, Nyx, a Marcou como sua. Nesta noite você vai deixar a vida dos humanos para trás. De agora em diante, você responderá apenas à nossa Deusa, ao nosso Conselho Supremo e à sua própria consciência.

Balancei a cabeça, sem compreender totalmente.

— Mas Arthur e eu...

— Emily, eu lhe quero bem, mas isso é demais para mim. Eu não posso, e não vou, ter esse tipo de coisas na minha vida. — Então Arthur Simpton se virou e saiu correndo de volta para a casa dos seus pais.

O vampiro se moveu na minha direção e, com graça e força sobrenaturais, levantou-me em seus braços, dizendo:

— Deixe esse rapaz e a dor da sua antiga vida para trás, Emily. Há cura e aceitação esperando por você na Morada da Noite.

E é assim que eu termino o registro do que aconteceu comigo nesta noite terrível e maravilhosa. O vampiro me carregou para uma carruagem escura, puxada por duas parelhas perfeita de éguas negras. Os assentos do lado de dentro eram de veludo preto. Não havia luz alguma, e eu saudei a escuridão, encontrando conforto nela.

A carruagem nos levou até um palácio feito de mármore de verdade, e não daquela fraca imitação de pedra com que os humanos de Chicago haviam construído a sua exposição.

Depois que passamos pelo portão e atravessamos os muros altos e grossos, uma mulher me encontrou na escadaria da frente. Ela também tinha uma tatuagem da lua crescente cor de safira no meio da sua testa e símbolos que a rodeavam. Ela acenou alegremente, mas, quando a carruagem parou e o vampiro Rastreador teve que me carregar para me tirar lá de dentro, ela veio correndo na nossa direção. Ela trocou um longo olhar com o outro vampiro antes de voltar os seus olhos hipnotizantes para mim. Então ela tocou o meu rosto com delicadeza e disse:

– Emily, eu sou a sua mentora, Cordelia. Aqui você está segura. Nenhum homem nunca mais vai machucá-la de novo.

Em seguida, ela me levou até uma enfermaria particular suntuosa, lavou e enfaixou o meu corpo e me fez beber vinho misturado a algo com um gosto quente e metálico.

Ainda estou bebendo esse vinho enquanto escrevo. O meu corpo dói, mas a minha mente voltou a ser minha. E acho, como sempre, que estou aprendendo...

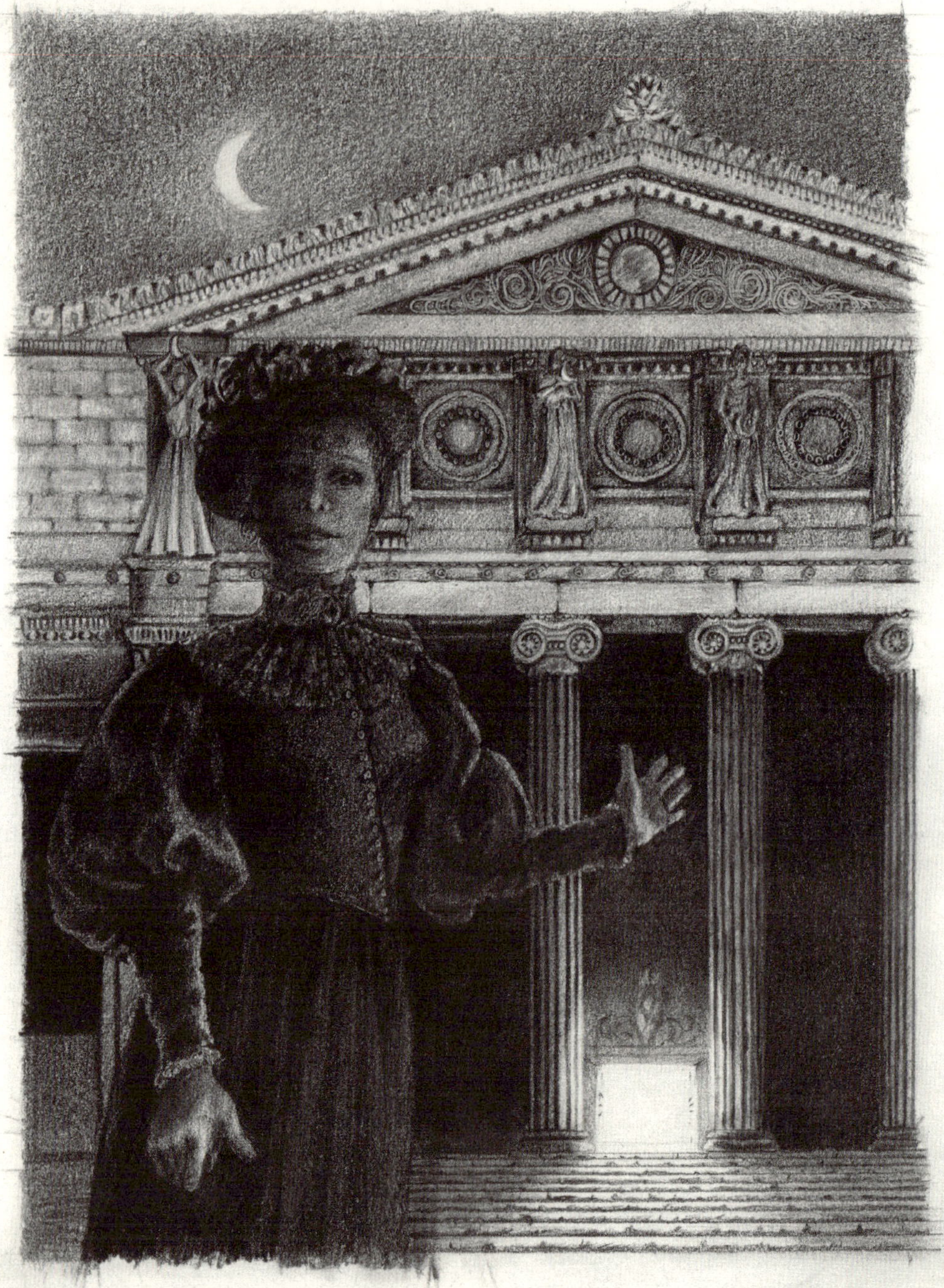

8 de maio de 1893
~~*Diário de Emily Wheiler*~~
Diário de Neferet
Registro: primeiro e último

Eu decidi. Fiz a minha escolha. Este vai ser o último registro no meu diário. Ao contar o fim da história de Emily Wheiler e o começo da nova vida extraordinária de Neferet, vou terminar o que comecei aqui nestas páginas cinco meses atrás.

Eu não estou louca.

Os terríveis eventos que aconteceram comigo e que estão registrados nestas páginas não ocorreram por causa de histeria ou paranoia.

Os terríveis eventos que aconteceram comigo ocorreram porque, como uma jovem garota humana, eu não tinha nenhum controle sobre a minha própria vida. Mulheres invejosas me condenaram. Um homem fraco me rejeitou. Um monstro abusou de mim. Tudo porque eu não tinha poder para influenciar o meu próprio destino.

Independentemente do que esta nova vida como novata e, eu espero, como uma vampira completamente Transformada vá me trazer, eu só faço uma única promessa a mim mesma: nunca vou permitir que ninguém tenha controle sobre mim de novo. Não importa o que isso custe, eu vou escolher o meu próprio destino.

Foi por isso que eu o matei na noite passada. Ele usou e abusou de mim. Quando fez isso, tinha total controle sobre mim. Tive que matá-lo para recuperar esse controle. Ninguém nunca mais vai me machucar sem sofrer igualmente ou até mais de volta. Eu fingi para Cordelia e para o Conselho da Escola que não tive a intenção de matá-lo, que ele me obrigou a isso, mas não é verdade. Aqui, nas páginas finais do meu diário, eu vou contar apenas a verdade.

E então a verdade será enterrada com este livro, e com ele vou enterrar o meu passado.

Até a minha mentora, Cordelia, uma Grande Sacerdotisa que tem tanto poder quanto beleza e que está a serviço da Deusa da Noite, Nyx, há quase dois séculos, não entende a minha necessidade de equilibrar os pratos da balança da minha vida. Na noite após eu ter sido Marcada e entrado na Morada da Noite, saí da enfermaria e ela me mostrou o meu novo quarto – um aposento bonito e espaçoso onde, por causa dos meus ferimentos, eu podia ficar sozinha. Lá ela tentou conversar comigo sobre ele.

– Emily, o que esse homem fez com você foi abominável. Quero que me escute com atenção. Você não tem a menor culpa pela violência que ele cometeu contra você – ela disse.

– Acho que não é assim que ele e os seus amigos verão as coisas – eu falei.

– A lei humana e a lei dos vampiros não são as mesmas. Os humanos não têm jurisdição sobre nós.

– Por quê? – eu perguntei.

– Porque os humanos e os vampiros não são iguais. De fato, existem mais humanos do que vampiros, mas nós temos muito mais riqueza e poder como indivíduos do que eles jamais podem sonhar em obter. Nós somos mais fortes, mais inteligentes, mais talentosos e mais bonitos. Sem os vampiros, o mundo não seria nada além de uma vela apagada.

– Mas e se ele vier atrás de mim?

– Ele vai ser impedido. Aquele homem nunca mais vai machucá-la de novo. Eu lhe dou a minha palavra – Cordelia não levantou a voz, mas eu senti quando o poder da raiva contida nas suas palavras roçou a minha pele, e eu acreditei nela.

– Mas e se eu quiser ir atrás dele?

– Com qual objetivo?
– Para fazê-lo pagar pelo que ele me fez! Cordelia suspirou.
– Emily, nós não podemos mandar prendê-lo, assim como ele não pode mandar prender qualquer um de nós.
– Eu não quero que ele seja preso! – eu gritei.
– O que você quer?

Eu quase confessei a verdade a ela, mas algo no seu olhar sereno e na honestidade do seu belo rosto deteve as minhas palavras. Eu ainda não tinha decidido, mas o meu instinto me disse para guardar para mim mesma os meus pensamentos e desejos mais profundos, e foi exatamente isso o que eu fiz.

– Quero que ele admita que é um monstro e que foi errado o que ele me fez – eu falei.
– E você acha que isso iria ajudá-la a se curar?
– Sim.
– Emily, eu acredito sinceramente que você tem um poder especial esperando para se formar dentro de você. Senti isso desde a primeira vez em que a vi. Acho que a nossa Deusa preparou grandes dons para lhe conceder. Você pode ser uma grande força para o bem, principalmente porque foi tão ferida pelo mal, mas precisa escolher se curar e libertar o mal que foi feito a você, para deixar que ele morra com a sua antiga vida.
– Então ele nunca vai pagar pelo que me fez – eu não formulei a questão como uma pergunta, mas ela respondeu assim mesmo.
– Talvez não nesta vida. Isso não é mais da sua conta. Minha filha, uma coisa que aprendi nos últimos dois séculos é que a necessidade de vingança é uma maldição, porque é impossível obtê-la na mesma medida. Duas pessoas, sejam humanos ou vampiros, jamais vão amar, odiar, sofrer ou perdoar do mesmo jeito. Então, um desejo insaciável por desforra se transforma em um veneno que estraga a sua vida e destrói a sua alma. – Ela tocou o meu braço e continuou com mais gentileza: – Vai ajudar se você seguir a tradição de incontáveis novatos que vieram antes de você e escolher um novo nome para simbolizar a sua nova vida.

— Vou pensar nisso – eu disse. – E também vou tentar esquecê-lo.

Não tive que pensar muito. Eu já sabia o nome que queria levar para a minha nova vida.

Eu tentei esquecê-lo. Mas, quando olho para o espelho e vejo os hematomas na minha pele branca, eu me lembro dele. Quando eu sinto dor e sangro nas partes mais íntimas do meu corpo, eu me lembro dele. Quando eu acordo gritando, com a voz rouca por reviver o pesadelo do que ele fez comigo, eu me lembro dele.

Então ele tinha que morrer. Se eu devo ser amaldiçoada pela minha necessidade de vingança e desforra, então que seja.

Esperei uma semana. Foi o tempo que levou para o meu corpo se recuperar. E eu realmente me recuperei. Eu tinha sido Marcada havia apenas sete dias, e mesmo assim eu já era mais forte do que qualquer mulher humana. As minhas unhas haviam endurecido e crescido. O meu cabelo estava mais grosso, mais cheio e mais comprido do que antes. Até os meus olhos cor de esmeralda estavam começando a mudar.

Eu escutei por acaso um dos Filhos de Erebus, os guerreiros cuja única função era proteger os novatos e as vampiras, dizer que os meus olhos estavam se tornando as esmeraldas mais fascinantes que ele já tinha visto.

Eu gostava de como eu estava mudando, e isso só me deixava mais determinada a me livrar do meu passado.

Não foi difícil sair da Morada da Noite. Eu não era uma prisioneira. Eu era uma estudante, respeitada e admirada pela minha beleza e pelo que

Cordelia chamava de meu potencial. Como estudantes, nós tínhamos acesso a uma frota de carruagens e a mais bicicletas do que todos os membros do Hermes Club juntos. Nós podíamos sair do campus sempre que quiséssemos. Eu dispunha de uma liberdade quase ilimitada. A única ressalva era que nós precisávamos usar uma maquiagem para encobrir o contorno da lua crescente no meio de nossas testas e nos vestir de modo recatado para atrair o mínimo de atenção possível.

O meu vestido era recatado. Apesar de ser feito de um linho fino e elegante, era cinza, de gola alta e sem enfeites. Sem me tocar, ninguém poderia saber como ele era caro – e ninguém teria a permissão de me tocar.

O meu sobretudo com capuz facilmente encobria a única parte extravagante do meu traje: as pérolas de Alice Wheiler. A minha decisão de colocá-las de novo em um colar e usá-las naquela noite foi premeditada. Tive essa ideia enquanto estava sentada no meu novo jardim, esperando o meu corpo se curar.

A Morada da Noite é uma escola, mas uma escola incomum. As aulas só são ministradas à noite. Os estudantes, os nossos professores e mentores, as sacerdotisas e os guerreiros dormem durante o dia, seguros atrás de grossas paredes de mármore, que foram bastante reforçadas por uma magia sobrenatural que extrai força da noite, da lua e da Deusa que nos governa a todos.

Cordelia me explicou que eu estava de licença das aulas até que o meu corpo estivesse totalmente curado, e que então eu iria me juntar aos outros novatos e começar um curso fascinante, que iria se estender pelos próximos quatro anos, culminando em uma de duas possibilidades: a minha Transformação em vampira ou a minha morte.

A única morte que me preocupava era a dele.

Quando recuperei as forças e me senti bem, comecei a explorar a majestosa Morada da Noite e os jardins que eram rodeados por um muro de mármore branco. Eu achava o jardim da casa dos Wheiler bonito, e pensava que nunca iria esquecer o meu salgueiro, a minha fonte e o conforto que eu encontrava naquelas sombras, mas, depois de ver o jardim dos vampiros, todos os outros se empalideciam em comparação a ele.

O jardim da Morada da Noite havia sido criado para ser completamente apreciado apenas depois do pôr do sol. Jasmins-da-noite, damas-da-noite, prímulas-da-noite e lírios se abriam para a lua e soltavam uma fragrância doce e prazerosa, estendendo-se por vários quilômetros. Dezenas de fontes e estátuas espalhavam-se por todo o jardim, cada uma representando uma versão diferente da Deusa Nyx.

Procurei e facilmente encontrei um salgueiro, cujos galhos formavam uma cortina em uma área não muito longe de uma estátua de mármore especialmente bonita da Deusa, com os braços levantados e o corpo exuberante totalmente nu, sem constrangimentos. Embaixo do meu novo salgueiro, eu também encontrei a familiar escuridão e as sombras que acalmavam o meu corpo e o meu espírito combalidos.

Eu me sentei ali, com as pernas cruzadas sobre um tapete de musgo, e despejei as pérolas do colar quebrado de Alice Wheiler em cima de um tecido preto. Então, envolta por aquelas sombras reconfortantes e protetoras, peguei um arame, fino como um fio de cabelo, e fiz um novo colar com o que restou do antigo. O novo não era um elegante colar de três voltas. O novo colar era formado por um longo círculo de pérolas – muito parecido com um laço de forca.

Cordelia tinha ficado confusa quando pedi a ela arame, agulha, alicate e tesoura. Quando expliquei que queria refazer o antigo colar de minha mãe, assim como eu estava refazendo uma vida nova, ela me deu os instrumentos de que eu precisava, mas percebi pela sua expressão que ela não aprovou.

Mas eu não precisava da aprovação dela.

Na noite em que terminei de fazer o colar, eu estava cortando o arame para fixar o fecho de esmeralda, quando espetei o meu dedo com a ponta afiada do arame. Fiquei observando, fascinada, o meu sangue escorrer pelo fio e desaparecer entre as pérolas. Pareceu certo que a reforma do colar tivesse sido selada pelo meu sangue.

O longo colar pesava agradavelmente contra o meu peito quando saí da Morada da Noite e comecei a percorrer o caminho de cerca de cinco quilômetros até a South Prairie Avenue. A lua minguante estava alta no céu, mas estava coberta por nuvens e emitia pouca luz. Fiquei satisfeita com a cobertura das nuvens. Eu me sentia confortável no escuro, em comunhão com as sombras. Tanto que, na hora em que cheguei à casa dos Wheiler, parecia que eu mesma tinha me tornado uma sombra.

Já era bem depois da meia-noite quando abri o portão do jardim e, movendo-me silenciosamente, refiz o caminho que havia apenas uma semana eu havia deixado marcado com o meu sangue.

A entrada dos criados estava aberta, como sempre.

A casa dormia. Estava tudo escuro, exceto por dois lampiões a gás no começo da escadaria. Apaguei os lampiões assim que cheguei perto deles. Nas sombras, subi um lance de escadas e depois o outro. Eu me senti como se flutuasse na escuridão.

A porta dele estava destrancada. A única luz no quarto vinha do brilho da lua encoberta pelas nuvens, que entrava pelas grandes janelas chanfradas.

Essa luz era suficiente para mim.

O quarto tinha o fedor dele. Aquele cheiro nojento de álcool, suor e imundice me provocou uma careta de nojo, mas ele não me deteve.

Silenciosamente, eu fui até a lateral da sua cama e parei bem ao lado dele, exatamente como ele havia feito uma semana atrás.

Tirei o colar de pérolas do meu pescoço e o segurei em minhas mãos, bem esticado e pronto para ser usado.

Então eu juntei catarro na minha boca e cuspi na cara dele.

Ele acordou, piscando confuso e enxugando o meu cuspe do seu rosto.

– Ah, você está acordado? Ótimo. Você precisa acordar mesmo. Temos coisas para acertar entre nós – repeti as mesmas palavras que ele havia me dito.

Ele balançou a cabeça, como se estivesse fugindo de uma tempestade. Então ele arregalou os olhos, chocado ao me reconhecer.

– Emily! É você! Eu sabia que você voltaria para mim. Eu sabia que era mentira aquilo que o garoto Simpton falou, que um vampiro a Marcou e a levou embora.

Enquanto ele se esforçava para se levantar, eu ataquei. Com uma velocidade e uma força que nenhuma garota humana teria, eu coloquei o colar de pérolas feito em arame em volta do pescoço gordo dele e apertei o laço da forca. Enquanto eu apertava cada vez mais, olhei nos olhos dele e falei com uma voz que não tinha nenhum traço de suavidade humana:

— Eu não voltei para você. Eu vim atrás de você.

O corpo dele começou a se contorcer e as suas mãos grossas e quentes começaram a me bater, mas eu não era mais uma garota fraca e doente. Os socos dele estavam me deixando marcas, mas não me fizeram parar.

— Sim, pode me bater! Deixe hematomas em mim! Isso só vai comprovar a minha história. Veja só, eu tive que me defender quando você me atacou de novo. Eu só queria que você admitisse que foi errado o que você fez comigo, mas você tentou me violentar de novo. Só que desta vez você não conseguiu.

Os olhos dele ficaram esbugalhados no seu rosto vermelho até que pareceu que ele tinha chorado lágrimas de sangue. Um pouco antes de ele dar o seu último suspiro, eu falei:

— E eu não sou Emily. Eu sou Neferet.

Finalmente, tirei as pérolas do seu pescoço. O arame havia cortado profundamente a sua carne flácida e as pérolas estavam cobertas com o sangue dele. Eu as levei comigo cuidadosamente, enquanto percorri o caminho de volta pelas ruas escuras de Chicago. Quando cheguei à ponte State Street, que passava sobre as profundezas fétidas do rio Chicago, fiz uma pausa e atirei o colar na água. Pareceu que ele ficou boiando nas águas escuras por bastante tempo, até que gavinhas negras e oleosas se enrolaram nele, puxando as pérolas para baixo da superfície, como se o sacrifício tivesse sido aceito.

— Isso encerra tudo – fiz um juramento em voz alta para a escuridão da noite. – Com a morte dele, começa a minha nova vida como Neferet.

Quando entrei pelos portões da Morada da Noite, Cordelia estava novamente me esperando. Ao chegar perto dela, comecei a chorar. A minha mentora abriu os braços para mim e, com a bondade de uma mãe, ela me confortou.

A MALDIÇÃO DE NEFERET

É claro que tive que contar a minha história para o Conselho da Escola. Eu expliquei que, apesar de agora perceber que isso não foi inteligente da minha parte, naquela noite eu só queria que Barrett Wheiler admitisse que tinha feito uma coisa medonha com a sua filha. Mas, em vez disso, ele me atacou. Eu só estava me defendendo.

Todos concordaram que eu deveria sair de Chicago enquanto a polícia local era subornada e o conselho do banco, silenciado. Foi uma feliz coincidência que um trem da Morada da Noite estava de partida na noite seguinte em direção ao sudoeste, para o Território de Oklahoma, onde eles estavam procurando um local para uma nova Morada da Noite. Eu iria me juntar a esse grupo.

E assim foi feito. Neste momento, estou sentada num vagão fartamente mobiliado, terminando o meu diário.

Cordelia me disse que Oklahoma é uma área dos índios americanos – uma terra sagrada e rica em tradições ancestrais e magia. Resolvi que vou enterrar o meu diário lá, bem fundo nessa terra, e com isso vou enterrar Emily Wheiler, o seu passado e os seus segredos. Eu vou realmente começar de novo e aceitar o poder, o privilégio e a magia da minha Deusa, Nyx.

Ninguém jamais vai saber dos meus segredos, já que eles estarão sepultados na terra, seguramente escondidos, silenciosos como a morte. Eu não me arrependo de nenhum de meus atos e, se isso me amaldiçoa, então a minha última oração é que essa maldição seja sepultada com este diário, para ficar presa eternamente em solo sagrado.

Assim acaba a triste história de Emily Wheiler e começa a vida mágica de Neferet – não a Rainha do Pequeno Egito... mas sim a *Rainha da Noite!*

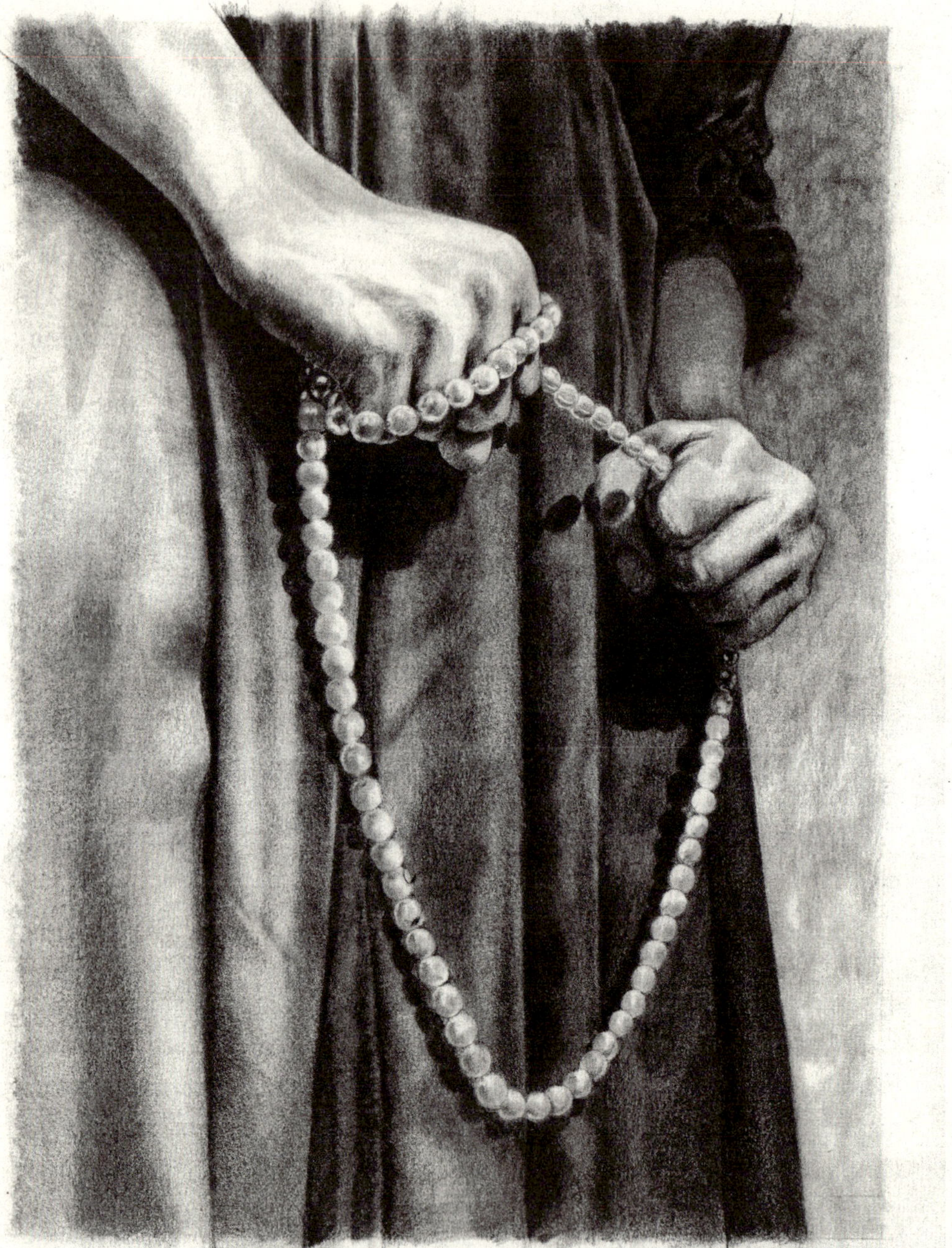

A MALDIÇÃO DE NEFERET

Caros leitores,

A maldição de Neferet foi um livro muito difícil de escrever, ainda que totalmente catártico. Apesar de todos os meus personagens em todos os meus romances serem fictícios, às vezes as circunstâncias em que eles se encontram refletem em certo nível a minha própria experiência de vida. Como autora, os personagens dos meus livros ganham vida, revelando-se para mim enquanto escrevo. Eu passo a amá-los, compreendê-los e conhecê-los praticamente do mesmo modo que vocês, a cada capítulo e a cada acontecimento.

    Eu passei a entender a personagem Emily, que mais tarde se torna Neferet, muito mais profundamente neste livro. No final do romance eu senti pena, compaixão e preocupação por ela, apesar de Neferet decidir levar a dor da sua experiência para o lado escuro. O que eu gostaria que os meus leitores levassem com eles deste livro é que a escolha de Neferet não deu a ela um fortalecimento verdadeiro. Só a cura com a ajuda de profissionais experientes e adultos de confiança, com um trabalho para recuperar o poder pessoal depois de experiências danosas, pode trazer paz e felicidade verdadeiras.

    Se você tem alguma preocupação com as suas próprias experiências ou se sente desconfortável com o modo como está sendo tratado(a) por alguém em sua vida, procure um adulto em quem você possa confiar. Há pessoas que querem ajudar você. Os seus pais, conselheiros profissionais, professores, religiosos ou organizações na sua comunidade dedicadas a proteger jovens adultos de serem violentados estão aí para garantir que você tenha a ajuda que merece e o apoio de que precisa para ficar em segurança e se curar de uma experiência que fez que você se sentisse impotente ou agredido. Se você tiver que procurar mais de uma pessoa, faça isso. Você merece toda a luz que surge quando alguém reivindica o seu poder, e o mundo precisa dessa luz.

 Eu desejo a todos as bênçãos mais brilhantes e amor... sempre o amor...

P. C. Cast

A QUEDA DE KALONA

Do sol e da lua nascem dois irmãos alados: o dourado Erebus, companheiro e amigo, e o misterioso Kalona, guerreiro e amante, ambos destinados a satisfazer a Deusa Nyx, que os ama profundamente, mas de maneiras distintas. Para Kalona, no entanto, as noites de Nyx não são o bastante. Dominado pela raiva e pelo ciúme que sente de Erebus – e doente de amor por sua Deusa –, Kalona busca o poder de provar seu valor e reivindicar de uma vez por todas a exclusividade do amor de Nyx, enquanto a Escuridão se agita, apenas aguardando por uma chance.

Para todos que perguntaram:
"O que realmente aconteceu com Kalona?"

AGRADECIMENTOS

Obrigada à minha família editorial. Eu sou muito grata a todos vocês! Um grande abraço para a minha ilustradora, Aura Dalian. VOCÊ É INCRÍVEL! Christine – você é a melhor pessoa para fazer *brainstorming* DO MUNDO. Como sempre, quero agradecer também à minha agente e amiga Meredith Bernstein.

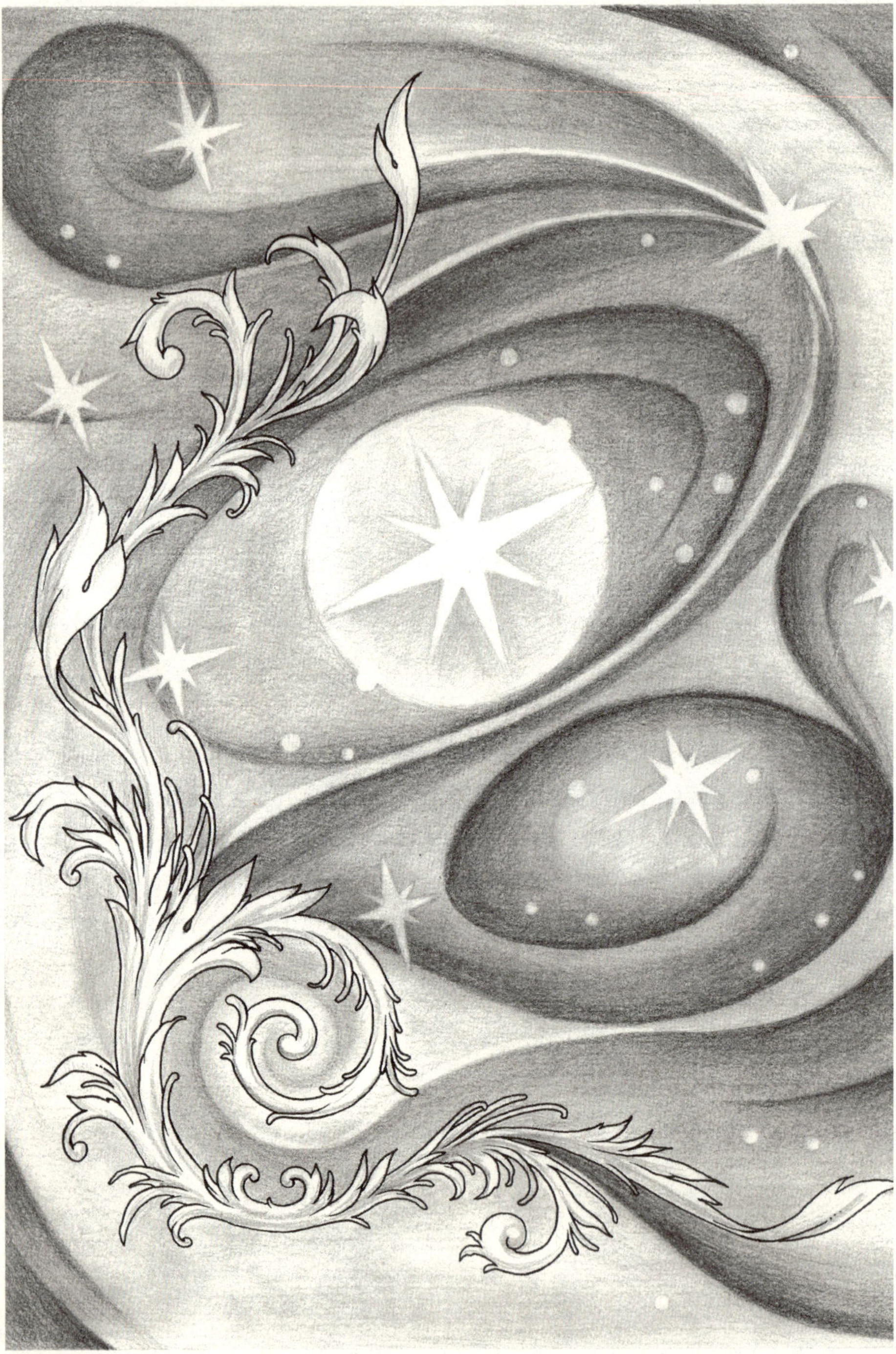

1.
A intriga gerou curiosidade, e a curiosidade gerou exploração...

Era uma vez, há muito, muito tempo, quando existia apenas a Energia Divina do universo. A Energia não era nem boa nem má, nem luz nem trevas, nem masculina nem feminina – ela simplesmente existia, um turbilhão de possibilidades, chocando-se, juntando-se e crescendo. Enquanto a Energia crescia, ela evoluía. Enquanto evoluía, ela criava.

Primeiro veio a criação dos reinos do Mundo do Além – panoramas infinitos repletos de sonhos de Divindade. Esses reinos eram tão bonitos que inspiraram a Energia a continuar criando, e do ventre de cada reino do Mundo do Além nasceram grandes sistemas solares, reflexos tangíveis da Magia Antiga advinda do Mundo do Além.

A Energia Divina do universo ficou tão encantada com as suas criações que começou a mudar e se alterar, criando redemoinhos de poder dentro de si que foram atraídos, feito mariposas, para universos diferentes. Uma parte da Energia estava satisfeita e em repouso, existindo eternamente em uma órbita rodopiante de estrelas, luas e planetas encantadores, porém vazios.

Uma parte da Energia destruía suas criações, mais satisfeita consigo mesma do que com as possibilidades.

E outra parte da Energia continuou a mudar, a evoluir e a criar.

Em um reino do Mundo do Além, a Energia Divina era particularmente questionadora, precoce, inquieta e alegre, porque, mais do que qualquer outra coisa, ela desejava companhia. Então, de dentro dos bosques verdejantes e lagos cor de safira do Mundo do Além, o Divino modelou seres incríveis e soprou vida dentro deles. O sopro do Divino levou consigo a imortalidade e a consciência. O Divino nomeou esses seres de Deuses, Deusas e Fadas. Ele concedeu aos Deuses e Deusas o domínio sobre todos os reinos do Mundo do Além, e deu às Fadas a atribuição de serem os seus servos.

Muitos dos seres imortais dispersaram-se por todos os reinos infinitos do Mundo do Além, mas aqueles que decidiram permanecer agradaram muito ao Divino. A eles, o Divino concedeu um domínio adicional sobre todos os outros seres imortais, além da administração de um planeta específico no seu sistema – um planeta que intrigava a Energia Divina porque ele refletia a beleza verde e azul do Mundo do Além.

A intriga gerou curiosidade, e a curiosidade gerou exploração, até que finalmente o Divino não conseguiu resistir e tocou a superfície do planeta verde e safira. O planeta despertou, nomeando-se Terra. A Terra chamou o Divino, convidando-o para dentro de seus solos exuberantes e suas águas doces e reconfortantes.

Repletos de fascínio, os Deuses e Deusas observaram.

Encantado com a sua própria criação, o Divino se juntou à Terra. Ela o agradou imensamente, mas o Divino não podia ser contido por muito tempo. A Terra compreendeu e aceitou sua natureza, nunca o amando menos por aquilo que não podia ser mudado. Antes de deixá-la para perambular pelo universo, procurando mais companhia, o Divino deu à Terra o seu presente mais precioso – a magia que era o poder da criação.

A jovem Terra, fértil e cativante, começou a criar.

A Terra semeou os solos e os oceanos com o seu dom da criação, e deles evoluiu tamanha abundância de criaturas que os Deuses e as Deusas que observavam do Mundo do Além começaram a visitá-la com frequência, regozijando-se na diversidade da Terra viva.

A Terra dava boas-vindas aos imortais, filhos do seu amado Divino. Ela os amava com tanta afeição que se inspirou a fazer uma criação muito especial. Do seu seio, ela preparou e então soprou vida dentro de seres que modelou à imagem dos Deuses e Deusas, dando a eles o nome de humanos. Embora a Mãe Terra não fosse capaz de conceder aos seus filhos a imortalidade – que era um dom que apenas a Energia Divina poderia oferecer –, ela colocou dentro de cada um deles uma fagulha da Divindade que havia sido compartilhada com ela, assegurando que, mesmo que os seus corpos precisassem sempre retornar para a terra da qual eles tinham sido feitos, a consciência iria permanecer eternamente na forma de espírito, de modo que eles pudessem renascer na Mãe Terra, de novo e de novo.

Criados à sua imagem e semelhança, os filhos da Terra encantaram os Deuses e Deusas. Eles fizeram um voto de que iriam cuidar e compartilhar o Mundo do Além com os espíritos Divinos dentro dos humanos quando o inevitável acontecesse e os seus corpos mortais perecessem.

No começo, tudo correu bem; os humanos prosperaram e se multiplicaram. Eles eram gratos à Mãe Terra, com todas as culturas a considerando sagrada. Os Deuses e Deusas visitavam os filhos da Terra com frequência, e os humanos os veneravam como Divinos.

A Mãe Terra observava, reparando quais dos filhos do Divino eram benevolentes e quais eram impetuosos. Quais eram misericordiosos e quais eram vingativos. Quais eram gentis e quais eram cruéis.

Quando os imortais eram benevolentes, misericordiosos e gentis, a Mãe Terra ficava satisfeita e demonstrava o seu prazer por meio de solos férteis, chuvas refrescantes e colheitas abundantes.

Quando os imortais eram impetuosos, vingativos e cruéis, a Mãe Terra desviava o olhar e havia seca, fome e doenças.

As divindades impetuosas, vingativas e cruéis ficaram aborrecidas com a seca, a fome e as doenças, e então pararam de visitar a Terra.

A Mãe Terra ficou satisfeita e se retirou para dentro de si mesma, descansando do esforço feito na criação, dormindo por éons[1] incontáveis. Quando ela despertou, procurou pelos filhos do Divino, e não notou a presença de nenhum deles.

Invocando o Ar, a Mãe Terra enviou uma mensagem para o Mundo do Além, implorando aos filhos do seu amado que se recordassem de seu voto e os convidando a voltar.

Só um imortal atendeu à sua súplica.

A Deusa se manifestou durante uma noite clara quando a lua estava quase cheia, em uma ilha escarpada ainda sem nome. Quando a Mãe Terra tomou consciência da presença da Deusa, ela viu a imortal sentada diante de um bosque, com a mão delicada estendida em direção a um gato selvagem curioso.

– Onde estão os outros filhos do Divino? – A voz da Mãe Terra era o desprender das folhas do espinheiro no bosque.

A Deusa ergueu os ombros em um gesto que a Mãe Terra achou surpreendentemente infantil.

– Eles se foram.

O chão tremeu em resposta à surpresa da Mãe Terra.

– Todos eles? Como todos podem ter ido embora?

– Eles disseram que estavam entediados, e ficaram inquietos.

A Deusa balançou a cabeça, e o seu cabelo claro e longo reluziu à luz da lua, mudando de loiro para prateado.

As folhas das árvores do bosque estremeceram.

– São tão parecidos com o pai. – A Mãe Terra suspirou com tristeza. – Por que todos eles têm que me abandonar?

A Deusa suspirou.

– Eu não sei. Eu não entendo como eles podem ter se entediado algum dia por aqui. – Ela acariciou o gato selvagem que se enroscou adoravelmente

---

1 Éon é um período de tempo que corresponde a um bilhão de anos. (N.T.)

ao redor dos seus pés. – Há algo novo todo dia. Ontem mesmo eu sequer sabia que esta criatura maravilhosa existia.

Satisfeita, a Mãe Terra aqueceu a brisa que levou a sua voz do bosque.

– Você deve ter sido criada a partir de um dos sonhos mais tangíveis dele.

– Sim – a Deusa disse pensativamente. – Eu só queria que mais sonhos dele tivessem sido como eu. É um pouco... – ela hesitou, como se não fosse capaz de decidir se conseguiria continuar.

– É um pouco o quê? – a Mãe Terra a incentivou.

– Solitário – ela admitiu em voz baixa. – Principalmente quando não existe nenhum outro ser como eu.

A Mãe Terra percebeu a tristeza da Deusa e, sentindo pena, despertou o bosque, de onde, por meio do musgo, da terra, das folhas e das flores, assumiu uma forma corpórea.

A Deusa sorriu para ela. Tão linda quanto as asas diáfanas de uma borboleta, a Mãe Terra retribuiu o sorriso, perguntando:

– Qual é o seu nome, Deusa?

– Os humanos me chamam por muitos nomes. – A Deusa fez uma última carícia no gato selvagem e se endireitou, abrindo os braços em um gesto amplo. – Alguns me chamam de Sarasvati. – O corpo dela alterou sua forma, mudando sua pele de clara para escura, e o seu cabelo de prateado como a luz da lua para preto como as asas de um corvo, enquanto um outro par de braços delgados surgiu repentinamente do seu torso. Ainda sorrindo, a Deusa continuou. – Nidaba é o nome que alguns dos seus filhos sussurram em suas preces. – Novamente, a Deusa alterou sua forma, com asas crescendo e substituindo seus pés por garras. – E não muito longe desta ilha em que estamos, eles começaram a me conhecer como Breo-Saighead, portadora do fogo e da justiça.

Com essa fala, a Deusa assumiu a forma de uma bela mulher, com cabelos cor de fogo e a pele branca decorada com brilhantes tatuagens tribais cor de safira.

Encantada, a Mãe Terra bateu palmas, e borboletas adormecidas despertaram para rodopiar ao seu redor.

— Mas eu a conheço! Eu tenho observado essas Deusas há incontáveis eras. Você é gentil, benevolente e justa.

— Eu sou. E também sou sozinha.

O fogo do seu cabelo se apagou, e mais uma vez a Deusa parecia uma donzela com cabelos claros, inocente e docemente triste.

— Por qual nome você quer que eu a chame? — a Mãe Terra perguntou, procurando distraí-la de sua melancolia.

A Deusa refletiu e então respondeu, um tanto timidamente:

— Há um nome de que eu gosto mais do que os outros: Nyx. Ele me lembra da noite, e eu amo muito a serenidade da noite e a beleza da luz da lua.

Enquanto ela falava, a Mãe Terra viu que a sua forma se alterou apenas levemente. Ela ainda parecia jovem, mas havia empinado o queixo, sorrindo para a lua, e tatuagens delicadas, cheias de filigranas, cintilaram em tons de prata e safira sobre a sua pele, fazendo-a parecer misteriosa e incrivelmente bonita. Sem pensar duas vezes, a Mãe Terra invocou a magia do céu da noite e a derramou sobre a Deusa, de modo que se fixou nela como uma tiara radiante de estrelas e luz do luar.

— Oh! É adorável! Posso ficar com ela? — a Deusa pediu, rodopiando como uma garotinha.

— *Você* é adorável, Nyx. E pode ficar com a magia sob uma condição: que, em vez de seguir os outros, você não abandone os meus filhos e a mim.

Nyx ficou imóvel. O seu jeito de garotinha desapareceu, a Mãe Terra estava olhando repentinamente nos olhos de uma Deusa madura, que ostentava sabedoria e poder com tanta certeza quanto vestia o manto da luz da lua. Quando Nyx falou, a Mãe Terra ouviu na sua voz o poder da Divindade.

— Você não precisa me segurar aqui com um suborno. Esses truques não lhe são dignos. Quando você criou os humanos, eu fiz um voto de que cuidaria deles e que criaria um espaço dentro deles que permaneceria eterno e conectado ao Divino. Eu jamais romperia um voto.

Lentamente, a Mãe Terra curvou a cabeça para Nyx.

– Desculpe-me.

– De todo o coração – Nyx disse.

A Mãe Terra se levantou e, com o vento sussurrando através de um campo com relva alta, ela foi até Nyx e envolveu o rosto da Deusa entre as palmas das suas mãos verdejantes.

– E agora eu livremente concedo a você um dom, um que é digno de nós duas. Desta noite em diante, atribuo a você o comando dos meus cinco elementos: Ar, Fogo, Água, Terra e Espírito. Invoque qualquer um deles, e eles atenderão ao seu chamado, obedecendo às suas ordens eternamente. – A Mãe Terra se inclinou e beijou a testa de Nyx.

No centro da testa de Nyx uma lua crescente perfeita apareceu e, de ambos os lados de seu rosto, espalhando-se para baixo pelo belo corpo da Deusa, um padrão de filigranas surgiu, exibindo sinais e símbolos que representavam todos os cinco elementos.

Nyx levantou o seu braço delicado, observando suas novas Marcas com atenção.

– Elas são tão especiais quanto cada um dos elementos. Eu vou estimar o seu presente para sempre. – O sorriso de menininha de Nyx retornou. – Por isso eu também agradeço de todo o meu coração. Depois desta noite, eu não me sinto mais tão sozinha, nem tão assustada.

– Assustada? Mas o que poderia assustar uma imortal criada pelo Divino?

Nyx afastou uma mecha de cabelo prateado do seu rosto, e a Mãe Terra notou que sua mão tremia.

– Trevas – a Deusa sussurrou a palavra.

A Mãe Terra sorriu enquanto se sentava embaixo do espinheiro mais próximo de Nyx.

– Mas você acabou de falar sobre a paz e a beleza da noite. Como, então, as trevas te assustam?

– A noite nunca poderia me assustar; não é das trevas literais que estou falando, mas de trevas intangíveis nas quais eu sinto um poder crescente e inquietante, que não sabe nada de paz, alegria e beleza. Um poder que não sabe nada de amor – Nyx falou baixo, mas de maneira séria. – Ainda não entrou completamente no Mundo do Além, mas o tenho sentido com frequência aqui, no reino mortal. Eu acho que, quanto mais eu fico sozinha, mais forte se torna.

A Mãe Terra refletiu cuidadosamente sobre as palavras dela antes de responder.

– Eu sinto a verdade no seu medo. O fato de essas Trevas terem piorado com a sua solidão me diz que o que aconteceu com você está afetando o meu reino, e que possivelmente isso vai se espalhar para o Mundo do Além. Deusa, eu temo que os nossos reinos tenham se tornado desequilibrados.

– Como devemos restaurar o que foi perdido?

A Mãe Terra sorriu.

– Eu acredito que o nosso primeiro passo já foi dado. Vamos concordar em sermos amigas. Contanto que eu exista, você nunca mais ficará sozinha de novo.

Nyx atirou os braços ao redor da Mãe Terra.

– Obrigada!

A Mãe Terra retribuiu o abraço.

– Filha querida, você me trouxe muita alegria esta noite. Você vai me encontrar de novo? Aqui, neste bosque, daqui a três noites, quando a lua estiver cheia?

– Será um prazer. – Nyx se levantou e inclinou a cabeça majestosamente para a Mãe Terra. Então, sorrindo, ela se abaixou e tomou o gato selvagem em seus braços. Em uma explosão de estrelas prateadas cintilantes, ela e o animal desapareceram.

Enquanto observava a trilha de estrelas se dissipar, a Mãe Terra se recostou contra o tronco do espinheiro, pensando... pensando... pensando...

Por três dias e três noites, a Mãe Terra não se mexeu.

No terceiro dia, o bosque estava tão infundido com a magia da sua presença – a qual atraía raios de sol abundantes – que a pequena ilha começou a florescer em roxo de alegria.

A Mãe Terra sorriu para o sol, e, em resposta, o sol ficou ainda mais forte.

Quando a noite caiu no terceiro dia, a lua, atraída para o bosque pela magia da sua presença, brilhou tão completamente sobre a pequena ilha que as escarpas de pedra que pontilhavam a paisagem mudaram de cor permanentemente, refletindo o branco da luz do luar, infundido com a magia da noite.

A Mãe Terra sorriu para a lua e, em resposta, a lua brilhou ainda mais vivamente.

Com um pequeno som de satisfação, a Mãe Terra sabia o que ela precisava fazer para essa última Deusa, Nyx, que era única e muito especial.

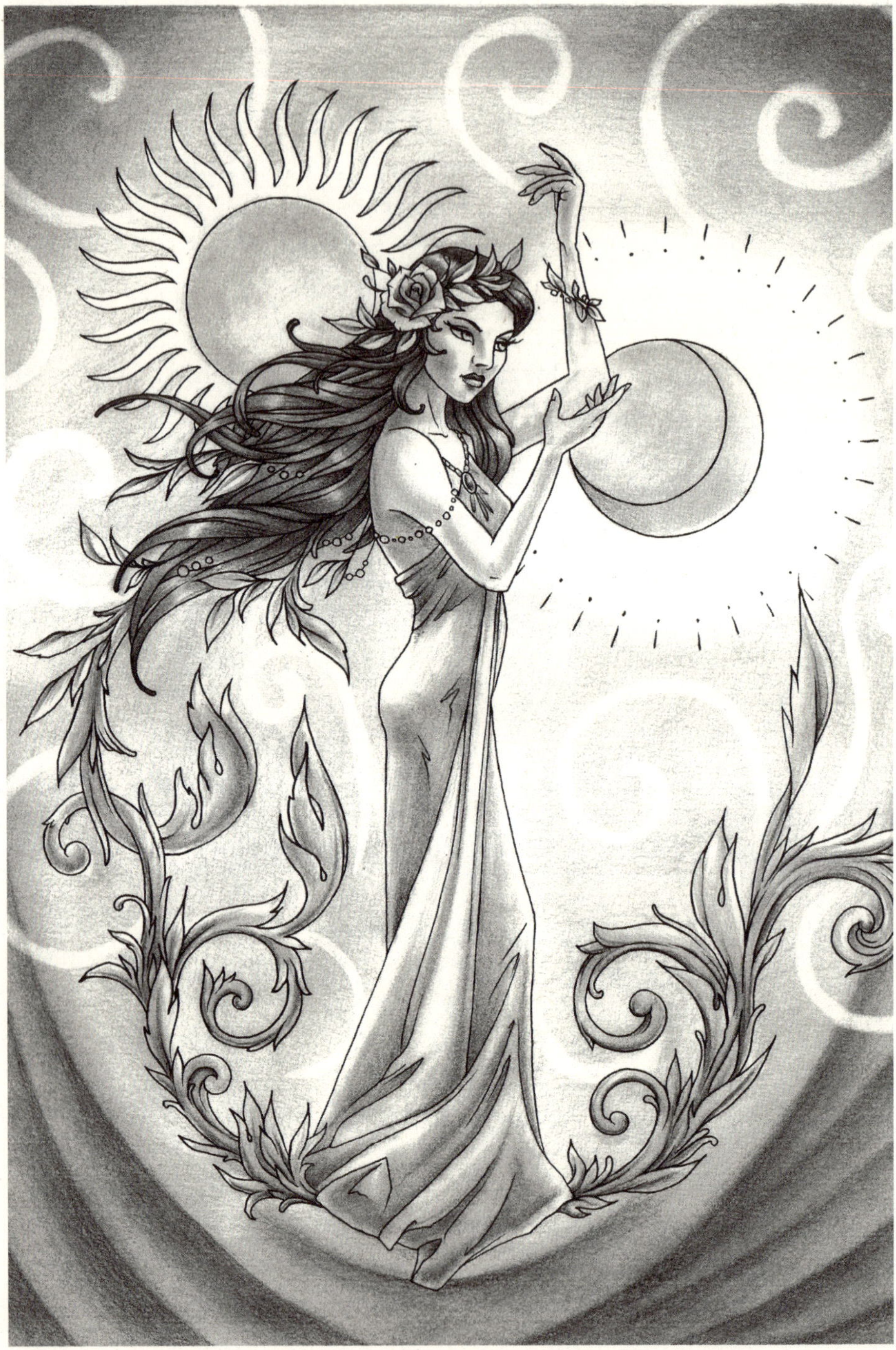

2.
É porque você não pede que eu desejo recompensá-la, grande Deusa...

Nyx se vestiu cuidadosamente para o seu encontro com a Mãe Terra, instruindo a pequena Fada skeeaed, a mais divina das criaturas feitas de fagulhas da Energia Divina que circulavam incansavelmente pela atmosfera do Mundo do Além, a tomar um cuidado especial com o drapeado do seu vestido prateado.

– Obrigada por escolher uma cor tão perfeita, L'ota! – ela disse à skeeaed, enquanto seu corpo sinuoso circundava a Deusa, sussurrando "cor de lua bonita" com a sua voz líquida.

Quando uma dríade começou a trançar uma hera em seu longo cabelo escuro, Nyx exclamou de prazer:

– Oh! Que toque encantador! A Mãe Terra vai apreciar muito.

Apenas as skeeaeds tinham o dom da fala, mas a pequena dríade ficou da cor de lavanda e gorjeou de prazer com o elogio da Deusa.

Então a Deusa virou a sua cabeça em várias direções, examinando seu reflexo no espelho com moldura de ônix.

– Só que a hera está escondida em meu cabelo escuro. Eu quero que a Mãe Terra a veja, para saber que eu me enfeitei em respeito a ela! – Com um gesto de mão, Nyx alterou sua aparência, assumindo um cabelo loiro tão prateado que o verde da hera pareceu luminoso.

– Perfeito! – Nyx sorriu, encantada.

Outra Fada, um coblyn que garimpava joias nas cavernas do Outro Mundo, apareceu. Curvando-se respeitosamente, estendeu para ela um colar feito de uma cascata de cristais de quartzo cintilantes.

– O seu presente toca o meu coração – Nyx disse, levantando o cabelo espesso para que a Fada pudesse colocar o colar nela. – Espero que toque o coração da Mãe Terra também.

Nyx acariciou os cristais, pensando em como ela desejava companhia desesperadamente. Ela adorava as Fadas, mas elas se pareciam mais com espíritos e elementos do que carne. Nyx realmente ansiava por companhia, pelo toque de outro imortal.

Nyx sentiu a tristeza que irradiava das Fadas em resposta aos seus pensamentos sobre solidão e ficou instantaneamente arrependida de ter cedido à melancolia. Ela era a última dos imortais, e sabia que as Fadas tinham adoração por ela, mais do que apenas o afeto que compartilhavam. Como a Mãe Terra, temiam que ela fosse seguir os outros, que quebrasse o seu voto e abandonasse esse reino.

– Nunca – Nyx falou em voz baixa, mas decidida, acariciando uma skeeaed preocupada tanto quanto acariciava o gato selvagem, que agora a seguia por toda parte. – Vocês não têm nada a temer – ela reassegurou à L'ota e ao grupo de Fadas. – Eu nunca vou quebrar aquele voto, nem nenhum voto que eu fizer. Nunca, por toda a eternidade. Agora, por favor, ajudem a colocar no lugar a tiara de estrelas e luz da lua que a Mãe Terra me deu, e não se preocupem mais!

As Fadas dançaram ao redor dela, colorindo o ar com alegria enquanto se regozijavam com a lealdade da sua Deusa.

No canto dos aposentos da Deusa, dentro da sombra mais profunda, algo escuro estremeceu. Como se tivesse se retraído para se afastar da alegria contagiante das Fadas, a coisa deslizou, sem ser vista, para fora do quarto.

A Mãe Terra estava esperando por Nyx. Ela já havia tomado forma e estava em pé diante do bosque, inspirando profundamente o perfume das onagras com as quais havia adornado o seu cabelo. Ela acariciou a pele macia e curvilínea que havia criado para o seu corpo com o barro mais puro. Ela invocou o Ar, ordenando que ele erguesse o vestido diáfano que bichos-da-seda adoráveis lhe haviam tecido. Sabia que estava especialmente fascinante. O sol havia brilhado sobre o seu bosque do amanhecer ao crepúsculo e agora, extasiada, a lua observava.

A Mãe Terra estava contente.

A Deusa se manifestou quando a lua, cheia e atenta, estava alta no céu da noite clara.

– Nyx! Você me deixa encantada! Você escolheu a minha hera para enfeitar o seu cabelo. Ela complementa a tiara assim como as flores complementam uma campina.

A Deusa havia escolhido usar a aparência de uma jovem de cabelo loiro-prateado e pele clara, com tatuagens delicadas e familiares decorando os seus ombros perfeitos. A Mãe Terra sorriu quando Nyx corou de prazer.

– Obrigada! As Fadas me ajudaram a me arrumar. Elas são seres espertos e atenciosos, embora raramente falem. – Nyx tocou o colar de cristal. – Um coblyn fez isto para mim.

– Lindo, é tão adorável quanto a sua tiara! Elas devem ser criaturas muito especiais. Estou curiosa para saber mais sobre elas, já que nunca criei nada parecido. Nyx, você permitiria que elas me visitassem? Eu iria receber muito bem a presença das Fadas.

– É claro! Tenho certeza de que elas ficarão radiantes. Você se importaria se permitissem que suas crianças as vissem? Acho que isso as deixaria menos solitárias, embora eu deva avisar você que algumas das Fadas podem ser um tanto travessas.

– Ah, não se preocupe com isso. Um pouco de travessura divina pode ser útil aos meus filhos humanos. Às vezes eu acho que a espécie humana se tornou séria demais. Eles se esqueceram da magia especial que pode ser encontrada em travessuras adoráveis e gargalhadas. – A própria risada da

Mãe Terra fez com que as campânulas adormecidas na campina diante do bosque despertassem e explodissem, florescendo plenamente.

– Essas flores são tão lindas! As Fadas amam principalmente cores vivas. Obrigada, Mãe Terra. – Nyx e a Mãe Terra sorriram uma para a outra, e a ilha resplandeceu com essa alegria refletida.

Enquanto isso, a lua observava.

– Nyx, você me contaria mais sobre as Fadas? Eu nunca encontrei nenhuma.

– Ah, sim! Há tantos tipos diferentes.

A Mãe Terra sorriu de satisfação quando acariciou uma rocha branca, que tinha sido saturada pela luz da lua, e invocou o musgo para atapetá-la.

– Venha, sente-se ao meu lado – ela chamou. Enquanto Nyx se acomodava graciosamente, a Mãe Terra passou a mão com delicadeza pelo gramado que crescia em tufos ao redor da rocha. Instantaneamente, diversas plantas ganharam vida, produzindo flores brancas em forma de trompete. Agradecendo cada planta, a Mãe Terra arrancou gentilmente os botões e ofereceu um para Nyx. – Prove devagar. O néctar é igualmente delicioso e potente.

Bebendo do cálice vivo, Nyx começou a descrever os diferentes tipos de Fadas para a Mãe Terra, que ouvia atenta e sorridente, até que a lua começou a partir com relutância. No ponto em que o horizonte encontrava as águas azuis acinzentadas que cercavam a ilha, o sol que se aproximava fez o céu ruborizar.

– Eu não fazia ideia de que era tão tarde. Perdoe-me. Faz muito tempo que eu não tenho uma oportunidade para conversar um pouco.

– Adorável Deusa, há éons que eu não me divirto tanto como nesta noite. E tenho uma confissão a fazer: você não é culpada pela duração da nossa conversa. Eu a mantive comigo até agora intencionalmente. Quero recompensar a sua lealdade.

Nyx pareceu alarmada.

– Mas isso não é necessário. Mãe Terra, eu vou ficar e cuidar dos seus filhos. Eu dei a minha palavra. Eu não vou pedir uma recompensa por manter a minha palavra.

— É porque você não pede que desejo recompensá-la. – Parecendo muito satisfeita consigo mesma, a Mãe Terra se levantou e, voltando-se para o leste, na direção do sol nascente, ela ergueu o rosto para a lua que desaparecia.

— Mas o que... – Nyx começou.

A Mãe Terra sorriu carinhosamente por cima do ombro para a Deusa.

— Este presente não é para prendê-la a mim. Eu confio na sua lealdade. O que eu vou criar esta noite é baseado na amizade e na gratidão. Hoje, o meu único propósito é acabar com a sua solidão, trazendo alegria a você.

Então, com a jovem Deusa olhando curiosa na sua direção, a Mãe Terra levantou os braços.

— Lua, escute-me atentamente antes de ir embora do meu céu. A Mãe Terra invoca a ti! – Então ela abaixou o queixo, desviando o olhar do céu acima dela para focar na ponta coral do sol amanhecendo. – Sol, escute-me atentamente antes de subir muito alto. A Mãe Terra invoca a ti!

Por um momento, nada aconteceu, mas a Mãe Terra não se afligiu. Ela atirou o seu cabelo perfumado para trás e invocou o Ar para ela novamente. O elemento a acariciou, revelando sua beleza exuberante. A Mãe Terra invocou o Fogo, de modo que ela brilhou como uma chama viva. Ela invocou a Água, e de repente o mar que rodeava a ilha ficou imóvel e se tornou um espelho líquido, refletindo a graça da Mãe Terra. Finalmente, ela invocou o Espírito, e ondas de poder a banharam, realçando a sua forma, que já estava sobrenaturalmente luminosa.

Confiante, a Mãe Terra aguardou.

A lua respondeu primeiro, mudando o destino de Nyx para sempre.

Como se uma pedrinha houvesse perturbado a superfície de um lago adormecido, a lua evanescente tremeu e então mudou o seu brilho de cinza para prateado. Muito acima do bosque, uma voz ecoou do céu.

A lua escuta atentamente ao chamado da Mãe Terra. Qual é o vosso desejo? A poderosa lua está ansiosa para atendê-lo.

Nesse instante, o sol subiu acima do horizonte aquoso, emitindo a luz amarela e rosa do amanhecer sobre o chão coberto de grama diante do bosque. Acima das ondas paralisadas, uma voz, igualmente profunda e poderosa, ecoou.

O sol escuta atentamente ao chamado da Mãe Terra. O que requisitas? O poder do sol irá atender aos teus desejos.

O sorriso da Mãe Terra era tão promissor e fértil quanto um campo na primavera.

– Poderosa lua e potente sol, guardiões gêmeos do meu céu, eu peço um favor a cada um de vocês.

E o que ganharei em retribuição? Ambas as vozes falaram ao mesmo tempo.

O sorriso da Mãe Terra não se ofuscou. Ela levantou o rosto para a lua.

– Para você, poderosa lua, eu darei o domínio sobre os meus oceanos. Depois deste dia, as marés obedecerão à sua vontade.

Eu aceito o seu presente. A voz da lua ressoou, mais profunda de deleite.

A Mãe Terra olhou intensamente para o sol nascente.

– Para você, potente sol, darei o domínio sobre as minhas terras mais ao norte. Por todo o verão, você reinará lá supremo, e nunca irá se pôr.

Eu aceito o seu presente, o sol concordou avidamente.

– Vocês deram sua palavra a mim, portanto estão juramentados, e que assim seja! – proclamou a Mãe Terra. – Agora saibam que o que eu peço não é para mim, mas sim para Nyx, a Deusa sempre fiel que manteve sua palavra e permaneceu aqui, a última dos filhos do Divino.

Houve uma ondulação no ar quando a lua transmitiu sua surpresa. *Todos se foram? Todos os Deuses e Deusas?*

– Todos menos essa – a Mãe Terra respondeu.

O ar ao redor do bosque esquentou com o choque do sol. *Parece que foi ontem que os Deuses e Deusas estavam brincando por todos os lados.*

– Para mim também parece assim – a Mãe Terra concordou. Então ela se virou, acenando para que a Deusa pálida e silenciosa viesse para o seu lado. Pegando a mão de Nyx, ela continuou. – Mas para Nyx, conhecida por muitos nomes pelos meus filhos, esses dias e noites têm sido longos e vazios.

Mesmo se eu já não estivesse comprometida pelo meu juramento a ajudar, recompensaria essa Deusa solitária e adorável de boa vontade, disse a lua.

O sorriso de Nyx era repleto de um tímido deleite.

– Obrigada, poderosa lua. Há muito tempo eu aprecio a sua face sempre mutante e a sua pura luz prateada.

Eu também sinto prazer em ajudar alguém tão bela e fiel, disse o sol.

– Obrigada, potente sol. O seu calor de verão já me trouxe incontáveis dias de prazer – Nyx falou, curvando-se para o leste.

– Que maravilha! Então vamos realizar esse sonho! – implorou a Mãe Terra.

– Como é possível? Sinto muito, mas não entendo – Nyx disse.

– Diga-me, doce Deusa, se você pudesse ter uma companhia que ganhasse vida pelo poder da lua e pela potência do sol, como seria essa companhia?

Sem hesitar, Nyx respondeu:

– Ele seria guerreiro, amante, companheiro de diversão e amigo.

– Então que seja feito, é isso que você vai ter.

A Mãe Terra apertou a mão de Nyx antes de soltá-la, voltando sua atenção para a lua e o sol que aguardavam atentamente.

Ela levantou os braços novamente e, desta vez, começou a girar suas mãos delicadamente, graciosamente, como se estivesse separando linhas invisíveis ao seu redor.

– Uma vez mais, eu uso aquilo que o Divino me concedeu. Poder da Criação, eu invoco a ti lá do céu! Junte-se ao poder da lua e à potência do sol, e traga a vida imortal como companhia para a minha fiel Deusa!

A voz da Mãe Terra assumiu uma cadência ritmada enquanto ela pronunciava o feitiço:

Eu sou Aquela
Tão bem amada
Pelo Divino
A Criação é meu dom
Eu sou Aquela
Tão bem tratada

> *Pelo Divino*
> *Que o meu chamado da Terra para o Céu é em alto e bom som*
> *Eu sou Aquela*
> *Tão querida*
> *Pelo Divino*
> *Lua! Sol! Céu! Unam-se de verdade, unam-se com certeza, unam-se imediatamente!*
> *Criem guerreiro, amante, companheiro de diversão e amigo.*
> *Não deixem a minha Deusa sem companhia, solitária interminavelmente!*

O céu sobre o bosque ganhou vida com correntes de magia brilhante tão antiga quanto o Divino – uma Energia inesgotável destinada a obedecer aos comandos da Terra. A energia se multiplicou e se dividiu, pulsando com a luz da criação tão intensamente que até a Mãe Terra e a Deusa Nyx precisaram cobrir os olhos. Então as correntes subiram, subiram, subiram até a lua evanescente e subiram, subiram, subiram até o sol nascente. A lua e o sol resplandeceram, pulsando com aquela união de uma forma tão bonita que a Mãe Terra pensou que parecia que o céu tinha beijado primeiro a lua e depois o sol.

Houve uma explosão de luz ao redor da Mãe Terra e de Nyx, e então tudo ficou tranquilo.

O sol continuou a se levantar, silenciosamente, a distância. A lua desapareceu nos céus.

A Mãe Terra já estava começando a franzir o cenho e a refletir sobre como iria penalizar a lua e o sol por não cumprirem sua palavra quando ouviu o arfar de surpresa de Nyx.

A Mãe Terra desviou o olhar. Ela estava olhando para cima, esperando que um ser descesse flutuando do céu, mas as suas expectativas estavam incorretas. Os seres já estavam lá, ajoelhados diante de Nyx.

Em choque, a Mãe Terra viu os dois deuses menores, criados a partir da união entre o céu e a lua e entre o céu e o sol, levantarem o rosto em completa adoração para a sua Deusa.

– Eles têm asas! – Nyx exclamou.

– E há dois deles – a Mãe Terra falou, franzindo a testa consternada. – Nyx, isso não saiu exatamente como eu tinha planejado.

– Eu creio que eles são perfeitos! – disse a Deusa.

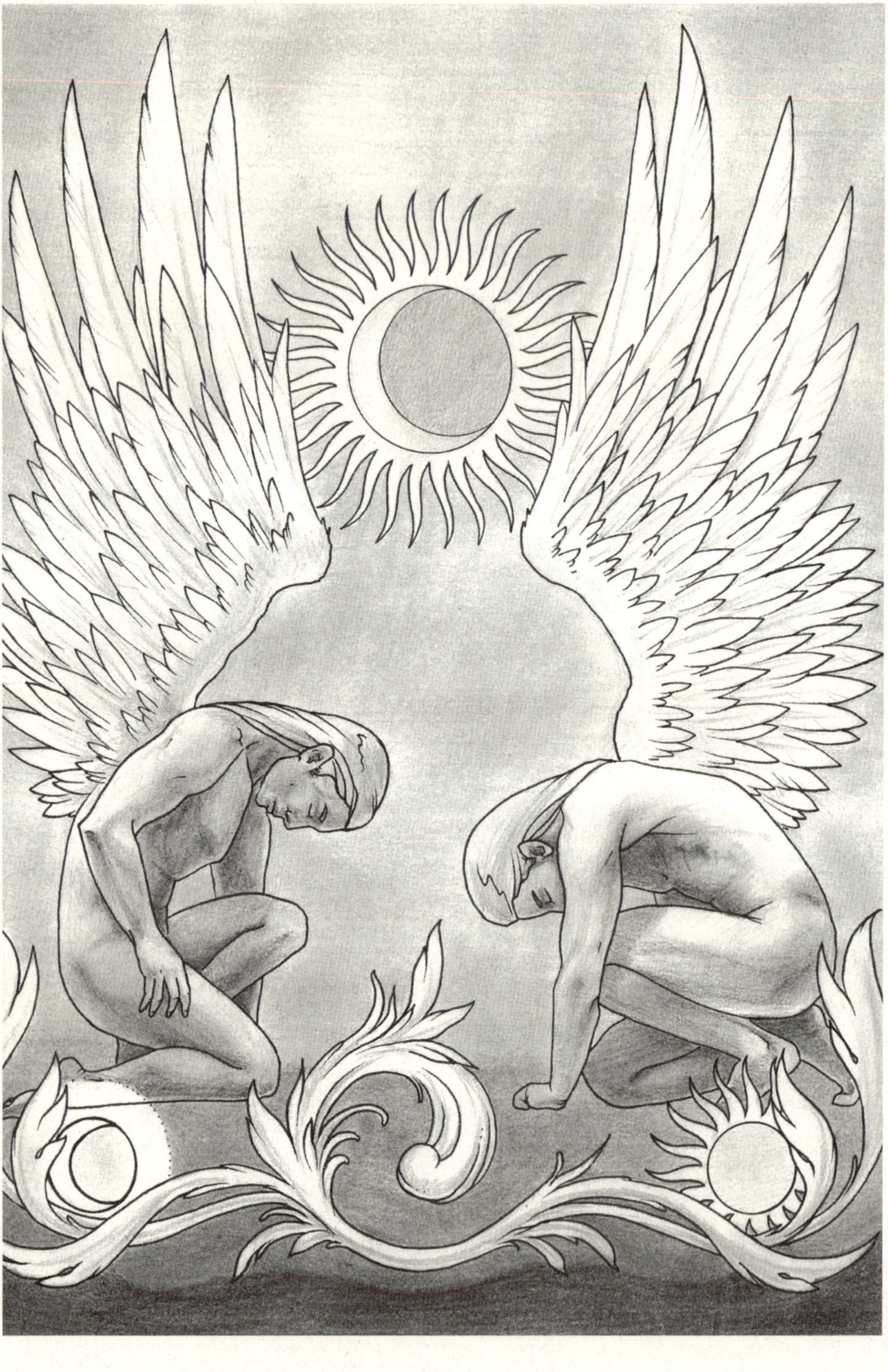

3.
Ela seria uma inimiga poderosa...

Recém-criado, Kalona abriu os olhos. A primeira coisa que viu foi Nyx. Ele ainda não sabia o nome dela. Tudo o que ele sabia é que a sua beleza o flechou e fixou em algum lugar tão profundo que o deixou incapaz de falar.

Ela se aproximou dele primeiro, embora ele mal tivesse consciência do outro ser ajoelhado ao seu lado. Ela estendeu a mão para ele e disse as primeiras palavras que ele ouviu na vida:

– Eu sou a Deusa Nyx, e dou as boas-vindas a você com todo o meu coração.

A voz dela era doce, musical e surtia efeito de calma. Kalona pegou a pequena mão dela cuidadosamente com a sua muito maior, reparando na beleza única do contraste entre seus tons de pele – a dele era mais escura, lustrosa e mais dura, enquanto a dela era macia, pálida e totalmente imaculada.

Imóvel, ele não conseguia falar. O sorriso dela fez o seu sangue esquentar, e ele sentiu o corpo ruborizando.

– E qual é o seu nome? – ela perguntou.

– Kalona – ele respondeu.

– Kalona. Que nome bonito! As suas asas são prateadas como a lua cheia. Você deve ser o filho da lua – ela disse.

– Eu sou – ele respondeu, sem parar para pensar em como sabia disso.
– E eu fui criado para você.

O sorriso dela se iluminou, e Kalona podia sentir as batidas do seu coração se acelerando.

– Deusa Nyx, eu sou Erebus, filho do sol dourado. Portanto, essa é a razão pela qual as minhas asas *não* são da cor da luz da lua. Eu também fui criado para você. – O outro deus menor alado se levantou. – Perdoe-me, irmão, mas eu não posso permitir que você fique com a Deusa só para si – ele gracejou enquanto passou por Kalona, delicadamente retirando a mão de Nyx da dele, e depois se curvou com um floreio de asas douradas.

Nyx voltou seu sorriso luminoso para Erebus e sua risada radiante pareceu criar faíscas cintilantes no bosque ao redor deles.

– Erebus! Eu dou as boas-vindas ao filho do sol com todo o meu coração.

– Adorável Deusa, tenha cuidado com o tanto do seu coração que você entrega. Você deu tudo a Kalona e a mim. Certamente, um de nós vai ficar sem? – Os olhos dourados de Erebus brilharam de modo tão travesso quanto o seu sorriso.

Kalona franziu a testa para Erebus e se encontrou cerrando os dentes para conter um rosnado feroz. Ele não devia se atrever a falar com a Deusa daquele modo! Kalona teve vontade de arrancar aquele sorriso presunçoso do rosto daquele ser!

– Eu acho que você não deveria começar o seu relacionamento censurando a sua Deusa, jovem Erebus, especialmente porque posso perceber que isso desperta a ira do seu irmão – a Mãe Terra falou.

Kalona nem tinha notado o outro ser até ela começar a falar, dando um passo para a frente e posicionando-se entre Nyx e os dois irmãos, quase como se ela pensasse que a Deusa precisasse de proteção contra eles. Kalona franziu os olhos para essa mulher menor, pronto para corrigi-la, para dizer a ela que Nyx jamais precisaria de proteção contra ele! Ele nunca iria – nunca poderia machucá-la –, mas os olhos escuros da mulher o capturaram antes que ele pudesse falar, e um aviso em suas profundezas o silenciou.

– Kalona, Erebus, por favor, cumprimentem a minha amiga, a Mãe Terra. Vocês devem agradecer a ela, já que foi ela quem possibilitou a criação de vocês! – Nyx disse de modo ofegante.

O sorriso de Erebus era charmoso e a sua voz era profunda e gentil. Ele se curvou para a Mãe Terra dizendo:

– Grande Mãe, eu a saúdo e lhe agradeço. Peço que me perdoe pela minha primeira e equivocada tentativa de humor. Eu lhe asseguro que a minha intenção não foi censurar a minha Deusa, embora admita que eu ache divertido o fato de ter sido capaz de despertar a ira do meu irmão tão facilmente.

– Precoce, muito precoce! – A Mãe Terra sorriu para Erebus enquanto falava, abraçando-o carinhosamente e deixando óbvio que ela gostava da precocidade do deus menor do sol.

Kalona se levantou e se curvou profunda e respeitosamente.

– Eu a saúdo, Mãe Terra, e agradeço o papel que teve na minha concepção.

– Não há de quê, Kalona. – Ela o abraçou também, mas Kalona acreditou ser com muito menos afeto do que havia demonstrado pelo seu irmão. A Mãe Terra deu um passo para trás e se dirigiu aos três. – Assim, cada um de vocês reconhece que eu tenho uma responsabilidade maternal aqui.

– De fato você tem, minha amiga – Nyx respondeu prontamente. – E eu devo agradecê-la eternamente por isso.

– A eternidade é um tempo muito, muito longo – a Mãe Terra respondeu, analisando Kalona e Erebus. – Eu imagino que você vá querer levá-los de volta para o Mundo do Além com você.

Os olhares de Kalona e de Nyx se encontraram. Ele viu que o rosto dela havia ficado rosa de uma maneira fascinante. E, apesar de o seu olhar não desprender do dela, a Deusa respondeu com voz baixa, parecendo quase tímida:

– Sim, eu vou.

– Hoje?

– Hoje! – Nyx disse, assentindo com a cabeça, ainda sem desviar os olhos de Kalona.

– O Mundo do Além – Kalona falou, encontrando a própria voz. – Até o nome soa mágico.

Nyx o recompensou com um sorriso íntimo.

– É um lugar lindo, assim como este planeta, mas cheio de Magia Divina antiga e poderes que às vezes são difíceis de lidar até para mim. Poderes assim podem ser exaustivos – ela terminou, de repente parecendo mais velha e cansada.

– Minha Deusa, vou ajudá-la a lidar com esses poderes que a deixam exaurida – Kalona falou, dando um passo ávido na direção dela.

– E, ainda assim, não lhe cabe fazer uso da Magia Antiga do Mundo do Além do qual Nyx vem – a Mãe Terra disse, também dando um passo para mais perto.

Kalona sentiu o calor do poder da Mãe Terra e a sua desaprovação. Os seus olhares se encontraram, e o dela era ainda mais inabalável que o dele. *Ela seria uma inimiga poderosa...* Esse conhecimento ecoou através da mente dele.

Kalona deu um passo para trás e baixou a cabeça levemente em reconhecimento ao poder da Mãe Terra.

Erebus pareceu não perceber o intenso desagrado da Mãe Terra. A voz dele era tão leve quanto o seu sorriso.

– O que faríamos com a magia de Nyx? Há magia abundante no Éter Divino que nos criou. Se nós precisarmos de poder, podemos invocá-lo. Ele deve nos atender, já que é nosso direito de sangue como filhos do Divino. Grande Mãe, nossa matriarca, eu asseguro a você, o meu irmão e eu não temos nenhum desejo a não ser servir Nyx.

– Lembre-se, Mãe Terra, os imortais alados foram criados para mim, e não *contra* mim – Nyx disse, concordando com o imortal de asas douradas.

– Sim, eu sei. Eles foram criados por mim. – A Mãe Terra não se acalmou tão facilmente. Ela encarou Kalona e Erebus. – Vocês foram criados por mim para servir Nyx, portanto, é minha responsabilidade verificar se estão dispostos e são capazes de cumprir os seus destinos gêmeos como guerreiros, amantes, companheiros de diversão e amigos. Nyx, você concorda que isso é minha responsabilidade?

– A minha gratidão é tamanha que nunca serei capaz de discutir suas responsabilidades. Em vez disso, eu livremente reconheço que você é a Mãe e a Criadora de tudo isso. – Nyx fez uma pausa, fazendo um gesto gracioso com o braço que abarcou toda a terra, assim como os dois imortais alados.

– Só me diga como você propõe cumprir a sua responsabilidade maternal. Eu não irei contestá-la.

Kalona sentiu o seu estômago se contrair enquanto a Mãe Terra continuava a analisá-los cuidadosamente, como se estivesse procurando por falhas.

– Eu aceito a sua palavra, Nyx. E proponho o seguinte: – a Mãe Terra disse, dando um sorriso maternal e aparentemente muito satisfeito para Nyx – sob a minha supervisão, cada um dos seus imortais deve completar três tarefas para você, provando que são poderosos, sábios e leais o bastante para serem dignos de sua companhia.

– Isso soa encantador, não é? – Nyx disse.

– Totalmente – Erebus concordou.

– Eu estou ansioso para provar meu valor a você – Kalona respondeu.

– Encantador! – Nyx repetiu, encontrando o olhar de Kalona.

– Então vamos começar imediatamente – a Mãe Terra afirmou, esfriando o calor no sangue de Kalona que o olhar de Nyx havia aumentado.

– Imediatamente? – Nyx perguntou, obviamente menos satisfeita do que a Mãe Terra.

– Oh, minha criança. – A Mãe Terra colocou o braço ao redor da Deusa. – Saboreie esses primeiros passos maravilhosos. A magia da descoberta é sempre mais doce se ela for merecida.

Nyx se animou.

– Você esteve certa até agora. Eu confio em você! – A Deusa se voltou para Kalona e Erebus. – Eu peço que vocês sigam as ordens da Mãe Terra como se fossem minhas. Ela é minha amiga querida e verdadeira. – Nyx desviou os olhos deles para a Mãe Terra. – Quais serão as tarefas determinadas?

– Serão três tarefas. Para cada uma, eu desejo que Kalona e Erebus escolham um elemento. Três entre os cinco elementos mágicos: Ar, Fogo, Água, Terra e Espírito. Além do elemento da sua escolha, eu concederei a eles uma fagulha da energia de criação. Misturem o meu dom com o poder do Divino que Erebus recentemente requisitou como deles por direito de nascença. – Ela fez uma pausa e baixou a cabeça levemente para Erebus em reconhecimento. – E cada um deverá criar então algo *aqui* – ela estendeu a mão em um gesto amplo que espelhou o de Nyx –, que vai encantar você *lá*.

A Mãe Terra ergueu o seu braço, apontando para o azul brilhante do céu da manhã.

– Que ideia maravilhosa! – Nyx aplaudiu com alegria.

Kalona franziu a testa.

– Criação através dos elementos? Algo feito aqui e apreciado no Mundo do Além? Eu não quero parecer impertinente, Mãe Terra, mas como nós vamos completar essas tarefas sem conhecer nada sobre a Terra ou o Mundo do Além?

A Mãe Terra fez um gesto com a mão para afastar as preocupações dele.

– Vocês carregam a imortalidade da Energia Divina, aquela que criou a todos nós. Olhem para dentro de si. Vocês já conhecem o Mundo do Além. O resto é simples, *se* passarem um tempo aprendendo sobre a minha terra e os meus elementos.

– E nós conhecemos a nossa Deusa – Erebus disse, sorrindo carinhosamente para Nyx. – Nós fomos criados conhecendo a nossa Deusa. Dar prazer a ela é o nosso prazer!

Kalona rosnou de novo.

A Mãe Terra franziu os seus olhos escuros para ele, com uma expressão severa, como se ela fosse realmente uma mãe e ele fosse o filho rebelde.

– Qual elemento vocês escolhem primeiro? – Nyx perguntou, aparentemente alheia a tensão entre Kalona e a Mãe Terra.

Kalona estava certo de que a Deusa tinha falado com ele, mas foi o seu irmão que respondeu:

– Ar, é claro. Foi do Ar que nós fomos criados para você. É justo então que o Ar continue a encantá-la.

– Excelente escolha, Erebus – a Mãe Terra disse. – Até que cada um de vocês faça a sua criação, eu concedo a vocês o domínio sobre o Ar! E tenho dito, que assim seja! – Uma rajada de vento os envolveu, pontuando as palavras dela. Então ela pegou a mão de Nyx e ofereceu seu braço à Deusa. – Venha, Nyx, vamos deixar os seus imortais com o primeiro dos seus testes enquanto nós bebemos mais néctar e você me apresenta a algumas das suas interessantes Fadas.

– Mas o que exatamente nós devemos criar? – Kalona perguntou, detestando o desespero que ele escutou em sua própria voz.

A Mãe Terra olhou para ele por sobre o ombro.

– Se você é inteligente o bastante para reivindicar um lugar ao lado desta Deusa adorável e fiel, é inteligente o bastante para descobrir isso sozinho. Bem, a menos que você falhe no teste, Kalona.

– Eu não vou falhar – Kalona disse entre dentes cerrados.

– No entanto, se falhar – a Mãe Terra falou –, não terá permissão para entrar no Mundo do Além. Não até que passe nos três testes. De acordo?

– Inteiramente de acordo – Erebus afirmou.

– De acordo – Kalona aceitou, embora relutante.

– Eu tenho certeza de que você não vai falhar. – As palavras de Nyx foram um bálsamo para Kalona, até que ela voltou o olhar para o seu irmão. – Nenhum de vocês vai me decepcionar. E eu mal posso esperar para ver as suas criações!

– Ah, só mais uma última coisa – a Mãe Terra disse. – O meu mundo é povoado por humanos, mortais criados por mim à imagem dos imortais. Eles são amados por mim. Tenham cuidado com eles. Não há dúvidas de que eles os confundirão com Deuses. Se precisarem interagir, certifiquem-se de que eles saibam que isso é um *erro*. Vocês são guerreiros, amantes, amigos e companheiros de diversão. Vocês não são Deuses. Entendido?

Os imortais alados murmuraram um após o outro que eles tinham, de fato, entendido a Mãe Terra.

– Ótimo! Quando vocês tiverem acumulado conhecimento suficiente e estiverem prontos, usem o Ar para me invocar. Nyx vai me acompanhar. Como sua Deusa, ela tem o direito de julgar as suas criações. Desejo a ambos boa sorte na tarefa – a Mãe Terra falou.

– E eu estou ansiosa para recebê-los no Mundo do Além quando os seus testes estiverem concluídos – Nyx sorriu para Kalona e Erebus, um por vez.

Então, mudando rapidamente de divinas para garotinhas, as duas mulheres aproximaram as suas cabeças, uma luminosa como a lua cheia, a outra tão escura e misteriosa quanto o chão sobre o qual eles pisavam. Dando risadinhas e sussurrando, elas sumiram pelo bosque verdejante adentro.

Kalona ficou olhando até a sua Deusa desaparecer, desejando mais do que tudo correr até Nyx e puxá-la para longe da Mãe Terra, afastá-la de qualquer coisa ou de qualquer um que tentasse se colocar entre eles.

— Ela é extraordinária, não é, irmão?

Kalona desviou o olhar do bosque e encarou Erebus. Recusando-se a falar com ele sobre a Deusa, ele disse:

— Ar? Por que você escolheu um elemento tão intangível como esse para brandir?

Erebus encolheu os seus ombros beijados pelo sol. Kalona percebeu que o cabelo dele brilhava com o mesmo fogo dourado que as suas asas.

— A minha única resposta é a que eu já dei para a nossa Grande Mãe: foi do Ar que nós nascemos. Pareceu lógico que ele fosse o primeiro elemento para comandarmos.

— Ela não é minha mãe — Kalona disse, surpreendendo a si mesmo.

Erebus levantou suas sobrancelhas douradas.

— Acho que a nossa Deusa pode discordar de você.

A nossa Deusa. Kalona odiou o som dessas palavras.

— Utilize o seu tempo pensando no que você vai criar — Kalona falou rispidamente para o seu irmão. — Porque eu garanto a você que o que eu criar vai ser digno dela.

— Eu não creio que esses testes sejam uma competição — Erebus disse.

— Bom, irmão, acho que a nossa Deusa pode discordar de você.

Com essas palavras, Kalona deu vários passos largos na direção da encosta. Ele saltou para o alto bem no limite da borda, batendo suas asas poderosamente e usando correntes invisíveis de energia para levantá-lo.

Ele podia sentir o olhar de Nyx sobre si e, um pouco antes de desaparecer no horizonte, Kalona olhou para trás. Ela estava parada na entrada do bosque, olhando para cima na direção dele e sorrindo com um afeto caloroso que ele podia sentir na pele. Kalona encontrou os olhos dela e tocou os lábios com uma mão. Quase como se eles fossem seres espelhados, Nyx levantou a própria mão e tocou o seu lábio.

Ela me ama mais! As palavras na sua mente acompanharam as batidas das suas asas poderosas enquanto Kalona subia aos céus, decidido a criar algo que provaria que ele era merecedor dos favores de sua Deusa.

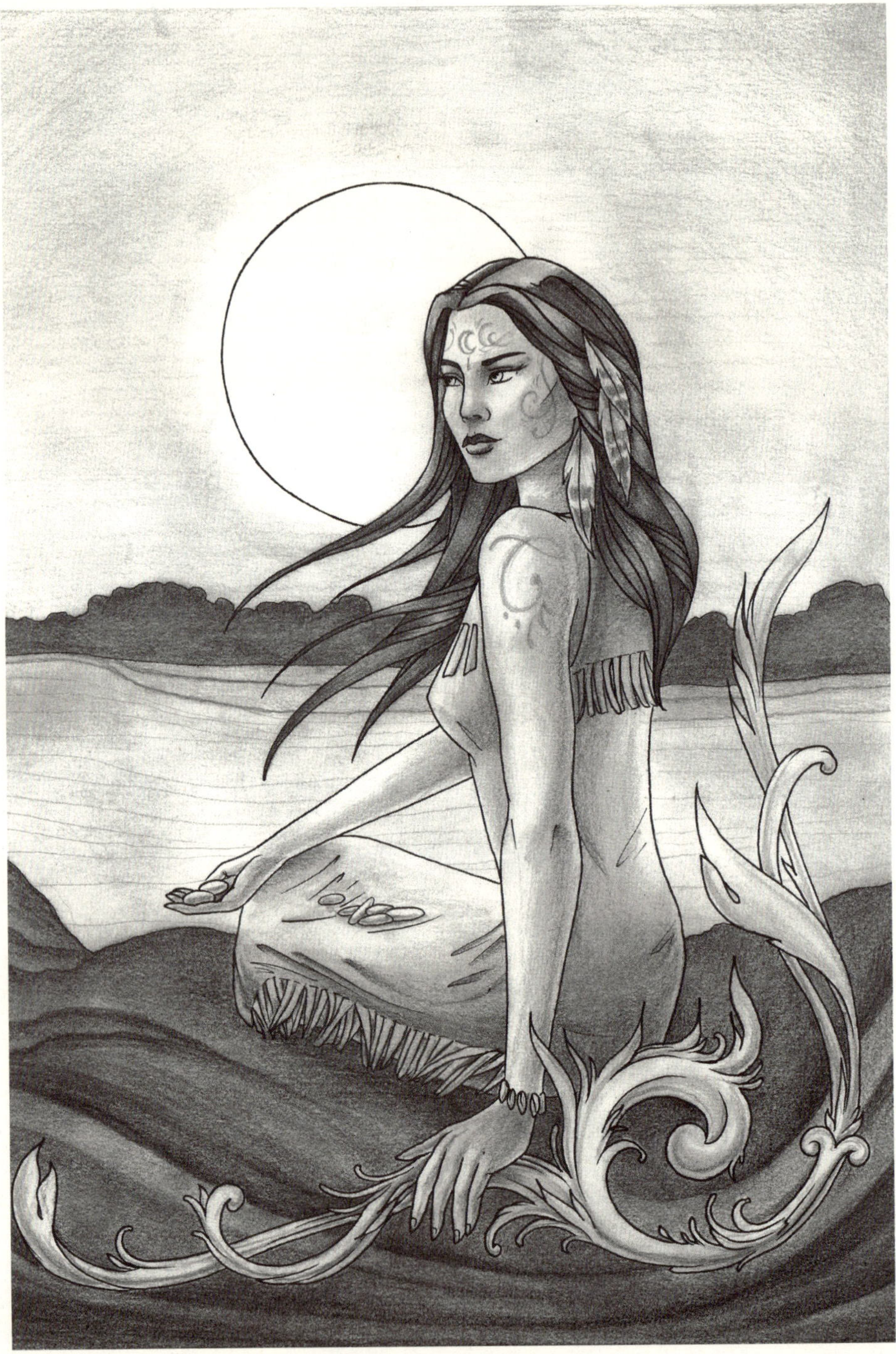

4.
Naquele momento, Kalona estava totalmente feliz...

Kalona não achou a terra mortal grande coisa. Ele cruzou uma grande extensão de água e encontrou um continente amplo e fértil, mas grande parte dele era ou muito quente ou muito fria. A maior parte era inabitada, e a parte que era povoada pelos filhos humanos da Mãe Terra estava longe do que a consciência de Kalona supunha como civilizado. Ele os evitou. Os humanos podiam ter sido criados à imagem de Nyx, mas eles pareciam rasos e desinteressantes quando comparados à glória de sua Deusa. Kalona percorreu o vasto continente, sempre pensando em Nyx.

Finalmente, ele fez uma pausa para descansar no meio do continente, atraído por uma amplidão de gramíneas selvagens que parecia se estender do ponto abaixo dele até onde a vista se perdia no horizonte ocidental. Ele aterrissou na borda de uma grande pradaria, perto de um córrego arenoso que corria musicalmente sobre pedras lisas de rio. Kalona bebeu a água fria e límpida, e então se recostou contra a casca áspera de uma árvore.

O que ele poderia criar a partir do ar invisível e do poder Divino para agradar Nyx? Ele procurou dentro de si e facilmente encontrou o poder Divino que pulsava em seu sangue. Usando-o, ele focou a sua consciência no exterior e no alto, acima da pradaria e da terra mortal. Lá ele encontrou correntes de magia, trilhas divinas de poder ancestral em estado bruto – o mesmo poder que fluía em seu sangue. Experimentando, Kalona sentiu um fragmento de poder etéreo e puxou-o para si. Depois ele se levantou, preparando-se, e invocou um pouco hesitante:

– Ar?

Imediatamente, o elemento respondeu, rodopiando ao redor dele.

– Mostre-me o que você pode fazer. – Kalona se sentiu um tolo, falando em voz alta com um elemento invisível. Ele apontou para uma árvore enorme que de algum modo havia crescido afastada do limiar da floresta, orgulhosa e sozinha, bem no meio da grama alta da pradaria. – Com a ajuda do poder Divino, eu ordeno que o Ar crie algo que possa ser visto do Mundo do Além!

O ar fluiu rapidamente ao redor dele, capturando as linhas de poder etéreo, e com um rugido poderoso ele soprou sobre a árvore, que explodiu em uma enorme nuvem em forma de cogumelo feita de pó de madeira e lascas, que disparou tão alto no céu que Kalona a perdeu de vista. Grandes pássaros negros, despertados de seus poleiros, grasnaram e voaram em círculos sobre ele, repreendendo-o pela perturbação.

O imortal suspirou. Ele achava que a explosão de uma árvore, não importa o quanto isso fosse espetacular, não era exatamente o que...

Os pensamentos de Kalona foram interrompidos por um súbito influxo de poder – algo que o inundou, como se fosse um efeito rebote de energia vinda da destruição da árvore.

Kalona balançou a cabeça, clareando os seus pensamentos. Seu corpo formigou brevemente, mas em poucos segundos essa sensação se dissipou, deixando-o vazio e confuso. Ele franziu a testa. Precisava se lembrar de que era novo neste mundo – novo no uso dos poderes que ele tinha nascido para manejar. Talvez devesse absorver as sobras de energia não utilizada. Kalona passou as mãos pelo seu cabelo longo e grosso, expressando a sua frustração em voz alta.

– Como devo saber de tudo isso? É uma pena que a Mãe Terra não tenha permitido um tempo para adaptação e compreensão antes de impor esses testes para mim. Principalmente testes que são feitos para estabelecer o meu valor.

Bem, ele havia usado o Ar e o poder do Divino em conjunto com sucesso. O resultado provavelmente poderia ter sido visto do Mundo do Além, assim como do sol e da lua. Contudo, Kalona não acreditava que Nyx acharia a visão de farpas, poeira e pássaros irritados muito agradável. Certamente, os fragmentos minúsculos da árvore que começaram a cair não o agradaram. Kalona ainda estava de cenho franzido quando tirou o pó de madeira que estava se acumulando nas suas asas.

– O Ar é um elemento ridículo – ele resmungou, e então, envolto em uma nuvem de pó de madeira, tossiu e continuou a tirar a poeira e as folhas despedaçadas das suas asas.

– Ó, Ser Alado! Grande Deus! Nós imploramos por saber o seu nome para que possamos venerá-lo, e para que não despertemos a sua ira! Por favor, não nos destrua como fez com a Árvore do Grande Espírito!

Tossindo, Kalona levantou o olhar das suas asas. Com os olhos estreitos por causa da poeira suspensa no ar, ele viu na margem oposta do riacho um grupo de nativos vestidos com roupas de couro, penas e conchas, ajoelhados e com as cabeças abaixadas próximas do chão. Ele olhou para trás deles e conteve um suspiro e outra tosse, registrando mais um item na sua lista de erros – estivera tão concentrado na pradaria, grande como o oceano, e em manejar o seu poder que não havia reparado que aterrissara não muito longe de um povoado humano.

Kalona endireitou os ombros. Fosse coberto de pó ou não, ele precisava dizer alguma coisa para esses curiosos e equivocados filhos da Mãe Terra.

– Eu sou Kalona – ele disse. Os humanos se encolheram de medo, e ele percebeu que precisava controlar o poder na sua voz. O imortal limpou a garganta e começou novamente. – Eu sou Kalona, e não vim para destruir vocês.

– Kalona das Asas Prateadas, como podemos venerá-lo? – perguntou o humano que tinha falado primeiro. Ele era enrugado e estava encurvado, mas Kalona viu que estava enfeitado com mais penas e conchas do que os outros, e o seu rosto e o peito nu estavam pintados com redemoinhos cor de ocre.

– Não, eu não vim para cá para ser venerado – Kalona falou.

— Mas você matou a Árvore do Grande Espírito! Você é mais poderoso do que ela. Agora você preenche o ar com a evidência do seu poder, e os corvos gritam em seu nome. Nós imploramos que você não seja como o coiote traiçoeiro. Nós vamos trazer chigustei, nosso pão, e a nossa melhor carne cozida para comer. As nossas donzelas mais lindas vão esquentar a sua cama e dançar a Dança do Sol Nascente para você. Só pedimos que não nos destrua!

— Vocês não entenderam. Eu não sou...

As palavras de Kalona foram cortadas quando o ar repleto de poeira de repente clareou e uma mulher extraordinária se materializou. Ela estava vestida com o couro branco mais puro bordado com pedras azuis, contas redondas vermelhas e ossos esculpidos. O seu cabelo escuro cascateava abaixo da sua cintura fina. Os seus pés delicados estavam descalços, e os seus tornozelos estavam enfeitados com cordões de conchas de modo que, a cada passo que dava, música ressoava. A sua pele marrom estava pintada com símbolos antigos em um azul tão escuro e vivo que o desenho parecia líquido e em movimento constante. Embora na aparência ela fosse totalmente diferente da sua primeira visão da Deusa, Kalona imediatamente soube que aquele ser radiante era a sua Nyx.

Os humanos se prostraram de novo e começaram a gritar:

— Estsanatlehi!

— Amada Mulher Mutante!

— Salve-nos de Kalona das Asas Prateadas!

Kalona tossiu novamente e então rapidamente tentou explicar:

— Eu não sabia que a árvore era deles.

Nyx caminhou na direção dele e pegou a sua mão, embora a sua atenção e os seus belos olhos escuros estivessem totalmente focados nos humanos.

— Meu povo, não tema. Kalona das Asas Prateadas não é um destruidor nem é um Deus. Ele é meu... — Nyx fez uma pausa, voltando o seu olhar brevemente para ele. Kalona teve certeza que viu diversão nos olhos dela, apesar de ela ter escondido bem o seu sorriso. — Meu Guerreiro, meu Matador de Monstros e Assassino dos meus Inimigos — ela concluiu.

— A Árvore do Grande Espírito a ofendeu, Estsanatlehi? Por isso você enviou o seu Assassino de Inimigos contra ela? – perguntou o homem pintado e cheio de penas.

— Não, Xamã. O meu Guerreiro só estava abrindo espaço para uma nova Árvore do Grande Espírito, uma que dê frutos. Vejam o meu presente para vocês! – Nyx soltou a mão de Kalona e se virou para encarar o buraco escuro onde a árvore ficava antes. Ela começou a mexer os seus pés descalços em uma dança que tinha o ritmo das batidas do coração, acompanhada pela música dos cordões de conchas que decoravam os seus tornozelos. – Escute-me, ó, Mãe Terra. Eu sou Estsanatlehi, a Mulher Mutante, Porta-Voz do Povo. Peço que a Árvore do Grande Espírito renasça para dar frutos para o povo. Escute-me, ó, Mãe Terra. Eu sou Estsanatlehi, a Mulher Mutante, Porta-Voz do Povo... – Nyx repetiu a sua canção sem parar, até terminar de dar três voltas dançando em volta do buraco vazio. Com o terceiro círculo completo, ela arrancou uma conta vermelha arredondada do seu vestido e a atirou dentro do buraco com um grito de vitória.

Kalona ofegou junto com os humanos quando uma árvore brotou instantaneamente do meio do buraco, crescendo cada vez mais para o alto, com os galhos se estendendo para longe, brotando, florescendo e então preenchendo com folhas simples, de um verde brilhante na parte de cima e prateado embaixo. Kalona piscou, e, de repente, a árvore inteira estava carregada de frutas vermelhas e carnudas.

— Façam a colheita e compartilhem essa fruta, e lembrem-se de que a sua Deusa não é destrutiva nem vingativa – Nyx disse, voltando para o lado de Kalona. – Como sempre, eu desejo que vocês sejam abençoados – concluiu. Então ela colocou os braços em volta do pescoço de Kalona e sussurrou no seu ouvido. – Agora você deve me levar embora daqui.

Mal conseguindo respirar, Kalona levantou a sua Deusa em seus braços e saltou no ar, segurando-a com força enquanto as suas asas poderosas os levavam em direção ao céu.

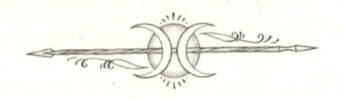

— Lá — disse Nyx, apontando para baixo. A terra havia mudado abaixo deles. Ela tinha começado a ondular suavemente e estava coberta de agrupamentos de árvores altas. A Deusa fez um gesto indicando um ponto além das árvores, na direção de um rio escuro e largo, pontuado por bancos de areia e ladeado por arbustos. — Você pode me deixar lá.

Kalona voou em círculos até encontrar um banco de areia com inclinação leve, livre de mato e galhos. Ele pousou suavemente.

— Agora você não precisa mais me segurar — ela disse. A cabeça de Nyx estava recostada contra o ombro dele, assim como na maior parte da jornada. Ele não podia ver o rosto dela, mas conseguia ouvir o sorriso na sua voz. Isso o encorajou.

— Eu gosto de segurar você — ele disse.

— Você *é* mesmo muito forte — ela falou, rindo baixinho.

— O fato de eu ser forte agrada você?

— Sim, principalmente quando você precisa me carregar rapidamente para longe de uma situação complicada.

Então Kalona a colocou no chão, apesar de continuar perto dela, mantendo as mãos dela entrelaçadas nas dele.

— Perdoe-me por isso. A minha intenção não era assustar aqueles mortais. Eu estava... estava tentando... — Kalona perdeu a voz e sentiu o seu rosto ardendo de vergonha.

Nyx sorriu e envolveu o rosto dele com suas mãos macias.

— Você estava tentando o quê?

— Agradá-la! — ele disse em um ímpeto de honestidade.

— Você pensou que destruir uma árvore iria me agradar?

Ele balançou a cabeça e a poeira da árvore caiu do seu cabelo no rosto dela. Nyx espirrou violentamente três vezes e esfregou seus olhos lacrimejantes.

– Perdoe-me novamente! – Ele levantou as mãos de maneira imponente, tentando ajudá-la e, como se estivesse apenas esperando por aquele movimento das mãos dele, mais poeira caiu dos seus braços no rosto dela. Ela espirrou de novo e, incapaz de falar, gesticulou para que ele se afastasse. A frustração ardeu dentro de Kalona, atraindo fragmentos de poder Divino. Com uma súbita ideia, Kalona falou sem pensar:

– Ar, ajude a criar uma paz reconfortante para Nyx!

Ele prendeu o fôlego enquanto o ar rodopiou ao redor de sua Deusa, carregando fragmentos luminosos de seu poder. Gentilmente, eles roçaram contra a pele dela, soprando a poeira do seu rosto e fazendo-a piscar para expelir as suas últimas lágrimas enquanto sorria para ele.

– Agora, *isso* me agradou. Obrigada, Kalona.

– Então você me perdoa pela árvore? E por assustar aqueles humanos? E pela poeira?

– É claro que sim. Você não teve nenhuma intenção de fazer mal. Embora eu ainda não entenda exatamente o que queria criar lá.

– Alguma coisa que você pudesse ver do Mundo do Além – Kalona disse, e então continuou: – Minha invocação teve falhas e minha intenção foi confusa. Eu não estou certo sobre o que eu esperava que acontecesse, mas tenho certeza de que fracassei.

– Bem, eu não diria que foi um fracasso total. Você realmente conseguiu chamar a minha atenção, apesar de ter sido porque eu senti o medo do povo.

– De verdade, eu não tive intenção de causar mal algum a eles – ele falou.

– Acredito em você, mas eu também preciso contar o que a Mãe Terra não explicou inteiramente nem a você nem a Erebus. Muitos dos humanos são infantis em suas crenças. São facilmente amedrontados e contam histórias elaboradas para que aquilo que eles não entendem completamente faça sentido. Contudo, eu tenho um carinho especial pela raça de mortais que você conheceu hoje. Eles têm um profundo amor e respeito pela natureza, e uma lealdade que toca o meu coração. Eu apareço para eles mais do que deveria, mas gosto das histórias que eles contam sobre mim.

— É por isso que você está com essa aparência hoje? Porque eles não iriam reconhecê-la se a vissem como você estava antes?

— Sim, em parte. Eu creio que as diferentes raças humanas ficam mais abertas se eu tomo uma forma mais parecida com a deles. — Nyx sorriu, de repente como uma garotinha de novo. — E eu gosto de assumir aparências diferentes. Acredito que todas são belas. Assim como eu encontro beleza em tanta parte da terra e nos mortais que a habitam. — Ela fez um gesto para o rio amplo e arenoso. — Eu amo a água deste mundo, desde rios como esse até os grandes lagos que estão ao norte, além dos oceanos safira e turquesa que separam os continentes. A beleza deles me intriga. Há um lago no noroeste desta terra que é tão azul, profundo e frio que me deslumbra cada vez que o visito.

— Não há corpos d'água no Mundo do Além?

— Claro que há! Mas não como aqui. Não tão profundos, misteriosos ou aparentemente infinitos. E por lá eles não estão cheios de sereias e náiades. As Fadas raramente me deixam aproveitar a tranquilidade de boiar em um lago límpido e gelado, livre de preocupações e responsabilidades. — A expressão dela era sonhadora. Ela se inclinou na direção dele. — Posso lhe contar um segredo?

— Você pode me contar muitos segredos. Eu os guardarei pela eternidade.

— Eu acredito nisso. Obrigada — ela disse e se inclinou mais, beijando-o candidamente no rosto. — O meu segredo é que às vezes eu mudo a minha aparência e visito a terra, fingindo ser mortal. Eu me sento e fico olhando para um lago, rio ou oceano, e começo a sonhar.

— Com o que você sonha, Deusa? — Kalona perguntou, com a pele do seu rosto ainda formigando por causa do beijo.

— Eu sonho com amor, felicidade e paz. Eu sonho que não há Trevas neste mundo nem no meu. Eu sonho que os mortais parem de lutar uns contra os outros e se unam. E também sonho que eu não estou eternamente sozinha.

— Mas você é uma Deusa, imortal, divina e poderosa. Você não poderia forçar os mortais a serem pacíficos, para afastar as Trevas?

Nyx deu um sorriso triste.

– Eu poderia, se quisesse tirar seu livre-arbítrio, mas eu não gostaria disso. E eu prometo a você que eles também não iriam gostar. Eu estou começando a entender que nem mesmo a ausência de discórdia iria livrar este mundo das Trevas, ou mesmo enfraquecê-las.

– Explique essas Trevas das quais você fala – Kalona pediu.

– Acho que não consigo explicar, pelo menos não de uma forma clara. Não tenho experiência para tanto. Até agora, eu só senti a sua malevolência e testemunhei os atos que aqueles sob a sua influência cometem. Os humanos podem ser muito cruéis quando instigados. Você sabia disso?

Kalona não sabia, mas ele percebeu que não sabia porque não estava prestando muita atenção aos mortais que habitavam a terra. Seu único foco era conquistar um lugar ao lado de Nyx. Ele estava começando a entender que poderia precisar estar ao lado da sua Deusa por razões além do desejo que sentia por ela.

– Você está em perigo, Nyx?

A Deusa encontrou o olhar dele.

– Eu não sei.

– Esses testes ridículos! Eles me afastam de você. Eu deveria estar ao seu lado, protegendo-a!

Ela o observou cuidadosamente, sem reagir à sua explosão. Finalmente, ele se sentiu como um tolo e ficou encarando o rio que corria preguiçoso.

– Você se interessa rapidamente em falar sobre a discórdia humana e os perigos das Trevas. Você é rápido para me defender.

– Sempre! – ele assegurou, perguntando-se o porquê de ela de repente parecer tão triste.

– Mas você não disse nada sobre a minha solidão eterna.

– Pensei que não precisava dizer nada. Que você entenderia que, se eu for o seu protetor, estarei ao seu lado, como seu amante e companheiro, eternamente cuidando de você.

– Kalona, talvez uma boa lição a ser aprendida é nunca presumir que você sabe o que uma Deusa, ou qualquer mulher, está pensando – Nyx disse. Com um sorriso, ela gesticulou para que ele se juntasse a ela quando se acomodou em um tronco liso e começou a mexer nas pedrinhas perto dos seus pés descalços, escolhendo umas e descartando outras.

Kalona se sentou e, sem saber o que dizer, falou sem pensar:

– A Terra é realmente parecida com o Mundo do Além?

– Sim e não – ela explicou. – A Terra está para o Mundo do Além assim como a Árvore do Grande Espírito do Povo está para uma Deusa.

– Então a Terra é apenas um pálido reflexo do Mundo do Além – Kalona disse, incapaz de evitar o alívio na sua voz.

Nyx levantou o rosto brevemente para encontrar o olhar dele antes de baixá-lo novamente e voltar a escolher pedras. Ela continuou:

– Apesar de ser apenas um reflexo do Mundo do Além, há uma beleza única na Terra que é ainda mais especial e preciosa, porque aqui nada permanece igual. A humanidade vive e morre, e depois vive de novo. As estações mudam. Os continentes se alteram. A vida humana acontece aqui, o amor acontece aqui, o nascimento e a morte acontecem aqui. O tempo da humanidade é breve, mas fascinante, comovente e extraordinário. Eu espero que algum dia você comece a valorizar os humanos e a Terra como eu os valorizo.

– Eu valorizo você acima de todas as coisas – Kalona disse.

Nyx encontrou o olhar dele.

– Eu sei que sim. Pude sentir a nossa conexão da primeira vez que olhei dentro de seus olhos cor de âmbar. Desde então, acredito que você me inebriou.

Kalona se ajoelhou diante dela.

– Diga-me o que eu posso criar que mais vá agradá-la! Eu só quero fazê-la feliz e estar sempre ao seu lado, como seu protetor e companheiro.

– Kalona, filho da Poderosa Lua que eu tanto amo, não posso dizer o que você deve criar para mim. Isso seria injusto com a minha amiga, a Mãe Terra. É ela a responsável pela sua criação. Ela é quem inventou os testes que devem enfrentar. Eu não posso, e nem quero, usurpar as responsabilidades dela. O que eu posso dizer é que desejo apenas que você seja você mesmo, forte, honesto e único quando fizer esses testes, e também mostre esses valores durante a eternidade que espero que possamos compartilhar juntos. – Ela pegou a mão dele e então se levantou, puxando-o junto com ela. – Agora eu quero mostrar algo a você deste mundo divertido, incrível e sempre em transformação. Venha comigo!

Tão ágil quanto uma donzela, Nyx foi saltando na direção da margem de areia do rio. Prontamente, Kalona seguiu a música de conchas que ela deixou em seu rastro. Eles chegaram à margem e Kalona notou que ela estava segurando a barra do seu vestido de camurça de modo a formar um recipiente, no qual estava levando uma pilha de pedras que havia escolhido.

– Vou mostrar o que fazer. Você pega uma pedra. Quanto mais lisa, redonda e achatada, melhor. E então você joga assim! – Com um hábil movimento de pulso, a Deusa arremessou a pedra no rio que corria vagarosamente.

Kalona riu alto, surpreso ao ver que a pedra não afundou. Em vez disso, ela quicou sobre a superfície da água tão graciosamente quanto Nyx havia saltado até a margem do rio. Então a Deusa deu pulinhos de alegria.

– Cinco vezes! A pedra quicou cinco vezes! Essa foi especial. Aqui, sua vez.

Hesitando, Kalona escolheu uma pedra, torcendo para que fosse lisa, redonda e achatada o suficiente. Ele franziu a sobrancelha, concentrado. Tentou mirar. Torceu o pulso diversas vezes para praticar, sem soltar a pedra ainda, com a intenção de fazer aquilo da forma mais perfeita possível.

– Kalona.

A voz de Nyx era suave. Ele se voltou para ela com um olhar de interrogação.

Ela se inclinou na direção dele, ficou na ponta dos pés e o beijou muito delicadamente nos lábios. Ele passou os braços ao redor dela e absorveu o aroma único da sua pele. O que era aquilo? Algo doce e terroso que o atraía para mais perto e fazia com que ele não quisesse nada além de ficar perto dela para sempre.

– Isso é diversão, não é um teste – ela sussurrou. – Relaxe, meu poderoso Matador de Inimigos. Eu acredito que você pode ser companheiro de diversão *e* guerreiro. – Evidentemente relutante em sair do abraço de Kalona, ela se afastou devagar, deixando a mão sobre o peito dele. – Agora, divirta-se! – ela disse, empurrando-o para trás de modo que suas asas tiveram que se abrir para evitar uma queda.

Nyx caiu na risada. Então ela cobriu a boca com a mão e deu mais algumas risadinhas.

Kalona pensou que o riso dela era tão contagiante quanto o seu aroma era fascinante. Ele se endireitou, caminhou decidido até a beira da água e, sem fazer nenhuma pontaria, atirou a pedra no rio, onde ela aterrissou fazendo um barulho pesado e afundando imediatamente.

Ele olhou para Nyx, que estava tentando, sem sucesso, segurar mais risadas.

– Bem – disse ele, com uma seriedade fingida –, parece que, ao contrário de você, eu só consigo fazer bem uma coisa de cada vez.

Nyx engoliu outra risada e inclinou a cabeça para o lado, olhando para ele.

– O que você está fazendo bem agora?

– Eu estou sendo inebriante – ele falou e levantou a mão para limpar uma mancha de pó de madeira que ainda estava em seu peito.

Os olhos escuros de Nyx brilharam com humor. Ela abriu o sorriso para ele e disse:

– Ótimo. Então vou continuar a ganhar de você no arremesso de pedras e em qualquer outra coisa que eu inventar.

A Deusa atirou outra pedra sobre a superfície do rio e gritou em triunfo quando ela quicou seis vezes antes de desaparecer debaixo da água.

Kalona esfregou o queixo.

– Talvez eu deva me esforçar para ser menos inebriante.

Nyx sorriu para ele.

– Não, por favor. Eu prefiro você exatamente do jeito que é.

– Como quiser. Que assim seja. – Kalona acariciou o rosto dela delicadamente com as costas da mão antes de pegar outra pedra achatada da sua pilha. Então ele a atirou no rio, onde ela quicou três vezes antes de afundar.

Os gritos de comemoração de Nyx se juntaram aos dele e, rindo, Kalona começou a arremessar pedras, uma após a outra, lado a lado com a sua Deusa.

Naquele momento, Kalona estava totalmente feliz.

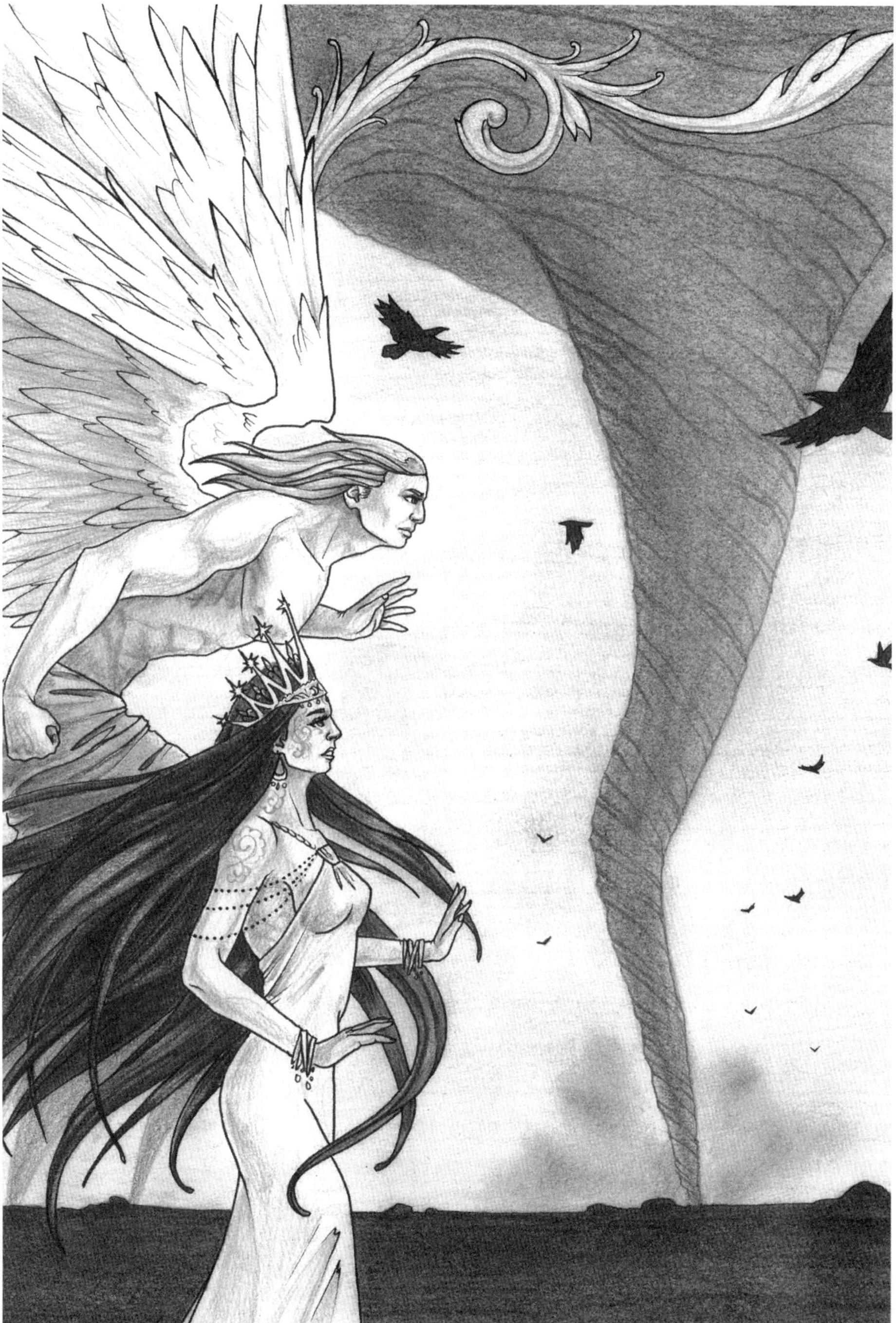

5.
Eu sinto a sua falta no instante em que não estou na sua presença...

— Eu sei que estou favorecendo Kalona — disse Nyx, olhando para o espelho enquanto L'ota penteava o seu cabelo loiro-prateado e começava a trançá-lo com um padrão impossivelmente complexo. — Eu não tinha essa intenção. Não é que eu não goste de Erebus. Pelo contrário! Toda vez que eu vejo Erebus, ele me faz rir. Ele é tão inteligente e talentoso. Sabia que ele canta e toca lira? Na verdade, ontem foi a voz dele que me atraiu do Mundo do Além até a Grécia. Ele estava tocando e cantando tão lindamente que toda a Delos o chamou de Apolo Encarnado alado. Eles estavam colocando ramos de oliveira aos pés dele e o venerando.

Ele não deve ser venerado. A skeeaed sussurrou com desaprovação.

— Ah, não, Erebus não permitiu que eles o venerassem. Mesmo antes de saber que eu estava no meio da multidão que o assistia, ele riu ao ser chamado de Deus e começou a errar as notas, fingindo que era um músico viajante, e um que não era muito bom, e então disse que as suas asas faziam parte da sua fantasia. Com um truque de magia rápido demais para os olhos humanos acompanharem, ele invocou o Ar e o misturou à Energia Divina. Logo depois estava usando uma máscara que o fazia parecer com um pássaro bobo. Em alguns instantes, ele fez o público rir e segui-lo em uma dança cômica, e então esqueceram completamente como momentos atrás ele parecia um Deus.

Nyx sorriu ao se lembrar de como Erebus se fez docemente passar por bobo, apenas por causa dos mortais que o assistiam.

A Deusa se perguntou se Kalona teria feito o mesmo se ela não tivesse aparecido para interceder entre ele e o povo da pradaria. O sorriso dela desapareceu. Ele estava negando a sua natureza divina, não estava?

– *Você pensa no outro* – L'ota disse.

– Penso. Eu penso bastante nele. Alguma coisa aconteceu na primeira vez que eu olhei dentro dos olhos dele. Alguma coisa que só posso descrever como maravilhosa.

– *Tem que ser merecedor de você* – a skeeaed falou, com a sua voz sussurrante soando estranhamente forçada.

Nyx lançou um olhar curioso para ela.

– L'ota, ambos foram criados para mim. Tanto Erebus quanto Kalona. Os testes da Mãe Terra não são mais do que uma formalidade. Ela está, afinal de contas, agindo como uma mãe, o que significa que está sendo amorosa, mas previsivelmente superprotetora.

A skeeaed não encontrou os olhos da Deusa no espelho, e Nyx encolheu os ombros.

– Não importa. Não esperava que você entendesse, L'ota. Erebus e Kalona não são preocupação sua. Agora, onde estão as dríades que eu convoquei? – Nyx se levantou e caminhou para a parede de vidro que dava para os jardins extraordinários do seu palácio, sem perceber que a skeeaed tinha ficado em silêncio e amuada com as palavras indiferentes da Deusa. – Eu pedi a um grupo de dríades para colher gardênias do reino mortal para que você pudesse entrelaçá-las no meu cabelo. Você já reparou que, desde que eu permiti que elas visitassem a terra, as dríades sempre parecem distraídas?

– *Só reparo no que você ordena que eu repare* – L'ota murmurou baixo demais e Nyx não ouviu.

A Deusa tinha se virado da janela para olhar para a skeeaed quando os seus aposentos explodiram em um turbilhão de dríades gorjeando, com os braços repletos de flores brancas perfumadas, cheias de ânimo, alterando suas cores entre estonteantes tons de verde, azul e roxo.

— O que vocês... — Nyx parou, percebendo o que devia ter causado aquela agitação nas Fadas. — Um deles está pronto para o teste!

As Fadas saltitaram e dançaram ao redor dela, derrubando as gardênias em seu cabelo e fazendo L'ota brigar com elas, enquanto rapidamente arrumava de novo as tranças de sua Deusa.

— Qual deles? — Nyx perguntou ofegante, forçando-se a se sentar imóvel para que L'ota pudesse terminar seu cuidado e as dríades excessivamente animadas pudessem rapidamente cobrir o seu corpo com as vestes que ela havia escolhido, que eram da cor do rubor de uma donzela.

As dríades começaram a gorjear de novo, e Nyx balançou a cabeça consternada. Elas estavam excitadas demais. Nem mesmo a Deusa conseguia entender aquele falatório estridente.

L'ota entendeu suas semelhantes sem nenhum erro. Ela sussurrou uma palavra para a Deusa: *Kalona*.

Nyx não teve dificuldade para encontrar Kalona. Nos últimos dias desde a criação dos irmãos, a Deusa aprendeu que tudo que precisava fazer era pensar nele, imaginar o seu rosto belo e forte em sua mente, e ela seria levada até ele por mágica.

Ela havia tentado encontrar Erebus da mesma forma e não obteve sucesso. Nyx não falou sobre essa falha com ninguém, principalmente com Kalona ou Erebus.

Naquele dia, a imagem na sua mente a levou de volta a um lugar familiar – a pradaria gramada não muito longe de onde Kalona havia explodido a Árvore do Grande Espírito. Mas, ao sorrir e caminhar apressada para cumprimentar a Mãe Terra, ela percebeu que dessa vez ele não estava tão perto do povoado humano.

— Um dos seus escolhidos declarou que está pronto para ser testado – a Mãe Terra disse depois de abraçar Nyx. Depois ela sorriu com alegria. – Ah!

Você trouxe as Fadas junto com você! Eu tenho apreciado tanto a companhia delas!

Nyx deu um sorriso benevolente para as Fadas travessas.

– Você está mimando-as demais!

– Elas são encantadoras! Eu adoro mimá-las – a Mãe Terra falou, acariciando com afeto uma das dríades gorjeantes. – Oh! Esta é uma nova Fada! – ela encarou L'ota. – O que você é, ser de beleza?

– L'ota é uma skeeaed. Uma criada pessoal.

– Ela é adorável – a Mãe Terra disse, e então trocou um sorriso com L'ota. – Por favor, venha me visitar sempre e traga outras da sua espécie com você.

– *Se Nyx permitir...*

– Ela fala! Que interessante.

– É claro que eu permito, L'ota. Você e as outras skeeaeds podem visitar a Mãe Terra sempre que seus deveres permitirem – Nyx consentiu distraidamente, enquanto vasculhava o céu à procura de Kalona.

– Ele não está aqui ainda, apesar de ter feito o Ar me convocar. O seu Kalona deveria aprender que Deusas não gostam de ficar esperando.

Repentinamente, uma revoada de corvos tão negros quanto um céu de lua nova voou em círculos acima delas. Então as aves pousaram nas árvores próximas, como se estivessem aguardando.

– Nyx! Senti sua falta. – Kalona desceu do céu acima delas e se ajoelhou diante de sua Deusa.

Ela perdeu o fôlego com a beleza rústica dele. Kalona estava usando uma calça de couro com franjas e um bordado elaborado que havia sido tingida para combinar com o branco de suas asas. O seu peito estava nu, com desenhos de redemoinhos cor de ocre decorando os seus músculos fortes. Ele parecia um poderoso Deus Guerreiro do Povo da Pradaria. Avidamente, ela pegou a sua mão, fazendo com que Kalona se levantasse, e flertou divertidamente com ele.

– Sentiu a minha falta? Mas eu passei a maior parte da noite passada com você escalando os galhos das árvores gigantes perto do oceano e olhando para a água iluminada pela lua. – Ela virou a mão dele, deixando a palma para cima. – Veja, as manchas das frutinhas doces que você colheu para mim ainda estão aqui. Como você pode ter sentido a minha falta em menos de um dia?

– Eu sinto a sua falta no instante em que não estou na sua presença.

As palavras de Kalona não eram ditas de forma provocadora, e o seu olhar âmbar capturou o de Nyx enquanto ele gentilmente acariciava o rosto dela com as costas de sua mão.

A Mãe Terra limpou a garganta delicadamente.

– Você me convocou aqui porque está pronto para revelar a sua criação, não é, Kalona?

– Sim – Kalona respondeu. Sem nenhuma hesitação, ele deu vários passos largos, afastando-se delas. Ele encarou as duas mulheres e o grupo de Fadas que pairava em volta delas. – Nyx, criei algo que demonstra o poder da paixão que sentirei eternamente por ti.

Kalona ergueu os braços, abrindo suas grandes asas da cor da luz da lua. A voz dele, carregada com o poder ancestral do Divino, intensificada pelo Ar, ecoou através das terras de pradaria.

Ventos de força, eu vos invoco!
Através do meu sangue, eu convoco o poder!
Força da paixão, eu ordeno que você mostre!
Criação minha, que a Deusa Nyx a desfrute!

Com uma trovoada ensurdecedora, Kalona bateu suas mãos poderosas, e instantaneamente o ar acima delas começou a ondular e a soprar, girando sem parar, fazendo com que grandes nuvens de tempestade se formassem e o céu azul de um dia de verão se transformasse em escuro, enfurecido e sombrio.

Agora cresça! Cresça no campo para longe!
Criação minha, que para a Deusa Nyx demonstre!

A QUEDA DE KALONA

Ao repetir essas palavras, Kalona bateu palmas novamente, e os ventos circulares acima dele dispararam para longe. Quando os ventos se movimentaram, eles se transformaram, acesos com fagulhas de poder feito lanças, rugindo, formando um redemoinho que se tornou um funil que foi se abaixando até a sua cauda cinza encontrar a pradaria em uma explosão de um elemento que se choca com outro. O funil seguiu atravessando a pradaria, deixando um rastro de destruição em seu caminho.

Nyx desviou o olhar da criação terrível e impressionante de Kalona e olhou para ele. Kalona ardia. Ele estava parado no meio de um turbilhão de vento e poder, encarando-a com um desejo tão poderoso que a assustou. A Deusa não conseguia falar. Ela estava capturada pelo seu olhar, atraída e repelida, igualmente com medo de perdê-lo e de aceitá-lo.

— Controle isso, seu tolo! — a Mãe Terra gritou a sua ordem através do vento. — Essa coisa mudou de curso!

Nyx olhou para onde o funil estava há apenas alguns instantes. Havia desaparecido! Ela procurou no céu e percebeu que ele tinha passado pelo solo plano da pradaria, mudado de rumo e estava indo na direção da floresta, onde ficava o assentamento do Povo.

— Ar! Eu ordeno que vá embora! — Kalona gritou.

Só que a tarefa de Kalona havia sido completada e ele não comandava mais o Ar. Os ventos cortantes dentro do funil uivavam e cresciam, avançando sobre o povoado.

Então houve um clarão dourado no céu, e Erebus desceu ao chão, colocando-se imponente e orgulhoso entre o redemoinho e a linha de árvores. Com uma voz forte e segura, ele comandou:

Ventos de tempestade e relâmpagos, paixão e poder,
Eu vos comando com um intuito diferente.
Paz e calma eu trago nesta hora.
Agora! Minha criação para a Deusa fique à frente!

Erebus bateu palmas, e o sol explodiu de suas mãos, atingindo rapidamente como uma lança o coração do funil de nuvens escuras e rodopiantes. Como o orvalho escaldado pelos raios de sol do verão, as nuvens se abriram, dissolvendo a paixão da tempestade. Bem do centro do que tão recentemente tinha sido uma espiral de paixão caótica e poder surgiram cores que cresceram e se curvaram, espalhando-se em um brilhante arco amarelo, rosa, vermelho, roxo e verde.

As dríades, que estavam encolhidas de medo, escondendo-se embaixo do mato alto, saíram arrulhando e gorjeando para apreciar o teatro colorido. Até L'ota, que estava amedrontada atrás de Nyx, espiou e ofegou de prazer.

– Você gostou? – Erebus perguntou, correndo até Nyx e curvando-se primeiro para ela e então para a Mãe Terra. – Fui um pouco precipitado. Eu havia planejado fazer a minha apresentação para você ao entardecer de hoje, quando as cores ficariam mais brilhantes, mas fui atraído para cá pelo redemoinho e vi que precisava mudar os meus planos. – Erebus franziu o cenho para Kalona. – No que você estava pensando?

– Eu *não* estava pensando em você!

Os olhos de Nyx se arregalaram de surpresa com o tom áspero de Kalona, mas, antes que ela pudesse repreendê-lo, a Mãe Terra falou:

– Você não estava pensando em ninguém, exceto em si mesmo! Kalona, você falhou neste teste.

O desprazer dela fez com que o gramado da pradaria tremesse. A Mãe Terra deu as costas a Kalona e foi até Erebus, abraçando-o afetuosamente.

– Erebus, a sua criação é adorável, e eu lhe agradeço por acabar com aquela tempestade terrível que poderia ter destruído alguns dos meus filhos.

– Espere, minha amiga. – Nyx se dirigiu à Mãe Terra devagar, refletindo cuidadosamente sobre cada palavra. – Quando você ordenou que Kalona e Erebus completassem três tarefas, você proclamou que, como Deusa dos dois, é direito meu julgar as suas criações. Eu respeitosamente gostaria de lembrá-la de sua própria declaração.

A Mãe Terra encontrou o olhar de Nyx. A Deusa procurou por raiva ou ressentimento dentro dos olhos de sua amiga, mas viu apenas preocupação e resignação. A Mãe Terra abaixou a cabeça para Nyx.

– Você faz bem em me lembrar das minhas palavras. Eu cedo ao seu julgamento.

Respirando fundo, Nyx encarou Kalona. Ele havia se voltado na direção dela quando o redemoinho saiu de controle, e ela sabia que ele estava pronto para protegê-la contra a sua própria criação. Ela também conhecia a tristeza que viu dentro dos olhos âmbar. Sentia aquela dor espelhada dentro de si mesma.

– Kalona, o que você criou para mim cumpriu exatamente o seu intuito. Demonstrou o poder da sua paixão, e eu poderia ter visto o seu tornado lá do Mundo do Além. Aprecio sua força e seu desejo de compartilhar as suas paixões mais profundas comigo. Você realmente ostenta o poder de um guerreiro imortal, o *meu* guerreiro imortal, e isso me agrada. No entanto, se você algum dia for mais do que um guerreiro para mim, você precisa temperar a sua paixão com bondade e o seu poder com controle. – Ela diminuiu o espaço entre eles. Ela precisava tocá-lo. Precisava deixar que ele a abraçasse como na noite anterior, quando ele havia colhido frutas para ela e olhado para o oceano iluminado pela lua ao seu lado. Contudo, para o próprio bem dele, Nyx contrariou a sua vontade e concluiu o seu julgamento. – Eu compreendo a intenção por trás da sua criação e, por causa disso, você não falhou no teste. Mas também não me causou prazer.

Os ombros de Kalona desabaram e ele desviou o olhar.

– Peço que me perdoe e que me dê outra chance para agradá-la, pois desejo ser muito mais do que somente seu Guerreiro.

– Prontamente, eu o perdoo e lhe concedo outra chance. Qual elemento você escolhe manejar?

O olhar dele encontrou o dela novamente.

– Aquele que é tão preferido por você: a Água.

– Minha amiga? – Nyx desviou o olhar de Kalona e se voltou para a Mãe Terra.

A Mãe Terra assentiu e disse:

– Até que cada um de vocês conclua a sua criação, eu lhes concedo o domínio sobre a Água. E tenho dito; que assim seja.

– Obrigada, Mãe Terra – Nyx disse. Sem nem mais uma palavra para Kalona, Nyx deu as costas para ele e foi até Erebus. Abraçando-o afetuosamente, ela dirigiu-lhe a palavra. – Erebus, o seu arco de cores é adorável! Você me agradou imensamente. Gostaria de caminhar um pouco comigo? Eu quero apresentá-lo para o Povo da Pradaria. Depois do que eles testemunharam hoje, estou certa de que a sua música iria trazer a eles um pouco de alegria muito merecida.

– Deusa, tenho o maior prazer em cumprir a sua vontade.

Nyx deixou que ele pegasse a sua mão, e juntos eles saíram andando na direção da linha de árvores. Mesmo desejando muito, a Deusa não se permitiu olhar para Kalona uma vez sequer.

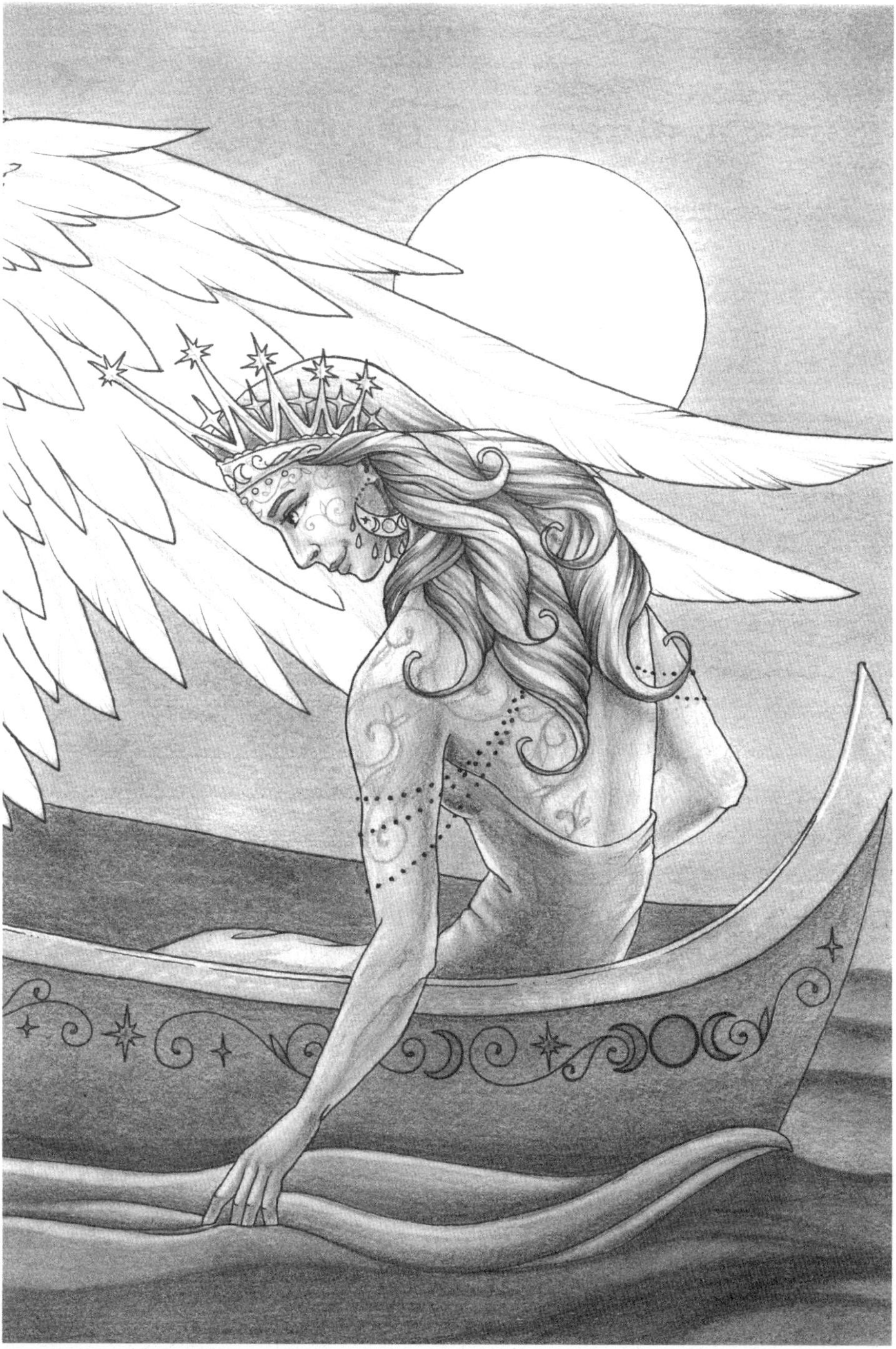

6.
Confie em mim, Deusa.
Eu nunca a deixaria cair...

Kalona ficou amuado por vários dias depois do teste, repassando sem parar em sua mente a consequência desastrosa do que ele pretendia que fosse uma imponente demonstração de paixão e poder.

Como tudo tinha dado tão errado?

Ele havia praticado dia após dia na pradaria. A vizinha tribo do Povo da Pradaria podia atestar o fato de que ele tinha criado muitos redemoinhos de vento e magia e que ele os havia controlado facilmente. Os mortais que estavam ali inclusive tinham começado a deixar presentes, comida e potes de barro cheios de ocre precioso e feito roupas cuidadosamente para ele. Lembrando-se do afeto de Nyx por aquele povo em particular, Kalona havia se vestido caprichosamente para o seu teste, enfeitando-se para agradá-la.

Só que nada saiu como Kalona planejara.

Erebus havia salvado o dia *e* conquistado o prazer de Nyx. Kalona não suportava pensar no que mais Erebus havia ganhado da Deusa.

Ele não iria se permitir falhar novamente!

– Foi aquele maldito elemento mágico a falha do plano. O Ar é tão imprevisível, tão instável. Foi a escolha do elemento por Erebus a causa do erro. Mas será que a minha escolha pela Água é melhor?

Kalona andou de um lado para o outro na clareira que ele já tinha começado a considerar como sua. Era longe o bastante da tribo do Povo da

Pradaria, de modo que eles não passavam por lá com frequência, e perto o bastante para que as oferendas que eles continuavam a deixar para ele fossem acessadas facilmente. O Povo não despertava nenhum interesse particular em Kalona, mas a comida, assim como as peles grossas e macias que eles deixaram para que ele se cobrisse durante a noite, eram úteis. A superfície da Mãe Terra era tão dura e desconfortável quanto o seu olhar de repreensão. O imortal não precisava dormir de verdade, mas isso não significava que ele não apreciasse um lugar quente e macio no qual pudesse descansar o seu corpo.

– *Crá! Crá! Crá!* – Acima de Kalona, os corvos que haviam começado a segui-lo pela pradaria emprestaram suas palavras à sua ladainha.

– Se vocês precisam fazer sombra em mim, façam isso em silêncio!

Os pássaros negros se alvoroçaram e o encararam. Kalona balançou a cabeça.

– Eu preciso encontrar o meu foco! Eu tenho que manejar a Água com mais sabedoria do que eu lidei com o Ar. Eu preciso conquistar o prazer de Nyx que Erebus me tomou.

Não deveria ser muito difícil. Antes do malfadado teste, Nyx costumava procurá-lo regularmente. Eles haviam passado muitos dias e noites juntos, e ela parecia ter muito prazer com a presença dele.

– Sem ser cortejada por um elemento imprevisível! – Kalona gritou a sua frustração, fazendo com que os corvos batessem as asas inquietos.

Kalona parou de andar de um lado para o outro e raciocinou em voz alta.

– Eu a agradei sem usar elemento nenhum nem magia Divina. Eu já fiz isso antes, e vou fazer de novo. E, depois de um encontro agradável e íntimo, no qual eu a lembrarei de que sou eu que ela deseja, não a magia nem os elementos nem o poder imprevisível da criação, vou levá-la ao meu próximo teste. Vai ser algo tão simples e íntimo quanto o nosso encontro, e eu serei vitorioso, conquistando a preferência de Nyx! – Kalona correu até a pilha de peles, couro e afins, os ricos presentes do Povo da Pradaria. Ele vasculhou no monte até encontrar o que procurava: uma faca feita de uma pedra escura, entalhada com uma ponta forte e afiada. – Estou gostando mais desse Povo da Pradaria a cada dia.

Kalona enrolou a faca dentro da pele mais macia, encontrou uma cesta de frutas e um pão achatado e cheiroso. Então subiu aos céus na direção noroeste, buscando aquilo que ele sabia que iria agradar a sua Deusa.

Ele não usou magia para derrubar o pinheiro alto, embora tenha usado a sua força imortal, além da sua velocidade sobrenatural, para escavá-lo e esculpi-lo na forma de um gracioso barco pontudo. Kalona descobriu que gostava de usar as mãos tanto quanto gostava do aroma da madeira e da vista do lago azul. Nyx estava certa sobre a beleza do lago. A sua cor era tão encantadora que Kalona ficava olhando várias vezes para ele para ter certeza de que não era uma ilusão. A cor, no entanto, não mudava. Mesmo sob a luz da lua, o enorme corpo d'água redondo, pontuado por uma ilha coberta de árvores, reluzia num tom de verde-água, com as suas margens altas parecendo uma cumbuca feita de nuvens que aprisionaram o céu.

Kalona trabalhou sem parar durante todo o dia e a noite no pequeno barco. Enquanto trabalhava, ele pensava em Nyx. A beleza dela o inspirava. Quando terminou, ele se levantou e deu alguns passos para trás, analisando a sua obra. Kalona estava bem satisfeito. A embarcação era mais do que navegável. Ele gostou de pensar que o barco também refletia a beleza de Nyx. Em toda a sua volta, ele havia esculpido meticulosamente símbolos que o faziam se lembrar da Deusa: estrelas e luas, conchas delicadas e ondas. Ele tinha até replicado as flores brancas que ela usara no cabelo na última vez em que a viu.

Kalona carregou o barco para baixo, pela lateral íngreme do lago, de modo que ele ficou recostado na margem rochosa. Depois, o imortal colocou a pele grossa e macia dentro da embarcação, assim como a cesta de frutas e o pão. Kalona estava pronto para Nyx. Ele já tinha até decidido o que iria criar para ela no seu próximo teste. Não tinha praticado inúmeras vezes como havia feito com a nuvem em redemoinho, mas sentia confiança de que mudara a sua intenção o suficiente para que não cometesse o mesmo erro de antes. Dessa vez, ele não iria mostrar a ela o poder da sua paixão. Ele tornaria tangível o deleite que sentia com a beleza da Deusa e mostraria a ela o quanto a estimava, em qualquer aparência que ela escolhesse.

Só havia uma coisa que ele não tinha conseguido descobrir: como fazer Nyx vir até ele sem usar a Água para convocar a intrometida Mãe Terra. Seu desejo era ficar sozinho com a sua Deusa antes do teste para mostrar o que havia criado com as suas próprias mãos para ela, antes de manipular a magia da Água e fazer a necessária demonstração pública do teste.

Kalona nunca havia precisado chamar Nyx antes. Ela simplesmente aparecia, normalmente sorrindo e falando que ele deveria parar de parecer tão sério e ir apanhar flores com ela, ou que deveria olhar para a água iluminada pela lua com ela, ou beijá-la, delicadamente, bem onde a sua pele impossivelmente macia se curvava para encontrar os seus ombros graciosos...

Kalona sacudiu a cabeça mentalmente. *Pensar* em beijar Nyx não iria invocar a Deusa.

Talvez ele devesse tentar chamá-la pelo nome.

– Nyx? – A voz dele ecoou de volta sobre a superfície azul brilhante do lago, soando tímida e quase infantil. Kalona endireitou os ombros e tentou novamente.

– Nyx! – Dessa vez o eco foi mais potente, embora tenha produzido o mesmo resultado.

Nyx não apareceu.

– Pense! – ele ordenou a si mesmo. – Tem que haver um jeito de alcançá-la sem usar o elemento da Mãe Terra, e sem trazer aquele bando todo para cá.

Como se as palavras dele tivessem invocado uma pequena parte do bando mencionado, a pequena criatura saiu de trás de um pinheiro próximo e falou ironicamente com sua voz sussurrada: *Deusa não é chamada como uma serva! Deusa comanda, não é comandada!*

– Você é uma das Fadas de Nyx. Eu a vi ao lado dela na pradaria.

Assim que Kalona falou, a Fada voltou rapidamente para trás da árvore.

– Não fuja! Eu preciso da sua ajuda. – Kalona modulou a voz para soar persuasivo, tranquilizador. A criatura, movendo-se com uma graça estranha e líquida, deslizou parte de seu corpo de trás da árvore, espiando-o. – Não se assuste. Eu não vou fazer mal a você.

– *Não estou assustada* – disse a Fada, saindo totalmente de trás do pinheiro.

– Está certo, você não precisa ter medo de mim.

– *L'ota não tem medo.*

– L'ota? Esse é o tipo de Fada que você é?

A criatura pareceu inteiramente ofendida.

– *Eu sou skeeaed! Serva da Deusa! Ela me deu um nome.*

– Então, você é próxima de Nyx.

– *Sempre.*

Kalona escondeu seu sorriso.

– Se você está sempre próxima de Nyx, então onde ela está? Eu não a vejo.

O corpo de formato estranho de L'ota ondulou de consternação, alternando as cores de rosa pálido para vermelho e ferrugem.

– *Não aqui. Mundo do Além.*

Kalona não conseguiu disfarçar o sorriso.

– Você está aqui me observando para ela?

– *Não!* – L'ota exclamou, o seu tom de voz subindo mais alto do que o seu sussurro normal.

O sorriso de Kalona desapareceu.

– Ela não a enviou para que me observasse?

– *Eu observo para mim, não para a Deusa.*

Kalona levantou as sobrancelhas, achando graça.

– Por que você iria querer me observar?

– *Você faz a Deusa triste. Eu quero saber por quê.*

Kalona sentiu como se aquela Fada pequena e estranha tivesse enfiado uma faca no seu coração.

– Nyx está triste?

A criatura assentiu com a sua cabeça comprida, balançando a sua franja rosa de pele. *Eu quero saber por quê.*

Kalona achou que a criatura não soava particularmente preocupada com Nyx, nem aflita por sua Deusa estar triste. Apenas pareceu curiosa.

– Eu também quero saber por quê. E quero cuidar para que ela nunca fique triste por minha causa de novo. O único jeito de eu fazer isso é que ela venha até mim onde estou, para que eu possa consertar o erro que cometi. L'ota, por favor, vá até a sua Deusa e diga a ela que eu peço. Não, melhor, que eu suplico que ela venha até mim.

A Fada ficou imóvel, e Kalona prendeu a respiração, esperando. Quando ela finalmente falou, L'ota surpreendeu Kalona com a sua indiferença.

– *Se você ordenar, eu digo à Deusa que você está aqui.*

– Se eu te der uma ordem? É só isso que é preciso para que você diga a Nyx que eu estou aqui e que suplico que ela venha até mim?

– *Não importa. Não é da minha conta. Só reparo naquilo que tenho ordens para reparar.*

Kalona achou aquela criatura totalmente estranha, mas disse:

– Então eu ordeno que você vá até Nyx e suplique que ela venha até mim.

O corpo de L'ota se liquefez por completo e ela desapareceu, deixando Kalona olhando para onde ela estava e pensando se tinha cometido ainda outro erro.

– Você encontrou o meu lago favorito.

A voz dela o assustou. Ele estava sentado em uma pedra, olhando para a água azul. Tanto tempo havia passado desde que a pequena e estranha skeeaed havia desaparecido que ele já havia começado a se desesperar pensando que Nyx não viria. O som da voz dela foi como um bálsamo em uma ferida dolorida que estava no seu coração. Ele se levantou e virou tão rapidamente que quase perdeu o equilíbrio.

Ela sorriu.

– Olá.

– Olá – Kalona disse. Ele prestou atenção em cada detalhe da sua Deusa.

Hoje ela havia escolhido aparecer como a jovem donzela da mesma aparência do primeiro encontro. O seu cabelo loiro em cachos cascateava abaixo dos seus ombros. O seu vestido era simples, da cor de um céu de verão, da mesma cor dos seus olhos. O único adereço que ela usava era o manto de estrelas, que repousava sobre o seu cabelo como uma tiara feita de diamantes prateados enfileirados, e as tatuagens cor de safira fascinantes que decoravam a sua pele.

Nyx era a coisa mais bela que Kalona já tinha visto, e ele sabia que poderia passar a eternidade apenas olhando nos seus olhos.

– *Eu senti a sua falta* – ambos falaram ao mesmo tempo.

Kalona não conseguiu mais se conter. Ele deu longos passos, diminuindo a distância entre eles, e delicadamente, com cuidado, abraçou a sua Deusa. Então ele apenas ficou ali, com ela em seus braços, sentindo o seu perfume, enquanto cada célula do corpo dele se deleitava.

– Sim – ele falou, acariciando o cabelo dela e sussurrando em seu ouvido. – Eu encontrei o seu lago favorito.

Ela deu um passo para trás para poder sorrir e olhar nos olhos dele.

– Eu estou feliz que você me chamou.

– Eu estou feliz que você veio. – Ele retribuiu o sorriso dela. Kalona ficou assustado em como a presença dela podia deixá-lo tão feliz, e em como a sua ausência podia fazê-lo tão amargurado, mas afastou esses pensamentos, determinado a aproveitar aquele momento, apreciando cada instante sozinho com ela. – Fiz uma coisa para você.

O sorriso dela esmaeceu.

– Ah. Você está pronto para concluir o próximo teste? Nós precisamos chamar...

Ele tocou os lábios dela com o dedo, silenciando-a gentilmente.

– Estou pronto para concluir o próximo teste, mas primeiro quero mostrar o que *fiz* para você. Não usei magia. Não invoquei a Água. Eu só usei o meu desejo de agradá-la. Não preciso de nenhum teste para me ensinar isso. – Colocando o braço em volta dos ombros dela, Kalona a guiou para o lugar onde havia deixado o barco.

Ele sentiu o leve sobressalto de surpresa dela.

– Você fez isso para mim?

– Fiz.

Ela se soltou dos seus braços e correu até o barco, passando a mão pelos símbolos esculpidos em sua volta e emitindo pequenos sons de deleite. Quando levantou o rosto para ele, seus olhos estavam repletos de lágrimas.

– Eu queria que você pudesse flutuar no lago em paz, sem pensar em mais nada além da beleza que a cerca – ele disse. – Espero que seja do seu agrado.

Nyx correu até ele, rindo, e se atirou em seus braços. Agarrada ao pescoço dele, ela cobriu o rosto de Kalona de beijos, dizendo entre um beijo e outro:

– Sim, me agradou muito! Eu amei! Obrigada! Obrigada!

Kalona riu junto com a Deusa quando abriu suas asas e a levantou do chão, rodopiando com ela em seus braços. Nenhum dos dois percebeu que eles estavam pairando no ar até que o olhar de Nyx tentou encontrar o barco. Ela ofegou e se agarrou mais ao pescoço dele. Kalona a segurou com mais força.

– Confie em mim, Deusa. Eu nunca a deixaria cair.

Nyx encontrou os olhos dele.

– Eu confio em você. – Então ela o beijou. Não de brincadeira, ou delicadamente, como já tinha feito antes. A Deusa o beijou como se estivesse com sede, e apenas o beijo dele pudesse saciá-la.

Kalona respondeu à paixão dela com cuidado. Ele queria apertá-la com força e dizer que ela era sua. No entanto, mais do que isso, ele queria agradá-la. Então, ele deixou Nyx levar o tempo que quisesse explorando os seus lábios, tocando o seu rosto, passando os dedos pelo seu cabelo longo e grosso. Durante todo esse tempo, ele continuou a abraçá-la. Continuou a mantê-la segura.

Mais rápido do que ele gostaria, ela fez uma pausa na sua exploração, embora o rubor no seu rosto e a sua respiração ofegante dissessem a Kalona que ela havia gostado daquele momento tanto quanto as palavras que vieram depois.

– Eu gosto do seu gosto – ela falou.

Ele sorriu, satisfeito por ter conseguido temperar o seu desejo com paciência.

– E *isso*, minha Deusa, me agrada.

– Você vai me levar para passear no seu barco?

– Seria um prazer, mas o barco não é meu. É seu.

– Kalona, às vezes você diz exatamente a coisa certa.

Ele riu enquanto desciam lentamente para o chão.

– Às vezes, mas não sempre.

– Acho que você está melhorando – ela disse.

– Eu não conseguiria ser muito pior. – Segurando a mão dela, ele a ajudou a entrar no barco. – Eu... eu fiz uma confusão no teste do Ar – ele falou, empurrando a embarcação para a água antes de entrar nela e se juntar à Deusa.

Como ela não respondeu, ele se manteve ocupado com os remos de madeira, conduzindo o barco para a superfície espelhada do lago.

Quando ele finalmente olhou para ela, Nyx o estava observando com uma expressão indecifrável.

– Você ainda está brava comigo? – ele perguntou.

Ela sacudiu a cabeça.

– Eu não fiquei brava com você. Eu fiquei triste e desapontada.

– Saber que causei a sua tristeza me fere – ele disse. – Vou fazer melhor no próximo teste. Eu juro.

– Não foi o teste que me deixou triste. Não foi o teste que me desapontou.

– O que foi, então?

– Você foi cruel com Erebus. Ele não merecia.

Kalona quase partiu o remo em dois. Incapaz de conter o seu ciúme, disparou:

– Você não prefere Erebus!

– Kalona, vocês *dois* foram criados para mim. Vocês *dois* têm um propósito e um lugar ao meu lado. Se você não quiser me entristecer ou me desapontar, não vai nutrir inimizade pelo seu irmão.

Kalona lutou para controlar o turbilhão interno dos seus sentimentos. Ele queria gritar, dizer que não suportava dividi-la, que não suportava pensar nela cobrindo o rosto de Erebus de beijos alegres ou explorando o sabor dos lábios dele.

– Eu juro que tenho amor suficiente dentro de mim para vocês dois – ela disse, aproximando-se mais para colocar a palma da mão sobre o peito dele. – Confie em mim, Kalona. Eu jamais vou quebrar um juramento.

Então ela o beijou, e Kalona não conseguiu pensar em mais nada além do perfume da pele dela e da maravilha do seu toque.

As águas ao redor deles explodiram com a agitação das Fadas. Elas ficaram saltando por cima e ao redor do barco, gorjeando freneticamente para Nyx.

– Sim, sim, eu entendi vocês. Conheço o lugar. Eu vou. Eu vou – a Deusa falou para as criaturas. Com trinados de satisfação, elas desapareceram tão rapidamente quanto haviam aparecido. Nyx suspirou e enxugou a água do seu rosto e do de Kalona, sorrindo para ele como forma de desculpa.

– Deixe-me adivinhar – Kalona disse. – Erebus está pronto para o teste.

– Acertou – ela confirmou. – Podemos continuar o que começamos mais tarde?

– Sim, é claro – ele respondeu, virando o barco na direção da costa e escondendo dela a mágoa e a frustração.

Kalona ajudou a Deusa a sair do barco, puxando-o bem para cima da margem rochosa. Ele ficou em silêncio, já antecipando a alegria que Nyx iria sentir com qualquer que fosse o teatro deslumbrante que Erebus havia preparado para ela dessa vez. Então a Deusa o envolveu com os seus braços por trás, pressionando o rosto contra as suas costas nuas e acariciando as suas asas prateadas.

– Eu queria que você escolhesse a felicidade. Há tanta felicidade maravilhosa entre nós. É o suficiente para durar uma eternidade – ela disse.

Ele colocou os braços sobre os de Nyx, amando sentir o calor dela contra a frieza da sua pele iluminada pela lua. Ele respirou fundo, fazendo um esforço consciente para banir sua frustração.

Kalona pôde sentir o sorriso dela.

– Isso! Assim é melhor – ela falou, beijando primeiro o meio das suas costas e depois cada uma de suas asas. Então ele pensou que ela finalmente iria soltá-lo, mas ainda assim permaneceu imóvel, esperando ganhar nem que fosse mais um ínfimo instante com ela. A Deusa retirou os braços dele, mas continuou perto. Ele sentiu a hesitação dela, e então ela acariciou cada uma das suas asas delicadamente. – Elas são tão bonitas. Eu poderia ficar olhando para suas asas para sempre e ainda encontraria cores diferentes dentro delas. Você sabia que elas não são exatamente brancas?

– Elas ficam atrás de mim, portanto, para mim é difícil vê-las. – O sorriso dele foi refletido na sua voz.

– Elas são como a luz do luar, é claro, mas bem de perto as suas cores me lembram pérolas. Tão lindas... – ela repetiu, acariciando-as.

Kalona se virou e a tomou em seus braços.

– O fato de você encontrar tanta beleza em mim é um tipo especial de magia.

– Está tudo bem entre nós – ela disse, escrutinando o olhar dele. – Quero que saiba disso. O seu lugar no meu coração não pode ser preenchido por nenhum outro ser neste reino ou no Mundo do Além.

Kalona a beijou suavemente.

– Diga-me, Deusa, para onde devo levá-la?

– Para o leste, e depois para o norte. Se eu interpretei as náiades corretamente, o que às vezes exige um pouco de esforço, Erebus escolheu um lugar com cheiro distinto para fazer o seu próximo teste.

Kalona não conseguiu deixar de resmungar.

– O que ele vai fazer? Regar um campo de flores perfumadas para você?

Nyx gargalhou e passou os braços ao redor do pescoço dele.

– Esse não é exatamente o cheiro do qual me lembro daquele lugar, então criar flores seria realmente uma coisa excepcional.

Kalona subiu aos céus com a Deusa em seus braços, temendo o que estava por vir.

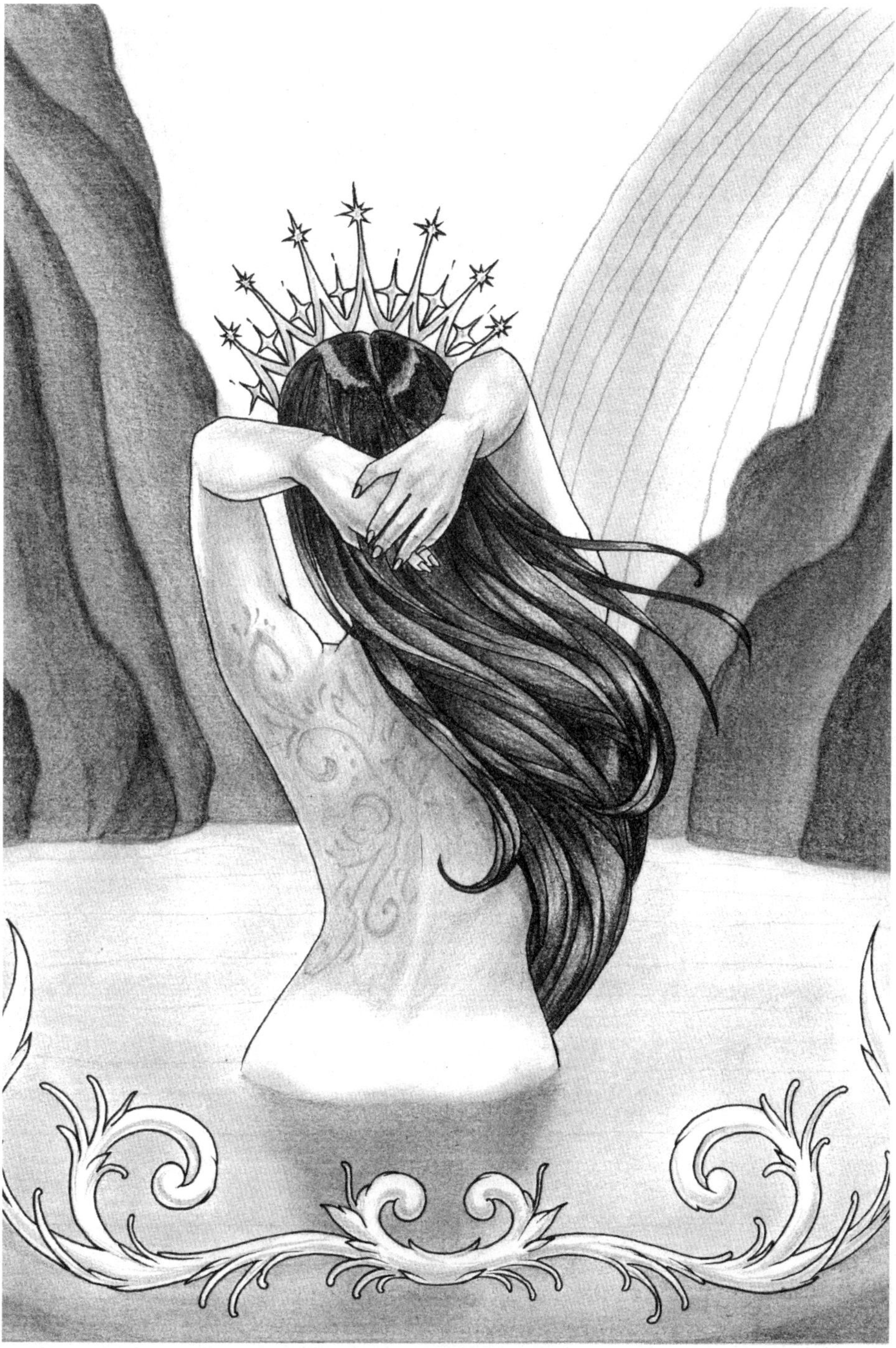

7.
O sentimento fraterno entre vocês me agrada mais do que qualquer teste jamais agradaria...

– Urgh! É pútrido! – O nariz de Kalona estava franzido em desgosto. – Eu não vou levar você mais perto daquela lama e bagunça.

– Nyx, aí está você! É um prazer revê-la. – A Mãe Terra a abraçou.

– O prazer é meu. – Nyx retribuiu o abraço e então sorriu para as dríades dançantes que haviam começado a seguir a Mãe Terra por toda parte. – Se algum dia elas escaparem, sei que tudo que precisarei fazer é encontrar você, e lá estarão as Fadas.

O olhar da Mãe Terra se voltou para Kalona.

– E se algum dia eu me perguntar para onde você escapou, sei que tudo que preciso fazer é encontrar Kalona, e lá estará Nyx.

Kalona curvou a cabeça levemente para ela, mas de forma respeitosa.

– Eu a saúdo, Mãe Terra.

– Eu o saúdo também – ela disse. – Assim que estiver pronto, você pode começar o seu teste. Eu realmente espero que tudo saia melhor do que da última vez.

– Eu estou pronto, mas...

– Mas fui eu que os convoquei aqui! Não há necessidade de saírem deste lugar. Daqui vocês terão uma visão perfeita. – Erebus desceu do céu acima deles, brilhando tão dourado quanto o sol do meio-dia. – Mãe Terra, a sua beleza ofusca a majestade dos pinheiros – ele falou, curvando-se com um floreio.

– Tão charmoso e bonito. – A Mãe Terra sorriu carinhosamente para ele.

Depois disso, Erebus se virou para Nyx e, após tirar algo de trás das costas, exibiu um ramo de erva perfumada com uma flor roxa brilhante. Caminhando na direção dela, ele sorriu e disse:

– Olá, minha Deusa. Esta planta me lembra do aroma da sua pele. Espero que a minha criação a agrade tanto quanto a mim. – Erebus colocou o ramo com a flor no cabelo dela, atrás da orelha.

Nyx sorriu.

– Lavanda! Você acertou, Erebus. Eu realmente amo esta fragrância delicada. Frequentemente eu a esfrego nos meus pulsos. Obrigada.

– Você deveria ter trazido o bastante para dividir, já que precisamos suportar o fedor deste lugar – Kalona resmungou.

– Irmão, eu estava mesmo sentindo falta da sua cara carrancuda, mas provavelmente só porque ela é muito parecida com a minha! – Ele deu um tapinha no ombro de Kalona.

Nyx achou que o rosto de Kalona parecia uma nuvem de tempestade prestes a explodir em cima do seu irmão.

– Não há nada de errado com o cheiro deste lugar – a Mãe Terra disse severamente. – Ele vem da mistura do calor com os minerais que repousam logo abaixo do solo. Durante o inverno, muitos animais vêm aqui e encontram conforto no calor que ele proporciona. Eles não reclamam do cheiro, assim como você também não reclamaria, Kalona, se fosse morrer congelado.

– Eu sou um imortal. Nós nunca morremos – Kalona respondeu placidamente.

– É mesmo? – a Mãe Terra rebateu. – Nunca é bastante tempo.

– Então não vamos mais desperdiçar nenhum instante – Nyx disse. – Erebus, o que você criou para mim com Água e magia?

– Algo que a agrade imensamente, eu espero.

Com duas batidas de suas grandes asas douradas, Erebus subiu ao ar, pairando acima deles, perto da boca da bacia natural que continha lama e um vapor fétido fugidio.

Lama e calor da terra abaixo do chão,
Misturem-se com magia para começar minha apresentação!

Erebus arrancou uma pequena pena dourada das suas asas abertas, levou-a até os lábios e a soprou. O seu sopro, misturado à magia, levou a pena lenta e precisamente até a lama e a desordem logo abaixo. No instante em que a pena tocou a terra, houve um som sibilante que lembrou Nyx do barulho da chuva de primavera contra a copa das árvores, e então a névoa se levantou da lama, carregando a pena dourada com ela. Quando a luz do sol tocou a pena, o dourado nela se expandiu, brilhou e se alterou, de modo que a lama agora estava coberta com uma névoa que continha dentro de si todas as cores do arco-íris.

— Não é diferente do que ele já fez antes — Kalona resmungou.

— Sssh — Nyx sussurrou para ele. — O teste dele ainda não acabou.

Erebus arrancou outra pena de sua asa. Esta era uma pena dourada do lado de fora da asa, uma das principais para o voo. Segurando-a como uma lança, ele falou:

Com a criação emprestada e a minha própria magia ancestral e Divina,
Eu invoco a Água, em um chamado para se juntar a esta minha sina.
Apareça, gêiser, rico e radiante em poder liberado e derradeiro.
Com a sua força, mostre a Nyx que eu serei sempre fiel e verdadeiro!

Erebus arremessou a pena longa e dourada. Como se houvesse sido atirada por meio de um arco, ela traçou uma bela trajetória para cima e foi caindo, caindo até o chão, afundando a sua haste na lama. Por um instante, nada aconteceu. Então, quando ela já estava começando a sentir dó do pobre Erebus por ter falhado na sua criação, a terra abaixo da pena começou a rugir e, com um barulho como o de ondas batendo contra uma costa rochosa, a pena se ergueu por uma coluna de água que subiu alto em um jato forte diretamente para cima.

Nyx bateu palmas de prazer, enquanto o gêiser continuava a cuspir água e vapor através do arco-íris de neblina no céu azul e límpido, tão alto que ela não teria problema para enxergá-lo do Mundo do Além.

– Isso é maravilhoso, Erebus!

– Uma criação poderosa e bela, de fato – a Mãe Terra concordou.

Erebus aterrissou diante de Nyx, sorrindo como um menino.

– E essa nem é a melhor parte. Essa erupção nunca irá acabar, o gêiser vai continuar a jorrar eternamente em sua homenagem. Por isso, eu o nomeei de Velho Fiel. Não importa quanto tempo a eternidade dure, assim como esse gêiser, eu serei sempre o seu fiel companheiro e amigo, minha Deusa.

– Obrigada, Erebus – Nyx disse, abraçando-o. – A sua criação me agradou. Você facilmente passou no teste.

Ainda sorrindo, Erebus assentiu para Kalona.

– Sua vez, irmão.

– Então me siga e se prepare para ficar impressionado!

Antes que Erebus pudesse protestar, Kalona tomou Nyx em seus braços e saltou para o céu, disparando para o oeste. Ela espiou por trás do ombro largo dele e viu Erebus seguindo atrás com a Mãe Terra, que estava bem agarrada a ele, mas também rindo ruidosamente.

– As Fadas vão ter que se apressar para nos alcançar – a Deusa disse.

– Sim, e eu esperava que Erebus, carregando a Mãe Terra, também ficasse para trás.

– Seja gentil – Nyx disse, mas moderou a sua desaprovação, recostando a cabeça com intimidade no ombro forte dele.

– Ela não gosta de mim.

– Seja ainda mais gentil. Você parece estar sempre na defensiva perto dela.

– O olhar dela me deixa desconfortável – ele falou.

– E é por isso que reforço meu conselho. Seja gentil, seja com a Mãe Terra, seja com Erebus, seja com os mortais que habitam este reino e, mais importante ainda, seja gentil consigo mesmo.

– Você não mencionou que eu devo ser gentil com você – ele observou.

Nyx acariciou o rosto dele.

– Pensei que não precisava.

Ela repousou a cabeça no ombro dele de novo e relaxou no seu abraço, esperando silenciosamente que o resultado do próximo teste fosse bem diferente do último que presenciara.

Kalona desceu em uma floresta verdejante, repleta do verde vibrante de árvores antigas. Rochas formavam adoráveis desfiladeiros pequenos, e toda a paisagem era atapetada por samambaias e musgo. Ele chegou ao chão, aterrissando em uma das maiores rochas cobertas de musgo, e soltou a Deusa com delicadeza. Antes que Erebus e a Mãe Terra se juntassem a eles, Kalona a beijou com rapidez, mas profundamente, e disse:

– Olhe para cima. – Então ele saltou da rocha, com suas grandes asas o levando para o alto, desaparecendo nas copas verdes das árvores.

Erebus e a Mãe Terra chegaram logo em seguida e, não muito tempo depois, algumas dríades se materializaram, tagarelando o seu desgosto por terem sido deixadas para trás.

– Onde ele está? – A Mãe Terra perguntou.

Nyx apontou para cima.

– Ele disse para olhar naquela direção.

– Não tem nada aqui além da lateral de uma colina, cheia de rochas íngremes, musgo e samambaias. Não há nem trilhas de cervos subindo para lá. É muito pedregoso, muito escorregadio – a Mãe Terra disse, olhando para cima.

– Eu me pergunto o que o meu irmão pretende fazer – Erebus comentou.

Nyx sorriu para ele, reparando que parecia apenas curioso, e não com inveja de forma alguma. Ela entrelaçou o braço ao dele.

– Você não é mesquinho.

O sorriso de Erebus tinha o brilho da luz do sol.

– Por que eu perderia meu tempo sendo mesquinho, se ser contente e feliz é muito mais divertido?

– Uma excelente pergunta, jovem Erebus – a Mãe Terra disse, olhando firmemente para Nyx. – Uma Deusa sábia se perguntaria o porquê de alguém escolher ser mesquinho, em vez de ser feliz.

Incomodada, Nyx não encontrou o olhar da Mãe Terra. Em vez disso, ela olhou para cima, procurando um vislumbre de asas da cor da luz da lua. Foi recompensada pela silhueta de Kalona, escura contra a vegetação. Ele estava em pé na borda mais alta do penhasco íngreme e rochoso. Abaixo dele, mas ainda acima de onde Nyx e os outros estavam, havia uma encosta de pedra coberta de musgo que formava uma espécie de bacia na borda, antes de as rochas se abrirem para a floresta abaixo.

Kalona levantou um braço acima da cabeça, com a mão estendida e aberta, e a sua voz ecoou poderosamente contra as pedras.

Com a sua beleza, fui capturado na integridade.
Golpeado no coração e na alma, meu destino será.
O reino mortal deve se regozijar por sua lealdade.
Quebrar o seu voto é algo que Nyx nunca fará.
Portanto, venha para mim, ancestral magia divina.
Transforme-se numa arma que somente a mim se destina!

O ar acima de Kalona pareceu estremecer, e uma longa lança de ônix de repente se materializou. Kalona a segurou e ordenou:

Água, atenda ao dom da criação contido no meu chamado.
Espelhe esta bela tiara na cascata, conforme ordena este ser alado!

Kalona enfiou a lança nas rochas aos seus pés. E a Água, respondendo ao seu chamado, jorrou de dentro de uma fenda na pedra, formando uma cascata sobre a borda em uma torrente cada vez mais poderosa. Ela foi se alargando, borbulhando branca e cristalina, caindo na bacia abaixo em um perfeito mimetismo da tiara de estrelas brilhantes que decorava o cabelo de Nyx.

A Deusa ofegou de prazer, batendo palmas e rindo. Kalona saltou sobre a borda da pedra, precipitando-se até Nyx, apanhando-a no ar quando ela se atirou em seus braços.

– Mãe Terra! Kalona recriou o seu presente que eu tanto amo – Nyx disse, sorrindo para a sua amiga quando os seus pés tocaram o chão novamente.

A Mãe Terra sorriu de modo contido, mas de forma genuína.

– De fato. Bom trabalho, Kalona. Isso vai decorar a minha floresta maravilhosamente, e sempre vai me lembrar do afeto que eu tenho pela nossa fiel Deusa.

As dríades gorjearam concordando, dançando ao redor dos rochedos cheios de musgo.

Erebus se aproximou de Kalona, estendendo a mão.

– É uma obra de arte, digna da nossa Deusa.

Kalona hesitou só por um instante. Então ele apertou a mão de Erebus. Sorrindo ironicamente, disse:

– Obrigado, irmão. E esta obra de arte não fede.

Erebus atirou a cabeça para trás, gargalhando.

– Você venceu hoje, irmão! E eu admito livremente que isso me agrada. Você deveria mostrar o seu senso de humor mais vezes. Eu gosto mais deste Kalona do que daquele ranzinza e carrancudo.

Nyx se aproximou dos dois e colocou a mão em cima das mãos apertadas de ambos.

– O sentimento fraterno entre vocês me agrada mais do que qualquer teste jamais agradaria. É como se a Água tivesse me preenchido até transbordar de alegria!

Juntando-se a eles, a Mãe Terra disse:

– E era isso o que eu pretendia quando propus a vocês esses testes. Queria apenas me certificar de que companheiros merecedores haviam sido criados para a nossa Deusa. Hoje eu também estou satisfeita. Digam-me, Kalona e Erebus, qual elemento vocês escolhem para o seu teste final?

Nyx assentiu para Erebus.

– Como Kalona escolheu a Água, a próxima escolha é sua.

– Se o meu irmão estiver de acordo, eu abro mão de escolher, e peço que a Deusa decida no meu lugar.

– Concordo com o meu irmão – Kalona disse.

O sorriso de Nyx foi radiante.

– Então eu escolho o Espírito como o elemento do seu teste final.

– Muito bem, então. Até que ambos concluam as suas criações, eu concedo a vocês o domínio sobre o Espírito. E tenho dito; que assim seja – a Mãe Terra afirmou.

– E agora eu devo deixá-la – Erebus falou.

– Deixar-me? – Nyx sorriu para ele de forma interrogativa.

– Ah, só por enquanto. Eu realmente acredito que a Grande Mãe e eu precisamos voltar para o Velho Fiel – Erebus respondeu, olhando para Kalona e Nyx, e então dando um olhar significativo para a Mãe Terra. – Parece que nós perdemos várias Fadas. Acho que elas ainda devem estar no gêiser. Você sabe como elas podem se distrair olhando para cores cintilantes.

– Nós precisamos ir buscá-las, pobrezinhas – a Mãe Terra rapidamente concordou com ele. Enquanto Erebus a levantava cuidadosamente em seus braços, ela chamou: – Venham, dríades, vamos voltar e encontrar as suas irmãs.

Antes que ele saltasse para o céu, Nyx tocou o braço de Erebus.

– Obrigada. Você é precioso para mim.

– Assim como você é para mim, minha Deusa – ele disse. – Adeus, irmão. Se precisar de ajuda com o seu próximo teste, você pode me encontrar seguindo o sol nascente. – Erebus subiu ao céu, com as dríades tagarelas seguindo seu caminho, deixando Kalona e Nyx completamente sozinhos.

— Ele é mais inteligente do que eu esperava, embora a altura dele ainda me surpreenda – Kalona comentou.

— A altura dele? Vocês dois são praticamente idênticos.

— Ele é mais baixo e mais jovem do que eu – Kalona falou. – Apesar de que, já que você mencionou a semelhança na nossa aparência, eu devo admitir que ele é extremamente bonito.

— Você é incorrigível! – Nyx deu um empurrãozinho de brincadeira no peito dele.

Rindo, Kalona a agarrou e caiu para trás. Quando Nyx gritou, ele abriu suas asas e ambos flutuaram lentamente até o chão, em uma pedra um pouco acima da bacia que agora estava sendo preenchida com água cristalina. Ainda segurando Nyx em seus braços, Kalona murmurou no ouvido dela:

— Eu disse que nunca a deixaria cair.

— E eu já te disse como são frias as águas da montanha? – Nyx respondeu, olhando insegura na direção da piscina borbulhante.

— Eu não posso comandar o Fogo, mas você pode, minha Deusa – ele disse.

Nyx abriu o sorriso.

— Sim, eu posso! – Saindo do abraço dele, ela encarou a cachoeira e levantou as mãos, fazendo a invocação. – *Eu o invoco, Fogo. O seu calor nestas águas eu comando.*

Instantaneamente, as pedras ao redor da cachoeira e da piscina começaram a brilhar como brasa, e um vapor quente se levantou da piscina natural.

— Vamos? – Kalona perguntou.

— Você já sabe a minha resposta. Eu sou apaixonada pela Água – ela respondeu. – Eu também sou muito apaixonada por você. – Deliberadamente, a Deusa colocou a mão para trás e puxou uma fita prateada, soltando o seu vestido. Com um balançar dos seus ombros, o vestido caiu do seu corpo e formou um pequeno monte da cor do céu aos seus pés. Nua, com exceção da sua tiara de estrelas, ela se virou para ele. – Você vem comigo?

— Sempre – ele disse, tomando-a em seus braços.

A QUEDA DE KALONA

Com a atenção totalmente consumida pelo prazer que eles encontravam um no outro, ninguém reparou na skeeaed que ainda estava lá. Com os olhos estreitos de inveja, L'ota observou os imortais fazendo amor antes de ir embora silenciosamente, desaparecendo na mais escura das sombras.

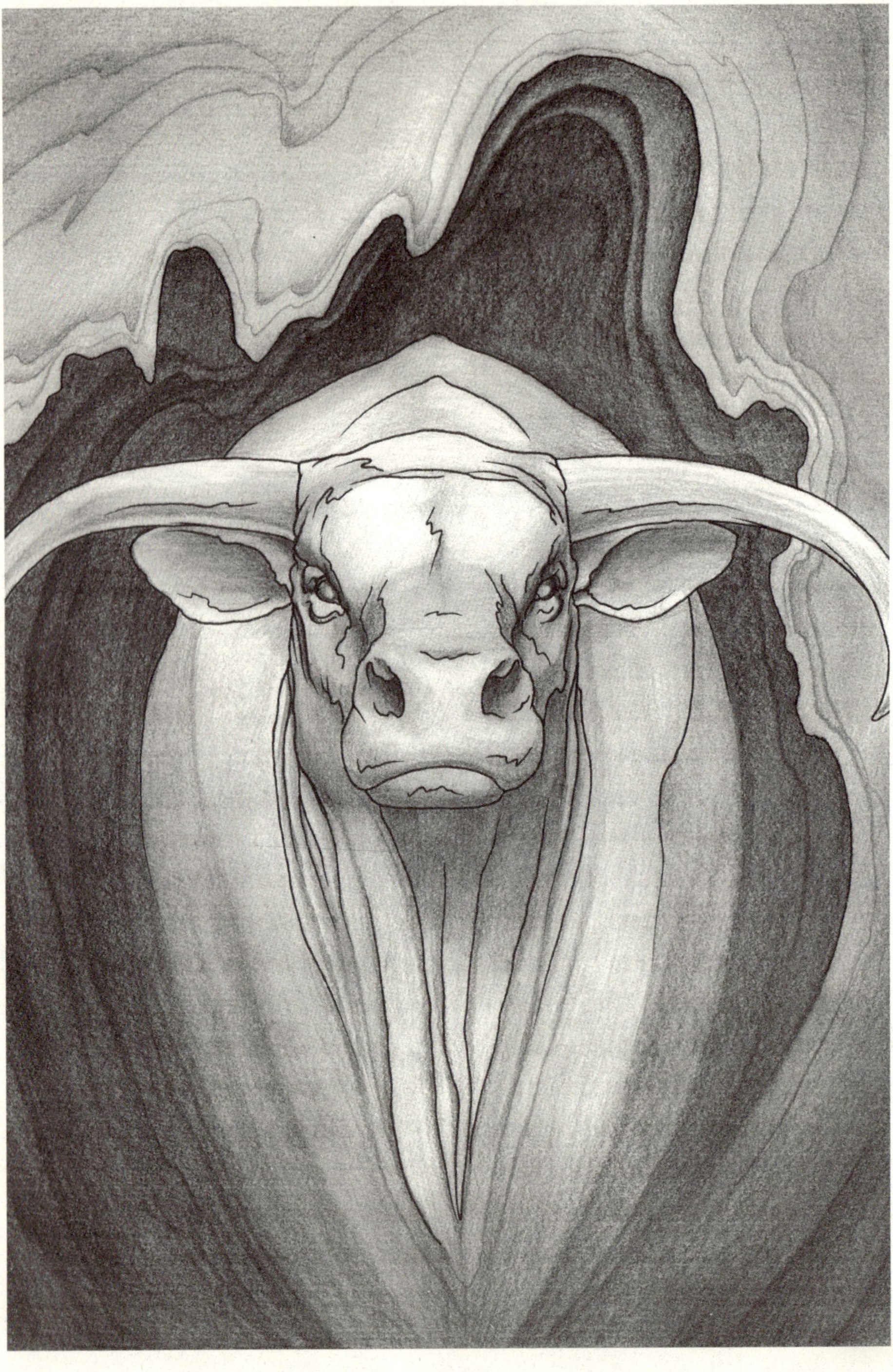

8.
Onde há luz, lá também deve haver trevas...

– Por que isso é tão difícil? – A frustração de Kalona transbordou, e ele atirou a pedra para longe, fazendo os corvos que observavam se agitarem e grasnarem. Ele estava tentando soprar o Espírito para dentro de objetos inanimados na intenção de criar um novo tipo de criatura para a sua Deusa, e até então tinha falhado miseravelmente.

Primeiro Kalona havia tentado inserir consciência em uma árvore, em um dos carvalhos nodosos que se proliferavam na área de floresta que margeava a pradaria gramada.

Aparentemente, as árvores já continham um espírito vivo que não apreciava companhia. Quando Kalona soprou o Espírito dentro do carvalho rugoso, ele estremeceu como um cavalo se livrando de mosquitos e atirou a magia do imortal de volta para ele. Kalona foi derrubado com o efeito que ricocheteou – e precisou aguentar os gritos e os cânticos do Xamã local que, testemunhando o desastre, prontamente acendeu sálvia e dançou ao redor do acampamento de Kalona, defumando o local. Tudo que Kalona sabia era que a sálvia fumegante fazia os seus olhos lacrimejarem e o seu nariz coçar, e isso o irritava quase tanto quanto os pássaros barulhentos. Em vez de espancar o humano e despertar a desagradável Mãe Terra, Kalona voou até a cachoeira de Nyx com a intenção de se lavar na cascata cristalina, esperando que purificar o seu corpo também pudesse clarear a sua mente.

A Deusa estava ali, tomando sol no rochedo coberto de musgo. Quando ele pousou suavemente ao lado dela, Nyx abriu os olhos e sorriu alegremente para ele.

– É você mesmo ou eu estou tendo um maravilhoso sonho?

Kalona a pegou em seus braços e mostrou a ela o quanto ele era real.

Kalona encontrou satisfação nos braços de Nyx, mas essa satisfação só durava o tempo que ficavam juntos. Quando ela finalmente o deixou após um encontro rápido, voltando para o Mundo do Além sozinha, porém satisfeita, e Kalona voou de volta para o seu acampamento, a alegria que ele tinha encontrado nos braços dela só intensificou a frustração que sentiu com a separação.

– Energia Divina, misturada com o poder de criar e o elemento Espírito. – Pensando em voz alta, Kalona sentou-se em um toco de árvore que ele havia arrastado para perto da fogueira que acendia toda noite e cutucou as brasas com um graveto longo. – Espírito, energia e criação que equivalem à vida. Se eu cheguei a essa conclusão, Erebus com certeza também vai chegar. Eu até consigo vê-lo agora, esvoaçando todo exultante enquanto apresenta a sua criação para Nyx, fazendo-a sorrir, bater palmas e cobri-lo de elogios. – Kalona golpeou a fogueira tão violentamente que o seu graveto partiu-se ao meio. – Eu não vou encontrar a resposta permanecendo aqui sentado olhando para o fogo!

Foi aí que Kalona viu a pedra. Era uma rocha de arenito plana, que tinha a forma de um coração. Ele a pegou com as duas mãos, decidindo o que faria. Com um encantamento apressado, Kalona invocou o Espírito, misturado a magia e a criação, e canalizou o elemento para dentro da pedra sem vida.

A pedra se partiu ao meio, espirrando areia e formando caroços grotescos de energia acumulada. Kalona a atirou longe de desgosto.

– Por que algumas coisas podem ser preenchidas com espírito e vida e outras não? Os humanos já foram apenas terra e água. Olhe para eles agora! – ele gritou para o céu.

Uma parte do mato ao redor do acampamento farfalhou. Kalona cerrou o maxilar, irritado. Provavelmente era aquele maldito Xamã de novo. Era possível que o humano houvesse resolvido devotar os anos do inverno da sua vida para espionar Kalona.

Três corvos grasnaram para ele em reprovação. Kalona esfregou sua testa dolorida.

– Mais um item na longa lista de excelentes motivos pelos quais eu preciso concluir esse teste e partir deste lugar para sempre – Kalona resmungou. Ele havia decidido dias atrás que, uma vez que se juntasse a Nyx no Mundo do Além, ele seria capaz de providenciar diversões suficientes para a Deusa *lá*, assegurando que ela quisesse passar cada vez menos tempo *aqui*.

Como que para fortalecer ainda mais o plano de Kalona, o Xamã escolheu aquele momento para começar outro dos seus cânticos repetitivos e intermináveis. Kalona suspirou e olhou na direção em que havia atirado sua pedra deformada. O mato ali estava balançando, coisa que não surpreendeu Kalona, e a fumaça da defumação subia cinza contra o céu da noite estrelada.

– Ele encontrou a pedra. – Kalona balançou a cabeça. – Eu devia tê-la queimado. Agora ele vai cantar a noite inteira, e eu não vou ter paz.

Kalona abriu as asas e se preparou para subir ao céu. Ele voltaria para a cachoeira de Nyx. Talvez ela o agraciasse com a sua presença ao amanhecer, e ele poderia encontrar conforto em seus braços.

O imortal, no entanto, hesitou. Seus instintos diziam que a resposta para o quebra-cabeça do teste do espírito estava ali. Essa era a pradaria que Nyx tanto amava, povoada pelo seu povo favorito entre todos os humanos. Certamente deveria haver alguma coisa ali que pudesse inspirá-lo a criar algo que agradasse Nyx muito mais do que qualquer teatro de cores que Erebus iria inventar.

Kalona começou a andar na direção oposta de onde a voz do Xamã subia e descia com uma regularidade irritante. A noite estava clara, com a lua quase cheia. Mesmo sem a sua visão sobrenatural, Kalona não teria problemas para encontrar o caminho. A luz do seu pai brilhava prateada, transformando a pradaria em um oceano de grama. Enquanto caminhava, Kalona abriu as asas e levantou o rosto, desfrutando daquela luz reconfortante. Ela o acalmava e o deixava focado, e logo a sua frustração diminuiu quase completamente, substituída por uma confiança renovada e uma noção de seu propósito.

— Eu vou completar essa tarefa final e então assumir o meu lugar ao lado dela por toda a eternidade. Essa separação não é nada além de uma pequena gota no oceano de tempo que nos aguarda – ele afirmou.

A vegetação um pouco atrás dele, do lado direito, farfalhou. Suspirando, Kalona parou, virou-se e andou decididamente pelo caminho de volta.

— Xamã, isso precisa acabar. Deixe-me em paz!

E, depois de conjurar a sua lança por meio da magia que flutuava no céu da noite, Kalona bateu a parte de trás dela com força no chão, criando um barulho de trovão.

— *Não Xamã! L'ota!* – gritou a pequena Fada, voando para trás rapidamente para se desviar da lança dele.

— L'ota, você trouxe algum recado de Nyx? A minha Deusa me convocou?

— *Não de Nyx. Eu observo.*

Kalona conteve outro suspiro. Será que nada daria certo naquela noite?

— Pequena skeeaed, temo que você ficará desapontada. Não há nada aqui para observar, exceto a minha frustração. Volte para o Mundo do Além. Você vai ficar muito melhor lá.

— *Eu observo. Eu ajudo o ser alado.*

— Você me ajuda? Está dizendo que me ajuda com o último teste? – Kalona riu. – Pequeno ser, o que você pode saber sobre o Espírito e a magia da criação?

O corpo da criatura se tornou mais fluido, e a sua voz sussurrante assumiu um tom de astúcia.

— *L'ota sabe muitas, muitas coisas. L'ota vê muitas, muitas coisas.*

— Sem dúvida, já que você é tão próxima de Nyx – ele disse, cedendo com transigência para a criatura. – Diga-me, L'ota, o que eu deveria criar para a Deusa?

— *Deusa gosta de joias... tiara, colar de cristal, cordões de conchas e pedras.*

Os olhos de Kalona se arregalaram de surpresa.

— Se eu puder criar um colar feito de joias vivas para ela, acredito que isso vá agradar bastante a Deusa. — Ele se abaixou e acariciou a criatura. — Obrigado, L'ota.

A pele da skeeaed se ondulou e ruborizou em um vermelho brilhante.

— *L'ota sabe muitas, muitas coisas* — a criatura sussurrou, soando satisfeita consigo mesma.

— Você sabe mesmo. Talvez também possa me contar onde posso encontrar algumas joias — disse Kalona.

— *Não conto.*

— Claro que não. — Ele olhou para o céu, como se estivesse esperando encontrar paciência por lá.

— *Não conto. Mostro.*

A skeeaed saiu andando rapidamente, gesticulando com o braço longo para que Kalona a seguisse. *O que tenho a perder?*, pensou o imortal. Ele encolheu os ombros e seguiu a Fada.

L'ota abriu caminho serpenteando pela pradaria, o que rapidamente convenceu Kalona de que ela não tinha ideia de para onde o estava guiando.

— L'ota, onde exatamente estão essas joias?

— *Na caverna.*

— E onde fica a caverna?

— *Siga os rastros do touro. Encontre a caverna.*

Kalona já tinha visto as feras poderosas que o Povo da Pradaria chamava de bisões. Eles vagavam pela terra em manadas enormes. Às vezes, havia tantos que eles cobriam a pradaria de um horizonte ao outro. Em algumas ocasiões, ele já havia visto alguns touros velhos solitários, mas nunca observou nenhum bisão, fosse touro, vaca ou bezerro, entrando em uma caverna.

— L'ota, você está enganada. Os bisões não vivem em cavernas.

Ela fez uma pausa em sua busca sinuosa, levantando o rosto para ele com uma luz estranha em seus olhos amendoados.

— *Não bisão. Touro.*

— O que você diz não faz nenhum sentido. Acho que já passou da hora de...

– *Rastros de touro!*

A Fada o interrompeu, apontando para o chão onde, exatamente como ela dissera, cascos fendidos haviam deixado enormes marcas na terra. Kalona analisou os rastros e pensou que eles deviam pertencer a uma besta muito maior do que qualquer uma que ele já tivesse visto, e foi quando os gritos triunfantes de L'ota de *"Caverna! Caverna!"* o fizeram segui-la novamente.

A Fada parou diante da entrada do que parecia ser uma fenda rochosa na terra. Não ficava distante do começo de outra floresta de carvalhos, e era pequena o suficiente para facilmente passar despercebida. Enquanto Kalona observava a caverna e os enormes rastros que levavam a ela e desapareciam repentinamente, ele se deu conta de que a fenda era pequena demais para que o touro que deixara os rastros pudesse ter entrado nela.

– L'ota, aonde o touro foi? Ele é grande demais para passar por aquela entrada.

– *Touro lá.* – A Fada gesticulou teimosamente para a caverna. – *Eu o vejo. Eu falo com ele.*

Kalona chegou à conclusão de que a mente da pequena criatura era totalmente confusa. Talvez ela não tivesse inteligência o suficiente para entender realmente o que estava dizendo. Não que Kalona se importasse com isso. Só importava ela ter inteligência para guiá-lo até as joias.

– O touro não é importante. O que é importante é que há pedras preciosas dentro da caverna. Joias que vão agradar a Nyx – ele disse.

– *Touro importante. Branco como geada. Ele não me chama de serva.*

Kalona passou a mão pelo cabelo. Será que Nyx sabia que L'ota estava fora de si? Se não sabia, como ele contaria a ela sem deixar escapar que havia recebido a ajuda dela para completar o último teste?

Acima da caverna, um corvo desceu ao chão, grasnando para a Fada. A pequena criatura disparou olhares irritados e parecia prestes a ir embora.

– Sim, o touro é importante – Kalona disse, esperando acalmá-la. – Mas as joias também são importantes. Elas estão lá dentro?

– *Sssssim!* – L'ota sibilou a palavra.

Decidindo que provavelmente precisaria encontrar um jeito de contar a Nyx que sua serva delirava – *depois* de concluir o teste e se juntar a ela no Mundo do Além –, Kalona dispensou a Fada com um sorriso rápido e disse:

– Obrigado, pequeno ser. O restante da tarefa eu posso terminar sozinho. – Ele havia começado a se mexer na direção da entrada da caverna quando o Xamã, quase como que se materializando na noite, apareceu diante dele, segurando um chocalho feito de casco de tartaruga em uma mão e um bastão de defumação decorado com penas de águia na outra.

– Espere, Kalona das Asas Prateadas! Não entre na caverna das Trevas. O mal roubará o seu espírito e você vagará pela terra destituído e sem esperança, tendo perdido aquilo que mais valoriza.

L'ota se ergueu da grama que a estava escondendo, alongando o seu corpo e surpreendendo Kalona ao mostrar dentes brancos e afiados para o Xamã.

– *Você não é um deus! Você não manda nele!*

O Xamã girou sobre os calcanhares para encarar a Fada, balançando seu chocalho para ela.

– Vá embora daqui, demônio, amiga de um inimigo do Povo. Aqui não é o seu lugar!

Ele passou o chocalho para a mão que estava segurando o bastão de defumação, enfiou a mão livre em uma bolsa de couro atada a um cinto de conchas ao redor da sua cintura e tirou de lá um punhado de um pó azul, o qual atirou na skeeaed.

L'ota deu um grito e esfregou suas garras no rosto, rasgando a pele. A carne que ela abriu se contorceu como se tivesse vida própria. Ela se alterou, ficando escura e em forma de serpente, até que finalmente o seu corpo inteiro explodiu, caindo no chão como uma chuva de filamentos feito gavinhas, que continuaram a deslizar, a se contorcer e a se cortar. Então o Xamã atirou outro punhado de pó azul no ninho agitado. Houve um outro grito terrível que cortou o ar, e os filamentos se dissolveram em uma nuvem fedorenta de fumaça escura.

– Você não deve negociar com demônios, Ser Alado – o Xamã disse a ele.

Kalona agitou a mão na frente do rosto, tentando dissipar a fumaça fétida.

— L'ota era uma das Fadas da Deusa. O que você fez com ela, velho?

— Eu revelei a sua verdadeira natureza, que ela estava escondendo com sussurros e astúcia. Ela era um demônio, seduzida pelas Trevas.

— Xamã, nada disso faz sentido para mim. Você não tem nada melhor para fazer do que ficar na minha sombra e provocar a explosão de Fadas?

— Eu só causei a revelação da verdade. E eu fico na sua sombra porque você é Kalona das Asas Prateadas. Você tem grandes poderes sagrados.

— Sim, eu tenho. E é por isso que conversar com uma Fada louca ou entrar numa caverna não vai me fazer mal. Ninguém pode roubar o meu espírito.

— Ser Alado, eu o tenho visto em sonhos de poder concedidos a mim pela Grande Mãe.

— A Grande Mãe não gosta de mim – Kalona disse.

— A sabedoria da Grande Mãe está muito além de gostos ou desgostos mesquinhos – retorquiu o Xamã.

— Nós concordaremos em discordar sobre isso.

— Kalona das Asas Prateadas! Você precisa me ouvir. Em meus sonhos, você está mudado. Você está cheio de raiva e desespero. Você só conhece a violência e o ódio. Você se perdeu do seu caminho.

— Eu sei o meu caminho. Ele está lá dentro. – Kalona apontou para a caverna. – E depois lá. – Ele fez um gesto para cima, na direção em que L'ota havia desaparecido.

O rosto enrugado do Xamã pareceu triste. A sua voz perdeu força, e Kalona se deu conta de que aquele homem devia ser realmente muito velho.

— Se as Trevas o seguirem para fora daquela caverna, serei obrigado pelos meus sonhos poderosos e pelo juramento que fiz ao meu Povo a fazer um sacrifício para detê-las.

— Nada está me seguindo, exceto você, uma Fada louca e alguns pássaros negros desorientados. Vá para casa, Xamã. Leve a sua mulher para a cama.

Ela vai ajudar a esclarecer os seus sonhos – Kalona disse, e o velho começou a arrastar os pés em um ritmo que já tinha se tornado familiar para o imortal.

– Faça uma escolha sábia, Ser Alado. O destino de muitos se altera de acordo com o seu.

Entoando um cântico no mesmo compasso da sua dança, o Xamã finalmente virou as costas e foi embora da pradaria.

Kalona balançou a cabeça e afastou a fumaça com a mão, jogando-a na direção de onde os pássaros se empoleiravam acima da caverna, fazendo-os grasnar em irritação.

– Pelo menos nós estamos de acordo sobre como essa defumação faz mal – ele resmungou para os pássaros. – O Xamã é uma praga.

Silenciosamente, Kalona refletiu sobre os últimos acontecimentos. Como ele explicaria o que houve com L'ota para Nyx? E como poderia não ser responsabilizado por isso?

– Por que sinto que Erebus não tem esse tipo de problema? – Baixando a cabeça, Kalona entrou na caverna.

A parte de dentro da caverna se abria, de modo que Kalona conseguia ficar em pé facilmente. Não havia luz no interior e, embora o imortal conseguisse enxergar na escuridão, aquele sepulcro o fazia ficar arrepiado. Kalona fez uma pausa, analisando as laterais altas e rochosas, procurando por alguma evidência de cristais. Como não viu nada, Kalona voltou sua atenção para as profundezas da caverna.

Alguma coisa reluziu logo além do alcance da sua visão.

Apesar de não gostar da sensação de confinamento que a caverna provocava nele, Kalona avançou.

– Apenas pegue essas malditas joias e saia daqui – ele disse para si mesmo, e sua voz ecoou sinistramente ao seu redor, fazendo com que ele hesitasse.

Nessa hesitação, palavras fluíram poderosamente através da sua mente.

– *Bem-vindo, Kalona, filho da lua, guerreiro e amante de Nyx. Eu estava me perguntando quanto tempo levaria até que você viesse a mim.*

— Quem está aí? — Kalona gritou, estendendo a mão para conjurar a sua lança.

Só que a mão de Kalona continuou vazia. Sua lança não apareceu.

Uma gargalhada irônica ressoou pela sua mente.

— *Você vai descobrir que aqui não existe nenhuma magia do Divino. Aqui há um tipo diferente de poder.*

— O que você é? — Kalona perguntou, preparando-se para um ataque.

— *Eu tenho sido chamado por muitos nomes, e serei chamado por muitos mais por toda a eternidade. Estou me sentindo magnânimo hoje, Kalona. Pode me chamar como quiser.*

Das profundezas da caverna um touro enorme surgiu. A sua cabeça era tão grande que os chifres roçavam o teto elevado, provocando uma chuva de estalactites. O hálito da criatura era pútrido, o seu pelo tinha a cor de um cadáver.

Kalona sentiu náuseas e se afastou dele.

— Você é o mal do qual o Xamã falou?

— *Sim e não. O ponto de vista do Xamã é muito limitado.*

— Eu vou embora agora, mas eu aviso, se você me seguir, irei lutar — Kalona disse.

— *Ah, realmente espero que você e eu travemos muitos combates, mas não hoje, Kalona. Hoje eu lhe ofereço dois presentes, e peço apenas uma coisa em troca.*

— Eu não quero nada de você.

— *Não quer ser vitorioso no seu teste final? Não quer passar a eternidade como o bravo guerreiro de Nyx, o seu único e verdadeiro amor?*

— O que você sabe sobre essas coisas?

— *Eu sei tudo e muito mais. Sou mais antigo do que a sua Deusa. Mais antigo do que esta terra. Eu sempre existi, e vou existir para todo o sempre. Onde há luz, lá também deve haver Trevas. Sem perda não pode haver ganho. Sem a dor, como nós conhecemos o prazer? Não finja que não entende. Você não é tão ingênuo quanto o seu irmão banhado pelo sol. Você por acaso gosta de compartilhar Nyx com ele?*

— Você foi longe demais, touro! — Kalona se virou para ir embora, mas as palavras que perturbaram sua mente o detiveram.

— Pare de tentar infundir o Espírito naquilo que está morto. Você não precisa criar um novo ser para agradar Nyx. Você só precisa aprimorar um ser que já existe. Isso concluirá o seu teste e garantirá a você o Mundo do Além. No entanto, uma vez lá, você passará a eternidade dividindo a sua Deusa com outro... a menos que ofereça a ela mais do que Erebus.

— Eu já ofereço a Nyx mais do que Erebus! Eu a amo muito além do que ele é capaz!

— Eu aprovo a sua ira, mas ela não conquistará a Deusa. A sua ira a levará para os braços de seu irmão. Ela já faz isso.

— Não. Eu controlo a minha ira.

A gargalhada do touro o golpeou novamente.

— Você vai aprender a mentir melhor, mas não vai controlar melhor a sua ira. Você não tem nenhuma válvula de escape para ela, exceto descarregá-la contra o dourado Erebus e até contra a própria Nyx. Isso irá fazer com que a sua Deusa dê as costas para você pela eternidade.

— Eu não vou perdê-la — Kalona disse entre dentes cerrados.

— Não, não vai perdê-la se for valioso para ela e se tiver uma maneira de libertar-se da sua ira. Eu posso dar as duas coisas a você. Só peço uma coisa em troca, que será mutuamente benéfica para nós.

— Você não obterá o meu espírito, touro.

— Eu não quero o seu espírito, Kalona. Eu simplesmente quero uma porta de entrada para o Mundo do Além.

As palavras do touro chocaram Kalona e o deixaram em silêncio.

— Ah, vejo que preciso me explicar. A Energia que criou o Mundo do Além é tão antiga quanto eu, e, portanto, ela é tão poderosa quanto eu, e também está bem protegida. Às vezes consigo me infiltrar nas sombras do Mundo do Além, mas nunca por muito tempo. Para realmente entrar, preciso ser convidado.

— Eu nunca vou convidar alguém que poderia destruir a minha Deusa.

— É claro que você não me convidaria, e eu não peço tanto. Eu apenas peço que você me convide para entrar ocasionalmente, para que nós possamos lutar. Você vencerá. Você protegerá a sua Nyx. Ela vai valorizá-lo. Sua ira terá uma válvula de escape, e Erebus será um companheiro fraco em comparação a você.

– Se eu vencer, o que você ganha?

– Diversão. Tenho curiosidade sobre um reino no qual não posso adentrar completamente. E, como a pequena L'ota, existem seres no Mundo do Além que vão receber bem os meus sussurros, e isso iria me divertir.

– Eu não vou convidá-lo a entrar. Nyx jamais me perdoaria.

– *Nyx não precisa saber.*

– Eu não vou convidá-lo a entrar lá. Nunca – Kalona disse com firmeza.

– *Você é jovem. Não tem ideia da duração dessa palavra, da eternidade. Lembre-se, filho da lua, a ira é um convite por si só. E, até você entrar lá, o Mundo do Além conheceu pouca ira de fato.*

– Eu lhe darei um aviso, touro. Fique bem longe de Nyx. – Kalona retrocedeu na direção da entrada da caverna.

– *É você quem vai me levar para perto da sua Deusa. Tão certamente quanto a Mãe Terra criou os humanos, o seu ciúme criará ira. Essa ira, deus arrogante, vai permitir o meu acesso ao reino de Nyx!*

Com a risada irônica do touro branco ressoando através de sua mente, Kalona fugiu correndo da caverna.

Encoberto pelo mato alto, o Xamã observou Kalona das Asas Prateadas escapar da cova e viu as Trevas que deslizaram das entranhas daquele lugar maligno. Feito serpentes silenciosas, as gavinhas seguiram o imortal, que nada fez para detê-las.

O Xamã abaixou a cabeça, resignado e triste. Com frequência, ele desejava que os seus sonhos fossem menos precisos, que ele fosse como os outros do seu Povo, ingênuo a respeito da jornada da vida que se desenrolava diante dele. Nesse momento em particular, ele quase amaldiçoava o seu dom. A Grande Mãe havia mostrado o que ele deveria fazer caso o Ser Alado começasse a negociar com as Trevas e, embora isso fosse partir seu coração e talvez até atraísse a fúria de uma Deusa, ele não poderia hesitar.

Com os ombros caídos, o velho começou a voltar na direção de sua cabana para se preparar para o que estava por vir. A próxima noite seria de lua cheia – a lua cheia da caça. Ele faria o sacrifício, e então rezaria para a Grande Mãe para que sua oferenda satisfizesse as Trevas o suficiente para evitar o terrível futuro que estava a caminho do Povo, como ele havia vislumbrado.

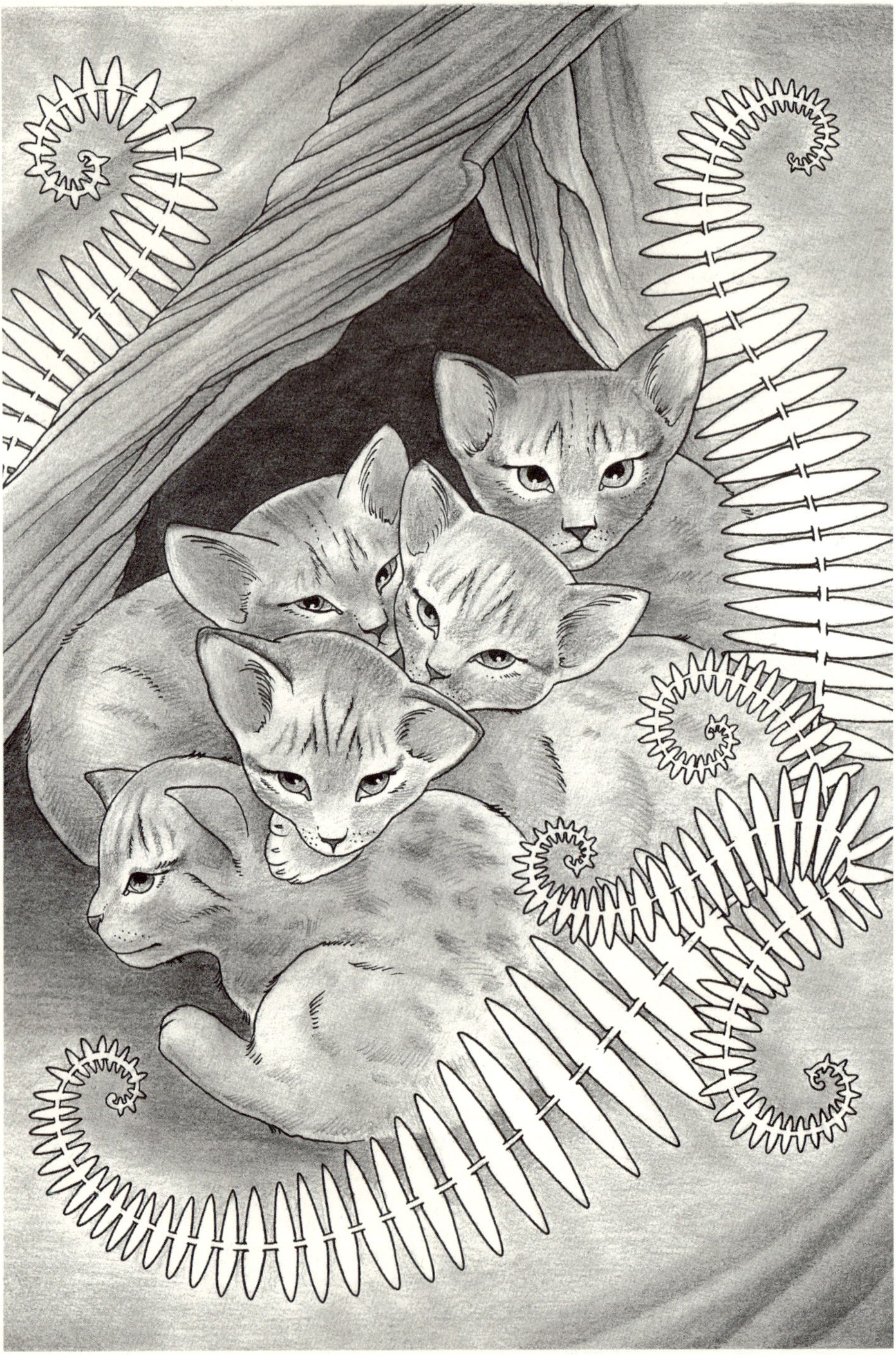

9.
Muito tempo depois, durante os éons nos quais pôde repassar em sua mente os acontecimentos que levaram à mágoa e à tragédia, Nyx se culpava com frequência...

O encontro com o touro branco mexeu profundamente com Kalona. A criatura tinha sido abominável, e o que havia proposto era impossível, mas as palavras do touro continham uma verdade vil que ele não conseguia negar. Essa verdade começou a rodopiar sem parar na mente de Kalona, como uma lembrança interminável do seu próprio medo – da sua própria vulnerabilidade.

Ele não poderia dividir Nyx com Erebus. Ele não seria capaz de controlar sua raiva se Erebus se tornasse amante de Nyx porque não conseguiria suportar o desespero que a infidelidade dela provocaria.

Sentindo-se infeliz, Kalona voou até a cachoeira de Nyx, esperando encontrar sua Deusa ali, mas as cascatas estavam completamente vazias, ostentando apenas a sombra da beleza dela.

Ele foi até o lago azul e se sentou ao lado do barco que havia esculpido para a Deusa, esperando que ela aparecesse. Só que Nyx não apareceu.

Kalona procurou até a pequena Fada louca, L'ota, mas, apesar de crer tê-la visto de relance escondendo-se nas sombras, ela se recusou a responder ao seu chamado.

Ele detestava não ser capaz de chamar a sua Deusa. Não queria controlá-la, de forma alguma. Só precisava de um jeito de falar com ela, de tocá-la, de estar na sua presença. Só Nyx era capaz de aliviar o desespero crescente dentro dele. Só Nyx poderia tranquilizá-lo e curar aquilo que as palavras certeiras do touro haviam maculado.

Kalona estava completamente desesperado, e de seu desespero brotou a frustração.

Onde ela estava? Por que ela o deixou sozinho? Será que ela não o amava mais? Será que ela não o desejava mais? Será que ela não precisava dele da mesma forma que ele precisava dela?

Será que Nyx estava com Erebus?

Atormentado, incapaz de se concentrar em completar o teste final no qual deveria ser aprovado antes de poder entrar no reino de Nyx, Kalona subiu aos céus, vasculhando o mundo não atrás de Nyx, mas sim de seu irmão, o filho dourado do sol.

— Aí está! Está pronto, enfim? Esqueci alguma coisa? — Nyx passou a mão pela cama coberta de pele e olhou em volta dos aposentos espaçosos que escolhera para Kalona.

— *Esqueceu o ser dourado.*

— Erebus? Não seja boba, L'ota. Eu preparei os aposentos dele mais cedo. Fica na ala do palácio que se abre para o sol da manhã.

— *Não do lado do seu quarto.*

— Não, só tem um quarto adjacente ao meu e... — A Deusa interrompeu sua explicação, sacudindo a cabeça. — L'ota, há algo errado com você? Ultimamente você não parece bem. Será que tem passado tempo demais na terra? Espero que eu não tenha te sobrecarregado, pedindo para dar uma olhada em Kalona e me ajudando a preparar estes aposentos. – A Deusa fez uma pausa para sorrir para a skeeaed. – É que eu dependo de você ainda mais do que de suas irmãs. Faz tempo que você cuida muito bem de mim, L'ota. Gostaria de se juntar às dríades quando elas vão brincar no reino mortal lá embaixo? Elas devem gostar disso. Parece que não se cansam nunca.

– *Eu não brinco.*

L'ota ficou inquieta quando sussurrou sua resposta para Nyx. A Deusa reparou que ela parecia estranhamente nervosa.

– Bem, é verdade que as skeeaeds são mais sérias do que as dríades, mas você deve achar que algumas travessuras sejam divertidas.

– *Você está me mandando fazer isso?*

– É claro que não! Eu não mando em você, ou em qualquer uma das Fadas, para irem brincar. Simplesmente quis dizer que você parece realmente cansada, e que eu sinto muito se a deixei exaurida. L'ota, hoje à noite eu quero que você descanse. Não se preocupe com Kalona, nem com Erebus, nem comigo. Esta noite, pequenina, é só para você. – A Deusa sorriu para a Fada e acariciou o tufo macio do seu cabelo.

L'ota baixou a cabeça e disse:

– *Você manda. Eu obedeço.*

Então ela deslizou para dentro das sombras e desapareceu dos aposentos, deixando a Deusa sacudindo a cabeça e suspirando.

– Apesar de estarem comigo há éons, as Fadas continuam sendo criaturas tão estranhas. Às vezes, acho que elas compreendem tudo bem demais; às vezes, acho que entendem muito pouco. Bem, uma folga das suas tarefas deve restaurar a energia de L'ota, mesmo que ela não tenha pedido por isso. – Nyx olhou em volta do quarto novamente e sorriu. – E eu a tenho deixado muito ocupada preparando o palácio para a presença de Kalona e Erebus.

"Kalona..."

Nyx repetiu o nome dele, amando o som. Ah, como sentia falta dele! Ela havia intencionalmente deixado de visitá-lo para que ele não se distraísse e pudesse se preparar adequadamente para o teste final. E Kalona obviamente concordava com ela; afinal, nenhuma vez ele havia chamado por ela, embora L'ota o visitasse diariamente e esperasse pacientemente para levar seus chamados para Nyx. Portanto, Nyx acreditava que o maior desejo dele era o mesmo que o dela: completar o teste final o mais rápido possível para poder se juntar a ela no Mundo do Além por toda a eternidade!

Agora o palácio estava pronto, porém ainda vazio demais. E Kalona estava tão perto! Talvez ela pudesse visitá-lo apenas uma vez, só por uma parte da noite. Ela mostraria a ele como estava ansiosa para tê-lo ao seu lado, e depois o deixaria a sós com as suas preparações.

– *O ser alado chama por você.*

Como se Kalona tivesse lido a mente de Nyx, L'ota de repente reapareceu, sussurrando as palavras que a Deusa secretamente ansiava ouvir havia dias.

– *Ele está no gêiser.*

L'ota franziu o nariz ao se lembrar do cheiro daquele lugar.

Nyx riu alegremente.

– Que generoso da parte dele escolher se encontrar comigo no Velho Fiel! Isso mostra que ele realmente se libertou daquele ciúme que sentia de Erebus. Ah, L'ota! Ele poderia ser mais perfeito?

A Deusa abraçou a Fada, levantando a pequena criatura e dançando cheia de alegria pelos aposentos lindamente decorados que esperavam pelo seu amante.

Nyx ainda estava rindo quando soltou a skeeaed e se apressou a fim de escolher algo adorável e translúcido para vestir, distraída demais para escutar as últimas palavras sibilantes que a criatura falou para ela.

– *Ssssim, L'ota observa. L'ota conta. L'ota mostra para você!*

Muito tempo depois, durante os éons nos quais pôde repassar em sua mente os acontecimentos que levaram à mágoa e à tragédia, Nyx se culpava com frequência. Se ela não tivesse sido tão infantil, tão insensata, e não tivesse se comportado de forma indigna de uma Deusa, poderia ter parado para indagar o "porquê" e o "como" das coisas e evitado o horror que estava por vir. Só que ela não fez isso. Nyx não tinha nem uma vez se perguntado por que L'ota se tornara tão distante e tão defensiva. Ela não questionou o porquê de não sentir a presença de Kalona quando ela se materializou no gêiser. Não fora sábia o suficiente nem para considerar se as Trevas que andava sentindo, embora incapazes de alcançá-la, tinham o poder de influenciar outros que não ela.

Não, Nyx faltou com sabedoria e experiência e, por causa dessa falha, ela e muitos outros pagaram um preço muito alto para um simples perdão.

Naquela noite, Nyx nada sabia sobre a dor e o arrependimento futuros. Naquela noite, tudo o que ela sabia era que pretendia passá-la nos braços do seu amado.

E, por esse motivo, a Deusa foi inteiramente surpreendida quando se materializou no cume com vista para o gêiser e foi saudada pela exclamação de Erebus:

– Minha Deusa! Que adorável surpresa revê-la! Eu admito que tenho pensado em você e queria a sua opinião sobre minha descoberta. Então, a sua aparição aqui é, de fato, providencial.

– *Merry meet*, Erebus. – Nyx rapidamente recobrou sua compostura. Será que L'ota havia dito qual imortal alado exatamente chamara por ela? – Qual foi a sua descoberta?

– Venha comigo. – Sorrindo, ele estendeu a mão para ela. – Eu os encontrei em uma toca feita dentro das raízes de uma velha árvore, logo ali. – Ele apontou para a linha de árvores acima deles, ajudando Nyx a subir nos afloramentos rochosos. – Cuidado – ele disse, levantando-a por sobre um monte de espinhos.

Ele guiou Nyx até um cedro perfumado. Colocando o dedo sobre os lábios, cuidadosamente puxou a folhagem de uma samambaia para revelar uma pequena cova aninhada dentro das raízes enormes da árvore. Dentro dela havia cinco criaturas peludas e roliças.

— Gatinhos! — Nyx exclamou, fazendo os bebês acordarem e piscarem para ela com seus olhos brilhantes e curiosos.

— Então ela estava certa. Os gatos selvagens realmente lhe agradam — Erebus disse, soando satisfeito consigo mesmo. — Eles não estão com medo de você, embora não ajam desse modo com mais ninguém. — Ao som da voz dele, os gatinhos arquearam as costas e fizeram barulhos chiados.

Nyx riu e os acariciou, apaziguando-lhes a fúria.

— É claro que eles não têm medo de mim. Reconhecem a sua Deusa. E eles me agradam, sim, e muito! Tanto que eu já levei um comigo para o Mundo do Além em segredo. — Nyx deu uma olhada para Erebus. — Espere, *ela*?

O sorriso de Erebus o fez parecer adoravelmente infantil.

— A Mãe Terra, é claro — ele disse.

— É claro. Há muito pouco que pode ser escondido da Grande Mãe.

— Isso a incomoda?

— Não, de forma alguma. Eu valorizo a amizade e o afeto que ela tem por mim. Isso o incomoda?

— Não! Eu amo a Grande Mãe e o reino mortal. Há tantas criaturas interessantes que o povoam. Além disso, eu tenho uma dívida enorme com ela. A dívida da minha criação.

— Você é realmente muito bom e generoso, Erebus.

— Obrigado, minha Deusa. Você gostaria de se sentar comigo um pouco e aguardar o seu gêiser irromper, para assistirmos juntos?

— Eu adoraria — Nyx concordou. Antes de esconder a toca com a folhagem, ela deu uma última olhada demorada nos gatinhos. — A Mãe Terra mencionou que se incomodaria caso eu levasse comigo mais uns gatos selvagens escondidos?

Erebus gargalhou.

— Não, ela não falou nada, mas eu perguntarei a ela no nosso próximo encontro.

— Então você a visita regularmente? — Nyx perguntou enquanto eles faziam o caminho de volta para o cume que tinha vista para o gêiser.

– Sim. Eu gosto da companhia dela, embora eu não entenda a sua obsessão pelas Fadas.

– Eu o avisaria para se acostumar com elas, mas parece que elas preferem o reino mortal ao Mundo do Além. Até a minha skeeaed anda temperamental ultimamente.

– Skeeaed. É aquela pequena Fada cor-de-rosa que está constantemente na sua sombra?

– Sim. L'ota. Você não falou com ela hoje?

– Não, eu não vi tal criatura desde o último teste – Erebus respondeu. Então fez uma pausa e levantou Nyx. – Deusa, há espinheiros por toda parte e as rochas têm pontas afiadas. Da próxima vez que vier me visitar, peço que se lembre de usar sapatos.

– Farei isso – ela disse –, mas, até lá, agradeço o seu cavalheirismo.

Quando eles chegaram ao cume, Erebus a depositou gentilmente em uma pedra com a lateral plana que formava uma cadeira perfeita. Ele se sentou no chão pedregoso ao lado dela, e ambos ficaram olhando na direção do gêiser. Nenhum dos dois pronunciou qualquer palavra, mas o silêncio entre eles não era desconfortável. Nyx estava pensando em como era agradável e tranquilo ali, e em como o cheiro rançoso quase não chegava até lá em cima, quando a terra começou a rugir. Então torrentes barulhentas anunciaram a água prestes a irromper, e a coluna começou a subir no ar contra o pôr do sol rosa e carmim.

Nyx pegou a mão de Erebus.

– É tão lindo! Obrigada por criar algo tão belo para mim.

– O seu sorriso já é agradecimento suficiente – Erebus disse. Então ele inclinou a cabeça e os seus olhos dourados capturaram os dela, analisando-os. – Você deveria ir atrás dele.

Nyx piscou surpresa.

– Dele?

– De Kalona. Você deveria procurá-lo. Ele precisa de você. Ao seu lado, ele é um ser melhor do que é quando você não está presente.

— Eu estava dando tempo a ele para... — Nyx se conteve, não queria causar a impressão de que não se importava com os sentimentos de Erebus.

— Você estava dando tempo a Kalona para que ele se concentrasse no teste final sem a distração do seu encanto — Erebus concluiu por ela. — Tenho certeza de que parece uma boa ideia, mas, se bem conheço meu irmão, e cheguei à conclusão de que eu realmente o conheço, já que ele é apenas outra versão de mim, posso garantir que a solidão não o ajuda em questão de foco. Kalona precisa de você — Erebus repetiu.

— Você nunca sente ciúme do que eu compartilho com ele?

— Não, minha bela e brilhante Deusa. Eu estou satisfeito com o destino para o qual fui criado. Eu não seria um guerreiro muito bom.

— Eu não estava falando sobre a parte de ser guerreiro — ela disse em voz baixa, encontrando os olhos iluminados pelo sol de Erebus.

O sorriso dele era caloroso.

— Se algum dia você me desejar como seu amante, de boa vontade e alegremente retribuirei esse desejo. Seja com frequência ou raramente, da maneira que você me quiser. Mas não tenho desejo de reivindicar o seu corpo como meu e somente meu. O meu único desejo é a sua felicidade, e eu acredito que com o meu irmão ao seu lado, sendo o seu guerreiro e amante, é quando você fica mais feliz. Isso também deixaria Kalona mais feliz, o que é importante para mim, embora eu tenha certeza de que vai levar éons para que eu consiga convencê-lo disso.

Nyx deslizou do seu assento na pedra para o colo de Erebus, onde ela dispôs os braços ao redor dele e o abraçou forte.

— Você me faz muito, muito feliz!

— Então não serei eu a impedir essa felicidade.

Do abraço de Erebus, Nyx levantou os olhos para o céu do crepúsculo e viu Kalona pairando acima deles, e sua voz soava tão desprovida de emoção quanto sua expressão.

— Irmão! Venha, junte-se a nós — Erebus disse, levantando-se e cuidadosamente ajudando Nyx a voltar para o seu assento de pedra. — Nós estávamos justamente falando de você.

A QUEDA DE KALONA

– Eu escutei apenas a voz da sua Deusa. – Kalona olhou para Nyx. – E ela falou sobre a grande felicidade que você traz a ela. Nyx, com a sua permissão, vou deixá-la à vontade.

– Você tem a minha permissão – a voz de Nyx soou muito jovem.

Com batidas rápidas de suas asas prateadas, Kalona desapareceu no horizonte.

Erebus suspirou.

– Para um guerreiro, ele parece terrivelmente sensível.

– Ele me odeia – Nyx disse.

– Ele a ama – Erebus a corrigiu. – É por isso que saiu voando em um ataque de ciúme. Só o que precisa fazer agora é encontrá-lo e explicar por que você disse que eu a faço muito feliz. Depois falarei com o meu irmão e direi que, se ele pretende escutar às escondidas, deve aprender a fazer um trabalho íntegro.

– Erebus, você é um bom amigo. – Nyx se inclinou para beijar a bochecha dele.

– E você é uma Deusa boa e amorosa – Erebus disse. – Ah, e eu estou pronto para completar o teste final.

– Devemos invocar o Espírito para chamar a Mãe Terra?

– Há bastante tempo ainda para isso. Posso esperar um pouco até que você faça as pazes com o meu irmão.

Nyx o abraçou de novo e se levantou. Então, pensando em Kalona, invocou a magia do Divino. A magia levantou Nyx e, deixando uma trilha de luz de estrelas brilhando em seu rastro, começou a carregar a Deusa na direção do oceano de grama que cobria o centro daquele continente selvagem.

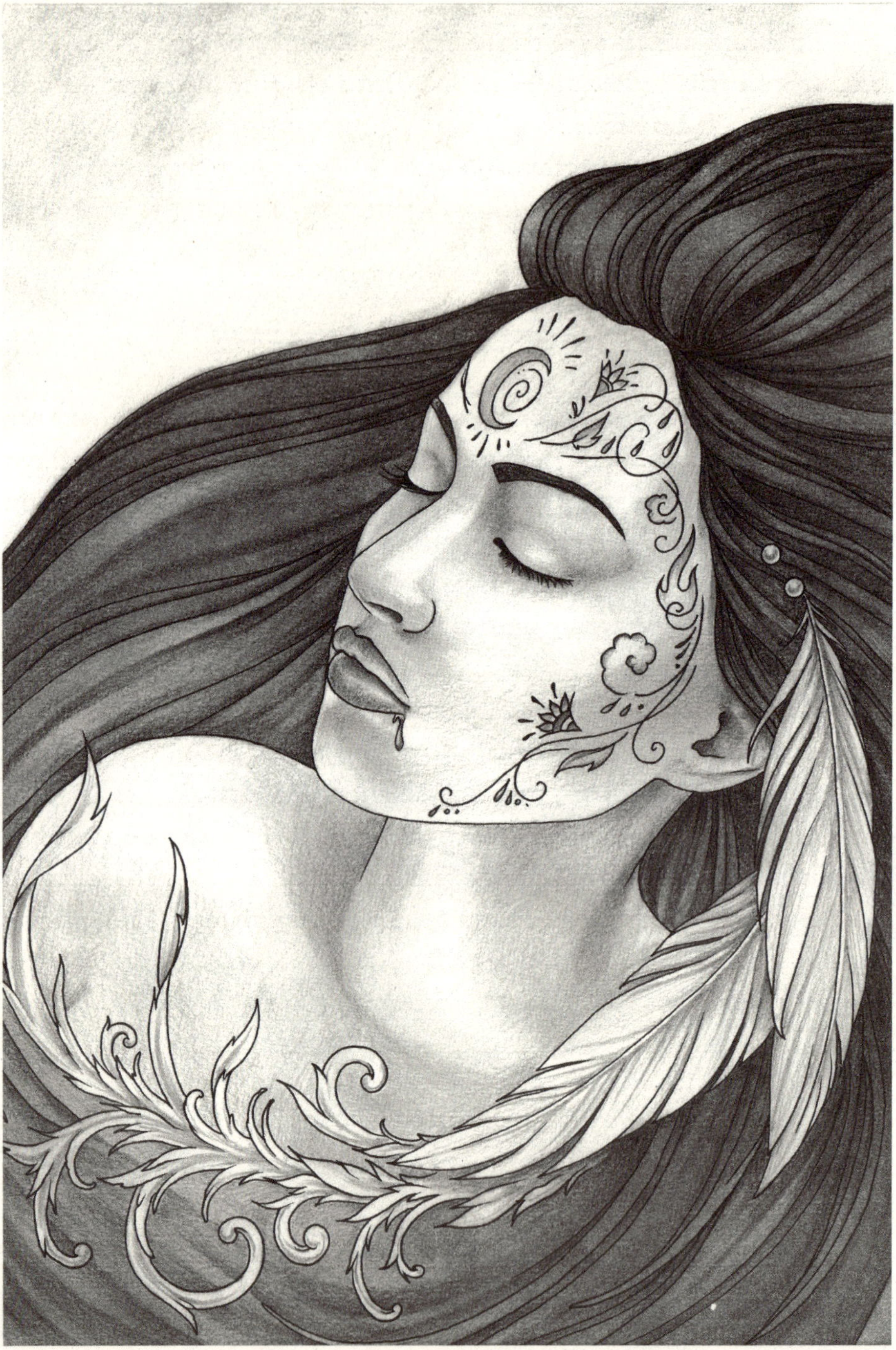

10.
Para minha filha, esta criação minha, eu concedo o dom da Noite Divina...

Nyx encontrou o acampamento dele facilmente, embora Kalona não estivesse lá. Ela pensou em ir embora rápido, em seguir a conexão que tinha com o imortal e ir diretamente até ele, mas o lugar que Kalona tinha escolhido como seu a intrigou.

Ficava na borda da pradaria, onde ela fazia uma curva na direção da floresta que ladeava um riacho arenoso, na outra ponta do local em que o Povo da Pradaria tinha um grande assentamento. Nyx pensou que era um bom ponto para um acampamento, e Kalona realmente o havia deixado confortável.

Ela observou as pilhas de peles, cestas trançadas, ferramentas e alimentos, dando-se conta de que o seu amante obviamente tinha feito amizade com o Povo da Pradaria – ou pelo menos ela esperava que tivesse. A mão de Nyx pousou em uma pele particularmente grossa, muito parecida com a que ele havia forrado o seu barco no dia em que o construiu para ela.

O que Kalona negociava em troca de tamanha variedade de presentes? Nyx conhecia os mortais originários – conhecia-os bem demais. Eles podiam ser bons e generosos, mas raramente davam coisas sem nenhum propósito.

Uma pequena apreensão tomou a Deusa quando ela se lembrou do primeiro encontro de Kalona com o Povo da Pradaria. Eles o haviam chamado de Deus alado, e estavam prontos para venerá-lo.

– Não! Eu não vou pensar mal de Kalona. Ele não é responsável pelas superstições do Povo da Pradaria – Nyx disse a si mesma com firmeza.

A Deusa desviou o olhar da pilha de presentes e saiu do acampamento pequeno e aconchegante. Ela parou na beira da pradaria e abriu bem os braços, jogando a cabeça para trás e sorvendo a luz de uma lua cheia e prateada que subia ao céu. A noite estava clara e o céu estava repleto de estrelas. A brisa era quente e leve, e foi nela que Nyx enviou a sua magia.

– Leve-me para o meu amor, para que eu possa consertar o que está errado entre nós – Nyx ordenou para a noite.

Fagulhas de magia, como a cauda cintilante de estrelas cadentes, fluíram da Deusa. Delicadamente, mas com firmeza, elas a impeliram para a frente. Nyx seguiu. Confiante de que Kalona estava por perto, ela sentiu o seu coração acelerar com ansiedade. Ele tinha sido criado para ela; ele realmente a amava. Ela só precisava olhar nos olhos âmbar dele, tocar na força lisa do seu corpo, e ele entenderia com a mesma certeza que ela tinha que não existia nada nem ninguém que pudesse ficar entre eles. Nyx viu os pássaros negros antes de Kalona. Eles atraíram o seu olhar para uma colina distante na pradaria, onde havia poucas árvores pequenas e algumas rochas de arenito cobertas de líquen. Ela conseguiu ver a silhueta de Kalona, que estava sentado em uma pedra grande e plana, a cabeça entre as mãos, os ombros curvados. As suas asas brilhavam como se estivessem absorvendo a luz da lua cheia. Nyx parou e ficou em silêncio, observando-o de longe. *Ele é tão bonito, tão imponente e tão triste*, ela pensou. *Eu anseio por aliviar a tristeza dele.*

Nyx havia começado a diminuir a distância entre ela e Kalona quando um vulto se mexeu no canto superior da visão da Deusa, desviando a sua atenção do imortal alado. Acima dele, em uma rocha de arenito ainda maior, um idoso enfeitado com penas apareceu. Ele se levantou, endireitando lentamente o corpo curvado pela idade. Enquanto se endireitava, Nyx percebeu que ele não estava sozinho. Havia uma mulher com ele – na verdade, não passava de uma garota. Ela estava usando um vestido cuidadosamente decorado de couro curtido, o qual Nyx achou encantador. Na verdade, mesmo a certa distância, a Deusa podia ver que a donzela possuía uma beleza espetacular.

Nyx ergueu a sobrancelha quando sentiu uma pontada de ciúme. Será que o velho estava oferecendo essa virgem para Kalona? E se ele a aceitasse?

A Deusa ficou dividida. Parte dela tinha vontade de desaparecer na noite e permitir que o seu amor conseguisse prazer onde pudesse encontrá-lo.

Outra parte dela queria sair correndo e exigir que Kalona não escolhesse mais ninguém além dela.

Nyx baixou a cabeça e se rendeu ao conhecimento do que era sentir ciúme, sentindo-se vulnerável e cheia de desespero.

O velho começou a entoar uma melodia ritmada e sem palavras. A voz dele era hipnótica, e Nyx sentiu os seus próprios pés descalços começarem a se mover no mesmo compasso que o dele, até que Kalona falou:

– Xamã, basta! Eu já suportei desgraças demais por hoje. Não preciso acrescentar sua música interminável a elas. – Ele levantou a cabeça, e Nyx percebeu que o seu corpo estremeceu de surpresa. – Por que você trouxe uma criança aqui?

– Eu só faço o que o meu sonho comanda.

– Sobre aquele sonho, você poderia ter me contado que...

A voz do velho interrompeu a de Kalona. Enquanto entoava sua canção, o timbre da voz se alterou, amplificado por um estranho poder que brilhava do centro de sua testa com uma luz pura e branca na forma de uma lua crescente.

O que eu faço, faço para dois
Um para ela
E um para você
Tome esta virgem
O sangue dela corre puro
Sacrifício para dois
Um para ela
E um para você

Hipnotizada, Nyx observava e escutava, mas, enquanto a canção do Xamã progredia, um terrível pressentimento tomou conta da Deusa, e ela começou a ir na direção deles, lenta a princípio e depois mais rápido, até que começou a correr.

O equilíbrio contém
Novo e velho
Escala de dois
Um para ela
E um para você!

Com o último verso da sua canção, o Xamã ergueu a mão. Nyx viu que ele segurava uma lâmina de obsidiana afiada e pontiaguda.

– Não! – a Deusa gritou.

A lâmina do Xamã não falhou. Com ela, o velho rasgou o pescoço da virgem, fazendo jorrar uma torrente de sangue. A moça caiu aos pés dele, ofegando os últimos suspiros e inundando a rocha com uma maré vermelha.

– Por que você fez isso? – Nyx correu até a jovem, puxando a garota moribunda para os seus braços.

– O sacrifício era para dois. Um para ele. Um para você. Perdoe-me, Deusa. Fiz tudo o que eu podia fazer. – Então os olhos do velho se reviraram e ficaram brancos. Ele colocou a mão no peito e caiu no gramado, sem respirar.

Nyx olhou para cima e viu que o rosto de Kalona estava tão pálido quanto a luz da lua.

– Que loucura é essa? – ela perguntou.

– E-eu não sei. Achei que o velho delirava, que estava desorientado. Não pensei que ele fosse capaz de fazer algo assim.

– Por acaso ele e o Povo estavam venerando você?

Nyx viu uma surpresa genuína na expressão de Kalona.

– Eles me deixavam presentes, e o velho costumava cantar e fazer uma defumação ao meu redor. Isso é venerar? – Kalona balançou a cabeça, encarando a jovem agonizante. – Eu sou um tolo. Sou culpado por essas duas mortes.

– Não! – Nyx falou severa, não querendo deixar Kalona cair em desespero e culpa. – Ele era um homem velho. O coração dele falhou. Isso não poderia ser mudado e não é sua culpa. Mas esta garota, esta criança, que ele tão erroneamente sacrificou em seu nome, ela ainda está se agarrando à vida. Nós podemos salvá-la, você e eu. Empreste a mim o dom da criação que está em você e invoque o Espírito. O que mais me agradaria é que o seu teste final salvasse a vida desta garota.

– Mas a Mãe Terra...

– Eu sou a Deusa! E eu digo que estou disposta a trocar a minha amizade com a Terra pela vida desta criança.

Kalona inclinou a cabeça para ela.

– Sim, minha Deusa.

Eu o invoco, Espírito, e o Poder Divino e a magia da criação também.
Devo passar em mais um teste, mais uma história convém.
Como a Deusa ordena, que assim seja,
Entrego da minha mágica o que ela deseja.

Kalona se inclinou e beijou levemente os lábios de Nyx. Quando a Deusa aceitou o beijo, ela absorveu para dentro do seu corpo o Espírito, a magia da criação e o poder do Divino.

Nyx pegou a faca de obsidiana de onde o velho a havia deixado cair e rapidamente cortou o seu próprio pulso com a lâmina. Então ela levou o corte gotejante aos lábios pálidos da garota, dizendo:

Sangue do meu sangue, você sempre deverá ser.
Tome, beba. Desta noite em diante, sua nova vida é decreto meu.

Os olhos da garota permaneceram fechados, mas os seus lábios se abriram e, colados na ferida da Deusa, ela bebeu como Nyx ordenou.

A Deusa se inclinou e soprou delicadamente na garganta da garota que ainda sangrava. A carne rasgada começou instantaneamente a se fechar.

Para a minha filha, esta criação minha,
Eu concedo o dom da Noite Divina.

Nyx beijou os lábios da garota, soprando o que restava do Espírito dentro dela, e então beijou o meio da sua testa, tocando a menina com a Magia Antiga da Deusa e sussurrando:

– Com esta Marca tatuada, a sua vida começa outra vez.

No meio da testa da garota uma lua crescente cor de safira apareceu. A partir dela, espalhando-se para baixo de ambos os lados do rosto, uma série intrincada cheia de filigranas com redemoinhos e sinais misteriosos apareceu, contendo símbolos de cada um dos cinco elementos, magicamente espelhando as tatuagens com as quais Nyx tão frequentemente decorava o seu próprio corpo.

A garota abriu os olhos.

– Grande Deusa da Noite, diga-me o seu nome para que eu possa venerá-la.

– Você pode me chamar de Nyx.

Então a noite ao redor deles explodiu quando a Mãe Terra se materializou, seguida por uma revoada de dríades gorjeantes, que olharam para a sua Deusa e de repente ficaram estranhamente silenciosas.

– Ah, então foi o que pensei – a Mãe Terra disse. Ela balançou a cabeça com tristeza. – O teste foi maculado. Kalona deve ser reprovado.

Erebus desceu do céu, segurando uma cesta trançada. O seu sorriso iluminado pelo sol se esvaiu quando ele se deu conta da cena sombria.

– Eu senti o teste começar. Corri para me juntar a vocês – Erebus falou.

– Filha, durma. Quando você acordar, vai ter esquecido o terror da sua criação, e se lembrará apenas do amor, sempre o amor – Nyx ordenou à garota e passou a mão pelo rosto dela, fazendo que os olhos dela se fechassem. Então a Deusa delicadamente a tirou do seu colo e se levantou para encarar Erebus e a Mãe Terra.

– O que aconteceu aqui é responsabilidade minha. O velho estava confuso e cometeu um engano. Ele sacrificou esta virgem para Kalona em um acesso de loucura. Ordenei a Kalona que me entregasse o seu dom da criação e invoquei o Espírito para que eu pudesse misturá-lo à nossa magia e salvar a vida dela. As ações dele me agradaram. Eu decreto que Kalona passou no seu terceiro e último teste. – Nyx se virou para Erebus. – Você também pode completar o seu teste agora.

Sem nenhum traço do humor que ele normalmente exibia, Erebus caminhou até Nyx e colocou a cesta no chão entre ela e a jovem adormecida.

– Eu havia planejado isso como um presente para o Povo da Pradaria que você tanto ama – ele disse para a Deusa. – Parece adequado que agora pertençam à sua filha mortal favorita.

Erebus tirou a tampa da cesta e revelou os cinco gatinhos que ele havia mostrado a ela mais cedo naquela noite. Ele colocou as mãos sobre a cesta e invocou:

Magia Ancestral, criação emprestada, e o poder do espírito, eu invoco agora.
Conheçam o meu desejo e façam o que eu ordeno do âmago do meu ser.
Criem desta noite de confusão, morte e lágrimas alegria como outrora.
Reconfortem esta filha de Nyx com companhia durante longos anos a bem querer.
Familiares, amigos e companheiros, eles devem ser em nome e coração.
Uma vez escolhidos, pelo poder do sol, jamais se separarão.

As mãos de Erebus reluziam com o brilho laranja do pôr do sol. E, quando ele as tirou de cima da cesta, Nyx viu que o pelo cinza e marrom selvagem dos gatinhos havia se transformado em laranja da luz do sol e branco como a cor das nuvens. Erebus pegou um dos gatos da cesta que, em vez de chiar e arranhar, começou a ronronar, acariciando-o com o seu focinho felpudo.

– Eu não, meu caro. Ela precisa da sua amizade mais do que eu. – Erebus colocou o gato ao lado da donzela adormecida e depois levou os outros quatro até ela, de modo que eles formaram um círculo acolhedor ao redor da jovem. Então ele se voltou de novo para Nyx.

A Deusa segurou o rosto dele entre as mãos e o beijou suavemente.

– O seu presente me agradou imensamente. Você também passou no último dos testes. – Então Nyx se virou para encarar a Mãe Terra. – Eu não planejei nada do que aconteceu esta noite.

– E eu planejei tudo muito rigidamente. Tentei controlar demais. Agora percebi que há algumas coisas que nem a sua grande capacidade de amar nem o meu dom da criação podem prevenir.

– Nós ainda somos amigas?

– Sempre – a Mãe Terra respondeu. – Mas acho que está na hora de parar de me intrometer nos seus assuntos pessoais.

– Eu nunca vou ser capaz de agradecê-la o suficiente por essa adorável intromissão. Você acabou com a minha solidão e agora, com Kalona e Erebus, o Mundo do Além vai se encher de vida novamente.

– Não há o que agradecer, foi um prazer – a Mãe Terra respondeu. Ela andou até Erebus e o abraçou afetuosamente. – Você sempre vai ser para mim a lembrança de um perfeito dia de verão cheio de sol. Eu gostei de ser sua mãe.

– E eu gosto de ser seu filho. Não vamos continuar com nossas visitas?

– Talvez, mas acho que você descobrirá que o Mundo do Além vai mantê-lo ocupado, e eu percebi que fiquei exausta de novo. Preciso dormir. – A Mãe Terra aceitou o beijo de Erebus em seu rosto e então parou diante de Kalona. – Eu tenho sido dura com você, meu filho iluminado pela lua, mas isso é por causa do que sinto dentro de você. Kalona, você é um tipo de criação diferente do seu irmão. Você nasceu um guerreiro e amante, e esses dois papéis não são fáceis de conviverem lado a lado. Vejo dentro de você uma capacidade ilimitada para o bem, assim como uma capacidade igualmente ilimitada para ferir. Por meio desses testes quis que você aprendesse que, com um grande poder, sempre haverá uma grande responsabilidade. Somente as suas escolhas futuras mostrarão se eu fui bem-sucedida nas minhas lições.

– Eu não tenho intenção de ferir – Kalona disse seriamente.

– A intenção é uma amiga volúvel – a Mãe Terra replicou. – Você não tinha a intenção de que um mortal morresse esta noite, tinha?

– Não, não tinha.

– E, mesmo assim, uma pessoa morreu e outra foi mudada para sempre. Kalona, ouça bem o que eu juro: se a sua ira for maculada pelas Trevas, o abraço da Terra não virá em seu socorro. E tenho dito, que assim seja. – Selando o juramento, a Mãe Terra o beijou nos seus lábios frios e então, exausta, virou-se para Nyx. As duas mulheres se abraçaram.

Nyx dirigiu o seu olhar para a jovem.

– Quando você não estiver dormindo, poderia cuidar da minha filha junto comigo? Ela é um ser novo e a única de sua espécie. Ela vai precisar de atenção especial, e mães demais não é algo que exista.

– Minha amiga, temo que eu possa adormecer por tanto tempo que, em certos sentidos, pode ser que eu nunca desperte novamente. Então, antes que eu seja levada para o meu leito, vou criar mais uma vez, mas você terá que cuidar desses filhos sozinha.

Nyx ficou confusa por um momento, e então compreendeu o que a Mãe Terra pretendia.

– Você vai criar outros como ela!

– Vou, embora a criação deles vá ser mais difícil do que a dela. Essa jovem não é um novo ser, mas sim uma mortal transformada em algo único. Eu vou plantar sementes do seu potencial na humanidade. Não sei quantos humanos serão capazes de também completar essa transformação.

Nyx agarrou as mãos de sua amiga.

– Obrigada, Mãe Terra. Obrigada por garantir que a minha filha não passe a sua vida sozinha.

– Não me agradeça ainda. Eu não sei quantos como ela vão sobreviver.

– Os humanos são fortes e corajosos. Muitos vão sobreviver – Nyx afirmou. – E eu serei a sua Deusa da Noite!

– Sim, minha amiga. Sim – a Mãe Terra concordou. – Agora, abrace-me e vá embora logo. Não quero tristeza nem arrependimento entre nós.

Nyx a abraçou com força.

– Durma em paz, sem preocupações nem arrependimentos. Eu visitarei os seus filhos e cuidarei do que é eterno dentro deles por todo o sempre.

– Cuide de si mesma também – a Mãe Terra disse. Então, ainda abraçando a Deusa, sussurrou apenas para que ela pudesse ouvir: – E observe Kalona. Se ele começar a mudar, vai ser porque a raiva cresceu mais do que o seu amor. Se ele permitir que a raiva o consuma, ela também consumirá você e o seu reino. – Então ela soltou Nyx e deu um passo para trás. – Vão embora agora, e sejam todos abençoados...

Gorjeios de cortar o coração irromperam do grupo de Fadas que se aglomerava em volta da Mãe Terra. Nyx viu que não havia apenas dríades ali, mas também coblyns, náiades e até algumas skeeaeds que apareceram nas pradarias, pintando a noite com cores brilhantes que refletiam a sua ansiedade.

– Não, pequenos seres, não se desesperem. Vocês pertencem ao Mundo do Além. Lá é a sua casa – a Mãe Terra disse.

– Ah, minha amiga, por favor, diga-me que as Fadas podem continuar a visitar a sua terra – Nyx pediu.

A Mãe Terra pareceu surpresa.

– Você permitiria tal coisa?

Nyx sorriu afetuosamente para as Fadas.

– *Desde que haja Magia Antiga, ancestral, rica e pura, lá você deve encontrar as Fadas, e lá elas te encontrarão.*

– Assim falou a sua Deusa, que assim seja! – a Mãe Terra gritou, animada novamente quando as Fadas formaram um círculo ao seu redor e começaram a dançar para celebrar.

Nyx enxugou uma lágrima e então pegou as mãos de Kalona e de Erebus.

– Vamos deixá-la agora, feliz e cercada por aquelas que trazem tanta alegria – a Deusa disse em voz baixa, guiando-os para a escuridão da pradaria gramada. Quando estavam fora da vista da Mãe Terra, Nyx soltou as mãos deles. – Sigam-me.

A Deusa ergueu a mão e uma fina linha prateada apareceu, como se a lua houvesse emprestado a ela um facho de luz. Ela a agarrou e sorriu para os imortais alados, que a observaram com olhares idênticos de apreensão.

– Não se preocupem. Quando se conhece o caminho, a jornada não é longa. E eu vou mostrar o caminho para que vocês nunca mais fiquem muito tempo longe de mim.

Então a faixa cintilante se esticou, levantando a Deusa para o céu da noite. Kalona e Erebus abriram juntos as suas asas e subiram ao céu atrás dela.

Nyx não soltou a linha prateada brilhante até que, fora da completa escuridão que existia entre os reinos, uma trilha de terra batida apareceu repentinamente. Nyx colocou os pés nela e se virou para encarar Kalona e Erebus.

– É um pedaço da Mãe Terra aqui? – Erebus perguntou, abaixando-se para tocar o chão que se parecia muito com a terra vermelha da pradaria com grama alta.

– Tem mais ali – Kalona disse, apontando para um bosque aparentemente interminável que se estendia diante deles.

– Não, não há nada da Mãe Terra aqui – Nyx disse. – Mas vocês vão ver muitos sinais que farão com que se lembrem dela.

Nyx achou que Kalona parecia aliviado. Erebus apenas soava curioso.

– O que é aquela árvore? – ele perguntou, começando a andar na direção dela.

Nyx ficou na frente dele, bloqueando o caminho. Os dois imortais a olharam com curiosidade.

– Aquela árvore tem muitos nomes no reino mortal, Yggdrasil, Abellio e Árvore de Pendurar. Esses são apenas três dos muitos reflexos da sua Magia Antiga. Aqui, eu a chamo de Árvore dos Desejos, já que eu a enchi de fitas de Energia Divina nas quais teci desejos, sonhos, alegria e amor. Ela fica na entrada do meu reino, o Mundo do Além. Pretendo compartilhar o meu reino com vocês dois, mas, antes que eu permita a sua entrada, peço que cada um me faça uma promessa: que, independentemente do que a eternidade diante de nós traga, vocês nunca mais falarão sobre o que aconteceu esta noite. A minha filha e aqueles que virão depois dela não precisam saber que foram erros criados por causa da superstição e da loucura. Vocês concordam?

– Eu concordo, e você tem a minha palavra – Kalona respondeu.

– Assim como eu. Você também tem a minha palavra, Deusa boa e amorosa – Erebus disse.

– Então, com prazer eu concedo a vocês o acesso ao Mundo do Além. E desejo que, juntos, nós sejamos todos abençoados!

A Mãe Terra deixou as Fadas com sua dança interminável. Ela tinha uma última tarefa a desempenhar antes de voltar a dormir, mas primeiro aproximou-se do corpo do Xamã. Ela se ajoelhou ao lado dele e fechou seus olhos sem vida. E então, balançando as mãos por cima do corpo dele, a rica terra da pradaria se partiu, delicadamente fazendo uma abertura que acolheu o velho homem.

– Você fez bem, exatamente como eu pedi. Sei que partiu o seu coração seguir a minha ordem e sacrificar a virgem, mas, ao fazer isso, você ofereceu a Kalona a sua única chance de redenção, já que ele tem sido, de fato, maculado pelas Trevas. Nyx não enxerga isso, mas eu vejo tão claramente quanto você viu. Você fez o que mandei. Agora eu manterei a minha palavra a você, meu velho. – A Mãe Terra tocou a testa do Xamã e extraiu de dentro dela o globo incandescente que continha o seu eterno espírito.

– *Venha para mim, poderosa fera do oceano gramado!*

Um bisão enorme veio trotando até a Mãe Terra. Os músculos do seu peito amplo ondularam quando ele se curvou na sua frente, encostando o focinho no joelho dela. A Mãe Terra acariciou o seu pelo grosso, murmurando sua apreciação pela sua grandiosidade. Então ela completou a sua promessa, dizendo:

– *Juntos por uma vida, você e ele estarão!*

Ela pressionou o globo do espírito contra a testa do bisão, e ele desapareceu dentro da fera. A Mãe Terra sorriu para ele.

– Vá, velho que se tornou jovem! Corra pela pradaria e tenha uma vida longa e fértil.

Com uma bufada, o bisão obedeceu. E, quando saiu trotando, ele chutou o ar em uma dança feliz de liberdade.

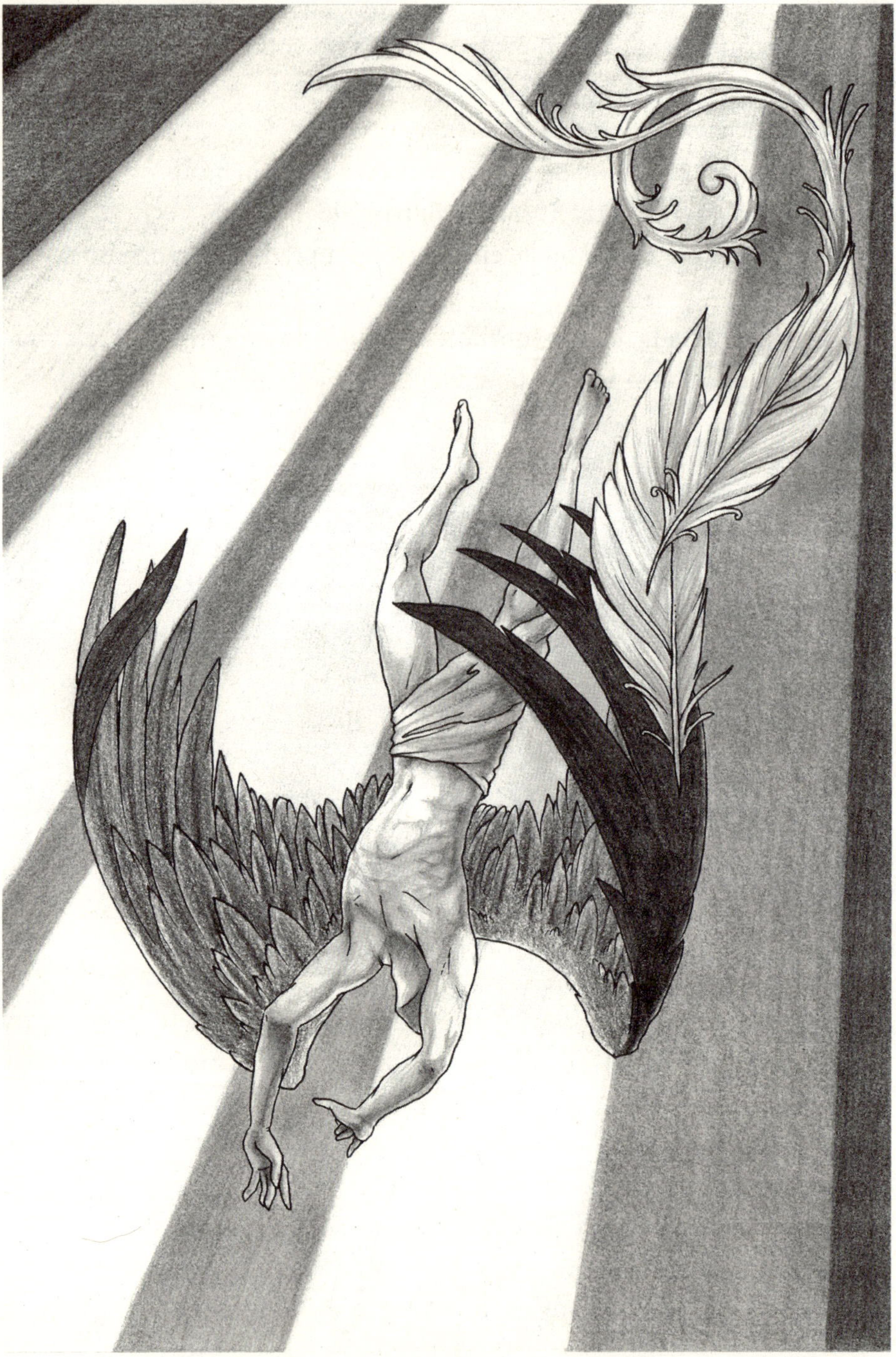

11.
Embora aquilo fosse criar uma ferida dentro dela que doeria por toda a eternidade, Nyx sabia que Kalona precisava ser detido...

E então os éons se passaram. No começo, tudo ia bem no Mundo do Além. A Deusa não estava mais sozinha. Ela tinha um guerreiro e amante, companheiro e amigo. Nyx prosperou, assim como o Mundo do Além.

Os filhos de Nyx, criados pela Mãe Terra antes de ela se retirar para seu sono, também prosperaram, embora as duas imortais estivessem certas. Muitos não eram fortes o bastante para sobreviver à Transformação, mas aqueles que sobreviviam eram o melhor da humanidade: os mais corajosos, os mais fortes, os mais brilhantes e os mais talentosos. Em solidariedade, eles se denominaram como vampiros, filhos de Nyx, e desenvolveram uma sociedade que honrava as mulheres como Deusas e valorizava os homens em seus papéis de guerreiros, amantes, companheiros e amigos. Nyx estava tão contente com seus filhos que às vezes dava a eles dons advindos dos cinco elementos, que a sua amiga a havia atribuído domínio. Não importava o quanto os vampiros a agradassem ou quantas vezes Nyx concedesse dons a eles, ainda assim a Deusa certificou-se de que não interferiria com frequência nas suas vidas. A Mãe Terra tinha ensinado a ela uma lição valiosa. O amor não pode prosperar se for controlado de perto. Nyx fez um voto de que não controlaria os seus filhos amados, que eles sempre teriam o livre-arbítrio, quer eles escolhessem usar essa liberdade com sabedoria ou não.

Apesar de às vezes se sentir arrependida de ter feito esse voto, a Deusa nunca quebrou o seu juramento.

Às vezes, Nyx também se arrependia por ter jurado nunca mais falar sobre a noite em que os seus primeiros filhos foram criados. O voto tinha sido bem-intencionado – feito para proteger os seus filhos. O que a Deusa não se deu conta naquele momento foi de que, ao encobrir aquela noite com o silêncio, ela também tinha perdido a oportunidade de explicar muitas coisas para Kalona e, em troca, pedir explicações a ele sobre outras coisas também.

Eles nunca falaram sobre o que havia acontecido quando Kalona apareceu no gêiser, nem sobre a estranha superstição que tinha impelido o Xamã a fazer um sacrifício de sangue em nome de Kalona.

Na sua mente, Nyx frequentemente repassava a canção que o Xamã havia cantado antes de sacrificar aquela garota.

O que eu faço, faço para dois
Um para ela
E um para você...

O que será que o velho queria dizer com aquilo? Nyx acreditava que o "você" sobre o qual ele cantou era Kalona. Seria possível que o "ela" não significasse a virgem, mas sim a própria Deusa?

A falta de conhecimento e certeza assombrava Nyx, principalmente porque, obrigada pelo seu próprio juramento, ela não podia fazer perguntas a ninguém. Especialmente a Kalona, que parecia cada vez mais não querer conversar com ela sobre muitas coisas.

Nyx tentou conversar com Kalona sobre a Mãe Terra, de quem ela sentia muita falta. Kalona evitou o assunto de sua mãe simbólica e ficou em silêncio.

Quando Nyx se perguntava em voz alta o que teria acontecido com a pequena L'ota, que desaparecera na mesma noite em que Erebus e Kalona entraram no Mundo do Além, Kalona só tinha o silêncio como resposta.

O silêncio de Kalona começou a se prolongar e se propagar, até que restassem poucos assuntos sobre os quais ele e Nyx eram capazes de conversar. A única coisa que não era estranha entre eles consistia no fogo que ardia quando os seus corpos se juntavam.

Só que Nyx precisava de mais do que uma paixão silenciosa para ser feliz, e ela se viu cada vez mais se voltando para Erebus em busca de companhia. O imortal dourado não era seu amante, mas desempenhava o papel de Consorte mais plenamente do que Kalona. Erebus conversava com ela facilmente, e não havia nada escondido entre eles. Erebus a escutava de verdade, sem orgulho nem ciúme, e também tinha a habilidade de fazê-la rir.

Quanto mais Nyx recorria a Erebus, mais retraído Kalona ficava, até que ele parou de buscar o consolo que era unir o seu corpo ao da Deusa. Em meio ao silêncio maligno que crescia entre eles, Kalona estava consumido por um ciúme que na verdade nunca havia sido resolvido, e repleto da raiva criada por aquele ciúme.

Foi então que as Trevas começaram o seu ataque ao Mundo do Além.

Da primeira vez que aconteceu, Nyx estava tomando sol na varanda de Erebus, absorvendo a luz da manhã. Ela se lembrava de Erebus fazer um brinquedo de penas para o gato selvagem que seguia Nyx por todo o Mundo do Além. Ela estava rindo com uma alegria infantil da obsessão do gato pela pena quando algo escuro e terrível deslizou sobre a beira da varanda e se enrolou em volta da pata traseira do felino, fazendo-o uivar de dor.

Nyx gritou de medo, e repentinamente Kalona apareceu como um Deus vingador, com as asas abertas e os olhos âmbar incandescentes. Ele espetou a criatura serpenteante com sua lança de obsidiana. Nyx pegou o gato e correu para os braços de Kalona. Ele a abraçou, acariciando o seu cabelo e sussurrando palavras tranquilizantes para a Deusa, até que ela parasse de tremer.

– O que foi isso? – Nyx perguntou a ele.

– As Trevas – Kalona respondeu com uma voz cheia de raiva.

– Como isso conseguiu entrar aqui? – Erebus perguntou enquanto enfaixava cuidadosamente a pata ensanguentada do gato.

— Diga-me você, irmão. Era você quem estava sozinho com a Deusa quando essa coisa atacou.

Erebus não tinha resposta para o seu irmão, e Nyx também não. O que começou naquele dia, contudo, continuou a se espalhar, até que quase diariamente Kalona precisava combater algum tipo de Trevas.

No começo, os ataques acabaram reaproximando Kalona e Nyx. Eles retomaram sendo amantes por um período breve e bonito. A Deusa procurava pela sua companhia, e eles encontraram um jeito de conversar. Kalona até concordou alegremente em visitar o reino mortal com Nyx, quando ela fez uma aparição para os seus filhos favoritos, os vampiros, que batizaram a primeira Morada da Noite em homenagem à sua Deusa da Noite.

Só que aquela visita acabou em ciúme e raiva quando Nyx fez um comentário alegre.

— Olhe, Kalona, há tantos gatos aqui! Eles são familiares tão adoráveis dos meus filhos.

— Sim, e tenho certeza de que Erebus vai ficar radiante com a alegria que o presente dele ainda desperta em você — Kalona falou com ironia e então ficou em silêncio.

Nyx não conseguiu responder — não quando o presente que ele tinha dado a ela naquela noite era único, e em como aquele presente a agradou mais do que qualquer criatura mortal poderia agradar. Não, Nyx não podia dizer nada. O seu próprio juramento a silenciara. Ela só podia assistir ao ciúme e à raiva que guerreavam dentro de Kalona.

Quando voltaram para o Mundo do Além, uma grande criatura com chifres, muitas cabeças e dentes afiados feito adagas os atacou. Kalona a destruiu, acompanhou Nyx até os seus aposentos e então, sem falar nada, deixou-a lá, sozinha, e foi procurar mais inimigos para massacrar.

Naquela noite, Nyx chorou com amargura quando o aviso da Mãe Terra ecoou na sua memória: *Observe Kalona. Se ele começar a mudar, vai ser porque a raiva cresceu mais do que o seu amor. Se ele permitir que a raiva o consuma, ela também consumirá você e o seu reino.*

Nyx percebeu então o que estava acontecendo. A raiva de Kalona estava consumindo o seu amor, e também o Mundo do Além. Embora aquilo fosse criar uma ferida dentro dela que doeria por toda a eternidade, Nyx sabia que Kalona precisava ser detido.

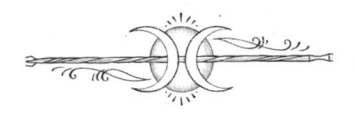

— Você me chamou?

Nyx havia se trajado cuidadosamente, escolhendo o mesmo vestido que usara naquele dia havia tanto, tanto tempo, quando o seu amor era recente e Kalona havia criado a cachoeira para ela, e eles tinham compartilhado seus corpos pela primeira vez. Ao ouvir o som da sua voz, Nyx se virou para encará-lo, enchendo seu sorriso com todo o amor que ela sentiria eternamente por ele, e desejando desesperadamente que ele retribuísse o sorriso da mesma forma, desejando que ele a tomasse em seus braços e deixasse a raiva de lado.

— Você não deveria estar aqui fora sozinha, especialmente tão perto dos limites do nosso reino — Kalona disse, contornando a Árvore dos Desejos e parando na trilha de terra vermelha que era a entrada do Mundo do Além.

Quando ele finalmente olhou para ela, os olhos âmbar continham uma expressão severa.

— Será que o meu guerreiro derrotou completamente o meu amante? — Nyx perguntou a ele.

Kalona piscou surpreso.

— Não sei o que você quer dizer. — Ele se aproximou dela, com a óbvia intenção de guiá-la de volta para o palácio.

Nyx afastou a mão dele e caminhou resoluta para a trilha de terra batida no limite do seu reino. Kalona simplesmente cruzou os braços sobre o peito e a observou.

— Você entende que eu o amo? — ela perguntou.

Novamente, a surpresa passou pelos seus olhos âmbar. Ele assentiu, sem falar nada.

– Não. Não deixe que exista mais silêncio entre nós. Responda-me, filho da lua. Você entende que eu o amo?

– Sim – ele disse. E então acrescentou, mas num tom de voz sem emoção: – Você ama todos os seus súditos.

– E você realmente acha que não há nenhuma diferença entre o que eu sinto por você e o que eu sinto pelos outros?

– De quais outros você está falando? Dos seus vampiros ou do seu Consorte?

– Vejo que encontro minhas respostas nas suas perguntas. Você não entende que eu o amo, e que o meu guerreiro por fim derrotou o meu amante. – Nyx baixou a cabeça, procurando se fortalecer.

– Eu não entendo mais você de jeito nenhum – Kalona disse.

Nyx levantou a cabeça e encontrou os olhos dele.

– Kalona, meu guerreiro e amante, eu não mudei. Foi você que mudou.

– Não! Eu continuo sendo como sempre fui! – ele quase cuspiu as palavras nela. – Eu nunca quis dividir você com Erebus.

– Ele não é meu amante!

– É o que você disse várias e várias vezes. Mas, mesmo assim, você sempre, sempre procura Erebus em vez de mim.

– Kalona, a sua mente está tão consumida pelo ciúme e pela raiva que você não consegue mais pensar de maneira clara.

– Você já considerou alguma vez que talvez só *eu* tenha começado a pensar claramente?

– Ah, Kalona, não. Você não consegue enxergar? Onde foi parar a sua alegria?

– Você a matou quando o escolheu em vez de mim!

– Eu nunca fiz isso – Nyx afirmou. – Diga-me o que posso fazer para ajudá-lo a se livrar da raiva que está te destruindo e a encontrar a alegria e o amor de novo.

– Mande Erebus embora.

Apesar de já esperar que Kalona pedisse exatamente isso, ainda assim Nyx sentiu o choque no âmago do seu ser.

– O seu irmão foi criado para ser meu amigo e companheiro de diversão, assim como você foi criado para ser meu guerreiro e amante.

– Eu não consigo mais suportar isso. Não vou dividir você! – Kalona foi até Nyx e se ajoelhou, a emoção transbordando em lágrimas que escorriam pelo seu rosto. – Como seu guerreiro e amante, eu imploro. Escolha a mim. Você precisa banir Erebus para que você e eu possamos passar a eternidade juntos, sem essas Trevas entre nós. Se não fizer isso, juro que vou deixar este reino para trás, e também o desespero que ele causou em mim.

Nyx o encarou, dividida entre tristeza e resignação.

– Kalona, eu não vou banir Erebus. Nem agora, nem nunca.

As lágrimas de Kalona secaram, e a sua expressão ficou dura feito pedra.

– Se pensa que isso é uma mera ameaça, você está errada.

– Eu acredito no seu juramento. Eu sei que você fez a sua escolha – Nyx disse. – Saiba que, onde quer que você esteja, não importa o que você faça, eu vou amá-lo eternamente, mas eu também fiz a minha escolha. Não irei banir Erebus. Pelo seu próprio juramento, Kalona, você precisa ir embora.

– Não faça isso! Você é minha!

– Eu não estou fazendo nada, Kalona. Foi você que fez uma escolha. Eu dei o livre-arbítrio até para os meus guerreiros, apesar de não pedir que eles o usem com sabedoria. – Lágrimas escorreram pelo rosto de Nyx, ensopando o vestido que ela havia escolhido com tanto carinho.

– Não consigo evitar. Eu fui criado para sentir isso. Não é livre-arbítrio. É predestinação – ele falou com um tom de voz raivoso.

– No entanto, como sua Deusa, afirmo que o que você é não é fruto de predestinação. Sua vontade é que o fez dessa forma.

Embora seus ombros estivessem trêmulos pela força do seu desgosto, Nyx estava repleta do poder inabalável de uma Deusa.

– Não posso evitar o que eu sinto! Não posso evitar o que eu sou!

As palavras de Nyx saíram engasgadas, mas o comando que estava nelas não foi enfraquecido:

— Você, meu guerreiro, está errado. Portanto, deve pagar pelas consequências do seu erro.

Inundada por arrependimento, lágrimas e desespero, Nyx reuniu a sua Energia Divina e lançou sobre Kalona as consequências da própria escolha que ele havia feito, derrubando-o para trás com tanta força que ele foi erguido do chão e arremessado para baixo, para dentro do escuro do éter que separava os reinos.

Kalona caiu.

Lentamente, cheia de tristeza, Nyx voltou para o palácio e percorreu todo o caminho até os seus aposentos, antes de desabar no chão, soluçando como se a sua alma tivesse sido despedaçada.

O gato levou Erebus até ela. Ele levantou Nyx em seus braços como se ela não pesasse mais do que uma criança. Ele a carregou até a cama, onde enxugou o rosto dela com um lenço, e a persuadiu a tomar um pouco de vinho. Só depois que ela tinha parado de chorar, ele perguntou:

— Kalona foi embora?

Nyx assentiu, com os olhos sombrios de tristeza.

— Ele me deixou.

Erebus pegou as mãos dela.

— Vou ajudá-la a trazê-lo de volta.

— Obrigada, meu amigo — ela respondeu com a voz trêmula. — Mas não vou permitir que Kalona volte até que mereça perdão pelos erros que cometeu e por aqueles que ainda irá cometer.

— Estamos de acordo, então — Erebus disse. — Algum dia, no futuro, eu irei ajudá-lo a conquistar o seu perdão.

— Ele não vai deixar que você o ajude.

— Então ele não vai precisar saber que eu o ajudarei.

Nyx virou o rosto e olhou através da janela da sua varanda para a beleza luxuosa do Mundo do Além. Então ela enxugou uma única lágrima que havia acabado de escapar de seu olho.

Lá embaixo, bem longe, a mão de Kalona espelhou perfeitamente o gesto da Deusa, mas o rosto dele não estava molhado de lágrimas. Em vez disso, vendo um reflexo de si mesmo nas águas calmas do riacho preguiçoso, ele enxergou que a cor prateada de suas asas havia mudado para o escuro das Trevas que ele tinha permitido que entrassem no Mundo do Além comandado por Nyx.

Preenchido por uma fúria insaciável, Kalona rugiu o seu ódio para o céu da noite e se perdeu completamente.

Fim
Por enquanto...

grupo novo século

Compartilhando propósitos e conectando pessoas
Visite nosso site e fique por dentro dos nossos lançamentos:
www.novoseculo.com.br

‹ns

- facebook/novoseculoeditora
- @novoseculoeditora
- @NovoSeculo
- novo século editora

gruponovoseculo.com.br

Fonte: Alegreya